Dazzury

눈이 부시게
아름다운

눈이 부시게
아름다운

1판 1쇄 찍음 2021년 4월 22일
1판 1쇄 펴냄 2021년 4월 30일

지은이 | 오더너리
펴낸이 | 정 필
펴낸곳 | (주)뻘미디어

기획·편집 | 이영은
표지·디자인 | 우 물

출판등록 | 2002년 9월 11일 (제1081-1-132호)
주소 | 경기도 부천시 원미구 소향로17, 303(두성프라자)
전화 | 032)651-6513 팩스 | 032)651-6094
E-mail | dahyangs@naver.com
블로그 | http://blog.naver.com/dahyangs
비북스 | http://b-books.co.kr

값 11,000원

ISBN 979-11-6713-059-4 03810

Dazzling

눈이 부시게
아름다운

오디너리 장편 소설

DAHYANG
ROMANCE STORY

Contents

푸르스름한 새벽의 여명이 하진의 방 안을 가득 채우기 전, 그녀는 무거운 몸을 침대에서 일으켜 부지런히 움직였다. 어깨와 팔을 여기저기 주무를 때마다 하진은 지난밤에 과제를 하느라 늦게 잤던 순간을 후회했다. 안 쑤시는 데가 없을 정도로 온몸의 근육이 비명을 질러 대고 있었지만, 하진은 항상 하던 아침 운동을 위해 어김없이 자신의 발에 양말을 끼웠다.

트레이닝복을 입고 가볍게 스텝을 밟으며 계단에서 내려온 하진은 주방에서 분주한 시간을 보내고 있는 앨리스의 뒷모습을 보았다. 하진은 앨리스를 물끄러미 바라보다가 이내 그녀가 하려는 일을 잽싸게 도왔다.

"좋은 아침!"

커피포트에 물을 올린 하진이 앨리스의 오른쪽 뺨에 짧은 키스로 싱그러운 아침 인사를 날렸다.

"하진, 좀 더 자지 왜 이렇게 일찍 일어났어? 운동 가려고?"

"네. 어제 과제하느라 너무 무리했더니 오히려 일찍 일어났어요."

"과제는 마무리했고?"

앨리스는 눈가에 피곤이 가득한 하진의 얼굴 한쪽을 쓰다듬고는 주방 끝으로 향하며 그녀의 등을 토닥거렸다.

사실 하진은 과제를 마무리하지 못했지만, 드디어 '정치와 경제의 관계'라는 고리타분한 주제에 어떻게 다가가면 될지 방향을 잡았다. 이 정도면 어제의 밤샘에서 큰 수확을 얻은 셈이었다.

"거의 방향은 잡았어요. 이제 마무리만 하면 돼요. 제 건 너무 많이 준비하지 마세요. 조깅만 하다가 다녀와서 먹을게요."

하진은 커피포트에서 막 신호가 떨어지기 직전에 스위치를 내리고는 두 개의 컵에 물을 담았다. 조금 있으면 그레이엄이 내려올 시간이기에 그가 아끼는 컵에 얼그레이를 망에 담아 조심히 아침 식탁에 올려 두었다. 하진은 앨리스의 양어깨를 살짝 쥐고는 다녀오겠다고 말한 뒤, 현관에서 운동화를 신으며 덧붙였다.

"30분이면 돼요. 기다리지 마시고 먼저 드세요!"

"핸드폰 들고 가는 거지?"

주방에서 머리를 빼꼼히 내밀며 말하는 앨리스에게 하진은 후드 집업 속에 있던 핸드폰을 꺼내어 살짝 흔들어 주었다.

빅토리아 12번가에 있는 하진의 집은 일반적인 아메리칸 하우스 타운 같지 않게 이웃집과는 좀 많이 떨어져 있었다. 가드닝을 좋아하는 그레이엄이 항상 일을 끝내고 자신의 취미 생활을 즐기기 위해 좀 더 산기슭 쪽으로 자리를 잡았기 때문이었다. 앨리스가 말하기를, 아마 이곳은 예전에 부자들의 별장이나 세컨드 하우스로 쓰던 곳이었을 거라고 한다.

사실 이곳에 이사 온 지 얼마 되지 않은 하진은 오히려 남들의 시선에서 자유로울 수 있는 구석진 새집이 마음에 들었다.

하진은 운동화 끈이 잘 매어져 있는지 시선을 내려서 확인한 후, 다리를 가볍게 바닥에서 띄워 내고는 속력을 내기 시작했다.

오늘은 인도보다는 수풀 근처로 뻗어 있는 산책 길로 코스를 정했다. 그녀는 시간을 확인 후, 정확히 20분 동안 전력 질주를 시작했다. 날렵한 몸을 이끌고 달려 나가는 그녀의 뒤로는 옅은 바람이 일었다. 그녀는 항상 어린 시절 자신만의 스트레스는 달리기나 수영을 하며 숨이 벅차오르는 순간까지 체력의 한계를 소모시키는 것으로 풀었다.

하진은 이른 아침 시간에 아무도 없는 산책 코스에서 오늘도 자신만의 루틴을 지키며 집으로 돌아왔다.

집에 돌아오니 이미 그레이엄과 앨리스는 아침 식사를 끝냈는지, 자신의 몫만 덩그러니 식탁에 남겨져 있었다. 하진은 앉지 않은 채 물컵을 쥐고는 먼저 벌컥 들이켰다.

"하진. 러닝은 잘했니?"

"아. 네. 여기 집 뒤로 산책로가 있더라고요."

하진은 물컵을 내려놓고는 의자에 앉아 이내 앨리스의 특제 소스가 담겨 있는 오믈렛을 아무지게 숟가락으로 떠서 입에 넣었다.

"학교는 어때? 친구는 사귀었어?"

그레이엄은 출근 준비를 모두 마친 채, 자신의 닥터 백을 하진의 옆 의자에 올려 두고는 그녀의 앞에 앉았다. 그의 꼼꼼한 성격을 보여 주듯 머리를 단정하게 만지고는 이미 출근 복장으로 준비가 다 끝난 상태였다.

"지금 나가셔야 하는 거 아니에요?"

"내 딸이랑 대화할 시간은 있지."

그레이엄은 이내 하진의 컵에 새로운 물을 따라 주며 말했다.

"갑작스럽게 이사 와서 슬프지 않아? 친구들 만나고 싶으면 언제든 얘기하렴. 휴가를 내서 한번 다시 가지 뭐."

'그럴 것 없어요.'

순간 속으로 읊조린 말이 입 밖으로 튀어나올 뻔했지만, 하진은 그레이엄이 혹여나 마음의 상처를 입을까 내뱉지는 않았다.

'입양아 주제에 잘난 척하기는!'

'쟤는 집에서 서번트로 데리고 있는 거라던데?'

'재수 없어.'

전혀 그립지 않은 동네를 다시 공들여 가는 짓 따위는, 하진은 하고 싶지 않았다.

"괜찮아요. 여기에서도 새로운 친구 많이 사귀면 돼요."

마음에도 없는 소리를 내뱉은 하진은 조금 양심의 가책을 느꼈지만 크게 신경 쓰지 않았다. 자신이 입양아라는 이유로 유치한 괴롭힘을 하는 크리스토퍼가 있던 곳으로는 눈길도 주고 싶지 않은 데다가, 이곳은 부유한 동네답게 학생들은 자신의 학업과 가산점에나 관심이 있었다.

'오히려 나한테 관심이 없어서 다행이지.'

하진은 이런 말을 생각 없이 전달하면 앨리스가 득달같이 그레이엄을 괴롭혀 교장을 만나 보라 할 것임을 뻔히 알기에 자질구레한 —사실은 심각해 보일 수 있는— 장난들은 가능하면 알리지 않았다. 반응을 안 해 주면 곧 사그라들 사춘기 호기심에 일일이 대응하고 싶지 않았다.

하진의 말에 그레이엄은 내심 안심했는지 하진의 한쪽 손등에 자신의 손을 올려서 잡곤 한마디 했다.

"그럼 다행이고. 항상 무슨 일 생기면, 알지?"

"그럼요. 꼭 얘기할게요."

싱그러운 미소를 띤 하진의 말간 얼굴에 그레이엄은 자신의 애정을 듬뿍 담아 보냈다. 곧이어 하진은 그레이엄과 앨리스의 출근을 배웅하며 조용히 손을 흔들고는 학교에 갈 준비를 시작했다.

그녀가 전학 온 빅토리아 하이스쿨은 하버드나 예일 입학생을 배출하기로 유명한 데다가 사립이기 때문에 일반적인 고등학교와는 프로그램이 아예 달랐다. 그래서 더더욱 앨리스와 그레이엄이 이 동네에 오고 싶어 했다. 하진의 부모가 모두 아이비리그 출신인 데다가 의사와 변호사라는 직업을 가지고 있어 교육 수준이 높았다. 그래서 그런지 앨리스와 그레이엄, 특히 아버지는 교육에 더 많은 힘을 쏟았다. 이 동네에 들어온 이유도 분명히 이 하이스쿨 때문이겠지 싶다.

태어나자마자 입양된 하진은 앨리스와 그레이엄이 온 사랑을 다해 키웠다.

어렸을 때는 앨리스처럼 에메랄드 눈동자가 아니어서 대성통곡을 하는 등 부모의 마음에 대못을 박는 어리광도 많이 부렸지만, 이제는 그녀도 나름 철이 들었다.

이번 첫 학기를 다니는 동안 하진은 꽤 이 학교가 마음에 들었다. 학교는 학업에 관심이 없는 돈 많은 부잣집 아이들의 경우 예술이나 스포츠 등 전문 분야의 인재로 양성하는 것을 적극 지지했으며, 그뿐만 아니라 유명한 가문이나 학자들의 자제들을 적극 입학시켜서 자신들만의 영향력을 확고히 다져 났다. 그래서 그런지 입학 사정관들의 눈에 쉽게 각인되는 출신 학교로 발돋움한 지 몇십 년이 되었다. 이제는 일종의 상류층 자제들의 아이비리그 프리 코스 과정으로 이미 세간에 잘 알려진 명문 학교였다.

하진은 이 학교에서는 드물게 가장 마지막 학년인 12그레이드에 전학을 왔고 —대부분의 학교 동급생들은 어린 시절부터 같이 나고 자란 소꿉친구들이 많았다— 오늘은 드디어 첫 학기의 마지막 기말 과제만 제출하면 겨울 방학이 시작되었다.

하진은 이곳에서 조용히 1년을 보내다가 원하는 대학교에 가길 원했다. 그래서 지난 시간 동안 정말 성적 유지를 위해서 끊임없이 노력했다. 물론, 이 학교에 오기 전부터 그녀는 꽤 괜찮은 학점과 외부 활동을 이미 갖춰 두었다.

오전에 그레이엄이 학교에 데려다준다는 것을 극구 말리며 자전거를 타고 등교한 하진은 조용히 건물 뒤편의 자전거 보관소로 향했다. 허리를 숙여 작은 손으로 자전거 뒷바퀴의 자물쇠 열쇠를 막 빼려던 찰나 등 뒤에서 누군가 그녀의 이름을 불렀다.

"헤이! 크리스틴!"

고개를 돌리자 몇 걸음 떨어진 곳에서 자신의 이름을 부르며 오는 에블린이 보였다. 이곳에서 처음 사귄 친구이자 단 한 명의 친구였다. 자신이 혼자 밥을 먹는 것을 보고는 거리낌 없이 다가와 친구가 되어 주었고, 몇 번 얘기하다 보니 막상 자신과 성격도 비슷해서 그런지 빠르게 친해졌다.

"아. 에블린. 좋은 아침이야."

앨리스와 그레이엄이 늘 자신의 정체성이니 뭐니 해서 집 안에서는 항상 미들 네임인 하진으로 불렸다. 사실 하진은 크리스틴이라는 이름이 더 편했지만, 이제는 거의 집 안에서의 애칭이라 싫다는 말을 못 할 지경에 이르렀기에 그냥 그러려니 했다.

"과제는 다 했어?"

오늘도 여전히 밝은 에블린은 그녀의 취향대로 액세서리와 크롭 티로 한껏 멋을 부렸다. 에블린은 자신과는 다르게 예술가의 길을 가기로 했다고 들었다. 막상 어떤 그림을 그리는지, 어떤 아트 워크를 만들어 내는지는 보지 못했지만, 이번 겨울에 최종 포트폴리오를 만들어 낸다고 들었다.

"응. 오전에 겨우 다 했어. 어제 밤새워서 그런지 아직도 등이 쑤셔."

"오늘 그러면 과제 제출하고 언제 끝나?"

"글쎄. 1시 아니면 2시쯤?"

"그러면 나한테 와. 내 작업실에서 같이 점심 먹자!"

그녀는 신난다는 듯 손뼉을 치더니 하진에게 환한 미소를 보이며 말했다.

"응. 알았어. 드디어 보여 주는 거야?"

"응! 이제 거의 마무리되었거든. 한번 봐 줘. 사실은 같이 일하는 친구들은 항상 보다 보니까 피드백이 다 거기서 거기라서."

"하지만, 난 그림 볼 줄 모르는데?"

"그럼 더 좋아!"

신이 났는지 에블린은 하진의 오른팔에 팔짱을 끼며 자신이 그간 얼마나 힘을 쏟았는지 열심히 재잘거렸다.

하진은 이제 수업 시작하는 종이 울리고 나서야 에블린과 헤어지고는 자신의 교실로 들어왔다. 교실은 이미 아이들이 자리에 앉아 빈 의자가 몇 없었다. 다들 하나같이 방학에는 어떻게 보낼지 저마다 친구들과 수다를 떨고 있었다. 그녀가 막 자리에 앉자마자 교실 문을 열고 선생님 매튜가 들어오더니 기말 과제를 제출하라는 얘기가 나왔다. 일제히 자신의 책상에서 일사불란하게 일어난 학생들은 교단에 하나씩 리포트를 제출하기 시작했다.

얇지 않은 몇 장의 리포트들이 조금씩 쌓이더니 금세 매튜의 가슴팍까지 도달했고, 이내 그는 제출한 학생들의 이름과 리포트의 개수를 최종적으로 검토하려는 것 같았다.

손가락으로 리포트와 이름을 분리해 내더니 그는 잠시 멈추어 어떤 학생에게 시선을 보냈다. 마치 그곳에 와 있는 것을 보려는 듯. 그 시선을 따라서 하진도 마찬가지로 학생에게 잠시 눈길이 갔으나 그게 다였다. 학생은 창문 근처에 있었는데 수업엔 관심 없는 것처럼 고개를 돌리고 자는 모양새를 보였다.

매튜는 마지막으로 최종 숫자를 적어 내는 것 같더니 교실에 앉아 있는 학생들을 향해 말을 건넸다.

"자. 이제 다들 마지막 기말 과제를 내었으니, 오늘은 여기까지 하지. 그동안 수고했고, 방학 잘 보내길 바란다!"

"와아아!"

갑작스럽게 공강이 주어지자 학생들은 신이 나서 소리를 질렀고, 일제히 교실 밖으로 뛰쳐나가기 시작했다. 어차피 이 시간에 수업을 안 한다고 해서 바로 집에 갈 수 있는 아이들은 아마 몇 명밖에 없을 테지만, 그래도 수업보다는 낫지 않을까. 하진도 가방에서 핸드폰을 꺼내어 에블린에게 문자를 넣었다.

[E. 나 더 일찍 갈 수 있어. 가도 돼?]

[빨리 와!]

문제없다는 답신을 보자마자 하진은 가방을 열어 필기구를 도로 집어넣고는 한쪽 어깨에 걸쳤다. 교단을 지나 매튜에게 눈짓으로 인사하며 나가려던 그때였다.

"크리스틴. 좀 도와줄래? 종이가 많아서."

매튜의 요청에 그녀가 뒤를 돌아보니, 그는 교단에서 쌓여 있는 리포트에 손을 올리며 난처한 표정을 짓고 있었다.

"그럼요. 어디로 가져다드리면 돼요?"

막상 많아 보이지도 않고, 매튜 혼자서 충분히 들 수 있을 것 같았지만 도와 달라고 하니 하진은 리포트의 반을 손으로 대충 집어 자신의 가슴팍으로 기울여 들었다.

"나 따라오면 돼. 내 오피스로 부탁해."

하진은 가방이 흘러내릴 것 같아서 다시 교단에 리포트 뭉치를 잠시 내려놓고는 가방을 양쪽으로 제대로 메고 종이 뭉치들을 들었다.

그때 자신의 등 뒤에서 긴 그림자가 넘어오더니 이내 교단에 남아 있는 리포트 반을 큰 두 손으로 —하진의 두 배는 되는 것 같았다— 쉽게 잡아 자신의 옆구리에 꼈다.

처음 보는 얼굴이지만, 아까 매튜가 잠시 눈길을 던진 학생이라는 것을 하진은 깨달았다. 잠시 쳐다보았던 그 아이의 옷과 똑같았기 때문이다.

"가죠."

매튜는 예상치 못했는지 잠시 당황스러운 표정을 짓더니 자신의 옆에 서 있는 학생에게 말했다.

"라이언. 너까지 도울 필요 없는데."

매튜의 말에 라이언이라는 아이는 한쪽 눈썹을 찡그렸다. 마치 본인도 그 말을 예상치 못했던 것처럼 말이다. 하진은 조용히 둘의 대화가 마무리되기를 기다렸다.

"글쎄요. 이걸 그럼 애가 어떻게 다 들어요?"

"내가 들면 된다. 이리 주렴."

"그냥 가시죠. 어차피 이미 제가 들었습니다."

약간 이상한 상황인 건가 싶은 생각이 든 하진은 사실 자신이 들고 있는 이 뭉치를 매튜에게 주고 어서 에블린에게 가고 싶었다. 하지만, 별로 눈에 띄고 싶은 행동을 하고 싶지 않았기에 그들의 대화가 빨리 끝나서 얼른 이 일을 마무리 짓고 싶었다. 라이언의 말에 매튜는 그제야 어깨를 으쓱하더니 앞장서서 걸어 나갔다.

매튜가 발을 옮기며 교실 문을 벗어나자 그녀와 라이언은 그의 뒤를 따라 나갔다. 빠르게 걸어가는 매튜 때문에 어느 정도 거리가 좀 벌어지자 하진은 그제야 자신을 내려다보는 시선을 느꼈다. 왜 쳐다보는지 모르겠다는 시선을 되넘긴 하진은 라이언이 할 말이 있는가 싶어서 그냥 그의 두 눈을 마주 바라보다가 이내 복도에서 역방향으로 다가오는 아이들을 피하려고 적당히 중심을 잡아 가며 걸어갔다.

"너. 이름이 뭐야?"

그제야 자신의 이름을 묻는 그에게 하진은 가볍게 말했다.

"크리스틴."

"성은?"

마치 풀 네임을 말하라는 듯한 뉘앙스에 하진은 왜 그러냐는 눈빛으로 라이언을 올려다보았다.

"크리스틴 브라운. 넌?"

하진은 아까 그의 이름을 들어 라이언이라는 것을 알았지만, 그냥 예의상 되물었다.

"라이언 애셔 와이엇."

짧게 이름만 내뱉은 그 말에 하진은 고개를 끄덕였다.

'아. 그 와이엇.'

이 학교에 들어오자마자 하진은 단언컨대 학교, 동네 이름 다 합쳐 '빅토리아' 보다 이 '와이엇' 이라는 성을 더 많이 들었다. 엄청나게 부유하다는 것과 더불어 미식축구, 성적, 외모 등 모든 요소마다 항상 일등을 차지한다는 그 와이엇. 모든 여자아이들과 남자아이들의 선망의 대상이자, 스쿨 셀러브리티. 그동안 이름만 들어 봤지, 막상 얼굴은 처음 보았다. 에블린이 학기 초창기에 열을 내며 라이언 애셔 와이엇의 지난 과거 행적들을 얘기해 주었을 때는 무슨 하이스쿨 드라마의 남자 주인공처럼 포장해 놔서 별로 감흥도 없었다.

하진은 그가 그 '와이엇' 이라는 걸 깨닫고는 제대로 다시 바라보았다. 짙은 갈색의 머릿결은 만져 보지 않아도 부드러워 보였고, 다부진 어깨와 긴 팔, 바로 전에 종이 뭉치를 가볍게 잡았던 큰 손, 햇살에 보기 좋게 그을린 피부 톤에

선 젊음이라는 것이 묻어 나오는 것 같았다.

너무 외모를 뜯어본 것 같은 뜨끔한 마음에 하진은 다시 고개를 앞으로 돌려 매튜의 뒷모습을 바라보았다. 매튜는 자신의 사무실 앞에서 문고리를 잡은 채 우리 둘이 잘 따라오는지 확인 후, 안으로 모습을 감추었다.

통성명만 했을 뿐 별다르게 할 말이 없던 하진은 사무실로 들어가기 직전, 복도 캐비닛 앞에서 자신을 막아 세운 라이언의 큰 손을 멍하니 바라보다 그제 야 그를 올려다보았다.

"왜?"

짙은 밤색의 눈 위에 가지런히 자리한 눈썹의 앞부분이 만날 것처럼 연신 미 간을 찌푸리더니 라이언이 말했다.

"나한테 주고 가. 따로 할 말이 있어서."

턱끝으로 매튜의 방문을 가리키더니 이내 하진이 답하기도 전에 턱 밑에 세 워져 있는 종이를 한 손으로 그러쥐어서 가져가는 그의 동작에 혹여나 종이가 복도에 나뒹굴까 봐 최대한 양팔을 고정했다. 이 종이들이 복도에 흩날렸다가 는 다시 줍는 데 더 많은 시간이 할애될 것 같았다.

"그래? 고마워."

사실은 둘이서 들 일도 아니었으니 라이언이 마무리해 준다면야 고마운 일 이었다. 하진은 그에게 모든 종이를 건네주고는 인사한 뒤 에블린에게로 곧장 향하면 되었다.

"그다음엔 뭐 할 건데?"

그러나 방학 잘 지내라던 말을 하려던 하진의 입을 닫게 만든 라이언은 자신 의 품에 이제 좀 차기 시작한 리포트를 한 손으로 갈무리 지으며 그녀에게 물 었다.

"아. 친구한테 가려고."

"누구?"

"에블린이라고."

"에블린?"

"알아?"

에블린에게는 와이엇에 관한 얘기만 계속 들었지, 딱히 친분이 있다는 이야기는 듣지 못했다.

"에블린? 피셔?"

"응."

역시 동네의 인맥이 좁은 탓에, 사실 이 동네 학생들은 세 다리만 건너도 본인들의 지인은 무조건 찾을 수 있었다. 그래서 그런지 루머도 빠르게 돌아가고 소식도 빨랐다.

"같이 가. 나도 걔한테 볼일 있거든."

이런 갑작스러운 관계나 만남에 익숙하지 않은 하진은 사실 좀 피곤해지려 했지만, 에블린의 친구라고 하니 말없이 어깨를 으쓱했다.

하진은 자신과 얘기하는 중인 라이언을 계속 힐끔힐끔 보면서 지나가는 어린 여학생들이나 저 멀리 한껏 명품으로 치장하고 진한 화장을 한 반짝거리는 무리의 시선을 계속 감내하기가 사실 부담스러웠기 때문에 어서 이 복도를 벗어나 아트 스쿨 쪽으로 가고 싶었다.

그 시선을 아는지 모르는지 라이언은 빠르게 매튜의 사무실 안에서 무어라 얘기를 하더니, 방문을 닫고는 곧장 하진의 눈앞에 정면으로 섰다. 이제야 라이언의 얼굴을 정면으로 쳐다본 —정확히는 올려다본— 하진은 사실 제 예상보다 더 잘생기고 멀끔한 이 구릿빛 스타의 소문들이 딱히 거짓이 아님을 알았다.

자연스럽게 복도를 빠져나온 하진과 라이언은 작게 깔린 오솔길을 걸으며 본관에서 아트 스쿨 쪽으로 향했다. 저 멀리 여러 학생들이 모여서 수다를 떨거나, 잔디에 누워서 책을 읽는 등 공짜로 얻은 휴식을 맘껏 소리 내어 즐기고 있었다.

그 모습을 바라보던 하진은 이내 자신의 옆에 서서 발맞춰 걷고 있는 라이언의 신발을 바라보았다. 땅 한번 밟아 본 적 없는 것 같은 하얀 운동화가 조명 반사판처럼 반짝였다. 제 시선을 느꼈는지 라이언은 이내 말을 걸었다.

"스피릿 거야."

"응?"

"쳐다보길래. 모델이 궁금한 줄 알았어."

씨익 웃으며 말을 건넨 라이언의 얼굴에는 약간의 장난스러운 미소가 그의 시원한 입꼬리 끝에 걸려 있었다.

"아. 그냥 하얘서 눈이 간 것뿐이야."

"흐음."

무미건조하게 말을 마무리 지어서 그런지 하진의 말에 딱히 응답이 없던 라이언이 신경 쓰여 결국 하진은 다시 입을 열었다.

"에블린이랑은 친구야?"

"응. 왜? 아닌 것 같아?"

"아니. 딱히 들어 본 적이 없어서."

"나에 대해서?"

"……."

본인을 당연히 알고 있어야 하는 것도 아닌데 당당히 의아하게 되묻는 이 아이러니한 자세에 라이언 본인도 민망해하는 것 같았다. 그에 대해 들어 본 적 없단 말은 거짓이지만, 두 사람이 이렇게 할 말이 있어 종종 만나는 친구 관계인 줄은 몰랐다.

"아니. 네 이름은 들었어. 그냥 에블린이랑 이번 학기 동안에 같이 있는 걸 못 본 것 같아서."

적당한 침묵 끝에 말을 이은 하진의 대답에 라이언은 긴 팔을 사용해서 자신의 뒤통수를 긁적이더니 이내 머리를 툴툴 정리하며 말했다.

"이번 학기엔 홈스쿨링이랑 병행했거든."

"아. 그렇구나."

"응. 에블린이랑은 어렸을 때부터 친구야. 옆집이거든."

"아."

대충 대답을 보낸 하진은 딱히 더 궁금한 게 없는 데다가 아직 아트 스쿨 건물에 반도 채 다다르지 못했다는 사실에 이 어색함을 어떻게 하면 좋을지 몰랐다. 그냥 양손으로 자신의 어깨에 메고 있는 가방끈을 쥐고는 고개만 끄덕거리며 걸을 뿐이었다.

자신보다 20cm는 더 큰 것 같은 라이언의 체격이 위협적이지는 않으나, 나름 햇살과 바람을 가로막아 주고 있어서 에블린을 만나러 가는 길이 덥지도 춥지도 않았다. 오히려 청량한 기분이 드는 건 라이언에게서 불어오는 향수 냄새 때문일지도 몰랐다.

그러다 라이언의 계속된 질문에 적당히 대답하던 하진은 그럭저럭 여느 또래 아이들처럼 그와 지난 학기와 과제, 학교에 대해서 여러 얘기를 나누었다.

그러면서 알게 된 이 라이언은 사실상 굉장히 말을 위트 있게 하면서 동시에 동양인인 자신의 생김새에 딱히 인스턴트 같은 흥미를 보이지 않아서 오히려 편히 대화할 수 있었다. 주로 자신 또래의 남자애들은 항상 일본인이냐며 물어오거나 오리엔탈에 푹 빠진 이상한 이상향을 가지고 다가오는 게 대부분이거나, 관심이 없거나, 아니면 무수히 많은 방식으로 비겁하게 나왔다.

문득 이 빅토리아 스쿨에서 자신이 두 번째로 말을 길게 한 사람이 라이언이라는 걸 깨닫자 하진은 그제야 자신이 얼마나 폐쇄적으로 교우 관계를 맺어 왔는지 지난 한 학기를 돌아다봤다. 그렇게 그와의 대화를 이어 나갈 즈음에 아트 스쿨에 있는 에블린이 자신이 있는 호실을 문자로 알려 주었다.

[201!!!!!!]

후드 집업에서 핸드폰을 꺼내어 룸 번호를 확인한 하진은 라이언에게 알려 주었다.

"201호에 있대. 2층으로 가자."

우리는 당연히 201호이기에 2층으로 올라갔지만 아트 스쿨 1층이 2층이었다는 걸 깨닫고는 다시 층계를 내려가는 수고를 더했다.

"너도 이 건물 처음이야?"

"아. 응."

버벅거리는 라이언의 대답에 하진은 그러냐며 갸우뚱거렸지만 그다지 중요하게 생각지 않았다.

드디어 201호에 도착하여 문을 연 라이언은 하진을 향해 먼저 들어가라는 제스처를 취했고, 좁은 문으로 굳이 본인이 먼저 들어가느라 약간 라이언의 몸을 스치는 수밖에 없었다.

조심히 문을 열고 들어간 하진은 눈앞에 펼쳐진 큰 그림에 입을 다물지 못했다.

"와……"

"피셔가 피셔 했네."

라이언의 말에 에블린의 집안이 대대로 화가나 미술에 조예가 깊다는 말을 회상했지만 그렇다고 이렇게 큰 그림이 그 가녀린 에블린의 몸에서 그려져 나왔다는 게 믿기지 않았다. 문이 그리 크지 않아서 방도 작을 줄 알았는데 사실 층계가 엄청 높은 데다가 본인들이 도착한 곳은 커다란 홀의 2층 층계였다. 대략 몇 미터인지 가늠이 안 되는 벽만 한 캔버스에 아름다운 색채가 뿌려진 듯 뭔가가 그려져 있는데 여러 색깔이 겹쳐 있어 상당히 화려했다. 풍경화나 초상화 같은 그림이라고 상상한 하진의 머릿속을 뛰어넘어서 그냥 첫 느낌은 거대했다.

"크리스틴!"

저 멀리서 오늘 아침과는 다르게 여기저기 페인트를 묻혀 온 금발의 에블린은 오늘따라 하진의 눈에는 커 보였다.

"어? 네가 어떻게 라이언이랑 와?"

"왜? 같이 오면 안 돼?"

둘의 대화를 이해할 수 없어서 하진은 그냥 말없이 그림만 내려다보았다. 이렇게 큰 캔버스를 태어나 본 적도 없을뿐더러 2층에서 내려다보는 신기한 경험에 눈을 뗄 수 없었다. 그녀는 난간에 손을 대고는 허리를 숙여 그림을 유심이 바라보았다. 이 그림을 그린 게 에블린이라니. 자신의 친구라니!

"그냥. 너 이번 학기엔 홈스쿨링 한다 하지 않았어?"

"그래도 과제는 내야 해."

"아. 그러네. 그래서 돈은 많이 벌었냐?"

"그거야 모르지."

여전히 이해할 수 없는 대화에 하진은 그냥 뒤꿈치를 들어서 자신보다 키가 큰 에블린의 머리에 붙어 있는 작은 종잇조각들을 조심스럽게 떼 주었다. 그제야 하진에게 시선을 돌린 에블린은 자신의 머리를 세차게 양옆으로 흔들며 종이를 떨어뜨렸다. 살짝 흔드는 것이 아니라 어깨까지 휘청이며 흔들었다.

"에블린. 그렇게 하면 나중에 어지러워."

에블린의 양어깨를 잡아 중심을 잡아 준 뒤 하진은 그녀의 양 볼에 두 손을 가볍게 대고는 머리를 적당한 압력으로 조심스럽게 정중앙에 고정해 줬다. 사실 에블린은 어렸을 때부터 틱 장애가 있었다고 고백했지만, 하진에게는 그런 거 따위 아무 상관이 없었다. 이렇게 간혹 아드레날린이 날뛰어서 뇌에 자극을 주는 순간에 진행되는 반복적인 움직임은 적당히 시간이 지나거나 침착하게 대응해 주면 확연히 줄어들기에 지난 학기 동안 여러 차례 에블린을 안심시키는 일을 자주 했던 하진은 오늘도 자연스럽게 행동할 뿐이었다. 게다가 에블린은 이미 치료를 오래전부터 받아 왔기 때문에, 거의 완치 수준이었다. 오늘은 그런 자신과 에블린을 바라보는 라이언이 있다는 것만 달랐다.

"에블린. 오늘은 날씨가 좋아. 그렇지?"

"응. 맞아."

"그림 그리는 거 안 힘들었어?"

"안 힘들어. 거의 다 끝났는걸."

에블린은 적당히 이 상황을 벗어나서 무료한 일상을 얘기해 주면 더할 나위 없이 빠르게 가라앉았다. 그레이엄의 팁 덕분에 하진은 에블린을 더 쉽게 진정시킬 수 있었다. 숨이 차지 않고 다시 정상 템포로 돌아오는 게 보이자 에블린의 얼굴에서 손을 뗀 하진은 이어 다시 캔버스를 바라보았다.

"에블린. 이거 네가 한 거야?"

"응! 어때, 크리스틴? 이리로 와 봐. 여기가 더 잘 보여."

갑자기 자신의 손을 잡고는 1층으로 뻗어지는 계단으로 이끄는 에블린의 등을 바라보며 하진은 넘어지지 않기 위해 나머지 팔을 허공에 흔드는 수밖에 없었다.

"에블린! 조심해!"

"알았어! 여기야! 짜잔! 여기가 관람석이야."

1층 층계 끝에 다다르자 정면으로 보인 캔버스는 자신의 키에 3배쯤 되는 것 같았다. 캔버스는 천장의 굵은 쇠사슬에 걸려 허공에 매달려 있었고 양쪽에는 긴 사다리들이 놓여 있어서 어떻게 저 끝까지 색을 그려 냈는지 예상할 수 있었다.

바닥에는 투명한 비닐이 여기저기 깔려 있어 페인트들을 받아 낸 지난 흔적들이 보였고 이제야 정중앙에 그려진 캔버스의 모든 그림을 눈에 담을 수 있었다.

"에블린……. 정말 멋지다."

진심을 담아서 하진은 에블린에게 말했다.

"정말정말 이쁘다. 이런 거 처음 봤어. 내 머릿속에서 어떻게 단어를 정리해야 할지 모르겠지만, 너무 멋지다."

고개를 끝까지 들어서 좀 더 캔버스에 다가간 하진은 그제야 이 색채들이 단순히 부어진 게 아니라 하나하나 점으로 찍어 낸 거란 걸 확인할 수 있었다.

"에블린. 이거 일일이 찍어 낸 거야?"

"응! 어때? 멀리서 보면?"

"나는 페인트를 붓거나 뿌린 건 줄 알았어……. 대단하다, 에블린!"

하진은 에블린이 마치 초능력을 부리는 사람 같았다. 미술에는 젬병인 하진은 에블린의 미술적 감각이 못내 부러웠다. 자신의 손끝에서는 글자나 숫자 외에는 다른 게 제대로 만들어진 적이 한 번도 없었기 때문이다. 오죽했으면 쿠션을 만드는 과제에서 C라는 점수를 처음 맞아 볼 정도였다. 그녀의 순수한 감탄과 피드백은 에블린의 어깨에 힘이 들어가게 했다.

하진의 뒤에서 천천히 1층으로 내려온 라이언을 향해 에블린은 말을 이었다.

"어때? 이번에 갤러리에 세울 작품이야."

"괜찮네."

뒤에서 들려오는 무덤덤한 대답에 하진은 라이언을 돌아보았다. 무슨 소리인지? 이런 대단한 작품을 보고도 그런 반응이라니? 자신의 마음의 소리를 들었는지 라이언은 하진의 얼굴을 힐끔 보더니 한마디 더 덧붙였다.

"잘했네."

어이없는 표정으로 라이언을 쳐다본 하진은 에블린에게 재차 말했다.

"에블린 정말 대단하다. 결과만 봐서 너무 아쉬워. 과정도 보고 싶은데!"

"안 그래도 이번 작품은 그리는 과정도 비디오로 찍었어. 타임 랩스로 만들어서 인터넷에 올릴 거야!"

"와……. 대단하다. 진짜 멋질 것 같아. 나도 링크 좀 줘."

"응. 아직 편집 중이라서 갤러리에 올라갈 때 놀러 와. 꼭 보러 와야 해!"

"갤러리? 어디서?"

"모마."

"뭐라고?"

단조로운 에블린의 대답에 하진은 모마가 그 '모마'가 맞는지 다시 물었다. 뉴욕 맨해튼에 내로라하는 현대 미술관 중의 하나이자 전 세계 아티스트들이 자신의 작품을 걸고 싶어서 안달하는 그곳이 맞는지 반복해 물었다.

"그 모마?"

"응. 그 모마. 뉴욕 맨해튼의 모마. 올해의 주니어 아티스트에 뽑혀서 걸게 됐어."

"와…… 에블린 정말 대단하구나! 나 잊으면 안 돼."

하진답지 않은 농담에 에블린은 한가득 미소를 담아서 등을 들썩거릴 정도로 흔들며 웃었다. 배를 잡고 웃는 에블린의 모습에 혹시라도 또 틱이 나올까 봐 하진은 조용히 미소를 지으며 에블린의 행동을 조심스럽게 바라보았다. 그런 그녀를 내려다보며 관찰하는 라이언의 시선을 하진은 몰랐다.

"흐흐. 크리스틴. 너도 가야지! 나랑 이번 방학에 학교 투어 가기로 했잖아."

곧 마지막 학기만 남으니 이번 겨울에 리그 투어를 가기로 에블린과 한 약속을 떠올렸다.

"아 그렇지. 시기가 비슷해?"

"응. 어차피 그쪽에서 보험업체 통해서 작품 가져갈 거라 몸만 가면 되고 엄마가 레지던스 써도 된다고 했어. 너랑 갈 거라고 하니까 바로 키도 주던데?"

"그래? 그래도 내 몫은 내가 낼게. 재밌겠다!"

라이언이 옆에 있는 줄도 모르고 신나서 하진은 에블린의 양손에 깍지를 끼워 방방 바닥을 뛰며 말했다.

"투어?"

에블린은 라이언에게 답했다.

"응. 나는 겸사겸사 갈 거고. 크리스틴도 미리 학교 좀 볼 겸. 또 겸사겸사."

"흐음. 그래? 어디를 목표로 두고 있는데?"

라이언은 팔짱을 끼고선 하진을 향해 물었다.

"아. 딱히 목표는…… 없는데, 그냥 되는대로?"

"그래도. 이스트? 웨스트?"

"일단은 이스트?"

"하."

자신의 예상과 맞았다는 듯 짧은 탄성을 내뱉은 라이언의 뉘앙스에 하진은 그냥 대답하지 않기로 했다. 에블린에게 볼일이 있다던 라이언의 속내가 뭔지는 모르겠으나, 하진은 에블린과 수다를 떨다가 문득 셋이서 나란히 에블린의 작업대에서 피자를 먹고 있는 상황을 인식했다.

"아. 라이언."

"응?"

그는 피자를 접어서 입에 크게 한 입 베어 물고는 웅얼거리는 소리로 대답했다.

"수업 가야 하는 거 아니야? 지금 종 친 것 같은데?"

오늘 하진은 다음 수업까지 한 시간 정도 더 남았기에 여유를 부릴 수 있었는데, 라이언은 다를 수 있었다.

"난 끝났어. 오늘 과제만 내러 온 거야."

"아."

고개를 끄덕이며 하진은 다시 자신의 피자를 한 입 베어 물고 이내 에블린이 따라 준 콜라까지 연이어 들이켰다.

에블린은 정신없이 피자를 먹다가, 동영상 편집을 하다가 여기저기 손가락을 연신 움직이더니 훌쩍 떠나 버렸다. 이제는 작업대에 라이언과 하진밖에 남지 않았다. 아트 스쿨은 일반 본관과는 다르게 벽에 큰 통창이 나 있어서 건물 앞 높이 뻗어 있는 메타세쿼이아를 제대로 즐길 수 있었다. 열심히 입을 오물거리며 피자를 씹어서 삼키던 하진에게 라이언이 말을 걸었다.

"동부 어느 쪽 보고 있어?"

"글쎄. 아직 내 성적이 그렇게 완벽한 건 아니라서. 그냥 도전?"

"거긴 그냥 도전한다고 되는 곳은 아니잖아?"

"그건 그렇지."

"점수는 나왔어?"

"얼추?"

"거기 정도면 지금쯤 준비는 거의 다 끝났어야 하지 않아?"

"그렇지?"

"너. 정말 너에 대해 얘기 잘 안 하는구나?"

자신의 옆얼굴을 뚫어지게 쳐다보는 라이언의 시선에 하진은 멋쩍은 듯한 표정을 지을 수밖에 없었다. 친구 사이가 그렇게 돈독한 스타일도 아닌 데다가, 수다스럽지도 않은 자신이 그다지 자랑스럽지 않아서 항상 겉돌았지만 내심 그냥 혼자 있는 시간이 좋아 고칠 생각도 없었다. 그러다 상대방이 자신의 대화체에 기분이 상할 수도 있겠다는 생각이 들어 하진은 라이언에게 사과를 건넸다.

"아……. 미안. 내가 사실은."

"아냐. 됐어. 내 업보지 뭐."

"응?"

"나야말로 미안. 부담스러웠다면."

그러고는 나머지 피자 한 조각을 들고는 먹을 거냐는 제스처에 하진은 고개를 흔드는 거로 답을 대신했다.

그날 저녁 하진은 과제를 하다가 우연히 생각난 라이언의 신발 모델을 검색해 봤다. 하진의 모니터에서 아까와 같았던 신발에 청바지를 입은 —체크 남방에 버튼을 채우지 않은 채— 라이언이 오전에 보여 주었던 장난스러운 미소를 지으며 서 있었다. 게다가 큼지막한 이 사진은 찾기도 쉽게 메인 홈페이지에서 걸려 있어 하진이 군이 다른 사진을 찾지 않아도 여러 자세의 다양한 라이언의 모습이 연이어 넘어가고 있었다.

"하. 정말 그 '와이엇' 이네."

○ ● ○

하진은 오늘도 어김없이 방학과 상관없이 적당히 두터운 후드 집업에 장갑을 끼고는 늘 뛰던 산책 코스에서 가볍게 조깅을 시작했다. 아무도 없이 자신의 발걸음과 숨소리만 들리는 이 시간이 항상 좋았다.

오늘은 적당히 30분 정도를 돌다가 동네 커피숍—이제는 단골이 된—에서 스모어 핫초코를 사 들고 나왔다. 조깅은 항상 흙을 밟으며 하고, 코스가 끝나면 따뜻한 음료를 사 들고 돌아오는 게 이제는 데일리 루틴이 되어 버렸다. 하진은 걸어가면서 컵 끝자락에 입술을 가져다 대며 주머니 속에서 울리는 자신의 핸드폰을 열었다.

[C. 언제 와?]

에블린이었다. 겨울 방학이 시작된 후, 에블린은 자신의 작품을 마무리하고는 전시를 위해 뉴욕으로 먼저 떠나 여러 차례 미팅을 하고 있는 중이었다.

하진은 에블린의 문자에 답하기 위해 조심히 컵을 입술로 아슬아슬하게 걸쳐 물었다. 빠르게 두 손으로 답장을 보내기 시작할 즈음에 누군가 자신의 맞은편에서 지나가지 않은 채 그대로 서 있는 누군가의 두 발을 보았다. 고개를 슬며시 들자 하진의 앞에는 지난 학기에 같이 조별 과제를 한 맥스가 있었다. 문자를 채 보내지 못하고 한 손으로 다시 컵을 그러쥔 후, 하진이 말했다.

"맥스?"

"크리스틴. 아침 운동 해?"

"응. 조깅하고 돌아가는 길이야."

"그렇구나. 매일 해?"

"거의? 시간 날 때마다 하려고 해. 너는?"

"뭐겠어. 나는 심부름. 커피가 떨어졌는데, 아침에 꼭 커피가 있어야 하루를 시작하는 가족이 있어서."

"아, 그렇구나. 어서 들어가."

여전히 커피숍 문 앞에 둘이 서 있는 상황이라 하진은 맥스에게 입구 쪽으로 들어가라며 한 걸음 물러났다.

"그럼 내일도 운동해? 어디서? 여기랑 공원은 좀 먼데?"

"아. 근처에서 그냥 적당히 뛰다가 돌아가는 길이야."

하진은 사실 자신 혼자만 즐기는 산책 코스에 굳이 맥스가 동승하는 것을 원하지 않아 —그렇다고 같이 뛰겠다는 얘기는 아니겠지만— 대충 얼버무렸다. 그런 그녀의 대답에 맥스는 고개를 살짝 끄덕이며 말했다.

"그래. 방학 잘 보내고. 다음에 보자."

"응. 방학 잘 보내."

대화를 마무리 지은 하진은 슬며시 한쪽 손을 어색하게 맥스에게 흔들고서는 다시 주머니에서 휴대폰을 꺼내어 에블린에게 답장을 넣었다.

[내일 가. 모마에 제일 먼저 달려갈게.]

[물론이지! 빨리 와. 나 내일 아마 스피치 할 것 같아.]

[스피치?]

[응. 대충 작품 설명?]

[오. 꼭 갈게. 몇 시야?]

[오후 6시!]

[그때 보자. 주소 넣어 줘. 일단 레지던스에 짐 놓고 갈게.]

[E. 65st 애비뉴 35-1번지야. XOXO]

하진은 집으로 들어오자마자 잽싸게 외투와 장갑을 벗고는 주방에서 아침을 내오는 앨리스를 향해 말했다.

"엄마. 저 내일 뉴욕 가는 거 시간 좀 앞당겨도 돼요?"

"그럼. 가능하지. 그런데 왜? 얼마나 빨리 가려고?"

앨리스는 자신의 컵에 커피를 부으며 하진을 보더니 미소를 지었다.

"에블린이 작품 전시 설명이 오후 6시에 있을 거래요. 그거보다는 좀 더 일찍 도착해야 할 것 같아서요. 짐도 놓고, 정리하고, 거기까지 가는 시간 생각하면 오후 1시 정도요?"

"그래. 택시 시간 조정해 줄게."

"감사해요. 비행기 티켓은 제가 다시 시간 맞추면 될 것 같아요."

앨리스와 얘기를 나눌 때 신문을 옆구리에 끼고 주방으로 들어온 그레이엄도 의자에 앉았다. 본인의 컵에 커피를 부으며 그레이엄이 하진에게 물었다.

"지니……. 우리 없어도 괜찮겠어? 혼자 하는 여행은 처음이잖아."

걱정이 가득한 그레이엄의 눈빛에 하진은 별거 아닐 거라는 대답을 했지만, 역시나 앨리스도 한마디를 거들었다.

"그래. 에블린 부모님도 없는데, 우리까지 없어서 무슨 일 생기면 어쩌니."

"괜찮을 거예요. 게다가 거기 레지던스는 보안 시설도 걱정 없대요. 그리고 에블린 오빠도 맨해튼에 있고요. 큰일 없을 거예요."

"자기 전에 꼭 전화해야 한다?"

"그럼요. 그리고 저 그렇게 오래 안 나가요. 고작 일주일인데요, 뭘."

"일주일이나 되니까 그러지."

그레이엄과 앨리스의 걱정은 —하진이 이제 성인에 가까워지는 걸 못 느끼는자— 시간이 갈수록 옅어지지도 않고 오히려 더 짙어지는 것 같았다. 그래도 항상 자신의 건강과 안전이 우선인 두 분에게 하진은 늘 기꺼이 안심시켜 드렸다.

"걱정하지 마세요. 에블린 전화번호 알려 드릴게요."

에블린의 전화번호와 레지던스 주소에 비행기 티켓까지 모두 복사한 종이를 하진에게 받고 나서야 그레이엄은 마음 한편이 안심한 듯 살짝 내려가는 것 같았다. 항상 조용하고 안정적인 것만 추구하는 하진이 새 동네로 이사를 오자마자 친구를 사귀었다는 말을 들었을 때, 그레이엄은 앨리스와 밤새 전학 오길 잘했다며 대화를 나눴다.

지난 동네는 너무 도심 속에 있어서 그런지 이웃들이나 학생들의 시기 질투가 많아 하진이 내심 마음의 상처를 많이 받고 자라는 게 너무 마음이 아팠다. 외모에서부터 다르게 보이는 입양 사실도 한몫을 단단히 했다.

다행히 이곳에서는 우울한 표정이나 어두운 기색 없이 다시 밝은 하진의 어린 시절 모습으로 돌아오는 것 같았다. 자신들에게 친구들의 괴롭힘에 대해서는 단 한 번도 입 밖으로 꺼내지 않았던 하진에게 받은 충격은 너무 컸다. 그만큼 자신의 딸이 홀로 버텨 보려 하지 않았겠냐고 말한 앨리스가 그레이엄 앞에서 하늘이 무너져라 울었던 일은 이제 과거가 되었다.

그레이엄은 늦은 오후에 자신의 사무실로 걸려 온 교장의 전화에 너무 놀란 나머지 의자가 뒤로 밀려 넘어졌다는 것도 모르고 전화를 끊고 다시 앉으려다 바닥에 엉덩방아를 찧기도 했었다.

— 미스터 브라운. 이런 말씀을 전화로 드리기가 못내 죄송스럽지만, 요즘 하진의 주변에 떠도는 루머나 동급생들의 장난이 심한 것 같아서요. 담임으로서 좀 더 챙겨 주지

못해서 죄송합니다.

'그게 무슨 소리인가요?'

— 아, 설마…… 모르고 계셨나요?

당시에 진짜 모르고 있을 줄은 몰랐다는 듯한 담당 교사의 말에 그레이엄은 제 인생에서는 다시없을 목소리로 온몸을 부르르 떨며 대화 상대에게 소리를 질렀다. 이제야 부모에게 알려 주는 학교가 어디 있냐며, 한껏 격앙된 소리로 거칠게 욕설을 내뱉은 그레이엄은 그날 모든 진료를 취소시킨 후, 앨리스의 사무실로 넘어갔다. 앨리스도 몰랐던 사실에 그레이엄은 곧장 하진을 야단치려 하였으나, 항상 밝은 미소와 목소리로 자신을 맞이하는 하진에게 고작 해줄 수 있는 일은 더 이상 상처를 받지 못하게 새로운 동네에서 새 출발을 하는 거였다. 어떻게 눈에 넣어도 아프지 않을 딸에게 본인이 잘못하지도 않은 일로 야단을 칠 수 있을까.

앨리스는 동네를 떠나오며 하진이 모르게 학교 교장을 만나서 이런 사태가 두 번 다시 일어날 수 없도록 전교생을 교육하라는 무모한 요청을 했다. 당시 교장은 혹여라도 동네 신문이나 언론에 나올까 두려워 앨리스의 앞에서 그저 고개만 조아렸다고, 아주 긴 시간이 지나고 난 후에야 하진은 앨리스를 통해 들었다. 그렇다고 그 교장이 학생들을 교육했다는 이야기는 따로 듣지 못했지만 말이다.

○ ● ○

아침을 먹고 난 후, 하진은 제 방으로 돌아와 여행용 가방에 적당히 속옷과 필기구, 노트북 등 투어와 여행에 필요한 것들을 담기 시작했다. 혼자 하는 여행인 데다가 모처럼 마음이 맞는 친구와의 시간에 하진은 살짝 들떴다. 블루투스 스피커로 자신이 좋아하는 재즈 음악을 틀고는 스텝을 밟으며 여기저기 놓아둔 옷들을 대충 개고 나서 가방에 던지듯 넣었다.

똑똑.

"네!"

하진은 급히 스피커 볼륨을 조금 낮추어 자신의 방으로 들어오는 앨리스를 바라보았다. 시계를 보니 평소 앨리스가 이미 출근하고 나서도 한두 시간이 훌쩍 넘어 있는 시간이었다.

"오늘은 출근 안 하세요?"

"응. 오늘은 오프구나. 더 도와줄 건 없니?"

"네. 그냥 이것들만 가방에 다 넣으면 돼요."

"그래?"

말을 마무리한 앨리스는 자연스럽게 가방 앞에 앉아서 하진이 대충 던져 넣은 옷을 다시 단정히 정리하기 시작했다. 하진은 앨리스의 맞은편 방바닥에 마주 앉아서 그녀와 같이 차례대로 정리했다.

"하진. 꼭 자주 연락하고. 어디부터 들러 볼 예정이니? 이미 예약은 했지?"

앨리스와 그레이엄은 항상 하진이 먼저 말하기 전까지는 자신들이 원하는 학교나 전공들을 일절 제안하거나 강요하지 않았다. 묻지 않아도 하진은 부모의 양육 방침에 늘 감사하며 살고 있었다. 주변 친구들을 보면 하버드를 나온 부모의 자녀들은 무조건 하버드를 가야 한다는 압박 속에서 입시를 준비하던 터라 그 스트레스가 얼마나 큰지 알 수 있었다.

"네. 그럼요. 일단은 하버드. MIT. 프린스턴. 브라운 쪽만 먼저 갈 거예요. 어차피 학교 투어 프로그램 예약이 된 하버드 빼고 나머지는 그냥 여행하는 것처럼 혼자 둘러보고 오면 될 것 같아요."

"그래. 하진은 골라 갈 수 있을 거야."

앨리스는 어디든 좋으니 걱정하지 말라고 늘 말했다. 하진은 사실 모두 다 학비가 너무 부담되던 터라 장학 재단을 알아보았으나, 사실상 선택받을 수 있는 재단이 그리 많지 않아서 아이비리그를 택해도 되는지 걱정이었다.

"그런데……. 학비가 너무 비싸지 않을까 싶어요."

"그런 생각 하지 말렴. 우리가 설마 그 정도도 없을까."

앨리스는 항상 학비나 생활비는 걱정하지 말라는 말을 입에 달며, 본인이 원하는 것을 이루라는 응원을 아끼지 않았기에 하진은 곧이곧대로 이 말을 믿어야 하는지 늘 머릿속에 무한한 질문과 답변을 반복하며 지냈었다.

"그래도. 너무 많지 않아요? 재단도 찾아볼 수 있고요……. 아니면 장학금이라도요……."

"일단은 합격이나 한 다음에 생각하자. 그리고 누누이 얘기했지만, 브라운 패밀리 믿어도 된단다."

항상 자신들을 브라운 패밀리라고 말하는 앨리스와 그레이엄은 정작 보통의 어느 집안과 다르게 검소하게 살았다. 비싼 명품 하나 사는 걸 본 적이 없었고 늘 같은 자동차를 10년째 타고 다녔다. 검소하다고 나름대로 생각했지만 다시 돌이켜 보면 하진은 자신이 경험한 모든 상황이나 교육들이 절대로 검소하지만은 않았다는 거, 바보도 알 수 있을 거라고 생각했다.

"그럼, 제가 어디 갔으면 좋겠어요?"

처음으로 제 의사를 묻는 하진의 물음에 앨리스는 눈을 크게 뜨며 말을 잇지 못했다. 마치 하진이 물어볼 줄 몰랐다는 듯이 말이다.

"딱히 없으세요?"

앨리스는 조용히 가방의 끄트머리에 있는 지퍼를 잡고는 마무리 정리를 했다.

"나는…… 정말 지니가 꿈을 펼치고 싶은 곳에, 그리고 원하는 곳이 있다면 어디든 좋단다."

"그렇지만 저도 엄마처럼 예일이나 브라운을 택할 수 있는데도요?"

"그게 무소 소용이니? 나는 내가 원해서 간 곳이란다. 아빠도 그렇고. 게다가 하진도 원하는 곳이 있지 않니?"

"전, 지금 딱히 어느 곳이든 상관없어요. 다만, 통계랑 시스템 개발 쪽으로 배워 보고 싶기는 해요."

"컴퓨터? 어떤 거? 개발자?"

"네. 프로그램 개발 같은 거 해 보고 싶어요. 지난 학기 과제에서 맥스라는 아이랑 했었는데, 정말 재밌었어요. 데이터 분석해서 예측하는 부분이라든가, 자료 분석도 재밌었고요. 결과 만드는 과정도 재밌었어요."

"그래? 아빠 동창 친구 중에 샌프란시스코에서 엔젤 인베스터로 계신 분이 있어. 나중에 뉴욕 다녀오고 시간 되면 그분 만나 보러 가 볼까? 그분이 꽤 많은 스타트업에 투자하고 있다고 들었는데 지니한테 딱 좋을 것 같네."

갑자기 적극적으로 계획을 추진하는 앨리스의 태도를 당혹스러워해야 할지, 아니면 자신들처럼 전문직 분야의 업종으로 안 가는 걸 당연하게 받아들여 서운해야 할지. 하진은 순간 어떤 반응을 내비쳐야 하는지 몰라서 이내 직설적으로 묻고 말았다.

"제가 의사나 변호사 같은 공부 안 해도 괜찮으세요?"

"뭐?"

자신은 나름 진지하게 물어본 질문인데 앨리스는 얼굴이 벌게지더니 배를 잡고 웃었다. 앨리스가 눈꼬리에 눈물까지 매달고서는 열심히 웃자 이내 계단에서 우당탕 소리를 내며 올라온 그레이엄이 —오늘은 아버지도 오프였나 보다— 무슨 재밌는 일이냐며 하진의 방으로 들어왔다. 하진이 한 말을 그대로 읊은 앨리스는 다시 또 웃기 시작하더니 이젠 그레이엄까지도 미소를 지었다.

제 말이 그렇게 웃기지도 않은데 두 분이 행복하게 웃는 모습을 보니, 하진 역시 미소를 짓지 않을 수 없었다. 대답을 안 해도 하진은 알아들었다. 자신이 얼마나 복에 겨운 가정에서 태어나 사랑받고 있는 아이인지를.

2

공항에 도착하자마자 그레이엄과 앨리스를 겨우겨우 떼어 보내고서는 하진은 그제야 자신의 좌석을 찾아 앉으며 긴장의 숨을 내뱉었다. 겨우 두 시간 거리인 뉴욕행에 비즈니스 좌석이라니. 부모님이 첫 여행이니 안전히 가라며 그녀 모르게 비즈니스 좌석을 예매해 주셨다.

하진은 승무원들이 자리에 앉은 승객들의 안전벨트를 확인하며 지나가자, 자신의 자리를 다시 정리했다. 핸드폰 충전기도 다시 좌석에 연결했고, 두 시간 동안 읽어 볼 짧은 잡지도 구매했다. 아직 옆 좌석은 비어 있는 터라 잠시 파우치를 올려놓고서는 꽉 매여 있는 신발 끈을 풀기 위해 허리를 숙였다.

자신의 옆자리에서 인기척이 느껴지자 하진은 재빨리 좌석에 올려 둔 파우치를 거두며 말했다.

"아! 죄송합……."

"……."

하진이 말을 끝맺기도 전에 바라본 장신의 남자는 가방을 선반 위에 올리다 말고 두 눈을 크게 뜬 채 할 말을 잃었다는 듯이 그저 그녀를 바라만 보고 있었다. 그는 지난 학기 마지막 날에 만났던 라이언이었다.

라이언은 지난번 그녀의 모니터에서 봤던 화보 속 모습 그대로 청바지에 흰 티를 입었고 그 위에 두꺼운 패딩을 걸친 상태여서 그런지 순간 겨울 시즌 화보를 찍으러 가는 건가 싶었다. 스포티한 옷차림은 한껏 라이언의 매력을 더 두드러지게 만들어 주는 것 같았다. 혼자만 청춘스타 같달까.

"라이언?"

"크리스틴? 너 뉴욕 가? 아. 투어?"

그제야 지난번에 만났을 때 얘기한 투어와 오늘의 목적지인 뉴욕을 연결 지은 라이언은 자신의 옆자리에서 비행 준비를 모두 끝마친 하진의 모습을 내려 보았다.

그녀는 지난번과는 다르게 라인이 드러날 정도로 ―비록 앉아 있지만― 달라붙는 청바지에 워커를 신고는 날씬한 몸매를 보여 주듯 아이보리 니트를 입고 있었다. 학교에서는 늘 책벌레 같은 펑퍼짐한 옷을 입더니 오늘은 여행 가는 날이라 그런지 꽤 달라 보였다. 라이언은 늘 주위에서 키가 큰 여자애들만 보다가 체구가 작지만, 비율이 좋은, ―게다가 꾸준히 운동이라도 하는지― 오늘따라 싱그러운 느낌의 크리스틴을 만나니 새삼 달리 느껴졌다.

마찬가지로 말을 어떻게 이어야 하는지 모르겠는 하진은 제 옆에 앉는 라이언을 그저 바라보다가 그에게 물었다.

"너도 뉴욕 가? 혼자?"

근처 좌석을 둘러보며 라이언 주변에 일행이 없는 것을 확인한 하진이 다시 그에게로 시선을 돌렸다.

"응. 나도 볼일이 있어서. 너도 혼자 가?"

"그렇구나. 응. 혼자 가는 중."

라이언은 무슨 일이냐고 물어볼 줄 알았던 하진에게서 자신이 원하는 대답이 나오지 않자 어깨를 으쓱하며 다시 자신의 여정을 말해 버렸다.

"촬영 가거든."

"아, 스피릿."

"하. 이제 아네? 지난번엔 모르는 것 같더니."

짧은 탄성과 함께 입술을 삐죽인 라이언은 하진에게 농담처럼 말을 던졌다. 그는 꽤 그녀의 대답이 마음에 들었는지 눈가에 장난기가 걸려 있었다.

"검색도 해 봤어?"

이내 팔짱을 끼고는 하진에게 몸을 틀어 대놓고 물어보았다. 하진은 그런 그에게 가볍게 응수하며 잡지를 펼치기 위해 선반을 내렸다.

"그냥. 신발이 이뻐서 검색해 보니까 나오더라. 메인 페이지에."

잡지를 읽으려고 첫 페이지를 열자마자 하진은 말을 더 잇지 못하고 그저 두 눈을 잡지에 고정했다. 자신이 대충 킬링 타임용으로 산 내셔널지오그래픽 잡지의 속지 첫 장부터 라이언이 튀어나왔기 때문이다.

하진은 어이없다는 듯한 표정을 지으며 잡지를 활짝 가로로 펼쳐 들고는 라이언을 향해 보여 주었다.

"너 여기에도 있네?"

그런 하진의 말에 라이언은 어쩔 거냐며 어깨를 으쓱하고는 자리에서 겉옷을 벗고는 적당히 반으로 접어 자신의 다리 위에 걸쳐 두었다.

라이언은 이어서 옆자리에 앉아 자신이 나온 화보를 바라보는 하진을 물끄러미 응시했다.

한 장을 더 넘기자 이번엔 라이언이 상의를 탈의한 채 대충 바지를 걸쳐 입고 있는 사진이었다. 하진은 문득 라이언의 화보를 보다가 성인이 아닌 청소년을 모델로 이런 걸 찍어도 되는 건가 싶은 생각에 잠시 빠졌다. 속옷이 안 보이니 가능한가? 아동이 아니라서? 여러 의문을 머릿속으로 건네다가 이내 다음 장으로 넘기려 하는데 자신의 손은 더는 다음 장으로 넘기지 못했다.

하진의 손에서 다급히 잡지를 낚아채 간 라이언의 큰 손은 이내 잡지를 두 손으로 부채처럼 찌그러트렸다. 뭐 하는 건지. 자신의 잡지를 구기고 있는 라이언의 행동에 하진은 당황한 나머지 뭐 하는 거냐고 물어볼 찰나에 비행기 이륙으로 인해 고개가 갑자기 뒤로 꺾어져 더 이상 말을 잇지 못했다.

어느 정도 비행기가 고도에 올라가자 라이언은 잡지를 다시 잘 펴서 하진에게 돌려주더니 안전벨트 사인이 풀리자마자 좌석을 뛰쳐나갔다. 하진은 그런 그의 의도를 몰라서 다시 잡지 속 라이언을 지나쳐 북극곰 생태계가 얼마나 위험한지에 대해 나열한 기사를 읽고 있었다.

"크리스틴. 에블린은 언제 만나?"

금세 다시 자리로 돌아온 라이언은 아까 일은 없었던 것처럼 철면피처럼 빠르게 이전의 라이언으로 돌아왔다.

"아. 오늘 오후에 볼 거야."

"레지던스에서?"

마치 레지던스가 어디에 있는지 안다는 것처럼 물어보길래 하진은 에블린이 예전부터 와이엇이랑 집안끼리 알고 지내는 사이라는 말을 떠올렸다. 고개를 끄덕이려다가 모마에서 만나기로 한 사실을 얘기했다.

"도슨트 같은 거 하려나 보네."

"아. 그런가 봐. 그래서 일단 레지던스에 들렀다가 바로 갈 거야."

또 질문에만 답변한 하진은 겸연쩍은 듯이 몇 초가 흐르고 나서야 라이언에게 다시 물었다.

"넌? 스피릿 찍어?"

"아니. 이번엔 블루진."

"아, 아까 그 브랜드?"

하진은 다시 앞쪽에 있는 화보로 돌아가서 그 브랜드가 맞는지 보려 했지만 잡지 한쪽을 엎어 버리는 라이언의 손 때문에 더는 넘기지 못했다.

그녀는 약간 상기된 라이언의 광대를 보고 나서야 알아차렸다. 아. 부끄러운 거구나. 그녀는 그런 그의 얼굴을 보면서 처음으로 구릿빛 피부에서도 홍조가 보일 수 있다는 걸 깨달았다.

"너. 나 놀리려는 거지? 사람 앞에 두고 화보 보여 주는 게 얼마나 낯간지러운 건지 알아?"

"모델이라서 다 괜찮을 줄 알았어. 미안. 부끄러워할 줄 몰랐어."

"부끄러운 거 아니거든?"

욱하며 대답하는 태도 때문에 사실상 그가 한 말의 신빙성이 떨어져 보였으나 하진은 그러려니 했다.

"청바지 브랜드야? 넌 모델 일 계속하는 거야?"

"응. 청바지 브랜드고. 아니야. 모델 일 계속하는 거. 그냥 돈도 벌고 재밌어서 하는 건데 이번에 마지막으로 하고 학생으로 돌아가야지. 마지막 학기 남았는데 더 이상 뒤로 미룰 순 없어서."

"아. 그럼 일은 이번이 마지막?"

"그렇겠지? 넌? 학교는 정했어? 어디로 갈 거야?"

"글쎄. 아직 선택은 안 했고 선택할 곳을 정하러 가는 거라. 일단은 뉴저지 쪽으로 갈 거야. 갤러리 먼저 본 다음에."

"전공은 어떤 거 할 건데?"

라이언은 앞좌석 뒤에 붙어 있는 선반을 제 쪽으로 내리고선 자신을 향해 다가오는 승무원에게 물을 부탁했다. 그러더니 하진도 먹을 거냐는 손짓에 그녀는 고개를 살짝 끄덕이는 거로 답을 대신했다. 그는 다시 고개를 돌려 승무원에게 손가락 두 개를 곱게 펼친 후, 물을 부탁했다.

승무원은 라이언이 누군지 아는 것처럼 아주 상냥한 미소를 돌려주며 자신의 크루들이 있는 곳으로 종종걸음을 치며 걸어 나갔다.

"음. 우선은 데이터 분석?"

"그런 거 좋아해? 하긴. 잘 어울릴 것 같아."

"내가? 어떻게 알아?"

"너 말없이 뭐 하나 뚫어질 듯 집중해서 보는 거 좋아하는 것 같아서."

그러더니 예의 그 시원하게 뻗은 코끝으로 라이언은 하진의 앞에 꽂혀 있는 아까 그 잡지를 가리켰다. 아깐 뭐 낯부끄러워하더니.

"일단은 흥미이고 내가 잘할 수 있는지는 알 수 없어서……. 투어에서는 시니어들도 만나 볼 수 있으니까 적당히 알려 주겠지. 그러는 넌? 학교는 정했어?"

"응. 아버지가 곧 죽어도 자기 후배 아니면 학비 안 대주시겠대."

"아하. 어디 나오셨는데?"

라이언이 좀처럼 대답을 하지 않자, 그냥 말하기 싫은가 보다 싶어서 하진은 조용히 승무원이 건넨 물을 마셨다. 밝히기 싫을 수도 있겠다는 생각이 들어서, 다른 말을 꺼내 보려는 찰나에 라이언은 답했다.

"하버드. 그리고 로스쿨."

"그래?"

단조롭게 대답하는 하진의 말이 마음에 들지 않았는지 라이언은 자신의 등을 좌석에 비비면서 최대한 편한 자세를 만들려는 듯 앞좌석으로 다리를 뻗었다. 긴 다리는 비즈니스석의 자리도 불편한지 무릎이 산 모양을 만들어야 그의 신발이 겨우 앞좌석 받침대에 놓일 수 있었다.

멍하니 하진은 시선을 허공에 두다가 이내 고개를 끄덕이며 자신의 핸드폰과 이어폰을 꺼냈다.

"넌 내가 갈 수 있을 거라 생각해?"

편한 자세에 돌입했는지 라이언은 자신의 앞머리를 옆으로 넘기며 시원한 이마를 내보이고 있었다. 이런 자세로도 화보를 찍을까 싶을 정도로 굉장히 자연스러운 모습이었다.

"글쎄. 네가 제일 잘 알겠지. 난 네 성적도 모르는데?"

하진이 무심하게 답하고는 이어폰 한쪽을 꽂고 고개를 옆으로 돌려 나머지 한쪽도 꽂으려 했다. 그런데 이번에도 라이언은 하진의 손에서 잽싸게 한쪽을 가져가더니 그의 귀에 꽂아 버렸다.

"들어 봐. 난 노래 저장 안 해 놔서 심심했는데. 잘됐네."

"야."

자신이 좋아하는 재즈풍 보사노바를 들으려면 하진에겐 양쪽의 스테레오 사운드가 필요했다. 휙 가져가 버린 자신의 한쪽 이어폰을 라이언의 귓속에서 꺼내 버리려다가 혹시라도 화보 찍는 저 얼굴에 자신의 손자국이라도 날까 싶어 그냥 쉽게 포기해 버리고 좌석에 등을 기대었다. 비행기 안에서 굳이 위험하게 실랑이를 하고 싶지도 않았다.

머리를 좌석에 쿵 기댄 후 ―날 불편하게 한다는 심사를 보여 주고 싶었다― 그녀는 노래를 틀며 말했다.

"그래서 몇 점인데?"

"몰라."

"그래."

말하기 싫은 상대에게 더 물어보는 재주나 배려 따위 하진에겐 없었다. 그냥 그는 그고, 나는 나니까. 예상치 못한 라이언의 등장에 기분이 이상했지만, 하진은 자신의 첫 뉴욕 —혼자 하는— 여행에 라이언이 옆에 앉아 다행이라고 생각했다. 뭐, 아무것도 모르는 사람보다는 낫지 않을까.

두 시간의 비행이 끝나고 나서 하진은 라이언과 번호를 교환했다. 본인도 갤러리에서 작품을 보고 싶다는 의사를 내비쳤기에 하진은 오지 말라고 할 수도 없고, 그렇다고 에블린에게 네가 직접 물어보라고 말하기가 쉽지 않았다.

"자. 여기."

그는 그녀의 핸드폰을 이리저리 만지더니 다시 돌려주었다.

"뭐 타고 가? 내 차 같이 타고 가. 어차피 에블린네 레지던스랑 가까워."

라이언은 자신의 더플백을 가볍게 어깨에 둘러메고는 자연스럽게 하진의 캐리어를 손으로 잡았다. 마치 당연히 동행할 거라는 듯이.

"나는 택시 타고 가면 되는데?"

"여기서? 혼자? 굳이?"

왜 여기서. 혼자. 굳이. 자신이 택시를 타고 가는 게 이상한 걸까 싶은 하진은 자신의 캐리어 손잡이를 위로 올려서 본인 키에 맞추려는 라이언을 쳐다보았다. 그건 내가 하고 싶은 말인데. 하진은 이제 혼자 하는 여행의 묘미인 '혼자서 장소를 찾아가는 모험'을 해 보고 싶었다.

"난 괜찮아. 혼자 가도 돼. 어차피 이곳에도 혼자 오려 했던 건데? 에블린은 오후에 만날 거고."

"나 차 있다니까?"

라이언은 이제 하진의 성격을 파악했는지 대답을 듣기도 전에 그냥 그녀의 캐리어를 끌고 먼저 출발해 버렸다. 하진은 멀어지는 자신의 노란색 캐리어를 바라보며 어쩔 수 없이 라이언을 향해 뛰어갈 수밖에 없었다.

라이언이 멈춰 선 게이트 앞에는 검은색 세단이 서 있었고, 라이언이 나오자마자 자연스럽게 그의 가방과 자신의 캐리어를 받는 기사를 보았다.

순간 와이엇 집안에서 마중을 나온 건가 싶었던 하진은 그냥 아무 말 없이 라이언이 열어 준 뒷좌석으로 몸을 구겨 넣었다. 자신이 생각한 여행은 이게 아닌데. 하진은 정신없이 라이언을 따라오다 보니 어느새 차 안에 있는 자신이 보이자, 이것도 여행의 한 부분이라 생각하는 게 마음 편하다며 조용히 자리를 잡아 앉았다.

라이언이 비어 있는 그녀의 옆 좌석에 앉고 나서야, 운전기사는 백미러를 통해 라이언의 얼굴을 한 번 보더니 물었다.

"라이언 씨. 어디로 가면 되나요?"

"우선 어퍼 이스트 쪽으로 가 주세요. 몇 번지야?"

"아."

자신부터 먼저 내릴지 몰랐던 하진은 핸드폰을 열어 에블린이 보내 준 주소를 읊었다. 기사님을 향해 앞좌석에 고개를 좀 더 밀어 다시 한번 주소를 크게 불러 준 그녀는 제 위치에 다시 자리 잡고는 라이언 바라보았다.

"라이언. 고마워. 택시비 굳었네."

"됐어. 고마우면 이따 햄버거나 사."

라이언은 창문 밖으로 거대한 버거킹 광고판이 지나가자 그냥 충동적으로 내뱉었다.

"햄버거? 아 이따 갤러리에서? 몇 시에 올 건데?"

"미팅 끝나고 갈 거라서 아마 7시쯤?"

"그러면 끝날 수도 있어. 에블린이 6시라고 했거든."

하진은 라이언에게 다시 한번 에블린과 만나는 시간을 재차 얘기했다.

"그럼 6시까지 가지 뭐."

"그래. 에블린이랑 다 같이 먹자."

하진은 편안하고 안전하게 레지던스로 향하는 자동차에 앉아 몸을 풀었다.

사실 혼자 하는 여행이 처음인지라 긴장했던 몸에 이제야 온기가 스며드는 것을 느끼며 여유로운 눈빛으로 공항에서부터 수려하게 지나쳐 가는 풍경을 바라보았다. 저 멀리 맨해튼에 우후죽순으로 뻗어 있는 빌딩들이 그녀의 시선을 사로잡았다. 오늘따라 유난히 높은 하늘과 적당한 구름이 앞으로의 일주일도 기대하게 했다.

○ ● ○

라이언은 왜 자신이 그냥 단순히 미팅이라고 말했는지는 모르겠지만, 사실은 그렇게 쉽게 끝날 일이 아니었다. 급하게 하진을 레지던스에 데려다주고는 약속 장소로 빠르게 향했다. 오늘은 사실 블루진 화보 마지막 촬영을 해야 하는 터라 거의 밤샘 작업이 예정되어 있었는데, 하진과 얘기하다 보니 6시에 약속을 잡은 자신을 뒤늦게 깨달았다.

아까부터 하진이 옆에 있을 때마다 가끔 머리 회로가 멈추는 것 같은 느낌에 제정신을 차리려 물도 마셔 보고, 노래도 들어 보려 했지만, 코끝에 스며드는 하진의 향기에 순간 정신을 못 차렸다. 그녀의 동그란 어깨를 감싸 안아 향기를 깊게 들이켜고 싶었다.

상의를 탈의한 자신의 화보를 보는 하진의 모습에 자신도 모르게 잡지를 구겨 버린 데다가 퉁명스럽게 대답한 상황까지 다시 떠올린 라이언은 두 무릎에 머리를 욱여넣고는 뒷머리를 거칠게 위아래로 헤집었다.

그냥 말 한번 걸다 보면 자연스럽게 두 마디, 세 마디가 되어 편하게 그녀와 대화를 하다 보니 좀처럼 자신답지 않게 장난까지 치게 되니 누가 보면 미스터 와이엇 주니어 맞느냐고 놀릴 게 뻔했다.

라이언은 다시 머리를 좌석에 들이받듯이 대고는 창문으로 오늘의 미팅 장소를 보며 입을 일자로 굳게 다물었다.

'일단. 6시까지 끝내고 보자.'

사실은 하진과의 약속을 취소하는 게 맞으나, 어떻게든 6시 안에 끝내 보려는 자신이 순간 너무 웃긴 라이언은 기사가 문을 열어 주기도 전에 자신이 먼저 문을 열고 나왔다. 라이언의 얼굴에선 좀처럼 입꼬리가 내려가지 않았다.

○ ● ○

하진은 캐리어를 올려다 준 라이언에게 고맙다고 말하며 에블린이 알려 준 번호를 누르고서는 현관에 들어왔다. 현관은 자신의 집보다 더 넓은 데다가 앞이 탁 트여 있어 센트럴 파크의 공원까지 보였다. 시원하게 뻗은 나뭇가지에 이제는 낙엽이 쌓인 벤치까지. 더할 나위 없이 완벽한 창밖 풍경에 하진은 소파에 몸을 맡기고 일단은 누웠다.

캐리어는 여전히 라이언이 놓아 준 그 위치에 있었고, 하진은 좀 더 누워 있다가 에블린이 알려 준 자신의 방문 앞에 섰다. 에블린은 자신의 방을 따로 마련했다고만 말했지, 우리 집 거실보다 넓은 이 방을 정말 방이라고 하는 게 맞는가 싶었다.

적당히 화이트와 다크블루가 섞여 있어서 분위기가 아늑했고 방 끝에 놓인 침대는 하진이 세 번을 굴러도 방바닥에 닿지도 못할 정도로 커 보였다. 더블킹 정도 되려나? 에블린 피셔의 레지던스에서 잘 거라는 하진의 말에 그레이엄과 앨리스가 쉽게 고개를 끄덕인 건 이미 피셔 패밀리를 알아서일까? 하진은 현관에 둔 캐리어를 끌어서 일주일 동안 신세를 지게 될 자신의 방에 옷가지들을 풀었다.

어느 정도 가방을 정리한 후에 그녀는 나머지 거실과 주방을 여기저기 구경하면서 걸었다. 시계를 확인한 하진은 모마에 있을 에블린에게 전화를 걸었다.

"에블린?"

— 크리스틴! 잘 도착했어?

"응. 라이언이랑 비행기에서 우연히 마주쳐서……"

— 아아. 들었어. 6시에 같이 온다며? 걔 아마 오늘 화보 촬영인 걸로 아는데?

"그래? 6시까지 가능하다고 하던데?"

— 안 될걸…… 아마? 오늘 마지막 화보라 늦게 끝난다 했었는데.

"뭐 어쩔 수 없지."

어떤 소식이 더 최근인지는 모르겠지만 만날 수 없다는 사실은 확실한 것 같으니 그냥 하진은 에블린에게 좀 더 일찍 갈 수 있겠다고 답하고서는 옷을 갈아입었다.

버스에서 내린 후 하진은 맞은편에서 사람들이 일제히 줄지어 입장을 기다리고 있는 하얀 건물의 미술관을 바라보았다. 그 주변에는 노란 택시들이 도로를 미끄러지듯이 달리고 있고, 엄마 아빠 손을 잡고 들어가는 아이들. 친구들과 얘기하며 들어가는 학생들. 데이트하러 온 연인들. 각양각색의 사람들이 약속이라도 한 듯 모마에 들어가고 있었다.

하진도 도로를 건너서 모마의 현관 게이트를 지났다. 여기저기 오늘의 행사와 전시에 대한 설명이 이어졌고, 저 멀리 티켓 부스에서는 사람들이 한쪽에 이어폰을 꽂은 채 도슨트의 설명을 열심히 듣고 있었다. 쌀쌀한 날씨 탓에 코트를 입고 왔지만, 내부는 쾌적해서 하진은 코트를 벗어 한쪽 팔에 걸쳤다. 핸드폰을 들어 에블린에게 문자를 한 하진은 앉을 곳을 찾아서 두리번거렸다.

[C. 메인 갤러리에서 6시에 보자. 아마 그때부터 시작할 거야.]

하진은 에블린의 문자를 확인한 뒤 약 10분 정도 남았다는 사실을 감안하며 근처의 안내서를 찾아 읽었다.

'올 한 해를 마무리하는 주니어 아티스트, 에블린.'

'에블린의 색채는 어디서 왔을까?'

'스타 E 그녀는 누구인가?'

'역시 피셔의 피셔!'

안내서에 담겨 있는 에블린의 짤막한 기사를 어느 정도 읽고 나니 하진은 새삼 빅토리아에서 새로 사귄 첫 번째 친구가 얼마나 잘나가는 유명인인지 피부에 와닿는 거 같았다. 오늘 작품 전시를 보면 더 커 보이겠지 싶다.

하진은 지난 학기에 에블린과 만나 여러 얘기를 나누며 서로 생각하는 삶과 태도가 너무 비슷하고, 노래 취향에 성격까지 딱 맞는 것을 알게 되었다. 이제야 친구 관계가 어떤 것인지 제대로 알게 해 준 에블린을 만나서 무한 영광이었다. 에블린에게는 자신이 이전 동네에서 어떤 장난을 당했는지도 얘기했었다. 당시 그 얘기를 들은 에블린이 광분하며 그 아이들의 신상 정보를 찾아내려는 등 분노를 감추지 못했다. 그녀는 그 와중에도 흥분을 많이 했는지 너무 손을 떨기 시작해서 한동안 하진이 에블린의 손을 잡아 등을 토닥이는 등 그녀의 격정적인 반응을 다독이기 위해서 열심히 타일렀었다. 제 일인 양 화를 내주는 에블린을 보며 하진은 적어도 빅토리아에 온 게 자신에게는 큰 선물이자 위로라는 생각이 들었다.

에블린은 자신의 학창 시절도 별다를 것 없다고 말해 주었다. 하진과 마찬가지로 어렸을 적에는 틱 장애라는 이유 하나로 아이들에게 왕따도 당하고 놀림도 받았다고 했다. 다행히 거의 유치원 시절부터 같이 자란 라이언이 옆에 없었다면 에블린은 견디지 못했을 거라고도 말했다.

라이언은 깍쟁이처럼 생긴 거와는 다르게 에블린을 살뜰히 챙겼는데, 당시 피셔 패밀리랑 와이엇 패밀리가 옆집에 살게 되면서 어렸을 때부터 같이 자라다시피 했다고 한다. 나중에 알게 된 거지만 옆집이 그냥 옆집이 아니었다. 그냥 지도상 옆집일 뿐이었다. 그래서 그런지 라이언을 추종하는 무리가 에블린을 더 괴롭힌 이유는 말 안 해도 알 수 있었다.

그나마 전학 와서 친구가 없는 하진이 혼자 있던 걸 보고는 에블린이 말을 걸었는데 에블린은 당시 하진이 남들 눈치는 보지도 않고 혼자 여유롭게 시간을 보내는 게 신기하고 궁금해서 처음 용기를 내 보였다고 했다.

하진은 그런 에블린의 말을 듣고 제 진심을 말하지는 못했다. 그녀의 용기가 얼마나 자신에게 도움이 되었는지.

그녀는 지난 학기에 보았던 에블린의 작품을 이제야 제대로 갤러리에서 볼 수 있다는 설렘에 자리에서 일어나 코트를 쥐고는 메인 홀로 향하는 계단을 올라갔다.

계단을 올라가며 그녀는 핸드폰의 시계를 확인했다. 이제 6시가 되어 가는데도 라이언은 에블린의 말대로 오늘은 못 올 모양이다. 굳이 문자를 일일이 하는 사이가 아니기도 했고, 에블린을 통해서 말을 들었으면 그런대로 소식은 알려 준 거니, 딱히 자신이 다시 문자로 물어볼 필요는 없다고 생각했다.

멍하니 계단을 걸어간 하진은 북적이는 사람들 속에서 연신 감탄과 탄성의 소리를 듣고는 고개를 들었다. 메인 홀이 위치한 곳에는 아트 스쿨에서 보았던 그림이 멋스럽게 걸려 있었다. 모두가 보기 쉽게 천장에서 길게 뻗어져 내려온 철사에 걸려 있는 에블린의 작품은 다시 보아도 웅장하고 생동감 있었고 아름다웠다. 하진은 이 많은 관람객 앞에서 당당히 자기소개하는 에블린의 모습에 자신이 부모가 된 것처럼 뿌듯한 미소를 지었다.

사람들은 일제히 작품의 크기에 놀랐고, 하나하나 점으로 이루어진 색채의 이동을 신비로워했고, 무엇보다 젊은 친구들은 일제히 자신의 포토 스팟을 찾아서 SNS에 사진 찍어 올리기 바빠 보였다. 에블린은 멀리 번 스타일의 머리를 하고는 당당하게 자신의 작품에 관해 설명해 주고 있었다. 괜히 눈이 마주치면 그녀에게 방해가 될까 두려워 하진은 조용히 작품부터 먼저 감상하기 시작했다.

어느 정도 시간이 지나서 사람들이 물러나자 에블린은 그제야 하진에게 다가와 안겼다.

"크리스틴! 나 어땠어?"

"완벽했어! 에블린. 다시 보아도 정말 멋지다. 게다가 타임 랩스로 보는 네 뒷모습이 너무 멋있더라. 영상도 예술 같았어!"

"다행이다. 그래도 네가 와 주어서 얼마나 다행인지. 엄청나게 떨려서 마이크를 놓칠 뻔했다니까? 아까 앞에 앉아 있던 어린아이 머리통을 내가 반으로 가를 뻔했어……."

익살스럽게 말하는 에블린의 농담은 언제 들어도 재밌었다. 쿡쿡거리며 웃은 하진은 그제야 시간이 벌써 7시가 넘어선 것을 깨닫고는 저녁을 물었다.

"에블린. 저녁은 먹었어? 오늘 밥은 제대로 먹은 거야?"

"아니. 오늘 하루 종일 진짜 이 앞에 파는 케밥으로 연명했어. 케밥 하나를 두 끼로 나눠 먹어서 지금 너무 배고파. 밥 먹으러 가자!"

"그래. 지금 나갈까? 나가도 돼?"

"어차피 나머지는 에이전시 전문 도슨트가 진행할 거라서, 오늘로써 내 역할은 끝!"

빠르게 양팔을 벌려 정말 끝났다며 여러 번 허공을 자신의 손날로 가르면서 닌자 흉내를 낸 에블린은 하진의 팔을 이끌고 갤러리를 나왔다. 정신없이 에블린에게 끌려 나온 하진은 갑작스럽게 추워진 날씨에 코트를 다시 껴입고는 물었다.

"라이언 안 오는 거 맞지? 혹시나 해서."

"응응. 어차피 무리야. 그냥 농담일 거야."

'농담인 것 같지는 않았는데.'

하진이 그냥 그에게 문자 한번 넣어 보려 핸드폰을 켜자 그제야 자신에게 온 문자가 이미 한 시간이나 지나 있었다는 것을 깨달았다. 라이언에게서 온 짧은 문자였다.

[미안. 시간 맞추려 했는데. 먼저 먹어. 촬영이 아직 안 끝났어. R.]

하진은 핸드폰을 내려다보며 이 메시지에 답장해야 할지 말아야 할지 고민하다 그냥 답장하기로 했다.

[아냐. 에블린이랑 먹을게. 촬영 잘해. C.]

가볍게 답장을 하고 나선 하진은 에블린과 함께 맨해튼에서 유명하다는 중식 레스토랑으로 향했다. 뉴요커들이 사랑해 마지않는다는 레스토랑은 유명세에 걸맞게 엄청난 웨이팅 라인을 거리에 두고 있었다. 오늘 안에 먹을 수나 있을지는 모르겠지만, 하진은 이런 시간도 재밌었다. 에블린과 수다를 떨다 보면 시간이 가는 줄 몰랐기에 이 정도 인파는 아무것도 아니었다.

이 서늘한 저녁 바람을 맞으며 에블린과 하진은 끊임없이 새로운 주제로 대화를 나누었다. 하진은 여러 얘기를 하다 보니 어쩌다 자신의 개인적인 일상생활까지 모두 에블린이랑 공유하게 되었다. 에블린은 그녀가 집에서는 미들 네임인 하진으로 불리는 것을 알자, 자신도 그레이엄과 앨리스만 부르던 지니라는 애칭으로 이제부턴 부르겠노라고 선언했다. 막상 에블린의 이쁜 얼굴에서 자신의 한국 이름이 나오자 느낌이 나쁘지 않아 하진은 말갛게 웃었다. 사실 제 가족과 학교 선생님들이나 ―기억이나 하려는지 모르겠지만― 알고 있던 터라 친구가 하진이라고 불러 주는 건 처음이었다. '진'이든 '지니'든. 딱히 애정을 둔 이름은 아니지만, 에블린까지 불러 주자 이름에서 오는 따스함이 가슴을 지폈다.

그 말을 하니 에블린은 더더욱 자신만 부르는 이름이냐며 방방 뛰며 좋아했다. 그런 그녀의 미소에 환하게 웃던 하진의 주머니에서 번쩍거리는 불빛을 본 에블린이 그녀에게 알려 주었다.

띠링. 띠링.

"진. 핸드폰 울리는데?"

"어? 잠시만."

코트 주머니에서 꺼내어 핸드폰을 열자 잠금 화면에 떠 있는 여러 메시지가 보였다. 모두 라이언에게서 온 거였다.

"누구야?"

"라이언인데?"

에블린은 고개를 살짝 갸우뚱하더니 라이언이 문자를 하냐고 물어 하진은 자신도 오늘이 처음이라 여러 개 온 문자를 그냥 보여 줄 수밖에 없었다. 고개를 쭉 빼내어 하진의 핸드폰을 살펴본 에블린이 나지막이 말했다.

"허. 천하의 와이엇이 문자를? 하진에게 관심 있나 본데?"

"그런 거 아냐. 아까 너랑 저녁 먹자던 약속 취소된 것 때문에 그런가 봐."

하진은 별거 아니라며 메시지를 하나씩 읽어 내려갔다.

[크리스틴. 아직 모마야?]

[헤이?]

[레지던스?]

거의 몇 분 간격으로 온 것 같은데 마지막 메시지를 열어 보기 전에 핸드폰은 우렁찬 멜로디를 만들어 내며 하진의 손안에서 부들부들 떨었다. 화면에 뜨는 라이언의 이름에 하진은 당황하며 어쩔 줄 모르겠다는 표정으로 에블린을 바라보았다. 에블린도 입 밖으로 한 김 크게 숨을 뱉으며 천하의 라이언이 전화까지 하다니 세상 끝났다며 어서 받아 보라고 재촉했다.

"진. 진. 빨리 받아!"

"어어. 여보세요?"

이미 핸드폰은 여러 차례 울리고 있어서 받자마자 대답한 하진의 물음에 아무런 응답이 돌아오지 않자 그녀가 재차 라이언을 불렀다.

"라이언?"

— 아. 어. 왜 문자 안 봐?

"미안. 이제 봤어. 촬영 중인 거 아니야?"

— 응. 맞아. 아직 안 끝나서. 아까 약속 못 지켜서 미안. 밥은 먹었어?

전화가 오길래 중요한 일인가 싶어 긴장하며 전화를 받았던 하진의 맥을 확 끊어 버리는 라이언의 별거 없는 물음에 그녀는 바람 빠진 풍선처럼 평온해졌다. 앞에서는 에블린이 소리 없이 라이언이 뭐라 하느냐고 묻는 입 모양을 우스꽝스럽게 크게 벌렸다 오므렸다 하고 있어 하진은 웃음이 팍 터져 버렸다.

"하하. 에블린. 아, 미안 라이언. 에블린이 너무 웃겨서. 우리는 지금 차이니즈 레스토랑에서 대기하고 있어. 유명한 덴가 봐."

— 재밌나 봐? 차이니즈? 뭐 먹어?

"아직 기다리고 있어서. 넌 밥 안 먹어?"

— 못 먹을 것 같아. 쉬는 시간인데 심심해서 전화해 봤어.

하진은 라이언의 대답을 듣고 에블린한테 그가 심심해서 전화한 거라고 소리 없이 입 모양으로 알려 주었다. 그러자 에블린은 자신의 두 손을 양 볼에 올리고 어느 공포 영화를 본 것처럼 무어라 말을 하는 듯 연기를 하며 뒤로 주춤주춤 물러났다. 혹여나 에블린이 넘어질까 두려워 하진은 다급히 에블린의 손목을 잡아서 제 쪽으로 끌어당기며, 잠시 핸드폰을 귓가에서 떼어 냈다. 그녀의 손안에 있던 핸드폰 속에서 말이 흘러나왔지만, 제대로 듣지 못해서 하진은 다시 물었다.

"아. 뭐라고 했어?"

— 음……. 아무것도 아냐. 그냥 맛있게 먹으라고.

"응. 너도 끝나고 밥 먹어. 아니면……."

막상 레지던스에 음식을 포장해 갈까 싶다가도 하진은 어련히 알아서 먹을 것 같아 라이언에게 뒷말은 하지 않았다.

— 아니면…… 뭐……?

재차 묻는 라이언에게 하진이 말을 이으려는 찰나 이제야 자신들의 순번이 다가왔는지 종업원이 이름을 부르자 에블린과 동시에 여기라며 우렁차게 대답했다.

"라이언 미안. 이제 들어가야 할 것 같아. 여기가 좀 복잡해서."

— 그래. 맛있게 먹어.

"응!"

잽싸게 말을 마치고 전화를 끊은 하진은 에블린과 함께 자리를 잡아 주문 판에 자신들이 다 먹지도 못할 많은 양의 딤섬 종류에 동그라미를 그리기 시작했다. 유명하다는 딤섬과 각자 원하는 맛까지 선택하니 접시가 나올 때쯤에야 에블린과 하진은 둘이서 먹을 분량이 아니라는 걸 깨달았다.

적당히 입이 짧은 하진은 에블린과 시킨 양의 반도 못 먹었다. 결국, 많은 양을 남겨 버린 두 사람은 어쩔 수 없이 딤섬을 모두 포장해서 레지던스에서 밤새워 먹기로 했다. 에블린의 오빠는 어차피 다른 곳에서 지내고 있기에 오늘 밤은 둘이서 파자마 파티라며 신이 난 발걸음으로 가게를 빠져나왔다.

"진! 우리 샴페인 사 갈까?"

"나 술 못하는데?"

그녀는 단 한 번도 술을 그레이엄과 앨리스의 눈 밖에서 마셔 본 적 없었다. 요즘 자신의 또래 애들이 어느 정도 음주는 몰래 하고 있다는 걸 알고 있었지만 그렇다고 자신도 일탈을 하고 싶지는 않았다.

"에이. 디저트 샴페인 같은 건 술 아니야. 도수 없는 것도 많아."

"아. 알코올 없는 것도 있어? 신기하네."

"요즘 얼마나 많은데. 샴페인은 포도주지! 분위기만 내자!"

신이 난 에블린은 눈앞에 보이는 길가의 아무 제과점에 들어가더니 진열대에서 스파클링 샴페인을 사서는 품에 안고 나왔다. 날씨가 점점 추워지자 급히 노란색 택시를 잡아탄 두 사람은 레지던스에 돌아와 분주하게 겉옷을 벗어 던지고는 각자 씻고 거실에서 만나기로 했다.

하진은 방에 다시 돌아와 코트를 정리하고 편안한 옷으로 갈아입었다. 코트 속 넣어 두었던 지갑이랑 핸드폰을 한곳에 정리해서 올려 둔 그녀는 저녁을 먹기 전에 급하게 전화를 끊어서 읽지 못했던 마지막 라이언의 메시지를 열어 보았다. 문자는 메시지가 아니라 사진이었다. 자신의 촬영장에서 셀카를 찍었는지 시원하게 머리를 세팅해서 올린 라이언의 이마와 가지런한 눈썹이 사진의 반을 채우고 있었고, 라이언의 뒤편으론 분주히 현장을 지나가는 사람들이 보였다. 생동감 있는 그의 사진을 덤덤히 내려 본 그녀는 차마 그에게 답장하지 못했다. 어차피 아까 전화로 얘기를 나눴으니 그냥 안 보내도 괜찮을 거라고 생각했다. 그리고 지금 자신의 머릿속에서는 답을 하지 않는 게 맞는다는 느낌이 들었다.

라이언의 문자를 내리고는 부모님과의 약속을 떠올리며 그레이엄과 앨리스에게 그룹 문자로 오늘 자신이 갤러리를 방문하고 더불어 유명한 차이니즈 레스토랑에서 얼마나 어리석은 주문을 했는지 알려 주었다. 동시에 에블린과 싸 온 딤섬 포장 용기를 보여 주며 두 분이 와도 다 못 먹을 거라는 넉살을 부린 농담도 잊지 않았다. 이어 부모님에게 걸려 온 전화에 자연스럽게 침대에 등을 베고 누워 발을 동동거리며 통화를 나눴다.

앨리스와 그레이엄과의 적당한 가족 시간을 보내고 나서 하진은 방을 나왔 다. 오버사이즈를 좋아하는 하진은 셔츠를 양 손목에서부터 둘둘 말고는 주방 식탁에 놓인 포장 용기들을 하나씩 정렬하며 음식을 모았다. 어차피 오늘 안 먹으면 내일은 버려야 하기에 밤새 에블린과 파티하면서 먹을 계획이었다.

"에블린! 준비 다 했어. 나와!"

에블린이 들어간 방문을 향해 하진은 소리를 높였다. 노래도 틀어 두면 좋을 것 같아서 하진은 챙겨 온 스피커에 핸드폰을 연결했다.

달칵거리는 문소리와 함께 에블린이 머리를 대충 묶으면서 걸어 나왔다. 하 진은 그녀와 가장 가까운 방향에 있는 의자를 빼 주며, 맞은편에 자신도 앉았 다.

"진. 라이언이 아까 뭐래? 촬영 끝났대?"

"아니던데? 아직 하고 있었나 봐."

"흐음. 다시 생각해도 천하의 그 와이엇이 문자에 전화까지 한 게 심상치가 않은 징조인데 말이지……."

명탐정이라도 되는 것처럼 자신의 손가락을 턱에 가져다 대고는 고심하는 표정을 보이는 에블린을 바라보며 하진은 그녀의 익살스러운 장난에 피식 웃었 다.

"그런 거 아니야. 아까 약속 취소된 거 때문에 미안해서 그런가 보지 뭐."

"걔는 그런 것도 대수롭지 않게 생각하는 애야. 심지어 난 걔가 핸드폰을 제 대로 여닫는 꼴을 못 봤어. 거의 안 보거든."

"그래?"

그건 또 몰랐던 사실이라 하진은 그냥 고개만 끄덕일 뿐 자신의 핸드폰에서 에블린이 좋아할 만한 영화의 OST를 선곡하기 시작했다. 적당히 골라낸 노래가 스피커에서 흘러나오자 하진은 주방에서 포크와 젓가락을 가져오기 위해 의자에 몸을 뗐다.

주방에서 여기저기 서랍을 여닫던 하진은 에블린에게 위치를 물었고, 에블린이 가리킨 곳에서 포크와 젓가락을 두 개씩 꺼내어 손에 들었다.

"그래서 여기로 온대?"

에블린의 물음에 오히려 하진이 다시 반문했다.

"걔가 여기에 왜 와?"

"여기 오고 싶어서 전화한 거 아냐? 너랑 놀려고?"

"나랑 왜 놀아?"

서로 질문에 다시 질문으로 답하는 상황이 반복되자 하진은 입을 일자로 다물고선 상황 파악을 하기 시작했다. '그 와이엇'이 원래는 핸드폰도 안 보고 연락 따위 잘 하지도 않는데 에블린의 앞에서 연락이 오는 모습을 보였고, 에블린의 말에 따르면 '라이언은 이런 스타일이 아니어서 자신에게 관심이 있다는 것이다.'라는 결론이 나왔다.

어이없는 결론이라 하진은 아주 작게 콧방귀를 뀌며 무슨 논리가 그러냐며 에블린을 타박했다.

"아냐, 그런 거. 나 걔 지금 두 번째 보는 거야."

"그런 게 무슨 상관이야. 우리 첫째 오빠 새언니한테 첫눈에 반해서 그날 청혼도 했는데."

"그래? 첫째 오빠가?"

처음 들어 보는 에블린의 가족 얘기에 하진은 그런 커플도 있냐며 신기해하며 물었다.

"응. 뭐 새언니가 그랬어. 미친놈인 줄 알고 도망쳤대."

"하하. 신기하다 진짜. 그런 커플도 있구나. 그래도 오빠가 성공하셨네! 결혼까지 하시고."

하진은 드라마에서나 나올 법한 에블린의 오빠 얘기에 즐겁게 응수했다. 그런 하진을 보며 에블린은 말을 이었다.

"그러니 라이언도 그럴 수 있지. 또 알아? 지니가 나중에 미세스 와이엇이 될지?"

"Oh, Please. 더 말하지 마. 나 이제 부담스러워. 그런 거 아니야."

장난기 어린 표정에 눈을 반짝이며 얘기하는 에블린의 모습에 혹시라도 이상한 소리를 더 할까 싶어 하진은 에블린이 다음 말을 못 하도록 손바닥을 펼치며 급히 멈추게 했다. 여기서 아까 그 사진까지 보여 줬다가는 오늘 자신은 에블린의 망상에 기름을 붓는 거나 다를 바 없을 것이다.

'차라리 아까 그 메시지를 여는 게 아니었어.'

그녀의 지난 교우 관계는 평탄치 않았다. 잘해 주면 이상하게 달라붙는 애들이 많아서 오히려 거리를 두고 용건이 없으면 따로 말도 걸지 않았다. 하진이 여태껏 남자 문제를 일으키지 않을 수 있었던 나름의 처신술이었다. 지난 학교에서는 집 앞까지 찾아와서 기다리는 아이 때문에 그레이엄이 한동안 등교를 같이해 줄 정도로 골칫거리가 많이 생겼었다.

빅토리아에 들어와서 가장 편했던 건 아무도 자신에게 관심을 보이지 않는 태도였다. 자신은 빅토리아에서 에블린을 만난 것만으로도 모든 게 만족이었다. 여기에 어떠한 것도 더는 필요치 않았다.

그렇게 하진과 에블린은 서로 잔을 부딪치며 온종일 말해도 끝나지 않을 거 같은 그들의 수다를 이어 나갔다.

○ ● ○

지난밤 에블린과 엄청난 양의 딤섬과 샴페인을 마시고 나서 거실에 널브러진 하진은 커다란 통창에서 들어오는 따가운 햇빛에 얼굴이 타들어 가는 듯했다.

눈을 비비고 일어나서 옆을 돌아보자 자신의 오른쪽 소파에서 새우잠을 자는 에블린이 보였다. 하진은 에블린의 어깨에 살며시 손을 가져다 대며 방으로 들어가라고 말했지만, 우웅거리며 잠투정을 하는 에블린을 안아 들 수 없어 그냥 그대로 둘 수밖에 없었다.

방에서 얇은 이불을 꺼내 와 에블린에게 덮어 준 하진은 양치와 세수를 한 다음에 조깅을 하기 위해 트레이닝복으로 갈아입었다. 이번 여행에서 가장 크게 기대했던 것은 사실 투어도 갤러리도 아닌, 소소한 자신의 일상인 조깅을 드디어 센트럴 파크에서 혼자 할 수 있다는 것이었다. 항상 집 근처에서만 돌다가 영화에 나오는 이 센트럴 파크에서 조깅을 할 수 있다니. 하진은 어느새 자신이 다 큰 어른이 된 것 같았다. 벌써 어른의 흉내를 내고 싶은 건 아니지만, 그래도 이 기회를 놓칠 수 없었다. 에블린의 레지던스 주소를 보자마자 센트럴 파크와 가깝다는 것을 깨닫고 하진은 너무 행복했다.

제대로 운동화와 외투를 껴입은 하진은 에블린에게 문자를 남겨 두고는 핸드폰과 이어폰을 가볍게 손에 들고는 건물을 빠져나와 공원으로 향했다. 이미 이른 아침이 아닌 어느 정도 해가 중천에 뜬지라 사람들은 제각기 출근하느라 바빠 보였고, 그들 속에서 여유 있게 산책과 운동을 즐기는 사람들도 있었다.

하진은 적당한 곳에서 셀카를 찍어 부모님께 사진을 보낸 뒤, 제자리 뛰기를 하다 이내 속력을 내며 달리기 시작했다.

폐 끝까지 전해져 오는 아침 공기의 시원함이 하진의 피로감까지 얼려 주었다. 울긋불긋하게 익은 잎들이 떨어져 바닥에 즐비해 있었고, 앙상한 나뭇가지들만 남아 있었지만 이미 겨울 준비를 하고 있는 공원의 모습도 만만치 않게 아름다웠다. 내년에는 홀로 조깅을 하는 대학생이 되어 있겠지 싶었다. 성년이 되어 홀로서기를 하는 자신의 모습을 상상한 하진은 가슴이 설렘으로 부풀자 더 속력을 가하며 뛰었다.

적당히 공원을 돌고 나서 어느 정도 운동량을 채운 하진은 곧이어 에블린과 아침을 먹기 위해 근처 커피숍에 들어갔다.

커피숍에는 노트북에 고개를 묻고 열심히 일하는 사람들이 많아 막상 앉아서 대기할 만한 곳이 없었다. 따뜻한 커피와 크루아상을 주문한 하진은 가게 문 앞에서 서성이며 창문 밖으로 지나쳐 가는 행인들을 바라보았다. 무료한 일상의 한순간이었지만, 이 나름대로 하진은 마음에 들었다.

오늘은 에블린과 아침을 먹고 점심쯤에 예약한 하버드 투어를 다녀올 계획이었다. 머릿속으로 일정을 그려 넣은 하진은 제 이름을 얘기하는 종업원에게 다가가 포장한 것을 받았다.

한 손으로 커피와 빵을 담은 페이퍼백을 들고 하진은 가게에서 나왔다. 아직도 아침 공기가 쌀쌀한지 입에서는 하얀 공기를 계속 뿜어냈다. 하진은 횡단보도에 서서 신호 대기를 하다가 자신의 주머니가 울리는 것을 느끼고는 핸드폰을 열었다. 이제야 일어난 에블린의 어서 빨리 오라는 문자였다.

하진은 짧게 문자를 보낸 후, 자신의 발걸음을 더욱 재촉했다.

레지던스의 문을 열자마자 그녀는 낯선 남자의 신발을 보았다. 손님이 온 모양인지 에블린은 갑자기 주방에서 고개를 빼꼼히 내밀고서는 하진의 손에 담긴 봉투를 보며 함박웃음을 지었다.

"진! 커피 사 왔어? 여기 커피가 없는 걸 이제 알았지 뭐야?"

"응, 아까 마시려고 보니까 없더라. 누구 왔어?"

"응응. 우리 오빠 왔어. 오빠 기숙사에 온수가 고장 났다고 해서 여기 씻으러 잠깐 왔대. 괜찮지?"

갑작스러운 오빠의 방문에 미안한 표정을 지으며 자신에게 양해를 구하는 에블린에게 하진은 그럴 필요 없다고 얘기했다. 그리고 사실은 자신이 커피와 빵을 2인분밖에 준비하지 못했다는 걸 아쉬워하며 말했다. 미리 알았더라면 더 많이 사 왔을 텐데.

"괜찮아, 괜찮아. 저 인간은 내 커피만 주면 돼. 난 그냥 빵 먹지 뭐. 나도 이렇게 올 줄 몰랐고. 불편하면 말해도 돼. 내가 그냥 나가라고 할게."

재차 확인하는 에블린에게 하진은 정말 괜찮다며 웃었다. 본인이야말로 여기 게스트인데 주인을 내쫓다니. 오히려 자신이 더 민망했다.

"역시. 지니."

애교 섞인 말을 하던 에블린은 빠르게 주방으로 향했다. 하진이 그 오빠라는 분이 어디에 있는지 몰라 고개를 두리번거리자, 에블린은 아직 욕실에서 안 나왔다고 알려 주었다. 하진은 적당히 주방에서 자신이 가져온 음식을 풀고는 방에 돌아가 옷을 갈아입고 나왔다. 어제와 똑같은 옷을 입으려니 혹여나 샴페인이나 음식 냄새가 날까 킁킁거려 보았지만, 별다르지 않아 그냥 입고 나와 버렸다.

다시 주방으로 나왔을 때는 처음 보는 금발의 남자가 의자에 앉아 열심히 핸드폰과 노트북을 번갈아 보더니 후루룩 소리를 내며 자신이 사 온 커피를 마시고 있었다. 하진은 에블린을 바라보며 그녀의 오빠냐고 손짓을 했다. 에블린은 하진이 나온 걸 보고는 고개를 끄덕이며 일어서더니 둘째 오빠의 등에 스매싱을 날렸다.

"아 좀! 사람이 커피까지 사 왔는데 그것만 보고 있을 거야? 인사해. 내 친구! 크리스틴이야. 크리스틴 브라운. 진. 여기는 우리 둘째 오빠. 애버트 피셔."

"안녕하세요. 크리스틴입니다."

하진은 의자에서 고개를 돌려 자신을 뚫어지게 쳐다보는 애버트의 시선에 눈을 어디에 고정해야 할지 몰라서 그냥 자신도 같이 마주 보았다. 자신의 인사에 답이 없자, 하진은 눈은 애버트에게 두고 얼굴을 에블린 쪽으로 돌리는 이상한 자세를 취할 수밖에 없었다. 뭐 어쩌라는 건지 모르겠는 태도에 하진은 눈썹을 위로 올렸다. 뭐지? 무언가 잘못 말한 건가? 에블린은 오빠의 침묵에 고개를 저으며 한숨을 내쉬었다.

"아……. 애버트……. 진짜."

"안녕. 네가 크리스틴이구나. 말 많이 들었다. 미안. 내가 요즘 정신이 없어서. 에블린이 약간 철이 없더라도 이해해 줘."

미안함의 제스처를 보인 애버트에게 하진은 별거 아니라는 듯 어깨를 으쓱하다 내리며 자신의 자리를 찾아 앉았다.

"아니에요."

겸연쩍은 목소리로 하진은 대답했다. 자신이 뭐라고 큰 도움이 된다는 듯한 뉘앙스에 하진은 곧이곧대로 편하게만 들을 수 없었다.

"진. 오늘은 뭐 할 거야? 투어 간다고 했지? 언제 가?"

"점심에 출발해야지."

"그러면 우리 오빠도 다시 학교로 돌아간다는데 태워 달라고 할까?"

에블린의 말에 하진이 거절하려는 찰나에 애버트가 선수를 쳤다. 그의 얼굴에는 처음 듣는 얘기라는 게 분명한 듯한 표정이 걸렸다. 이렇게 보니 에블린과 꽤 닮은 듯한 그의 얼굴에 하진은 괜스레 그에게 친근감이 일었다.

"그건 뭔 소리야?"

"뭐긴 뭐야. 커피값 내라는 소리지."

에블린은 시선을 짧게 애버트에게 던졌다가 하진을 향해 미소를 지으며 말했다.

"아니 어차피 위로 갈 거잖아? 그리고 우리 오빠도 그쪽에 있으니까 이래저래 편하고 좋지 뭐. 원래는 내가 너랑 같이 투어 가고 싶었는데 오늘 갑자기 갤러리에서 연락이 와서 내가 다시 모마에 가 봐야 해."

"아, 나도 괜찮아. 혼자 갈 수 있어."

"사양 말고 우리 오빠 차 타고 편히 다녀와."

고개를 흔들며 얘기하는 에블린의 단호한 말에 하진은 어떻게 하면 자신이 혼자 갈 수 있는지 머릿속으로 계산하기 시작했다. 이미 잔뜩 신이 나서 재잘거리는 에블린에게 적당한 거절의 말을 하기 위해 문장을 만들어 내다가 지웠다가를 반복했다.

"괜찮아 에블린. 나 혼자 여행 온 것처럼 가고 싶어. 네 오빠도 계획이 있으실 거고."

하진의 말에 빠르게 고개를 위아래로 끄덕거린 애버트가 연이어 말했다. 그는 연신 노트북 속 꽤 많은 글자를 빠르게 읽어 내려가며 동시에 핸드폰으로 문자를 넣고 있었다.

"어, 나 약속 있어. 그러니까 아침에 내려왔지. 게다가 아버지 회사에 잠깐 들러야 하고. 아, 그리고 크리스틴 네가 싫어서 거절하는 거 아니야. 오해하지 말아 줬으면 해."

막상 본인도 너무 대차게 거절했다는 걸 아는지 애버트는 고개를 들어 하진의 눈을 바라보며 대충 입꼬리를 어색하게 당긴 채 말했다.

"아니에요. 괜찮아요."

"아……. 그래, 그럼. 어쩔 수 없지. 지니 조심해서 잘 다녀와."

속으로 크게 한숨을 내쉰 하진은 그제야 자신이 가져온 빵과 커피를 마저 먹고는 에블린과 오늘 밤 브루클린 브리지를 보러 가기로 약속했다. 자신들이 아침 식사를 마무리하기도 전에 애버트는 일이 있다며 재빠르게 소지품을 챙겨 나가 버렸다. 그는 계속 정신이 없어 보이는 듯했다.

"아니, 뭐가 그렇게 바빠? 사람이? 나 참."

에블린은 툴툴거리며 불만을 내비쳤지만, 하진은 그런 에블린을 바라만 보아도 알 수 있었다. 애버트를 생각하는 그녀의 애정이 얼마나 깊은지를 말이다. 애버트가 무언가를 조금이라도 찾을라치면 에블린이 옆에서 챙겨 주는 모습에서 남매의 우애가 굉장히 돈독해 보였다.

"다른 일이 있으시겠지. 진짜 괜찮아. 오히려 나도 부담이었고, 혼자 알아서 잘 찾아갈 수 있어. 걱정하지 마."

"그래, 그래. 지니는 뭐든 잘하니까. 조심히 다녀와. 무슨 일 있으면 전화해!"

하진은 오늘의 투어 일정을 준비하기 위해 방으로 들어가 겉옷과 가방을 챙겨 나왔다. 오늘이야말로 혼자서 여행하는 첫날이라는 것을 상기하자 그녀의 기대에 부푼 표정이 말간 얼굴에 연신 드러났다. 오늘 드디어 뉴욕 여행의 둘째 날이 시작되었다.

○　●　○

하진은 오늘 투어 예약을 하고 오길 정말 잘했다고 생각했다. 운이 좋게 오늘의 투어 자원봉사자는 통계학과의 재학생이라서 많은 것을 물어볼 수 있었다. 자신이 평소 막연히 상상했던 일들을 아카데미에서 수학하는 많은 학생들이 실제로 결과를 내기 위해 연구 중이라는 얘기를 듣고는 다른 학교 투어를 다 취소해도 되겠다 싶었다. 심지어 지난 학기에 케이스 스터디로 사용한 프로

그램이 알고 보니 이 학교 동아리에서 개발했다는 것을 듣고는 소름이 끼치기도 했다.

그걸 학생들이 만들었다고? 대체 여기는 뭐 하는 데일까?

하진은 투어 시간 내내 학교에 대한 분위기와 재학생들의 모습들을 관찰하며 더할 나위 없는 좋은 시간을 보냈다. 이전에 부모님과 견학 온 날과는 또 다른 매력이 계속 그녀의 시선에 들어왔다. 비록 방학 기간이더라도 학생들은 굉장히 무언가에 몰두한 듯 보였는데, 그런 모습도 하진에게는 멋있어 보이고 부럽기도 했다. 지금 이 기분을 몇십 장짜리 리포트로 써 내려갈 수 있을 정도였다. 혼자 얼굴이 붉어져 날아갈 것 같은 기분에 이 기쁨을 누군가와 공유하고 싶었다.

투어가 끝난 후, 벤치에 앉은 그녀는 가방에서 빠르게 핸드폰을 꺼내 앨리스에게 전화를 걸었다.

"엄마! 지금 통화 돼요?"

연결음이 끊기고 달칵거리는 소리가 들리자마자 하진은 앨리스에게 소리쳤다. 앨리스는 이렇게 흥분한 하진이 오랜만이라 그레이엄과 셋이서 영상 통화를 하자고 제안했고 하진은 자신의 얼굴을 핸드폰에 가져다 대며 그레이엄과 앨리스에게 자신이 이번 투어에서 어떤 걸 들었고, 어떤 재학생을 만났으며, 사실 자신이 썼던 프로그램이 이 학교 동아리에서 나온 거라고 속사포로 말을 쏟아 내었다. 그제야 그레이엄과 앨리스는 이제 입학 사정관을 잘 만나기만 하면 된다면서, 너무 다행이라며 하진보다 더 행복한 미소를 지었다. 자신이 원하는 것을 찾는 게 얼마나 어려운 일인데 하진은 이미 찾은 모양이라며 말이다.

하진은 그레이엄의 조언대로 나머지 투어는 가지 않더라도 근처에 있는 프린스턴과 MIT는 지나치지 않고 가 보겠다고 약속을 하고는 통화를 끊었다.

벤치에서 일어난 하진은 하버드 교정을 걸어 보기로 했다. 아직 백 퍼센트 마음을 정하지는 않았지만, 확실히 전공이나 하고 싶은 공부에 대한 목표는 뚜렷해졌다. 이제 에세이와 면접 등 자신이 지난 학업 시간 동안 이루었던 결실을 빅토리아로 돌아가서 맺어야 한다. 이번 방학은 제 인생에서는 다시없을 기회를 잡기 위해 엄청나게 바빠질 터였다.

와이드너 도서관 앞 하버드 야드를 걷던 그녀는 마치 자신이 이곳에 다니는 재학생처럼 여유 있는 발걸음으로 길을 걸었다. 이 잔디를 언젠가는 다시 걷고 싶었다. 내년이 되겠지? 올 수 있을까? 과연?

마지막 2학기 중간에는 어느 정도 결과가 나오리라. 그러다 문득 교정에서 로스쿨을 가리키는 화살표 표지판을 보았다. 어제 분명 비행기에서 라이언이 흘리듯 말했었는데…….

'하버드. 그리고 로스쿨.'
'넌 내가 갈 수 있을 거라 생각해?'

하진은 별생각 없이 핸드폰을 쥐고 몇 번을 주머니에서 꺼냈다 넣었다를 반복하다가 결국 그에게 전화를 걸었다. 통화음이 반복적으로 울리다가 받을 기미가 보이지 않자 종료 버튼을 누르려 했으나 손바닥에 놓인 폰에서 저 멀리 끙끙거리는 소리가 들려왔다.

— ……여보세요?

"여보세요? 라이언? 나야 크리스틴."

— 하아……. 누구? 지금 몇 시…….

"나라고. 크리스틴. 지금 벌써 오후 4시야."

— …….

급기야 무얼 떨어뜨렸는지 와르르 무너지는 소리와 함께 연이어 라이언의 앓는 소리가 들렸다.

"라이언……?"

— 아. 응. 무슨 일이야? 미안, 내가 이제 일어나서.

"내가 깨운 거 아니야?"

하진은 괜히 일하고 쉬는 애한테 전화를 했단 생각에 미안해졌다. 라이언이 괜찮다고 여러 번 말 안 해 줬다면 그냥 적당히 제 할 말만 하고 끊었을 것이다.

— 괜찮아 진짜. 이 시간이면 일어나야지……. 무슨 일이야?

"다른 게 아니고…… 사실 내가 지금 하버드 로스쿨 앞에 있거든?"

— 뭐? 벌써 거기까지 갔어? 대체 지금 몇 시인……. 시간이 늦었네. 이런. 투어 하러 간 거야? 잘했어?

라이언은 앉아서 대화하지 않는지 여기저기 움직이는 소리를 내며 통화를 이어 갔다. 그의 목소리 뒤로는 부석거리는 소리가 계속 들렸다. 제가 뭘 잘할 게 있느냐만 하진은 적당히 답했다.

"응. 투어 끝나고 갑자기 네 생각이 나서 전화했어. 혹시나 뭐 필요한 게 있으면 내가 여기 온 김에 가져다주려고. 나 지금 하버드 로스쿨 앞에 서 있거든."

— 아. 필요한 거? 음…….

그에게서 바로 대답이 나오지 않자 하진은 괜히 전화했나 싶었다. 안내 책자라든가 학교 투어 예약 일정이라든가 현장에서 확인해 줄 수 있는 게 도움이 될까 싶어서 전화했던 거였는데.

"없으면 그냥 가고."

— 아냐, 있어, 있어. 근데 거기서 언제 출발해? 바로 이리로 와?

라이언이 말하는 거기가 어디인지는 모르겠으나 하진은 적당히 에블린의 레지던스로 저녁쯤에는 돌아갈 거라고 말했다.

— 그러면 나 거기 하버드 풀오버 좀 사다 줘. 공부할 때 기 좀 받게.

"뭐? 다른 건? 브로슈어나 여기 학교 스케줄 같은 건 안 궁금해?"

그녀는 좀 더 학교 입학에 관한 정보를 알아보는 데 도움이 될까 싶어서 전화했던 거였는데 막상 엉뚱한 게 튀어나오자 당황했다. 괜히 오지랖을 부렸다 싶었다.

"그리고 스웨터는 여기 아니라도 빅토리아에서도 팔걸?"

— 아냐. 거기 교문 앞에 있는 가게에서 사야 진짜라고. 못 들어 봤어?

"그런 소린…… 미신 아냐?"

그녀는 라이언조차 이런 걸 믿는 애인지 몰랐다.

— 우리 형들도 다 거기서 산 옷만 입어. 그게 필요해. 부탁할게.

"그……래? 알았어. 그러면 어떤 거? 사진 보내 줄 수 있어? 같은 거로 찾아볼게."

하진은 전화하면서 뒤를 돌아 그녀가 지나쳐 온 정문 쪽으로 다시 걸음을 옮겼다.

— 문자 보내면 답은 하고? 내가 문자를 어제 몇 개나 보냈는데.

"아……. 난 어제 전화로 다 얘기가 끝난 줄 알고……."

멀리서 라이언이 장난스러운 웃음을 짓자 하진은 농담이라는 걸 알아차렸다. 피식 웃어 버린 하진은 가게에 도착해서 다시 전화하겠다고 말하고 전화를 끊었다.

하진이 가게에 도착한 후, 하버드 홍보 상품들을 파는 매대에 다가가니 많은 사람들이 산처럼 쌓아 놓은 후드, 컵, 공책들 중에서 물건을 고르고 있었다. 정말 라이언 말이 맞는 것인지 하진 또래의 아이들이 대부분이었다. 얼굴이 설렘으로 붉게 물든 아이들은 저마다 자신들이 원하는 여러 아이템을 고르고 있었다. 어떤 아이는 바구니 속을 꽉 채워서 계산대로 향하기 위해 낑낑거리며 걷고 있었다. 그 아이에게 시선이 자신만 꽂히는 게 아닌지, 주변 아이들도 웃으며 그 광경을 재미있게 바라보았다.

그녀는 스웨터나 후드가 있는 의류 코너에 들어가서 라이언에게 전화를 걸었다. 아까와는 다르게 바로 받는 라이언에게 하진은 잘 보이냐며 카메라를 최대한 크게 잡았다. 그녀는 손을 부지런히 놀리면서 매대 위에 올려져 있는 많은 색상의 풀오버들을 뒤적였다. 옵션이 너무 많아서 한 번에 다 보여 주기엔 자리가 너무 좁았다.

"라이언. 보여? 이거 중에 있어?"

핸드폰을 매대 쪽에 기울이고는 라이언의 얼굴을 바라보자 어느새 일어나서 준비를 다 했는지 멀끔한 얼굴이 비췄다. 카메라 후면을 비추고 있어서 하진은 실시간으로 라이언의 표정을 편하게 볼 수 있었다.

라이언은 핸드폰에 좀 더 자신의 얼굴을 클로즈업하더니 손가락을 코끝에 가져다 대곤 하진이 보여 주는 후드와 풀오버를 살피며 고민하는 모습이었다.

하진은 일단은 모자가 있는 옷과 없는 옷을 보여 주었다. 색상도 여러 가지를 보여 주었는데 라이언은 빠르게 선택했다.

— 나는 회색 바탕에 하버드 색깔로 할게. 크리스틴.

"아. 이거? 그러면 사이즈는 어떤 거로 해야 해?"

— 사이즈? 엑스 라지. 있어?

"잠시만."

하진은 자신의 폰을 옆에 대강 두고는 회색 후드를 여러 번 제치고 나서야 엑스 라지를 찾을 수 있었다. 혹시라도 하자가 있을까 싶어서 꼼꼼하게 소매와 목 부분에 올이 풀린 곳이 없는지 살펴보았다. 잠시 후드에 한눈을 판 그녀의 옆에서 누군가 갑자기 옷을 꺼내는 바람에 그녀의 핸드폰이 떨어지자 하진은 얼른 바닥으로 손을 뻗었다.

"이런! 죄송합니다. 제 실수예요."

자신의 실수라며 하진의 핸드폰을 연신 제 옷에 닦아 내고는 미안하다는 말과 함께 건네는 한 학생에게 하진 역시 괜찮다 말하며 돌려받았다. 하진은 통화가 끊겼겠다 싶어서 라이언에게 다시 전화를 걸려고 하였으나, 네모난 액정 안에서 자신을 바라보는 그의 얼굴과 마주쳐 하진은 당황했다.

"어……? 안 끊겼나 봐. 방금 떨어졌거든……."

— 알아. 누가 주워 줬나 본데? 괜찮아?

마치 카메라 안에서 핸드폰이 보이는 것처럼, 이리저리 고개를 흔들며 장난치는 라이언의 영상에 하진은 웃을 수밖에 없었다. 눈꼬리를 접으며 맑게 웃는 그녀를 마주 보며 라이언도 화답하듯 눈썹을 으쓱거렸다.

"일단 엑스 라지 사이즈 찾았어. 근데 엄청 큰데. 사이즈 맞는 거지?"

하진은 갑작스럽게 그와 마주 보며 영상 통화를 하게 되자 괜스레 민망해서 다급히 라이언에게 엑스 라지 사이즈를 자신의 몸에 대 보며 보여 주었다.

"이렇게 큰데? 오버사이즈로 입으려고?"

— 글쎄. 거기서 입어도 봐?

라이언은 이제 여백이 안 보일 정도로 제 얼굴을 화면에 박제하다시피 가까이 가져다 댔다. 하진은 옷을 일단 팔에 걸치고는 양옆을 바라보며 사람들이 편하게 입고 벗는 것을 확인했다.

"응. 다른 사람들도 입어 보는 거 보니 제재는 안 하는 것 같아."

— 그럼, 크리스틴 네가 한번 걸쳐 봐.

"내가? 이걸?"

하진은 그의 요청에 다시 물었는데, 그녀의 물음에 라이언은 해맑게 웃으며 응, 이라고 답했다. 자신이 거기 없으니 부탁한다며 말하는 라이언의 태도는 굉장히 즐거워 보였다. 어차피 사이즈 안 맞아서 버리느니 제대로 도움을 주고자 하진은 대충 핸드폰과 가방을 옆에 두고서는 코트를 벗고 자신의 셔츠 위에 후드를 입었다.

그러곤 다시 핸드폰을 잡아 라이언에게 제 모습을 보여 주었다. 옷은 남자 사이즈에 엑스 라지라서 그런지 하진의 몸 위에서 제대로 핏이 살지 않았다. 후드를 입자 그녀는 어린 시절 그레이엄의 셔츠를 입던 기억이 문득 떠올랐다. 이불을 두른 듯 흘러내릴 것 같아서 하진은 적당히 어깨선이랑 팔 길이를 보여 주었다. 소매가 너무 길어서 손이 보이지 않자 하진은 흘러내리는 옷소매를 덜렁거리며 이렇게나 크다며 라이언에게 보여 주었다.

라이언은 이것저것 제게 소매를 끝까지 내려 봐라, 어깨선이 얼마나 남느냐, 여러 가지 물어보더니 하진이 입고 있던 옷으로 결정했다.

— 그게 딱 맞네. 그걸로 부탁할게.

하진이 알았다며 전화를 끊으려 하자 라이언은 한마디 더 하며 뚝 끊어 버렸다.

— 이따 보자.

하진은 어이가 없다는 듯이 통화가 끊긴 제 핸드폰을 내려다보며 옷을 다시 벗었다. 이따가 보자니. 언제 자신이 그와 약속이라도 했었나 싶었지만 별로 개의치 않았다.

하진은 에블린에게도 선물하기 위해 하버드 학생들이 자주 간다던 서점에서 미술과 관련된 책을 하나 샀고 자신이 갖고 싶었던 머그잔을 세 개나 사 왔다.

○ ● ○

드디어 투어의 여정을 끝낸 하진은 레지던스로 돌아와서 물건을 내려놓자 현관문에서 울리는 초인종 소리에 에블린인가 싶어서 얼른 방을 나갔다. 에블린을 예상했으나 현관 앞에 서 있는 라이언을 보고는 하진이 놀라며 물었다.

"라이언?"

자신을 부르는 소리에 라이언은 초인종에서 고개를 돌려 다시 누르려던 손짓을 멈추고는 하진을 내려다보았다. 그는 낮에 영상 통화 했던 모습과는 다르게 생기 있어 보였다. 카멜색 코트에 청바지를 입은 그는 오늘따라 모델 같아 보였다. 청바지는 어제 촬영한 블루진이겠다 싶었다.

집 안으로 들어온 라이언이 어깨를 움직여 코트를 벗어 들자 하진은 다시 한 번 그에게 물었다.

"여긴 어쩐 일이야? 에블린은 모마에 있어. 이따가 밖에서 보기로 했는데. 이리로 안 오거든."

"너 데리러 온 건데?"

"나?"

하진은 검지손가락을 세워 자신을 가리키며 물었다. 이건 또 무슨 소리인지. 요즘따라 에블린이랑 라이언의 대답을 한 번에 못 알아듣는 것 같은데……. 하진은 그런 계획은 못 들었다는 듯이 눈을 동그랗게 뜨며 라이언을 쳐다보았다.

"난 에블린이랑 약속 있는데?"

"알아. 그 약속에 나도 있어. 못 들었어?"

"응. 에블린한테 연락은 없었는데……."

"내가 같이 가면 부담스러워……?"

그답지 않은 조심스러운 물음에 하진은 순간 미안한 마음이 들어 아니라고 두 손을 퍼덕였다. 다 같이 노는 거야, 상관없지. 어차피 오늘은 브루클린 브리지를 보러 갈 계획이라 인원이 많을수록 안전했다. 그쪽은 어둡고 관광객이 많아서 조심히 돌아다녀야 했다.

"갈 준비 다 한 거야?"

라이언은 제집인 것처럼 주방에서 물을 따라 마셨다. 하진은 라이언이 코트를 의자에 걸치는 것을 보고서야 시계를 쳐다보았다. 아직 에블린과 약속한 시각까지는 한 시간 정도 여유가 있었다.

사실 라이언은 오후에 하진과의 통화가 끝나자마자 에블린에게 연락했었다. 오늘 일정이 무엇이냐고 물어보던 찰나 에블린이 귀신같이 하진에게 관심 있느냐고 질문해 라이언은 뭔 소리냐고 답했다. 콧소리를 내는 에블린의 장난에 라이언은 못 들은 척했다. 그래서 막상 이곳에 도착해 문전 박대를 당할까 긴장했는데, 냉수 한 컵 들이켜니 좀 살 것 같았다.

그녀는 자신의 방으로 들어가더니 이내 어제와 비슷하게 옷을 갈아입고 나왔다. 검은색 청바지에 오버사이즈 셔츠 위로 따뜻한 터틀넥을 입고는 코트를 팔에 걸치고 나왔다. 윤기 나는 짙은 그녀의 머릿결은 적당히 빗겨져 포니테일로 묶였다. 시원한 하진의 헤어스타일이 그녀의 조그맣고 맑은 얼굴을 더 돋보이게 했다. 반짝거리는 입술은 오밀조밀해서 꼭 혼자 오물거리며 무언가를 먹고 있는 것 같다.

라이언은 아무렇지도 않은 척 하진에게 다가가 아까 자신이 부탁한 옷을 건네받았다. 그녀의 꼼꼼한 성격처럼 단정하게 스티커까지 붙은 쇼핑백을 말이다.

"그럼 에블린은? 여기서 봐? 이리로 오라 할까? 어차피 가까운데."

"걘 거기서 바로 간대. 에이전시 팀장인가 뭔가가 태워다 줄 거래."

"아 그래?"

하진은 시계를 살피고는 라이언과 함께 택시를 타기 위해 건물 밖으로 나왔다. 겨울이라 그런지 날이 벌써 어둠에 깔려 있었고, 오전과는 다른 힘찬 활력이 가득했다. 택시를 잡으려 여러 사람이 길가에 서성이기도 했고, 맞은편에 있는 공원에 산책하러 들어가는 사람들도 제법 있었다.

하진과 라이언은 자연스럽게 맨해튼 남쪽을 향해서 걸어갔다. 몇 걸음이나 걸었을까. 문득 그녀는 라이언이 제 옆에서 나란히 걷다가 자연스럽게 차도 쪽으로 향하는 걸 알아챘다. 보호받는 기분이 그다지 나쁘지 않았다. 순간 라이언의 매너에 많은 여자애들이 설레었을 것 같은 생각이 번뜩 들었다. 사실 누가 자신에게 넌 아니냐고 물어보면 지금, 이 순간만은 맞는다고 해야 할 정도로 하진의 가슴이 낮게 두근거렸다.

자신을 올려다보는 하진의 얼굴에 라이언은 장난기 가득한 미소로 입술을 삐뚜름하게 올렸다. 햇빛에 잘 그을린 탄력 있는 그의 얼굴은 오늘 유난히 더 시원해 보였고, 왜 빅토리아의 스쿨 셀러브리티라고 불리는지 그녀는 원하지 않아도 누가 자신의 귀에 계속 말해 주는 것 같았다. 그의 얼굴은 오늘따라 높이 떠 있는 저 달처럼 맑고 고와 보여서 시간 가는 줄 모르고 빨려 드는 그림 같았다.

마치 귓가의 목소리를 떨쳐 내려는 듯이 하진은 고개를 절레절레 흔들며 브루클린 브리지 방향으로 내려가는 택시를 잡았다. 라이언은 뒤따라 타면서 찬 기운이 들어오기 전에 문을 닫으며 기사에게 위치를 말했다.

브루클린 브리지는 관광 명소답게 사람들로 미어터지기 일보 직전이었다. 서로 나이스 스팟에 대한 자신의 몫이라도 걸었는지, 위험천만하게 사진을 찍는 사람들 때문에 하진은 미간을 계속 찌푸리며 에블린과 라이언 사이에서 한 줄로 걷고 있었다. 에블린을 만난 것도 엄청난 운이 따랐다고 할 만큼 사람들의 어깨 틈 사이로, 세 명은 어찌할 바를 모르고 등 떠밀리듯이 다리를 향해 걸어가는 수밖에 없었다.

대체 여길 왜 왔는지 이제는 이유도 기억을 못 할 정도로 이리저리 사람에 치이다가 세 명은 한마음으로 그냥 관광을 포기했다.

연말이 다가와서 그런지 유난히 많은 인파에 에블린과 하진 그리고 라이언은 나란히 근처의 벤치에 앉아 케밥을 먹었다. 실은 이 케밥도 순간적으로 빠르게 먹을 결정을 하지 않았다면 받지도 못했을 거였다. 라이언이 줄을 서자마자, 그의 뒤로 많은 관광객들이 줄을 이은 데다가 주변의 상점들은 이미 문을 닫은 지 오래였다. 이대로 앉아서 먹으면 체할 것 같은 마음에 셋은 그 장소에서 조금 더 먼 곳에 앉아서 먹던 중이었다.

"지니. 사람 진짜 많다. 괜히 왔어. 이러다가 사진도 못 찍는 거 아니야?"

에블린은 케밥을 한 입 베어 물고는 우물거리며 하진에게 말했다.

"그러게……. 사진 한번 찍고 싶긴 했는데. 아쉽다. 이렇게 사람이 많을 줄 몰랐어."

"그래도 이쪽에서도 다리가 보이니까 여기서 찍을까?"

"여기서?"

생각해 보니 브루클린 다리에서 좀 멀어지니 오히려 배경 사진을 찍기에 좋았다. 게다가 사람들도 많이 없었고 조용해서 위치도 마음에 들었다.

하진은 자신의 핸드폰을 코트에서 꺼내어 카메라를 켰다. 바람이 너무 불어 머리가 여기저기 흩날렸으나 이건 이런대로 저건 저런대로 하진은 행복했다. 사람이 많아서 다리에 올라가지 못한들 뭐가 슬플까 싶다. 이렇게 친구들과 강을 바라보며 여행을 온 것만 해도 그녀는 지난 시절을 보상받는 것 같았다. 자유로운 시간을 보내며 우정을 쌓는 일, 친구들과 사진을 찍거나 파티를 가는 것이 얼마나 재밌는 일인지 너무 늦게 알았다는 게 그저 조금 아쉬울 뿐이었다.

하진은 여러 각도로 카메라에 배경을 담아내다가 적당히 잡아낸 풍경을 바라보며 라이언과 에블린을 제 핸드폰 앞으로 불러들였다. 허겁지겁 케밥을 마무리하며 입을 우물거리던 둘은 그녀의 손짓에 따라서 하진의 앞에 섰다.

그다음에는 적당히 벤치에 핸드폰을 세운 하진은 에블린의 옆으로 뛰어 들어가 브루클린 브리지를 배경으로 꽤나 웃긴 표정과 얼굴 몰아주기를 하며 추억을 만들었다. 하진은 더할 나위 없이 행복하다는 표정을 지으며 양 볼에 힘을 주어 웃었다. 별거 아닌 순간에도 셋은 맨해튼의 화려한 야경보다 더 밝은 표정과 웃음을 지으며 이 시간을 즐겼다. 앞으로 뉴욕은 그녀에게 상징과도 같은 장소가 되리라.

○ ● ○

이번 방학에 뉴욕에서 돌아온 하진은 목표를 전략적으로 세웠다. 앨리스는 그런 하진에게 개인 멘토를 붙여 주었는데 생각보다 많은 도움이 되었다. 물론 컨설팅을 따로 받기도 했었지만, 일주일에 한두 번씩 만나고 있는 케이틀린은 현재 하버드에서 재학 중이고 곧 2학년으로 올라간다고 들었다. 당시 그녀는 거의 모든 아이비리그에서 합격 통지를 받아서 최종적으론 하버드를 선택했다고 한다.

케이틀린은 빅토리아 하이스쿨을 졸업한 하진의 선배였는데 그녀는 알고 보니 이곳에서 꽤 유명한 퀸이었다고 에블린이 나중에 말해 주어서 알았다. 앨리스가 어떻게 케이틀린을 섭외했는지 모르겠지만 아마 부모님들끼리 비즈니스로 잘 알지 않았을까 싶다. 케이틀린은 아이비리그의 전반적인 입학 과정과 준비하는 팁들을 알려 주었고, 자신의 동기들에게 하진이 궁금할 만한 학교 상황들을 물어봐 주었다. 소소한 것들이었지만 하진에게는 아주 많은 도움이 되었다.

짧은 시간이었지만 케이틀린은 하진의 어미 새 역할을 충실히 해 주었다. 그녀 덕분에 하진은 미리 제출해야 하는 원서들을 제시간에 낼 수 있었다. 그녀는 언니가 없는 하진에게 든든한 친언니같이 다정하게 대해 주었다. 대학교뿐만 아니라 고등학교를 졸업하자마자 성인이 되어 당황스러울 수 있을 만한 조일들에 대해서도 미리 아낌없이 조언을 해 주었다. 그렇게 짧지만 깊은 시간을 보냈던 하진에게 케이틀린이 대부분의 학교에서 합격 통지를 받을 수 있을 거라며 마지막까지 응원의 말을 아끼지 않았다.

하진은 겨울 방학의 막바지가 되면서 중간중간 에블린의 집에서 영화를 보고 저녁을 먹는 등 마지막 학년이 되어서야 친구들과 시간 보내기도 입시 준비만큼이나 충실히 했다.

그리고 그동안 말로만 들었던 와이엇과 피셔 집안의 웅장한 집을 두 눈으로 확인했다. 웅장하다는 표현이 제일 적합할 것 같았다. 대체 어떤 사업을 하길래 집 안에 수영장은 말할 것도 없고 작은 영화관까지 있었다. 누가 작정하고 집 안에 숨어서 살면 눈치채기까지 시간이 꽤 걸릴 정도로 말이다.

두 집은 작은 오솔길로 연결이 되어 있었는데 예전부터 서로의 집을 안전하게 오가게끔 미스터 와이엇이 길을 내 버렸다고 한다. 이 크기 또한 그냥 잘 가꿔진 또 하나의 정원이었다. 듣기로는 와이엇이나 피셔 패밀리 모두 빅토리아 타운이 고향은 아니고 이곳저곳 별장이나 세컨드 하우스가 많아 방학에는 빅토리아가 항상 비어 있다고도 들었었다. 물론, 지나가는 학교 아이들의 얘기라서 신빙성이 크게 없을 거지만, 하진이 에블린의 집에 놀러 올 때마다 느낀 건, 루머나 가십이 가끔은 사실이라는 거였다.

그녀의 집에 자주 놀러 가다 보니 가족들을 많이 마주쳐서 하진은 그때마다 민망하게 벌서듯이 긴장하며 서 있었는데 미세스 와이엇과 미세스 피셔는 늘 푸근하게 대해 주셨다.

에블린네 가족은 정기적으로 라이언네 가족과 식사를 한다고 한다. 거의 주에 하루 이틀은 그 동네에서 에블린과 같이 에세이를 작성하거나 함께 시간을 보내다 보니 저녁까지 먹고 오는 일이 왕왕 생겼다. 그러다 보니 그레이엄과 앨리스는 급기야 에블린을 만나러 간다고 말하면 하진이 집에 언제 들어오는지 기다리지도 않을 정도였다.

짧지만 긴 겨울 동안 에블린은 성공적으로 갤러리에서 작품 전시를 마쳤고, 연이어 여러 갤러리에서 끊임없이 포트폴리오 요청이 쏟아졌는데, 그래서 그런지 에블린은 대학교에 진학하지 않고 바로 작가 활동을 하기로 결정했다. 에블린의 선택을 부모님은 존중해 주었고 그녀는 내년에 고등학교를 졸업한 후 LA로 갈 계획이라 말했다.

하진은 고작 반년 동안이었지만 에블린과 서로 반대 방향으로 헤어진다고 생각하니 그녀의 큰 두 눈에 물기가 차올라 급기야 양손으로 눈물을 계속 닦아 내야 했다. 다음 날 에블린은 하진의 눈을 보더니 나중에 그림으로 그려야겠다며 손가락으로 네모를 그리며 허공에서 사진을 찍는 장난을 하루 종일 했다.

맨해튼에서의 짧은 만남 이후로 하진은 라이언을 에블린만큼 만나지 못했지만, 가끔 에블린네 가족과 저녁을 먹을 때에 잠시 얘기를 나누는 등 적당히 얼굴은 보고 지냈다. 그도 원서와 학업을 관리해 주는 개인 튜터와 많은 시간을 보내는 듯했다. 만날 때마다 그 작은 얼굴이 더 핼쑥해지는 걸 보면 원서 준비가 꽤나 까다로운 듯했다.

간간이 그녀가 사다 준 후드를 입고 저녁 시간에 어슬렁거리며 접시에 코를 박고 음식을 먹어 치우는 그의 옆에 앉은 하진은 라이언에게 이렇다 할 별말을 걸지는 않았다.

그녀는 에블린의 집에서 긴 대화를 나누고 파자마 파티를 하며 새로운 한 해를 같이 보냈다. 순식간에 크리스마스와 새해가 지나가고 이제 하진은 자신의 침대 옆에 걸려 있는 달력의 한 곳에 동그라미를 그렸다.

이제 마지막 봄 학기가 시작되었다. 그 말은 곧 자신이 쓴 원서의 결과가 나올 순간이 다가왔다는 의미다. 달력을 마주 보고 선 하진은 잠시 생각에 잠겼다.

3

2학기가 시작된 빅토리아 하이스쿨은 지난 학기와는 다르게 오늘은 새하얀 옷을 입은 듯했다. 어제 밤새 내린 눈 때문에 학교 경비원들과 정원사들이 나와 큰 삽으로 눈을 치우고 있었다. 하진은 자전거의 페달을 열심히 밟으며 가볍게 주차장을 지나 건물 뒤편으로 빠르게 학생들을 앞질렀다. 자전거에 체인을 걸고선 가방을 멘 하진은 그녀의 반이 있는 건물을 향해 걸음을 옮겼다.

[J. 오늘은 식당에서 먹자.]

에블린의 문자를 본 하진은 알겠다는 답신을 하고는 이번 학기에 신청한 스페인어 수업을 듣기 위해 교실을 찾았다.

자신이 선호하는 어중간한 자리에 앉아 가방을 손잡이에 걸고는 필기구를 꺼내려 고개를 숙이자, 그녀의 시야 끝에 보이는 반짝이는 에나멜 검정 구두의 코가 보여 고개를 올렸다. 고개를 들자 눈앞에는 소위 '블링키들'이라고 불리는 무리의 수장으로 유명한 케이티가 보였다. 한 번도 얘기를 나눠 본 적은 없지만, 누군지는 이미 에블린을 통해서 알고 있었던 하진은 말없이 팔짱을 끼며 불만스레 자신을 내려다보는 그녀에게 조용히 물었다.

"나에게 할 말 있니?"

하진의 물음에 케이티는 그 큰 입이 어찌나 빠르게 움직이던지 자신의 팔짱을 풀어 허리에 올리더니 총알처럼 말을 내뱉었다. 립글로스로 반짝거리는 그녀의 입술이 열심히 움직였다.

"네가 크리스틴이지? 우리 언니가 이번에 원서 접수 도와줬다며? 너 하버드 지원했다고 하던데, 맞아?"

"아······."

어쩐지. 얼굴이 익숙하다 했더니 케이틀린의 여동생이었나 보다. 지난 시간에 케이틀린이 자신의 여동생도 같은 학교라고 말하기는 했는데 굳이 이름까진 물어보지 않아서 누군지는 모르고 있었다. 하진은 모두 맞는 얘기라 고개를 조금 끄덕였다. 에블린과 라이언 외에는 아직 친구들이 모르고 있던 사실이라 그녀의 큰 소리가 하진은 부담스러웠다.

"응. 맞아. 케이틀린 여동생이구나."

하진의 짧은 답이 못내 마음에 안 들었던지 —확실하지만— 케이티는 좀처럼 하진에게 할 말이 많은 모양이었다.

"참 나. 오랜만에 언니 좀 보나 했더니 맨날 네 집 간다고 아침부터 나가길래 얼마나 대단한 곳 쓰나 했는데. 아무튼. 그냥 언니가 하도 네 얘기를 집에서 하길래 궁금해서 인사할 겸 온 거야."

케이티는 반감을 내비치려는 게 아니라 단순히 언니랑 시간을 제대로 보내지 못해 귀여운 투정을 부리러 온 모양이었다. 순간 하진은 케이티가 귀여워 보였다.

"아······, 미안. 내가 시간을 많이 뺏었나 봐. 그런 줄도 모르고. 케이틀린은 잘 지내지?"

케이틀린과의 과외가 끝나고 따로 연락을 해 보지는 않아서 하진은 단순 안부를 물었다.

"응. 아무튼 마주치면 인사하자. 난 케이티."

"응. 난 크리스틴이야."

쿨하게 손을 내밀어 인사하는 케이티를 보며 하진은 어정쩡하게 자신의 손을 그 위에 살짝 올렸다. 갑자기 하진의 손가락을 세게 잡아 위아래로 붕붕 흔든 케이티는 곧 자신의 '블링키' 크루들이 있는 뒷자리로 돌아갔다.

돌아가는 모습을 눈으로 좇자 근방에 앉아 있던 아이들이 저마다 하버드와 자신의 이름을 소곤거리는 소리가 들렸다. 하진은 조용히 한숨을 내뱉으며 책상을 정리했다. 지난 학기에 전학을 와서 조용히 지내고 있었는데 케이티와의 짧은 인사가 이 조용함을 무참히 깨 버렸다는 것을 깨달았다.

약간의 후회가 살며시 올라오려는 찰나에 스페인어 교사인 풀헨시오가 들어오자 일제히 웅성거림이 멎었다. 그렇게 마지막 학기의 첫 수업이 시작되었다.

하진은 오전 수업이 끝나고 재빨리 가방을 챙겨 식당으로 걸음을 옮겼다. 걸으면서 에블린에게 전화를 걸었다.

— 아! 진! 나 밖에 나와 있어. 본관 식당 야외에 있는 벤치로 나오면 돼. 이미 음식은 내가 받아 와서 그냥 몸만 와!

"응. 고마워. 지금 가는 중이야."

하진은 전교생의 학생들이 바글거리는 식당에 들어와 여기저기 널브러진 의자들을 지나쳐 야외로 나가는 문을 열었다. 야외에도 많은 학생들이 추운데도 불구하고 햇빛을 받으며 샌드위치나 샐러드를 먹고 있었다. 저마다 오랜만에 만나는 친구들과 지난 방학 동안 어떻게 지냈는지 활기차게 얘기를 나누고 있었다.

오전 수업 동안 눈이 다 치워져서 그런지 따뜻한 오후의 햇살은 적당히 피부도 그을릴 수 있을 정도로 충만하게 내리쬐었다. 자신을 발견하고 손을 흔드는 에블린에게 다가간 하진은 자연스럽게 맞은편에 앉아 도시락을 열었다.

"진! 진! 마지막 학기니까 너무 아쉽다. 오늘이 첫날이지만 그래도 아쉬워. 그런데 또 재밌다!"

에블린다운 감상에 하진은 맞장구를 치고는 패딩을 어깨에 걸치고 에블린이 가져다준 샌드위치를 한 입 베어 물었다. 학교 구내식당의 샌드위치는 상당히 빈약했다. 하진의 양에는 현저히 적어서 매번 두 개씩 사 먹거나 다른 간식거리를 먹어야 했는데, 학기가 지나도 식당의 양은 전혀 늘지를 않았다.

에블린과 즐거운 점심이 한창이던 때에 갑자기 자신의 의자 옆자리에 있는 눈을 손으로 흩날리며 털썩 앉아 버리는 라이언이 보였다. 뛰어왔는지 그의 숨이 조금 차 있어 보였다.

"헤이. 진. 뭐 먹어?"

지난 뉴욕 여행 동안에 에블린이 하진을 미들 네임으로 부르는 걸 듣고는 라이언이 본인도 하진이라 부르겠다며 그때부터 꾸준히 멋대로 이름을 바꿔 가며 부르기 시작했다. 이제는 가족들끼리만 사용하던 이름이 친구들 사이에서도 경계 없이 불리자 하진은 아직 어색했다.

라이언은 고개를 살짝 숙여 하진이 뭐를 먹고 있는지 보더니 이내 그녀가 식탁에 올려 둔 하나 남은 샌드위치를 확인했다. 그는 하진의 동의도 없이 긴 팔을 순식간에 뻗어서 샌드위치를 훌쩍 가져가 버리고선 반이나 베어 물었다.

"야. 넌 인사도 안 하냐?"

에블린이 눈썹을 치켜올리더니 라이언을 향해 장난스럽게 쏘아붙였다.

"네 소식은 원하지 않아도 어머니가 줄줄이 읊고 있어. 내 방에서 네 방에 불 켜진 것도 보이는데 뭐가 더 궁금하냐. 제발 그 요란한 사이킥 같은 조명 좀 끌 수 없냐?"

"참 나. 몇 번 켜지도 않았거든? 내 방이랑 네 방이랑 엄청나게 떨어져 있거든? 변태 아냐? 거기서 굳이 내 방 창문을 왜 쳐다봐? 왜? 하진이랑 있으니 오고 싶었어?"

이제 와서 최근에야 깨달은 건 에블린과 라이언이 같이 지낸 시절이 길었음에도 둘은 성격이 아주 다르다는 거였다. 마치 꼬맹이들의 유치한 싸움을 보는 것 같아 하진은 구경하는 재미도 있었다.

"너 그거 레이저인 거 모르지? 내 방 천장까지 들어온다고. 아니면 경사를 좀 낮춰."

"너나 잘해."

지난번에 파자마 파티를 한답시고 틀어 놓은 천장 조명을 말하는 것 같았다. 그런데 하진은 그들의 대화 주제를 다 떠나서 자신의 샌드위치를 먹어 버린 라이언에게 물었다.

"나 배고픈데, 네가 그걸 먹으면 어떡해? 네 건 없어?"

"진."

"왜?"

대답은 하지도 않고 자신의 이름을 부르는 라이언은 씨익 웃더니 그길로 그 큰 장신의 몸을 잘도 날렵하게 움직이며 도망가 버렸다. 어이가 없어 그의 뒤통수를 바라보던 하진은 뭐라 할 말을 찾지 못하고 그냥 에블린을 쳐다보며 어깨를 으쓱할 뿐이었다.

"에블린, 좀 남은 거 있어?"

하진은 순간 라이언에게 소리치려다가 그만둔 자신의 결정에 속으로 칭찬을 아끼지 않았다. 지금도 오전 수업 전에 케이티와의 대화 때문에 그런지, 복도에서 지나가는 자신을 붙잡고 어디어디 지원했냐고 묻는 애들이 두 명이나 되었다. 이 이상의 관심은 자신에게 독이라는 걸 이미 일찌감치 깨닫게 해 준 지난 옛 기억들 덕분에 아직 어린 하진은 더 이상의 관심과 친구는 사양이었다. 지금도 하진은 너무 빨리 변화하는 자신의 라이프에 적응하는 중이다. 그녀는 지금 만나고 있는 에블린과 시간을 더 보내고 싶을 뿐이었다. 물론 라이언과의 관계도 현재로선 부담스럽지는 않았다.

이어서 점심시간이 끝났다는 종소리가 들리자 하진은 에블린과 헤어지고는 오늘의 마지막 오후 수업을 듣기 위해 체육관으로 넘어갔다. 마지막 학기라서 요즘 학생들은 원서를 쓰거나 입시 준비에 한창이라서 대부분 개인 시간을 보내거나 적당히 수업에 참여만 해도 괜찮았다.

오늘 오전의 스페인어 수업은 개별 수업이라 체육관에 가서야 이번 학급의 클래스에 누가 있는지 알 수 있었다. 전학 와서 사귄 친구는 에블린과 라이언 뿐이라 ―이미 이 두 사람도 유명 인사라 하진의 '조용히 살기'는 점점 깨지고 있었지만— 아마도 체육관 의자에 앉아 멋쩍게 있거나 운동을 하거나 구석에서 노래를 듣거나 정 할 게 없다면 돌아가서 스페인어 공부나 더 하고 싶었다. 하진은 사실상 원하는 학교에 이미 지원 원서를 다 넣었기 때문에 딱히 마지막 학기는 수업 외에는 할 일이 없었다.

밖은 아직 날씨가 쌀쌀해서 체육관에서 수업하겠다는 선생님의 말에 아이들은 일제히 발을 구르며 좋아했다. 선생님이 아이들을 몇 명 호명하더니 체육관 바닥에 큰 스퀘어를 만들었다. 아마 간단한 게임을 하려나 보다.

하진도 아이들을 도와서 바닥에 테이프로 선을 그리고 있었는데, 저 멀리 시끌벅적하게 들어오는 다른 반 무리들이 보였다. 아직 눈이 다 녹지 않아서 다른 반도 체육관 수업을 하려나 보다 생각했다.

일단 하진은 테이프를 길게 빼어내어 일일이 오리걸음을 걸으며 바닥에 붙였고, 다 붙이고 나서야 허리를 폈다. 자리에서 일어나니 어느새 학생 수는 몇 배로 불어난 듯 보였다. 동시 수업을 할 모양인지 체육 교사 피트와 제나는 서로 구석에서 얘기를 나누고 있었다.

하진은 테이프를 다시 피트의 박스에 넣어 두기 위해 걸어갔고, 그곳에서 지난 학기에 과제를 같이한 맥스를 만났다. 맥스는 단발 정도 되는 머리를 잘랐는지 요즘 유행하는 투 블록 커트를 했다. 밝은 금발에 곱슬기가 있어서 그런지 몰라도 지난 방학 때 커피숍에서 마주친 그때와는 달라 보였다. 자신도 방학 때와는 달라졌을까.

"하이 크리스틴. 이번에도 같은 클래스네?"

"아, 그래?"

맥스의 말에 다행이다 싶었다. 그래도 아는 얼굴 한 명 정도는 있으니. 하진은 그에게 적당히 예의 바른 미소로 지으며 말했다.

"원서는 다 냈다며? 대단하던데? 원래 잘하는 건 알았지만, 그 정도로 쌓아 놓은 줄은 몰랐어."

맥스의 말인즉, 케이티와 대화 나눈 내용이 점심시간에 다 퍼졌다는 것을 의미했다. 소문 한번 대차게 빨랐다.

"응. 일단 넣어 두긴 했는데 결과야 나도 모르지. 떨어질 수도 있는 거고."

"뭐 전공하려고? 원하는 건 결정했어?"

"응. 일단 데이터 사이언스 쪽 해 보고 싶어서 관련 있는 데로 많이 넣었어."

"하하. 역시. 과제할 때 신나 보이더니 그럴 줄 알았어."

맥스는 마치 골치 앓았던 질문에 대한 답을 찾은 것처럼 만족스러운 표정을 지으며 하진에게 말했다.

"지난 과제 도와줘서 고마워. 네 덕분이야. 보니까 네가 알려 준 프로그램이 하버드 클럽에서 만들었대. 개발자가 아직도 학생이라던데? 몰랐어. 투어 가서 어쩌다 만난 재학생한테 들었거든."

"아……. 그거?"

맥스는 겸연쩍어하며 손가락으로 자신의 볼이 간지러운 듯 긁더니 말을 이었다.

"우리 누나가 거기 클럽 회장이거든. 도움 좀 받았지."

"뭐?"

하진은 예상치 못한 맥스의 말에 큰 소리로 대답하고 말았다. 대체 이 동네 애들은 어쩌면 이렇게 쉽게 하버드와 연이 닿아 있는 것인지 얼떨떨했다. 게다가 자신이 합격하면 들어가고 싶은 클럽의 회장이 맥스의 누나라니. 이 동네에 온 게 이렇게 도움이 될 줄이야. 이따가 그레이엄과 앨리스에게 할 말이 많아졌다.

"너희 누나 진짜 대단하시다. 스타트업 하실 생각 없으셔? 요즘 프로그램 개발하고 투자받아서 많이들 사업하던데. 아니다, 스카우트되시겠네."

"글쎄. 관심이 있는 것 같기도 하고. 무엇보다 졸업해야 사업을 하든가 펀딩을 받든가 하겠지, 뭐."

하진은 도구 박스에 대충 테이프와 가위를 놓은 뒤 맥스와 함께 체육관 벤치로 걸어가며 더 얘기를 나눴다.

맥스는 지난 방학 동안에 본인도 원서를 넣기는 했지만, 딱히 기대하지 않는다고 했다. 하진은 맥스가 코딩 개발이나 사이버 해킹 대회에서 수상한 경력이 많다는 걸 알고 있었다. 왠지 자신이나 맥스 모두 계속 잘 풀리면 대학교 교정에서 만나거나 MIT 쪽으로 가면 보스턴에서 만날 수 있을 것 같았다.

어느새 벤치에 앉아 맥스와 많은 얘기를 나누다 보니 피트와 제나가 호각을 불었다.

삐익— 삐익—

학생들이 모두 벤치에 앉아 두 교사의 말을 기다렸다.

"일단! 오늘은 첫 수업이니 몸도 좀 풀 겸, 반 대항을 하려 한다!"

"와아아아아아아!"

게임을 한다는 소식에 아이들은 일제히 옆 반 학생들을 향해 엄지를 바닥으로 향한 채 우우 소리를 내며 흥을 돋웠다.

"어텐션!"

제나의 외침에 소리가 점점 작아지더니 아이들은 이내 눈을 반짝 빛내며 어떤 게임을 할지 기다렸다. 저 벤치 뒤에 앉은 한 남자아이는 —누군지는 몰랐으나— 도지볼(공을 던져 상대 팀을 맞혀 탈락시키는 게임)을 하자며 의견을 냈다.

아이들은 다 같이 그 친구의 아이디어에 환호를 했고, 이어 제나도 고개를 끄덕이며 말했다.

"오늘은 도지볼을 할 거다! 각자의 클래스가 같은 팀이니 적당히 반으로 나눠서 2 대 2 게임을 할 거고, 양쪽에서 서로 다른 팀이 이겼을 경우! 토너먼트로 최후의 승리 팀을 결정할 거다. 따라서, 피트 클래스는 블루! 내 클래스는 레드! 저기 박스에 있는 팀복을 꺼내어 입도록!"

가녀린 제나의 체격과는 다른 허스키한 목소리가 허공에 빠르게 퍼졌다. 학생들은 신이 나서 오랜만에 몸 좀 풀겠다며 다리를 이리저리 꺾어서 스트레칭을 하며, 블루와 레드로 나뉜 얇은 조끼를 걸쳤다.

하진은 맥스와 함께 벤치에서 엉덩이를 떼어 블루 팀의 조끼를 건네받았고, 자연스럽게 맥스와 한 팀을 이뤘다. 체육관 코트 중앙에 올라간 하진은 맥스와 끝내지 못한 여러 대화를 자연스럽게 나누며 몸을 풀었다. 얘기를 하다 보니 어느새 지난 학기에 같은 클래스였던 에밀리도 있어 셋이서 한 팀으로 첫 게임을 치르게 됐다.

먼저 1게임을 시작하는 경기에 하진은 적당히 긴장감을 느끼며 맥스와 에밀리 옆에 나란히 서서 피트의 호각 신호를 기다렸다. 선 너머에 있는 장신의 아이들을 바라보며 하진은 무릎을 굽혀 조금 더 날렵하게 움직일 수 있게 자세를 잡았다.

삑!

호각이 불리고 경기가 시작되자, 일사불란하게 자신의 팀을 보호하는 날렵한 운동광들은 팔을 길게 휘둘러 공격을 도로 내보냈다. 공격을 했다기보다는 거의 투포환 연습이라도 하는 것처럼 힘을 실어 던졌다는 게 맞는 표현이다. 게다가 이번 게임에 나온 레드 팀은 남녀 모두 체격이 컸다.

하진 옆에 서 있던 에밀리는 레드 팀의 한 남학생에게 공을 맞고 탈락했는데, 그 소리가 너무 크게 나서 벤치에 앉아 응원을 하던 같은 블루 팀이 일제히 야유를 쏟아부었다.

"제럴드! 미쳤냐!"

"저게 어떻게 공격이냐!"

"티쳐! 저거 너무 심한데요!"

에밀리는 공에 맞은 허벅지를 한 손으로 비비며 벤치로 돌아가 하진과 맥스를 향해 꼭 이기라는 제스처를 보냈다. 하진은 이제 세 명 정도 남은 팀에서 최대한 요리조리 몸을 틀어 공을 피했다.

레드 팀에는 두 명이 남았고, 블루 팀은 하진, 맥스, 그리고 이번에 새롭게 같은 반이 된 마크가 남았다. 마크는 이 게임에 자신의 의의라도 걸었는지 허리를 숙여 —그는 키가 굉장히 컸다— 그녀와 맥스의 어깨에 팔을 두르고서 머리를 맞대어 말했다. 자연스럽게 셋이서 한 몸이라도 된 것처럼 굉장히 가까이 붙어서 말하자, 다리 아래에서 열기가 훅 끼쳤다. 짧은 시간 동안 얼마나 많이 뛰어다녔던지 셋 다 숨이 조금 차고 있었다.

"크리스틴. 맞지? 맥스는 알고."

"응."

마크와 맥스는 이미 알고 있는 사이였나 보다.

"난 마크고. 이거야지? 일단 우리가 우세한데."

마크의 두 눈은 초롱초롱하게 빛나고 있어. 하진은 지금 이 첫 게임에서 마크에게 실망을 주지 않기 위해서라도 이겨야 할 것 같았다. 정 뭐하면 자신은 그냥 빨리 공을 맞고 죽고 싶었다. 부럽게도 에밀리는 저 멀리 벤치 밑바닥에 편하게 앉아서 팀을 향해 양손을 위로 흔들며 열띤 응원을 해 주고 있었다.

"아니면 내가 그냥 죽어도 되고."

하진은 어차피 레드 팀에 남은 두 명도 남자라서 이대로 양쪽이 편하게 공을 주고받는 게 나아 보였다. 그리고 점심을 부실하게 먹은 탓인지, 힘에 부치기도 했다.

"크리스틴? 왜 이래. 한 명이라도 지금 아쉽다고. 일단은 내가 저 제럴드를 맡을 테니까 맥스는 나머지를 죽여. 제럴드는 제일 마지막에 남겨 둬서 힘을 빼놓자고."

"그래."

맥스는 가볍게 고개를 끄덕였다. 그녀는 자신은 무얼 해야 하냐고 물어보자 마크는 어깨를 으쓱거리며 그냥 자기 뒤에 서 있으라고 말했다. 세이빙 포인트 인가 싶어서 하진은 그냥 알겠다고 말하며 셋은 이제 각자의 포지션으로 돌아갔다. 정확히는 마크의 코칭대로.

제럴드와 그 옆에 누군지 이름은 모르는 남자애가 서로 얼굴을 붙이며 무어라 얘기를 하고 있었다.

이제 공은 제럴드에게 있어. 하진은 긴장하며 마크의 뒤쪽에 서 있었다.

긴장감이 돌자 일제히 벤치에서는 너 나 할 것 없이 남은 학생들의 이름을 연달아 부르며 응원을 시작했다.

얼마 안 되는 짧은 시간 동안 같은 블루 팀의 응원에 기름을 부어 더 큰 함성 소리를 만든 것은 맥스와 마크 그리고 그녀의 완벽한 호흡이었다. 재빠르게 제럴드가 보낸 공을 잡은 마크는 맥스에게 패스했고, 맥스는 빠르게 레드 팀의 남은 학생을 맞혔다. 너무 강하게 맞히다 보니, 공이 다시 튕겨져 블루 팀의 진영에 돌아왔는데 그걸 하진이 앞에 나가서 빠르게 쥐고는 마크에게 보냈다. 마크는 공을 건네받자 민첩하게 제럴드의 어깨를 맞혔다.

순식간에 남은 두 명의 레드 팀을 모두 맞혀 블루 팀이 첫 게임을 따냈다.

"와아아아아아!"

"Go Blue! Go Blue!"

"맥스! 마크! 크리스틴!"

"끝내준다!"

마크는 신이 난 나머지 엄청나게 큰 소리로 포효하며 자신의 긴 팔을 하진과 맥스의 어깨에 두르고는 이리저리 흔들었다.

"이야!! 잘했어! 맥스! 크리스틴! 이겼다!"

큰 덩치를 가진 마크의 힘에 휩쓸리며 몸이 바람처럼 나부꼈지만, 하진과 맥스도 게임에서 이기니 기분이 좋았다. 그녀는 오랜만에 소리를 내며 웃었고, 맥스와 마크가 그녀를 향해 손바닥을 올리자 약간의 힘을 실어 그들의 손바닥에 자신의 손을 내리쳤다. 경쾌한 소리가 코트를 울렸다. 그녀는 자리로 돌아가며 마지막 학기의 시작이 나쁘지 않다고 생각했다.

첫 게임을 따낸 블루 팀 멤버들은 이제 앞줄에 모두 앉았고, 우측 끝에서 피트가 카드를 한 장 뒤로 넘겨 1 대 0이라는 사인을 만들었다.

이제 하진은 무릎을 굽혀 에밀리 옆에 앉았다. 그녀의 뒤쪽에서 마크가 얼마나 크리스틴이 날렵하게 공을 잡았는지 방금 전의 상황을 계속 복기했다. 신이 나서 말하는 마크의 얼굴은 목 끝까지 붉게 물들어 있어 그가 얼마나 흥분했는지 알 수 있었다.

하진은 잠깐 마크와 그의 무리들과 어색하게 눈을 맞춘 후, 게임하느라 말을 못 끝낸 맥스와 대화를 이어 갔다. 이어서 에밀리가 대화에 끼자 셋이서 지난 방학 때 각자가 어떤 곳에 원서를 넣었고 졸업 후 무엇을 할 계획인지 좀 더 구체적인 얘기를 나누기 시작했다.

하진은 또래 아이들과 진학과 관련된 얘기를 나눠 본 적이 별로 없어 새로운 정보를 많이 들을 수 있었다. 예를 들면, 맥스가 자신과 비슷한 전공에서 이미 두각을 나타내고 있었다거나, 아니면 에밀리는 좀 더 학구적이고 역사에 강점을 두고 있는 곳에 ─아마 브라운 쪽으로 지원한 것 같았다─ 관심이 있다는 사실들이다.

하진은 이 둘과 얘기를 하다 이제 2게임이 시작되는 호각 소리에 코트로 눈을 돌렸다. 왜인지 모르겠으나 아까보다 더 큰 응원 소리가 터져 나왔다. 하지만 곧바로 이유를 알 수 있었다. 레드 팀 옷을 입고 코트 위를 날아다니는 라이언이 보였다.

옆 벤치에 앉은 모든 여자애들이 라이언을 외치며 응원하자 새삼 하진은 라이언이 스쿨 셀러브리티라는 걸 지난 방학 동안 잊고 있었다는 것을 깨달았다.

'저게 라이언이었지.'

라이언은 코트에서 두 발을 빠르게 움직이며, 같은 팀원과 계속해서 공을 주고받고 ─날아다니고─ 있었다. 그 덕분에 지금 블루 팀의 학생들이 우수수 탈락하고 있었다. 게임이 시작되고 얼마 지나지 않아 순식간에 소규모 인원들만 남는데 그럼에도 불구하고 블루 팀과 레드 팀은 서로 박빙이었다.

그녀는 벤치 가장 첫 줄에 앉아서 손을 턱에 괴며 라이언을 바라보았다. 위험천만하게 공을 주고받던 두 팀은 이제 세 명씩 남았다. 아까와 비슷하게 남자 둘에 여자 하나가 남았고 라이언은 최대한 안 아프게끔 여자를 맞혀 탈락시켰다. 그렇게 맞혀서 탈락시키는 것도 재주였다.

그 모습을 바라보자 일제히 블루 팀의 남자들이 라이언에게 장난스러운 야유를 부렸다.

"라이언! 그 와중에 매너냐!"

"나이스 샷!"

"얼마 안 남았다!"

누군가 외치자 일제히 벤치에 웃음꽃이 피어났다. 라이언은 관중을 향해 한 손을 꼬불거리며 다리를 꼬아 우스꽝스러운 인사로 대응했다. 많은 아이들이 라이언을 향해 박장대소를 하자 그녀는 라이언의 교우 관계가 상당히 넓다고 생각했다.

'많은 애들 앞에서 저런 여유라니. 타고났네.'

하진과 눈이 마주친 라이언은 그가 늘 짓는 익숙한 —잘 봤냐는 듯— 미소를 보이며 게임에 다시 집중했다. 그리고 결국 여러 번 공이 튕기더니 아쉽게도 레드 팀이 이기게 되어 이제 마지막 시합만이 남았다.

이번에는 각 팀에서 이겼던 멤버로 서로 마지막 승부를 내자는 의견이 모이자, 그녀는 안타깝게도 다시 코트로 발을 올리는 수밖에 없었다. 별생각 없이 코트로 발을 옮기는 하진의 옆으로 라이언이 다가왔다. 숨이 좀 찼는지 라이언의 가슴이 위아래로 들썩였다.

"크리스틴. 아까 잘하던데? 이번엔 안 봐줘."

"그냥 빨리 죽여 줄래?"

하진은 라이언에게 뛰기 싫으니 그냥 공으로 맞혀 달라고 하자 라이언은 굿 게임이라 말하며 훌쩍 가 버렸다. 싫으면 싫은 거지. 그냥 가 버리는 그의 모습에 하진은 입을 삐죽였다.

이번 게임에 양 팀이 사활을 걸었는지 아까와는 다르게 여자애들도 열심히 공을 주고받았다. 크리스틴은 마지막 보루라며 마크는 어느새 그녀의 앞에서 공을 막아 주는 —원치 않는— 기사 역할을 자청했다. 아까 첫 게임에서 우연히 공을 잡아 버린 자신의 운빨을 마크는 마치 실력이라고 착각하는 듯했다.

저기 윗동네 캐나다의 붉은 곰 같은 큰 덩치가 앞에서 나서 주자 사실 하진은 그냥 제자리에 서 있기만 해도 됐었다. 그 모습을 본 응원석에 앉은 학생들은 연이어 하진과 마크를 즐겁게 놀려 댔다.

"헤이! 마크! 이번 학기 새 여자 친구냐!"

"쟤 좀 봐!"

"크리스틴! 저 새끼 등을 발로 차서 레드 팀으로 넘겨 버려!"

"야! 크리스틴은 보이지도 않아!"

계속되는 장난에 하진은 눈썹을 찡그리며 어색한 웃음을 흘렸다.

'하하. 나는 그냥 그만하고 싶다고.'

그녀는 대수롭지 않게 생각했지만, 건너편에 서서 앞머리를 쓸어 올리며 입을 일자로 다물고 있는 라이언은 기분이 그다지 좋아 보이지 않았다. 그는 누구에게 불만이라도 있는 것처럼 공을 바닥에 튕겨 다시 자신의 손안으로 불러들이더니, 이내 나머지 애들을 줄줄이 탈락시켰다.

이제 다시 마크와 그녀만이 남았다. 왜 이런 상황이 올 때까지 자신이 죽지 않았는지 모르겠지만 —물론 마크 덕분이지만— 레드 팀에는 라이언과 이름은 모르는 다른 여자애가 서 있었다. 벤치에서 넘어오는 소리를 들어 보니 이 친구 이름이 헤더인가 보다. 라이언은 공을 쥐며 하진을 향해 씨익 웃어 보였다. 마치 다음 차례는 너라는 듯이.

"마크! 이번에도 제대로 마킹하라고!"

"마크! 마크!"

"라이언! 라이언!"

"크리스틴 다시 한번 보여 줘! Go Blue!"

어색하게 마주 보고 2 대 2로 서게 되자 하진은 마크의 소매 끝을 두 손가락으로 살짝 잡아 제 쪽으로 내렸다. 자신을 내려다본 마크는 등을 쑤욱 숙이며 하진의 얼굴에 자신의 귀를 가져다 대었다. 이렇게까지 가까이 올 필요는 없었지만, 그녀는 주저하다가 결국 마크에게 조용히 말했다.

"마크. 음······."

자신이 없으니 먼저 나가겠다고 말을 하려 했는데 낌새를 이미 알아챘는지 마크는 끝까지 듣지도 않고 하진의 양어깨를 또 앞뒤로 흔들더니 급기야 머리까지 헝클이며 말했다. 앞머리가 사정없이 흔들리자 하진은 어지러운 머리를 두 손으로 잡았다.

그 장면을 본 라이언의 깊은 눈 속에서 작은 불꽃이 터져 나왔지만, 하진은 알지 못했다. 아까부터 계속 응원 멘트도 그렇고, 멀대 새끼가 하진의 어깨를 자꾸 잡아 대는 것이 영 그의 마음에 들지 않았다. 경기가 시작하는 순간부터 날파리처럼 붙어 있는 마크나, 맥스나, 둘 다 별로였다.

라이언은 순간 자신의 손안에 있는 공을 터질 것같이 힘주어 잡았다.

"크리스틴! 일단 있어 봐. 이겨야지!"

"하……."

오늘 마크는 마치 정의의 사도나 기사도 정신에 꽂혔는지 하진을 향해 자신의 뒤를 엄지손가락으로 가리키며 말했다. 그 장면이 연출되자 벤치에서 다시 장난 어린 농담이 터져 나오는 건 당연한 상황이 되어 버렸다.

라이언이 던진 강속구를 마크는 재빨리 긴 팔을 이용해 받아 냈고, 레드 팀에 남아 있는 헤더의 무릎을 맞혔다. 안타깝게도 무릎에 맞아서 튄 공은 그대로 레드 팀 진영에 있어서 하진은 또다시 긴장한 채 무릎을 굽혀 라이언의 공격을 기다려야 했다.

오늘따라 —라이언 덕분에— 점심도 덜 먹었더니 점점 체력이 떨어지는 것을 느끼던 하진은 진심으로 마크가 라이언을 탈락시키거나 라이언이 자신들을 어서 맞혀 줬으면 좋겠다고 생각했다.

잠깐 지쳐 있던 찰나에 마크가 큰 소리로 하진의 이름을 부르며 그녀의 왼팔을 빠르게 낚아채 품에 안았다. 갑작스러운 이끌림에 —지난 학기에 과학 실험으로 배운 망할 관성의 법칙대로— 머리를 세차게 마크의 어깨에 부딪힌 하진은 순간 어지러워서 허우적거렸다.

벤치에선 아까보다 더한 야유와 수위 높은 농담이 튀어나오고 있었다. 이젠 웃어넘기기가 힘든 수준으로 나오자 피트가 호각을 부르며 조용히 시켰지만, 여전히 애들은 말 그대로 난리였다.

"라이언! 저것들 같이 죽여 버려!"

"마크! 오늘이 디데이냐!"

"커플 나왔냐!"

"와우!"

머리가 어지러워 인상을 쓰던 하진은 마크의 품에서 벗어나 옆에 섰다. 이러다간 이제 당분간 학교 다니기가 힘들겠다 싶어 하진은 그냥 탈락할 생각에 코트에 다시 똑바로 섰다.

마크의 옆에 서서 라이언을 바라보자 라이언은 시합 전과는 다른 표정을 짓고 있었다. 시작 전에는 장난기 어린 표정에 기분이 좋아 보였는데 지금은 무언가 불만인 듯한……. 하진은 그런 라이언의 표정을 처음 보았다. 얼굴에 아무런 감정이 보이지 않는 라이언은 그 주변에만 공기가 언 듯이 차가워 보였다.

적당히 게임이 다시 개시되어, 여러 번 공을 주고받다가 ─몇 번이나 마크가 크리스틴을 원치 않게 살려 준 게 그렇게 안 고마울 수가 없었다─ 라이언은 정말 하진을 탈락시켜 주려 했는지 그녀 쪽으로 볼을 낮게 주었지만, 그때마다 마크가 하진의 손을 잡아당기거나, 거칠게 밀어 내서 막아 냈다. 그리고 다시 라이언의 공격 차례였다.

이젠 점점 힘에 부쳐 경기를 그만하고 싶었던 하진은 마크에게 손날을 만들어 자신의 목 앞에서 양옆으로 흔들었다. 이제 끝내 달라는 제스처에 마크는 알았다고 고개를 끄덕이며 윙크를 했다. 제 말을 제대로 알아들은 건가 싶었다. 하진은 어이없는 그의 응답에 고개를 저었다.

'하. 너무 힘들다 오늘.'

"어!"

"크리스틴!"

잠깐 마크에게 한눈을 판 사이, 그녀는 강렬한 타격감이 자신의 관자놀이에 빨려 들듯이 들어오는 고통을 느꼈다. 그러다 돌연 체육관과 코트가 시계 방향으로 돌아가는 장면이 슬로 모션처럼 눈앞에서 펼쳐지는 것을 무력하게 바라보았다. 힘이 빠져나가서 제대로 중심을 잡기가 힘들었다.

그와 동시에 아주 천천히 마크의 운동화가 가까워지는 장면이 보였고, 코트와 운동화가 내는 괴기한 마찰음이 저 멀리서 요연하게 들려왔다. 이마에서 찬 기운이 느껴졌는데 아마 코트 바닥에 자신의 머리가 닿아서 그런 게 아닐까 하는 생각이 들었다. 온몸에 힘이 빠지기 시작하고 긴장감이 순식간에 사라지자 그녀는 오히려 나른해졌다.

그리고 눈앞에 검은 장막이 끝까지 내려오기 전에 하진은 다급하게 자신의 이름을 외치며 달려와 제 얼굴을 잡은 라이언의 놀란 표정을 보았다. 하지만, 하진은 그다음은 기억나지 않았다. 차라리 이대로 잠드는 게 더 편할 것 같아, 두 눈을 결국 감았다.

○ ● ○

하진은 분명 오늘 마지막 학기가 시작되어 도지볼을 한 기억은 나는데, 눈을 뜨자 체육관의 코트가 아닌 새하얀 천장에서 유유히 돌아가는 프로펠러 팬이 보였다. 흰색 날개를 멍하니 보다가 그녀의 시선 옆에서 달그락거리는 소리를 내며 누군가 지나갔다.

수분이 흐르고 나서, 이제야 게임을 하다 공에 맞았다는 사실을 깨달은 하진은 허리를 일으켜 침대에 제대로 앉았다. 그러자 하얀 시트가 몸에서 주르륵 흘러내렸다. 여기저기 공간을 살펴보니 한 번도 온 적은 없지만 양호실인 것 같았다.

혼자인가 싶은 그녀는 적당히 방을 돌아보다 침대 왼편에 앉아 걱정 어린 눈빛으로 자신을 보고 있는 라이언을 발견했다.

"……."

"……."

라이언은 숨은 쉬고 있었는지 모를 정도로 너무 조용히 있어 그의 존재를 느끼지도 못했다. 그녀는 깜짝 놀라 입을 벙긋거리기만 할 뿐 말을 잇지 못하고 있었다.

하진이 말을 하지 않자 라이언은 고운 미간을 좁히며 급기야 빠르게 말을 꺼냈다.

"하아……. 크리스틴. 진짜 미안. 난 그 새끼 맞히려고 했는데. 그리고 너한테 공을 주고 내가 죽으려고 했는데, 조절이 안 됐나 봐……. 정말 미안해. 그 공이 너한테 날아갈 줄이야."

"……."

그녀는 주저리주저리 변명하는 그의 모습이 마치 비에 젖은 강아지가 방에 들어오지 못해 안절부절못하는 모습처럼 보여 피식 웃을 수밖에 없었다. 라이언의 그 넓은 어깨가 순간 처져 보였다. 한 손으로 얼굴의 반을 가리며 고개를 옆으로 숙인 라이언은 하진이 누워 있는 동안 많은 반성을 하고 있었던 듯하다.

그녀도 이렇게 쓰러지는 건 처음인데, 상대방은 오죽했을까. 그래도 지금은 컨디션이 나쁘지 않아 별일 아니게 넘어갈 수 있었다.

오히려 더 신경이 쓰이는 건 자신이 쓰러진 후, 여기까지 어떻게 왔는가였다. 학기 시작부터 이런 일이 벌어지다니. 하진답지 않았다. 아까 게임을 어떻게든 어설프게 끝내고 벤치에 앉았어야 했지만, 이미 후회하기엔 상황이 모두 끝나 있었다.

라이언은 답이 없는 그녀의 눈치를 살피며 얼굴을 내려 하진의 이곳저곳을 살펴보았다. 마치 어딘가 더 다친 곳이 없는지 다시 보려는 듯.

"아……. 라이언 이제 괜찮아. 수업은 끝난 거지?"

그녀는 헝클어진 머리를 정리하며 물었다. 머리를 풀어서 그녀의 얇고 긴 손가락을 빗으로 삼아, 가지런히 다시 묶었다. 라이언이 옆에서 얼굴이 타들어 갈 듯이 쳐다보고 있어 민망해질 찰나에 고맙게도 그가 답을 했다.

"이미 끝났어. 아까 피트 선생님이 다녀갔어. 학교 간호사랑. 가벼운 뇌진탕……이라고 하더라. 일어나서 어지러우면 부르라고 했어. 괜찮으면 그냥 집으로 바로 가도 된다고."

"음. 괜찮아. 집에 가서 그냥 쉬면 될 것 같아. 경기는 어떻게 됐어? 네가 이겼어?"

하진은 너무 축 처져 있는 라이언의 모습에 기분을 풀어 주려 ─자신이 왜 그래야 하는지 모르겠지만 너무 걱정하는 듯한 태도에 이젠 부담스러워지기 시작했다─ 그녀답지 않게 장난삼아 말했다.

"으……. 크리스틴, 진심이야. 나 너무 미안하다고. 경기는 그냥 끝났어. 무승부로. 그게 궁금하다면."

"아. 그래? 아쉽네. 마크가 엄청 이기려고 애썼는데."

"넌 지금 그 새끼가 머리에서 튀어나와? 너 뇌진탕이래. 경기가 다 뭐야. 왜 놀라지도 않아?"

"······."

갑자기 정색하면서 팔짱을 끼고는 다리를 꼬아 버리는 라이언의 모습에 순간 하진은 할 말을 잃었다. 이게 지금 다 누구 때문인데 방귀 뀐 놈이 성낸다고. 지금 딱 라이언이 그 짝이었다. 굉장히 빠른 태세 전환이었다. 순간 하진은 그가 자신 앞에서 연기하는 건가 싶어 말을 잇지 못했다.

"일단 수업은 끝났을 테고. 집에 가도 된다고 했지?"

라이언은 뭐가 불만인지 걱정 어린 모습을 보였던 이전과는 다르게 불퉁하게 태도를 바꿨다. 어이가 없어서 하진은 고개를 저으려다가 의식적으로 머리를 흔들지 않기 위해 한 손으로 고정해 잡았다. 그 모습을 보더니 라이언은 자리에서 벌떡 일어나 손을 허공에 허우적거리며 아프냐고 물어 왔다.

"괜찮아? 머리 흔들지 마."

"응. 그냥 조심하려고 잡은 거야. 아픈 거 아냐."

"가방은 내가 다 챙겨 왔어. 벤치에 있던 거 이거 맞지?"

하진은 자신의 가방을 들어 보이는 라이언을 보고는 짧게 대답했다. 그러고선 핸드폰을 열어 보니 에블린에게 문자가 와 있었다.

[C. 일어나면 연락 줘! 내가 점심 이후에 미팅하러 나와서, 옆에 있어 주지 못해서 미안해. 내가 라이언 꼭 죽여 줄게! XX]

학교 밖에 있는 에블린이 이 사실을 안다? 그녀는 더 생각을 이어 나가기도 싫었다. 무릎을 굽혀 머리를 기댄 그녀는 크게 한숨을 내쉬었다. 그런 하진의 모습에 라이언은 오해했는지 이내 어깨에 손을 대며 그녀의 머리를 들어 올리려 했다.

"하진······. 괜찮아? 왜? 머리 어지러워? 나 좀 봐 봐. 일단 미스터 브라운한테 가 볼까?"

그녀는 머리를 무릎에 대고 고개를 돌려 라이언을 바라보았다. 지금 본인이 여태 지켜 온 이 잔잔한 호수에 어떤 큰 돌을 던졌는지 아무것도 모른 채로 서 있는 그를 말이다.

"하아……. 아냐. 괜찮아. 일단 나가야지. 넌 수업 없어? 계속 여기 있었던 거야?"

하진이 그렇게 말하며 시계를 쳐다보니 이미 체육 시간이. 지나고도 한 시간 이나 더 흐른 뒤였다.

"아니 없어. 나도 아까 그 수업이 마지막이야 오늘."

"다행이네. 난 괜찮으니 너도 집에 가. 일단 집으로 가야겠어."

하진은 침대에서 내려와 자신의 가방에 손을 뻗었으나 그녀의 손에 잡힐 찰 나 가방이 휙 머리 위로 올라가 버렸다. 하진의 가방을 낚아챈 라이언은 제 어 깨에 둘러메고는 그녀를 향해 말했다.

"데려다줄게. 에블린이 너 오늘 자전거 타고 학교 왔다고 하던데. 오늘은 내 차 타고 가자."

다다닥 말을 뱉은 라이언은 침대 끝에 서더니 그녀가 나올 때까지 기다렸다. 하진은 라이언과 입씨름을 할 힘도 없어 그냥 신발에 자신의 두 발을 구겨 넣 었다.

밖으로 나와 본관 뒤편에 있던 보관소에서 자전거를 꺼낸 하진은 라이언이 자전거도 들고 가 버리자 그냥 터벅터벅 뒤를 따라갔다. 지나가면서 몇몇의 클 래스 친구들이 괜찮으냐고 물어 오자 하진은 괜찮다며 일일이 답해 주고는 주 차장으로 가는 라이언을 멀리서 따라갔다. 라이언은 저 멀리서 뒤를 한 번 돌 아보더니 그녀가 따라오는 것을 보고는 주머니에서 키를 꺼내 자동차 뒤 트렁 크에 자전거를 넣었다.

라이언은 하진이 다가오자 자신의 차 조수석의 문을 열어 주었다. 미안함에 에스코트를 단단히 하려는지, 굳이 이렇게까지 할 필요 없는데 그녀는 이제 컨 디션이 점점 내려가기 시작하자 아무 말 하지 않고 조용히 자리에 앉았다. 하 진은 의자에 머리를 묻고는 눈을 감았다. 어차피 라이언이 제집을 알고 있으니 그냥 말을 안 해도 데려다줄 거였다.

역시나 좋은 차답게 시동이 부드럽게 걸리며 따뜻한 바람을 일시에 내뿜어 주변 공기를 데워 주었다. 하진은 포근한 느낌에 좀 더 자신의 팔뚝을 양손으로 쓰다듬어 몸에 열을 올렸다. 아직 찬 기운이 남아 있어 몸에서 긴장이 쉬이 가시질 않았다. 이 느낌대로면 내일 분명 몸살이 오리라.

그녀는 차에 시동이 걸렸으나 출발할 기미가 없자 라이언을 보려 눈을 떴고, 돌연 자신의 이마를 감싸는 서늘한 느낌에 큰 두 눈을 더 크게 떴다. 운전석에 앉은 라이언이 걱정스러운 눈빛으로 —심지어 아까 양호실에서보다 더 진지하게— 이마의 열을 확인하고 있었다. 하진은 갑작스러운 스킨십에 가슴 한쪽이 쿵 하고 떨어졌다.

"많이 어지러워?"

아마 자신이 눈을 뜨지 않고 있자 라이언이 오해한 것 같았다. 하진은 살짝 머리를 빼내어 라이언의 손을 —그가 민망해하지 않을 만큼 천천히— 떼었다. 순간 자신의 심장이 이마에서도 뛰는 것 같아 머리가 더 뜨거워졌다.

손을 거둔 라이언은 핸들을 잡고 여전히 그녀에게 시선을 고정시켰다.

"아냐. 추워서 그래. 지금 따뜻해졌으니 괜찮을 거야."

"그러면 그 오른쪽 시트 밑에 있는 버튼 눌러. 뜨거워질 거야."

"응. 이미 눌렀어."

버튼은 이미 라이언이 문을 닫아 주자마자 눌러 놨다. 하진은 괜찮다며 미소를 지어 주고는 라이언을 바라보며 손가락을 정면으로 가리켰다. 인제 그만 출발하자며.

자동차는 도로 위로 미끄러지며 달리기 시작했다. 운전을 오래 하지는 못했을 텐데 —하진이 있는 주에서는 면허를 딸 수 있는 시기가 지난 지 얼마 되지 않았다. 하진도 생일이 지나자마자 면허를 땄지만, 딱히 자동차까지 끌며 학교에 다니고 싶지 않아 자전거를 선택했다. 사실 빅토리아의 모든 동급생들은 죄다 차를 끌고 다녔다— 그래서 그런지 능숙하게 해내는 라이언의 모습이 신기했다. 그는 여유까지 부리며 자동차의 핸들을 한 손으로 잡은 채 운전하고 있었다.

"넌 운전 많이 해?"

"왜? 익숙해 보여?"

깜빡이를 틀며 좌회전을 하던 그는 이내 정중앙에 차를 맞추고는 그녀를 향해 웃어 보였다. 이제야 그녀가 아는 라이언으로 돌아왔다. 공에 맞고 쓰러진 게 뭐가 큰 대수라고. 오히려 자신의 체력이 아침 조깅만으로는 안 된다는 걸 깨달았을 뿐. 하진은 창밖의 풍경이 뒤편으로 아스라이 사라지는 드라이빙을 즐기며 말했다.

"응. 난 면허는 땄는데 무서워서 운전을 못 하겠더라. 내가 사람 칠 것 같아서."

"그래? 내가 가르쳐 줄까? 별거 없는데."

"네가?"

"응."

자신은 그냥 한 말이었는데 라이언도 가볍게 얘기한 것 같아 하진은 농담으로 넘기며 웃었다. 라이언은 자신의 말을 가볍게 넘기려는 하진의 모습을 보고 오히려 다시 말했다.

"오늘 내가 실수한 것도 있고, 어차피 원서 다 내서 결과 기다리는 것만 남았으니, 시간도 많아. 생각 있으면 말해. 도와줄게."

"아냐. 아빠도 포기했는걸?"

가벼운 말로 넘겨 버린 그녀는 쿡쿡 웃으며 의자의 경사를 뒤로 좀 낮추었다. 조금 더 편한 자세가 되자 하진은 차 앞좌석에서 보이는 거리의 풍경에 시선을 두었다. 힐끗 하진의 모습을 바라본 라이언은 지난번 그녀의 이어폰을 뺏어서 들었던 노래를 틀어 주었다.

하진은 자신이 좋아하는 재즈 바운스가 들리자 눈을 동그랗게 뜨며 라이언을 쳐다보았다.

"어?"

"좋더라. 이 노래."

입꼬리를 이쁘게 말아 올리며 웃은 그는 어깨를 살짝 으쓱하며 정면을 응시했다. 그를 바라보다 이내 하진도 전염이 된 것처럼 그의 웃음과 똑같은 미소를 자신의 얼굴에 그렸다.

"원서는 잘 썼어?"

하진은 운전을 하고 있는 라이언을 향해 물었다. 그도 하버드를 목표로 하고 있겠지. 사실 지난 방학 동안에 원서를 쓰고 있는 것은 알았지만 최종적으로 어느 곳에 넣었는지는 듣지 못했다.

"응. 가능한 곳엔 일단 다 넣었지. 넌? 하버드? MIT? 브라운?"

"난 일단은 하버드, 프린스턴, MIT. 그 외에 몇 군데 더 있긴 한데……. 될지 모르겠다."

자신 없는 하진의 말에 신호를 기다리며 멈춰 선 라이언은 그녀를 바라보며 말했다.

"되겠지. 에블린한테 듣기로는 성적은 이미 충분한 것 같던데. 이번에 따로 튜터링 받지 않았어? 케이틀린인가?"

"응. 알고 보니 케이티라는 애의 언니더라고, 글쎄. 케이틀린은 괜찮을 거라는데 합격은 학교에서 시켜 주는 거니 기다려 봐야지."

하진은 말을 가볍게 했지만, 사실 떨어지면 어쩌나, 플랜 B를 생각해 두어야 하나 고민하고 있었다.

"넌? 어디 가고 싶어? 부모님 말씀처럼 하버드? 로스쿨까지?"

"일단은. 지금 딱히 하고 싶은 것도 없고, 어차피 부모님 사업 물려받게 될 거라 로스쿨이나 MBA 둘 중 하나는 반드시 가야겠지."

"그러면 졸업하고 바로 일하겠네?"

"아마도?"

와이엇 가문은 최근 들어 더 많이 미디어에 노출되기 시작했다. 사실 빅토리아에 있는 것도 라이언이 막내아들이라 조용한 학급 생활을 마지막으로 평범하게 즐기라는 일종의 부모님의 배려 아닌 배려로 있는 것이라고도 들었다. 소문이 맞는지는 확실치 않지만, 아마 고등학교 졸업과 동시에 맨해튼으로 이사를 하겠지 싶었다. 아니면 서부로 가거나. 무슨 비즈니스를 하는지는 자세히 모르지만, 그레이엄과 앨리스의 말에 따르면 분야가 다양해서 우리 실생활에서 와

이엇 자본이 안 들어간 걸 찾아보기 힘들 정도라고 말했으니. 생각해 보면 와
이엇 가문도 대단한 집안인데 지금 빅토리아에서 엄청나게 검소하게 사는 거라
는 말이 거짓 소문은 아닌가 보다.

"너한테 맞아? 사업이?"

"글쎄. 모르지. 해 봐야 알겠지. 그래도 고등학교 졸업하고 석사까지 6년이
니 아직도 튈 기회는 충분히 있어."

"튀다니?"

"혹시 알아? 내가 알고 보니 연구원이 적성에 맞아서 가운 입고 안경 끼고
있을지?"

"큭, 하하하!"

하진은 라이언의 말이 전혀 상상이 가지 않았다. 차라리 스포츠면 몰라도.
라이언의 외향적인 성격은 타고났다. 주눅 들지 않고, 제 할 말은 잘하고 그러
면서 만인의 연인 같은 이 남자는 어느 골방에 틀어박혀 있을 인물이 되지 못
한다.

라이언은 즐겁게 웃고 있는 그녀의 얼굴을 보며 자신도 웃겼는지 본인이 생
각해도 아닌 것 같다며 말을 정정했다.

그와 차 속에서 단둘이 얘기하는 시간을 가지자 하진은 지난 뉴욕행 비행기
가 생각났다. 우연히 마주쳐서 얼마나 당황했는지. 하지만 그때 이후로 급속도
로 라이언이 편해졌다. 집안 차이를 떠나서 사람을 편하게 만들어 오히려 제게
말을 걸게 하는 매력이 있다는 건 충분히 알았다.

집에 거의 도착하자 라이언이 자동차에서 내리고는 이내 안으로 들어가서
부모님께 설명을 해 드려야겠다는 것을 하진이 길가에서 극구 말렸다. 그랬다
가는 오늘 그레이엄과 앨리스가 라이언한테 저녁까지 먹고 가라고 할 게 뻔했
다. 그것만은 절대 사양이었다.

트렁크에서 가방과 자전거를 꺼내 준 라이언은 다시 한번 그녀의 얼굴에 눈
을 맞추려 무릎을 살짝 굽히더니 자신이 의사라도 된 것처럼, 이리저리 안색을
살펴봤다. 하진은 됐다며 손사래를 쳤지만, 라이언은 자신이 만족할 때까지 그

녀를 이리저리 둘러보고 도로에서 일자로 걸어 보라는 등 돌팔이 같은 요청을 날렸다. 하진은 하나하나 다 맞춰 주며 이제 제발 가라고 라이언의 등을 운전석 쪽으로 들이밀었다.

차 안에 라이언을 집어넣은 하진은 시원하게 문을 탕 닫고는 두 손을 흔들며 빠르게 집으로 걸어갔다.

걸어가는 그녀의 뒤통수에 라이언은 창문을 내려서 소리쳤다.

"크리스틴! 토요일에 올게!"

또 제 할 말만 던져 버리고 가는 라이언을 향해 하진은 소리칠 기운도 없어 그냥 한 손을 휘휘 저었다. 자신이 토요일에 약속이 있는지 없는지 알지도 못하면서. 어이가 없었지만, 하진은 라이언이 소리치자마자 머릿속에 비어 있는 토요일 일정에 라이언을 집어넣었다.

요즘따라 라이언이랑 얘기하다 보면 뭔가 중간 과정 없이 뚝딱뚝딱 지나가는 느낌이다.

그날 저녁 하진은 앨리스와 그레이엄의 극진한 간호를 받으며 잠이 들었다. 학교에서 연락을 받은 그레이엄이 일찍 진료를 마치고 돌아와 하진에게 링거를 놔 주더니 밤을 새우며 간호를 하려 하자, 오히려 앨리스가 말릴 정도였다. 심지어 링거를 맞는 것도 너무 호들갑이었다.

하진도 따뜻한 집 안에서 앨리스와 드라마를 시청하고 나니 몸이 나른해질 뿐 아프거나 어지럽지도 않았다.

"정말 괜찮아요, 아빠. 내일 혹시라도 어지럽거나 그러면 학교 쉴게요."

"당연하지. 그러면 엑스레이를 찍거나 MRI 검사를 받아야 하는데."

"그 정도 아닌 거 아시잖아요. 정말 친구들이랑 놀다가 공 한번 맞은 건데요?"

"그래요. 그레이엄. 그건 너무 갔어요."

하진은 빙긋 웃으며 그레이엄에게 말했다. 다행스럽게도 라이언이 이 사달의 원인이라는 걸 모르시는 것 같아 굳이 더 말을 보태지 않았다. 그랬다가는 라이언은 오늘 이 시간까지 그레이엄의 훈수를 들어야 할지도 몰랐다.

○ ● ○

체육 수업 이후의 나날들은 하진에게 큰 고역이었다. 토요일에 보자 했던 라이언은 그다음 날부터 거의 매일 아침마다 그녀의 클래스를 찾아와 얼굴을 살피는 등의 부담스러운 행동을 보이더니 급기야 집까지 바래다준다고 부득불 우기기도 했었다. 심지어 에블린과 함께하는 점심시간마다 꼭 뒤에서 튀어나와 미리 운전 연습하고 있으려며, 인터넷에서 나오는 셀프 주차 가이드 영상까지 보여 주었다.

더 이상 학급 아이들의 관심을 원치 않던 하진은 심지어 마크까지 옆에 앉아 그날 일은 미안하다고 몇 차례나 반복하며 말하자 잊었던 피곤이 다시 몰려오는 것 같았다. 그녀는 그저 클래스의 한구석에 앉아 이 가십거리가 조용히 지나가길 바랐다.

오늘도 수업이 끝나자마자 —라이언이 오기 전에— 하진은 본인이 먼저 튈 생각이었다. 라이언이 하진에게 말을 걸 때마다 옆에서 시시각각 표정이 변하는 아이들의 움직임에 하진은 정말 두 엉덩이가 뜨거워져 의자에 제대로 앉아 있을 수가 없었다. 이러다 졸업식까지 이어질 판이었다.

이번 일주일 동안 하진에 대한 가십거리가 땅속으로 내려가지 못하고 계속 떠돌았다. 이 또한 지나가리라. 하진은 속으로 되새겼다.

요란한 한 주의 끝인 금요일 마지막 수업이 끝나자마자 하진은 라이언이 또 올까 봐 몸을 빠르게 움직여 자전거 보관소로 향했다.

오늘만은 눈에 띄지 않게 조용히 집까지 가려고 했던 하진은 제 자전거의 안장을 의자 삼아 앉아서 핸드폰을 바라보는 라이언을 발견했다. 그는 춥지도 않은지 검은색 청바지에 두꺼운 크림색 니트만 입고 있었다. 늘씬한 키에 그의 탄력 있는 몸이 더 돋보였다. 멀리서 보면 그는 이미 20대 성인처럼 보였다.

'하. 이건 뭐 술래잡기도 아니고.'

이제는 진지하게 라이언에게 그만해 달라고 부탁해야겠다. 사실 그녀는 라이언의 케어가 기분 나쁘지는 않았지만, 블링키 크루들의 그 호기심 어린 눈빛들과 지나가면서 수군거리는 행태가 마음에 들지 않았다. 학교의 가십은 이제 더는 좋든 나쁘든 그만 받고 싶었다.

그녀는 순간 여기까지 긴장하며 도망쳐 온 게 소용이 없어지자, 힘이 빠져서 터덜터덜 걸어가 라이언의 앞에 섰다. 정확히는 제 자전거 앞에 섰다.

"라이언. 자전거 빼야 해. 나와."

"어서 빼. 왜 이렇게 늦게 나왔어? 필로소피 수업 아니야?"

하진은 어이없다는 듯이 라이언을 올려다봤다. 자신은 분명 수업이 끝나자마자 거의 달려오다시피 했다. 오히려 그녀의 스케줄을 꾀고 있는 라이언이 이상했다.

"나 수업 끝나고 바로 왔어. 너야말로 여기 왜 서 있어?"

"기다리고 있었지."

"나?"

하진은 손가락으로 자신을 가리켰다.

라이언은 이내 고개를 가볍게 끄덕이더니 그녀의 손에서 열쇠를 가져가 자전거의 자물쇠를 풀어 버렸다. 그녀는 라이언이 또 자전거를 들고 갈 새라 손잡이를 꽉 쥐고 서 있었다. 오늘은 정말 혼자 집에 가고 싶었다. 심지어 날씨도 거의 풀렸다. 2월이 지나자 곧 봄이 올 모양인지, 날이 제법 춥지 않고 시원했다.

"이제 괜찮아. 그만 데려다줘도 돼, 라이언."

그녀는 제법 단호하게 말했다. 그녀와 눈을 마주친 라이언의 두 눈에 반짝이는 무언가가 스쳐 지나갔다. 그의 트레이드마크인 미소는 별로 하진에게 도움이 되지 않는다는 걸, 이번 주 내내 혹독히 깨달았다.

"오늘 에블린 생일 파티 있는 거 잊었어? 바로 가야 해. 자전거로 가다간 늦을걸? 이미 걘 집에 도착해 있거든."

"에블린?"

순간 하진은 자신의 단전에서부터 올라오는 이 쪽팔림이 순식간에 귀까지 번지는 걸 아주 생생히 느꼈다. 이럴 수가. 심지어 지금 자신의 가방 속에는 곱게 포장되어 있는 에블린의 생일 선물도 있었다. 붉게 물든 그녀의 얼굴이 참 볼만했다.

그녀는 본인의 얼굴이 지금 잘 익은 토마토 같다는 걸 모르는 눈치인지, 라이언은 피식 웃고는 그녀의 자전거를 자신 쪽으로 끌어당겨 휙 타 버렸다. 그녀가 부담스러워하는 것은 자신도 알고 있었다. 하지만 라이언은 요즘 그녀와 함께하는 등하교가 아주 마음에 들었다. 무엇보다 단둘이 차 속에서 얘기하면 그녀는 가끔 본인의 얘기를 좀 더 잘 풀어내곤 했다. 생각해 보면 하진은 심하게 낯가리는 고양이 같았다. 옆에서 가만히 같이 있어 주면 알아서 조금씩 다가오는 게 꼭 흰 고양이 같다. 라이언은 그녀의 머리를 충동적으로 쓰다듬으려 한 자신의 손을 진정시키기 위해 핸들을 꼭 쥐고 운전할 때가 더러 있었다.

하진은 자신의 자전거를 타고 가 버리는 라이언에게 시선을 던졌다. 그리고 저 단전 깊숙한 곳에서 창피함이 한 번 더 물밀듯이 밀려 올라왔다. 자신이 꼭 뭐라도 기대하고 있는 것처럼 보였을 것이다. 하진은 이마를 짚으며 고개를 양쪽으로 대차게 흔들고 볼을 부르르 떨며 라이언의 차로 향했다. 그는 항상 똑같은 위치에 주차했다. 마치 자신의 구역인 것처럼.

조수석에 앉은 하진은 어색함에 라이언을 제대로 쳐다보지 못하고 창문에 시선을 던졌다. 차에 시동을 켜던 그는 자신의 핸드폰을 두드리더니 노래를 틀었다. 그나마 이 어색한 공기를 멜로디가 채워 주었다. 이 노래도 최근 하진이 찾아낸 인디 밴드의 음악이었는데 라이언에게 추천해 줬다. 게다가 요즘 이 밴드가 날로 인기가 높아져서 모든 아이들이 자주 듣고 다녔다. 그녀는 새삼 자신의 사탕을 뺏긴 어렸을 적 기분을 다시 느꼈다. 마치 나만 알고 싶었던 장소가 갑자기 유명해져서 이제 원할 때마다 가지 못하는 기분과도 같았다.

라이언의 차가 도로로 제법 빠르게 미끄러져 갔다.

"크리스틴. 학교 다 붙으면 어디로 갈 거야?"

"글쎄. 요즘은 하버드였는데, MIT도 생각 중이야."

"MIT?"

순간 차가 앞으로 휘청였다. 반사적으로 하진은 손잡이를 잡아챘다.

"으악……. 라이언!"

"아. 미안. 계속 얘기해."

라이언은 전방 체크를 하고는 다시 차를 움직였다.

"응. 데이터 사이언스 쪽으로 정해 둬서 좀 더 전문적인 곳에서 배우고 싶어."

"그러다 둘 다 붙으면?"

"글쎄. 과연 그럴까? 골라 갈 수 있는 행운이 있다면 좋겠지만, 아직 그렇게 기대하고 싶지는 않아서."

"그래도. 생각은 미리 해 보는 게 좋지 않겠어?"

요즘 맥스가 MIT 프로그램을 자주 얘기해 주고 있어서 그런지, 하진은 혹시라도 두 학교에 모두 붙으면 어디로 가야 할지 진심으로 고민이 되었다. 사실 그녀는 떨어질 걱정은 하지 않았다. 어차피 결과는 아무도 모르는 거긴 하지만, 하진도 나름 에세이나 학업 성적엔 뒤지지 않을 자신이 있었다.

라이언은 깊게 고민하는 그녀의 옆얼굴을 잠깐 바라보다가 금방 도착한 에블린의 집 앞에 차를 세웠다.

자동차를 세우자 에블린이 마중을 나왔는지 조수석에 앉은 하진을 향해 창문을 똑똑 두드렸다.

"진! 어서 내려! 저녁 준비 다 됐어!"

오늘은 에블린의 생일이라 와이엇과 피셔 가족들의 저녁 식사 시간에 초대받았다. 두 집안이 항상 에블린의 생일에는 다 같이 저녁을 먹는다고 들었다. 그만큼 에블린이 얼마나 어린 시절부터 두 집안에서 사랑을 받고 자랐는지 알 수 있었다. 올해는 의자 하나를 더 채워 그녀가 앉는 것뿐이다. 하진은 그냥 그렇게 쉽게 생각해야 이 많은 사람들 속에서 밥을 먹을 수 있으리라 생각했다.

라이언은 같이 들어오지 않고 자신의 집에 다녀온다고 말하고는 사라져 버렸다. 에블린의 집에 들어가자 이미 디너 준비가 다 되었는지, 주방에서는 에블린의 어머니와 도우미들이 분주하게 음식을 나르고 있었다. 자연스럽게 하진도 주방으로 다가가 테이블 세팅을 도왔다.

"어머! 크리스틴 왔구나. 그냥 저기 앉아 있으렴. 에블린이랑 가서 놀고 있어."

"아니에요. 도와드릴게요! 이건 제가 먼저 가져갈게요."

"고맙구나. 그럼, 저기에 놔 줄래? 센터피스 옆에 두면 될 것 같아."

"네!"

미세스 피셔는 항상 포근하게 대해 줘서 그런지 하진은 처음으로 친구 부모님에게서 애정을 느꼈다. 앨리스 못지않은 미세스 피셔의 따뜻한 품성과 인자한 미소는 하진을 미소 짓게 했다.

그래서 그런지 미세스 피셔에게는 잘해 주고 싶었다. 하진이 테이블에 냅킨과 물컵을 세워 두자 에블린이 그녀의 손목을 끌어서 본인 옆자리에 앉혔다.

"하진. 그만하고 앉아. 앉아서 얘기나 하자."

"응. 그래도 도와드릴 게 많아 보이는데? 물이라도 내가 따라서……."

"아냐. 아냐. 네버. 절대. 넌 손님이야. 가만히 있어."

하진은 손님이라는 말에 어쩔 수 없이 그냥 의자에 앉아 테이블 상석에 있는 에블린과 얘기를 나누었다. 에블린은 올여름에 LA에서 작업실로 둘 전용 갤러리 하나를 임대했다고 한다. 그러곤 나중에 대학교 들어가서 방학이 되면 꼭 서부로 와서 자신과 방학을 같이 보내자고 말했다. 하진은 서부의 사계절 내내 따뜻한 날씨와 바다가 상상되자 기분 좋은 미소를 지으며 에블린에게 고개를 끄덕여 알았다고 답했다.

에블린의 오빠들이 거실에서 들어오자 하진은 지난번 뉴욕에서 만난 애버트에게 반갑게 인사했다.

"아! 안녕하세요."

"크리스틴도 있었구나? 그때 투어는 잘했어?"

오랜만에 보는 반가운 얼굴이었다. 그나마 이 집에서 그가 에블린과 라이언 다음으로는 나이 차가 얼마 안 나는 사람이었다. 애버트는 자연스럽게 하진의 맞은편에 앉아서 대화를 이었다. 나머지 자리엔 익숙한 얼굴들이 앉았고 애버트는 에블린의 생일이라 오랜만에 집으로 돌아왔다고 말했다.

"네. 잘 다녀왔어요."

하진은 광대를 살짝 올려 그녀 특유의 짧은 미소를 입가에 그리며 애버트에게 말했다.

"그러게. 그날 이후로 에블린이 어찌나 잔소리하던지. 자기 친구 안 데려다줬다고."

"오빠. 알고 보니 그거 그렇게 중요한 일 아니었잖아!"

"그거야 거기 도착하고 나서 알았지. 미리 알았으면 데려다줬을 거야."

애버트는 의자에서 일어나 미세스 피셔를 자연스럽게 끌어안아 비쥬를 날리며 인사를 하고는 다시 자리에 앉아 냅킨을 펼쳤다. 하진과 에블린도 마찬가지로 냅킨을 펼쳐 다리 위에 올려 두었다.

슬슬 테이블이 한 자리씩 채워지더니 하진은 조용히 자신의 옆자리에 앉는 라이언을 보았다. 어디서 뛰다 왔는지 그의 앞머리가 삐쭉삐쭉 위로 솟아 있었다. 자연스럽게 라이언도 자리에 앉아 냅킨을 펼쳐서 본인 다리 위에 올려 두었다. 그는 탄탄한 팔과 손목이 살짝 보이게끔 소매를 접어 올렸다. 그리고 역시나 몸이 커서 그런지 라이언이 앉은 이후로는 나머지 사람들이 보이지도 않았다. 하진은 그에게서 시선을 거두고 에블린과 애버트를 향해 말했다.

"괜찮아요. 그때 제 버킷 리스트도 채웠는걸요. 혼자 여행하는 거 해 보고 싶었어요."

"지니. 혼자 여행하는 거 버킷 리스트였어?"

"응. 성인이 되면 마음껏 해 보려고."

"그래? 어디 가고 싶어? 이탈리아? 영국?"

"일단은……. 에블린 보러 서부로 갈게. 방학 시작하면."

"까아아아! 너무 좋아!"

하이 톤으로 소리를 지른 에블린은 신나 하며, 하진의 어깨를 끌어안았다. 속사포로 자신의 갤러리 근처에 마련한 집에는 방도 많고 테라스도 있어서 어딜 가지 않아도 조용히 다 즐길 수 있다고 홍보를 했다. 애버트는 그런 에블린을 바라보며 말없이 미소를 지었다.

"에블린. 서부 어느 쪽인데? 샌디에이고?"

옆에서 가족들과 인사하던 라이언이 고개를 돌려 물었다.

"비슷해. 뉴포트 비치 쪽이야. 바다가 보이는 곳에서 작업하고 싶어서. 그냥 2년 정도 에이전시에서 임대해 줬어."

"우와. 에블린 대단하다."

하진은 자신과 같은 나이에 벌써 어른스럽게 자기 일을 하는 에블린이 너무 부러웠다. 그녀가 서부로 간다는 생각에 아쉬움은 이루 말할 수 없었지만. 그녀 없이 또다시 새로운 대학교 생활에 적응해야 한다는 생각만으로도 마음이 무거웠다.

"크리스틴은 더 잘될 거야. 미스 MIT?"

에블린은 하진을 향해 윙크를 날렸다. 귀여운 그녀의 표정이 한층 돋보여 하진은 쿡쿡 웃으며 말했다.

"아냐. 아직 고민 중이야. 맥스는 거의 MIT 확정인 것 같던데, 나는 하버드 클럽 학회도 꽤 마음에 들어서."

"그래도. 일단은 동부로 가니까 아쉽다. 서부로 오면 좋은데. 사실 아이비리그가 하진에게 훨씬 도움이 되니까 내가 참아야지."

귀엽게 토라지며 콧소리를 가볍게 낸 에블린의 옆으로 접시가 하나씩 들어오더니 금세 그녀가 좋아하는 샐러드, 라자냐, 스테이크 등이 줄줄이 차려졌다. 다 같이 자리에 앉아 큰 목소리로 즐겁게 에블린을 향해 생일 축하 노래를 부르고 덕담을 나누며 식사를 이어 갔다.

"생일 축하한다 에블린!"

"드디어 어른이네!"

"딸! 소원 빌어야지?"

여기저기서 터져 나오는 멘트에 에블린은 흰 얼굴에 그녀만큼이나 예쁜 미소를 지으며 케이크의 초를 불었다. 모두가 아낌없이 손뼉을 치며 축하를 했다.

하진은 조용히 본인 접시에 놓인 스테이크를 작게 잘라서 입에 넣었다. 역시나 에블린네 스테이크는 입에서 살살 녹았다. 끊임없이 음식이 올라오자 하진은 오물거리며 맛있게 먹었다. 포크를 쥔 손이 쉴 틈이 없었다. 사실 그녀는 체격과 어울리지 않게 꽤나 대식가였다. 매일 아침 조깅을 하는 이유도 사실 지금과 같은 가벼운 몸을 유지해 주기 위해서였다.

"크리스틴. 음식은 입맛에 맞니?"

미스터 피셔가 저 멀리에서 크리스틴에게 물었다. 그는 항상 캐주얼한 골프복을 입고 있었는데 오늘은 에블린의 생일 파티라 그런지 단정한 셔츠 차림이었다. 이제 와 비교해 보니 애버트가 아버지를 많이 닮은 것 같았다.

"아, 그럼요. 너무 맛있어요. 초대해 주셔서 감사합니다."

"아냐, 아냐. 이제 크리스틴은 우리 피셔 가문의 가족이지! 내가 사실 에블린한테 친구가 늘 라이언밖에 없어서 걱정했는데, 이렇게 이쁜 여자 친구를 데리고 오다니. 와이프랑 내가 얼마나 고마운지 몰라."

하진은 당황하여 손사래를 치며 말했다. 오히려 자신에게 먼저 말을 걸어 준 에블린이 이 감사의 멘트를 그레이엄과 앨리스에게 받아야 했다.

"아니에요. 에블린과 친구가 되어서 오히려 제가 너무 좋은걸요?"

하진이 민망한 듯 말했다.

"크리스틴이랑 나는 너무 늦게 만났어. 내가 한눈에 알아봤다니까요? 엄청 어른스럽고, 똑똑해요. 게다가 이뻐. 스윗해."

"그래. 에블린. 크리스틴의 머리랑 얼굴도 좀 배우고, 웨스트로 가."

"크리스틴. 언제나 환영이니까 편하게 지내렴."

갑작스러운 시선에 하진은 얼굴이 점점 더 붉어졌다. 하진은 아직 어리숙해서 다른 사람들이 하는 농담을 잘 받아치지 못했다. 애꿎은 그녀의 스테이크만 잘게 조각이 났다.

이어서 웃음꽃이 피며 여러 얘기가 오가더니 곧 식사가 막바지에 이르러 각자 디저트와 음료를 들기 시작했다. 하진이 멀리 있던 케이크에 손을 뻗자, 라이언이 빠르게 그녀의 접시를 잡아서 케이크를 조금 떼어 주었다. 옆에서 형이랑 얘기하느라 자신을 안 보고 있는 줄 알았는데 라이언은 눈이 옆에도 달린 것 같았다.

"아. 고마워."

"더 줘?"

하진은 그에게 괜찮다며 고개를 흔들었다. 라이언에게 접시를 건네받은 하진은 조용히 포크로 케이크를 한 스푼 떠서 입에 넣었다. 역시. 데이비드의 티라미수. 입에 넣자마자 사르르 녹았다.

오랜만에 만난 양쪽 부모님은 본인들끼리 따로 자리하겠다며 자녀들을 두고는 다른 룸으로 들어갔다. 아마 비즈니스와 관련된 어른들만의 얘기를 나누려나 보다.

어느새 테이블에는 에블린과 그녀의 두 오빠들, 그리고 라이언과 라이언의 첫째 형만 남았다. 라이언의 둘째 형은 일이 있어 오지 못했다고 한다. 그는 에블린의 첫째 오빠와 자신의 형이랑 셋이서 얘기를 나누고 있었다. 그의 학교에 대해 얘기를 하는 듯하다. 하진은 식탁이 넓어서 제대로 알아듣진 못했지만, 하버드라는 단어만이 반복적으로 라이언의 어깨 위로 넘어오는 걸 들을 수 있었다.

애버트는 뭐가 그리 바쁜지 식탁에서 일어나 연신 주방에서 통화하고 있었고, 에블린도 에이전시의 전화를 받기 위해 애버트가 있는 주방 쪽으로 나가 버렸다.

조용히 혼자가 되었지만, 그녀는 케이크에 집중하며 꾸준히 그녀의 조그만 입안에 티라미수를 옮겨 넣었다. 어느새 라이언이 떠다 준 케이크가 접시에서 사라지자 하진은 고민했다. 의자에서 일어서서 다시 저 중앙에 있는 걸 가져오느냐, 아니면 그냥 이대로 케이크를 포기하느냐.

멍하니 고개를 갸우뚱거리며 또 먹을지 말지를 고민하고 있을 때, 그녀의 앞에 자신의 케이크를 몰아주는 라이언의 손이 보였다. 접시도 작아 보이게 만들 정도로 큰 손이었다.

손의 주인에게 고개를 돌리자, 그는 입을 일자로 다물고 어떻게든 튀어나오

106

려는 웃음을 감추는 듯한 우스꽝스러운 얼굴을 하고 있었다.

"이게 그렇게 맛있어? 거의 마시는 수준인데?"

라이언이 재밌다는 듯이 웃었다.

"이거…… 다운타운에 있는 유명한 티라미수야. 맛있다고. 너도 먹어 봐."

민망한 하진은 말을 마치며 티라미수를 조금 떠서 자신의 입에 넣었다.

"난, 단거는 좀 싫어서. 너 많이 먹어."

라이언은 고개를 조금 흔들어 거절하더니 앞에 있는 물을 마셨다. 생각해 보니 항상 그는 물을 큰 통에 담아서 들고 다녔다. 운동을 해서 그런지 갈증이 많이 나나 보다. 그녀는 앞에 놓인 라이언의 접시를 향해 포크를 들었다.

에블린은 하진이 선물해 준 팔찌가 아주 마음에 든다며 바로 착용하고 자리로 돌아왔다. 지난번에 에블린의 생일 소식을 듣고는 앨리스랑 주얼리 숍에 가서 사 온 팔찌였다. 다양한 색상의 루비가 알알이 박힌 팔찌가 제법 그녀의 작품과 비슷해 보여서 골랐다.

에블린은 그런 하진의 이유를 듣고는 더 마음에 들어 했다. 한동안 팔을 이리저리 휘두르며 팔찌를 구경했다. 그러다 이내 시간을 확인한 하진이 말했다.

"에블린, 이제 나 집에 가야 할 것 같아. 곧 어두워지는데 내가 자전거를 가져와서."

시간이 어느새 오후 7시를 향하고 있었다. 그리 늦은 시간은 아니지만 혼자서 자전거를 타고 가기에는 너무 어두울 것 같아서 미리 출발하려 했다.

에블린은 자신이 데려다주겠다고 했지만, 하진은 그래도 생일이니 오랜만에 만난 오빠들과 시간을 보내라며 달랬다.

하진과 에블린은 현관 밖으로 나와 차고로 향했는데, 다시 생각해 보니 아까 라이언이 차에다가 자전거를 싣고 나서 뺀 기억이 없었다. 게다가 에블린의 차고에는 라이언의 차가 없었다. 아까 집에 갔다 온다고 하더니 차를 거기다가 두고 온 모양이다.

그녀는 핸드폰을 들어 에블린을 세워 두고는 라이언에게 전화했다.

"라이언?"

— 크리스틴. 어디야?

아까 라이언이 잠시 자리를 비운 사이에 하진은 모두에게 인사를 하고 에블린과 나온 참이었다.

"아. 아까 인사하고 나왔는데 지금 현관 앞이거든? 네 차에 있는 내 자전거 좀 꺼내 줄래?"

— 일단 기다려. 나갈게.

달칵 소리를 내며 끊긴 전화를 보고 그녀는 에블린에게 말했다.

"아까 라이언 차에 자전거 넣어 뒀거든. 지금 나온대."

"그래……?"

말을 늘이며 얘기하는 에블린은 눈썹을 들썩이며 웃더니 뒤이어 현관에서 나오는 라이언을 향해 걸어갔다. 하진은 그 둘이 다시 자신에게 오기를 기다렸는데 ─둘이 뭐라 얘기하더니─ 갑자기 에블린이 한쪽 팔을 커다랗게 휘두르더니 소리쳤다.

"지니! 생일 선물 고마워! 집에 도착하면 꼭 전화해!"

두꺼운 철문의 현관이 닫히는 소리가 들렸다. 순식간에 사라진 그녀의 모습에 하진은 황당했다. 어차피 혼자 가려 했지만. 이내 그녀는 자신에게 걸어오는 라이언에게 물었다.

"에블린 지금 들어간 거야?"

"못 들었어?"

"들었지만……."

좀 이상하다고 생각했다.

"가자."

라이언은 고개를 까닥이며 하진에게 따라오라고 말했다.

어쩌다 보니 둘이서 와이엇과 피셔 집 사이에 있는 오솔길을 걸었다. 숲에서 나오는 짙은 향이 깊게 가슴 속으로 들어오자 하진은 숨을 크게 들이마시고 내쉬었다.

'참 좋다.'

아침에 조깅을 뒷산에서 하는 것도 흙냄새가 좋아서였다. 발로 밟으면 그 향이 더 짙어졌다. 나중에 독립하게 되면 꼭 개인 테라스에서 정원을 가꾸고 싶었다. 나무와 꽃을 보면 마음이 평온해지고 기분이 정리되곤 했다. 스트레스를 없애는 그녀만의 방식이었다.

울창한 나무가 늘어선 오솔길 저 멀리 중간에 있던 가로등에 불이 깜빡거리며 들어오자 하진은 하늘을 올려다보았다. 이제 슬슬 어두워지고 있었다. 자신의 옆에서 같이 걷던 라이언이 뒤처져 있자 그를 향해 말했다.

"라이언. 어두워지고 있어. 빨리 가자."

하진은 라이언이 자신을 바라보지 않고 시선을 더 뒤에 두자, 그를 따라서 뒤를 한번 돌아봤다. 아무도 없었다. 그냥 흙길에 점점 더 어두워지는 길만 있을 뿐이다. 뭐가 보이나?

"라이언?"

"……."

미동도 하지 않고 멀거니 서 있는 그를 향해 다가갔다. 손을 휘휘 저으며 얘기하자 그녀의 한 손을 잡아채서 멈추게 하더니 자신의 손을 입가에 가져다 댔다.

"쉿."

"……."

라이언의 진지한 얼굴에 하진은 뭐가 있나 싶어 순간 입을 다물었다. 계속 무엇을 찾는 것처럼 시선을 멀리 두고 경계하고 있는 라이언의 얼굴을 초조하게 바라보던 그녀는 갑자기 등골이 오싹해졌다.

"왜…… 그래? 뭐 있어?"

하진이 다시 뒤를 돌아보았다.

"……."

라이언은 여전히 말이 없었다. 미간을 찡그리며 어딘가 계속 예의 주시하고 있었다.

"응?"

"……."

조용히 그다가와 속삭이듯이 묻는 그녀의 한쪽 손을 라이언이 조심스럽게 더 힘을 주며 쥐었다. 그제야 자신의 손을 계속 잡고 있는 라이언의 뜨거운 열기가 느껴져, 그녀는 손을 빼려고 부단히 노력했다. 하지만 요지부동이었다. 라이언의 악력에 견줄 만한 힘이 되지 못했다.

"잠시만."

"뭔데……. 어? 응? 뭐야?"

재차 묻는 하진의 질문에도 좀처럼 대답이 없었다. 하진은 점점 등에 식은땀이 나기 시작했다. 아니다. 오히려 누군가 등에 차가운 얼음이라도 대고 있는 것처럼 서늘한 느낌이었다.

"저기 뭔가가…… 있어서……."

파앗—

"으아악!"

라이언의 말이 끝나기가 무섭게 그녀가 서 있던 자리 근처에서 무언가 빠르게 튀어나왔다. 하진은 너무 놀란 나머지 비명을 지르며 라이언의 옆구리에 자석처럼 제 몸을 붙였다. 혼비백산하며 그녀가 세게 몸을 부딪쳐 오자 라이언이 팔로 그녀를 감싸 안았다. 라이언의 품속으로 쏙 들어간 하진은 두 발을 동동거렸다.

"꺅! 으악! 엄마야!"

사실 그녀는 유난히, 심하게, 아주 겁이 많았다. 어렸을 때 텔레비전에 나오는 공포 영화를 보고는 한동안 악마가 자신을 쫓아오는 기분에 혼자서 잠을 자지 못하고 밤을 꼴딱 지새운 적도 있었다. 그래서 그녀가 잠들 때까지 앨리스가 한참이나 기다려 주기도 했었다. 하지만 부끄럽게도 이게 그렇게 오래전 일이 아니라는 것이다. 그래서 이제는 나이가 더 쌓일수록 무서워하는 것들은 귀신같이 알아서 피해 다녔다. 귀신이라거나 악마라거나 공포 영화나 스릴러는 절대 사절이었다. 그런 장면들을 볼 때마다 누가 자신의 가슴에 깊은 창을 꽂아 넣는 기분이었다.

"야옹."

그때 고양이 울음소리와 풀이 스치는 소리가 들렸다.

"……."

"……."

그도 그녀도 둘 다 말이 없었다. 그러자 라이언의 경쾌한 웃음이 이 영겁 같은 침묵을 갈랐다.

"큭."

"……."

"하하하!"

라이언은 하진을 품에 안은 채 몸을 들썩이며 시원하게 웃었다. 그녀는 라이언의 단단한 가슴이 자신의 한쪽 얼굴에서 생생히 느껴지자, 재빨리 몸을 뒤로 물렸다. 주위가 어두워서 잘 안 보이는 게 얼마나 다행인지. 그녀는 거울을 보지 않아도 알 수 있었다. 자신의 얼굴이 저 뒤의 가로등보다 붉다는 것을.

얼굴을 감싸며 부끄러워하는 그녀가 보였다. 라이언은 눈을 크게 뜨며 하진을 연신 관찰했다. 하진의 이런 반응은 처음 보았기 때문이다.

서늘한 바람이 불어 그녀의 어깨까지 내려오는 긴 머리를 휘날렸다. 하진은 볼에 스치는 시원한 바람이 자신의 뛰는 심장과 열기를 앗아가 주길 바랐다.

그나저나 이제는 허리를 구부리면서까지 웃는 라이언이 눈가를 훔치며 말했다.

"진. 고양이었어. 근데 진짜, 큭."

"……."

"하하하!"

시원하게 고개까지 젖히며 웃는 라이언이 새삼 굉장히 유쾌해 보여 하진은 머리를 쓸어 올렸다. 점점 민망해지는 기분에 그녀는 가볍게 주먹을 말아 쥐고는 퍽 소리가 나게 라이언의 팔을 쳤다.

"아, 좀! 그만 웃어. 충분히 웃었잖아!"

"아니. 풋. 너…… 겁 엄청 많구나?"

하진에게 맞은 팔은 아프지도 않았다. 라이언은 좀처럼 입꼬리가 내려가지 않았다.

"……."

퍽. 하진은 그를 한 대 더 때렸다.

"하하하!"

재밌는 그녀의 반응에 라이언은 더 크게 웃었다.

저녁노을이 얼굴을 더욱 그을려서 그런지 그의 짙은 눈 속에서 빛이 반짝였다. 그리고 한쪽 입꼬리가 올라갔다. 광대와 함께. 해는 라이언의 두 얼굴에 햇살을 맡기고 땅으로 내려갔다.

해사하게 웃는 라이언을 멀거니 본 하진은 이내 휙 뒤로 돌아 라이언의 집 쪽으로 빠르게 걸어갔다. 계속 놀림을 받으니 어서 빨리 자전거를 타고 집에 가고 싶었다. 뛰어가든가. 순간 그녀는 정말 진지하게 생각했다.

하진에겐 이 상황을 타개할 능수능란함이 아직 없었다. 순간 그녀의 손에 닿았던 단단한 라이언의 가슴과 힘이 다시 느껴졌다. 복숭아 같은 그녀의 얼굴에 열꽃이 올랐다.

라이언은 앞으로 빠르게 걸어가는 그녀의 뒷모습을 보며, 방금 전 쥐었던 그녀의 손 크기를 다시 가늠해 봤다. 그리고 자신의 가슴을 내려다보았다.

'분명 이만했는데.'

팔을 조금 벌렸다. 그리고 손을 쥐었다 펼치면서 라이언은 하진을 쳐다보며 걷기 시작했다. 다시 한번 잡고 싶었다.

하진에게서 풍겨 오던 시트러스 향기가 자신의 코끝에 아직 남아 있었다.

'손도 참 작아.'

그는 긴 다리로 성큼성큼 걸어서 몇 발자국 만에 하진을 따라잡았다.

"진."

"……."

그녀는 묵묵부답이었다.

"많이 놀랐어? 진? 크리스틴?"

"……."

"응?"

아직도 장난기가 가득한 목소리에 하진은 모르쇠로 일관했다. 라이언은 하진의 양옆을 이리저리 오가며 뻣뻣하게 앞만 보고 걷는 그녀의 입에서 대답을 끌어내기 바빴다. 꼭 복슬복슬한 큰 꼬리를 이리저리 파닥거리는 강아지 같은 그의 모습에 그녀는 급기야 웃음이 터져 버렸다.

"좀 떨어져!"

급기야 하진이 라이언의 어깨를 밀치며 말했다.

"엇! 웃었다!"

그는 미션을 끝낸 사람처럼 홀가분해하더니 그녀의 옆에서 나란히 걸었다.

"여기가 사슴도 가끔 보여서. 사실 이 길은 밤에 잘 안 다녀."

"알아. 들었어."

예전에 에블린에게 들었던 기억이 떠올랐다.

"사슴 눈이랑 비슷해서 순간 나도 착각했네."

라이언은 그래도 안 다친 게 어디냐며 하진에게 계속해서 말을 걸었다. 하진은 그러냐며 라이언의 집 차고에서 빨리 자전거를 꺼내 달라고 했지만, 그는 오늘도 그녀의 말을 귓등으로 들었다. 곧바로 운전석에 올라타서 시동을 켜는 라이언을 바라보며 한숨을 내쉰 하진은 조수석 문을 열고 있는 자신의 모습이 사이드 미러에 비치는 걸 확인했다.

4

　다음 날 하진은 스웨터에 청바지를 받쳐 입었다. 거울을 확인하며, 마지막으로 패딩을 갖춰 입고는 자전거를 타고 집을 나섰다. 라이언이 알려 준 장소는 빅토리아의 가장 끝자락에 있는 스타디움으로, 다양한 경기가 열리는 제법 큰 경기장이었다. 야구장, 농구장, 수영장 같은 모든 스포츠 시설이 있어 주차장 크기도 어마어마했다.

　라이언은 초보 딱지를 떼기에는 주차장만 한 게 없다며 스타디움의 주소를 찍어 주었다.

　다행스럽게 토요일 아침부터 집으로 데리러 오지 않은 라이언 덕분에 ―그는 꽤 그녀가 부담스러워하는 일은 기민하게 알아차렸다― 하진은 오전에 앨리스와 그레이엄과 함께 여유를 부리며 오랜만에 많은 대화를 나누고 나온 참이었다.

　이제 제법 날씨가 풀려 그녀는 자전거 페달을 빠르게 밟으며 자신의 몸을 데웠다. 곧 다음 달 정도면 일제히 모든 학교들이 하얀 봉투를 보낼 예정이었다. 오늘도 아침부터 앨리스와 그레이엄은 그녀에게 도움이 되는 곳이 어디일지 냉정하게 분석해 주었다.

사회에 나와서 사업까지 할 생각이 있거나 네트워킹을 원한다면 물어볼 것도 없이 하버드였지만, 전문 프로그램과 더불어 연구 과정을 거치려면 MIT가 더 나을 것 같았다. 당연히 두 곳 모두 최고의 학교라 어느 곳을 선택해도 후회하지 않을 테지만, 변호사인 앨리스는 무조건 하버드라고 말했다.

평소의 그녀답지 않게 단호하게 결정을 해 준 터라 하진은 그냥 그녀가 원하는 곳으로 쉽게 선택할 수 있게 결과가 알아서 와 주었으면 했다.

이제 조금씩 스타디움에 가까워지고 있자 하진은 고민을 멈추고 주차장 표지판을 따라서 유려하게 페달을 밟아 커브를 돌았다.

라이언의 말처럼 주차장에는 아무도 없었다. 경기가 없는 날이라 그런지 굉장히 한산했는데, 먼지가 뿌옇게 쌓인 채 주인을 기다리고 있는 몇몇의 차들뿐이었다.

라이언의 차에 다다르자 운전석에서 눈을 감고 팔을 베개 삼아 머리를 대고 있는 그가 보였다. 어찌나 노래를 크게 틀어 놓았는지 하진이 이름을 불러도 눈을 뜨지 않았다.

그녀는 얼굴을 제법 창에 가까이 대며 손가락 뼈마디로 똑똑 두드렸다.

"라이언?"

그제야 눈을 뜬 라이언이 게슴츠레 그녀를 바라보더니 하진인 것을 확인하고는 입을 길게 늘여 올렸다

아주 천천히 변하는 그의 표정을 창밖에서 보던 하진은 이내 한 걸음 물러나 그가 나오거나 창을 내리길 기다렸다.

천천히 차 문을 열며 나온 라이언은 그녀가 사다 준 하버드 후드를 입고 있었다. 볼 때마다 느끼는 거지만, 그에게 맞춰진 것처럼 품이며, 어깨 라인이며, 팔 길이까지 완벽했다.

정말 이렇게 입으니 그는 이제 하버드 학생이라고 거짓말을 부려도 모두 믿겠다 싶다. 아직 그녀는 고등학생인데 —물론 라이언도 마찬가지지만— 그는 이미 대학생이 된 듯하다. 한 손에 전공 서적만 들고 있으면 영락없는 대학생이다.

다 큰 성인 남자의 분위기를 물씬 풍기며 서 있던 라이언은 바로 눈앞에서 자신의 바디를 체크하는 그녀 때문에 ―본인이 사 온 옷이 사이즈가 맞는지 보고 있었다― 꽤 긴장하며 서 있었다.

두세 달 전까지만 해도 캐스팅 디렉터 앞에서 눈 하나 깜짝하지 않고 다양한 표정과 포즈를 잡던 자신답지 않았다. 그때는 여러 사람 앞에서 상의를 탈의하며 포즈를 취하기도 했었다. 가끔 대담한 표정도 자주 지었던 그지만 그녀의 시선에는 긴장이 됐다.

그래도 그녀가 자신한테 관심을 두는 것 같아서 라이언은 장난스럽게 팔을 허수아비같이 펼치며 후드가 몸에 얼마나 잘 맞는지 빙그르르 돌며 보여 주었다.

"잘 맞는구나? 이거 꽤 커서 안 맞을 줄 알았는데."

"이 정도야."

어깨를 으쓱한 라이언은 씨익 웃으며 하진의 자전거를 들고는 트렁크에 넣지 않고 저 멀리 세워 두고 왔다.

"어? 이거 자물쇠 안 가져와서⋯⋯."

누가 들고 갈까 봐 걱정하는 하진에게 라이언은 괜찮다며 저것도 일종의 미션이라고 말하더니 운전석 문을 열었다.

"어서 타."

그녀에게 손짓하며 운전석을 가리킨 라이언은 쭈뼛거리며 걸어온 그녀가 머뭇거리자, 한 손으로 그녀를 밀어 올려 버렸다.

"으아."

운전석에 앉으니 조수석에 있을 때와는 풍경이 달라 보였다. 오히려 시야가 확 좁아지자 전에 면허를 따면서 실수를 연발하던 그때가 생각이 났다. 식은땀이 송송 나오는 손바닥을 쥐었다 펴며 그녀는 라이언을 바라보았다. 무서운 건지 긴장한 건지 굳어 있는 그녀를 보며 라이언은 운전석 문을 닫지 않고 옆에 섰다.

"자, 일단 시동 켜지 말고. 운전 준비하고. 기억나지?"

고개를 끄덕인 그녀는 우등생답게 일사불란하게 움직였다. 이 부분은 자신 있었다. 어제도 밤에 라이언와 헤어지고는 그레이엄의 차 안에서 열심히 복기했었다.

우선 안전벨트. 운전석 위치 조정. 백미러. 사이드 미러. 정면 주시. 핸들에 손을 대고 브레이크에 발을 가져다 댄 그녀는 라이언을 바라보며 그다음 지시를 기다렸다.

라이언은 파바박 움직이며 숙제를 하는 듯 꼼꼼한 그녀의 행동을 꽤 가까운 곳에서 보는 재미가 쏠쏠하다 생각했다. 지금 하는 것을 보니 그녀는 하루 이틀이면 충분히 운전을 잘할 거다.

하진의 앞머리가 이마 위에서 흔들렸다. 풀썩거릴 때마다 그녀의 옷에서 기분 좋은 냄새가 났다.

그는 눈썹을 들썩이더니 이내 이 정도면 괜찮다는 듯 고개를 끄덕였다.

"그다음은? 시동?"

"아니. 일단 브레이크랑 액셀을 밟아 봐. 밟기에 적당한 곳에 있지?"

"응!"

하진의 발 위치를 꼼꼼히 체크한 라이언은 이제 출발했다고 생각하고 밟아 보라고 말했다.

그때 고개를 끄덕인 그녀가 페달을 밑으로 사정없이 꾸욱 내렸다. 브레이크 한 번. 액셀 한 번.

그녀는 '밟았어!'라고 눈으로 말하며 다음 지시를 기다렸지만, 라이언은 한 손은 운전석 문에 걸치고, 한 손은 차 지붕에 걸치더니 말을 잇지 못했다. 그러다 다시 한번 운전하는 것처럼 해 보라 하더니 고개를 들이밀어 시동을 대신 켜 주고는 다시 밖에서 바라보았다.

"자. 시동 켠 상태로 아까처럼 다시 출발한다 생각하고."

"응."

그녀가 액셀을 밟자 앞쪽에서 공회전하는 소리가 대차게 들렸다. 꽤 큰 소리가 울리자 겁이 난 하진은 발을 떼고는 헉 소리를 내며 몸을 움츠렸다.

오후 햇살을 등지며 선 라이언의 얼굴에 그늘이 비쳤다. 이게 역광 때문인지 그의 표정이 그런 건지 가늠이 되지 않았다. 운전석 문에 있던 긴 팔을 뗀 라이언은 손으로 턱을 감쌌다. 하진의 레이더에 '좋지 않음'이라는 신호가 걸렸다.

"아니야? 가운데가…… 브레이크 맞는데……."

하진은 큰 눈을 이리저리 굴리며 라이언의 눈치를 보았다.

"그건 맞아. 그런데……, 그렇게 밟다간 창문 밖으로 몸이 튀어 나갈 거야 크리스틴."

"아. 너무 세? 살살? 이렇게 밟아?"

그녀는 아까보다는 살살 밟았지만, 여전히 차에서는 불만스러운 굉음이 났다. 이랬다가는 라이언이 조수석에 앉았을 때 코가 저 글러브 박스에 붙었다가 떨어질 것이다.

라이언은 고민을 좀 하는가 싶더니 운전석 차 문을 더 활짝 열고 허리를 숙여 그녀의 안전벨트를 풀어 버렸다. 그러고는 시동을 끄더니 몸을 다시 뺐다. 갑자기 다가온 그의 짙은 머리카락이 하진의 어깨에 쏟아졌다가 이내 다시 사라졌다. 어깨에 희미하게 그의 향수와 온기가 남았다. 하진은 코끝으로 스며 오는 향기에 잠깐 넋을 놓았으나 그녀의 무릎을 잡고 돌리는 라이언의 손길에 정신을 차렸다.

순식간에 운전석 바깥으로 두 다리를 내놓고 앉게 된 하진은 라이언을 올려보았다.

"내려가?"

내려오라는 말인가 싶어서 핸들을 짚으며 몸을 내리려는 그녀를 라이언이 손으로 막았다. 그는 이내 살짝 무릎을 굽혀 그녀와 시선을 맞추더니 씨익 미소를 지었다. 입술 한쪽이 말려 올라가더니 그녀의 발목을 잡고는 나머지 손으로 하진의 운동화를 모두 벗겨 버렸다.

"라이언! 뭐 해!"

"기다려 봐."

"뭐……!"

"크리스틴. 그렇게 세게 밟아서 어떻게 라이센스 합격 받은 거야?"

라이언은 밑에서 그녀를 올려다보았다. 엉성하게 시선을 맞추느라 그의 자세가 꽤 힘들어 보였다. 너무 얼굴이 가까이 있어 그녀는 고개를 조금 뒤로 빼며 말했다. 하마터면 그의 반듯한 이마와 마주 닿을 뻔했다.

"아…… 처음엔 주의는 받았어. 하지만 다음 시험에 합격했어!"

그녀는 양말을 신었음에도 발바닥에서 느껴져 오는 라이언의 손에 온몸이 간지러웠다. 이리저리 발을 빼려고 휘둘렀으나 양손에 잡혀 버린 발목은 철근 덩어리를 달고 있는 것처럼 무거워서 더는 발버둥도 칠 수 없었다.

"그만. 크리스틴. 별거 아냐. 자 이렇게 내 손에 발 올려 두고 한번 밟아 봐. 저 페달보다는 훨씬 덜 밟아야 할 거야."

"으…… 꼭 이렇게 해야 해? 그냥 말로 해 줘!"

"지니. 일단 해 봐. 감각만 익히면 돼. 이게 제일 빨라."

"……."

라이언은 이내 무릎을 굽혀서 그녀의 양 발바닥에 자신의 손을 대고는 기다렸다. 라이언의 가지런한 정수리가 보이자 하진은 밀쳐 버리고 싶었지만, 그냥 빨리 끝내 버리는 게 낫겠다 싶어 발을 움직였다.

남의 신체를 밟는 느낌이 마냥 좋지만은 않았다. 발바닥 살갗에서부터 소름이 돋았다. 그의 손바닥에서 덜덜 떠는 하진의 발이 느껴지자 라이언은 장난스럽게 제 품으로 살짝 당기며 말했다.

"하진. 제대로 안 해? 계속하고 싶어?"

"아…… 좀!"

그의 손이 너무 커서 자신의 발등까지 덮고 있었다. 그녀의 심장까지 쥐는 듯했다. 점점 그녀의 얼굴이 붉게 물들었다.

라이언은 그녀가 늘 감정을 표출하는 포인트를 귀신같이 알아챘다. ―하진은 못 느꼈겠지만― 꽤 그녀를 귀찮게 만들거나 계속해서 밀어붙이면 낯을 가리다가 이내 포기하고는 다양하게 감정을 표현했다. 지금처럼 말이다. 지금도 씩씩거리며 자신이 발목을 놓아주지 않고 밀어붙이니, 싫어도 빨리 끝내고 싶어 그가 원하는 대로 할 거다.

이미 하진을 파악한 라이언은 이렇게 해야 그녀가 자신을 편하게 대할 거라고 생각했다.

밀어내는 데는 그가 아는 사람 중에 그녀가 1번이었다. 대놓고 물어봐야 답을 할까 말까 하는 그녀 앞에서 라이언은 이제 방식을 바꿨다. 평소 자신이 친구나 여자애들을 대하던 것처럼 하면, 그녀는 조용히 사라질 것이다.

그녀를 이렇게 지나가는 사람처럼 두고 싶지는 않았다. 그렇다고 하진을 알아 가는 과정이 힘든 건 아니었다. 오히려 재밌달까.

이제 곧 몇 달 있으면 졸업이 다가올 거라 그는 그녀와 좀 더 관계를 새로이 하고 싶었다. 그녀가 불편한 게 있으면 자신을 불러 주기를, 기쁜 게 있으면 자신과 공유해 주기를 바랐다. 자신을 그저 다른 클래스 친구들과 똑같이 대하는 그녀를 볼 때마다 라이언은 마음에 들지 않았다.

하진은 빨리 끝내고 싶어서 라이언의 팔 하나를 손으로 잡아 내렸다.

"어차피 오른발만 하잖아. 왼쪽은 빼."

그녀의 손에 잡힌 팔을 라이언은 빠르게 포기하고, 왼손은 여전히 그녀의 오른발을 쥐었다.

하진은 흠흠거리며 숨을 들쑥날쑥 내쉬더니 엉덩이를 이리저리 움직이며 의자에 제대로 앉았다. 여전히 오른발은 그에게 잡힌 채.

조용히 그를 눈빛으로 쏘아붙인 후, 하진은 무릎을 조금 내려 그의 손바닥을 밟아 보았다.

"아냐. 크리스틴. 좀 덜 밟아야 해. 자전거 생각하면 큰일 나. 이젠 진심이야. 이러다 나중에 사고 난다고."

"……."

라이언은 그녀의 발을 잡고는 손을 아주 살짝 당기며 말했다.

"이렇게. 이 정도야. 이 정도만 해도 금방 30까지 올라가. 게다가 이렇게 살짝 눌러야 해. 안 그러면 몸이 뒤로 쏠릴 거야."

이내 진지하게 말하는 라이언을 보자 하진은 알겠다며 다시 그의 손을 살며시 밝았다.

"이 정도……라는 거지?"

라이언은 여전히 미간을 찌푸렸다.

"음. 한 번 더. 그냥 이렇게 생각해. 아주 푹신한 쿠션 안에 달걀이 있다고 생각해. 세게 밟으면 깨져. 달걀이 깨지지 않게 조심히. 그리고 뒤꿈치는 가능한 고정하고. 앞발만."

라이언의 쉬운 설명에 하진은 눈을 반짝이며 발을 움직였다.

"아하!"

"……."

"이렇게?"

"뭐, 이 정도면……."

라이언은 턱을 끄덕이더니 그녀의 양발에 신발을 신겨 주었다. 라이언이 하진의 운동화를 신겨 주자 하진은 몸 둘 바를 몰랐다.

자신의 손을 뻗어서 마무리하려 했는데 라이언이 이미 재빠르게 끝내 버렸다. 그러고는 운전석에 그녀의 다리를 집어넣어 문을 빠르게 닫았다.

굉장히 날렵한 그의 반응에 하진은 어버버거리며 차 앞으로 이동해 조수석에 앉는 그를 쳐다보았다. 그녀는 갑자기 무언가 허전한 마음이 드는 것 같았다. 자리에서 안전벨트를 매는 라이언을 보며 하진은 물었다.

"그럼, 끝? 다시 시동 켜?"

"안전벨트 다시 매고."

"아. 응!"

제법 잘 알려 주는 라이언의 지시를 따라서 하진은 천천히 배워 갔다. 비록 속도가 나오지 않았지만, 오히려 그녀는 더 좋았다. 지난번에는 급정거에 급발진을 연이어 만들어 내며 차 안에서 엉덩방아를 많이 찧었었다. 까다로운 면접관을 만났다면 라이센스 따위는 나오지도 못했을 텐데. 하진은 라이언의 말을 기억하며 움직였다.

"쿠션의 달걀이 깨지지…… 않게."

"큭."

긴장감과 진지함이 만들어 낸 그녀의 미간과 눈썹이 귀여웠다. 무언가에 집중하면 그녀는 제 생각이 입 밖으로 흘러나온다는 걸 모르는 눈치다.

라이언은 글러브 박스에 손을 대고 몸을 틀어 그녀를 가이드했다.

"자, 크리스틴. 저기에 있는 자전거를 왼쪽으로 끼고 돌아오는 거까지 하자."

"응."

"속도 내지 말고, 일단."

"……."

이제 그녀는 말없이 운전에만 집중하더니 꽤 잘해 냈다. 의외로 공간 감각이 있어 보였다. 전면 후면 주차까지 라이언이 공식처럼 말해 준 대로 곧잘 해냈다. 생각해 보니 일전에 라이언이 보여 준 동영상을 미리 보고 온 게 상당히 도움이 됐다.

○ ● ○

그날 스타디움의 주차장에서 해가 질 때까지 연습했던 둘은 자동차의 전조등이 자동으로 켜지고 나서야 집으로 돌아갔다.

라이언은 돌아가는 동안에도 집까지 운전해 보라는 미션을 주었다. 임무를 받은 그녀는 다운타운을 지나서 신호를 지키며 가다가 초보 운전자들의 로망인 드라이브 스루까지 거쳤다.

능숙하게 커브를 돌고는 햄버거 주문까지 일사천리로 마친 하진은 신이 나 라이언을 향해 보조개를 그리며 웃었다. 그녀는 드디어 그레이엄이 선물해 준 차를 끌 수 있을 거란 생각에 기대에 부풀었다. 드디어 자신도 어른이 된 것 같았다. 갑자기 여기저기 혼자 음악을 들으며 드라이빙을 해 볼 생각에 하진은 가슴이 설레었다.

라이언과 차 안에서 햄버거를 먹고는 —가면서 먹기가 힘들어 주차장에서 음식을 풀었다— 집으로 향했다. 예상보다 더 좋은 선생님이었던 라이언에게 하진은 고맙다며 인사를 건넸다.

"라이언. 오늘 고마워. 많이 배웠어!"

자동차 창문에 팔을 기대며 상체를 반쯤 내보인 라이언은 슬며시 웃으며 장난스레 말했다.

"다 선생 잘 만나서인 거 잊지 마."

"풋. 그래. 알아."

"알면 보답해라."

그는 하진에게 한마디 던지더니 팔을 창문 밖으로 가볍게 흔들며 차를 몰았다. 분명 그녀는 이제부터 운전 연습을 도와준 그에게 무얼 해 주어야 할지 고민할 거다. 그는 그걸 조용히 즐기면서 그녀가 제게 다가오기만을 기다리면 된다. 마치 먹이를 놓고선 새가 다가오길 기다리는 것처럼.

라이언은 노래를 크게 틀며 비트에 맞춰 핸들을 손가락으로 두들기더니, 백미러로 그녀가 아직도 자신을 보고 있는 것을 확인하고는 입술을 말아 올렸다.

5

라이언과의 운전 연습 후로 하진은 그레이엄의 차를 끌고는 가족 모임에 나가 보는 등 이제 더 이상 운전이 무섭지 않아졌다. 다행스럽게도 빅토리아 다운타운까지는 도로가 넓어서 초보자인 그녀에게는 제격이었다. 오히려 이전에 살던 동네에서 운전했다면, 이렇게까지 여유를 부리지 못했겠다 싶었다.

오늘 아침도 학교 주차장에 여유 있게 차를 몰고 온 그녀는 늘 라이언이 맡아 두고 있는 구역을 보았다. 안 보고 싶어도 덩그러니 놓여 있는 그의 차는 덩치가 큰 SUV라서 멀리서도 보였다.

하진은 적당히 구석에 차를 주차하고는 이내 에블린이 있는 아트 스쿨 쪽으로 그녀를 만나러 갔다. 문을 열고 들어가자 여기저기 정리가 안 된 도구들로 지저분한 미술실이 보였다. 하진은 두리번거리며 에블린을 찾았다.

"에블린?"

"진! 이쪽이야!"

저 멀리 거대한 이젤 뒤에서 들리는 에블린의 목소리에 이끌려 하진은 걸어갔다.

"여기서……, 뭐 해?"

하진은 길이가 가늠이 안 될 정도로 긴 하얀 천 위에다가 빨간색 페인트로 글자를 그리며 앉아 있는 에블린의 머리를 보았다.

땅에 엉성하게 엎드려서 열정적으로 색칠을 하는 중인 에블린은 바빠 보였다. 하진을 향해 고개를 돌리며 말을 다다닥 내뱉었다.

"아, 크리스틴. 오늘 내가 부탁하려던 게 이거야. 다음 주가 밸런타인데이인 거 알지? 원래 아트 스쿨에서 작업한 걸 매년 학교 본관에 걸고 있는데……, 원래 도와주려던 마이라가 오늘 아프대. 그런데 이걸 오늘 꼭 끝내야 내일 다른 걸 하거든. 그래서 네 도움이 필요해. 괜찮아?"

"밸런타인데이? 벌써? 난 어떤 거 도와줄까?"

하진은 가방을 내려놓고 소매를 걷어 올리며 말을 이었다.

"고마워! 저기 나무 막대기 보이지? 그거 이 배너 끝자락에 맬 거라서 길이 재서 좀 잘라 줘. 이거 천장에 매달 거야."

넓은 흰색 테이블 위에는 여러 가지 미술 도구와 에블린이 말한 그녀의 팔뚝만 한 긴 막대기가 섞여 있었다.

이젤 뒤에 철퍼덕 앉아서 열심히 제 할 일을 하는 에블린에게 하진은 소리를 높여 물었다.

"에블린! 이거 톱으로 자르면 되지?"

"아…… 응! 그거 손 조심해! 해 본 적 있어?"

고개를 빼꼼히 내밀어 제게 물어 오는 그녀에게 하진은 웃으며 말했다.

"그럼. 두껍지도 않은 것 같아."

그레이엄과 어렸을 적에 집 앞마당에서 강아지 집을 만들어 주던 때가 생각이 났다.

'비록 강아지가 도망가 버려서 울면서 밤을 지새웠지만…….'

하진은 창가에 있는 턱에 다가가 나무를 고정하고는 자세를 잡아 적당히 볼펜으로 그려 놓은 곳에 미니 톱을 가져다 대려 했다. 그런데 그때 누군가 미술실에 들어왔다.

"에블린! 어디 있……!"

문을 열면서 큰 소리를 내며 걸어오는 한 친구가 보였다. 여학생이었는데, 에블린과 친구인지 ─이 동네는 서로 모르는 사람이 없었다─ 미술실에서 톱을 들고 어정쩡하게 서 있는 하진을 보더니 멈칫하며 서 버렸다.

"아, 여기……, 혹시 에블린 있어?"

"응. 저기 뒤에."

한 손은 나무를 들고 있기에 하진은 어색하게 톱으로 에블린이 있는 곳을 가리켰다.

"어, 어……. 고마워. 그런데 아까 복도에서 맥스가 너 찾던데?"

"맥스?"

"응. 걔가 지금 학급 명단 작성하고 있는 게 있어서……."

"알려 줘서 고마워. 내가 맥스한테 갈게. 그런데……."

그녀는 최근 이 여학생을 클래스에서 본 듯한 느낌이다. 전학을 오고 나서 이제야 2학기를 보내는 중인 하진은 이 학교 학생들의 이름을 전부 외우지 못했다. 물론 얼굴까지도.

"우리 같은 클래스지……? 내가 최근에 필로소피 수업에서 본 것 같은데……."

"응!"

얼굴에 주근깨가 귀엽게 박힌 그녀는 풍성한 갈색 머리를 흔들며 고개를 끄덕였다. 그러고는 하진에게 다가오며 손을 내밀었다.

"우리 인사 아직 못 했지? 나는 올리비아야. 넌 크리스틴 맞지? 사실 에블린에게 많이 들었거든."

"응. 반가워!"

톱을 놓고 올리비아의 작은 손을 맞잡은 하진은 적당히 흔들다가 놓아주었다. 이젤 뒤에서 나온 에블린이 올리비아와 하진을 바라보더니 환하게 웃으며 팔을 벌렸다.

"둘이 인사했구나? 하진. 여긴 올리비아. 내 킨더가든 시절부터 친구야. 내가 말한 적 있지?"

"아 그렇구나. 만나서 반가워!"

하진은 간혹 가다 에블린이 물어다 주는 소식의 주인공과 드디어 만난 기분이었다.

"나도. 에블린이 계속 네 얘기를 했는데 내가 요즘 원서 쓰느라 정신이 없어서 만나러 오지 못했어. 오늘 에블린이 도와 달라고 해서 왔는데, 잘됐다!"

올리비아는 굉장히 밝은 친구였다. 처음 만났던 어색함은 이미 잊어버린 것처럼, 하진을 친근하게 대해 주었다. 낯을 가리는 하진의 성격을 알아챘는지 이것저것 먼저 도와주더니 이내 이젤 뒤로 에블린과 함께 그림을 그리기 위해 자리를 옮겼다.

올리비아는 에블린과 같은 지역인 서부 쪽으로 학교를 정했다며 끊임없이 자신의 소식을 캔버스 너머로 들려주었다. 그녀의 재잘거리는 목소리가 하진은 귀여웠다.

심심할 겨를이 없을 정도로 올리비아와 에블린의 말에 맞장구를 치며 하진은 적당히 톱으로 나무를 자르기 시작했다. 힘겹게 나무를 자른 하진은 끝마무리를 위하여 사포로 면을 문질렀다. 혹시라도 다른 사람들이 손을 다칠까 봐 걱정되었다.

하진은 마무리한 막대기를 에블린에게 보여 주고는 올리비아와 에블린과 몇 마디 나눈 후 아트 스쿨을 나왔다.

○ ● ○

그날 수업이 끝나고 만난 맥스는 알고 보니 학생 기록부를 관리하고 있었다. 학생들이 원서 접수한 대학교와 합격 여부를 파악하여 교사들이 관리하려는 듯해 하진도 자신이 지망한 곳을 알려 주었다.

어쩌다가 맥스의 기록부를 보니 에밀리는 브라운에 지원을 했고, 맥스는 MIT와 버클리에만 지원한 걸 알게 되었다.

"맥스. 딱 두 곳만 지원한 거야?"

"응. 어차피 이곳 아니면 별로 가고 싶은 데가 없어서."

그의 대범한 결정에 그녀는 궁금한 게 더 많아졌다.

"그래도 원하는 프로그램 개발이나 이런 거 더 공부하고 싶지 않아?"

"그거야 혼자 해도 충분하고, 여기 아니면 딱히 내키지 않아서. 떨어지면 나중에 지원하거나 아니면 사이버 강의로 들어도 되고."

생각보다 꽤 유연하게 자신의 미래를 계획하는 맥스의 얘기를 듣고는 하진을 두 눈을 크게 만들며 물었다.

"부모님도 괜찮으시대?"

"그거야 내 인생이니까 상관없지. 게다가 개발로 빠지고 싶으면 학교가 정답은 아니라는 생각도 들고. 그리고 딱히…… 떨어질 것 같지도 않아서."

"우와. 자신 있구나!"

하진은 두 손을 마주치며 감탄했다. 그러자 맥스의 얼굴이 붉어졌다. 뒷머리를 긁으며 멋쩍게 웃는 그에게서 쑥스러움보다는 자신감과 여유가 보였다. 부러운 눈빛으로 하진은 맥스와 나란히 복도를 지나쳐 본관을 빠져나오며 조금 더 얘기를 나눴다. 같은 전공을 바라보고는 있지만, 하진은 사실 개발이 최종 목표는 아니고 좀 더 기술 컨설팅이나 데이터 사이언스 쪽을 생각하고 있기 때문에 맥스와는 약간 방향이 달랐다.

하진은 맥스와 함께 벤치에 앉아서 MIT와 버클리에 대해서 좀 더 얘기를 나누었다. 비록 하진은 버클리 쪽은 쓰지 않았지만, 이 외에 맥스의 꿈에 관해서도 얘기하는 시간을 보냈다.

"그러면 나중에 넌 스타트업 대표가 되겠네?"

"그게……. 내가 원하는 거긴 하지만, 현실이 될지는 모르겠네?"

"그래도 넌 이미 수상도 많이 했고, 학교만 잘 졸업하면 문제없을 것 같은데? 원래 잘하는 사람보다 좋아하는 사람이 더 성공한다고 하잖아. 맥스는 둘 다 잘하는걸?"

"하하. 하진. 네 말만 들으면 나 벌써 사업 차렸겠어."

그녀는 진심으로 한 말이었지만, 맥스는 아니라며 더 공부해야 한다고 말했다.

맥스와 둘이서 마주 보며 앉아서 대화할 때 저 멀리서 떠들썩한 무리들이 다가오고 있었다. 키가 큰 남자들과 멀리서도 명품을 휘감은 게 눈에 띄는 '블링키'들이 잔디를 가로질러 오면서 장난을 치고 있었다. 그중에는 라이언과 케이틀린의 여동생, 케이티도 함께 있었다.

오늘은 적당히 앞머리를 정리하여 올렸는지, 그의 가지런한 이마가 훤히 드러나서 스마트한 이미지였다. 의자에 앉아 있다가 그의 이마가 시선에 잡히자 하진은 순간 라이언의 이마가 그녀의 속눈썹에 닿을 정도로 가까이 있었던 장면이 떠올랐다. 그리고 그가 자신의 발을 잡았던 순간도.

갑자기 가슴 안쪽에서 무언가가 '쿵' 하고 떨어지며 곤두박질치는 것이 느껴졌다.

화들짝 놀란 그녀는 자신의 가슴 언저리에 손을 올렸다. 조용히 쿵쿵 울리는 심장이 점차 잦아들자 하진은 애써 시선을 맥스에게로 다시 돌렸다.

그날 너무 붙어 있었기 때문에 이 사달이 난 것 같았다. 하진은 맥스와의 대화에 집중하려 했지만, 그녀의 작은 귀는 저기 멀리서 신나게 떠드는 무리를 향해 열려 있었다. 굳이 들으려 하지 않아도 누군가 확성기를 대고 말하는 듯이 꽤 뚜렷하게 들렸다.

"라이언! 이번에도 신기록 세우겠는데?"

"케이티. 너 또 라이언 캐비닛 앞에서 서성일 거야?"

"아, 난 이제 그거 그만 보고 싶어."

"라이언! 이 새끼 엄청 기대하고 있는 거 아니야?"

"난 단거 싫어."

라이언의 옆에 서 있던 그보다 작은 친구가 과장된 몸짓으로 넉살스럽게 그의 말을 받아쳤다.

"와…… 라이언 비수를 꽂는데?"

"아 씨!"

"넌 하나라도 받겠냐? 어? 카드나 받겠지?"

"하하하."

여자아이들의 웃음소리가 더 진하게 들렸다. 라이언과 그의 남자 친구들은
—아마 저 시끌벅적한 아이가 마이크와 매트겠지— 다음 수업을 가는 모양이
었다. 하진은 라이언과 눈을 마주치지 않기 위해 오히려 맥스의 얼굴에 집중하
며, 시선을 그러모았다. 별로 친하지 않은 친구들 앞에서 그와 인사를 나누기가
부담스러웠다.

"크리스틴. 아무튼, 알려 줘서 고마워. 대부분 애들이 대충 알려 줬거든. 어
찌나 선생님이 닦달하던지. 넌 이제 뭐 해?"

"아……. 그래?"

하진은 점점 무리들이 다가오자 더더욱 맥스에게 집중했다. 머리카락으로
자신의 얼굴을 살짝 가리는 것도 잊지 않았다. 혹시라도 시선이 비껴 나가 라
이언을 볼세라 팔짱을 낀 채로 테이블 위에 올려 두었다.

"응. 떨어졌을 때 다른 애들이 알면 쪽팔리다고, 낮은 학교 불러 주는 애들
도 많고. 어차피 학사에 다 보이는데 말이지."

"그러게. 그래도 어쩌겠어. 그 마음은 이해되는데, 맥스 네가 힘들겠어. 일
일이 알아보느라. 거의 다 끝났어? 내가 도와줄까?"

"아냐. 어차피 나도 이 정도까지만 하고 선생님한테 다시 줄 거야. 고마워.
그리고 크리스틴."

종이를 정리하며 일어선 맥스는 하진을 내려다보며 말했다.

"크리스틴. MIT 붙었으면 좋겠다. 공대는 하버드보다는 전문적인 곳이 네게
좋겠지. 너 정도면 MBA로 다시 하버드 가면 되는 거고."

"하하. 생각해 볼게. 붙여 줘야 말이지."

"아마…… 붙을걸?"

"풋."

하진은 맥스를 향해 하얀 얼굴을 들어 올려 코를 찡긋거리며 웃었다. 투명
한 그녀의 흰 피부가 햇살에 빛나는 것이 꼭 복숭아 향이 날 것 같았다. 맥스도
그녀를 보며 마주 웃었다. 오늘은 자연스럽게 머리를 풀고 반묶음을 한 하진은
그녀의 얇고 긴 목을 더 돋보이게 했다. 갑자기 멀리서 불어오는 바람에 낙엽

이 그녀의 머리 위에 앉아, 맥스는 자연스레 자신의 손을 뻗었다.

"크리스틴, 잠시만. 머리 위에."

"아……."

파박—

탁—

그때 벤치 쪽으로 빠르게 다가오는 누군가의 몸짓에 하진은 옆으로 고개를 돌려 반응을 끝내기 전에 자신의 머리 위의 낙엽을 떼어 주는 라이언을 보았다.

"어?"

분명히 다른 쪽으로 가고 있었는데 벤치에 팔을 기대며 하진의 머리에 손을 올린 라이언은 이내 그녀의 머리를 헝클어 버렸다.

"아아! 그만해! 라이언!"

"크리스틴. 여기서 뭐 해."

라이언의 큰 손이 그녀의 머리를 헝클어진 빗자루로 만들자 그녀는 고개를 빼서 빠르게 머리를 정리하며 외쳤다.

"뭐 하긴! 맥스랑 얘기 중이지!"

"그건 아는데. 아, 맥스 오랜만이야."

"그러게. 운동했나 봐?"

맥스는 라이언과 짧게 마주 보며 인사했다. 가까이서 보니 그는 운동하고 왔는지 이마에 땀이 송골송골 맺혀 있었다. 그의 앞머리는 이제 흘러내리고 있었다. 날씨가 아무리 풀렸다지만 아직은 쌀쌀한 겨울인 2월인데 말이다.

"응. 방금 수업하고 왔어."

"아아."

라이언은 말과는 다르게 시니컬한 미소를 지으며 맥스를 향해 인사했다.

라이언의 뒤로 케이티의 친구들과 그의 친구들이 벤치 쪽으로 다가오고 있었다.

'분명 애써 얼굴을 마주치지 않으려 머리카락으로 얼굴을 가렸는데…….'

하진은 조용히 자리에서 일어나 이제 다시 아트 스쿨로 가려 했다. 이미 맥스와는 이야기가 끝났으니, 라이언은 그냥 친구들에게 보내고 자신은 에블린에게 가야 했다.

"크리스틴? 가려고?"

라이언은 맥스와 간단한 인사를 하는 것으로 대화를 마무리하고 하진에게 물었다.

"응. 이제 가야지. 수업 다 끝났거든."

"흐음."

고개를 살짝 옆으로 기울이며 그녀의 얼굴을 관찰하던 라이언은 자신의 뒤에서 기다리는 친구들을 바라보며 팔을 들었다.

"어이. 이만 헤어지자. 나 크리스틴이랑 볼일 있어서."

"뭐? 야. 영화 보기로 했잖아!"

라이언의 말이 끝나기가 무섭게 앙칼지게 소리치는 케이티는 지난번 하진에게 인사했을 때와는 제법 다른 얼굴이었다. 이쁘게 화장까지 마친 그녀는 굉장히 화려한 성숙미가 물씬 풍기는 숙녀 같았다. 빨간 재킷에 짧은 치마를 입은 그녀의 늘씬한 다리까지. 하진과는 분명 다른 종류의 인간 같았다.

그녀의 어깨 뒤에 서 있던 ―마치 걸그룹 아이돌처럼 자리를 배치하고 서 있는 듯한― 다른 여자애 둘은 자신들의 머리를 만지기가 바빴다. 마치 케이티가 무슨 말을 하든 관심이 없지만, 귀는 열려 있는……

하진은 라이언과 케이티가 둘이서 편히 얘기할 수 있게 의자에서 일어나 맥스에게 눈짓으로 인사했다. 다음에 보자며.

맥스는 고개를 끄덕이고는 돌아갔고, 하진도 조용히 뒤를 돌았다. 어색하게 라이언에게 인사하면 연이어 저 무리에게 죄다 시선이 꽂힐 터였다. 그것만은 사양이었다. 별로 친하지 않거나 처음 보는 친구들과의 면대면 대화는 여전히 그녀에게는 숙제였다. 자신도 고치고 싶어 앨리스에게 항상 고민을 털어놓았는데, 그런 소리를 듣자마자 옆에 있던 그레이엄은 늘 조언을 아낌없이 해 주었다.

'하진. 그건 단점이 아니야. 너의 특질인 거야. 그걸로 전혀 괴로워하거나 고민할 필요는 없어. 너는 선택에 최선을 다하는 것뿐이야. 그런 거로 자신을 괴롭히지 마렴. 그리고 전혀 무리할 필요 없단다.'

사춘기에 접어들기 시작하면서 늘 한결같은 그레이엄과 앨리스의 조언은 오히려 그녀를 성숙하게 만드는 자양분이 되었다.

'나의 선택.'

'나의 결함이 아니다.'

'선택에 좋고 나쁨은 없는 것.'

'무리하지 않는 것.'

하진은 대인 관계에서는 무리하지 않기 위해 적정한 선을 유지했다. 단지 에블린처럼, 시간이 다소 걸릴 뿐이었다. 이전 학교에서는 기억하고 싶지 않은 일들 때문에 마음의 빗장을 걸어 잠그고 다녔었다.

하진은 조용히 몇 걸음 걸어가던 중 어깨를 강하게 잡아 세우는 손에 허리가 뒤로 기울어졌다.

"으앗!"

휘청이며 넘어지려 했을 때 다시 등을 밀어서 세워 주는 손에 하진은 뒤를 돌아보았다. 라이언이 불만스러운 얼굴로 서 있었다. 안 그래도 작은 얼굴이 찡그려지자 더 작아지는 것 같아 신기했다.

"크리스틴? 어디 가려고? 할 말 있다니까?"

"지금?"

하진은 손가락으로 땅을 가리켰다.

"어. 지금."

라이언은 똑같이 땅을 가리켰다. 마치 그녀의 말에 도장을 찍는 것처럼.

"저기 친구들이랑…… 일이 아직 안 끝나지 않았어?"

'분명 케이티가 말한 영화 보러 가기로 했다는 약속이 저 친구들 모두와 함께 가는 것처럼 느껴졌는데.'

하진은 자신을 뚫을 듯이 바라보는 아이들의 시선을 무시하지 못하고 눈을 이리저리 굴리며 라이언과 그들을 바라보았다.

라이언은 아직도 무리 지어 있는 친구들을 향해 다시 말했다.

"마이크. 매트. 너네끼리 봐도 괜찮지?"

"아, 뭐. 그치?"

"그러게. 우리는 상관없지."

마이크와 매트는 이란성 쌍둥이였는데 하는 말투나 눈빛, 표정이 모두 복제 인간처럼 똑같았다. 얼굴이 똑같지는 않더라도 트윈은 트윈인가 보다.

"아! 그래도! 알겠다고 했잖아!"

그들의 말에 불만을 담은 케이티가 발을 구르자 잔디밭에 있던 흙이 리듬감 있게 튀었다. 거기에 시선을 잠시 둔 하진은 라이언에게 말했다.

"급한 거 아니면 약속 가, 라이언. 나 에블린과 약속 있어서."

하진은 라이언에게 멀뚱히 얘기하며 한 걸음 뒤로 물러났다. 어차피 할 말이 있다면 전화나 문자로 하면 되었다.

케이티가 하진을 쳐다보았다. 하진은 이제야 케이티가 얼마나 라이언과 영화를 보고 싶어 하는지 몇 걸음 떨어진 이곳에서도 그녀의 열기를 느낄 수 있었다. 하진도 그 정도의 눈치는 있었다. 여기서 아마 라이언과 걸어가면 자신의 뒤통수가 따가워질 것이다.

하진은 천천히 눈인사하며 무리와 멀어졌다.

"어……?"

갑자기 라이언이 그녀의 등을 계속 앞으로 밀어 버렸다. 하진은 발을 움직일 수밖에 없었다. 타닥타닥 걷게 돼서 하진은 연신 제대로 스텝을 밟지 못하며 휘청였다.

"라이언!"

그녀는 가방을 들고 있는 손이 무거워 더 자세가 엉성해지자 라이언을 불렀지만, 그는 이어서 뒤에 있던 친구들에게 말을 던졌다.

"그럼 너희 여기서 기다려. 금방 올게."

"라이언 꼭 와야 해! 벌써 아까 예매 다 했어!"

케이티의 말에 라이언은 팔 한쪽을 뒤로 흔들며 앞으로 하진을 밀었다.

"아! 라이언! 그만 밀어! 제대로 못 걷겠어."

하진의 등에서 손을 뗀 라이언은 이내 아트 스쿨 쪽으로 걸어가 버렸다. 이제는 서로의 위치가 바뀌자 하진은 한숨을 내쉬며 라이언의 등 뒤를 따라갔다.

아까 맥스와 만나기 직전에 하진은 에블린과 다운타운에서 밸런타인데이에 쓸 카드를 사러 가자는 약속을 했다.

빅토리아 학교에서는 밸런타인데이 때 같은 학급 친구들에게 카드를 쓰는 일종의 학교 행사가 있었다. 그날을 기회 삼아서 때로는 아이들이 고백하기도 하고, 받기도 한다. 주로 카드에는 친구들의 칭찬이나 잘 지내보자는 내용들을 적는다. 특히 연인들에게는 더할 나위 없는 큰 행사였다.

"라이언. 할 얘기가 뭔데 그래. 여기서 못 해?"

하진이 말하자 라이언은 우뚝 멈춰 섰다. 그러고는 꽤 표정이 굳은 그의 얼굴을 바라보자 그녀는 가슴이 덜컹거렸다. 순간적으로 조금 전의 상황을 머릿속으로 복기하였으나 딱히 그녀가 잘못한 부분은 없었는데…….

"……."

"응?"

그녀가 조심스레 그의 답을 재촉하자, 라이언은 이내 나무에 등을 기대고는 팔짱을 꼈다.

"너. 지금 이 학교에서 누구랑 제일 많이 얘기해?"

"나?"

"그럼 지금 여기에서 내가 누구한테 물어보냐."

하진이 미간에 힘을 주며 입을 삐죽이는 라이언의 얼굴을 바라보았다. 저게 대체 뭔 소린지. 지금 이거 말하려고 아까 그 약속을 다 뿌리친 것인지. 상당히 유치하게 나오는 그를 향해 하진은 되물었다.

"그건 왜? 알잖아."

"모르겠는데?"

말을 던지며 발끝으로 흙을 걷어차는 그의 운동화 끝을 보다가 —하진은 저 것도 스피릿 브랜드인가 싶었다— 고개를 주억 그리며 올리고는 그의 눈을 똑바로 보았다.

"이게 볼일이야?"

라이언은 제게 답을 안 주고 계속 질문을 질문으로 돌리는 그녀 때문에 가슴이 터질 것 같았다. 아까도 저 멀리서 벤치에 단정히 앉아서 맥스와 얘기하는 하진에게 짜증이 났다. 게다가 자신도 몇 번 보지도 못한 그 미소를 맥스에게 보여 주니 라이언은 속이 부글부글 끓었다.

당시 옆에서 밸런타인데이니, 선물이니, 카드니, 영화를 보자니 하는 말에 대충 대답을 했지만, 벤치에 다다랐을 때 그 자식이 하진의 머리에 손을 대는 걸 보자 반사적으로 몸이 튀어 나갔다.

자신이 없는 곳에서 상당히, 매우, 유연하게 이성 친구랑 대화하는 그녀를 본 게 라이언은 처음이었다. 대부분 낯을 가리거나, 에블린과 얘기하거나, 동성 친구들과 대화를 나누는 게 다였다. 생각해 보니 하진은 지난번 체육관에서도 그와 꽤 잘 어울렸다.

맥스가 'MIT'에 대한 정보를 물어다 주며 그녀의 마음을 부풀리는 원인 제공자라고 생각하자 라이언의 눈에 푸른 불꽃이 튀었다.

라이언도 충동적으로 그녀를 밀고 왔지만, 지금 이 답답하고 펑 터져 버릴 것 같은 부글거림을 끝내는 것을 뒤로 미룰 수는 없었다. 유치하지만 그녀에게 물어야 했다.

"응. 궁금해서."

대체 난 얼마나 친한 건지. 너의 기준에서.

"하아…… 뭐야."

별거 아닌 물음에 그녀는 단조롭게 말을 이었다. 순간 라이언이 화난 건가 싶어서 긴장했던 그녀는 유치한 그의 물음에 피식 웃으며 답했다.

"에블린. 너. 정도?"

"나?"

"그럼 둘 말고 또 누가 있어? 난 학교에선 그냥 클래스 친구들과 짧게 얘기하는 게 단데?"

"……."

하진이 얘기한 '그냥 클래스 친구' 라는 단어를 머리에 집어넣자, 결과가 나왔다.

"하하하. 그렇단 말이지? 그럼 우리 둘밖에 없겠네? 에블린이랑 나?"

"그게…… 그렇게 웃을 일이야? 나한테 친구가 별로 없는 게?"

하진은 이제 살짝 기분이 언짢아지자 고운 미간을 찌푸렸다.

"크크. 아냐. 됐어. 그건 그렇고. 나한테 뭐 해 줄 거야?"

라이언은 팔짱을 풀고는 이내 그 긴 팔을 휙 쳐 내더니, 그녀에게 물었다.

"또 뭘 해 줘? 자꾸 어렵게 질문하지 마. 뭔데 이번엔?"

하진은 항상 무 자르듯 대충대충 질문하는 라이언의 방식을 꼬집어 말했다. 그녀의 말을 들은 라이언은 오른쪽 입술을 슬며시 올리더니 웃으며 말했다. 방금 이 장면을 ─그의 모습을─ 하진은 분명 블루진 화보에서 본 것 같았다. 그녀의 머릿속에서 순간 잡지 화보와 지금의 라이언 모습이 오버랩 되었다. 홀로 모델처럼 선 라이언은 이내 앞머리를 정리하며 하진을 내려 보았다.

한 발자국 가까이 다가온 그와 제법 가까이 서게 되자, 하진은 고개를 좀 뒤로 물렸다.

"아니, 내가 운전 연습도 시켜 줘. 그것도 하루 종일. 그리고 케이크도 양보해 줘. 어? 무서워서 울부짖을 때 보호해 줘. 보답할 게 한두 개가 아닌데 지금?"

라이언은 하나씩 곱씹으며 말하더니 그의 긴 손가락 3개를 펼치며 그녀에게 보여 주었다.

"아니……. 연습 도와준 건 내가 고맙다고 했잖아. 그리고 내가 그때 햄버거도 샀잖아. 그리고 이렇게 보답을 바랄 일이야? 뭘 바라?"

하진은 이미 며칠도 더 지나간 일을 다시 상기시키는 라이언이 이해가 안 된다는 듯이 어깨를 으쓱했다. 그녀의 말에 라이언은 똑같이 으쓱거리더니 말했다.

"햄버거 말고. 밥 사."

"밥?"

그가 눈썹을 들썩이더니 이제는 입을 크게 벌리며 웃는다. 그의 가지런한 치아가 보일 정도였다. 그러더니 그녀의 앞머리를 흔들며 지나가 버렸다.

어이가 없어진 그녀는 뒤를 돌아 그를 바라보았다. 뒷걸음으로 걸어가는 그가 손을 흔들며 하진에게 외쳤다.

"밥이 별로면 카드도 괜찮아!"

"카드?"

하진의 말에 답하지 않고 그는 다시 뒤를 돌아 친구들이 있는 ―여전히 케이티가 그녀를 쏘아보고 있는 것 같았다― 무리로 뛰어갔다.

그녀는 설마 밸런타인데이 카드를 말하는 건가 싶어서 순간 어이없었지만, 뭐 카드로 때울 수 있다면야. 대충 몇 줄 끄적이면 될 거라며, 쉽게 생각을 정리한 하진은 아트 스쿨로 향했다.

오늘 에블린과 함께 다운타운에서 구매해야 할 카드의 숫자가 한 장 더 늘었다.

○ ● ○

아트 스쿨에서 에블린과 올리비아와 재회한 후, 하진은 다운타운에 있는 서점에 도착했다. 셋이서 나란히 걸어가는 빅토리아 스트리트의 양쪽 상점에는 죄다 새빨갛거나 분홍색의 리본과 선물 상자들이 줄줄이 늘어져 있었다.

서점의 가판대에는 입구에서 들어오는 고객들에게 팔리기를 바라는 물건들이 칸칸이 채워져 있었다. 빅토리아에서 꽤 큰 서점 중의 한 곳에 들어온 여자 세 명은 커다란 홀을 지나 카드 섹션에 도착했다. 많은 사람들이 웅성거리는 소리를 내며 북적였다.

올리비아와 하진은 같은 클래스이기 때문에 클래스의 학생 수를 다시 카운트하며 무작위로 대충 카드를 뽑았다. 일일이 상대에게 줄 카드 고를 시간을 쏟지 않았다.

옆에 있던 올리비아가 말했다.

"크리스틴. 난 여기에다가 써 줘. 흐흐. 넌 어떤 거로 써 줄까?"

올리비아는 서글서글한 성격인지 오늘 오전에야 처음 제대로 인사한 하진을 굉장히 편하게 대했다. 그녀의 주근깨가 미소를 지을 때마다 조금씩 모이는 게 하진은 귀엽다고 생각했다.

"아, 그래? 알았어. 그럼 난, 음, 이거?"

하진은 올리비아에게 카드를 건네받고는 자신의 쇼핑 카트 안에서 마음에 드는 카드를 골라 올리비아에게 건넸다. 반대편에 있었던 에블린은 얼굴을 빼며 자신의 카드도 올리비아와 하진에게 주었다.

"나는 이거! 이걸로 써 줘."

"알았어."

"응. 그럼 난 똑같이 이걸로!"

셋은 각자 자신이 받고 싶은 카드를 서로에게 주었다.

열심히 카드를 고르던 하진은 손가락으로 카드를 한 장씩 세어 보았다. 하진이 카드를 확인하는 동안 올리비아와 에블린은 계산하러 나섰다.

"음, 총 스무 개……. 그리고 엄마. 아빠. 에블린. 아, 라이언."

그녀는 작게 혼잣말로 그의 이름을 내뱉으며 다시 카드 한 장을 더 골랐다. 어차피 클래스의 친구들에게 주는 것과 별다르진 않을 테지만, 하진은 적당히 그와 잘 어울리는 수려한 필기체가 적힌 카드를 집었다. 하얀색 바탕에 검은색 캘리그래피가 그려진 카드의 문구에는 '해피 밸런타인데이' 쓰여 있었다.

하진은 카드를 앞뒤로 가볍게 확인하며, 카트에 한 장 더 넣었다.

"크리스틴? 뭐야? 더 고를 게 있어?"

"아. 다 끝났어. 계산해야지. 라이언한테도 쓰려고. 지난번에 운전 연습 도와줬거든. 고맙다고 쓰려고."

"아하? 그래? 지니, 밸런타인데이 때 뭐 해? 약속 있어?"

저 멀리서 올리비아는 계산하고 있었고, 이미 계산을 다 했는지 에블린은 쇼핑백을 가볍게 팔에 걸치고 있었다. 에블린은 하진을 향해 장난스러운 미소를 보였다. 그녀는 오늘도 펑키한 스타일이었다. 그녀는 꽤 자신의 캐릭터를 패션에 잘 녹여 냈다. 하진은 그런 에블린에게서 풍겨 나오는 자유분방함이 부러웠다.

"약속? 아니 없는데? 넌 약속 있어?"

하진은 에블린을 마주 보았다.

"응. 나는 그날 가족 행사가 있어서. 그러면 없는 거네? 그럼 이거 지니가 볼래? 나한테 티켓 두 장이 있는데……. 올리비아도 내가 주려니까 남자 친구랑 약속 있대."

'올리비아는 남자 친구가 있구나.'

에블린은 작은 가방에서 티켓을 두 장 뽑아서 하진에게 건네주었다. 같이 갈 사람이 없으니, 받기에는 부담스러워서 괜찮다고 거절하려는 손에 에블린은 그냥 막무가내로 쥐어 주었다.

"너 아니면 나는 딱히……."

하진의 머뭇거리는 말에 에블린이 말했다.

"그럼 라이언이랑 가면 되겠네!"

"라이언?"

"어차피 이거 이벤트용이라서 밸런타인데이 아니면 못 봐."

"굳이 밸런타인데이에?"

고개를 갸웃거리며 하진은 에블린에게 말하는 도중, 갑자기 낮에 있었던 일이 생각났다. 게다가 그는 지금 케이티와 ─어쩌면 블링키들도 함께─ 트윈 브라더랑 영화를 보고 있을 것이다.

빅토리아 영화관은 주로 한 개의 영화만 그 주에 동시 상영 하기 때문에, 라이언이 오늘 영화를 보았다면 더더욱 자신과 볼 필요가 없을 거라고 하진은 생각했다.

"응. 뭐 어때! 그냥 공짜로 보는 건데. 걔 영화 보는 거 엄청 좋아해. 영화광이야. 몰랐지?"

"그래?"

"걔 맨날 밖에서 노는 거 아니면 무조건 집에서는 영화 보거나 영화 OST 듣거나 하거든."

"이미 봤을걸? 오늘 친구들이랑 영화 보러 가던데?"

"헐. 그래?"

에블린은 입을 삐죽이며 시선을 천장에 잠시 두더니, 하진을 쳐다보며 고개를 끄덕였다.

"뭐, 그러면 하진이 편한 대로 해. 혼자 보게 하는 건 내가 너무 미안하니까 안 봐도 되고, 다른 친구랑 봐도 되고."

눈을 찡긋거리며 에진의 어깨에 팔을 두른 에블린이 계산대로 향했다.

"그리고……. 흐흐. 또 누가 알아? 그날 옆에 앉는 사람이 꽤 멋진 놈일지?"

"하하. 에블린."

가끔 에블린은 능구렁이 같은 말을 할 때가 있었다. 하진은 그녀의 농담이 싫지 않고 오히려 재미있었다. 쿡쿡거리며 하진도 연신 에블린의 장난에 맞장구를 치며 카드를 계산했다.

"그러게. 미스터 다아시가 와야 할 텐데."

"와우! 미스터 다. 아. 시이이? 미스 브라운은 그런 캐릭터 좋아하는구나?"

에블린은 어깨로 하진을 툭 치며 장난을 걸었다. 사실 하진은 '오만과 편견' 마니아였다. 영화, 드라마, 소설책까지 모든 미디어를 섭렵하며 한때 미스터 다아시를 만나고 싶어 영국으로 가야겠다고 앨리스에게 실없는 소리를 할 때가 있었다. 엘리자베스 같은 진취적인 여성의 자신감을 닮고 싶었고, 미스터 다아시 같은 이성을 만나서 언젠가는 멋진 여행을 같이하게 되는…… 그런 로맨스 말이다.

주머니 속 티켓을 생각하니 라이언과 케이티가 떠올랐지만, 하진은 머릿속에서 빠르게 지웠다. 하진은 자신 혼자라도 보아야겠다고 생각했다. 영화 혼자 보는 게 뭐 어떻겠는가. 오히려 이것도 해 볼 만할 것이다.

"고마워. 혼자라도 보든가 해야겠다. 근데 이번 주 영화는 뭐였지?"

"그러게. 나도 모르겠다, 그건. 시간이 어차피 안 돼서 찾아보지 않았어. 이따가 영화관 지나가니까 한번 보자!"

잠시 후, 카드를 모두 구매한 세 사람은 서점에서 빠져나와, 데이비드의 케이크 숍에 가기 위해 길을 내려갔다. 빅토리아 메인 스트리트인 이 다운타운은 오후 시간답게 사람들로 인산인해를 이루었다. 이제 제법 날이 많이 풀린 것도 한몫했다.

길을 건너기 위해 횡단보도에서 신호를 기다리던 에블린이 말했다.

"저것들은 항상 붙어 있네."

"뭐가?"

"저기. 쟤네."

시니컬하게 말하는 에블린이 신기한 하진은 그녀의 시선을 따라 자신도 고개를 돌렸다. 맞은편 횡단보도에 서 있는 행인들 사이에서 ―키가 커서 그런지― 마이크와 매트가 보였다. 장난기 많은 형제답게 손으로 툭툭 치며 뭐라고 말하는 장면이 보였지만, 그녀들에게까지 들리지는 않았다.

많은 차가 바람을 가르며 빠르게 지나가던 터라 사람들의 얼굴이 잘 보이지 않았다. 그러다 매트 옆에서 고개를 숙이며 케이티의 말을 경청하는 라이언이 보였다. 여태 다 같이 놀았나 보다.

하진은 그런 둘을 길 건너에서 바라보다 시선을 올리비아에게로 돌렸다.

올리비아는 함박웃음을 지으며 팔을 크게 휘젓고 있었는데, 하진은 또 그녀의 시선을 따라가니 저 앞에 서 있던 매트가 똑같이 팔을 마주 보고 흔들고 있었다.

순간 올리비아의 남자 친구가 매트인가 싶어서 물어보려는 찰나 하진의 코앞에서 올리비아가 달려 나갔다.

하진은 제 예상이 맞나 싶어 에블린에게 물었다.

"에블린? 매트랑 올리비아랑……."

"맞아. 올리 남친이야. 저거 봐."

에블린이 씨익 웃으며 턱끝으로 어딘가를 가리키자 매트의 목에 매달려 그에게 안겨 있는 올리비아의 등이 보였다. 매트는 길을 건너지 않고 올리비아를 안아 올려 빙그르르 돌았다.

주변 사람들이 힐끔거리며 쳐다봐도 둘은 개의치 않나 보다. 자연히 매트 옆에 서 있던 마이크도 그 자리에 있었는데, 에블린은 그런 그들을 지나쳐 가자며 하진의 손을 잡았다.

"지니. 올리비아는 매트에게 주고, 우리끼리 가자."

"그래도 돼? 말 안 하고 가도?"

"어차피 우리 가는 곳 아니까 알아서 오겠지. 그냥 가자. 쟤네 너무 시끄러워."

에블린이 꽤 날카롭게 반응하자 하진은 갸우뚱거렸지만, 그녀의 손을 잡고 대각선 보도로 자리를 피했다. 이리로 걸으면 데이비드 가게에서 다시 길을 건너야 하는데, 에블린이 평소와는 달라 보여 하진은 조용히 따랐다.

말없이 계속 걸어가는 에블린을 하진은 좀 더 기다려 주었다.

"지니. 미안해. 아까 내가 너무 좀…… 그랬지?"

에블린이 걸어가면서 시무룩한 표정을 지었다.

"아냐. 아, 아까 보니까 케이티랑 라이언도 있는 것 같던데."

"봤어. 냅둬. 근데 케이티를 알아?"

"응. 낮에 본관 앞에서 케이티랑 트윈들 만났었거든."

"언제? 나 만나기 전에?"

"응. 기억나? 케이틀린? 나 원서 쓰는 거 도와준 언니?"

"설마……."

갑자기 걸음을 멈춘 그녀 때문에 하진도 잠깐 멈추었다.

"맞아. 걔 언니더라. 그래서 잠깐 인사했었는데……. 오늘도 라이언이랑 같이 마주쳤어."

"헐. 걔네 언니 하버드였지 참!"

손을 마주치며 얼떨떨한 표정을 지었던 에블린이 다시 걷기 시작했다. 하진도 따라 걸으며 말했다.

"그래서 알게 됐어. 학기 초에 인사하더라고."

"으하하. 걔가 인사를? 먼저?"

"응. 그러던데?"

"진. 절대. 네버. 걔랑 어울리지 마. 진짜 별로거든."

"아, 그래?"

하진은 이런 에블린의 모습을 처음 보았지만, 개의치 않았다. 어차피 그녀는 학교 친구들에게 더 이상 관심이 없었다. 그냥 평범하게 학교 수업 받고 에블린이랑 놀거나. 요즘 취미로 들인 드라이빙을 하거나. 내년에 대학생이 되면 하고 싶은 것들을 알아보거나. 음악을 듣거나. 운동하거나 등등. 사실 그녀는 혼자 있으면 할 게 더 많았다. 이미 자신은 에블린과 —가끔 라이언과— 지내는 것이 더할 나위 없는 안정적인 라이프였다.

그레이엄과 앨리스도 하진이 대학교에 입학하면 독립하게 될 거라는 생각에 주말마다 추억을 만들자고 말했다. 그것만으로도 하진은 당장 새로운 친구를 만드는 데에 에너지를 쏟기가 부담스러웠다.

조용히 살다가 보스턴으로 가자. 이 생각뿐이다. 그리고 에블린이 이렇게까지 얘기해 주는데 뭐 하러 케이트와 친구가 되려 할까 싶었다.

"그러니까 크리스틴. 쟤 보면 그냥 저 멀리 시선을 두고 피해. 처음엔 살갑게 굴어도 자기 마음에 안 드는 거 나오면 발톱을 휘두르거든."

사악한 마녀를 흉내 내듯 두 손을 구부리면서 허공을 할퀴는 에블린을 바라보며 하진은 어깨를 들썩이며 웃었다.

"알았어. 어차피 친해질 생각 없어. 난 너밖에 없는걸?"

"으으으으으. 지니이이. 역시. 남친에 빠진 올리 따위 버리고 우리끼리 한 조각씩 빨리 먹어 치우자!"

말을 길게 늘이며 입술을 쭉 뽑아서 진하게 포옹해 오는 에블린에게 맞장구 쳐 주며 하진은 그녀를 감싸 안았다. 비록 날씨가 풀렸다지만, 에블린과의 포옹은 든든하면서도 따뜻했다.

그날 데이비드 가게에서 케이크와 핫초코까지 먹고 나서야 올리비아가 가게 앞으로 나타났다. 올리비아와 적당히 인사를 하고는 하진은 에블린과 함께 —같은 방향이었다— 집으로 향했다.

집으로 돌아온 하진은 방에서 카드를 모두 꺼내어 친구들의 이름과 칭찬 메시지를 하나씩 곱게 써 내려갔다. 단단한 그녀의 손에 잡힌 볼펜이 잉크를 흘리며, 그녀만의 필기체를 만들어 냈다. 하진은 부모님 것까지 모두 쓴 후에야 마지막으로 라이언에게 줄 카드를 열었다. 포장지를 뜯은 후, 하진은 짧은 글귀를 적었다.

「Dear Ryan」

우선 이름을 적고 나서 하진은 팔꿈치를 책상에 괴었다. 그녀의 버릇대로 볼펜을 입에 물었다. 펜 끝자락을 잘근잘근 씹으며 고민을 하던 그녀는 무언가를 빠르게 써 내려갔다.

「그날 도와줘서 고마워. 덕분에 새로운 취미가 생겼어. 해피 밸런타인데이!」

하진은 편지의 끝자락에 적당한 크기로 그녀의 이름인 '크리스틴'을 썼다. 편지를 살짝 들어서 곰곰이 처음부터 끝까지 틀린 철자가 없는지 확인하다가, 그녀의 이름 끝에 '하진'이라는 이름을 덧붙이는 것으로 카드를 마무리했다.

「From Christine - 하진」

6

며칠이 순식간에 지나간 빅토리아 스쿨은 주차장에서부터 시끌벅적한 소리가 났다. 차를 세우고 나온 하진은 오늘따라 좀 더 무게가 느껴지는 자신의 가방을 어깨에 메고는 본관을 향해 들어갔다.

본관까지 들어오는 도중에 하진은 아이들과 여러 번 부딪힐 뻔했다. 아이들의 얼굴에서 들뜬 표정이 연신 보였다. 여학생이 얼굴을 붉히며 다른 친구들과 함께 어느 남자아이에게 고백하는 장면도 저 멀리 보였고, 여기저기 눈치를 보더니 자동차에 자신의 편지를 꽂아 넣는 남학생도 보였다. 모두가 각자 자신의 미션들을 충실히 수행하는 모습이었다.

밸런타인데이답게 학생들은 오늘 학교 수업에는 전혀 관심이 없어 보였다. 하진도 가방을 고쳐 메고는 클래스에 도착해 친구들과 서로 거리낌 없이 카드를 주고받았다.

"오. 크리스틴. 고마워. 자! 여기!"

"응. 고마워."

"크리스틴! 여기! 내 것도!"

"맥스. 에밀리. 여기. 해피 밸런타인데이."

말갛게 미소를 지은 하진은 같은 클래스인 맥스와 에밀리, 올리비아 말고도 다른 친구들에게 모두 카드를 건네주었고 그만큼 다시 돌려받았다. 카드가 그녀의 손에서 사라졌다가 다시 다른 카드로 돌아오자 제법 기분이 좋았다. 마치 킨더가든 시절에나 하던 시장놀이를 하는 듯한 기분이 들었다. 종이로 만든 화폐를 가지고 서로 물건을 사고파는 그런 놀이 말이다.

하진은 기대하지 않았던 밸런타인데이에서 나름 재미를 느꼈다. 이 기분을 에블린과도 느끼고 싶었다. 클래스 친구들은 곧장 받았던 편지를 이리저리 뜯어보며 자리에서 읽기 시작했다. 하진도 자리에 앉아 친구들의 메시지를 모두 읽으려다가 그냥 조용히 가방에 넣었다. 이 기분을 나름 천천히 꺼내어 보고 싶었다. 혹시라도 카드를 빨리 읽으면, 이 몽글몽글한 기분이 금방 식어 버릴 것 같았다. 마치…… 녹아 버린 아이스크림처럼.

수업이 끝나고 아트 스쿨로 가기 위해 복도를 걸어가던 하진은 그녀에게 에블린 말고도 라이언의 카드가 한 장 더 있다는 걸 기억했다.

자연스레 라이언의 클래스 쪽으로 발을 바꿨다. 주로 지정된 클래스 근처에 캐비닛이 있으니, 라이언의 캐비닛도 그 어딘가에 있을 것이다. 라이언을 만나지 못하면 거기에다가 넣어 두고 하진은 아트 스쿨로 가면 되었다.

저 멀리 복도 끝 반으로 다가가자 오늘은 이전보다 더욱 화려하게 차려입은 블링키들이 보였다. 하진은 조금 빨랐던 걸음에 속도를 살짝 늦추었다.

"어? 크리스틴이네? 안녕? 여긴 어쩐 일이야?"

케이티였다. 오늘도 케이티는 자신의 몸매가 부각되게끔 옷을 차려입었다. 드레시하게 입어서 그런지 그녀의 가슴에 하진의 눈길이 어쩔 수 없이 가게 됐다. 케이티는 머리부터 발끝까지 명백하게 오늘의 컬러 코드를 분홍색으로 잡은 듯하다. 저래 봬도 모든 게 몇백 달러겠지?

높은 굽을 신어서 그런지 하진은 케이티를 약간 올려다보며 말했다. 무의식적으로 하진은 좀 더 그녀의 얼굴에 눈을 맞췄다.

"어…… 안녕? 케이티. 혹시 라이언 안에 있어?"

하진의 물음에 반색하던 케이티의 얼굴이 갑자기 딱딱히 굳어 버렸다. 그녀는 이내 떨떠름한 표정으로 곱게 립스틱을 바른 입술을 살짝 깨물더니, 팔짱을 끼고 있던 팔을 풀었다.

"아니? 없어. 내가 방금 클래스에서 나왔거든. 집에 갔을걸?"

"아, 벌써?"

"왜? 그럼 내가 거짓말하는 것 같아?"

표독스럽게 말하는 케이티에 하진은 머뭇거리다가 그냥 알겠다며 뒤를 돌았다. 케이티가 저렇게 유난스럽게 반응하니…… 하진은 그냥 라이언에게 카드를 따로 주든가 하자는 결론을 내렸다. 생각해 보니 이미 교실을 떠난 라이언의 캐비닛을 찾아서 카드를 넣는 것도 웃겼다.

'어차피 좀 지나서 줘도 상관없겠지.'

그런데 몇 발자국을 더 걸어가기 전에 하진의 팔이 잡혔다. 옆을 보니 케이티였다. 그녀의 얼굴이 점점 코앞으로 다가오자 하진은 고개를 좀 더 뒤로 내뺐다.

"크리스틴! 너……."

"응?"

고개를 돌려 묻는 하진의 표정을 보자 케이티는 자신이 너무 예민했나 싶었다. 입 밖으로 미안하다고 말을 하려다가 그녀의 정직한 얼굴이 눈에 들어왔다. 하진의 얼굴은 자신과 달리 맑고 고왔다. 케이티는 항상 아침부터 저녁까지 부지런을 떨어야 제법 피부가 봐 줄 만했는데 ─케이티의 기준이다─ 별 관리를 안 한 게 틀림은 없어 보이는 하진의 얼굴에서는 자신에게 없는 투명함이 보였다. 그리고 그녀의 검은 눈동자는 알고 보니 검은색이 아니라 짙은 밤색이었다. 가까이서 보니 더 매력적인 눈매에 케이티는 순간 하진의 얼굴을 멀거니 바라보았다.

속이 꼬이는 기분이다. 얘는 뭔데 이렇게 맑아? 화장도 안 하는데. 눈썹도 다듬었나? 입술에 뭐 바른 거야?

게다가 요즘 라이언이 하진을 만날 때마다 보이는 행동 때문에 케이티는 연신 경계를 하고 있었다. 그래서 혹여나 라이언과 함께 있을 때는 하진의 클래스가 있는 쪽을 피했다. 케이티는 자신이 하진의 클래스가 어디에 있는지, 그녀가 이 시간쯤에는 무엇을 하는지 알고 있다는 걸 깨닫자 이제는 하진이 불편해졌다. 케이티는 알고 있었다. 마음속 깊은 곳 어딘가에 빨간 불이 들어왔다는 것을.

"너…… 화장했어?"

엉뚱한 케이티의 물음에 하진은 되물었다.

"아니? 그건 왜?"

그녀의 대답에 케이티는 자신이 잡은 하진의 팔을 무정하게 놓았다. 꽤 아프게 팔을 놓은 케이티에게 하진은 뭐라 말을 잇지 못하고는 가만히 서 있었다.

"아. 아냐. 라이언한텐 너 왔었다고 얘기해 줄게."

"괜찮아. 고마워."

하진은 괜찮다고 말하며 케이티와 헤어졌다. 사실 하진은 몰랐다. 오히려 그녀의 마지막 말이 케이티의 마음에 더 불을 질렀다는 것을.

케이티는 하진의 말이 이렇게 들렸다.

'네가 굳이 전해 주지 않아도 돼. 나랑 라이언은.'

그녀는 복도에 등을 기대고는 조용히 읊조리며 말했다.

"아씨. 괜히 물어봤어."

하진은 본관을 빠져나와 에블린과 카드를 주고받았다. 그녀는 오늘 가족 모임이 있다고 했으니 하진은 오늘 오후에 무엇을 하면 좋을지 여러모로 고민해 보았다. 운전석에 앉아서 핸드폰을 열어 라이언에게 문자를 하려다가 하진은 그냥 핸드폰을 가방에 넣고는 시동을 켰다.

자연스럽게 시선이 라이언의 주차 구역으로 향했다. 텅 비어 있었다.

오늘 하진은 복도를 지나가는 아이들의 말소리에서 라이언의 이름을 쉽게 들을 수 있었다. 오늘따라 이렇게 많이 들었던 적이 단연코 없었던 것 같다. 밸런타인데이라 그런지 스쿨 셀러브리티인 라이언의 캐비닛은 오늘 말 그대로

'터졌다'고 들었다. 심지어 1학년 여자애들이 잔뜩 몰려와서 고백도 했다고 한다. 농담인지 진짜인지는 모르겠으나.

그렇게 만인의 연인으로서, 선물과 카드를 —심지어 고백까지— 한 아름 받는 그가 왜 자신한테 그런 얘기를 했는지. 하진은 핸들을 잡고 고개를 약간 저었다. 열 길 물속은 알아도 한 길 사람 속은 모른다는데 자신이 어떻게 알겠는가.

드라이브 모드로 기어를 바꾸며 하진은 차를 도로 위에 올렸다. 어차피 오늘 라이언을 못 볼 것 같은 느낌에 하진은 에블린이 자신에게 주었던 영화표를 확인했다. 지갑에서 표를 꺼내어 보고는 다운타운에 있는 영화관으로 핸들을 돌렸다.

지난번 에블린과 함께 지나가면서 본 영화관 건물 밖에는 2층까지 뒤덮은 커다란 포스터를 걸어 두었었다. 이번 주에 상영하는 영화는 전형적인 아메리칸 스타일의 액션 블록버스터였다. 다행히도 무서운 거는 쳐다도 못 보는 그녀에게 이번 영화는 혼자 시청을 해도 무리 없어 보였다.

하진은 신호에 걸려 차를 멈춰 세웠다. 다운타운에 거의 다다르니 제법 많은 인파가 몰려서 약간 긴장이 됐다. 핸들을 쥔 손바닥이 조금 떨리더니 송골송골 땀이 나기 시작했다. 그녀는 최대한 호흡을 가다듬고 조심스럽게 커브를 돌아가자 또 다른 신호에 막혀 버렸다.

똑. 똑. 똑.

브레이크를 밟고 대기하던 하진은 자신의 조수석 창문을 두드리는 갑작스러운 소리에 화들짝 놀라 등을 떼며 차창 밖을 바라보았다.

똑. 똑. 똑.

손을 가볍게 쥐고는 고개를 숙이며 자신을 바라보는 라이언의 숨이 차는 얼굴이 보여 그녀의 조그맣고 하얀 얼굴에 당황한 기색이 일었다. 여기서 그를 만나리라고는 생각도 못 했다. 하진은 서둘러 버튼을 꾸욱 누르고는 창문을 내려서 라이언을 불렀다.

"라이언?"

"크리스틴! 문 열어!"

차가 서 있는 곳은 차도였기에 혹시라도 그가 다칠까 봐 하진은 얼른 문을 열었다. 달각거리는 소리가 들리자마자 문을 열고 들어온 라이언은 가볍게 숨을 내뱉더니 털썩 소리를 내며 조수석에 앉았다.

"하아."

"지나가고 있었던 거야? 차는?"

"아. 타이어 펑크 나서 정비소에 맡기고 오는 길이야. 여기서 널 만날 줄이야. 하아."

타이어 펑크 때문에 학교에서 라이언이 안 보였다는 걸 이제야 깨달은 하진은 옆자리에 앉은 그를 훑어보았다. 그의 숨이 아직 돌아오지 않는지, 숨통이 크게 들쑥날쑥했다.

그녀의 차는 승용차이기 때문에 ─그녀가 몰기에 딱 좋은 사이즈라며 그레이엄이 선물로 사 준 차였다─ 안 그래도 큰 키에 다리도 독보적으로 긴 라이언에게는 조수석의 자리가 턱없이 부족해 보였다. 마치 앨리스가 토끼를 따라가다가 과자를 먹고 몸집이 커지자 방에 꽉 들어차 버린, 그런 모양이다.

오늘따라 라이언은 이미 그녀보다는 한참이나 나이가 더 많은 것처럼 성숙해 보였다. 지난번 운전 연습 때도 느꼈지만, 라이언은 빅토리아 스쿨에 있는 요즈음 남학생들처럼 어리숙해 보이지 않았다. 점점 단단해져 가는 그가 보였다.

오늘도 그는 단정하게 짙은 초록색 캐시미어 니트와 아우터에 검은색 바지를 받쳐 입었다. 이렇게 입고 아까 그 많은 카드와 고백을 받았을까 싶었다. 사이드 미러를 보면서 머리를 털며 정리하던 그는 갑자기 정면을 바라보더니 하진에게 말을 던졌다.

"크리스틴? 뭐 해. 출발해야지."

"아! 어어……"

신호가 바뀌었나 보다. 순간 라이언을 보느라 ─관찰하느라─ 신호도 못 본 자신을 깨달고는 당황한 하진이 일단 천천히 속도를 올리며 라이언에게 말했다. 아직 그녀는 초보기 때문에 이쪽저쪽을 살피며 운전하느라, 고개를 돌리면서까지 말하는 재주가 없었다.

"그럼 집에 데려다줘?"

"넌 어디 가는데? 아까 전화도 안 받던데."

"그래? 일단은 차 세울까?"

깜빡이를 켜며 잠시 길가에 차를 세우려는 하진을 보고는 라이언이 그냥 계속 가라며 손으로 창을 가리켰다. 그의 말을 들어줄 수밖에 없는 것이 사실 그녀는 이렇게 많은 차량을 뚫고 차선을 바꿔 본 적이 없었다.

그녀는 작은 앓는 소리를 내더니 어쩔 수 없이 깜빡이를 끄고는, 직진하며 라이언을 살짝 쳐다봤다.

"으으. 아니. 미안. 내가 운전 중이라 핸드폰을 가방에 넣어 놓고 못 봤어. 무슨 일이었어?"

"데리러 와 달라고 하려 했는데 여기서 딱 만났으니 뭐, 봐줄게."

"파핫. 뭐야."

앞머리를 쓸어 올리며 라이언이 마치 대단히 자기가 봐주는 줄 알라는 거만한 말투를 지어내며 말하자 하진은 웃음을 터트렸다. 차가 좁아서 그런지 그가 풀썩일 때마다 차 안은 그의 향기로 가득 차기 시작했다.

라이언은 조그만 턱을 떨며 웃는 하진을 바라보았다. 그녀는 가끔 굉장히 털털하게 웃을 때가 있었다. 그럴 때마다 살짝 보이는 그녀의 가지런한 송곳니가 굉장히 매력적이었다.

"그나저나. 왜 나한테는 카드 안 줘? 밥으로 사려고?"

하진은 다시 시선을 돌리지 못해서 그의 발치에 구겨져 있을 것 같은 가방의 존재를 알려 주었다. 아마 저 어디쯤 그의 발밑에 반쯤 구겨져 있겠다 싶었다.

"네 발밑 봐 봐. 내 가방에 있어. 아까 너 찾으러 갔는데 이미 나갔다고 해서 그냥 나왔어."

"오호."

그는 가방을 뒤적이더니 카드 무리들 속에서 자신의 이름을 찾은 듯했다.

"여기서 읽어 봐도 되겠어?"

라이언은 의자가 불편했는지 다리를 들썩이며 다시 제대로 자리를 잡았다. 그러고는 카드를 팔랑팔랑하며 그녀의 옆얼굴에 바람을 일으키는 장난을 쳤다.

"응? 응?"

"나 지금 네 쪽 못 봐."

하진은 핸들에서 잠시 손을 떼서 카드를 쳐 내려 하다가 휘청거리는 차체에 놀라 다시 두 손을 꽉 쥐었다. 그걸 본 라이언은 물고기를 잡은 듯한 낚싯대가 휘어지듯 그의 입술도 시원하게 휘어 올렸다.

"안 될 게 뭐 있어."

"네가 고백이라도 써 놨는데 앞에서 너무 대놓고 읽으면 떨리지 않겠어?"

"……."

하진은 왕자병 말기 수준을 선보이는 라이언의 말투에 어이없다는 듯이 웃었다. 그러고는 제법 진지한 얼굴을 만들어 냈다. 그가 정말 걱정이 되는 것처럼. 그건 또 그거대로 라이언에게 이뻐 보였다.

"라이언. 너 심각해. 진짜. 알지?"

그가 유유히 긴 손가락으로 봉투에 붙은 스티커를 떼고는 카드를 펼치자 바람에 종이가 사락거리는 소리가 들렸다. 하진의 말은 못 들은 척하며 라이언은 목소리를 가다듬곤 말했다.

"디어 라이언! 오. 글씨 좀 이쁘네?"

라이언은 마치 하진에게 들으라는 듯이 크게 읽었다.

"……."

하진은 운전에 집중하느라 맞장구를 치지 못했다. 그런 그녀를 바라보며 라이언은 그녀의 수려한 필기체로 정갈하게 딱 몇 문장만 쓰인 카드를 읽고 또 읽었다. 엄청 짧았다. 오늘 그가 받은 편지들은 하나같이 제법 두툼했는데 ―읽어 보지도 않았다. 아마 정비소에 맡긴 자동차 트렁크에 처박혀 있겠지― 고작 한 줄뿐인 하진의 카드는 라이언의 마음과는 다르게 아주 가벼웠다.

이 카드 하나 받아 보려고 라이언은 하진을 주차장에서 기다리고 있었던 찰나에 타이어가 펑크가 난 것을 깨닫고는 급히 정비사를 불렀다. 보험사에 전화해 차만 넘겨주면 될 줄 알았는데, 사무실까지 같이 가야 해서 어쩔 수 없이 자리를 떠났었다.

사무실을 나오기 전에 하진에게 전화를 걸었지만 보이스 메일로 계속 넘어가자, 라이언은 올해 밸런타인데이는 망했다는 생각을 했다.

'제길! 꼭 이럴 때!'

꽤 시간이 길어져서 초조해진 마음에 횡단보도를 뛰다시피 건너던 중 신호에 걸려 있는 차 속에서 익숙한 얼굴이 보였다. 이내 라이언의 눈이 운전석에 앉은 하진을 인식하자 심장이 두근거렸다. 간절히 원하면 누군가 이루어 준다는 게 이런 것인가 싶었다.

급하게 차에 올라탄 라이언은 하진이 자신에게 카드를 썼다고 생각하자 바닥까지 내려갔던 기분이 날아올랐다. 손으로 카드의 마지막 부분을 만지던 라이언이 물었다.

"이거 마지막에 쓴 글자. 한국말이야? 하진?"

"아. 응. 맞아."

"클래스 애들한테도 다 써 줬어?"

"걔네들은 내 이름이 뭔지도 모를걸?"

"흐음. 이쁘네? 한국말 신기하게 생겼다."

"······그래?"

"카드 접수."

콧소리를 내던 라이언은 카드를 봉투에 넣더니 자신의 바지 뒷주머니에 집어넣었다.

"일단, 라이언. 집으로 데려다줘? 약속 있는 거 아니야?"

"내가?"

"그럼? 어디에 내려 주면 되는데? 빨리 말해. 나 차선 바꿀 타이밍 계속 놓치고 있단 말야."

하진은 사이드 미러를 확인하려고 고개를 숙였다. 고운 이마에 미간이 살짝 모이더니 이제는 고개를 젖히고는 눈을 찡그리며 백미러로 뒤편을 살폈다. 저렇게 운전하다가는 내일 틀림없이 몸살이 올 것이다. 라이언은 도리어 하진에게 다시 물었다.

"그러는 넌 왜 다운타운으로 왔어? 오늘 에블린네 여행 가던데."

"영화관 가는 길이야. 이번에 나온 영화 보려고. 아, 라이언 빨리 말해."

"그럼 나도 같이 보지 뭐."

"너도?"

사거리를 지나자 양쪽에서 물밀듯이 들어오는 차들로 인하여 이제 도로는 더 나아갈 수 없는 지경에 이르렀다. 앞뒤로 꽉 막히자, 어차피 계속 차선을 이동 못 해서 돌고 돌던 하진은 드디어 라이언에게 눈을 맞추며 그의 얼굴을 제대로 마주했다.

"너 지난번에 봤잖아. 이거 이번 주까지 같은 영화야."

"내가? 영화 안 봤는데? 누가 그래?"

"그때 애들이랑 다 같이 보러 갔던 거 아니었어?"

라이언은 눈썹을 모아서 생각하더니, 이제야 기억났다는 듯이 고개를 끄덕였다. 지난번에 하진이랑 얘기하고 나서 친구들에게 돌아간 자신을 보고 착각한 듯했다.

"아니야. 그때 걔네랑은 영화 다 끝나고 만난 거라. 그럼 됐지? 가자."

"내가 약속 있는 거면 어쩌려고?"

"있었다면 이미 얘기했겠지."

라이언은 결정된 것처럼 턱짓으로 방향을 가리켰다. 하진은 이제는 차를 돌릴 수가 없어서 일단은 영화관으로 향했다.

영화관의 주차장으로 들어가는 입구가 너무 좁아서 그녀가 애를 먹자 라이언은 창문을 내리고는 고개를 밖으로 꺼내어 자리를 살펴 줬다. 역시 운전할 때 옆에 누군가 타고 있으니 마음이 든든했다.

"크리스틴. 여기 아직 자리 많아. 좀 더 핸들 돌려."

"이 정도?"

"어. 됐어. Good Job! 역시. 누가 가르쳤는지."

하진은 차를 주차하고는 문을 닫고 갑작스레 동행이 된 라이언과 영화관에 들어갔다. 정신을 차려 보니 혼자가 아닌 둘이 된 상태라 그녀는 오늘이 밸런타인데이라는 걸 잠시 또 잊었다. 귀여운 핑크색 하트 모양의 작은 풍선이 뿔처럼 덜렁거리는 머리띠를 쓰고 있는 직원에게 다가서는 하진과 라이언은 가장 이른 시간의 영화를 예매해 달라고 말했다.

"어? 블루진 모델 아니세요?"

"아……. 아닌데요."

들떠 있는 그녀에게는 참으로 매정하게 느껴지는 답이었다.

"비슷……하신 것 같은데……?"

예매 표는 끊어 주지도 않고 계속 라이언의 얼굴을 힐끔힐끔 바라보던 그녀는 자신이 팬인 모델이 있는데 너무 똑같이 생겨서 실수했다며 멋쩍게 웃었다. 우연히 팬을 만난 라이언은 당당히 자신이 아니라고 밝히고는 대수롭지 않은 듯 고개를 살짝 끄덕이며 매표소를 나와 버렸다.

하진은 자신의 팬한테 쌀쌀맞게 구는 그가 의아했다.

"네 팬인 거 맞는 것 같은데 왜 그래?"

"귀찮아. 커머셜에 많이 안 내보낸 거로 아는데, 블루진 이후로 이런 일 많이 생겨서."

"그래도 기분 좋지 않아?"

"넌 모르는 사람이 손 붙잡고 길가에 세우면 좋아?"

시니컬하게 말하는 그의 예시에 하진은 정색하며 자신도 싫다고 말했다.

"어우. 그건 나도 별로다……."

피식 웃으며 라이언은 매점 앞에 있는 벤치에 하진을 앉히더니 기다리라는 말을 하고는 자리를 잠시 비웠다. 영화관은 쇼핑몰 안에 있었기 때문에 인파로 순식간에 뒤덮였다. 사람들이 일사불란하게 여기저기 지나가니 관찰하는 재미가 있었다. 가족들끼리 온 사람도 많았고 특히나 친구들이나 연인들이 많이 보였다.

오늘 그레이엄과 앨리스는 따로 저녁을 먹으러 나간다고 말했었다. 매년 밸런타인데이는 부부의 날이라고 정했던 부모님은 아침부터 하진에게 일일이 저녁은 어떤 걸 먹고 문단속을 잘하라는 등 잔소리를 하고는 집을 나섰었다. 어디선가 부모님이 와인을 곁들여 디너를 하고 있겠다는 생각에 하진은 미소를 지으며 고개를 숙였다.

라이언을 기다리는 동안 하진은 핸드폰을 들어서 지원한 대학교들의 합격 통지가 언제쯤일지 검색을 해 보았다. 특별하지 않다면 예년과 같이 3월이나 4월에 도착할 터였다.

하진은 인터넷으로 여기저기 검색하던 중 자신의 옆자리를 채우는 라이언을 바라보았다. 차에다가 아우터를 두고 내린 그는 날렵하고 탄탄한 맵시를 보이고 있었다. 그의 몸은 자신이 손으로 툭 치면 오히려 제 손이 아플 것같이 단단해 보였다. 그런 그의 두 팔에는 무언가 달려 있었다.

"진. 여기."

따뜻하게 데워진 캐러멜팝콘이었다. 나머지 손으로는 콜라를 쥔 라이언이 팝콘 상자를 들어서 하진에게 건넸다.

"어? 어. 내가 살걸."

하진은 어차피 밥 대신 카드로 때운 것도 좀 그래서 팝콘이라도 살까 생각했었는데 라이언이 더 빨랐다.

"됐어. 몇 시야? 들어가야 하지 않나?"

"10분 전이네."

"들어가자."

영화관에 입장하자마자 어두워진 시야 탓에 하진은 벽을 손가락으로 훑으며 조심스럽게 걸어갔다. 라이언은 그 옆에 서서 하진에게 물었다.

"어디 앉을래? 중간? 끝?"

"아, 나는 맨 끝 중간이 좋던데……. 사람 있나? 보여?"

빅토리아의 영화관은 좌석제가 아닌 선착순이라 그냥 앉고 싶은 데에 앉으면 되었다. 그래서 가끔 유명한 영화들은 좋은 자리를 차지하기 위해 몇 시간 전부터 대기하는 사람들도 많았다. 특히나 '스타워즈'나 '해리포터' 같은 마니아층이 탄탄한 영화들은 코스튬까지 챙겨서 입고 오는 관객들로 진풍경이 벌어졌는데, 그게 또 영화 보러 가는 재미이기도 했다.

이미 자리를 확인한 라이언은 중간은 없고 끝 쪽은 비었다며 그리로 먼저 훌쩍 가 버렸다. 사람들이 너도나도 자리를 잡기 위해 빠르게 계단을 오르고 있어서 그녀는 라이언의 등만 보고 따라갔다. 끝줄에 다다르니, 이미 앉아서 자리를 맡고 있던 라이언은 하진이 다가오자 일어서서 자리를 비켜 주었다.

자리에 앉아서 나란히 라이언과 상영관을 보자 하진은 요즘 에블린과 셋이 만나는 거 외에 라이언과도 꽤 자주 둘이서 만나고 있다는 생각을 했다.

하진은 팝콘을 하나씩 입속에 집어넣으며 영화 시작 전에 상영하는 광고를 유심히 바라보았다. 라이언도 옆에서 하진이 품에 안고 있는 팝콘에 손을 넣고는 한 움큼 집어 입에 넣었다. 라이언은 자신의 턱을 사정없이 움직이며 아그작거리는 소리를 냈다. 그러고는 너무 달다며 손을 털고는, 콜라를 벌컥벌컥 들이켜며 입가심을 했다.

"진. 이거 줄거리 알아?"

"아……니? 그냥 히어로물인 것만 알아."

하진은 귓바퀴 끝자락에 그의 따뜻한 입김과 차가운 공기가 섞여서 느껴지자 목을 움찔거렸다. 영화관 좌석도 그에게는 작은지 그의 어깨가 그녀에게 가까이 붙어 있었다. 어깨에서부터 느껴지는 라이언의 체온에 그녀는 점점 몸이 굳어 갔다. 마치 술래잡기를 하다가 술래한테 드디어 들킨 기분이었다. 갑자기 서늘한 느낌이 목뒤에서 덮쳐 오는 것 같았다.

조용히 그녀는 그의 한쪽 팔과 떨어지기 위해 등을 좌석에서 일으켰다. 살짝 다른 좌석 쪽으로 어깨를 비스듬하게 기울이려고 했을 때, 마침 자신의 옆 좌석에 앉는 남자로 인해 가로막혔다.

그녀는 답답한 마음에 그냥 그를 조용히 속삭이며 불렀다.

"라이언……."

라이언은 그녀가 부르자 고개를 좀 내렸다. 그러자 하진은 코끝에 그와 자신의 향수가 섞이고 있다는 게 느껴졌다. 두 가지 향기가 서로 섞이더니 그녀의 허벅지 위에서 똬리를 트는 기분이다.

라이언은 하진이 말하기를 기다렸으나, 그녀는 입을 오물거리기만 할 뿐 말을 하지 않았다. 그러다 하진과 라이언은 다시 화면을 바라보았다. 상영관이 조명을 하나씩 끄더니 사위가 어두워졌다. 영화가 시작되었다.

하진은 더 어찌할 바를 몰라서 팝콘을 한 움큼 집어 입에 넣었다. 그녀의 입 안에서 와그작거리는 소리가 났다.

이후 긴장하던 게 무색하게 생각보다 굉장히 재밌던 영화 덕분에 하진은 라이언과 꽤 자주 한쪽 팔과 어깨가 스치는 것도 개의치 않고 폭소를 터트리며 웃었다. 영화에는 과장되게 그려지는 코믹스러운 부분이 녹아 있어서 상영관에 앉아 있는 모든 사람들이 일제히 웃음을 터뜨렸고, 누군가 자리에서 일어나 손뼉까지 치자 다시 한번 폭소가 쏟아졌다.

"하하하."

"저 사람 진짜 웃기다. 그치? 아까 서서 손뼉 치던 사람 아냐?"

하진은 라이언에게 몸을 기울이며 말했다. 저 멀리 있는 관객은 주인공이 아슬하게 빗나가거나 범인을 놓치는 장면이 나올 때마다 큰 소리로 외쳤는데, 그게 나름 영화와 잘 맞물려 재미가 있었다. 다른 영화 같았으면 굉장히 민폐거나 욕을 한 바가지 먹었을 것 같은데, 이번 영화는 가벼운 히어로물인 데다가 재미있어서 관객들도 서로서로 제집인 것처럼 편하게 보기 시작했다.

"풋. 그러네. 또 그럴걸? 봐 봐."

라이언은 하진이 경계 없이 자신에게 다가오자 두근거리는 심장을 부여잡느라 영화가 눈에 들어오지도 않았다. 그저 그녀가 웃으면 자신도 자연히 따라 웃게 되어 버렸다. 한쪽 팔을 빼서 그녀의 어깨를 잡고 싶어 손가락이 근질거렸다. 그의 속도 모르고 함박웃음을 지으며 영화를 즐기는 그녀가 한편으로는 야속했다.

"하하하."

이제는 영화보다는 상영관에 있던 관객에게 시선이 갔다. 하진은 너무 웃긴 나머지 자신의 무릎을 치면서 허리까지 숙이며 웃었다.

라이언도 하진의 옆에서 배가 아리도록 웃었다. 그러다가 그는 하진의 윤기 나는 머리카락이 자신의 어깨로 쏟아져 내리자 무의식적으로 손을 들어 만져 보려 했다. 하지만 그녀가 다시 허리를 올려 버리는 바람에 바로 손을 내렸다.

하진은 이제는 눈물까지 흘리며 귀 쪽에 가지런히 위치한 눈꼬리를 닦아 내며 웃었다.

"와…… 나 너무 웃었어. 볼이 엄청 아파. 내일 배도 아플 것 같아. 이렇게 재밌는 영화인지 몰랐는데. 넌? 안 재밌었어?"

"나도 지금 배가 너무 아파. 아까 봤어? 그 사람 창피했는지 먼저 튀어 나가던데?"

"하하하. 맞아, 맞아. 그 사람 진짜 너무 웃기더라."

하진은 천천히 객석을 빠져나와 라이언와 함께 주차장으로 향했다. 그녀는 가방을 열어 뒤적이더니 차 키를 빼서 삐빅 소리가 날 정도로 버튼을 눌렀다.

자연스레 운전석으로 가려던 그녀의 손을 라이언이 휙 올려치더니 위로 던져지는 차 키를 공중에서 잡아채고는 먼저 운전석으로 쏙 들어갔다.

"라이언!"

갑작스레 놀라서 라이언의 이름을 크게 부른 그녀는 목소리가 주차장에 쩌렁쩌렁하게 다시 메아리치며 돌아오자, 얼굴이 붉어졌다. 주변에 있던 사람들이 죄다 그녀를 쳐다보자 어쩔 수 없이 발을 빨리 움직이며 조수석의 문을 열었다. 어차피 차 문을 열고 내려오라고 해도 저 태도를 보아하니 자신을 밀어 버리고는 문을 닫을 그였다.

자리에 앉아 문을 닫은 하진은 시동을 켜고는 자신의 옷을 뒷좌석에 두느라 고개를 돌리고 있는 라이언을 보았다. 차가 좁아서 그런지 운전석과 조수석 사이에 몸을 집어넣고 있던 그의 가슴과 쇄골이 하진의 얼굴에 점점 가까이 다가 왔다.

익숙한 짙은 우드와 머스크가 섞인 향기에 하진은 의식적으로 고개를 돌려서는 안전벨트를 찾아 자신의 뛰는 심장을 조용히 벨트와 함께 매었다. 사실 조금 전 영화가 거의 결말을 향해 가자 하진은 라이언과 몸이 맞닿아 있는 부분이 느껴져서 어색함을 이루 말할 수가 없었다. 어떻게든 팔을 떼어 내면 라이언은 하진이 영화에 집중하고 있는 새에 다시 붙어 있었다. 라이언이 다가오는 건지 자신이 다가가는 건지 모를 정도로 너무 가까이 있었던 탓이라 여기며 그녀는 천천히 벨트를 딸각 소리가 날 정도로 잠갔다.

"배 안 고파?"

"배고파? 팝콘 먹었잖아."

시동을 켜던 라이언은 어이가 없다는 듯이 하진을 쳐다보며 말했다.

"넌 안 고파? 그게 밥이야?"

"그럼…… 뭐라도 간단히 먹을래?"

"당연한 소릴."

차에 시동을 켜고는 주차장을 빠져나오자 어두워진 빅토리아가 보였다. 이제는 가로등이 하나씩 켜지기 시작하고 도로에는 보랏빛 노을이 하늘을 물들이고 있었다. 노을을 보자 괜스레 기분이 좋아진 하진은 창밖으로 지나가는 풍경을 즐겼다.

라이언은 자신의 키에 사이드 미러와 백미러를 다시 맞추고는 하진에게 물었다.

"뭐 먹고 싶은 거 있어?"

"아니? 딱히…… 없어. 너 먹고 싶은 데로 가자."

"그래? 자주 가는 데도 없어?"

라이언의 말에 하진은 시선을 약간 위로 두며 생각을 했지만, 자주 가는 곳은 데이비드의 케이크 숍 외에는 딱히 없었다. 하지만 밥을 먹자던 라이언에게 케이크 숍은 무리일 테니, 결론은 '없다'였다.

"없어. 평소엔 그냥 지나가다가 괜찮아 보이는 데 가는 거지 뭐."

"그래? 그러면 아무 데나 간다?"

입술을 힘없이 터뜨리며 싱겁게 웃은 라이언은 그녀의 답은 별로 중요하지 않은지 갑자기 차를 돌렸다.

차가 급커브를 하고는 반대편으로 돌아가자 하진이 라이언에게 어딜 가는지 물었다.

"어딘데?"

"가 보면 알아."

"오래 걸려?"

"한…… 30분? 왜? 일찍 가야 해?"

"아니. 아까 친구들한테 받은 카드 좀 읽어 보려고. 못 읽었거든."

하진은 고개를 숙여 조수석 밑에 놓인 가방을 다리 위에 올렸다. 제법 묵직한 카드를 보자 라이언은 입술을 오므리고는 장난스레 휘파람을 리듬감 있게 불었다.

"와우. 그만큼이나 받았어?"

"왜 이래. 네 캐비닛은 터졌다며?"

무덤덤하게 말하는 하진의 말이 웃겼던 라이언은 바람 빠지는 소리를 내며 입꼬리를 올렸다가 내렸다.

"누가 그래?"

"애들이?"

"하. 너는 죄다 내 얘기를 애들한테 듣는구나? 나한테 그냥 물어볼래?"

라이언은 괜스레 하진에게 투정을 부리며 말했다.

"네 이름은 그냥 매일매일 들려. 듣고 싶지 않아도. 애들이 말하는걸? 귀를 막아, 그럼?"

하진은 한 장 한 장 카드를 열었다가 읽고는 다시 접어 봉투에 넣는 것을 반복했다. 큰 기대는 안 했지만 나름 자신에게 도움을 받아 고마웠다거나, ─숙제를 도와주는─ 더 친해지고 싶다거나, 짧은 문장이라도 서로 칭찬하는 메시지만 담은 카드를 바라보니 하진은 기분이 좋아졌다. 역시, 아까 그 자리에서 다 안 읽어 보길 잘했다 싶었다.

그다음 카드는 에밀리와 올리비아의 카드였다. 표지에서부터 하트를 잔뜩 덧그린 종이를 보자 하진은 입을 벌려 은근히 웃었다.

"풋."

유쾌한 올리비아는 글에서도 유쾌한 생명력을 뿜어내는 재주가 있나 보다. 에블린과 더 재밌게 놀자거나 서부에서 만나자거나, 자신을 에블린 다음으로 ―세컨드로― 두어도 크리스틴을 언제나 환영한다는 글이었다. 친하게 지내자는 말을 올리비아답게 적어 주었다.

"왜? 누가 쓴 건데 그렇게 웃어?"

"아…… . 올리비아라고 알아?"

"아하. 어. 알지. 매트 와이프."

"하하하. 아 생각해 보니 알겠구나. 응. 너무 웃겨, 재밌어."

"뭐래?"

라이언은 한쪽 팔을 창문에 올리고는 머리를 옆으로 괴며, 여유롭게 운전을 하고 있었다. 자신의 차를 쉽게 주무르며 운전하는 그를 보자 하진은 기분이 좀 이상했다. 마치 너무 자연스러워 보였다. 그런 라이언을 아무 말 않고 바라보다가 하진은 가볍게 압축해서 올리비아의 편지를 읽어 줬다.

"자길 세컨드 삼아도 좋으니 친하게 지내재."

"풋. 매트랑 천생연분이다. 역시…… 매트 여자 친구답네."

목울대를 울렁이며 시원하게 웃음을 털어 내는 라이언은 노을빛과 맞물려서 청춘 영화의 한 장면 같았다. 하진은 새삼 라이언이 참 잘생겼다 싶었다. 원래도 알고는 있었지만…… . 지금 이 장면은 누구라도 와서 사진 한 장 찍어서 남겨 주면 좋겠다고 생각했다.

잠깐 스쳐 지나간 생각을 떨치며 하진은 고개를 다시 가방에 고정하고는 올리비아의 카드 뒤에 있던 맥스의 카드를 열었다.

맥스는 카드의 한 바닥을 꽉 채울 정도로 길게 써 주었다. 하진은 고개를 카드의 위에서부터 아래까지 조금씩 내려가며 읽었는데, 그 고개가 점점 내려가면서 끝자락에 닿자 표정을 잃어버렸다.

갑작스러운 맥스의 고백이 담긴 편지에 하진은 라이언이 혹여나 볼세라 —이런 편지를 누군가에게 보여 주는 것도 실례였다— 빠르게 뒤로 넘기려는 찰나에 자신의 손에서 빠져나가는 카드 봉투를 보았다.

라이언은 열심히 미소를 지으며 신나게 카드를 읽던 하진이 미소를 잃고 제법 진지해지자 머릿속에 촉이 왔다. 밸런타인데이에 어떤 눈치 없는 놈이 자신보다 먼저 선수를 쳤나 싶었다.

"야! 이리 줘!"

"누군데 그래?"

신호에 걸린 차를 세워서 봉투에 적힌 이름이 맥스란 걸 확인한 라이언의 표정은 야차보다 더 무섭게 굳어졌다. 두 눈에서 불꽃이 튀는 듯했다.

"라이언!"

퍽—

라이언의 어깨를 한 대 친 하진은 팔을 뻗어 맥스의 카드를 뺏어 보려 했지만, 라이언은 아주 가뿐하게 그녀의 팔을 잡아서 내리고는 나머지 손으로 봉투를 뜯어 읽었다.

"야! 읽지 마! 내 카드야!"

"……"

꽤 오랜만에 본 그의 화난 듯한 표정에 하진은 잠깐 말을 멈췄지만, 그렇다고 라이언이 저 편지를 읽는 건 하진의 양심상 참을 수 없었다. 그냥 평범한 카드면 모르겠지만, 저 내용을 읽게 하는 건 아니었다.

"이리…… 줘! 그만 봐!"

그에게 잡힌 손을 강하게 위아래로 뒤틀어 풀어 버렸다. 그러고는 잽싸게 벨트를 풀고, 자리에서 벌떡 일어나 라이언의 손에서 카드를 낚아채고는 다시 자리에 털썩 앉았다.

"……"

라이언은 말없이 입을 불만스레 굳히고는 핸들을 잡아 차를 빠르게 몰았다. 하진은 갑자기 속력이 너무 올라가자 라이언을 재차 불렀다.

"라이언! 여기 인도 근처야! 좀 천천히 가!"

그녀의 말이 끝나기가 무색하게 라이언은 공원 앞에 있는 주차장에 차를 급하게 세우고는 운전석을 박차며 뛰쳐나갔다. 자신의 머리를 쥐어뜯으며 걸어가는 라이언의 뒷모습을 바라보자 하진은 너무 어이가 없어서 헛웃음이 나왔다.

'헛. 참 나.'

하진은 대책 없이 화를 내는 라이언이 너무 황당해서 말을 잇지 못하다가 한숨을 크게 내쉬었다. 그녀도 자신의 속에서 주체할 수 없는 화가 깨어나는 걸 느꼈다. 대체 저 태도는 무언지. 왜 그가 화를 내는 건지 도통 이해할 수가 없었다. 제대로 설명을 하지 않고 멋대로 구는 그의 모습에 하진은 크게 실망감을 느꼈다.

그녀도 라이언과 마찬가지로 가방을 챙겨서 조수석을 박차고 나와 차 문을 크게 닫고는 라이언과 반대 방향으로 걸어갔다. 자동차야 라이언이 차 키를 가지고 있으니 집으로 몰고 가든 가져다 놓든, 지금 그녀의 머릿속은 이따위 것을 생각할 냉정이 없었다.

날이 그나마 풀려서 다행이었다. 열이 오른 그녀의 이마를 바람이 식혀 주자, 하진은 연신 바람에 날리는 머리카락을 손으로 쓰다듬으며 자신을 다독였다. 부글거리는 화가 주체할 수 없이 자신의 몸에서 날뛰는 게 느껴졌다.

어느새 다운타운에 도착한 하진은 어차피 차도 없으니 데이비드 케이크 가게에 들러서 티라미수를 혼자 두 조각이나 해치워 먹었다. 먹는 동안 하진은 라이언의 생각을 일체 지워 버렸다. 조금이라도 떠올렸다가는 가슴속 어두운 곳에서 무언가 고개를 불쑥 들이미는 기분이 들었다. 그러면서 한편으로는 마음이 무거웠다. 사실은 일이 이렇게 되어 버려서 어떻게 이 된통 꼬인 실타래를 풀어야 하는지 시작조차 하기 무서웠다.

7

하진은 다시 가방을 메고 두 다리를 빠르게 움직이며 집으로 돌아왔다. 오늘은 그레이엄과 앨리스가 늦을 예정이니 집에서 담요나 두르며 실컷 좋아하는 드라마나 몰아 보아야겠다고 생각하며 머릿속으로 드라마를 골랐다.

집 앞마당이 아직 텅 비어 있는 것을 보자 —어쩔 수 없이 집 주변에 세워진 차를 살펴보게 됐다— 하진은 작은 입술에서 바람을 '후' 하고 불어 내며 눈썹을 들썩였다. 혹여나 라이언이 그새 집에 와서 기다리고 있었으면 아마 마음에도 없는 소리가 튀어나왔겠지 싶었다. 심지어 이런 상황까지 예측해 그는 기민하게 타이밍을 보고 있을 수도 있다.

라이언은 그녀의 경계선을 잘 알고 있어서 간혹 그게 편했지만, 오늘만은 사양하고 싶었다.

"후우⋯⋯."

탁 소리를 내며 집 안 현관문을 닫고는 차례차례 방을 돌아다니며 1층의 모든 불을 밝혔다. 마지막으로는 주방에 들어와 가방을 놓고는 핸드폰을 찾아서 손에 쥐었다. 컵에 물을 따라서 자신의 방으로 올라가며 시간을 살피니, 이제 오후 8시 정도였다. 계단 옆에 길게 내어진 통창에 시선을 던지니 집 주변이 이미 어두워졌다. 그녀는 방으로 들어가 옷을 갈아입고는 가벼운 트레이닝 바지에 셔츠 한 장만을 입은 채, 가볍게 뛰듯이 계단을 다시 내려왔다.

에블린이 남긴 여러 메시지를 하나씩 넘기면서 빠르게 답장을 보낸 하진은 거실 소파에 털썩 앉아 텔레비전을 틀었다. 텔레비전이 환한 빛과 영상들을 뿜어내자, 집 안이 환하게 채워지는 느낌이 들었다. 이 넓은 집에 혼자밖에 없다는 생각에 살짝 무서워지자 그녀는 사운드 바의 전원을 켜고는 지난번에 다 끝내지 못한 드라마를 크게 틀었다.

텔레비전 상자 속에서 아무리 주인공들이 얘기해도 사실 하진은 눈에 잘 들어오지도 않았다. 라이언이 그렇게 격한 감정을 내보인 순간이 뇌리에서 잊히지가 않았다. 그러다 결국 하진은 머리를 헝클며 두 다리를 허공에 마구 흔들었다.

맥스는 카드에 담백한 문구를 적어 냈다. 하진의 답을 원하기보다는 그냥 자신의 마음을 표현하고 싶었다며 좋은 날 보내라는 글귀에 그녀는 이제부터 맥스의 얼굴을 제대로 볼 자신이 없었다. 가뜩이나 근래 학교생활이 즐거웠는데 자신의 즐거움을 누가 시기라도 하는 것처럼, 숨 쉴 틈도 주지 않고 엎어 버린 기분이었다.

"하⋯⋯. 하필."

하진은 드라마를 그냥 켜 둔 상태로 —소리라도 채워져야 이 큰 집에 혼자 있다는 게 덜 무서웠다— 소파에 가로로 길게 누워서는 팔로 머리를 받친 채, 눈을 감았다.

시간이 얼마나 지났는지 몰랐지만, 그녀의 귓가에 얕은 소리가 잡혔다. 이윽고 현관문의 철문이 열리는 소리와 함께 그레이엄과 앨리스의 목소리가 들렸다. 하진은 눈을 천천히 끔뻑거리며 등을 일으켰다. 눈을 비비며 현관 쪽으로 나가자 그레이엄과 앨리스가 발그레한 얼굴빛으로 하진을 맞이했다. 두 분 다 제법 술을 마신 듯 보였다.

"어머. 하진. 자고 있었어?"

"네. 다녀오셨어요?"

하진은 앨리스의 얼굴에 가볍게 입술로 쪽 소리를 내며 어깨를 안았다. 졸음을 깨우며, 앨리스의 동그란 어깨에 이마를 살짝 기대고는 다시 그레이엄을 향해 인사를 했다.

"아빠. 잘 다녀오셨어요?"

"그래. 하진도 재밌게 놀았어? 해피 밸런타인데이야."

하진의 어깨를 감싸 안고 가볍게 인사한 그레이엄이 코트를 벗고는 앨리스와 함께 안방으로 향했다. 한 발자국 뒤로 따라가며 하진은 적당히 오늘 있었던 일은 다 가볍게 말했다.

"아…… 네. 영화 보고 왔어요."

"오. 누구랑?"

하진의 말에 눈을 빛내며 물어 오는 앨리스가 전등 밑에 서니 얼굴이 더욱 홍당무 같았다.

"라이언이랑요. 가다가 우연히 마주쳐서 같이 봤어요."

"밸런타인데이에? 풋. 우연히?"

어깨를 으쓱하며 별거 아니라는 듯이 말하는 하진에게 그레이엄은 눈썹을 찡그리고는 바람 빠지는 소리를 입으로 뱉으며 농담조로 말을 받아쳤다.

그레이엄의 말에 앨리스도 한마디 더 얹으며 하진을 놀렸다.

"그러게! 어머! 라이언 참 애 괜찮던데!"

하진은 그만하라는 듯이 양 손바닥을 흔들며 웃어넘겼다. 오늘 자신이 라이언과 싸운 얘기를 들으면 두 사람은 분명 처음부터 끝까지 설명을 듣고 싶어 할 것이다. 게다가 아직 하진은 이 화제를 꺼내고 싶지 않았다.

"그런 거 아니에요. 영화 끝나고 바로 헤어졌어요."

"아, 그래? 그럼 저녁은? 먹었니?"

앨리스가 가벼운 옷으로 갈아입고는 주방으로 가려 하자, 하진이 그녀의 팔 한쪽을 잡아당겨 만류했다. 그녀는 시간과 상관없이 식사를 건너뛰는 것에 예민했다.

"아니에요, 엄마! 어서 쉬세요. 저 이미 먹었어요. 올라가서 자려고요. 게다가 시간도 늦었는걸요."

"그래? 지금 몇 시지? 어서 들어가 쉬렴. 오늘 아빠가 새로운 레스토랑에 데려갔는데 엄청 맛있어서 우리 지니가 생각나지 뭐니. 다음에는 셋이 다 같이 가자."

"그렇게 맛있었어요? 다음에 같이 가요."

"그래. 그러자. 어서 쉬렴. 크리스틴."

앨리스는 하진의 얼굴에서 삐져나온 머리를 귀 뒤로 넘겨 주며 말했다. 하진은 머리를 쓰다듬어 주는 그녀의 손길을 느끼려 고개를 살짝 손에 기댔다가 다시 돌리고는 두 분에게 인사를 마치고 자신의 방으로 올라왔다.

방문을 열고 아까 주방에서 가져온 가방 속 카드를 하나씩 다시 읽어 보았다. 나머지 카드들도 다 적당한 해피 밸런타인데이라는 진부한 말들뿐이었다. 그리고 하진은 맥스의 카드 봉투를 만지작거리다가 결심을 한 듯 입술을 살짝 깨물고는 카드를 다시 열었다.

받아 줄 수 없는 마음을 어떻게 하면 잘 돌려서 거절할 수 있을까 싶었지만, 편지 글귀의 마지막에는 맥스가 대답을 원치 않는다는 말을 적어서 보냈다. 그녀는 이럴 거면 왜 자신에게 이런 고백을 해서 마음을 어지럽히는지 이해가 되지 않았지만, 이미 벌어진 일이었다.

하진은 카드를 모두 모아 서랍에 넣어 버리고는 그대로 닫아 버렸다. 마치 안 보이면 이 일이 없던 것이 되는 거라고 믿고 싶은 생각에 말이다.

그러고 난 뒤 그녀는 이어폰을 낀 채로 침대에 드러누웠다. 불을 끄고는 침대 옆에 있는 작은 스탠드를 켰다. 그녀는 어렸을 때부터 스트레스를 받아 마음이 복잡할 때마다 노래를 듣거나, 멍하니 천장을 바라보며 누워 있었다. 가지런히 깍지 낀 두 손을 배 위에 올려놓고는 노래의 리듬과 가사에 집중했다.

거실 소파에서 이미 단잠을 잔 터라, 다시 잠들기 글렀다. 그녀는 질끈 묶어서 정수리 위로 올렸던 머리를 풀어 버리고는 좀 더 침대에 머리를 비비며 눌렀다.

"하아……."

깊은숨을 내뱉은 하진은 자신이 좋아하는 가수의 노래 한 곡을 계속 반복 재생 시켰다. 곡이 계속 반복되자 가사가 들리고, 가사 다음으로는 가수의 목소리와 숨소리가 느껴졌다. 이제는 이 곡을 몇 번이나 반복했는지 모를 정도였다.

손가락을 까딱이며 다음 재생을 기다리는 순간에 그녀의 귓가에 무언가 딱, 하는 소리가 잡혔다.

그녀는 손가락을 멈추고는 노래가 흘러나오는 이어폰을 내리며 창문에 신경을 곤두세웠다. 이 집에 다행히 부모님이 있어서 여차하면 —무서운 순간— 아래층으로 달려가면 되었다. 순간 갑자기 도둑인가 싶어, 긴장하며 침대에서 몸을 일으키고는 창문을 바라보았다.

하진은 자신이 착각한 듯해 다시 노래를 들으며 쉬려 하는 찰나에 창문에서 휙 하고 사라지는 그림자를 보았다.

아주 작지만 빠르게 스쳐 지나가서 하진은 침대에서 두 발을 내리고는 이내 창문을 열었다.

하진의 방은 2층이고 현관과 반대 방향이라 —백야드였다— 사실 사람이 지나다니는 곳은 아니었다. 게다가 하진의 집 뒤편은 꽤 큰 나무가 몇 그루 버티고 있어서 밖에서 하진의 방을 보기란 쉽지 않았다. 심지어 그레이엄이 자연 친화적인 곳을 찾는다며 이사 온 이 집은 동네에서도 구석진 곳에 있었다. 혹시나 가끔 보이던 청설모인가 싶어서 나무 쪽을 유심히 살폈는데, 바닥에서 올라오는 사내의 쉰 소리가 들렸다.

"크……리스틴!"

자신의 이름을 부르는 소리에 하진은 두 손으로 창틀을 잡고는 몸을 더 숙여 땅을 바라보았다.

하진은 놀라서 눈을 휘둥그렇게 뜨고는 밑에 서 있는 라이언을 불렀다. 대체 이 시간에 왜 여기 있는 건가 싶었다. 게다가 아까와 같은 옷을 입고 있는 걸 보면 아직 집에 들어가지 않은 것 같았다.

"라이언? 너 거기서 뭐 해?"

하진이 허리를 숙여 그를 바라보자 그는 한 손으로 이마를 긁적이며 쭈뼛거렸다. 시간이 늦은 데다가 뒷마당에는 전등이 따로 설치되지 않아서 집 외벽에 붙어 있는 작은 전등의 불빛이 다였다. 그래서 그런지 라이언은 핸드폰 라이트를 켠 채로 서 있었다.

바닥을 비추는 그 쨍한 라이트에 하진은 잠시 시선을 두었다가 다시 라이언의 얼굴을 바라보았다.

라이언은 오늘 몇 시간 전에 하진이 떠나 버린 주차장에서 일생일대의 최악의 경험을 했다. 자신이 너무 유치하게 굴었다는 사실에 엄청난 자괴감과 창피함이 몰려왔고, 하늘을 올려다보며 마음을 식히고 돌아보았을 때 그 텅 빈 자동차는 화살로 변하여 자신의 온몸에 꽂히는 듯했다.

그녀의 기분을 생각지 못하고 어리숙하게 굴었던 자신의 행동을 깊이 반성하던 라이언은 차를 다시 몰아 그녀를 따라가 보려 했지만, 가자마자 그녀에게 모진 소리를 들을까 싶어 그만두었다. 사실 그는 무서웠다.

그녀의 향기만이 남은 차 안에서 몇 시간을 그저 핸들에 머리를 기대고 생각을 하던 라이언은 딱 하나밖에 결론이 나지 않았다. 반드시 내일이 오기 전에 사과해야 한다. 오래 끌어서 좋을 게 없었다.

그녀가 자신을 싫어하고 미워할 거란 생각에 맥스의 카드 따위는 이제 안중에도 없었다. 그동안 그녀의 반응을 기대하며 막무가내로 행동한 자신을 되돌아보니 사실은 하진이 불편했을 수도 있겠다 싶어 라이언은 그대로 머리를 핸들에 박아 버렸다. 마치 머리를 박아서 얻는 이 고통만큼 자신이 벌였던 철부지 같고 얄팍한 일들의 색이 바래지기를 바라면서 말이다.

하지만, 고개를 들었을 때 여전히 이마는 아프고 세상은 변하지 않았다.

라이언은 그길로 차를 몰고서는 하진의 집에 도착했다. 너무 늦은 시간이라 현관으로 가면 분명 미스터 브라운과 미세스 브라운이 깰 것이다. 라이언은 조용히 길가에 차를 대고는 뒷마당에 있는 그녀의 방 쪽 창문으로 다가가 올려다보았다. 네모난 창문에 주홍빛 스탠드가 불을 밝히고 있자 라이언은 심장이 다시 죄이는 느낌이 들었다.

그리고 그는 최대한 창문이 깨지지 않을 만한 작은 돌을 모아서 하나씩 하늘에 쏘아 올렸다. 정확히 그녀의 창문에 포물선을 그리며 제 할 일을 마친 돌들은 이내 다시 그가 있는 바닥으로 돌아왔다. 그러기를 몇 번 반복하자 그녀의 방에 있던 그림자가 움직이는 것이 보였다.

라이언은 드디어 그녀가 창문을 볼 거라는 생각에 긴장한 채로 아까 자신이 머릿속으로 몇 번이나 수정하고 수정한 사과의 문장들을 다시 기억했다.

잠깐 멈추며 기다렸지만, 창문이 열릴 생각을 하지 않자 라이언은 심장이 울렁거렸다. 설마. 그녀가 다 알고서 일부러 열지 않는 게 아닐까.

그래도 라이언은 그녀의 얼굴을 마주하지 않았으니, 손안에 있던 작은 돌을 다시 창문에 맞혔다. 또다시 또르르 굴러떨어지는 돌을 바라보니 달그락거리며 창문 열리는 소리가 들렸다.

빠르게 고개를 올려 2층을 바라보자 창틀에 손을 얹고 나무를 살피는 그녀가 보였다. 라이언은 아까 주차장에서 흔적도 없이 사라져 버린 그녀와 다시 재회하자 턱 주변과 목울대가 떨리며 울컥했다. 역시. 오길 잘했다는 생각이 들었다. 그녀의 웃음과 얼굴을 다시 볼 수 없다는 건 이제 라이언에게 너무 가혹한 처사였다.

그녀가 혹시라도 아래를 바라보지 않을까 싶어 초조한 나머지 최대한 작은 목소리로 ―그녀의 부모님이 깨지 않게― 그녀의 이름을 불렀다. 창문에서 아슬하게 상체를 모두 꺼내어 자신을 바라보는 그녀와 눈이 마주치자 라이언은 갑자기 머리가 새하얘졌다. 방금까지 모든 문장을 완벽히 주절거리며 준비한 멘트는 일순간 사라졌다.

"라이언?"

하진은 다시 한번 라이언을 불렀다. 혹시라도 자신의 차를 가져다준다고 하더라도 오늘은 연락이 안 올 거라고 생각했었다. 그녀도 라이언을 갑작스럽게 보게 되자 ―그것도 집 뒷마당에서― 당황한 나머지 어찌할 줄 몰랐다. 분명 그는 자신에게 사과하러 온 듯했다.

"너 언제부터 있었어……?"

"아…… 그게, 방금 왔어."

거짓말인 게 분명한 것이 라이언이 서 있는 땅 주변에 작을 돌들이 많았다. 조금 전 자신의 창문을 두드린 것이 처음은 아닐 거라는 생각에 하진은 다시 그에게로 시선을 돌렸다.

이렇게 불편하게 얘기할 게 아니라 그냥 밖으로 나가는 게 낫겠다 싶은 하진 이 그에게 말을 건넸다.

"거기 있어. 내가 내려갈게."

"아. 어……. 그래."

라이언은 이내 핸드폰의 라이트를 끄고는 그녀를 향해 고개를 끄덕였다.

하진은 창문을 내리고는 다급히 옷장을 열어 두꺼운 카디건을 어깨에 걸치 고 조용히 문을 열었다. 시간을 확인해 보니 이미 새벽을 향해 움직이려는 시 침이 보였다. 아마 부모님은 이미 자고 있을 것이다. 발소리를 최대한 안 내려 고 뒤꿈치를 들어 살금살금 계단을 내려왔다.

하진이 층계를 하나씩 내리밟을 때마다 나무의 뒤틀림 소리가 들려 더더욱 신중을 기하면서 내려왔다. 대충 슬리퍼를 신고는 문고리를 아주 천천히 돌려 현관을 빠져나왔다. 추운 공기가 그녀의 온몸을 감싸자 등에 걸친 카디건의 양 팔을 다시 여며 팔짱을 꼈다. 집 뒤편으로 향하니 나무 밑에 서 있는 라이언이 보였다.

어두운 곳에 있던 라이언은 마치 두 어깨가 땅으로 내려가듯 휘어져 있었다. 게다가 오늘따라 처음으로 그의 키도 작아 보였다. 그녀는 사실 아까 창문 밑 에 있던 라이언을 보자 일순간에 오늘 그와 있었던 일들이 휘발유처럼 획 하고 사라졌었다. 자신도 그와 어떻게 풀어야 할지 몰라서 내일이 두려웠는데, 먼저 이렇게 다가와 준 라이언을 보자 불같았던 분노도 이미 날아가 버렸다. 사실은 이미 분노할 타이밍을 지났다는 게 맞았다.

하진이 바싹 말라비틀어진 잔디를 하나씩 밟아서 그에게 다가가자 라이언이 그녀의 발끝을 보고는 고개를 들었다.

"크리스틴."

"라이언."

동시에 서로의 이름을 부르며 시선을 마주치자, 약속이라도 한 듯 둘 다 더 말을 잇지 않았다. 그와의 어색한 침묵이 버티기 힘들어지자, 하진은 라이언에게 언제 온 거냐고 물으려 입술을 달싹였다. 그러자 라이언이 먼저 한 걸음 그녀에게 다가왔다. 그의 눈빛은 아까와는 사뭇 다르게 진지했고, 깊은 그의 눈동자는 하진이 비칠 정도로 투명했다. 그를 올려다본 하진은 라이언의 다음 말을 기다렸다.

숨을 크게 들이마시며 가슴을 위로 올린 라이언은 뒷주머니에 꽂아 넣었던 두 손을 빼며 말했다.

"크리스틴…… 미안해. 오늘 일은 내가 잘못했어. 네가 기분이 나쁠 거라는 걸, 싫어할 거라는 걸 알고도 내 멋대로 카드를 뺏어서 읽은 거 정말 미안해. 나의 이런 유치하고 막무가내인 부분에 실망했을 거라는 거 알아……. 하지만, 그래도…… 용서해 주겠어?"

라이언은 팔짱을 낀 하진의 팔 하나를 빼내어서는 그녀의 손을 자신의 손으로 덮었다. 그녀가 혹여라도 사과를 안 받아 줄까 싶어서 심장이 요동을 쳤다.

그녀의 대답이 빠르게 나오지 않아 라이언은 떨리는 손으로 그녀의 손을 쥐었다.

"내가 이제 장난도 그만 칠게. 그냥…… 네가 아까 없던 사이에 나 반성 많이 했어. 응?"

그는 그녀의 입이 계속 열리지 않자, 이내 저 깊은 단전에서 차가운 바람이 날카롭게 들어와 자신의 심장을 찌르는 것 같았다.

눈썹을 연신 찡그리는 라이언의 얼굴을 멀거니 바라본 하진은 자신의 손을 감싸고 있는 라이언의 손이 꽤 차갑다는 것을 느꼈다.

얼굴을 내려 라이언의 손을 보다가 다시 그의 얼굴로 시선을 올렸다.

"응?"

그의 표정이 안쓰럽게 비치자 하진은 그의 손 위에 나머지 자신의 한 손을 덮어 주며 말했다.

"알았어. 사과받을게. 그러니까 괜찮아. 아까 나도 너무 화가 나서 그냥 나와 버렸어. 미안해. 나도."

"으…… 진."

하진의 말에 더 괴로운 표정을 지은 라이언은 빠르게 이어 말했다.

"전혀. 하나도. 내가 한 실수인걸. 사과하지 마. 하진은 사과할 게 없어. 내가…… 너무 어리석었어."

라이언은 그 말을 하며 자신의 손을 덮어 주는 그녀의 온기에 속절없이 끌려들어 가는 것을 느꼈다. 그녀의 손등에 자신의 이마를 내려서 더욱더 이 따스함을 가져가고 싶었다. 하진의 말이 끝나기도 전에 자신도 모르게 안아 버릴 뻔했다는 것을 그녀는 모를 것이다. 그리고 그랬다가는 오늘, 이 순간이 다시 한번 날아갈 거라는 생각에 라이언은 두 발을 땅에 뿌리를 박듯이 힘주고 서 있었다.

"대체 여기 얼마나 서 있었어? 이마도 차가운데?"

"얼마 안 있었어."

"거짓말하지 마. 지금 네 주변에 있는 이 웅덩이들 안 보여?"

라이언은 여전히 그녀의 손을 잡은 채, ―그녀가 마지막에 올려 준 손을 자신이 절대 먼저 놓고 싶지 않았다― 그리고 여전히 이마를 댄 채 고개를 돌려 땅을 보았다.

라이언이 이마를 자신의 손등에 그대로 두는 얼굴을 돌리자 하진은 갑작스러운 그의 간지러운 스킨십에 주위의 시선이 의식되었다. 비록 아무도 자신과 그를 보고 있지 않을 테지만, 마치 누군가 옆에서 크게 눈을 뜨고 보고 있는 것처럼, 그의 이마와 머리카락이 자신의 손등과 팔에서 세포 단위별로 느껴지는 것 같았다.

그가 너무 혼이 난 아이처럼 시무룩해지자 하진은 그에게 잡혀 있는 손을 빼내고는 라이언의 머리를 헝클였다. 마치 엄마가 아들을 애정 어린 손길로 나무라는 것처럼 말이다. 그리고 이 간지러운 기분이 발가락에서부터 올라오는 느낌이 들었다. 슬리퍼를 신고 있는 자신의 발가락을 라이언이 볼세라 그녀는 얼른 손을 정리해 버렸다.

"그러니까 이렇게 차지."

심지어 라이언의 머리카락에서도 찬기가 뿜어져 나왔다. 하진은 이제야 그가 아우터도 입지 않고 여전히 니트 차림인 걸 알아채고 자신의 등에 걸친 카디건을 그의 어깨에 걸쳐 주었다.

"일단 이거 걸쳐. 대충 맞겠지."

"아냐. 너 입어. 지금 너무 얇아."

라이언은 재빨리 자신의 어깨에서 카디건을 빼 버린 후, 그녀의 어깨에 걸쳐 주고 나서 양팔 소매를 그녀의 목 앞에서 묶어 버렸다.

"그러면 이제 집에 가. 너무 늦었어. 그리고 너 감기 걸려 이러다가."

그 말을 함과 동시에 등을 돌리며 라이언의 허리를 밀어 버리려던 하진은 미동도 하지 않고 서 있는 라이언 때문에 더 힘을 주었다.

다리가 땅속에 박혔는지 그녀의 힘에 밀리지도 않아서 라이언의 이름을 재차 불렀다.

"라이언. 안 가?"

"벌써⋯⋯? 화 정말 풀렸어?"

그녀의 말을 믿지 않는 것인지, 아니면 본인이 아직 더 혼나야 하는데 너무 빨리 용서를 받은 게 어색한 건지. 라이언은 그녀가 이만 가라는 소리에 더 불안해하며 힘을 주고 버텼다.

"그래! 여기 언제까지 있을 거야. 너 지금 엄청 차가워. 이러다 내일 몸살 와. 아! 차 없지."

그제야 그가 차를 정비소에 맡겼다는 것을 깨닫자 하진은 라이언에게 손바닥을 내보이며 말했다.

"차 키 줘. 데려다줄게. 차 안에서 몸도 좀 녹이고."

"진짜야? 진짜? 이제 화 안 났어? 나 정말 괜찮아?"

"그래. 아! 좀! 움직여! 너 괜찮아, 정말. 안 갈래!"

그녀는 이제 라이언의 등을 두 손으로 밀었다. 이제야 그녀의 대답에 마음이 놓였는지 라이언은 발을 떼어 그녀의 차를 주차해 둔 곳으로 하진과 걸어갔다.

하진은 차 키를 건네받고는 운전석에 앉자마자 시동을 켜고 최대한으로 차 온도를 올렸다. 조수석에 앉은 라이언을 보자 하진은 이내 어쩔 수 없다는 듯이 고개를 흔들고는 피식 웃었다.

하진의 허탈한 웃음소리가 들리자 기민하게 알아챈 라이언은 그의 얼굴에 화사한 웃음을 올렸다. 마치 세상 부러울 게 없다는 듯이 행복한 표정이었다.

그녀는 뒷좌석에 놓인 그의 아우터를 찾아내고는 앞으로 옮겨 주었다.

"이거 입어 일단. 그러다 내일 진짜 몸살 온다고."

"그럼 하루 쉬지 뭐."

"학교 그렇게 다녀?"

하진은 조금 어이없다는 투로 말했다. 그녀는 기어를 바꿔 차를 도로에 올린 후 적당한 속도로 운전했다. 이미 에블린의 집을 수십 번 왔다 갔다 했기 때문에 라이언의 집은 물어보지 않아도 알 수 있었다.

"그냥 농담이야……."

또다시 시무룩한 그의 대답에 하진은 그답지 않은 말투가 귀에 거슬렸다. 대체 언제까지 저렇게 비 맞은 강아지처럼 있을 것인지. 핸들을 손가락으로 두드리다가 하진은 옆에 앉아 창밖으로 고개를 돌리고 있는 그를 보았다.

그러다 창문에 반쯤 비친 그의 눈과 마주쳤다. 고개는 돌리고 있으면서 창문으로 자신을 보고 있었던 건지 그와 시선이 마주치자 하진은 이 모든 게 갑자기 웃겼다.

"푸흣. 아 좀! 그만해!"

하진은 그의 어깨를 한 대 세게 치고는 운전을 이어 갔다. 그들이 탄 자동차는 많은 나무를 가로지르며 유유히 미끄러지고 있었다. 그제야 그도 좀 기분이 풀렸는지, 다리 위에서 두 손을 꼼지락거리면서 나지막이 그녀를 불렀다.

"진……."

"응?"

그녀는 역시나 초보 운전자답게 여기저기 신호를 보며 전방 주시를 하느라 턱을 살짝 조수석 쪽으로 돌린 채 답했다. 얘기를 듣고 있으니 말을 하라는 그녀의 모습에 라이언은 조금 머뭇거리다가 이내 오늘 자신이 하고 싶었던 말 중에 빙산의 일각 정도 되는 것만 그녀에게 건넸다.

"Happy Valentine."

○ ● ○

라이언과의 일은 마치 칼로 물을 자른 듯이 무색하게 흘러가고 그와의 관계에서 아무런 발자국을 남기지는 못했지만, 아이러니하게도 그에 대한 감정이 예전과는 다르게 더 편해짐과 동시에 말로는 형용할 수 없는 부들부들한 실로 그와 묶인 듯한 기분이 들었다.

어느 순간 시간이 흐른 후 정신을 차리고 보니 그녀가 그날 이후로 굉장히 어색하게 자신의 눈치를 보며 기운이 빠진 라이언을 못 견뎌서 제가 먼저 말을 거는 등 그의 기분이 예전과 같이 살아날 때까지 시간을 꽤 쓰고 있었다. 돌이켜 보면 하진에게는 큰 변화였다.

그러면서도 자신이 왜 이렇게까지 해야 하는지 모르겠지만 그냥 하진은 라이언에게 맞춰 주었다.

8

오늘은 에블린의 미술실에 다 같이 모여서 함께 점심을 먹기로 한 날이다. 바늘과 실이 따라오는 것처럼 올리비아 옆에 어느새 매트도 자리를 같이했다.

학교 수업이 끝나자마자 하진이 나가서 사 온 햄버거 포장지들을 일제히 풀어서 테이블 위에 올리니, 봉지가 바스락거렸다. 에블린은 여기저기 얼굴에 페인트가 묻은 상태로 홀연히 나타나 그녀의 옆 의자에 털썩 소리를 내며 앉았다.

"지니. 고마워……. 오늘 너무 힘들었는데 콜라로 충전해야겠어."

에블린은 한 손에 콜라를 들고는 양 볼이 홀쭉해지도록 쪼르륵 소리를 내며 빨대로 들이켰다.

"에블린. 지금 그리는 건 뭐야? 다음 작품이야?"

"응. 그냥 시리즈물이라서 지난번에 갤러리에 전시한 그림이랑 좀 비슷한데 이번에는 사이즈를 작게 하려고. 이런 커스텀 주문은 원래 안 받는데…… 에이 전시가 이미 실수로 오더를 받았다고 해서 어쩔 수 없이 하는 중이야."

"실수로? 그럼 일단 누가 살지 오너가 정해진 거야?"

그녀는 햄버거를 크게 베어 물다가 손가락을 펼치며 하진에게 잠시 기다려 달라는 몸짓을 하다가 목을 크게 꿀렁이면서 햄버거를 넘겼다.

"오너가 한 명 있다고 하긴 하는데……. 그래도 갤러리에서 작은 사이즈로 여러 개 작업해 줄 수 있냐고 물어본 것 같아. 거기에 에이전시가 실수한 거지. 원래 이런 실수는…… 이쪽에서 용납을 안 해 주는데, 그냥 거기 일하는 사람이 좋아서."

"그러게. 좀 잘해 주지. 취소는 못 하지?"

"응. 그냥 하려고."

하진은 자신이 더 억울한 것처럼 입술을 오므리며 미간은 찌푸리고는 에블린에게 답했다. 그러자 옆에 앉은 올리비아와 매트 커플은 햄버거를 서로 먹여 주며 말했다.

"음. 음. 맛있다. 오랜만에 먹으니."

"응. 그러게."

그런 둘을 보며 하진은 피식 웃고는 휴지를 몇 장 꺼내 올리비아에게 건넸다.

"올리비아. 얼굴에 소스 묻었어."

하진이 건넨 휴지를 매트가 휙 가져가더니 이내 올리비아의 입가를 아주 소중히 다루며 소스를 찍어 냈다. 그러자 그녀는 굉장히 행복한 웃음을 보내며 매트의 볼에 쪽 소리 나게 뽀뽀를 날렸다.

닭살 돋는 커플들의 행위에 하진은 자신이 더 부끄러웠지만, 에블린은 한두 번 겪은 게 아닌 것처럼 무심히 바라보더니 하진을 향해 말을 이었다.

"크리스틴. 그럼 합격 발표는 언제쯤 나와? 곧 나오지 않아?"

"응. 곧 나올 거야."

"집에서 확인할 거지? 꼭 나한테 알려 줘야 해? 축하 파티 해야지!"

"알았어. 당연히!"

이제 곧 합격 발표가 코앞으로 다가왔다. 한 달도 안 되는 시간 안에 하진이 지원한 학교들이 일제히 합격자 명단을 인터넷에 올려 둘 것이다. 그러면 컴퓨터 앞에서 울거나, 웃거나 둘 중 하나였다. 사실은 내색을 안 하고 있지만, 그녀는 큰 기대를 하고 있었다. 보스턴으로 떠나서 대학 생활을 즐겨 보고, 독립된 한 성인으로서 새로운 시작을 한다는 것이 그녀 인생에서는 제2의 서막과도 같았다.

올리비아는 소스를 입가에 묻힌 채, 나지막이 말했다.

"아…… 곧 졸업 파티 준비 위원회 미팅 시작해야 하네. 음."

"위원회? 이번에는 뭐 하는데?"

에블린도 같이 햄버거를 베어 물며 물었다.

"글쎄. 어차피 졸업 파티의 꽃은 그 해의 킹과 퀸을 뽑는 거겠지? 후보를 받아서 뽑을까 아니면 현장에서 즉석으로 뽑을까 고민 중이야. 어떤 게 나을 것 같아?"

곧 이번 학기에 있을 졸업 준비가 시작되려는 듯 올리비아는 여러 아이디어를 꺼냈다. 에블린은 상당히 귀찮은 듯 올리비아에게 불퉁하게 말했다.

"어차피 그거 준비한다고 여기에다가 또 도움 요청할 게 뻔한데, 나는 그냥 아무거나 괜찮으니까 이번에는 거창하게 안 했으면 좋겠어. 작년에 졸업하는 선배들이 가판대랑 안개 장치 설치해 달라고 해서 그거 만드느라고 어깨에 근육통이 마를 날이 없었다고. 이번에도 그렇게 하면 나 진짜 빠질 거야."

"그래도 에블린 없는 아트 스쿨이란 있을 수 없자낭. 너 없이 위원회에서 어떻게 준비하낭."

올리비아가 에블린의 어깨에 머리를 비비며 간드러지게 도움을 요청했다.

"그래. 올리비아랑 나도 도울게. 이번에 올리비아랑 위원회 들어갔거든. 애들도 다 같이 도울 거니까 일손이 부족하지는 않을 거야 에블린. 마이크도 있고, 일이 더 많아지면 라이언한테 부탁하지 뭐."

주로 에블린이 학교 행사와 관련된 미술 파트를 모두 나서서 해 주고 있었기 때문에 사실 그녀는 학교가 행사를 연다고 하면 진절머리를 쳤다. 그래서 졸업 파티는 오죽할까 싶은 생각이 들자, 하진은 갑자기 곧 이제 친구들과도 두 달 뒤에는 작별 인사를 해야 한다는 것이 떠올랐다.

"곧 졸업이구나. 진짜 시간 금방 간다."

하진은 이내 햄버거를 다 먹고는 포장지를 양손으로 비비며 최대한 작게 만들었다. 에블린도 다 먹었는지, 하진과 일어서서 테이블에 있는 나머지 쓰레기들을 정리하기 시작했다.

"그러게. 크리스틴도 이제 동부에 가 버리면 나 혼자 서부에서 외롭겠어……."

"하하. 그래도 넌 올리비아랑 같이 서부에 가니까 오히려 내가 더 외로울걸? 에블린?"

"그러게. 에블린. 나는 왜 빼? 서운하다!"

매트에게 엉겨 붙으며 서럽다는 듯 우는 연기를 하는 올리비아를 본 하진과 에블린은 소리 내며 웃었다.

그들의 행복한 미소를 누가 시샘이라도 했는지 매트는 자신에게 온 메시지를 읽고는 하진에게 물었다.

"크리스틴? 너 밸런타인데이에 라이언이랑 영화 봤어?"

"응? 어. 왜? 가다가 마주쳐서 같이 영화 봤는데?"

"아니. 영화관에서 너랑 라이언을 봤대."

"아, 그래? 그게 왜?"

대수롭지 않게 대답했지만, 매트가 갑작스럽게 할 만한 질문이 아닌 것 같아 하진은 되물었다. 마치 사실 확인이라도 하는 것처럼 물어보는 매트의 질문에 기분이 아리송했는데, 올리비아가 만들어 내는 애매한 얼굴을 바라보니 무슨 일인가 싶었다.

"오호…… 케이티 속 좀 쓰리겠는데?"

"케이티가 왜?"

"크리스틴…… 몰랐어? 케이티가 라이언 좋아하잖아. 빅 크러쉬. 걔 아마 태어났을 때부터 라이언밖에 없었을걸?"

갑자기 케이티와 라이언이 엮이면서 대화 주제가 이상하게 흘러가자 하진은 미간 사이를 살짝 찌푸렸다. 하필 그날이 밸런타인데이였던 게 화근이었나 보다.

"아……."

"하긴 뭐. 어차피 라이언은 신경도 안 쓰니까. 그렇게 다 티가 나는데 모를 수가 없지."

올리비아가 콧바람을 내뱉으며 대답하자, 하진은 굳이 자신이 더 할 수 있는 말이 없는 것 같아 그냥 입을 다물었다. 케이티가 보여 주는 행동을 통해서 이미 눈치는 채고 있었지만, 라이언과 영화를 본 게 그녀에게 상처가 되었다면 그건 또 그거대로 마음에 쓰였다.

하진이 어떤 생각을 하고 있는지 훤히 꿰뚫어 본 에블린은 짐짓 쌀쌀맞은 어투로 올리비아와 매트에게 말했다.

"그게 우리 크리스틴이랑 뭔 상관이야. 좋으면 고백하든가. 그렇다고 옆에 있는 친구들이 싹 다 피해 다니면 오히려 라이언이 열받아 할걸? 그건 또 싫으니 얌체같이 그냥 옆에만 맴도는 거겠지."

"하하. 에블린. 너무 촌철살인 아니야? 그거 케이티가 들으면 울겠는데?"

"걔는 찔러도 피 한 방울 안 나는 애야."

매트가 배를 잡고 웃으며 반응하자 에블린은 더 불퉁하게 대답했다.

"크리스틴. 그런 거 신경 안 써도 돼. 나도 걔랑 영화 자주 봤는데 뭘. 또 시답지 않은 라이언 추종자 애들이 뒤에서 여기저기 퍼 날랐겠지. 가십도 적당히 해야 가십이지. 참 나."

"우리 에블린 화났다. 열 내지 마. 그래도 우리 준비 위원회 도와주는 건 오케이인 거지? 응?"

올리비아는 에블린을 잘 다룰 줄 아는지 주제를 확 틀어서는 그녀를 데리고 작품이 있는 곳으로 데리고 가 버렸다. 갑자기 매트와 둘이 남게 된 하진이 그냥 어깨를 으쓱거리고는 앞서 걸어가는 둘을 따라가려 할 때, 매트가 넌지시 말했다. 올리비아랑 있을 때와는 제법 다른 진지한 표정이었다.

"크리스틴. 그냥 내가 여태 라이언이랑 오래 알고 지내서 말하는 건데…… 가능하면 케이티가 우리 근처에 있을 때 오지 마. 우리랑 놀지 말라는 게 아니라, 그냥 너만 귀찮아져. 걔가 질투가 심해서 여자애들이랑 잘 못 지내는 것 같더라고. 그리고 성격이 좀 세냐."

"아…… 풋. 그래. 고마워. 잘 새겨들을게. 그리고 나 별로 신경 안 써."

"그럼 다행이고."

마지막에는 다소 그녀가 걱정된다는 듯이 얘기를 하는 매트의 얼굴에 하진은 마이크가 겹쳐 보였다. 그가 말하는 게 꼭 두 사람이 같이 말하는 것 같아 하진은 저도 모르게 웃음이 툭 터져 나왔지만, 그에게 들키지 않기 위해 그냥 말을 이었다.

사실 이런 가십은 이전 학교의 발끝에도 미치지 못했다. 이전 학교에선 인종차별에다가 대놓고 부모나 그녀의 태도를 꼬집고 무시하는 일도 부지기수였다. 이 정도쯤이야 하진에게는 사실 간지러운 수준이었다. 오히려 이런 일이 자신의 학교생활에서 너무 늦게 터진 것도 신기할 정도니까.

그리고 케이틀린을 생각하면, 동생인 케이티가 그렇게까지 모질지는 않을 것 같은…… 그런 느낌이 들었다. 단지 라이언을 너무 좋아한 나머지 사리 분별이 안 되는 것뿐이겠지. 하지만 한 가지 마음에 걸리는 건 에블린이 너무 병적으로 그녀를 달가워하지 않는다는 거다. 그녀는 웬만하면 하하 호호 넘기는 성격이었지만 유독 케이티에게는 달랐다. 어차피 케이티에 대해 잘 알지 못하는 하진으로서는 에블린의 말대로 '가능하면' 그녀를 피하는 게 낫다는 생각도 들었다. 그녀가 라이언과 친구를 맺은 이상 말이다.

매트에게는 조언 고맙다며 웃고는 에블린과 올리비아가 있는 곳으로 걸음을 옮겼다.

미술실 구석에 있는 작은 공간에는 물감 통들이 여기저기 열려 있어, 바닥이 얼룩으로 가득했다. 에블린은 가까이 다가온 하진의 어깨를 붙잡아 자신의 작품 앞으로 끌어당겼다.

"이거야, 크리스틴! 어때?"

에블린이 보여 준 것은 지난번 갤러리에서 봤던 엄청난 크기의 작품을 미니어처 수준으로 만들어 놓은 축소판이었다. 자동차 유리창 정도의 크기만 한 캔버스에는 지난번 작품과는 또 다른 스타일의 컬러들이 뿌려져 있었다. 생동감이 있어 보이다 못해 보는 이가 시원해질 정도의 엄청난 푸른빛들이었다.

"우와…… 에블린! 멋지다……. 엄청 시원해 보인다!"

하진은 짝짝짝 소리 내며 박수를 치고는 에블린에게 자신이 만들어 낼 수 있는 화려한 문장들을 일제히 쏟아 냈다. 그녀의 칭찬 덕분인지 기분이 조금 나아진 듯한 에블린은 붓을 들어 자신의 뒷머리를 긁적였다.

"그래? 시원한 느낌을 주려 했는데. 다행이다."

"아냐. 시원한 정도가 아니고, 뭔가 머리가 맑아지는 느낌이야. 스트레스받을 때마다 이거 봐야겠어. 이것도 그리는 과정 영상으로 찍었어?"

"응. 저 뒤에 있잖아."

하진이 뒤를 돌아 삼각대 위에 놓인 작은 카메라를 보았다.

"지금도 찍고 있는 거야?"

"아니. 그리지 않는 동안에는 그냥 꺼 뒀지."

"그렇구나. 그 영상들도 진짜 재밌더라. 갤러리에서 작은 스크린에 틀어 준 거 봤는데 정말 멋졌어!"

"맞다. 크리스틴 겨울에 모마 다녀왔지?"

옆에서 듣고 있던 올리비아가 물었다.

"응. 투어도 할 겸 겸사겸사 다녀왔지. 그때도 정말 멋졌는데."

하진은 지난 방학 때 에블린의 작품을 보았던 모마 갤러리를 회상하며 다시 말을 이었다.

셋이서 그림을 감상하고 있을 때, 난데없이 나타난 라이언이 그녀들의 대화에 끼어들었다.

"뭐. 괜찮네."

"어? 라이언. 웬일이야?"

"매트가 여기 있다고 해서 왔어. 햄버거 먹었다며?"

"응. 방금 먹었어."

"진. 치사하게. 나는 안 부르냐?"

라이언이 자신의 굵고 긴 팔로 팔짱을 끼고는 하진을 향해 입술을 내밀며 불만스레 말했다. 날씨가 조금씩 풀리자 라이언의 옷소매는 점점 짧아지더니 혼자 여름을 지내는 것 같았다. 춥지도 않은지 그의 탄력 있는 팔에는 핏줄이 도드라져 있었다.

그는 허리를 뒤로 보내어 짝다리를 짚더니, 에블린을 향해 너도 같은 배신자라며 자신을 안 불렀다고 타박했다.

"네가 안 온 거야. 난 분명 연락했다? 심지어 매트도 너한테 문자 보냈다던데?"

"체육이라 못 봤어. 그래도 좀 같이 먹지. 치사하게."

"다음엔 사 둘게. 어차피 시간이 다르니까 못 먹는 줄 알았지."

정작 햄버거를 사 온 건 본인이기에 하진이 말을 이었다. 그녀의 말에 더는 불만을 얘기하지 않았지만, 라이언은 여전히 삐져 있는 것처럼 보였다.

"다음엔 연락할게. 라이언."

"난 무조건 비프야."

"풋. 그래, 알았어."

대번에 자신의 메뉴를 지정한 라이언을 향해 하진은 알겠다며 그를 달랬다.

에블린은 하진과 라이언을 보더니 못 말리겠다는 표정으로 고개를 흔들며 웃었다. 어느 순간부터 하진의 말이라면 껌뻑 죽고 있는 라이언을 구경하는 게 요즘 그녀의 가장 큰 재미였다. 요즘따라 라이언이 하진에게 한 소리라도 들으면 시무룩하게 어깨가 내려가는 게 자신이 알고 있던 그 철면피 와이엇이 아니었다.

그리고 작지만 큰 변화를 보이는 라이언의 모습이 나쁘지만은 않았다. 생각해 보면 이 장면들은 항상 하진과 함께 있는 한정적인 순간에만 적용되어서 그런가 보다. 에블린은 다시 라이언과 하진이 나란히 선 모습을 바라보았다. 언젠가 자신밖에 모르는 저 유아독존 라이언이 곧 하진에게 붙잡혀 살 거라는 게 불 보듯 뻔했다.

그런 하진의 옆에 선 올리비아와 매트는 —어느새 매트도 옆에 서 있었다— 하진과 라이언을 계속 번갈아 보더니 입술을 조용히 올려 시선을 교환했다. 마치 재밌는 걸 발견했다는 듯한 반짝거리는 두 눈도 함께였다.

○　●　○

역시나 가십이라는 것은 가만히 내버려 두면 없어지는 것 같더니, 이제는 딱히 그녀가 지나가면 뒤에서 수군거리는 소리가 들리지 않았다. 한동안 그녀와 에블린이 지나가거나 우연히 라이언이랑 서서 애기라도 할 참이면 주변 시선이 너무 따가워서 살이 데일 것 같은 정도였었다. 다행스럽게도 유야무야 흘러가서 하진은 속으로 살짝 안심했다.

혹시라도 일이 커져서 골치 아프게 되거나 재수 없다면 케이티가 시비라도 걸어올 것 같았는데 오히려 본인 혼자 걱정하고 있는 모양새였다. 심지어 케이티는 아무렇지도 않다는 듯 하진에게 인사를 하며 지나가기도 했다. 더 신경을 썼다가는 도리어 자신의 꼴이 우스워지는 것 같아 하진도 이제 별생각 없이 넘겨 버렸다.

오늘은 졸업 파티 테마가 나왔다며 일제히 모든 클래스의 친구들에게 준비위원회가 방송으로 안내를 하는 날이었다. 다들 각자 수업을 가던 중에 멈추거나, 차를 타고 집으로 돌아가려 하거나, 아니면 친구들이랑 수다를 떨면서 놀던 아이들은 모두가 하던 일을 멈추고 얼음이 되어 귀를 쫑긋거리고는 방송을 경청했다. 중대 발표를 기다리는 것처럼 아이들은 심지어 문자를 보내던 손도 일시적으로 멈추고는 자신의 주변에 가장 가까운 곳에 있는 스피커를 향해 얼굴을 돌렸다.

— 아, 아, 마이크 테스트. 마이크 테스트!

끼이이이익—

지직거리는 사운드가 일순간 빅토리아 스쿨 전체에 퍼지더니 삐이익거리는 마이크 파열음에 학생들은 일제히 손으로 귀를 막았다.

"으……."

하필이면 차가 스피커 바로 밑에 있어 집에 가려던 참인 하진은 누가 자신의 고막을 양옆으로 찢는 듯한 고통에 고개를 푹 숙였다.

— 아. 아. 안녕하십니까. 3학년 마지막 클래스의 준비 위원회 올리비아입니다. 이번 안내 방송은 마지막 학년에게 말씀드립니다.

한마디를 하고는 스피커에서 사라락 종이 넘어가는 소리가 들렸다. 아마 대본을 보면서 말하는 것 같다. 하진은 올리비아가 지금 방송실에서 어떠한 자세로 종이를 넘기고 있을지 대번에 눈에 훤히 보이는 것 같아 조용히 미소를 그렸다.

— 이번 졸업식 행사와 연설이 끝난 뒤에 있을 프롬에서는 블랙 앤 화이트 콘셉트로 지난해와는 다르게 드레스 코드가 잡혀 있습니다. 여기서 블랙은 여자 학생분들. 화이트는 남자 학생분들의 코드이며 이에 따라서 코디를 부탁드립니다. 또한! 빅토리아를 가장 빛낸 학생에 대한 투표는 현장에서 집계될 예정이기 때문에 꼭! 반드시! 파티 입장 전에 위원회의 안내에 따라서 정문! 을 통해서 들어와 주시면 됩니다. 이상. 위원회였습니다.

스피커의 소리가 끝나고 벨 소리가 들리자, 일제히 아이들은 기대감이 부푼 표정으로 친구들과 새로운 주제로 대화를 이어 나가기 시작했다. 집에 가기 위해 시동을 켠 하진은 차 안에서도 이번 프롬 드레스 코드에 대한 대화 내용이 끊임없이 들려오는 걸 느꼈다. 아마 모든 아이들이 오늘부터 본인들의 패션 코드를 끊임없이 계획할 것이다. 하진은 자신의 핸드폰에 도착한 문자 메시지를 열고는 미소를 지었다.

[C! 들었지? 이따 우리 집으로 와! 우리 트윈 룩 하자!]

역시 학생들의 첫 번째 관심사는 합격 발표보다는 아직 프롬인가 보다.

9

하진은 집에서 오후에 부모님과 저녁을 미리 한 다음, 가볍게 옷을 입고선 에블린의 집으로 향했다. 마침 미세스 피셔가 간식거리를 만들고 있어서 저녁 내내 먹을 음식와 영화 리스트를 챙겨서는 에블린의 방에 있는 소파에 앉았다.

에블린의 방은 하진의 방보다 상당히 커서 방 한쪽 벽에 빔을 쏘아서 영화를 아늑하게 볼 수 있었다. 에블린은 책상에 앉아서 한 손으로 머리를 괴고는 풍성한 머리카락을 쥐어뜯으며 이번 졸업 파티의 테마에 맞는 배너와 무대 장치를 고안해 내는 중이었다.

이리저리 머리가 양쪽으로 쏠렸다가 뒤집혔다가 파닥, 하더니 에블린은 하진을 향해 종이를 활짝 펼쳐서 보여 주었다.

"지니 지니. 이렇게 중앙 무대 홀에 다 같이 몰려 있는 것보다는 아예 구역을 나눠서 한쪽은 복고풍 디스코랑 다른 한쪽은 디제잉 콘셉트로 만들어서 사람을 나눌까? 어때?"

하진은 에블린이 보여 주는 종이를 펼쳐 보다가 고개를 살짝 끄덕였다.

"그런데 에블린. 네가 너무 힘들지 않겠어? 가벽도 세워야 하잖아. 음악이 겹치지 않게 해야 하고, 게다가 파티 장소가 체육관이면 벽도 엄청 높아야 하는데……."

이번 졸업 파티는 본관 옆 별관이나 아트 스쿨에서 하던 작년과는 다르게 학교 건물 중에서도 가장 큰 체육관에서 진행될 예정이었다. 심지어 올리비아가 준비 위원회 회장을 맡아서 교장과 직접 협상을 했다고 하니 이번 클래스 애들이 엄청난 기대감에 사로잡혀 있었다. 클수록 재미도 크다는 생각에 모두 더 들떠 있는 것이다.

그녀는 에블린의 방에 오자마자 머리를 위로 대충 포니테일로 묶고는 가느다란 손가락으로 한 장씩 에블린의 기획안을 넘기며 읽었다. 그녀 옆에서 같이 다리를 쭉 펴고는 몸을 이리저리 스트레칭하던 에블린도 오늘 밤 파티를 위한 가벼운 차림이었다.

"그러게. 어차피 힘쓰는 일은 도와주겠다는 아이들이 많으니 걱정이 없는데, 너무 스케일이 커서 감당이 안 될까 봐…… 그게 문제야 지니……."

다시 시무룩해하며 바닥에 휙 드러누운 에블린은 스낵을 입에 털어 넣고는 우물거렸다.

"그러게. 내가 뭐 도와줄 건 없어?"

"지니는 그날 최고로 이쁘게 입고 와서 그냥 신나게 놀아 주는 게 도와주는 거야. 우리 서로 파트너 해야지! 따라서 여기에 더 이상의 희생양은 필요치 않다!"

천장을 향해 마치 어느 장교의 군인처럼 목소리를 낮게 깔며 얘기하는 에블린을 보며 하진은 킥킥거렸다. 그녀는 자연스럽게 에블린의 패드에 넷플릭스를 연결해 맞은편 벽을 향해 빔으로 영화를 재생시켰다.

영화사의 첫 인트로 로고가 나오자마자 갑자기 에블린이 벌떡 일어나 일시 정지를 시켰다. 그녀는 하진의 얼굴을 쳐다보며 말을 할 듯 말 듯 입을 오물거렸다.

하진은 고개를 갸우뚱하며 에블린에게 물었다.

"에블린? 왜?"

"음…… 크리스틴?"

"왜?"

"혹시 크리스틴 괜찮으면……."

에블린은 눈을 게슴츠레하게 뜨고는 갑자기 커튼을 치고는 창문 밖으로 고개를 여기저기 빼내며 살피기 시작했다. 그러더니 무언가를 찾은 듯 시선을 고정하고는 하진을 돌아보며 물었다.

"라이언 불러도 돼? 걔가 쓰잘머리 없어도 애가 아이디어는 괜찮거든. 도움 좀 받게."

갑작스럽게 라이언을 부른다는 에블린의 말에 하진은 그녀와 자신이 입고 있는 옷차림을 살펴보았다. 외출해도 무리는 없었기에 딱히 불편하진 않아서 하진은 가볍게 고개를 끄덕였다.

"그래. 어차피 한 달 정도밖에 안 남아서 급하니까. 근데 라이언 집에 있어?"

"어. 이리 와 봐. 저기 보여?"

에블린은 함박웃음을 짓더니 그녀에게 가까이 오라며 손짓했다. 하진이 에블린의 옆에 바짝 붙어서 그녀가 가리키는 곳을 향해 시선을 던지니 나무들 ─지난번 라이언과 지나갔던 오솔길이 보였다─ 사이 너머로 빛이 밝은 2층 창문이 보였다.

하진이 손가락으로 가리키며 저거냐고 물어보니 에블린이 고개를 끄덕였다.

"응. 맞아. 저기에 불 들어왔으면 있다는 거야. 으흐. 부른다? 그리고 부른 김에 쟤한테 뭐 입을 거냐고 물어보자."

"넌 정했어? 어떤 거 입고 싶은지? 이번에 컬러 코드가 정해져 버려서 아마 드레스 빌려 입기 쉽지 않을 것 같던데. 그냥 포인트 컬러로 입어도 되는 거지?"

"응. 응. 오히려 전체가 블랙이면 혼자만 엄청 신경 쓰고 온 것처럼 보여서 부담스러울걸? 튀는 거 싫은 애들은 아마 액세서리를 블랙으로 맞출 거야. 우리도 포인트 컬러로 하거나, 아니면 색을 섞을까?"

"그래? 그러면 나도 기다리면서 검색 좀 해 봐야겠다."

하진은 라이언에게 연락하는 에블린 옆에 앉아서 핸드폰으로 드레스를 검색하기 시작했다. 사실 그녀도 드레스를 제대로 입어 본 적이 없어서 기대를 조금 하고는 있었다. 게다가 이번 졸업식은 청소년으로서 보내는 마지막이니 졸업 파티 끝나고도 애프터 파티 등 애들이랑 신나게 놀 예정이었다.

"지니. 라이언 온대! 아이디어 좀 짜다가 같이 영화 보고 뭐 그러자."

"그래, 그래."

어차피 이렇게 셋이서 논 게 한두 번은 아니기에 하진은 에블린을 잘 쳐다보지도 않은 채 핸드폰에 집중하며 가볍게 대답을 했다.

시간이 얼마 지나지 않았는데 누군가 에블린의 방으로 다가오는 소리가 들렸다.

문고리를 돌리면서 들어오던 라이언은 소파에 앉은 편한 차림의 하진을 바라보더니 피식 웃었다. 항상 에블린과 노는 시간에는 학교에서는 보여 주지 않는 편안함이 그녀의 몸에서 흘러나왔다. 고개를 돌려 옆을 바라보자 에블린이 팔짱을 끼고는 눈을 동그랗게 뜬 채 피식 웃었다. 마치 이게 다 자기 덕분이라는 것처럼.

몇 분 전에 에블린은 라이언에게 문자를 보냈는데 이놈에게 답신을 빠르게 받았던 적이 처음인 것 같았다. 하진과 놀고 있는데 졸업 파티 준비 좀 도와 달라고 문자를 보내기가 무섭게 '가고 있다.' 라는 답신이라니.

게다가 오솔길을 뛰어왔는지 약간 반곱슬의 그의 머리가 바람에 날려서 고정된 듯하다. 라이언도 편한 스웨트 셔츠에 트레이닝 바지를 입은 차림이었는데 이렇게 셋이 나란히 있으니 오늘 꼭 약속이라도 한 듯, 세 명 모두 옷차림이 비슷했다.

"왔어? 거기 소파에 앉아."

에블린이 턱짓으로 소파를 가리키더니 바로 전에 하진에게 보여 준 종이들을 손으로 그러모았다.

"응. 뭔데? 오늘 드레스 코드 나왔다며? 설마 행사 구성은 아직인 거야?"

라이언도 이런 준비에 익숙했는지 꽤 자연스럽게 일정을 물어보았다.

"아. 라이언? 왔어?"

전화기에 집중하느라 라이언을 못 봤던 하진은 작은 얼굴에 입술을 살짝 올리고는 그에게 미소를 보냈다. 그녀에게 화답하듯이 씨익 웃는 그의 얼굴은 오늘도 싱그러웠다. 이 방에서 누가 가장 청춘의 대표자냐고 물어보면 하진은 여자 둘보다 저 맞은편에 있는 남자애라고 답할 거라 생각했다.

하진은 자신의 옆에 앉으려 다가오는 라이언을 위해 살짝 엉덩이를 떼고는 자리를 만들어 주었다. 역시나 그가 옆에 앉자 주변이 꽉 차기 시작하며 넉넉했던 소파도 작아져 버렸다. 분명 그녀가 두 다리까지 뻗어서 앉았던 곳이었는데도 말이다.

"진. 뭐 보고 있어?"

그는 고개를 그녀의 어깨 옆에 거의 걸치고는 그녀가 보고 있던 핸드폰의 화면을 같이 보려 얼굴을 들이밀었다. 너무 가까이 다가오는 스킨십에 하진은 그가 다가온 거리만큼 고개를 옆으로 빼내고는 라이언에게 화면을 보여 주었다. 블랙 코드에 맞추어서 트윈 룩과 포인트 룩을 살피던 차였다.

"아하. 드레스? 트윈 룩 하게? 에블린이랑?"

라이언은 하진의 핸드폰을 가져가서는 자신이 골라 주려는 것처럼 손가락을 빠르게 움직여 이것저것 사진을 넘겨 보기 시작했다. 그의 큰 손에 들어간 하진의 핸드폰은 마치 작은 장난감 같아 보였다. 하진은 순간 에블린의 방에 앉아서 여자 옷을 찾아보는 라이언이 웃겼다. 마치 남자아이가 핑크빛 인형의 집에 들어와 덩치 큰 몸을 구겨 넣고는 인형 놀이를 하는 것 같았다. 게다가 그는 제법 진지한 눈빛으로 인터넷에 나오는 여자들 사진을 열심히 넘기고 있었다.

"풋."

싱그럽게 웃음을 터뜨리는 그녀의 웃음소리에 라이언은 궁금하다는 듯 쳐다보았지만, 하진의 모습에 물 흐르듯 자연스레 그냥 따라 웃었다.

라이언과 하진은 굳이 하나의 핸드폰으로 여자들의 트윈 룩 사진을 여러 개 찾아보았다. 그러다 시밀러 룩으로 넘어가니 연인들의 사진이 연이어 나왔다. 하진은 가볍게 웃으며 라이언에게 말했다.

"라이언 그거 말고 트윈으로 봐야 해. 그거는 남녀거든?"

"왜. 이것도 참조해."

라이언은 단호하게 말하며 아까보다는 더 빠른 손놀림으로 화면을 넘기고 있었다. 하진은 화면이 빠르게 휙휙 넘어가는 것을 보고 있자니 눈이 어지러웠다.

하진은 다시 에블린과 같이 테이블에 둘러앉고는 조금 전에 그녀와 같이 보았던 준비 과정들을 펼쳐 보았다. 라이언은 조금 더 사진을 찾아보다가, 하진과 에블린이 자리에 앉자마자 그도 바닥으로 몸을 내려앉았다.

"이거야?"

"응. 어때? 홀 중간에 가벽 세워서 파티션 나누는 거?"

"노래는 다르게 하고?"

"응. 맞아. 그런데 가벽이 문제가 아니라 이게 스케일이 너무 커. 그냥 덩그러니 있을까 봐 겁나."

"뭐 그러면, 차라리 방을 두 개로 만들어."

"네모나게? 아예 룸으로?"

차라리 쉽게 룸으로 나눠서 공간을 조절하라는 말에 에블린은 연필 끝으로 머리를 긁으며 곰곰이 생각하더니 크게 고개를 한 번 끄덕였다. 정수리가 잠깐 보일 정도로 깊게 숙였다가 올리더니 에블린은 뭔가 한껏 표정이 풀린 듯하다.

하진은 그런 에블린을 마주 보며 미소를 짓더니 자신의 아이디어도 덧붙였다.

"그러면……. 가벽으로만 공간을 잡고, 큰 천 빌려서 체육관 객석에서부터 반대편까지 가리는 게 어때? 천장을 천으로 대신하면 마치 천고가 높이 보여서 시원하고, 개방감도 있고, 그리고 천이 흔들리면서 조명 쏘면 분위기 만드는 것도 쉬울 것 같은……!"

"그거다!"

하진의 말이 끝나기가 무섭게 에블린이 박수를 치며 소리를 질렀다. 그러더니 에블린은 중얼중얼하며 아이디어가 날아갈까 봐 재빨리 여기저기 코멘트를 적어 나가기 시작했다.

"그러면 노래는 위원회에서 알아서 하라고 하고…… 어차피 의상 콘셉트도 블랙 앤 화이트니까 공간도 컬러 테마로 맞추고. 아니면 그냥 어두운 조명에 형광으로 위치를 구분하거나. 그치. 그렇지. 음."

에블린은 끊임없이 중얼거리더니 급기야 엉덩이를 들썩들썩하며 장단에 맞추어 몸을 흔들고 있었다. 그런 에블린을 바라보던 하진은 혹시라도 그녀가 반복적인 행동을 계속 보일까 봐 티 나지 않게 그녀의 행동을 말없이 주시했다.

라이언은 그런 에블린을 바라보며 자신이 늘 하던 방식과 비슷하게 —그리고 자연스럽게— 그녀를 관찰하는 하진을 번갈아 보았다. 어렸을 때는 단순히 집안이 친하기 때문에 당연히 에블린의 행동에 그다지 크게 의문을 가지지 않았지만, 학교에 같이 입학한 후에야 다른 또래와는 다르다는 것을 깨달았다. 피서 집안과 와이엇 집안은 대체로 에블린의 행동 양식을 구분하고 느낄 수 있어서 적정 수준으로 대응할 수 있었지만, 하진은 에블린을 안 지 고작 1년이 되지 않았다. 그녀의 기본적인 성정이 우뚝하고 흔들림 없는 나무와 같은 게 도움이 됐던 것일까 싶지만, 하진을 알면 알수록 라이언은 가랑비에 조금씩 젖어 들듯 그녀의 알 수 없는 매력에 적셔지고 있는 듯했다.

"그러면 어느 정도 정리는 된 거야 에블린?"

"응응. 이 정도면 내일 미팅 때 올리비아랑 매트한테 보여 주고 재료 사는 예산을 받아 와야 할 것 같아!"

에블린은 마무리하며 볼펜을 내리더니 라이언과 하진을 향해 시원스레 미소를 보였다. 그녀는 기지개를 켜며 다 끝났다고 소리를 지르더니 —하진이 보기에는 이제 시작이지만— 패드를 가져오고는 여자 둘이서 트윈 룩을 선보이는 패션 매거진 사진을 벽에 띄웠다.

"자! 이제는, 하진과 나의 트윈 룩을 고를 차례지. 암."

"야. 이거 하려고 불렀어?"

라이언은 생각보다 준비 작업에 대한 논의가 빨리 끝나는 게 불만이었는지, 아니면 에블린이 부른 목적을 잘못 이해했는지 자신의 기대와는 다르다는 목소리였다.

"라이언 넌 그냥 일반 턱시도 입을 거야? 흰색으로? 위아래?"

"글쎄. 그냥 집에 있는 거 아무거나 입으려 했는데."

"남자는 화이트라며."

"그래서 흰색 셔츠에 턱시도 같은 거로 입으면 되지 않나 싶었는데?"

"하긴. 그러네. 오히려 여자들이 블랙이라. 에블린 그럼 우린 그냥 검은색 치마로 맞출까?"

하진은 고개를 깊숙이 숙이고는 패드 위를 연신 손가락으로 그어 대는 에블린을 향해 물었다. 그녀의 고개가 올라올 생각이 없자 하진은 에블린의 손길에 따라서 사진이 휙휙 바뀌는 벽을 바라보았다.

유명한 SNS 스타의 사진들이 일제히 천장 위로 올라가더니 갑자기 하나의 사진에서 멈추었다.

"하진? 이거 어때?"

"저……거?"

에블린이 가리킨 건 홀터넥이 끈으로 되어 있어 아슬아슬하게 상체의 앞쪽 부분만 가리고 있는 데다가 등은 훤히 드러난 엄청나게 가벼운 복장이었다. 새틴으로 되어 있어서 반짝거리는 소재라 고급스러워 보이기는 했지만, 하진이 한 번도 입어 본 적 없는 너무 과감한 복장이었다.

"별로야. 패스."

옆에서 긴 다리를 쭉 뻗고는 두 팔을 뒤로 받치고 벽을 보던 라이언은 시니컬하게 입꼬리를 올리고는 자신의 생각을 거리낌 없이 말했다.

"야. 니 보라고 입는 거 아니거든?"

"저거 입었다가 끈 하나라도 뜯기면 그날로 SNS 스타 되는 거야. 그러고 싶어?"

일리 있는 그의 말에 하진은 고개를 끄덕이며 에블린의 손에서 패드를 가져와 다른 사진을 천장에 띄웠다.

"이건 어때 에블린?"

둘이서 서로 상의와 하의를 반전시키며 입은 옷이었는데 나쁘지 않아서 골라 두고 있던 참이었다.

"오. 괜찮은데? 색상은 위아래로 저렇게 하고, 대신에 한 명은 길게 한 명은 짧게 입을까? 아! 아니면 나는 오른팔 지니는 왼팔을 오프숄더로 할까?"

"그거 괜찮겠다!"

하진은 눈썹을 위로 들며 상상을 해 보더니 썩 괜찮은 아이디어라고 생각했다. 이제부터는 디자인을 좀 더 생각해 보면 되겠다 싶다.

"그러면 그거에 맞춰서 나도 좀 더 살펴볼게. 아까 몇 개 팔로우해 둔 게 있어서."

하진도 기대가 많이 되자, 에블린과 함께 서로 마주 보며 키득거렸다. 그걸 본 라이언은 이제 영화를 보자며 자신이 패드를 들고 가서는 본인이 원하는 영화를 틀었다. 영화는 초능력자들이 나오는 시리즈물의 프리퀄이었다.

하진은 재밌게 보았던 영화라서 무리가 없었는데, 에블린에게도 괜찮은지 물었다.

"에블린. 이 영화 어때? 괜찮아?"

"아. 응응. 일단 틀어 보고 있어 나 옆에서 아까 마무리하던 거 마저 정리 좀 할게. 소재를 좀 따 놔야 해서."

에블린은 손을 까닥이며 하진과 라이언에게 먼저 보라고 하고는 자신의 책상에 앉아 다시 종이를 펼쳤다. 하진은 소파에서 내려온 라이언을 바라보며 자리에서 일어나고는 그의 다리가 너무 길어 불편할까 봐 테이블을 조금 치워 주었다.

"라이언. 여기서 다리 뻗고 봐. 나는 소파에서 봐도 되지?"

"응. 스탠드 조명도 좀 바꿔 줘."

라이언의 발끝에 있는 스탠드를 켜고는 방의 한쪽 불을 끈 자 에블린의 큰 방은 마치 두 개의 공간으로 분리된 것 같았다. 하진은 라이언의 옆쪽에 놓인 소파 위로 가기 위해 그의 다리를 뛰어 넘어갔다. 소파에서 다리를 쭉 뻗고는 벽에 쏘아지는 영화를 보기 위해 하진도 최대한 편한 자세를 잡았다.

머리를 팔에 괴고 몸을 옆으로 틀어 영화를 보던 그녀는 점점 영화에 더 집중하기 시작했다. 영화의 장면이 극에 치달을수록 하진은 에블린이 아직도 책상에 있나 싶어 고개를 뒤로 돌려 보니, 그녀는 오늘 밤 영화를 볼 여유는 없어 보였다.

하진은 어느 순간 소파에 머리를 기대고는 라이언에게 영화를 그만 보고 자리를 비켜 주자고 할까 하다가 그냥 내버려 두었다. 그도 꽤 영화에 집중해 있는 걸 보니 셋 모두 조용히만 있으면 될 것 같았다.

하진은 다시 팔을 괴고는 자신의 머리맡에 놓인 그의 뒷머리에 시선을 두었다. 꽤 근처에서 그가 고개를 소파에 기대자 영화의 화면이 살짝 가려졌지만 그렇게 거슬리지는 않았다. 그의 뒷머리에서 풍겨 오는 라이언 특유의 체향에 하진은 이제 웬만하면 멀리서도 그가 다가오는 것을 알 수 있었다.

그녀는 라이언의 뒤에서 윤기 나는 그의 머리칼을 한번 만져 보고 싶다는 충동이 일었다가 그냥 손을 다시 제자리에 두었다.

영화가 클라이맥스에 다다르자 하진은 자리에서 일어나 소파 끝자락에 앉아 벽 쪽을 향해 몸을 웅크리고 집중을 하며 시청했다. 라이언도 마찬가지로 그녀 옆에 앉아 영화를 보더니 나지막이 그녀가 들릴 정도로만 얘기했다.

"진. 에블린 자는 것 같은데?"

"뭐?"

큰 소리를 내지 못하고 대답한 하진이 고개를 휙 돌리자 침대에 꾸물거리며 누워 있는 에블린의 뒷모습이 보였다. 영화는 보지도 못하고 졸업 파티 때문에 미팅 준비를 하느라 머리를 꽤 많이 썼나 보다. 괜스레 잠을 깨울까 싶어서 하진은 패드에 손을 가져가 영화를 끄려 했다.

하지만, 갑작스레 자신의 손을 잡아채는 라이언의 따뜻한 온기에 그녀는 움찔 놀라며 그를 바라보았다.

"왜……? 에블린 깰 것 같아서."

"어차피 자고 있어. 그냥 보자."

옆에 나란히 있다가 패드 때문에 소파에서 잠시 허리를 숙였던 하진은 자신의 왼쪽 볼에 그가 내뱉는 숨이 닿자, 갑자기 열기가 얼굴로 몰리기 시작했다. 다행히 스탠드만 켜져 있는 쪽인 데다가 자신이 역광 방향에 있으니 보지 못했을 것이다.

"알았어."

어차피 영화는 30분도 채 남지 않았기에 하진은 알았다며 라이언의 손을 빼려 하였으나, 그는 하진의 손을 쥔 채 놓아주지 않았다. 그녀는 당황하며 좀 놓으라고 손을 털었으나 라이언은 입술을 삐죽이며 장난스러운 웃음을 보이더니 하진의 손에 이제는 깍지를 껴 버렸다.

"라이언! 손 놔!"

에블린이 깰까 봐 라이언의 귓가에 으름장을 놓은 그녀의 말이 장난으로 들리는지 라이언은 들은 척도 안 하며 그녀의 손을 휙 더 제 품에 가져가 버렸다.

갑작스러운 그의 스킨십에 그녀는 당황하여 어버버거리는데, 그녀를 더 돋우려는지 라이언은 뚱딴지같은 얘기만 늘어놓았다.

"내 소원 하나 들어주면, 놓아주지."

"뭐? 그걸 내가 왜?"

"그럼 그냥 이렇게 영화 보는 거지 뭐."

"이게!"

라이언은 대수롭지 않다는 듯이 하진의 손을 팔랑거리며 그녀의 팔까지 흔들었다. 하진은 그의 어깨를 발로 차 버리려고 발을 들었으나 이제 라이언은 그녀의 오른발까지 꽉 잡아 버렸다. 손과 발에서 그의 뜨거운 열기가 바로 느껴지자, 하진은 누가 봐도 당황한 모양새였다.

"야…… 아! 그만해!"

에블린이 깨는 거랑 상관없이 하진은 이제 목소리를 좀 더 높였다. 이제 그녀가 깨든 말든 상관없던 찰나에 라이언은 그러냐며 하진의 발가락 사이에 깍지를 끼겠다며 자신의 손을 움직이려 했다. 하진은 배 속에서 나비가 날아다니는 느낌처럼 속에서 주체할 수 없는 퍼덕거림을 느꼈다.

반사적으로 잡히지 않은 발로 라이언의 배를 차 버리는 것 외에는 그녀에게 달리 방도가 없었다. 그의 늑골이 그녀의 발에 느껴질 정도로 하진은 깊이 그를 차 버렸다.

퍽!

"으악."

악 소리를 내뱉은 라이언이 두 손을 풀고는 자신의 배를 부여잡고 허리를 깊이 숙였다. 신음 소리를 계속 내는 라이언을 보았지만, 하진은 그가 계속 놀렸던 값을 치르는 거라며 쳐다보지도 않고 남은 영화를 시청하기 위해 벽을 바라보았다.

"자업자득이다. 아픈 척 그만해."

라이언이 계속 허리를 숙이고 앓는 소리를 내자 하진은 속지 않으려 애써 냉정하게 말했다. 배를 잡고 끙끙거리다 이제야 허리를 세운 그를 하진은 눈을 샐쭉거리며 흘겨보았다.

"하아…… 크리스틴. 정말 아팠어. 이제 장난 못 치겠다."

"풋. 그러니까 그만하랬지? 영화나 봐라."

그가 절레절레하며 진심을 담은 듯이 가장해 또 장난스럽게 말하자 이내 하진은 그냥 웃어 버렸다. 요즘 그가 보이는 반응이 하진은 꽤 즐거웠다.

라이언은 허리를 계속 부여잡으며 영화에 집중 안 된다며 투덜댔지만, 몇 분 뒤, 그도 다시 영화에 집중하기 시작했다. 하진은 그런 그의 옆모습을 훔쳐보며 속으로 숨을 돌렸다.

'후아. 깜짝이야.'

영화가 끝나고 엔딩 크레딧이 올라오자 하진은 자연스레 에블린의 주위에 널브러진 종이들을 정리했다. 소파에 자신이 사용했던 담요나 쿠션을 제자리에 두고는 라이언과 같이 방을 나왔다. 거실로 나오니 이미 피셔 집안의 사람들은 모두 자고 있던 터라 조심스럽게 아무 말도 없이 신발을 신고 집에서 나왔다.

원래 오늘은 에블린과 함께 파자마 파티를 하려 했으나, 그녀도 잠이 들고 라이언도 있어 하진은 그냥 오늘은 집으로 가야겠다고 생각했다.

"라이언. 들어가. 내일 보자."

하진이 가볍게 손을 흔들고는 어깨를 움츠리고 최대한 차가운 새벽 공기를 안 맞으려 자전거로 향하던 그때 라이언이 그녀의 어깨를 짚었다.

"크리스틴?"

"응?"

하진은 자신의 어깨에 놓인 그의 손을 보고는 그의 팔을 따라서 얼굴에 시선을 맞췄다. 또 왜 그러는지.

"왜?"

라이언도 굉장히 얇게 입었음에도 새벽 공기는 그에게 아무런 추위를 가져다주지 못했나 보다.

"음…… 심야 영화 하나 더 보지 않을래?"

"심야 영화? 지금 이 시간에?"

하진은 자신의 주머니에서 핸드폰을 꺼내고는 새벽 1시로 가기 위해 쉼 없이 올라가는 숫자들을 보았다. 뜬금없이 심야 영화를 얘기하는 라이언을 다시 바라보며 하진은 핸드폰을 친절히 그에게 보여 주었다.

"지금 1시 다 돼 가. 안 졸려?"

"응. 어차피 네가 같이 안 가도 난 보러 갈 거거든. 생각 있으면…… 같이 보자고."

라이언은 입술 끝을 내리며 말하더니 고개를 살짝 기울이며 하진을 바라보았다. 생각 없냐는 듯. 그제야 하진은 언젠가 에블린이 사실은 라이언이 영화광이라는 얘기를 한 적이 있다는 걸 상기했다.

"어차피 오늘 에블린 집에서 자고 가려 했던 거 아니야?"

파자마 파티를 하자며 가볍게 옷차림을 하고 온 하진은 사실 라이언과 얘기하는 동안에도 너무 추워서 두 손을 양팔에 비비는 중이었다.

"그렇긴 한데. 어차피 에블린도 자고, 원래 새벽까지 놀려고 했는데……. 그리고 지금 난 좀 추운데? 영화관도 추울 것 같아."

어차피 부모님은 오늘 에블린의 집에서 자고 가는 거로 알기에 지금 잠깐 나가서 라이언과 영화를 보고 세 시간 뒤에 들어가나 지금 들어가나 그게 그거였다. 게다가 졸리지도 않아서 추위만 어떻게 하면 영화야 한 편은 더 볼 수 있었다.

"내 옷 입어. 난 안에 하나 더 있어."

그는 자신의 집업 후크를 내리고는 벗어서 그녀의 어깨에 걸쳐 주었다. 그의 온기가 녹아 있는 집업을 걸쳐 입자 하진은 신기하게도 더는 추위가 느껴지지 않아 팔을 비비던 손을 가만히 멈추고는 라이언을 바라보았다.

"풋. 그런데 너랑 또 보다가 뒷말 엄청 나오는 거 아니야? 아서라. 그냥 이거 다시 입어."

하진은 장난스럽게 라이언을 놀리면서 다시 그의 후드를 돌려주며 말했다. 어차피 시간이 조금 늦은 것 같아 그녀는 집에 가는 게 낫겠다는 생각이었다.

"나랑…… 엮이는 게 싫어?"

"응?"

라이언의 깊은 눈 속에는 약간의 서운한 감정과 화난 감정이 섞여 있었다.

"나랑 같이 있으면…… 그렇게 말이 나오는 게 싫어? 그건 나도 어떻게 할 수 없는 부분인데……."

그의 진지한 말 한마디에 하진의 머릿속엔 순식간에 파노라마같이 그의 지난 소문과 따라다니는 추종자들이 지나갔다. 생각해 보니…… 한 번도 그는 이걸 자랑스럽게 생각하지도 않았고, 그렇다고 그가 입 밖으로 꺼낸 적도 없었다. 심지어는 싫다는 느낌만 내비쳤었다. 자신의 의사와는 상관없이 벌어지는 일에 친구들이 부담스러워한다는 사실이나 말조차…… 그에게는 상처가 아닐까?

하진은 불현듯 뒷머리를 강타하는 이 물음에 라이언에게 바로 사과의 말을 전했다.

"아. 미안해. 네가 그렇게 생각할 수도 있다는 걸 내가…… 지금 느꼈어. 상처……일 수도 있었겠다. 그동안."

"……."

"네가 싫어서 그런 게 아니야. 난 그냥 너도 귀찮아질 거라는 생각에 그랬어. 내가 잘못 말했다."

하진은 그에게 한 발자국 다가가며 마주 보면서 자신의 진심을 담아 그에게 말을 전했다.

라이언은 대번에 자신의 마음을 이해해 주는 하진의 말에 울컥한 기분이 들어 주머니에 찔러 넣은 두 손을 크게 말아 쥐었다. 하진은 자신이 예기치 못한 곳에서 어퍼컷을 날리는 재주가 아주 다분히 있다.

"됐어. 뭐."

쑥스러운지 눈을 이리저리 굴리며 입을 삐죽인 라이언은 이내 트레이드마크인 미소를 짓더니 하진에게 장난 반, 아니 장난 아주 조금, 그리고 진심을 아주 많이 담아 미끼를 던졌다.

"그러면, 뭐. 정 미안하다면 영화 네가 보여 주든지."

"푸흡. 그래. 어차피 뭐, 오늘은 놀 계획이었으니. 그런데 네 차로 가야 해. 나 오늘 자전거 타고 와서."

"그래. 대신에……."

"……?"

"저기 오솔길 지나가야 하는데 괜찮겠어? 하하."

라이언은 고갯짓하며 지난번에 하진이 오두방정을 떨며 겁에 질려 난리를 쳤던 그 사실을 말하는 게 틀림없는 표정으로 웃음을 터트렸다. 그러더니 마치 아주 대단히 기대하고 있다는 표정으로 먼저 앞장서서 걸어가 버렸다.

막상 그가 눈앞에서 빠르게 멀어지자 하진은 순간 겁이 나서 그의 뒤꽁무니를 빠르게 쫓아갔다.

"아씨. 같이 가! 그런데 꼭 거기로 가야 해?"

하진은 어느새 졸졸 쫓아가 라이언의 옆에서 재잘거리며 오솔길을 걸었다.

○ ● ○

그리고 그날 밤. 하진은 그와 세 번째 영화를 함께 보았다. 그날따라 상영관에는 사람이 하나도 없어 둘이서 철없이 두 다리를 앞좌석에다가 쭉 뻗어 걸치고는 제집인 것처럼 수다를 떨며 영화를 감상했다. 감독이 어쩌고, 배우가 어쩌고, 저 장면은 개연성이 없다는 등. 하진은 그가 주저리주저리 얘기해 주는 코멘트들에 때로는 배를 부여잡고 웃기도 하고, 진지하게 끄덕이며 듣기도 했다.

영화를 다 보고 나올 즈음에는 24시 패스트푸드점에 가서 오늘 그가 점심에 못 먹었다고 투덜댄 비프버거까지, 하진은 대인배처럼 으스대며 사 주고는 어스름하게 해가 땅속에서 고개를 들 시점이 오자, 두 눈에 졸음이 가득한 채로 하진의 집 앞에서 라이언과 헤어졌다.

다음 날 둘 다 학교에 지각한 것은 어찌 보면 당연한 일이었다.

10

요즘 빅토리아 스쿨은 학생들이 만들어 내는 목소리에 휩싸여 있었다. 사람이 두 명 이상 모이면 단연 화제는 그해의 졸업 파티 파트너는 누가 될 것이냐였다. 제각각 어렴풋이 파트너가 정해지던 때쯤에 하진은 핸드폰을 들고는 캘린더를 열어 일정을 체크하고 있었다. 곧 내일이면 첫 번째 합격 발표가 있을 예정이었다.

오늘은 수업이 끝나면 그레이엄과 앨리스와 만나서 합격 발표 전날 브라운 패밀리끼리 전야제를 지내기 위해 다운타운에서 만나기로 했다.

차 키를 주머니 속에 넣고는 내리쬐는 태양 빛을 조금이라도 피하려고 한 손으로는 이마를 가렸다. 요즘 앞머리가 많이 자라서 그녀의 이마 옆으로 구불거리며 흘러내리고 있었다. 대충 햇살을 가리며 머리를 정리한 하진은 운전석 문을 열고는 가방을 조수석에 올려 두었다.

지징— 지징—

몸을 부르르 떠는 핸드폰을 다시 쥔 하진은 에블린의 전화를 어깨에 올려 두고는 고개를 이용하여 받았다.

"에블린?"

— 크리스틴? 어디야? 아직 학교야?

"응. 이제 다운타운으로 가려고. 가족 모임 있어서."

— 아, 그래? 그러면 일단 내가 지금 엄마랑 쇼핑하면서 드레스를 봤거든? 이거 사진 보여 줄 테니까 어떤지 한번 볼래? 괜찮으면 세트로 두 벌 지금 구매하려고. 보니까 벌써 블랙 코드는 싹 사라졌어!

"그래? 그럼 알았어. 지금 보내는 거지?"

— 아니다. 내가 지금 페이스 타임 걸게. 잠시만.

하진이 뚝 끊겨 버린 핸드폰을 보며 몇 초를 기다렸을까. 에블린의 영상 통화 알림이 연이어 들어오자 검지로 동그란 전화 버튼을 눌렀다. 화면이 켜지자 활짝 웃으며 드레스를 입고 있는 에블린이 보였다.

"그거야? 이쁘네. 에블린!"

— 진! 나는 오른쪽 오프숄더인데 이거 어때? 괜찮지!

에블린의 핸드폰을 들고 있던 미세스 피셔가 하진에게 거울로 인사하는 모습이 보이자 그녀도 핸드폰에 손을 흔들며 마주 인사했다. 빙그르르 돌며 하진에게 포즈를 취한 에블린은 지난번에 사진으로 보았던 드레스와 비슷한 옷을 입고 있었다. 오른쪽 팔은 시원하게 드러나 있었고 허리 쪽은 타이트하게 뒤로 묶여 있어서 몸매가 적나라하게 보였지만 노출이 드레스처럼 많지는 않아 단정하면서도 고급스럽게 느껴졌다. 전신이 모두 블랙으로 되어 있어 예상과는 다르게 반전 색상을 주지는 못하겠지만, 어깨가 서로 다르니 괜찮을 것 같았다.

하진은 고개를 연신 끄덕이며 미소를 짓고는 에블린에게 외쳤다.

"그래! 그걸로 하자! 나도 마음에 들어. 그런데 그거 왼쪽 팔도 오프숄더인 게 있어?"

— 아. 그게 문제야. 이게 딱인데! 여기 점원이 왼쪽 오프숄더는 없대. 그래서 내가 이거 한 벌을 리폼해 보려고. 지니가 오른쪽 원하면 이거 그대로 입어.

"리폼? 나는…… 그런 재주가 없어서. 그냥 같이 오른쪽으로 하자, 뭐 어때. 트윈 룩이니까 더 좋지 않겠어?"

괜히 에블린이 귀찮아질 거라는 생각에 하진은 그냥 같은 옷을 입자고 말했다.

— 지니가 괜찮으면 내가 오른쪽 드레스도 좀 손보고, 나머지 하나는 왼쪽으로 내거나 리폼을 해 보려고. 괜찮아?

눈빛을 빛내며 물어 오는 에블린에게 싫다고 말할 수도 없고 그렇다고 별로 싫은 것도 아니었던 하진은 코를 찡긋거리며 물었다.

"귀찮지 않겠어? 너만 좋다면 나는 괜찮은데 내가 도와줄 수 있는 재주가 없어서……. 아니면 내가 액세서리를 좀 찾아볼게!"

— 그래그래. 하진도 좋은 거지? 꺄오! 내가 일단은 디자인 뽑고 짜잔 하고 보여 줄 테니까 하진은 시간 나면 나 보러 와. 사이즈 재야 해. 엄마! 이걸로 두 개 들고 있어 줘요!

에블린이 양 손바닥을 영상이 담아내지 못할 정도로 흔들더니 이내 미세스 피셔와 대화를 나누며 갑자기 영상이 끊겼다. 소란스러운 말을 내뱉던 핸드폰이 갑자기 침묵하자 운전석에 홀로 앉아 있었던 하진은 조용히 한쪽 입술을 올리며 시동을 켰다.

어차피 에블린은 이미 자신만의 세계에 빠졌을 테니, 굳이 하진이 다시 전화를 걸지는 않았다. 그녀는 이제 시동을 켜고는 후진하려고 백미러를 바라보자, 트렁크에 매달려 그녀를 쳐다보는 시커먼 인영 때문에 소리를 질렀다.

"으악!"

하진이 날렵하게 페달에서 발을 떼고는 차를 멈추자 운전석 창문을 두드리는 라이언이 보였다.

"라이언! 큰일 날 뻔했잖아!"

창문을 내린 하진이 라이언에게 소리를 질렀다. 그녀는 제법 무서운 표정을 만들어 라이언에게 자신의 분노가 얼마나 깊은지 보여 주었다. 그런 그녀의 표정에는 아랑곳하지 않던 라이언은 고개를 숙이며 창에 제 얼굴을 들이밀었다.

"크리스틴. 나 여러 번 두드렸다고. 그래도 위험할 뻔하긴 했지."

적당한 두께의 입술을 한껏 늘이며 여유 있게 웃는 그의 얼굴은 하진의 코끝에 아슬아슬하게 다가왔다. 하진은 어깨를 비틀어 그와 마주 보고는 미간을 찌푸렸다. 여전히 아까의 일이 마음에 들지 않았다. 하마터면 다칠 수 있었는데 이런 여유라니.

"그래도 뒤에서 그러지 말고 지금처럼 옆에서 두드렸어야지."

"알았어. 앞으론 그렇게 할게. 아까부터 전화하느라 옆도 안 보길래 그냥 가려다가 잠깐 장난쳐 본 거야. 지금 가?"

"어. 부모님 만나러 가. 넌? 집에 안 가?"

"가야지. 그냥 인사하려고 온 거야. 드레스는 잘 골랐어?"

"응. 에블린이 방금 드레스 샀는데 리폼할 건가 봐. 넌? 그냥 기본 슈트로 입으려고?"

"글쎄. 아직 안 골라서. 그런데 말이야."

그는 이제는 운전석 문에 거의 늘어지듯 허리를 숙이며 창문에 매달렸다. 자신의 턱을 팔에 괴고는 고개를 비틀어 조금 더 그녀의 얼굴과 마주 보게 된 라이언은 입을 달싹였다. 그러다 갑자기 결심이라도 한 듯 말했다.

"내일부터지? 하버드는 이번 주 금요일인데 MIT는 내일이라며?"

"응. 맞아. 내일부터야."

"몇 시쯤 나오는지 알아?"

"아마 오전 10시인가에 뜰 것 같아."

"내일 학교 나올 거야?"

"아니. 내일은 수업 없어서 집에 있으려고."

남들에게는 여태 티를 안 냈지만, 그와 말하다 문득 걱정이 들어 하진은 한숨을 내뱉었다. 라이언은 그런 와중에도 계속 운전석 창가에 매달려 있었는데, 그 자세가 꽤 힘들어 보였다. 그런 라이언의 정수리를 하진이 내려다보았다. 그러다 갑자기 고개를 들어 눈을 맞춰 오는 라이언에 놀라 하진은 고개를 뒤로 뺐다.

"거기 합격해도 덜컥 접수하면 안 된다? 다음 발표 계속 기다릴 거지?"

"당연하지."

말이 되는 소리를 하라며 하진은 콧방귀를 뀌었다. 그녀의 대답이 퍽 마음에 들었는지 라이언은 금세 화사한 웃음을 지었다. 그의 미소가 순간 햇살에 비쳐

색색의 광채를 담아 더 빛을 발했다.

"넌? 정작 너야말로 어디 썼는데? 하버드 말고는?"

생각해 보니 딱히 하버드 외에는 쓴 곳을 묻지 않은 것 같아 하진이 되물었다.

"일단, 난 MIT는 안 썼어. 난 기계랑 안 친해."

"거기 기계만 있는 거 아니거든?"

"풋. 그래. 내일 발표 나면 나한테도 알려 줘."

그의 우스꽝스러운 모습이 눈에 띄었는지 주변을 지나가는 학생들이 일제히 힐끔힐끔 그녀의 차를 바라보는 것이 느껴졌다. 더군다나 그와 얘기하느라 벌써 몇 분이 흘렀음을 깨달은 하진은 이제 자신이 출발해야 할 때라고 느끼며 자동차의 기어를 바꿨다.

"알았어. 합격하길 기도해 줘."

"걱정은."

이내 차 천장을 탕탕 두들기며 먼저 뒤를 돌아 떠나 버린 라이언의 등을 바라보던 하진은 다운타운으로 차를 몰았다.

○ ● ○

하진은 적당히 근처 길가에 주차한 뒤, 주차 티켓을 끊고는 부모님과 약속한 레스토랑에 들어갔다. 아마 이곳이 지난번 두 분이 밸런타인데이에 갔던 곳이리라.

딸랑거리는 차임벨 소리가 들리며, 곱게 정장을 차려입은 백발의 노인이 그녀를 맞이했다. 하진은 미스터 브라운이라는 아버지의 성을 얘기하고는 그가 이끄는 곳으로 따라 들어갔다. 신기하게 벽마다 파티션이 나와 있어서 테이블이 분리되어 보였다. 혼자 왔다는 사실에 조금 긴장이 되었지만, 부모님을 곧 볼 생각에 두근거리는 마음으로 주변을 살펴보았다.

마치 어른들만 오는 장소처럼 보여서 하진은 괜스레 자신도 이미 성인이 된 듯한 느낌이 들었다. 여러 공간을 지나쳐 웨이터가 안내한 곳에 도착해 파티션을 살짝 밀고 들어갔다. 마치 프라이빗 공간처럼 어두우면서도 아늑한 느낌이었다.

안으로 들어가니 앨리스와 그레이엄이 서로 마주 보며 얘기를 나누고 있었다. 하진은 그런 두 분을 마주 보고는 각자의 볼에 비쥬를 날렸다.

"어머. 하진 왔니?"

"왔니? 어서 앉으렴. 이제 음식 주문하면 되겠어."

하진을 반가이 맞이한 두 분은 오늘 각자의 직장에서 일찍 퇴근하고 온 듯했다. 회사에 갈 때 항상 단정한 정장을 입는 부모님을 볼 때면 하진은 자신도 언젠가 사회에 나갔을 때 부모님과 똑같은 옷차림을 하겠지, 라는 생각이 절로 들었다.

"하진. 내일 MIT 결과 나오는데, 어때? 합격하면 다른 데랑 비교해 볼 요량이니?"

앨리스의 물음에 그레이엄도 궁금한지 하진을 쳐다보며 두 손을 마주 잡았다.

"그럼요. 거기만 붙으면 모르겠지만, 사실 하버드나 다른 학교 결과도 잘 나오면 객관적으로 나중에 어디가 도움이 될지 생각해 봐야죠. 그리고 엄마도 하버드가 더 좋다고 하시니, 사실 하버드만 붙으면 H로 가야죠. 그런데 이 모든 건 제가 붙는다는 전제하에 말씀드리는 거라……. 사실 좀 떨리긴 해요. 지금도 떨려서 손이 흔들거리는걸요?"

하진은 자신의 손을 테이블 위로 펼쳐서는 더 과장되게 덜덜 떨었다. 그레이엄과 앨리스가 일제히 웃음을 터뜨리자 하진도 햇살 가득한 미소로 화답했다.

사실 앨리스와 그레이엄이 모두 원하는 곳은 하버드라고 말했지만, 현실적으로도 그리고 솔직한 심정으로도 하버드에 합격했는데 굳이 MIT로 가기에는 마음이 내키지 않았다. 물론 둘 다 명문이라, 한 군데만 붙어도 감사한 건 당연한 일이다.

내일 발표가 나올 예정이지만, 하진은 사실 이번 주 금요일의 발표가 더 떨렸다. 하버드가 떨어지면 MIT에 붙어도 어쩔 수 없는 실망감에 우울함이 들이닥칠 것이다. 당연히 있을 거로 생각했던 케이크 상자가 자기도 모르게 이미 버려진 느낌과 비슷할까 싶다. 기대가 크면 실망도 큰 법인데, 하진은 애써 기대를 하지 않으려, 일부러라도 말하지 않았다.

○ ● ○

그날 저녁, 부모님과 간단히 식사하고는 하진은 집에 돌아와 자신의 방에 누워 음악을 틀었다. 천장을 바라보자 차라리 오늘 밤을 새워서 놀다가 내일 아침 10시 이후에 일어나는 것이 제일 좋을 것 같았다. 이제부터 각 대학교의 합격 발표가 하나씩 시작되지만, 당장 첫 발표부터 심장이 쿵쿵거려 잠을 잘 수가 없었다. 발표가 뜨기 전까지 일분일초를 기다리는 그 초조함에 어느새 마음이 선득해졌다. 차라리 지금 앨리스와 함께 심야 영화를 보러 갈까도 생각했지만, 이래저래 괜히 나가 있다가 합격에 불운이라도 올까 봐, 방에서 콕 박혀 누워 있는 게 낫겠다 싶었다.

하진이 노래를 들으며 두 눈을 감고 다음 곡을 기다리고 있을 때, 이어폰에서 나오는 문자 알림 메시지에 눈을 떴다.

[C! 걱정 마. 붙을 거야! 내일 보자.]

에블린의 응원 어린 문자에 잠시 미소를 지은 하진은 이제 이어폰을 모두 빼고는 그냥 잠을 자기 위해 몸으로 침대를 비비며 잠자리를 데웠다. 벌써 긴장으로 진을 빼면 못 버틸 것 같았다.

그렇게 하진은 버티다 못해 가슴 졸이는 마음과 함께 그날 그다지 편하지 않은 잠자리에 들었다.

○ ● ○

학교에 가지 않는다는 생각에 긴장이 풀려서인지, 아니면 지난밤 뒤척거리며 어렵사리 잠이 들었던 노력을 알아준 건지, 일어나자마자 시계를 살펴보니 어느덧 발표까지 10분을 남겨 두고 있었다. 그녀는 누가 얼굴에 물을 끼얹은 듯 두 눈을 크게 뜨며 다시 시계를 바라보았다. 코앞으로 다가온 시간을 보자, 애써 핸드폰과 컴퓨터를 저 멀리 두고는 주방으로 내려왔다. 오늘은 그래도 주중이라서 앨리스와 그레이엄이 모두 회사를 나갈 줄 알았으나, 두 분 모두 하루 휴가를 냈다고 했다. 막상 부모님까지 다 같이 합격 발표를 확인하려 하니 부담감에 마음이 무거웠으나, 그래도 쓰라린 패배가 다가왔을 때, 혼자이지 않을 거라는 생각에 하진은 안심했다.

앨리스는 부지런히 주방에서 아침 식사를 준비하고 있었다. 그녀를 뒤에서 살짝 감싸 안은 하진은 아침 인사를 하고는 식탁에서 앉아 신문을 보고 있는 그레이엄에게 다가갔다.

"두 분, 모두 벌써 아침 다 드셨겠어요."

"그럼. 우린 이미 다 했어. 하진 가볍게 먹을래? 오믈렛 어때?"

"아직이요. 어차피 곧⋯⋯."

그녀가 고개를 들어 시간을 확인했다.

'10시 10분.'

이미 학교 웹 사이트 서버가 다운되었을 수도 있겠다 싶다. 전 세계에 있는 학생들이 일제히 결과를 확인하고 나오기까지 적당히 20분이면 될까. 그러면 적어도 10분 정도는 더 여유를 갖고 싶다.

"발표가 떴네요. 그래도 조금 이따 볼게요. 아마 사이트 지금 열리지도 않을 수 있어요."

"그래, 그래. 조금 이따가 보자. 물 줄까?"

"제가 할게요."

냉장고의 문을 열고는 물병을 꺼낸 하진은 병뚜껑을 돌리고선 목을 축였다. 그레이엄과 앨리스를 보아하니 걱정 없어 보이는 눈치지만 연신 하진이 움직일 때마다 그들의 두 눈이 따라오자, 하진은 막연히 기다릴 수는 없겠다고 생각했다.

'어차피 저렇게 기다리시는데…… 게다가 매도 맞으려면 빨리 맞는 게 나은 거겠지.'

찬물이 제 온도를 데우지 않고 선연히 그녀의 가슴까지 흘러 들어오는 기분이 느껴지자 하진은 생각을 바꿨다. 어차피 시간은 되었고, 결과는 이미 나왔을 것이다.

그녀는 이내 방으로 올라가려 그레이엄과 앨리스에게 말했다.

"아녜요. 그냥 지금 보고 올게요."

"아! 그럼 우리도 같이 올라갈까?"

"그래. 아니면 혼자 볼래?"

두 분도 긴장이 되었는지 그녀의 등 뒤로 바짝 붙어 안절부절못하자 하진은 웃으며 말했다.

"하하. 아녜요. 제가 2층에서 울면서 뛰어 내려오면 받아 주세요. 떨려서 그냥 빨리 후딱 보고 올게요. 두 분이 서 계시면 더 긴장될 것 같아요……."

그런 그녀의 말에 고개를 연신 끄덕이며 알겠다고 하더니 두 분은 두 손을 서로 맞잡고 식탁에 앉아서 하진을 바라보았다.

하진은 미소를 살짝 지으며 등을 돌리고선, 제 방으로 올라와 자신의 노트북을 열었다. 천천히 인터넷을 열고 웹 사이트에 들어가자 신규 학생 합격 발표가 담긴 팝업 메시지가 바로 보였다. 메인 페이지에서 열리는 링크를 타고 들어가자, 그녀는 신중하게 자신의 신상 정보를 모두 적어 내려갔다. 접속되자, 작은 우체통에 들어온 봉투 버튼을 누르기 직전에 잠깐 멈추어 크게 한숨을 내쉬었다.

이 클릭 하나로, 손가락의 작은 움직임으로, 새로운 세상이 펼쳐지게 될 것이다. 졸업 파티가 영원히 다시 안 올 행복한 추억으로 남느냐, 아니면 최악의 기억으로 남게 될 것이냐의 첫 시작이 될 터였다.

여러 번 손가락을 쥐었다 핀 하진은 오히려 마음의 준비가 더 안 된 상태에서 급하게 버튼을 눌러 버렸다. 사실 어쩌다가 손이 미끄러져서 그냥 눌린 거와 다를 바가 없었다.

"……."

이윽고 화면이 대기 상태로 몇 초간 멈춰 있었다. 불길함은 멈추었다가 온다던데…….

고장 난 줄 알았던 화면이 순간 바뀌더니, 학사모 사진과 함께 축하 문구가 적힌 글이 보였다. 하진은 빠르게 눈과 고개를 움직이며 읽어 내려갔다. 대학교 동문이 된 것을 축하하고 앞으로의 밝은 미래를 응원한다는 글귀를 하나씩 읽어 나가던 하진은 말을 잇지 못하고 두 손을 모아 자신의 입가에 가져다 대었다.

"꺄아아아아아아아!"

정신을 차릴 수 없는 기쁨에 하진은 두 발을 동동거리다가, 괴력을 자아내며 방문을 부실 듯이 열고는 주방으로 달려 내려갔다. 앨리스와 그레이엄은 빨갛게 상기되어 터질 것 같은 얼굴로 계단에서부터 달려 내려온 하진을 강하게 감싸 안았다. 셋이서 어깨와 허리를 강하게 끌어안고 방방 바닥을 뛰더니, 거실까지 원을 그려 나가며 소리를 질렀다.

"우와아!"

"어머!"

"엄마!"

셋이서 말 한마디 제대로 내뱉지를 못하고 계속 소리를 지르다가 이내 앨리스가 눈물을 그렁그렁하게 매달곤 하진의 얼굴을 잡고는 양 볼에 입맞춤을 날렸다.

"세상에! 너무 장하다 우리 딸!"

"보러 가자!"

그레이엄은 2층으로 가기 위해 하진과 앨리스의 등을 뒤에서 떠밀었다. 방에 도착한 하진이 열어 놓은 노트북 화면에 앨리스와 그레이엄이 머리를 맞대고는 한 글자씩 레터를 읽어 보더니 두 분이서 손을 꼭 잡고는 하진을 돌아보았다.

"정말 수고했다 우리 딸!"

"하진. 우리 크리스틴 브라운! 멋지구나!"

"세상에. 여보, 어쩜……."

"그러게……."

순간 울컥한 기분에 코끝에서 올라오는 찡한 기운이 눈꼬리를 타고 흘러내리자 하진은 얼굴을 두 손에 묻었다.

드디어 첫 출발이 시작되었다. 그리고 아직 합격 발표가 더 남아 있지만, 지금부터는 여유를 가지고 확인할 수 있겠다 싶다. 한 고개를 잘 넘겼다는 생각에 하진은 가슴속에 작은 풍선이 부푸는 것처럼 뿌듯한 느낌이 들었다.

고개를 들은 하진은 여전히 자신의 노트북에 얼굴을 묻고는 두 번 세 번 레터를 읽고 있는 부모님의 어깨를 자신의 두 팔을 양껏 벌리며 감싸 안았다.

합격 발표를 확인하고 난 후, 오전에 가족과 축하 파티를 거하게 치렀던 하진은 점심쯤에야 핸드폰을 들어 에블린에게 소식을 알렸다. 사실 아직도 손이 떨렸다.

"에블린?"

— 헤이 진!

"나…… 됐어!"

— 까아아아아아아아아아!

연이어 들리는 돌고개 소리에 하진은 귀에서 핸드폰을 살짝 떼었다. 끊임없이 들려오는 환호와 축하 소리에 그녀도 가슴이 벅차올랐다. 소리가 조금 잦아들었을 때, 하진은 에블린에게 말했다.

"흐흐. 고마워. 에블린!"

— 수고했어! 정말 이제 보스턴으로 갈 날만 남았네! 이제 우리 다른 거 다 제치고 신나게 파티 준비나 하자! 떠나기 전까지 불 싸지르자고!

"응응! 고마워 이제 나도 좀 긴장 풀리는 것 같아. 시작이 좋아서."

청명하게 웃음을 터뜨린 하진의 맑은 얼굴에는 어느덧 그늘이 가셔 있었다. 방에서 통화하며 거실로 나온 하진은 소파에 철퍼덕 누워 다리를 이리저리 뻗었다. 주체할 수 없는 기쁨이 그녀의 온몸에서 흘러나와 다리까지 움직이게 했다.

하진이 이 기쁨을 에블린과 공유하기를 몇십 분이 흘렀을까. 에블린은 이제 곧 작업 마무리를 한다며 전화를 끊었다.

전화기를 들어 벌써 오후의 시간대로 흘러가는 숫자들을 바라보다 문득 맥스가 떠올랐다. 같은 학교에 지원했는데 과연 그는 합격했을까. 궁금증이 일었다. 지난 밸런타인데이 카드를 받은 이후로 인사는 하고 지냈지만, 예전만큼 둘이서 대화를 하기가 부담스러워 적당한 거리를 두고 있었다. 인제 와서 합격했다고 연락하기엔 이미 그와는 어색한 벽 하나가 생긴 상태다.

다리를 한쪽 무릎에 걸고는 발을 까딱이던 하진은 라이언에게 전화를 걸었다. 딸깍거리는 소리 뒤에 라이언의 목소리가 유려하게 흘러나왔다.

— 크리스틴?

"응. 라이언. 학교야?"

— 어. 이제 끝나서 나가려고.

"아, 그래?"

— 흠. 어떻게 됐어?

아마 복도를 거닐고 있었는지 그의 주변에서 적잖이 아이들의 말소리가 뒤쪽으로 넘어가는 것처럼 들렸다. 그의 숨소리가 귓가에서 가까이 들리자 잠시 딴생각을 하게 된 하진은 재차 물어 오는 라이언에게 답했다.

"아. 으음……. 나 합격했어!"

— 와우. 축하해, 진! 어떻게든 보스턴에서는 보겠네.

아직 하버드 소식은 나오지도 않았는데 저 자신감이란……. 하버드든, MIT든 같은 동네에서 보겠다는 소리에 하진은 배시시 웃었다. 그녀가 만들어 내는 작은 웃음소리를 잡아챈 것인지 라이언도 쿡쿡거리며 화답했다.

기쁨을 공유하고 축하를 건네주는 친구가 있다는 것에 하진은 갑자기 감사한 마음이 들었다. 빅토리아에 온 이후로 하진은 우정이라는 울타리가 이렇게 든든한 또 하나의 버팀목이 될 수 있다는 것을 배웠다. 이제야 알게 된 이 순간

216

들이 조금 더 길고, 영원했으면 한다. 곧 졸업 파티가 끝나면 각자의 시간을 가질 수밖에 없는 대학생 생활이 기대되면서도 한편으로는 빅토리아가 벌써 아쉬웠다.

하진은 코가 시큰거리는 감정이 순간 휘몰아쳤지만, 이내 감정을 다듬었다. 심지어 지금은 라이언과 통화 중이었다. 감상에 빠지기엔 그녀의 귓속에 라이언의 말이 꽂히듯 들어왔다.

— 그래서 오늘은 뭐 해?

"오늘 저녁에 에블린 집에 가서 드레스 리폼하는 거 도우려고."

— 그래? 아. 맥스도 붙었대. 지나가는 애들이 복도에서 얘기하는 거 들었어.

"아. 다행이네. 걔도 거기 가고 싶어 했는데."

궁금했던 맥스의 소식을 물어다 준 게 라이언이라는 것이 좀 어색했지만, 그래도 한편으론 하진은 맥스의 합격 소식에 마음이 놓였다.

— 가든지 말든지.

그는 유달리 맥스에게는 박했다.

"무슨 말을……. 축하해 주면 어디가 덧나니?"

— 궁금해할까 봐 미리 말해 준 거야. 일단, 마음의 결정은 했어?

"무슨 결정?"

— 이번 주 금요일에도 발표잖아. 하버드에도 합격하면 어느 곳으로 갈지……?

"그거야 붙여 줘야…… 그때 결정을 하지."

— 붙으면?

"아직 반반이야. 부모님은 하버드라고 하지 당연히. 그런데 이 모든 건 붙어야 가능한 거라. 일단은 기대 안 하고 있을래. 실망 클 것 같아……. 떨어지면."

— 큭. 네가 떨어지면, 나도 떨어져. 크리스틴, 그럼 지금 뭐 하는 거 없겠네?

라이언의 말에 피식 웃으면서 하진은 리모컨을 들어 영화 채널을 틀었다.

"응. 에블린이랑은 오후에 만나니까 집에서 영화나 보려고."

— 그럼 나와. 집 앞으로 갈게.

"뭐? 지금?"

— 지금 MIT 붙었는데 집에서 영화 보며 누워 있을 정신이 어딨어? 이럴 땐 밖에서 노는 거야.

"에블린 작업 마무리 중이라고 했는데?"

— 걘 저녁에 본다며. 나와. 이따가 바로 에블린 집으로 가자.

"흠……. 그래!"

생각해 보니 이런 날에 집에 있을 필요는 또 없었다.

— 도착하면 연락할게.

하진은 등을 떼고는 소파에서 벌떡 일어났다. 아직 제대로 씻지도 않아서 머리는 죄다 위로 틀어 올리고 있어 꼴이 말이 아니었다. 학교에서 집까지 길어 봐야 20분 정도 거리니 지금부터 초스피드로 준비해야 했다.

"엄마! 아빠! 저 라이언 만나고 올게요! 그리고 에블린 집에서 파티 드레스 리폼하다가 올 거예요. 괜찮아요?"

"그럼! 친구들이랑 재미나게 즐기다 오렴."

"그래그래. 혹시라도 너무 늦게 되면 꼭 연락하고."

그레이엄과 앨리스에게는 알겠다고 대답을 하고는 재빨리 방으로 올라온 하진은 샤워부터 시작했다. 무슨 옷을 입어야 하는지는 일단 씻으면서 생각해야 한다.

씻고 나와 방에서 옷을 고르다가 문득 시간이 얼마나 되었는지 확인한 하진은 생각보다 지체된 상황에 가방을 들고는 계단을 가뿐하게 밟으며 내려왔다. 거실 창문에서 비치는 거리를 바라보니 이미 라이언의 차가 앞에 서 있는 듯하다.

"엄마? 아빠?"

"응. 이제 나가는 거지?"

"네! 다녀올게요!"

앨리스의 뺨에 입맞춤하고는 그레이엄에게는 빠르게 손인사로 마무리한 후 나가 버리는 하진의 뒷모습에 부부는 눈을 마주치며 입을 삐죽였다.

"여보. 저러다 라이언이 곧 데리고 가겠어요?"

"아직은 이르지."

환하게 웃음을 터뜨리는 앨리스의 웃음소리에 하진은 두 분이 무슨 대화를 재미나게 하시는지 듣지는 못했다. 그저 저도 행복한 마음에 맑은 미소를 그리며 신발을 신고는 현관을 나섰다.

11

집 앞마당을 지나자 아직 시동을 끄지 않고 차에서 대기하고 있던 라이언의 얼굴이 보였다. 무언가 핸드폰으로 골똘히 보는 모양인지 하진이 조수석까지 다다라도 눈치를 채지 못했다.

라이언의 차는 그의 덩치만큼이나 커서 조수석 창문에 아마 그녀의 목까지만 대롱거리며 보일 것이다. 하진은 손을 살짝 말아서 주먹을 쥐고는 조수석 창문을 두드렸다.

똑— 똑—

화들짝 놀라며 고개를 든 라이언은 그의 트레이드마크인 시원한 미소로 그녀를 맞이하며 문을 열어 주었다.

"왔어?"

"응. 어서 타."

"미안. 많이 기다린 거 아니지? 내가 빠르게 준비하긴 했는데."

"아냐 방금 왔어. 벨트 했어?"

하진은 그의 말을 듣는 중이라는 걸 보여 주듯이 벨트를 쥐고 자신의 좌석 시트에 꽂아 넣었다. 그리고 그의 얼굴을 마주 보자 라이언이 핸들을 손에 쥐고는 부드럽게 도로에 차를 올렸다.

그가 어디로 갈지 얘기를 해 주지 않아서 하진은 그냥 멍하니 정면을 바라보았다.

"아. 맞다. 크리스틴."

"응?"

하진은 자신을 부르는 라이언을 쳐다보았다.

"축하해."

초승달처럼 예쁘게 휘어지게 웃는 그의 두 눈을 보며 하진도 마주 웃었다. 어깨를 으쓱거리고는 입을 삐죽이며 마치 새어 나가는 자신의 웃음을 어떻게든 잡아 보려 볼에 힘을 주었지만, 그녀도 어쩔 수 없었다. 오늘은 이 기분이 주체가 안 되는 날이다.

"푸흡. 고마워! 하하."

주체할 수 없는 행복감에 연신 웃음을 터뜨리는 그녀의 얼굴을 바라보며 라이언도 시원스레 웃음을 터뜨렸다. 마치 제가 합격한 것처럼 축하해 주는 그의 모습에 하진은 다시 한번 가슴이 벅차올랐다.

"그런데 우리 어디 가?"

"글쎄. 에블린한텐 지금부터 한…… 두 시간? 뒤에 집에서 보자고 했어. 네 소식 전하니까 에블린 어머님이 스낵 파티 준비해 주겠다고 했대."

"와…… 정말?"

"그래서 놀다가 바로 에블린 집으로 가면 되고. 그동안에는……."

"……?"

자신의 턱을 한 손으로 잡아 고민하던 라이언은 여유롭게 한 손으로 핸들을 돌렸다. 다운타운 방향이 아닌 다른 방향으로 꺾어 가는 풍경을 바라보았다.

"그냥 하이킹?"

"하이킹?"

갑자기 웬 하이킹인지 영문을 모르겠는 그녀는 되물었다. 이 빅토리아 근방은 나름 숲이 우거진 편이긴 하지만, 딱히 하이킹하러 갈 만한 장소는 없는 것으로 알고 있었다.

"내가 어렸을 때부터 가족들이랑 자주 가던 곳이 있는데 예전에 캠핑도 간 곳이거든. 거기 작은 호수 같은 곳이 있고 걷기도 좋은 곳이라."

"가까워? 그런 데가 있어 여기에?"

"응. 뭐 그다지 멀지는 않아."

"아하."

고개를 살짝 끄덕인 그녀는 알겠다며 라이언의 차 안에서 자연스럽게 자기가 좋아하는 노래를 틀었다. 이제는 그의 차에 있는 블루투스 스피커도 쉽게 틀 수 있을 정도로 익숙해졌다.

그런 하진의 옆얼굴을 바라보며 라이언은 핸들을 손에 꽉 쥐었다. 하진을 태우기 전에 아무리 근방의 괜찮은 장소를 물색해 보아도 식당 외에는 딱히 갈 만한 곳이 없었다. 좀 더 조용히 그녀와 둘이서 대화할 수 있는 곳을 생각하다 보니 그녀가 자신의 차에 다가오는 줄도 몰랐다.

일단 차를 몰고 나서 생각해 보니 오래전부터 가족끼리 매년 여름마다 캠핑을 즐겼던 옛 장소가 문득 떠올랐다. 사람이 그렇게 많이 다니진 않지만, 산책도 할 수 있었고 휴양림으로 제격이었다. 요즘 학교 발표며, 졸업 파티며, 여간 신경 써야 하는 곳이 많았던 자신도 좀 쉬고 싶었다. 그리고 그녀와 단둘이 길을 걷는다는 게 가장 마음에 들었다.

도착한 곳 주차장에 차를 대고는 라이언과 차에서 내린 하진은 작지만 산림원에서 내보이는 작은 표지판을 유심히 들여다보았다. 울창하진 않았지만, 숲이 빽빽하게 만들어져 있어 짧게 하이킹을 하기에는 괜찮아 보였다. 이런 곳이 있는 줄 알았다면 하진은 벌써부터 몇 번이나 혼자서 왔을 거였다.

"라이언. 여기 되게 좋다. 알았으면 매주 주말마다 왔을 것 같아."

"괜찮지? 나도 오랜만이네. 어렸을 때 와 보고는 하이스쿨 이후로 처음이라."

라이언은 긴 다리를 이용해서 먼저 걸어가더니 고개를 획획 돌리며 위치를 살폈다. 그러고는 자신의 기억을 더듬는 듯, 고개를 갸우뚱하더니 하진에게 돌아왔다.

"저기 오른쪽으로 가면 작은 길들이 있고, 왼쪽은 아마도…… 야영장? 같은 데야. 그런데 거기 근처에는 호수가 있거든. 어디가 좋아?"

오늘은 아우터 없이 검은색 진에 체크 셔츠를 입은 그는 태양 빛 때문인지 그을린 피부가 더욱 짙어 보였다. 소매를 걷어서 한 손은 주머니에 찔러 넣고는 어깨에 힘을 주며 짝다리를 짚었다. 그렇게 서 있어도 큰 키가 절대 작아 보이진 않았다.

햇살에 부서지는 그의 머릿결을 바라보던 그녀는 오른쪽 길을 택했다. 요즘 야영하는 사람들이 대낮에 술을 먹는 모습을 많이 봤기 때문에 눈살을 찌푸릴 만한 장면을 보고 싶지는 않았다.

"그럼 오른쪽으로 가자."

"그래. 일단은 혹시 모르니까 물 가져올게."

그는 항상 자신의 팔뚝만 한 물통을 들고 다니는데, 역시나 오늘도 가져왔나 보다. 가뿐히 몸을 땅에 띄워서 차로 달려가는 라이언의 뒷모습을 바라보던 하진은 하늘을 향해 고개를 꺾었다.

오늘은 유달리 더 하늘이 청명했다. 마치 여름이 다가오는 소식을 알려 주는 듯 시원함이 이루 말할 수가 없었다. 가슴까지 깨끗해질 것 같은, 구름 한 점 없는 하늘을 바라보며 하진은 작은 얼굴의 광대를 빵빵하게 부풀렸다.

"와. 좋……다."

"좋아?"

혼잣말을 조용히 내뱉던 하진은 어느새 자신의 옆에서 고개를 같이 위로 들고 있는 라이언을 쳐다보았다. 그녀가 무얼 바라보는지 따라 보고 싶어 하는 어린 남동생 같았다. '예전에는 동생 가지고 싶다고 떼를 쓰기도 했는데…….' 어느 순간 안 될 거라는 걸 알고는 앨리스에게 더는 보채지 않았던 오래된 기억을 끄집어냈다.

남동생이라고 생각하기엔 라이언은 자신보다 손이며 발이며 덩치며 모든 게 다 컸다. 그리고 부정하고 싶지만, 그에게서 뿜어져 나오는 청춘의 청량미는 절대 동생의 그것이 아니었다. 요즘 들어 라이언은 부쩍 단단한 사람이 되어 가는 것 같다. 마치 혼자만 어른이 되어 가는 것같이.

그녀는 하늘을 계속 보고 있는 라이언의 굵은 턱선부터 시작해서 두꺼운 목에 이어 팔뚝까지 시선을 내리다가 자신이 너무 라이언을 뜯어보고 있는 것 같아 고개를 살짝 털었다. 항상 클래스 친구들이나 특히 올리비아도 마찬가지로 라이언의 어느 부분이 매력이 있는지 매일 아침 기상 예보처럼 알려 주었는데, 어느 순간 자신도 '라이언의 매력은 이것이다.'라고 누군가에게 구구절절 설명할 수 있을 정도였다.

그리고 다른 친구들은 아마도 모를 수 있는 라이언의 매력은 솔직함이 아닐까 싶었다. 막상 친구와 얘기하는 것을 보면 적당히 거리감을 두고 세상사 의미 없다는 듯 초연한 상태로 있지만, 그와 둘이 얘기하다 보면 라이언은 꽤 자기 생각이 확고하고, 절대 타인의 말에 흔들리지 않았다. 그래서 그런지, 그 부분이 오히려 하진에게는 편하게 다가왔다.

"가자. 에블린이랑 저녁에 보려면 지금부터 한 시간……? 정도겠다."

그는 팔목에 찬 시계를 보며 말했다.

"응. 가자."

오솔길의 첫 시작은 아주 작은 골목이었지만, 꾸준히 관리가 되고 있었는지 가는 도중마다 작은 팻말들이 보였다. 바닥도 잘 정비가 되어 있어서 하이킹이나 산책로로 손색이 없었다. 하진은 이런 장소로 데려와 준 라이언에게 고마웠다.

"라이언. 여기 정말 좋다. 다음에 에블린이랑도 와야겠어."

"예전보다 정비를 더 잘해 둔 것 같아. 이런 표지판은 없었거든."

라이언은 기지개를 켜며 숨을 깊게 들이마셨다가 다시 내쉬길 반복했다. 그도 오랜만에 온 숲속 길이라서 기분이 절로 상쾌해졌다. 게다가 그녀와 함께 있으니 더할 나위 없었다. 지난 밸런타인데이 이후로 하진과 따로 얘기할 시간도 없었던 데다가 그녀는 항상 누군가와 같이 있었다. 특히나 에블린은 빠지지 않고 그녀 옆에 붙어 있어서 말할 타이밍을 잃었는데, 오늘처럼 선물 같은 날이 없었다.

라이언은 그녀의 손을 잡고 걷고 싶어 근질거리는 손을 어떻게든 떨쳐 내기 위해서 팔을 휘두르고, 자꾸 기지개를 켜며 걸었다.

고개를 여기저기 두면서 숲을 구경하며 걷던 하진은 콧노래를 흥얼거렸다. 작은 소리를 내더라도 주변에 사람이 없어서 라이언의 귀에는 그녀의 노랫소리가 바로 들렸다. 하진의 기분이 좋으니 그의 기분도 덩달아 좋아졌다.

"크리스틴. 여기서 조금 더 걸어가면 아마 벤치가 있을 거야. 오래돼서 쓰러진 고목나무를 그대로 의자로 만들어 둔 게 있거든."

"우와. 정말?"

말로만 들어도 그녀의 머릿속에서는 마치 영화 속 멋진 장면이 그려지는 듯했다. 서둘러 발길을 재촉하던 그녀는 제 앞에 놓인 나무뿌리를 보지 못했다.

"어어……? 으악!"

"크리스틴! 조심해!"

"흐앗."

갑자기 등 뒤로 뜨거운 체온이 느껴졌다. 셔츠 겉면에서 안쪽으로 파고드는 라이언의 체온에 그녀는 갑자기 목뒤부터 쭈뼛하게 일어나는 낯선 감각을 느꼈다. 오늘따라 옷을 얇게 입고 와서 그런지 그의 옷차림도 얇았다. 반사적으로 몸을 움츠리고는 동작을 멈추고 지금 상황을 파악하기 위해 눈을 굴렸다.

자신의 배를 힘주어 옭아매는 그의 굵은 팔뚝이 보였다. 그리고 심장이 빠르게 자신의 등 뒤에서도 뛰는 듯하다. 라이언의 가슴팍이 등에서 제대로 느껴지자, 하진은 버둥거리며 그의 품에서 벗어났다.

아마 지금 자신의 얼굴은 불타올랐을 것이다. 모든 열기가 단전에서부터 머리끝까지 올라가자 라이언의 얼굴을 마주할 수 없었다.

"어……. 어. 고마워."

"조심해. 여기 그래도 숲이야."

하진의 말에 라이언은 말없이 그녀의 무릎 아래에 혹시라도 위험한 게 있는지 주위를 살폈다. 그녀의 얼굴에 오른 열이 조금이라도 식었을까. 이제 좀 덤덤해지자 라이언은 피식 웃었다.

"풋. 손잡아 줄까?"

"됐거든?"

농담을 던지며 손을 내미는 그의 손바닥을 하진은 매정하게 찰싹거리며 내리쳤다. 그러고는 빠르게 그를 지나쳐 길을 걸었다. 생각해 보니 지금 이 길에 라이언과 자신밖에는 다른 사람이 보이지 않았다. 주위에 지금 지나가는 사람이 하나도 없다는 생각을 하자 더더욱 그와의 거리가 좁게 느껴졌다. 발을 빠르게 놀리며 조금이라도 이 어색한 순간을 차갑게 식히고 싶었다.

그녀의 마음도 모른 채 일부러 벌려 놓은 거리를 그는 아주 쉽게 따라잡았다.

울창한 가지를 시원스레 뻗은 나무들이 옆으로 하나씩 지나갔다. 자연스레 나란히 걷게 된 두 사람은 무언의 약속이라도 한 듯 조용히 침묵하며 자박자박 흙길을 걷고 있었다. 라이언은 옆에서 생기 있는 눈빛으로 즐겁게 길을 걷는 하진의 동그란 정수리를 내려다보았다. 적당히 그녀와 평행선처럼 가깝지도, 멀지도 않은 간격을 유지하며 걷는 게 상당히 어려웠다.

혹여나 옷깃이 스칠까, 팔이 닿을까 혹은 멀어질까 봐 여간 신경이 쓰이는 게 아니었다. 등허리를 꼿꼿이 세우고는 발끝까지 힘주어 걷느라 그는 이 시원한 날씨에도 땀이 났다.

"라이언. 어느 쪽으로 가면 돼?"

갈림길 앞에서 하진은 두리번거리며 푯말을 찾아보았으나 주변 울타리에는 아무것도 없었다. 라이언을 올려다본 그녀는 그의 대답을 기다렸다.

"응? 기억 안 나?"

"흐음. 왼쪽인 것 같아. 그런데 나중에 돌아올 때, 헷갈릴 수 있으니 여기 온 길 표시해 두자. 잠시만."

라이언은 허리를 숙여 큰 돌을 몇 개 덥석 손으로 집어서 자신의 팔 안쪽에 올렸다. 그러더니 그녀와 걸었던 길가 근처에다가 화살표를 만들었다. 갑자기 동화 속 '헨젤과 그레텔'의 어린 남매가 된 기분이 들자 하진은 쿡쿡거리며 웃었다. 이렇게 길을 따라 가다가 갑자기 과자로 만든 집이라도 발견하면 그땐 이 모든 게 꿈일 것이다.

"큭…… 라이언. 똑똑한데?"

"이 정도쯤이야."

"풉."

대단한 것도 아니라는 듯 라이언이 우쭐거렸다. 입을 삐뚜름하게 만들며 웃는 그의 모습을 보자 하진은 더더욱 즐거이 웃었다. 오늘따라 하진은 사실 무얼 해도 기분이 날아갈 것 같아, 라이언의 실없는 표정도 재미있었다.

"그러면 그리로 가자. 네가 말한 나무가 이쪽에서 나왔으면 좋겠다."

라이언이 말한 고목나무에 대한 그림은 하진의 머릿속에서 점점 정교하게 커져 갔다. 그 나무에 앉아 경치를 바라보면 굉장히 운치 있을 것 같았다.

"아마 곧 나올 거야. 이 길이 맞으면."

라이언은 먼저 간 그녀를 뒤따라 걸었다. 하진이 길게 기른 머리가 그의 눈앞에서 살랑거리며 ―그녀가 내딛는 걸음에 맞춰― 흔들렸다. 윤기 나는 그녀의 머리카락에서 촉촉이 젖은 샴푸 향이 났다.

"크리스틴. 졸업하면 바로 보스턴으로 갈 거야?"

"글쎄……? 아마 학기 시작 전에는 가야겠지?"

"그러면 기숙사?"

"그건 아직 부모님이랑 얘기 안 해 봤어. 그런데 기숙사가 나을 것 같아. 청소며, 집안일이며, 관리가 더 신경 쓰일 것 같아서."

옆에서 나란히 걸으며 하진과 라이언은 앞으로 맞이하게 될 대학생의 생활을 그려 나갔다.

"그런데 너 정말 하버드 말고 다른 데는 아예 생각이 없어?"

하진이 일전에 그가 하버드에 반드시 붙어야 한다는 집안의 특명이 있다는 사실을 잊지 않았다. 하지만 라이언도 마찬가지로 원하는 것일까 궁금했다.

"뭐, 집에서는 하버드 아니면 패배자 취급 받겠지만, 그렇다고 거기 말고 굳이 다른 데 가고 싶지도 않고. 배울 거면 가장 높은 곳에서 배워야지."

라이언은 물병을 들어서 목을 축이며 말했다. 이 조용한 길에서 라이언의 목울대가 올라갔다가 내려가는 소리가 크게 들렸다. 그를 올려다본 하진이 고개를 끄덕이며 말을 이었다.

"그렇지. 나는 사실 막연히 데이터 분석 쪽으로 가고 싶은 거일까 봐. 그리고 학교 들어가서 공부가 맞지 않을까 봐 걱정이야."

솔직한 속내를 내비친 그녀의 말을 들은 라이언은 물병의 뚜껑을 잠그려 하다가 하진에게 건넸다. 하진도 순간 목이 말라 그에게 물병을 건네받았다. 가능하면 물통 입구에 입술을 가져다 대지 않으려고 조심하며 고개를 젖히고는 입에 조금씩 부었다. 그녀가 물을 마시느라 잠시 서자, 라이언도 맞추어 멈춰 섰다.

"그건 나도 마찬가지야. 경영 쪽이 맞지 않으면 돌아가더라도 맞는 거 하면 되지. 잘하는 거, 원하는 거 찾는 게 대학 생활이지 안 그래?"

형이 둘이나 있어서일까? 라이언은 대학 생활을 두세 번 해 본 것 같았다. 마치 이미 세상에 나갈 준비가 된 듯이 굴었다. 라이언의 단조로운 말을 듣자 하진도 맞는 말 같아서 고개를 끄덕였다.

"맞아. 그러네. 대학생도 학생이니까."

"합격한 날에 벌써 스트레스받지 마, 크리스틴."

"그러게. 사서 고생하는 것 같네."

하진과 라이언은 조용히 걷다가 지척에서 햇살이 가득하게 내리쬐는 것을 보았다. 숲 안에서는 나무가 그늘을 시원하게 만들어 주었는데 한 발씩 숲을 벗어나니 머리끝에서부터 내리쬐는 햇빛이 목을 뜨겁게 달구었다. 시선을 멀리 던지니 느껴지는 햇살과는 달리 큰 암벽들이 시원스럽게 보였다. 저 멀리 햇살에 부서지며 반짝거리는 호수도 있었다.

하진은 감탄을 자아내며 라이언을 바라보았다.

"너무 좋은데 여기? 다음에 정말 캠핑하러 와야겠다."

그녀는 부모님에게도 보여 주고 싶을 정도로 이 하이킹 코스가 무척이나 마음에 들었다. 나중에 가을이 되면 알록달록하게 물들여질 광경을 상상하며 하진은 마음속으로 다음을 기약했다.

라이언은 한창 구경을 하는 그녀를 두고 조용히 고목나무로 향했다. 숲속의 흙길 끝에는 작은 자갈밭이 있어 길을 걸을 때마다 조약돌이 서로 부딪히며 '따각' 거리는 소리가 났다. 갑자기 조금 전에 발을 헛딛던 그녀가 생각나자 라이언은 뒤를 돌아 소리쳤다.

"진! 발 조심해!"

"어!"

그의 눈은 머리 뒤에도 달렸는지, 안 그래도 자갈 때문에 발목이 휘청거려서 하진은 자세를 조금 낮추어 걸었다. 어느덧 호숫가의 끝자락에 다다라서는 무릎을 구부리고 앉았다. 그녀는 손을 꺼내 손가락 끝을 살짝 호수 물에 담갔다. 예상 밖으로 굉장히 차가운 물의 온도에 화들짝 놀라 손을 빼냈다. 그녀의 손톱 끝에서 여러 갈래로 물방울이 흩어졌다.

무릎에 턱을 괴고는 조용히 물을 바라보는 그녀의 뒷모습이 작아 보였다. 작은 키가 아님에도 쪼그려 앉으니 더 그랬다. 라이언은 뒤로 다가가서 두 팔을 벌리고 그녀를 품에 안아도 너끈할 것 같다고 생각했다. 그러다 다시 뒤를 돌아 걸었다.

고목나무는 많은 해를 지내다가 그 역할을 다했지만, 여전히 크고 두껍고 단단했다. 어렸을 적 나무 위에서 뛰고 놀았던 기억이 나자 라이언은 미소를 지었다. 그동안 나무를 조금 다듬었는지 위에 껍질이 모두 벗겨져 있어, 앉는 자리가 훨씬 더 반질반질하게 닳아 있었다. 나무에 앉아 두 팔을 뒤로 뻗은 라이언은 아직 구름 한 점 없는 하늘을 바라보며 두 발을 까닥였다. 하진과 시간을 보내고 싶어 무작정 와 봤지만, 막상 오니 자신도 기분 전환이 되었다. 가슴이 뻥 뚫릴 것만 같은 이 풍경이 라이언도 퍽 마음에 들었다.

그는 고개를 굳이 내리지 않아도 귓가에 들려오는 소리로 하진이 다가오는 것을 알 수 있었다. 그녀가 발을 내디딜 때마다 돌이 부딪히는 소리가 났다. 달그락거리는 소리가 조금씩 가까워지더니 바람이 물어다 준 그녀의 샴푸 향이 코끝에서 느껴졌다. 그녀의 향기가 마치 코로 들어와 자신의 폐 끝까지 번지는 느낌에 라이언은 조금 더 고개를 들고는 숨을 들이쉬었다.

"라이언. 지금 몇 시야? 나 핸드폰 차에 두고 왔나 봐."

그녀의 말에 라이언은 자신의 팔을 들어 시계를 바라보았다. 고개를 숙인 그의 이마 위로 머리카락이 쏟아졌다.

"이제 곧 가야겠어. 한 이십 분 정도 남았어."

"아 그래?"

하진은 대답하고는 라이언처럼 고개를 들고 하늘을 바라보느라 허리를 약간 젖혔다. 나무가 어찌나 크던지 집에 있는 소파보다도 더 큰 것 같았다. 다음에는 이곳에 책이랑 스피커를 들고 와야겠다 싶다. 너른 나무 위에 다리를 쭉 펴고 햇살을 즐기면 그것만 한 힐링이 없을 것 같다.

"라이언. 이 나무 진짜 좋다. 생각했던 것보다 더 크고 멋져."

"그래? 다행이네."

라이언도 다시 그녀와 같이 고개를 하늘로 향한 채 눈을 감았다. 그녀가 옆에 있고 주위엔 사람 하나 없으니 자신의 두근거리는 심장이 귓가에서부터 들리기 시작했다. 신경이 한번 쓰이니 이를 무시하기가 쉽지 않았다. 자신의 이런 마음을 알고 있다는 듯이 느닷없는 하진의 물음에 심장이 한 번 더 덜컹였다. 마치 정신 차리라는 듯이 말이다.

"아. 그리고 보니 너 졸업 연사 한다며?"

"응."

올리비아가 만날 때마다 졸업 파티에 대해 얘기해 줘서 하진과 에블린은 거의 졸업 준비 위원회와 다를 바가 없었다. 매트와 같이 동분서주하며 학교를 날아다니는 올리비아는 마치 대단한 비밀이라는 듯 라이언이 올해의 학생 대표로 뽑혀 연사를 하게 되었다고 말해 주었다. 프롬에서 뽑히는 학생들만의 킹앤 퀸이 아닌 그해 졸업생 중에서 성적뿐만 아니라 많은 귀감이 되는 학생이 하게 되는데, 그게 올해는 라이언이라고 한다. 하진은 그 말을 기억하고는 라이언에게 물었다. 라이언은 이런 얘기를 직접 한 적이 없었다.

"왜 말 안 했어?"

"그게 무슨 자랑거리라고. 대충 할 거야. 지금 그거 신경 쓸 여유도 없어."

"웬 여유? 바빠?"

"금요일 지나고 준비할 거야."

생각해 보니 지금 둘 다 가장 큰 발표를 앞두고 있으니 별 관심 없다는 라이언의 마음이 대번에 이해가 되었다. 말은 시큰둥해도 사실 그도 꽤 긴장하고 있나 보다. 유달리 그에게서만 뿜어져 나오는 여유에 하진도 쉽게 생각해 버렸다. 둘은 지금 여기서 이럴 게 아니라 어디 성당에라도 들어가 예배를 드리거나 세상에 존재하는 모든 신에게라도 기도해야 할 상황인데 말이다.

"하긴. 그게 먼저겠다. 으아. 또 떨려."

하진은 갑작스럽게 심장이 두근거려 가슴팍을 부여잡았다. 생각해 보니 오늘 발표만 끝나서 되는 게 아니었다. 그녀는 허리를 다시 제대로 세우고는 라이언을 바라보았다. 여전히 그는 햇살을 즐기며 고개를 치켜들었는데 이 장면 또한 화보 같았다. 왜 그는 항상 뭐든 한 계단 위에 있는 것 같을까? 하진은 말과는 다르게 근심, 걱정 없어 보이는 저 얼굴이 언제쯤 진지해질까 싶다.

"넌 안 떨려?"

"나……?"

라이언은 그녀의 말이 오묘하게 들렸다. 하버드건 뭐건 지금 벤치 옆에 그녀의 손가락이 자신과 닿을락 말락 하며 체온이 옮겨지고 있는 걸 그녀는 알까 싶다. 오른손 검지손가락에서 느껴지는 그녀의 체온에 사실 라이언은 진정시켰던 박동 수가 다시 올라오고 있었다.

그러다 그는 어색하게 어버버거리다가 입으로 바람을 푹 불어 버렸다. 조금이라도 이 긴박감이 꺼지길 바라며. 혼자만 이렇게 덤벙거리니 아주 속이 타들어 가는 것 같다.

"후…… 당연히 떨리지. 그거 떨어지면 망해."

"너도 집에서 확인할 거야?"

"글쎄."

하버드는 금요일 점심쯤에 발표한다. 학교에서 보기에는 아마 주위 애들의 관심이 지대할 거라서 집에 있는 게 나았다. 그리고 그날 여기저기서 합격 불합격 소식이 날아들겠지.

"넌?"

라이언의 물음에 하진도 집에서 보아야 할지 고민을 하고 있었다. 그날 수업이 있지만, 학교에서 확인하기에는 긴장이 되어 아마 심장이 터져 버릴 것이다.

"난 그냥 수업 끝나고 집에서 보려고."

"……."

"……."

"그럼…… 같이 볼래?"

라이언의 말에 하진은 오히려 걱정이 앞섰다. 그러다가 제가 떨어지거나 라이언이 떨어지기라도 하면 그 상황을 어떻게 돌파해야 하나. 그런 그녀의 고민을 알아챈 듯 그는 피식 웃으며 말을 바꿨다.

"됐다. 그럼 이렇게 해. 같은 시간에 각자 집에서 보자. 그리고 떨어지든 붙든 무조건 축하해 주기."

시원스레 길을 알려 주는 라이언의 말에 하진은 고개를 연신 끄덕이며 알겠다고 대답했다. 물론 같은 곳에 붙으면 좋겠지만, 어차피 그와 하진은 결과가 어떻게 되든 결국 알게 될 사이였다. 피하기보다는 아슬아슬하지만, 이 방식이 제일 나은 선택이었다.

"그러자."

"그럼, 갈까?"

라이언은 자신의 다리를 손으로 탈탈 털며 먼지를 일으켰다.

"시간 벌써 됐어? 아…… 아쉽다. 다음에 진짜 에블린이랑 같이 또 오자."

"그러지 뭐. 졸업식 날 여기서 폭죽이라도 터뜨릴까?"

"풋. 그래. 지난번에 에블린이랑 뉴욕에서 샴페인 마셔 봤는데 맛있더라. 그것도 사 들고 오자. 그런데 여기 일찍 닫는 거 아니야? 그날 바로 애프터 파티도 있잖아."

하진은 라이언과 나무 벤치에서 엉덩이를 떼고는 슬슬 다시 걸어온 길로 걸어가기 시작했다.

"당연히 닫히겠지. 몰래 하는 게 원래 더 재밌어."

"됐어. 그러면 야영장으로 가자. 거긴 열어 놓겠지."

대놓고 일탈을 하자는 그의 말에 하진은 번개같이 절충안을 내세웠다. 반듯한 그녀의 성격상 절대 허락 안 할 일인 걸 뻔히 알고 있었던 라이언은 자신이 기가 막히게 맞힌 그녀의 말에 싱겁게 피식거렸다. 그녀는 뻔하게 한결같다.

그러다 그는 돌아가는 숲속의 초입 길을 다시 바라보고는 걸음을 멈췄다. 갑자기 멈춘 라이언 때문에 그의 등에 하마터면 코를 박을 뻔한 그녀는 재빨리 발을 멈추고는 그에게 물었다.

"으앗. 라이언?"

"생각해 보니 크리스틴, 아침마다 조깅하지?"

라이언이 하진에게 물었다.

"그건 왜?"

"매일?"

"거……의?"

갑자기 라이언은 손 하나를 턱에 가져다 대더니 눈썹을 들썩이며 입술을 말아 올렸다. 그가 이런 표정을 지을 때면 항상 예감이 좋지 않았다. 하진은 그가 입을 열고 무얼 말하기도 전에 일단 그를 자제시켜야 했다.

"아, 하지 마."

"……."

뭔지는 몰라도 발동이 걸리는 듯하다. 그가 슬금슬금 운동화의 앞코를 뒤로 보내 땅을 몇 번 누르자 흙이 바스락거리는 소리가 들렸다.

"아, 진짜 아니야."

"큭……."

준비 태세를 갖추는 그를 보며 하진은 저도 모르게 괜스레 헐거운 신발의 뒤꿈치를 제대로 찾아 누르기 시작했다. 어쩔 수 없는 반사적인 행동 같은 거였다.

"대결할래? 주차장까지 누가 먼저 가나?"

"뭐? 당연히 네가 이기겠지. 벌써 다리 길이부터 차이 나거든?"

하진은 시선을 위아래로 두며 미간을 찡그렸다.

"그건 변명이야. 진."

"……!"

하진의 대답은 기다리지도 않고 그녀의 코앞에서 바람을 일으키며 전속력으로 뛰어나가는 라이언의 뒷모습을 허망하게 바라보다가 하진은 소리를 지르며 자신도 모르게 다리에 힘을 주어 땅을 박차고 뛰었다.

"아, 야!! 내가 진다고! 반칙이야!"

"하하!"

출발 신호 없이 먼저 뛰어가 버린 그에게 하진은 소리쳤다. 꽤 빠르게 자신을 쫓아오는 하진을 돌아보다가 라이언은 잠깐 기다려 주는 척 제자리에서 뜀박질을 하더니 더 이상 하진을 봐주지 않고 더욱 빠르게 앞질러 나갔다. 다리가 길어서 그런지, 체력이 좋아서 그런지, 까딱하다간 라이언이 점이 되어 사라질 것 같았다.

"하하하 잘 따라오네!"

"아 쫌! 왜 뛰는 거야!"

"재밌잖아! 빨리 안 오면 먼저 간다! 차 키는 나한테 있어!"

"아씨!"

숨이 턱 끝까지 차올랐지만, 머리끝까지 상쾌한 바람이 들어오는 느낌에 하진은 힘들면서도 스트레스가 풀리는 기분이었다. 아랫입술을 이로 '앙' 물고는 신이 나는 기분을 감추지 못한 하진은 결국 소리 내어 청아하게 웃음을 터뜨렸다.

상쾌한 공기를 폐부에 가득히 채우며 날다람쥐처럼 두 사람은 숲길을 질주했다. 서로 다른 그들의 웃음소리가 나무 사이사이로 시원하게 뻗어 나갔다. 나중에 시간이 흘러 이 순간을 떠올린다면……. 언제든 숲의 향기를 맡을 때마다 이 순간이 아주 작은 파편으로 심장에 박혀 짜릿하게 죄어 올 것이다.

하진은 행복하면 가슴이 벅차고 눈에서 눈물이 나오기도 한다는 걸 이제 좀 깨달았다.

주차장에 먼저 도착하여 허리를 활처럼 숙여서 숨을 내쉰 라이언은 몇 초 되지 않아 뒤따라오는 하진을 보았다. 햇살이 환하게 그녀의 얼굴을 비추었다. 시원스레 웃으며 달려오는 그녀가 이대로 자신의 품 안에 안기면 얼마나 좋을까 싶으면서도 미소가 번진 그녀의 얼굴을 느긋이 감상하고 싶었다.

흙이 튀는지도 모르고 열심히 팔을 반복적으로 흔들며 뛰는 그녀의 이마에 맺힌 땀이 보였다. 그녀의 봉긋한 이마에 자리한 부드러운 머리카락에서도 아까와 같은 향이 날까?

순간 라이언은 자신이 약간 미친 것 같았다. 이러다 하진이 자신을 경멸하는 표정으로 보아도 할 말이 없을 것이다.

퍽—

역시나 오자마자 자신의 등짝을 때리는 하진의 매섭지도 않은 손맛에 라이언은 날개뼈를 한데 모아서 열심히 아픈 척 몸을 움츠렸다. 이 정도쯤이야 아무렇지도 않았다.

"야! 갑자기 뛰면…… 헉, 어떡해! 흐아……!"

숨이 딸려서 제대로 말도 못 하는 하진은 이내 자신의 양 무릎을 쥐고는 허리를 숙였다. 그녀의 묶인 머리카락이 라이언에게 쏟아졌다.

라이언은 그녀가 눈치 못 채게 살짝 손을 들어 머리 뒤편에 대롱 매달려 있는 머리카락을 손가락으로 살짝 건드렸다. 아주 조금 만졌을 뿐인데도 기름을 한껏 먹인 것 같은 윤기 나는 머리카락은 쉽게 밀어 낸 방향으로 휙 쓰러졌다.

검지손가락 끝자락에 남아 있는 감촉이 짜릿했다. 라이언의 광대에 엷은 붉은빛이 돌았다. 갑자기 목이 죄어 오는 느낌에 그는 목을 가다듬으려 큼큼거리며 소리를 냈다.

"크음…… 그래도 빠른데? 크리스틴? 다시 봤어."

"하…… 진짜. 아 배고파."

그녀는 휙 고개를 들어 라이언을 한 번 쏘아보더니 배에서 꼬르륵 소리가 나기 전에 얼른 배를 쥐어 잡았다. 그러고는 피식 웃었다. 신난 표정으로 자신을 바라보던 라이언에게 계속해서 짜증을 내기엔 그녀도 즐거웠다.

라이언은 물통을 뒷좌석에 던져 넣고는 조수석 문을 열어 주었다.

"어서 타. 미세스 피셔 라자냐 진짜 끝내주거든."

"윽. 빨리 가자. 그 말 들으니까 더 배고파."

하진은 문을 열어 준 라이언을 지나쳐 조수석에 앉아서 머리를 뒤로 기댔다. 너무 힘을 내어 달려서 그런지 힘이 하나도 없었다. 벨트를 힘없이 끌어당기고는 자리를 제대로 잡아 앉았다.

12

에블린의 집에 도착한 라이언과 하진은 에블린과 미세스 피셔의 두 눈이 당황할 정도로 매우 빠르게 라자냐를 해치웠다. 전투에 곧 나가기 직전인 병사들처럼 말도 없이 포크를 입으로 퍼 나르던 하진을 보다가 에블린은 참지 못하고 말했다.

"지니. 이따가 치수 재야 해……."

"아……! 맞네."

이제 제정신이 돌아오는 듯 하진은 아차, 했다. 그러더니 포크질을 천천히 멈추어 식사를 종료했다.

"그런데 둘…… 다 뭐 했어?"

"응?"

"어?"

똑같이 되묻는 둘의 모습엔 이렇다 할 이상한 낌새가 없었는데 에블린은 밥도 안 먹고 놀다가 이제야 집에 들어온 애들처럼 보이는 둘의 모습이 영 이상했다.

"딱히? 아까 하이킹 잠깐 하고 왔어. 에블린! 졸업식 날 같이 파티 끝나고 거기 가자. 거기 밤에 별도 엄청 많이 보인다며?"

"하이킹? 아……! 밀튼 캠프?"

"응! 거기 진짜 좋더라. 같이 갔으면 더 좋았을 걸 싶었어."

하진은 아쉽다는 듯이 라자냐와 에블린을 번갈아 보며 말했다. 라이언의 말은 틀리지 않았다. 미세스 피셔의 라자냐는 다운타운에서 가게를 내면 금세 하진의 단골 가게가 될 정도였다.

"거기 좋지. 그래! 졸업하고 거기서 캠핑할까? 졸업 파티 끝나고 파자마 파티 하지 말고?"

"와…… 진심으로 좋은 생각이야 그거."

하진은 연신 고개를 끄덕이며 말했다. 에블린은 하진을 마주 보며 웃다가 이내 여전히 자신의 몫을 끝내기 위해 입에 라자냐를 퍼 넣고 있는 라이언을 바라보며 물었다.

"너 옷은 준비했어?"

"나?"

"어. 딱 보면 대충 집에 있는 거 입고 올 것 같은데. 물론 그게 더 좋은 브랜드겠지만 화이트 컬러가 테마잖아. 정말 셔츠로 포인트 할 거야?"

"그럼 셔츠 말고 어떤 거로 해?"

"아 진짜, 재미없게! 매트랑 마이크는 둘이서 트윈 룩 입겠대. 너도 좀 재미를 줘야지."

라이언은 손에 쥔 라자냐를 한입에 털어 넣고는 되물었다. 그런 그를 보며 에블린은 답답하다는 듯이 제 가슴을 쿵쿵 쳤다.

"내가 뭐 하러?"

"하…… 말이 안 통해. 하진? 뭐라고 말 좀 해. 라이언 저러다가 그냥 혼자 바지에 셔츠 입고 올 태세야."

에블린은 고개를 절레절레하며 하진에게 구조 신호를 보냈다. 딱히 그녀도 하진이 큰 도움이 될 거라 생각하진 않았지만. 하필 이럴 때 옆에서 발 벗고 도와줄 올리비아가 없었다.

"응?"

하진은 물을 마시다가 갑자기 물어 오는 에블린의 말에 당황하여 눈을 동그 랗게 떴다. 화이트 컬러가 포인트인 게 뭐 그렇게 아니라는 걸까 싶었다.

"아니……. 그날은 모두 다 빼입고 오는 자리인데, 자기 얼굴이랑 기럭지 믿 고 대충 입고 온대잖아."

에블린은 제가 다 아쉽다는 것처럼 시무룩하게 말했다. 김이 다 새 버린 그 녀의 표정을 보아하니 하진이 도와줄 수 있는 건 그냥 말 한마디 보태는 것밖 에 없었다.

"그러게, 라이언. 어차피 하루인데 뭐. 재킷도 입어."

"아 크리스틴!"

전혀 도움이 되지 않는 하진의 말에 에블린이 발끈했다. 역시 올리비아가 이 자리에 있어야 했는데 말이다. 에블린은 하진에게도 고개를 절레절레하더니 이 내 미세스 피셔를 향해 말했다.

"엄마. 그렇지 않아요? 엄마 프롬 때는 더 화려하게 입지 않았어요?"

"그러게. 요즘은 어떻게 하는지 모르겠네? 생각해 보니 결혼식보다 더 꾸몄 던 같네. 후후. 그래도 트렌드에만 맞으면 되지 뭘 그러니 에블린?"

미세스 피셔는 귀여운 아이들의 모습에 콧바람을 내며 웃더니 자신의 그릇 을 챙겨 주방으로 돌아갔다. 그런 그녀를 매정하다는 듯이 바라보던 에블린은 고개를 돌려 하진에게 말했다.

"하진. 이제 올라가자. 아까 사 둔 거 진짜 이뻐. 내가 조금 손봤는데 치수만 맞춰서 재봉만 하면 돼!"

"우와…… 벌써?"

"그냥 대충 재단만 한 거라, 아직 완성하려면 멀었어. 그런데 기대해도 좋 아!"

에블린은 두 손바닥을 비비며 씨익 웃었다.

"라이언, 집에 갈 거지?"

"내가?"

그러다 대뜸 축객령을 내리는 에블린에게 라이언은 눈썹을 찡그리며 말했다. 하진의 드레스 입은 모습을 보고 싶었는데 나가라니. 그런 라이언의 속마음을 아주 잘 아는 에블린은 당연한 듯 답했다.

"안 가?"

"가야 해?"

서로 신경전을 벌이는 것 같은 모양새에 하진은 피식 웃었다. 이럴 때는 조용히 둘의 대화를 듣고 있는 게 —거의 구경하는 게— 가장 재미있었다.

"옷도 입었다 벗었다 해야 하는데, 변태냐?"

"아…… 그러네."

"큭."

하진은 그런 라이언과 에블린을 바라보며 조용히 웃었다. 이렇게 대화하는 걸 볼 때마다 가끔 둘은 꼭 남매 같았다.

생각지 못한 부분에 라이언은 아쉽다는 듯이 입을 일자로 다물고는 느릿하게 고개를 끄덕이더니 하진과 에블린에게 인사를 하며 집을 나섰다. 오늘따라 집을 나가는 그의 뒷모습이 굉장히 오래 보였다.

"지니! 올라가자! 꺄! 내가 진짜 제대로 찾았거든? 게다가 두 벌밖에 없어서 딱 우리 거였어."

에블린은 라이언을 보내 버리고는 하진의 손을 잡고 자신의 방으로 끌고 올라왔다. 사실 거의 두세 칸씩 뛰어 올라왔다는 게 맞는 표현이지만 말이다.

나중에야 에블린에게 드레스 가격을 들었을 때 하진은 기절할 뻔했다. 도저히 하진의 용돈으로는 살 수 없는 —사실 그녀의 용돈은 다른 학생들보다 많았다. 외동딸이다 보니 부모님이 부족하지 않게 주셨다— 거의 석 달 동안 모은 용돈이 있어야 살 수 있는 드레스를 두 벌이나 샀다는 사실에 놀랐고, 그 드레스를 거의 해체했다가 새로 만든 에블린의 대담함에 놀랐다. 하지만, 더더욱 부담스러웠던 것은 에블린의 과감한 시도였다.

"에블린! 이거 너무…… 파였는데?"

거울 뒤에서 드레스를 입고 나온 하진은 생각보다 더 과감한 드레스의 디자인에 할 말을 잃었다. 분명 오프숄더인데…… 영상으로 보았던 옷은 한쪽 어깨가 꽤 가려져 있었는데, 지금 입고 있는 옷은 아슬아슬한 얇은 줄 하나가 그녀의 어깨에 애처로이 매달려 있었다. 더군다나 문제는 끈 하나가 그녀의 가슴과 목뒤는 물론이고 드레스 전체를 지탱하고 있다는 거였다. 리폼이 아닌 새로운 드레스를 사 온 듯 보였다.

드레스의 앞부분은 그래도 노출이 없어 다행이라고 여기며, 허리를 비틀며 거울을 본 하진이 가슴 옆을 아슬아슬하게 지나는 천의 끝자락을 따라서 시선을 내리니 훤한 그녀의 등이 보였다. 하진은 자신의 양쪽 날개뼈와 더불어 등 전체를 훤히 비추는 거울을 보았다. 드레스의 색상은 블랙 하나뿐인데도 그녀의 피부가 조명 빛에 뽀얗게 반사되자 더 환해 보였다. 예상치 못한 노출의 수위는 ─그래 봐야 등과 팔이지만─ 다소 높았지만, 그런데도 드레스는 고급스러워 보였다.

다행인 건 그녀가 그렇게 글래머 스타일이 아니라서 적당히 드레스가 툭 떨어지는 느낌이었다.

"아냐…… 에블린. 그래도 이거, 너무……."

에블린은 하진을 한 바퀴 돌려 보더니 흐뭇한 미소를 지었다. 본인이 생각했던 하진의 몸매에 아주 부합하게 만들 수 있을 것 같았다. 사실 그녀가 노출을 절대 즐기지 않을 거라고 생각은 했지만, 처음부터 이렇게 세게 입혀 줘야 나중에 완성했을 때 거절하지 않을 거다. 에블린은 하진이 생각하는 거 이상으로 그녀를 잘 다룰 줄 알았다.

"여기? 걱정 마, 그건! 지금은 임시로 잠깐 만들어 둔 거라 다시 안감 빼내서 이으면 돼."

에블린은 알겠다며 그녀의 허리에 줄자를 대고 빠르게 사이즈를 적었다. 하진은 평소에도 자신보다 족히 두 그릇은 더 먹는 것 같은데 다 어디로 가는 건지 허리가 한 줌에 잡힐 듯했다. 심지어 피부가 투명하고 하얘서 뽀얀 게 꼭 진주같이 맑아 보였다. 기미나 주근깨 하나 없는 날씬한 팔뚝을 보며 에블린은 하진의 피부가 참 곱다고 생각했다.

"와…… 하진 피부 진짜 좋구나?"

"하하. 아냐."

부끄러운지 볼을 살짝 붉으며 하진은 어색하게 웃었다.

"네 거는? 너도 입어 봐 봐, 에블린."

하진은 에블린과의 트윈 룩을 굉장히 기대하고 있었다. 에블린은 거울 뒤로 옷을 휙휙 벗어 버리더니 그녀가 하진이 오기 전 급하게 만든 옷을 입었다. 가위로 대충 자른 드레스는 그녀의 가슴 바로 밑에서부터 옆 허리를 따라 등까지 사선으로 길게 잘려 있었다. 쐐기 모양처럼 시작과 끝이 좁혀지도록 말이다.

"우와! 이쁘다! 굉장히 멋있어!"

허리에 시원하게 홀이 뚫려 있어 에블린의 드레스도 굉장히 맵시 있어 보였다. 에블린은 구불거리는 머리를 휙 올려서 대충 시원하게 머리 정수리부터 땋아 내리기 시작했다. 거울 앞에 서서, 두 손으로 여기저기 머리를 만지고 나서는 하진을 돌아보았다.

"어때? 이렇게 하면?"

"굉장히 멋있어! 꼭 여전사 같아 에블린!"

하진은 감탄하며 눈을 동그랗게 떴다. 조금만 만졌는데도 분위기가 확 바뀌었다.

"흐흐 이거 이렇게 입고 눈 화장 엄청 세게 할 거야. 딱이지? 그리고 이 사선에 조금씩 스터드를 박으려고. 아주 록 스피릿이지!"

"와우."

에블린도 신이 나 히죽히죽 웃고는 거울 앞에서 허리를 돌리고 등을 돌아보는 등 연신 자신의 모습을 확인했다. 하진은 에블린과 함께 거울 앞에 나란히 서서 팔짱을 끼고 턱을 들어 보이며 마치 연예인같이 포즈를 취했다.

파티보다는 이렇게 둘이서 이쁜 옷 입고 노는 게 더 재미있었던 하진은 연신 에블린의 방에서 시원하게 웃음을 터뜨리며 드레스 자락을 펄럭이는 등 웃음꽃을 펼치며 밤을 보냈다.

둘이서 나란히 침대 위에 누워 노트북으로 액세서리와 머리 스타일을 고민하다가 SNS으로 유명한 트윈 스타의 스타일링을 보고는 몇 개를 추려 내 각자 임무를 맡았다. 하진은 그중에서도 귀걸이와 팔찌 같은 작은 액세서리를 여러 개 사 오기로 하고는 다음 만남을 기약했다.

○ ● ○

에블린은 차를 가지고 오지 않은 하진을 태우고는 그녀의 집 앞에 세웠다. 신나게 학교생활이랑 올리비아 커플에 관해서 얘기하던 하진이 이제 내릴 차례 가 되자 안전벨트를 풀고는 문손잡이에 막 손을 가져다 댔을 때였다. 갑작스레 자신을 진지하게 불러서 망설이는 에블린을 보았다.

"진?"

"응?"

에블린은 조금 전까지만 해도 폭소를 터뜨리며 얘기를 하더니 갑자기 밝았 던 표정을 지우고 진지하게 ─하지만 초조하게─ 하진을 바라보았다.

"음…… 있잖아?"

에블린은 두 손을 갑자기 꼼지락거렸다.

"……."

"왜 에블린? 갑자기 그렇게 조용해지니까 나…… 무서운데?"

하진은 조용히 농담을 던졌지만, 에블린은 조금 미소를 짓고는 말았다.

"음……. 내가. 사실 고백할 게 있어."

"어떤 거?"

계속 뜸을 들이는 에블린 때문에 손에 땀이 나기 시작했다. 하진은 에블린답 지 않은 진지함을 참을 수가 없어서 계속 재촉했다.

"어떤 건데……? 안 좋은 거야?"

"그게. 내가 사실…… 윽. 진짜 미안해! 하진! 내가 정말!"

"뭐, 뭔데 그래?"

에블린은 하진의 두 손을 마주 잡으며 자신의 이마에 대고는 사과의 말을 먼저 내뱉었다. 갑자기 하진은 이런 에블린의 모습에 왠지 별거 아닐 것 같은 생각이 들어 조금 마음이 놓였으나 여전히 빨리 알려 주지 않는 에블린이 답답하여 그녀에게 잡힌 손을 조금씩 흔들어 이마를 톡톡 건드렸다. 고개 숙인 에블린의 얼굴을 보고 싶었다.

"응? 왜 그래? 괜찮아. 얘기해 봐."

하진은 이 어두운 차 안에서도 작게 들어오는 빛에 비친 에블린의 얼굴이 꽤 상기되어 있는 걸 깨달았다. 심지어 두 눈도 그렁그렁하니 물기가 차오르는 게 보이자 심각한 일일 수도 있어서 표정을 지우고 다시 진지하게 물었다.

"에블린…… 진짜 무슨 일 있어? 뭐가 미안한데?"

"아니…… 그게…… 내가 사실……."

에블린은 입을 조금 내밀어 우물쭈물하더니 여태 그녀의 양심을 잡아먹고 있던 작은 사실을 꺼내기 시작했다. 한번 꺼내니 이제는 걷잡을 수 없이 줄줄이 흘러나왔다.

"오늘 점심에 마이크랑 매트랑 올리비아랑 넷이서 밥을 먹다가……."

"응. 그래서? 걔네들이 뭐라 했어?"

하진은 혹시라도 자신에 대해서 안 좋은 얘기를 한 건가라는 생각이 잠깐 들었지만, 그들을 만났던 지난 시간을 생각하면 그건 또 아닐 것 같았다.

"마이크가 파트너 신청을 해서……. 아, 내가 미쳤지……."

"……파트너?"

별안간 대화 주제가 다른 데로 튀는 것 같아 하진은 에블린에게 되물었다. 파트너라니. 설마 졸업 파티를 얘기하는 건가 싶었다.

"프롬?"

"……응."

에블린은 고개를 푹 숙이더니 이제는 핸들에 자신의 고개를 박고는 중얼중얼 작은 목소리로 알아듣기 힘든 말을 내뱉다가 급기야 울먹이며 하진에게 말했다.

오늘 점심에 하진과 통화를 하고 나서 작품 마무리 중이던 에블린에게 갑자기 마이크가 다가와 파트너 신청을 했었다. 생각지 못했던 그의 신청에 당황한 나머지, 거절의 말은커녕 알겠다고 말을 내뱉은 자신도 한 대 때려 주고 싶지만, 혼이 나간 채로 정신없이 집에 와서 드레스를 재봉하다 보니 이제는 하진이 떠올랐다. 트윈 룩을 하자며 난리를 피웠는데, 정작 본인에게 파트너가 생겨서 쏙 빠져나가 버리면 혼자 남을 하진에게 너무 미안했다. 게다가 옆집의 오만방자한 놈은 아직 하진에게 파트너 신청도 안 한 것 같다. 아마 자신이 트윈룩을 입을 거라고 얘기하니까 하진한테 따로 말을 안 한 것 같았다.

자신은 절대 친구를 버리는 짓 따위는 하지 않을 줄 알았는데, 진지하게 파트너 신청을 해 오는 마이크의 부끄러움이 역력한 그 표정을 보고는 —그답지 않은 표정이 에블린의 마음을 묶는 데 아주 큰 한몫 했다— 이미 입에서 알겠다는 대답이 둑이 터진 것처럼 빠져나가 버렸다.

"내가 사실 실수로 마이크의 파트너 신청을 수락했어. 너와 트윈 룩 하겠다며 처음부터 끝까지 놀자 했는데……."

"하하하! 에블린 그것 때문이야?"

하진은 에블린의 말에 가볍게 쿡쿡거리며 웃었다. 생각보다 별거 아닌 고백이라 다행이라고 해야 할지, 아니면 마이크의 용기에 박수를 쳐 줘야 할지 고민이었다. 에블린이랑 같이 있을 때마다 늘 매트와 같이 놀러 왔던 그가 —물론 그들이 오면 라이언도 늘 옆에 있었다— 에블린을 마음에 담고 있었을 줄이야!

"……응?"

"아니, 그거 가지고 뭘 그래. 어차피 거기에서 내내 마이크랑 같이 있는 것도 아니고 다 같이 어울려 놀 건데. 잘했어!"

하진은 귀엽다는 듯이 에블린의 뒷머리를 쓰다듬어 주었다. 그녀에게는 이런 건 일도 아니었다. 프롬 파트너야 있으면 있는 거지 없다고 해서 파티를 즐기지 못하는 건 절대 아니었다. 요즘은 애들이랑 다 같이 그룹처럼 모여서 놀지, 꼭 제 짝이랑만 놀아야 하는 건 아니었다. 오히려 그러면 더 재밌지 않을 거다.

"그래도…… 내가 지니랑 종일 놀자고 했는데 서운하지 않아? 먼저 파트너 잡고?"

에블린은 의기소침한 어깻짓을 하며 하진에게 말했다.

"나 거절할까?"

"아냐. 왜 그래. 그러지 마. 마이크가 엄청 속상해할 거야."

"걔……. 개가 갑자기 뒤에서 나타나서 으…… 으아!"

에블린은 급기야 자신의 머리를 벅벅 문지르더니 양손으로 쥐어뜯고 있었다.

"그래도 마이크가 싫은 건 아니지?"

"그건 아니지만. 그래도 지니는?"

에블린은 입술을 쭉 내밀고는 하진에게 물었다.

"난 걱정 마. 그날 하루 재밌게 놀면 되지 뭘."

갑자기 라이언은 누구의 파트너가 될지 궁금했지만, 하진은 생각을 지워 버렸다. 파트너 생각에 왜 그가 당연하게 떠오르는지 모르겠다.

"그래도……."

에블린은 계속 괜찮다고 말해 주는 하진이 고마웠지만 동시에 배은이 아주 망덕한 라이언에게 오늘 가서 말을 해 줘야겠다 싶었다. 하진에게 마음이 있다는 건 확실한데 제 눈에는 한 백 미터 뒤에서 뒷짐 지고 서 있는 것 같아서 이러다가 하진이랑은 영영 벌어질 것 같았다.

둘 사이의 일은 알아서 하겠거니 싶었는데 생각보다 속도가 안 나오니 에블린은 도리어 자신이 더 답답했다. 이것들이 둘 다 보스턴에 간다고 느긋하게 이 관계를 즐기는 건지 아니면 서로 밀고 당기기를 하는 건지 알 수가 없었다.

요즘 들어 라이언은 마음을 잡아 가는 것처럼 보이는데 옆에 앉은 하진은 그의 마음을 제대로나 알까 싶었다. 애가 똑똑은…… 한데 연애 눈치는 발바닥에 붙었는지 에블린은 걱정이 앞섰다.

"괜찮아 에블린. 그래도 트윈 룩은 하는 거지? 풋."

에블린의 어깨를 감싸며 그녀의 귓가에 하진은 조그만 입술로 속삭였다.

"그, 그럼!! 파트너랑은 다른 얘기지! 나는! 그냥!"

"알아. 알아."

에블린은 하진이 서운해하지 않아서 억울한 건지 너무 쉽게 넘어가 줘서 울컥한 건지 헷갈렸지만 그래도 멋대로 통보해 버린 자신에게 괜찮다고 말해 주는 하진이 고마웠다.

"그럼, 내가 진짜 드레스 이쁘게 만들어 줄게. 그날 퀸은 하진이야."

"풉. 그건 아니다. 에블린, 괜찮으니까 마음에 담아 두지 말고 그날 즐겁게 보내자."

"응. 끝내고 야영 준비도 내가 다 할게. 애버트가 캠핑 광이라서 집에 별별 것이 다 있어. 그냥 오빠 방에 가서 쓸어 오면 돼!"

에블린은 다시 기색이 살아나는 듯 하진에게 신나게 말했다. 하진은 그런 에블린에게 맞장구를 열심히 쳐 주고 집 앞에서 또 수다를 떨며 밤을 보냈다.

13

하진은 주차장에서 주차하자마자 어색하게 맥스를 만났다. 어쩌다가 그와 같이 걸어오는 길에 어제의 합격 소식을 그에게서 또 듣게 되었다.

둘이 지나갈 때마다 아이들은 손가락을 입에 넣고는 '휘익' 바람 소리를 내기도 하는 등 벌써 퍼져 버린 소문에 둘은 더 어색해하며 클래스로 향했다.

복도의 캐비닛들을 여러 개 제치며 맥스와 길을 가던 하진은 그의 말에 답을 이었다.

"그렇구나. 그러면 기숙사로 들어갈 거야?"

"그래야지. 아마 수업 따라가느라 정신없을 것 같아서. 기숙사에도 들어갈 수 있나 싶어."

맥스의 말에 적당히 동조하며 하진도 고개를 끄덕였다. 그는 이미 학교를 정해서 후련했는지 학교 얘기를 하는 내내 볼이 상기되어 있었다. 하진은 아직 내일 발표 때문에 마음이 항시 무거운 상태였다. 입꼬리를 올리며 웃고는 있지만 그래도 어쩔 수 없이 누군가 끌어당기는 것처럼 다시 입이 굳었다. 볼까지 경직되자, 하진은 손으로 얼굴을 비비며 열을 올렸다.

맥스는 그런 하진의 어깨를 툭툭거리며 응원의 말을 아끼지 않았다.

"고마워, 맥스."

"될 거야, 크리스틴. 걱정하지 마. 그리고 이미 넘버원 붙었는데 무슨 걱정이야."

"으……. 그래도 거긴 또 다른 얘기잖아."

"하긴 그래."

어깨를 으쓱거리며 자연스레 맥스의 뒤를 따르던 하진을 멈추게 한 건 캐비닛 옆에 서 있던 ―날씬해서 그런지 거의 보이지도 않아 깜짝 놀랐다― 케이티였다.

"크리스틴?"

"……?"

수업이 아닌 이상 마주치지 않았던 그녀를 자신의 클래스 앞에서 뜻하지 않게 만나자 눈썹을 살짝 올리며 하진은 고개를 갸우뚱거렸다. 며칠 만에 얘기하는 것 같은데 여전히 화려한 그녀의 외모는 오늘따라 굉장히 진해 보였다.

"어. 케이티. 안녕?"

어색하게 인사를 건넨 하진은 케이티에게 말했다.

"잠깐 시간 되니?"

그녀는 꼬았던 다리를 다시 풀어 제대로 서더니 하진에게 물었다. 오늘따라 케이티 어깨 뒤로 늘 따라다니던 블링키들이 안 보였는데 정말 제게 할 말이 있어서 온 듯하니 더더욱 아무런 단서가 떠오르지 않았다. 그렇다고 거절할 이유도 없어 하진은 고개를 끄덕이며 시계를 확인했다.

아직 수업 시작까지는 20분 정도 남았다.

시계를 확인하는 하진을 미적지근하게 바라본 케이티는 자신의 떨리는 손을 감추기 위해 팔짱을 꼈다.

"응. 아마 20분 정도?"

"그래? 그럼 잠깐 얘기 좀 하자."

"……그래."

하진은 먼저 뒤돌아서 걸어가는 케이티를 따라갔다. 가방을 놓고 오고 싶었지만, 어차피 길게 얘기할 수도 없을 테니 그냥 포기하고 걸어갔다.

생각보다 인적이 드문 곳이 가까운 곳에 있었다. 과학실 문을 열고 들어가자 —케이티는 이미 알고 있었던 듯— 아무도 없는 빈 교실에 빈 의자와 책상이 덩그러니 놓여 있었다.

케이티의 또각거리는 구두 소리가 조용히 한 박자씩 울려 퍼지자 하진은 과학실 문을 닫고는 그녀와 일정 거리를 두고 서서 기다렸다.

"……."

"……."

그녀의 말을 기다렸는데 막상 케이티는 하진의 얼굴을 쏘아볼 뿐 아무런 말도 하지 않은 채 책상에 걸터앉았다. 그녀의 길고 얇은 손가락이 천천히 책상을 유영했다. 하진은 이게 무슨 일인가 싶어서 표정이 점점 굳어지려는 찰나 케이티가 입을 열었다.

"너 혹시 라이언이랑 프롬 파트너 하기로 했어?"

"……."

순간 문장이 이해되지 않아 하진은 두 눈을 껌뻑거렸다.

"……뭐라고?"

그녀의 반문에 케이티는 이제 인내심을 잃어버린 건지 벌떡 일어나선 하진의 코앞에 멈춰 섰다. 부담스럽게 얼굴을 가까이 가져다 대는 케이티의 코끝이 자신의 얼굴에 닿을 것 같아 목을 움츠린 하진도 그녀의 눈을 피하지 않았다.

"너. 프롬. 파트너. 누구야?"

케이티는 단어를 끊을 때마다 손가락을 들어 그녀를 가리켰다.

"파트너?"

갑자기 제게 웬 파트너를 물어보나 싶던 하진은 전구에 불이 켜진 듯 머릿속을 스쳐 지나가는 아주 어설픈 이야기가 그려졌다.

"아니 왜 자꾸 되물어? 들었잖아!"

두 발을 동동거린 케이티의 박자에 맞추어 바닥에 그녀의 구두 굽 소리가 다다닥 울렸다. 하진은 고개를 내려 케이티의 구두 앞코를 바라보다가 다시 그녀를 올려다보았다. 그러곤 조용히 한 발 뒤로 물러섰다.

이제는 예전의 첫인사와는 다른 앙칼진 목소리와 태도에 하진도 마음의 빗장을 하나씩 케이티에게 세웠다.

"아니? 그건 왜 물어? 나한테?"

사실대로 얘기해 준 하진의 말을 믿을 수가 없는지 케이티는 정말이냐고 재차 물었고, 하진은 재차 대답해 주었다.

"진짜?"

"응."

"진짜? 진짜?"

"응. 라이언한테 물어봐 그러면."

계속되는 귀찮음에 하진은 단조롭게 라이언한테 그녀를 넘겨 버리고 싶었다. 대체 왜 자신이 아무도 없는 과학실에서 난데없이 취조를 받듯이 서 있어야 할 이유를 모르겠다. 하진의 대답에 케이티는 눈썹을 한데 모으며 입술을 오므리더니 관리한 티가 역력한 그녀의 풍성한 머리를 뒤로 넘기면서 말했다.

"됐어, 그럼."

"……이것 때문이야?"

하진의 얼굴은 차갑게 식어 버렸다. 그녀의 하얀 얼굴에 보기 드문 불쾌감이 서렸다.

"뭘?"

"이게 궁금해서 부른 거냐고."

"그럼 내가 너랑 놀려고 왔겠니?"

케이티는 볼일이 끝났다는 듯이 과학실을 먼저 나가기 위해 하진을 지나치다 다시 뒤를 돌아 말을 이었다.

"아! 혹시 모르니까 미리 알려 줄게. 내가 라이언이랑 파트너 할 거거든? 알고 있으라고. 그리고 파트너 필요하면 말해. 내가 주선해 줄게."

"……."

하진은 말없이 고개를 돌려 케이티를 바라보았다. 도톰하게 립스틱을 바른 그녀의 빨간 입술이 마치 조커처럼 반원을 그리며 웃고 있었다. 오른쪽이 더 길게 올라가 있는 걸 보면 미소인지 비소인지 잘 모르겠다. 하나 확실한 건 기분이 나쁘다.

하진은 케이티의 말에 무정한 표정을 한 채 천천히 그녀를 향해 다가갔다.

하진의 감흥 없는 차가운 표정에 케이티는 순간 발을 주춤거리며 그녀의 경로에 방해되는 자신의 구두를 뒤로 돌렸다. 케이티는 갑작스러운 그녀의 반응에 순간 피했던 자신이 원망스러워 입술을 깨물었다.

하진은 왜 이렇게 자신의 기분이 나쁜 건지 이해할 수 없었다. 단순히 케이티의 태도 때문인지 아니면 이 모든 게 라이언 때문인지. 그것도 아니면 내일 있을 발표가 긴장됐는데 케이티에게 이를 풀고 싶은 거였는지. 가방끈을 쥔 손아귀에 살짝 힘이 들어갔다.

불쑥 치고 올라오는 마음을 애써 누르기 위해 자신도 모르게 이 과학실만큼은 케이티보다 먼저 나오고 싶었다.

"야! 알겠냐고!"

과학실 안에서 흘러나오는 하이 톤의 목소리를 들은 하진은 천천히 고개를 내려 시계를 확인하고는 한숨을 내쉬었다. 이미 수업은 시작됐다. 지각하는 건 상관이 없었지만 이대로 모든 아이들의 시선을 받으면서까지 교실에 들어가고 싶지 않았다.

지난 과거의 경험을 미뤄 보아 이럴 땐 양호실이 제격이다. 적당히 두통과 복통을 호소하면 출석 정도야 무리 없이 넘어갈 것이다. 양심에 찔리기는 하지만 선생님들 사이에서 신뢰가 높은 하진의 꾀병에 아무도 터치하지 않을 것이다. 그녀는 지난번에 잠시 들렀던 —거의 기절해 있었지만— 양호실을 기억하며 복도로 걸어 나갔다.

오전의 껄끄러운 대화로 하진은 귀에 이어폰을 꽂은 채, 정자세로 양호실의 침대에 누워 있었다. 발을 까딱이며 귓가에 흘러 들어오는 노래 박자에 맞추어 콧소리로 흥얼거렸다.

날이 확연히 풀려서 시트를 새로 갈았는지, 지난번과는 달리 두께가 얇았다. 핸드폰을 열어서 에블린에게 아트 스쿨에서 보자고 메시지를 보내려다가 하진은 이내 다시 전원을 꺼 버렸다.

'조금 더 있다가…… 하자.'

어차피 내일까지 별로 할 일도 없는 데다가, 액세서리 정도야 어제 에블린과 말한 대로 주말이나 다음 주에 찾아도 시간은 넉넉했다. 요즘 학기의 끝마무리는 주로 과제로 대체하는 터라서 수업에 대한 부담도 이전보다 확실히 덜했다.

다른 생각을 하면 할수록, 케이티가 자신을 향해 손가락질하며 앙칼지게 물어 오던 장면이 계속 떠오르자 하진은 한숨을 푹 내쉬며 천장으로 바람을 불었다.

요즘 들어 라이언이 자신에게 비치는 말이나 행동은 확실히 에블린과는 다르다는 걸 알고 있었지만, 그렇다고 먼저 물어보기에도 민망한 상황이라 그녀는 그냥 흘러가는 대로 지내고 있었다. 만약에 아니면 어쩌겠는가. 지나친 착각과 망상에 하진은 평생 제 이불을 발로 차며 머리를 쥐어뜯고 싶지 않았다.

물론 케이티의 마음도 다른 사람을 통해 듣기는 했지만, 오늘 당당히 자신의 감정을 내비치는 그녀의 용기도 참 대단해 보였다.

하진의 가슴이 다시 부풀더니 이내 가라앉아 바람을 다시 천장을 향해 양껏 불었다.

여러 갈래의 생각들은 가지처럼 뻗어 나가 어느새 양호실의 모든 공간을 감싸더니 다시 하진의 머리로 빗발치듯 내려왔다. 깨질 듯한 두통에 하진은 에블린에게 상의해 볼까 했지만, 그냥 이렇게 내버려 두는 게 더는 시끄럽지 않을 일일 듯했다.

내일은 올가을에 보스턴의 어떤 스트리트에 머무느냐가 결정되기 때문에 하진은 더더욱 생각을 덜 해 보려 했다. 시간을 확인한 하진은 다음 수업에는 늦지 않기 위해 베개에서 머리를 떼었다.

어쩜 이렇게 하늘은 무심한지, 다음 수업은 공교롭게도 라이언과 케이티가 모두 들어오는 수업이었다. 하진은 양호실로 도망칠 수 있었던 와일드카드를 너무 빨리 써 버린 자신을 후회하며 무거운 발걸음을 이끌고 교실 문을 열었다. 여기저기서 수업을 듣기 위해 모여든 아이들은 자신의 자리를 맡아 가며 앉기 시작했고, 그 무리 중의 하나인, 하진 또한 적당히 가장 끝자리에 앉아 눈에 띄지 않게 가방을 열었다.

필기구를 책상에 올리자, 자신의 책상을 덮어 버리는 익숙한 손등이 시야에 들어왔다. 눈썹을 꿈틀거리며 손등의 핏줄을 따라서 팔 위에 있는 얼굴을 쳐다보았다. 오늘도 역시나 그 잘난 얼굴은 변함이 없다.

그녀의 표정이 어제와는 다르게 어두워 보이자 라이언의 미간이 좁아졌다. 표정을 읽기 위해 고개를 이리저리 돌려 보아도 웃는 기색이 전혀 보이지 않았다.

"크리스틴? 무슨 일이야?"

하진의 책상에 이제는 두 팔을 올려서 고개를 괴고는 눈을 치켜뜨며 그녀의 얼굴을 뜯어보았다. 하얀 얼굴이 더 창백해 보였다.

"됐어. 앞이나 봐."

귀찮게 구는 라이언의 팔을 책상에서 아프지 않게 밀어 버리면서 그녀는 가방에서 노트를 꺼내어 올렸다. 더더욱 까칠하게 구는 하진의 행동에 라이언도 얼굴이 굳었다. 무슨 일이냐고 다시 물으려는 찰나에 선생님이 들어와 수업의 시작을 알렸다.

라이언은 하진의 앞에 앉아 그녀의 안색을 살펴볼 수가 없자, 조용히 바지 주머니에서 핸드폰을 꺼내고는 문자를 보냈다.

그녀는 자신의 앞에 앉아서 칠판을 다 가리고 있는 라이언의 등을 보았다. 바지에서 핸드폰을 꺼내는 걸 보니 문자를 보내는 것 같더니만 영락없이 자신의 옷 안에서 부르르 떨리는 진동에 하진은 선생님의 눈치를 보며 핸드폰을 열었다.

어쩔 수 없이 핸드폰의 화면을 터치하려던 하진은 누군가 계속 쳐다보는 시선에 고개를 돌렸다. 라이언과 자신을 번갈아 가며 째려보는 케이티의 눈초리가 하진은 무섭기는커녕 점점 피곤해졌다.

'남녀 관계에서만큼은 별로 끼고 싶지 않았는데……. 하아.'

하진은 적당히 타들어 갈 것 같은 시선을 받아치다가 무시하고는 라이언의 문자를 확인했다.

[C. what happened?]

[don't mind. nothing.]

신경 쓰지 말라는 문자를 보낸 하진은 라이언에게 들으라는 듯이 —그리고 케이티가 들어도 상관없다는 듯이— 핸드폰을 책상 위에 엎어 버렸다.

둔탁한 소리가 책상에서 울리자 라이언은 갑자기 등이 오싹하게 차가워지는 듯했다. 그녀가 왜 이렇게 얼음장같이 되었을까 고민하던 그는 다시 문자를 이으려던 찰나에 자신의 앞에 불쑥 들어오는 쪽지를 보았다. 옆에 앉은 케이티가 손을 다급히 건네며 빨리 받으라는 행동에 얼떨결에 받은 그는 곱게 접힌 종이를 열었다.

「수업 끝나고 별관으로 와. 졸업식 때문에.」

하진의 대각선에 앉은 케이티가 당당히 라이언에게 쪽지를 주는 것을 보여 주는 걸 보면 아마 프롬 얘기를 꺼냈겠거니 싶었다. 케이티는 얇은 다리를 꼬아 짧은 치마를 자연스럽게 위로 올렸다. 어설픈 건지, 영리한 건지. 하진은 무정하게 케이티를 위아래로 쳐다보고는 칠판으로 시선을 돌렸다.

수업에 집중이 되지 않아서 애써 라이언이 쪽지에 답을 하는지 보지 않았다. 그거까지 봤다가는 심통이 제대로 날 것 같았다. 자신도 왜 그런지 모르겠지만, 라이언이 쪽지를 그냥 쫙쫙 찢어서 버렸으면 했다. 하지만, 그런 소리는 안타깝게도 들리지 않았다.

하진은 연습장을 열어서 낙서를 하거나 그림을 그리며 사색에 잠겼다. 의미 없는 손짓으로 볼펜의 펜촉 끝을 열심히 긁어 내려가던 중 문득 창문 너머에 보이는 또 다른 시선이 느껴져 얼굴을 돌렸다.

유리창에 반사된 그녀를 깊게 쳐다보던 라이언은 그녀와 같은 방향으로 팔을 괴고는 —그 때문에 자연스럽게 케이티를 등졌다— 하진과 눈이 마주치자 입을 뻐끔거렸다.

'무슨 일인데?'

마치 걱정스럽다는 듯이 말하는 익살스러운 그의 표정에 하진은 피식 웃었다. 라이언만큼 끈질기게 물어보는 사람도 없을 것 같다. 하진의 짧은 미소에 라이언은 화색이 돌았다. 그러자 이제는 아예 선생님의 눈치는 보지도 않는지 등을 돌려 하진의 공책을 휙 뺏어가 버렸다.

하진은 그의 빠른 손놀림에 놀라서 서둘러 공책으로 손을 뻗었으나 이미 널찍한 등에 가로막혀 버렸다. 갈 길을 잃은 손은 곧바로 라이언의 오른쪽 어깨에 주먹을 날렸다.

쿵 소리를 내며 그의 단단한 어깨를 내리친 하진은 조용히 잇새로 소리를 흘려 말했다.

"르이은. 즈라고."

하진은 고개를 더 숙여서 그의 등에 자신의 입을 바짝 가져다 댔다. 자신의 말은 무시한 채 연필로 무어라 써 내려가더니 선생님이 다시 칠판으로 몸을 돌리자 바로 공책을 휙 돌려주었다.

그런 둘을 열에 뻗쳐 바라보던 케이티는 눈이 찢어질 듯 하진을 노려보고는 조금 전 자신이 준 쪽지에는 답도 없이 하진과 콩닥거리며 노는 라이언을 보자 제 속이 터질 것 같았다.

케이티는 그런 그들에게 얼굴을 돌리고는 자신의 옆에 앉은 친구에게 뭐라 말을 하며 속사포로 귓속말을 보냈다.

하진은 그런 케이티가 신경이 아예 안 쓰인 것은 아니었지만 프롬 파트너가 문제인 거지, 라이언과 놀지 말라는 것도 아니지 않나 싶어서 그냥 그러려니 했다. 솔직히 아까 자신에게 무례하게 군 이후로 케이티의 감정 따위는 이제 하진의 영역 밖으로 날아가 버렸다.

라이언이 자신의 팔 밑으로 건네준 공책에는 수려한 그의 필기체가 적혀 있었다. 예전에도 느꼈지만, 그의 성격과는 다르게 필기체가 굉장히 정갈하면서도 기품이 묻어났다. 허투루 갈겨쓰지 않는 필기체가 멋있어 보였다.

「언제 끝나? 집에 데려다줘. 차 없거든.」

당당히 제집에 데려다 달라는 라이언의 글귀에 하진은 어이가 없어서 그의 등을 쳐다보았다. 그러다 하진도 그의 글씨 밑으로 답신했다.

「미안. 에블린한테 부탁해. 나 약속 있어.」

오늘만은 그냥 조용히 집에 가고 싶어서 하진은 그냥 라이언의 말에 적당히 둘러대고는 거절을 해 버렸다.

라이언은 하진의 거절에 손가락을 연습장 위로 톡톡거리며 생각에 잠긴 듯했다. 마음에 안 드는 대답인지, 딱 보아도 바로 대답을 안 하는 거 보면 말이다. 이미 하진은 라이언이 꽤 잘 읽혔다. 생각보다 그는 그녀에게 제법 솔직하게 굴었다.

이제 곧 수업이 끝나는 듯 마무리를 하는 선생님의 말씀에 하진도 슬슬 가방을 정리하기 시작했다. 마지막 수업 하나만 들으면 오늘 학교 수업은 끝난다. 내일도 이렇게 시간을 무의미하게 보내기가 싫어서 자습으로 대체할까도 싶다.

선생님에게 모두 인사를 한 학생들은 제각기 자신의 친구들과 모이면서 걸어 나가거나 클래스에 남아서 수다를 떠는 등 빠르게 흩어졌다.

하진은 의자에서 일어서서 라이언에게 손을 뻗었다.

"라이언. 공책 줘. 나 다음 수업 가야 해."

"무슨 약속인데?"

좁은 책상에 몸을 구긴 채 앉은 그는 하진에게 물었다. 오늘따라 날이 더워서 그런지 벌써 그는 반팔 차림이다. 햇살에 구워져 탄력 있게 뻗은 그의 팔이 시야에 들어오자 하진은 애써 자신의 시선을 그의 눈에 고정하며 말했다.

그녀는 라이언의 손아귀에 있는 공책 끝을 손가락으로 잡아서 자신 쪽으로 당겼다. 쉽게 따라올 줄 알았던 공책은 라이언과 제 사이에서 팽팽하게 당겨져 공중에 떠 버렸다. 라이언도 힘을 풀지 않자, 하진은 더 세게 힘을 주어 당겼다. 마치 줄다리기를 하듯 말이다.

"그냥 가족 모임이야."

"……그래?"

"응. 수업 끝나자마자 갈 거야. 놓을래?"

하진은 떨떠름한 표정을 지으며 힘을 푸는 라이언의 손에서 빠르게 공책을 회수하고는 가방 문을 열어 대충 집어넣었다. 라이언은 이상하게 하진의 반응이 어제와는 다른 것 같아 그녀에게 다시 말을 건네려는 찰나 옆에서 누군가 그들의 대화에 끼어들었다.

"라이언? 수업 다 끝났지? 잠깐 시간 돼?"

케이티는 드디어 제 날개를 찾았는지 블링키들을 뒤로 세우고는 라이언과 하진의 앞에 서서 말했다. 세 명 모두 맞추기라도 했는지 위아래로 비슷한 차림이었다. 언제나 그렇듯 케이티만 말하고 나머지 두 명은 그냥 방관자인지, 서포터인지 모르겠다. 이 두 친구가 제대로 하진 앞에서 말한 적이 거의 없는 것 같았다.

하진은 라이언 앞에서 더는 티를 내고 싶지 않아, 조용히 그들의 대화에서 빠지기 위해 몸을 돌렸다.

"나중에 보자."

말을 마치며 그녀는 매정하게 그에게 등을 돌리며 교실을 나가 버렸다.

그녀를 잡으려 빠르게 일어선 라이언은 자신의 의자를 뒤로 밀쳐 버렸다. 의자는 바닥에 나뒹굴며 쿠당탕 소리를 만들었다.

"크리!"

라이언은 수업 시작 전보다 얼굴이 더 굳어서 감정 없어 보이는 창백한 그녀의 기색 때문에라도 자연히 몸이 앞으로 나가 버렸다.

"라이언?"

케이티는 자신의 용건이 마치 먼저인 듯 라이언의 팔뚝을 잡아 멈춰 세웠다. 제 앞에서 그녀를 따라가기 위해 나가려는 그를 보니, 프롬 파트너는 물론이고 라이언을 놓쳐 버릴 것만 같은 기시감이 불현듯 들었다. 오전에 그렇게 하진에 게 몰아붙였지만, 정작 자신이 먼저 상대해야 할 건 라이언이었나 보다.

열받게도 라이언의 모습에서 케이티는 자신의 모습이 보였다. 그리고 마치 구두에 꽉 껴 있는 자신의 발가락만큼이나 답답한 기분이었다. 벗어 던져서 하 늘로 날려 버리고 싶을 만큼 말이다.

"무슨 일인데? 빨리 말해."

라이언은 조급한 목소리로 케이티를 내려다보며 재촉했다.

"내가 아까 쪽지 보냈잖아. 별관에서 보자고."

"왜? 졸업 연사는 너랑 하는 것도 아닌데? 준비 위원회야?"

"……."

지금 교실에는 라이언 외에 자신의 뒤에 서 있는 친구 둘밖에 없었지만, 케 이티는 내심 친구들 앞에서 파트너 신청을 하는 게 자존심이 상했다. 사실 프 롬 파트너는 주로 남자가 먼저 신청하는 편이었다.

케이티는 자신의 친구들에게 눈짓으로 교실 문을 가리켰다. 그 신호를 알아 챈 블링키들은 구두 소리를 내며 교실 밖으로 나갔다.

그들이 나가는 장면을 바라보면서 라이언은 자신의 기분 또한 하진처럼 곤 두박질치는 느낌이 들었다. 지금 하진의 표정이 왜 어두운지를 알아내야 하는 데 요란하게 떠들어 대는 애들을 상대하려니 시간이 아까웠다.

라이언은 자신의 팔에 걸쳐진 시계를 들어 보았다. 다음 수업 시간이 시작하 기 전까지 대략 오 분 정도 남았다.

"빨리 말해. 시간 없어."

"너 다음 수업 없잖아. 이거 마지막 아니야?"

케이티는 라이언이 혹여나 하진에게 달려갈 것 같아 모른척하며 말을 걸었다. 라이언의 깊은 눈매가 점점 차가워지는 게 느껴져 케이티는 두 팔을 자신의 앞에서 교차시켰다. 오늘 자신의 승부수를 띄우기 위해 안에 코르셋까지 겹쳐 입어 제법 볼륨 있어 보이는 자신의 가슴을 더욱 모으면서 말이다.

"급한 거 아니면 간다."

라이언이 ―자신도 모르게― 질색한 표정을 지으며 케이티를 지나치려 하자, 당황한 케이티가 라이언의 팔을 잡았다.

"프롬!"

"뭐?"

그가 고개를 돌렸다. 부드러운 머리카락이 반원을 그리며 내려오는 것도 케이티의 눈에는 멋있어 보였다. 언제 한번 저 머리를 쓰다듬어 보고 싶어서 부단히도 기회를 엿보았는데 단 한 번도 그런 기회를 라이언이 준 적이 없었다. 빈틈 하나 보여 주지 않는 그의 태도는 비단 자신에게만 해당되는 것이 아니라서 안심이었는데 어느 순간부터 새로 온 전학생이 그의 틈을 모두 헤집어 놓는 게 여간 불안한 게 아니었다.

그래서일까. 케이티는 라이언과 빅토리아에서 마지막으로 인연이 될 이 기회를 놓치고 싶지 않았다.

"너랑 졸업식 프롬 파트너 하고 싶어……서…….'"

그녀의 목소리 끝이 점점 잦아들었다. 별관에서 따로 조용히 둘만의 시간을 마련해서 얘기하고 싶었지만, 그런 여유를 라이언이 주지 않았다.

"나랑?"

라이언은 아까부터 얘기하려던 게 이거였냐는 듯 차가운 표정으로 케이티를 내려 보았다. 그는 자신의 팔을 잡고 있는 케이티의 손을 떼어 냈다. 무례하지 않게 떼 내는 그의 매너가 오히려 더 케이티의 마음에 상처를 주었다.

제 손에서 슬며시 빠져나가는 그의 팔을 바라보며 케이티는 말을 이었다.

"응. 너랑. 되어…… 줄래?"

케이티는 말을 함과 동시에 얼굴이 불타듯 붉어졌다. 오늘 화장을 더 두껍게 했어야 하는데, 요즘 투명한 메이크업을 하느라 잡티를 제대로 가리지 못한 게 신경 쓰였다.

조용히 라이언의 대답을 기다리며, 한 손으로는 수줍게 자신의 머리를 귀 뒤로 넘겼다. 하지만, 그의 대답은 마음의 준비를 시작하기도 전에 귀에 들어와 박혔다. 마치 귀를 열자마자 잘됐다는 듯이 말이다.

"미안. 다른 친구 알아봐 주라."

라이언은 깔끔하게 케이티의 고백을 일말의 미련도 없이 단조롭게 거절해 버렸다. 케이티는 그가 이렇게 단칼에 고민도 안 하고 거절할 줄 몰라서, 라이언에게 불쑥 말을 던져 버렸다.

"……뭐? 너 파트너…… 있어? 혹시?"

분명 오늘 오전에는 하진이 라이언의 파트너가 아니라고 말했다. 그럼 누구란 말인가?

"응. 있어."

라이언은 초조한 듯 교실 문 쪽을 바라보며 케이티에게 말했다.

"……누구인지 물어봐도 돼?"

케이티는 부들거리는 자신의 두 주먹을 더 떨지 않기 위해 최선을 다해 힘을 주었다. 그러자 그녀의 긴 손톱이 살을 깊게 파고들었다.

라이언은 하진이 이미 에블린과 같이 트윈 룩으로 함께하는 걸 알았기에 딱히 파트너 요청을 하지 않은 상태였다. 그냥 프롬 때 셋이서 그룹으로 가면 되겠다는 생각이었다. 하지만, 케이티가 파트너 요청을 해 오자 라이언은 아차 싶었다. 이미 파트너가 있다고 말해 버렸지만, 아직 상대에게는 물어보지도 못한 상태였다. 그리고 불현듯 하진도 다른 놈에게 이런 요청을 받게 되면 거절을 하지 않을 것 같아서 심장이 덜컥거리며 주저앉았다.

등에서 식은땀이 훅 올라오며 한기가 느껴졌다. 만약 자신의 예상과는 다르게 파트너 신청이 이렇게 소리 소문 없이 이루어지는 거라면, 자신은 지금 당장 하진에게 물어야 했다. 아니. 어떻게든 그녀의 파트너는 제가 되어야 한다. 다른 놈의 손을 잡고 들어가는 그녀의 모습을 상상만 해도 피가 거꾸로 솟았다.

속이 쓰린 느낌에 라이언은 빠르게 케이티와의 대화를 마무리했다.

"미안하다. 이만 간다."

라이언은 입매를 굳혔다가 돌연 미안하다는 듯이 표정을 풀고는 케이티에게 사과의 말을 전했다. 케이티는 그녀를 천천히 지나쳐 나중에 보자던 그를 돌아보았다. 결국, 두 번이나 물어본 물음에 누가 파트너인지 답도 듣지 못했다. 자신의 첫사랑은 그녀를 아랑곳하지 않고 무정하게 나가 버렸다.

교실 문이 열리고 나서 여태 복도에서 케이티를 기다리던 친구들이 다시 들어왔다. 라이언의 빈자리를 바라보며 케이티는 분이 풀리지 않아 온 힘을 그러모아 소리쳤다.

"하아……. 까아아아아아!"

"케이티!"

"무슨……!"

케이티가 사납게 울부짖으며 소리를 지르자, 블링키들이 재빠르게 그녀의 등을 감싸며 달래기 시작했다. 오늘 온종일 그녀는 자신이 뜻하는 대로 되는 게 없었다.

"두고 봐! 내가 가만히 있을 줄 알아?!"

급히 교실을 빠져나오던 라이언이 하진을 따라가려다가 멈췄다. 바지 주머니에서 울리는 핸드폰을 꺼내 들어 매트의 이름을 보고는 전화를 받았다.

"어."

— 라이언. 들었어? 그냥 혹시나 해서.

"뭘?"

— 나도 방금 들어서. 마이크가 에블린이랑 파트너를 한다네?

"뭐?"

— 몰랐어?

라이언은 통화를 그대로 이어 가며 발길을 돌려 아예 건물 밖으로 빠져나왔다. 상황이 이렇게 흘러갔다면, 지금은 하진보다 에블린이 더 급했다. 분명 어제까지만 해도 둘이서 희희낙락하게 드레스를 리폼하는 것 같더니 하룻밤 새에 무슨 일이 일어난 것인가.

"마이크가 그래?"

— 응. 나도 방금 들었어. 에블린이 좋다고 했나 보던데?

"알았어. 일단 나중에 얘기하자."

— 어어.

라이언은 연락처에서 에블린의 이름을 찾아내 전화를 걸었다. 수신음만 들릴 뿐 연결되지 않자, 뒷주머니에 핸드폰을 꽂아 버리고는 그녀가 있는 작업실까지 빠르게 걸어갔다. 걸음걸이는 이내 뜀박질로 변했다. 빠른 속도로 바람을 날리며 뛰어가는 그를 손가락질하던 1학년생들은 다시 자기들끼리 수군거렸다. 큰 키에 다부진 몸은 한곳만 보고 달리며 빠르게 흙길을 가로질러 아트 스쿨로 향했다.

라이언은 가슴이 터질 것같이 숨이 차지만 멈출 수가 없었다. 에블린이 정말 마이크와 파트너를 한다면…….

'하진은 혼자다.'

상황을 파악하기 위해 그는 긴 다리를 이용해 계단을 뛰어내렸다. 속도가 너무 빨라져 중심이 제대로 잡히지 않아서 몸이 쏟아질 뻔했지만, 신경 쓰지 않았다.

쾅—

문을 세게 열고는 주변을 둘러보며 이젤 앞에 선 에블린을 찾았다. 자신과는 다르게 아주 평온하게 노래를 들으면서 열심히 붓질하는 그녀가 보였다. 라이언은 저벅저벅 걸어가 이젤 옆에 섰다.

"에블린."

"으악! 뭐야? 언제 왔어? 수업 끝났어?"

에블린은 소스라치게 놀라며 어깨를 흠칫 떨었다. 저렇게 큰데 살쾡이처럼 걸었는지 소리도 없이 다가왔다.

"나랑 얘기 좀 해."

"무슨 얘기?"

라이언은 긴장되는 마음에 그의 두 손을 바지 뒷주머니에 찔러 넣었다. 그의 미간이 길게 주름을 만들었다. 눈빛은 더 짙어져서 냉기를 품었다. 싸늘한 그의 얼굴에 에블린은 당황하여 말을 더듬었다.

"너 마이크랑 프롬 파트너 하기로 했어?"

"아, 그게……."

에블린은 올 것이 왔다는 생각에 눈을 이리저리 굴리며 말끝을 흐렸다. 그녀는 라이언에게 혼날 것 같은 느낌에 몸을 움츠렸다. 손에 있는 붓을 꽉 쥐게 되는 건 어쩔 수 없다. 라이언이 한번 화나면 냉기를 풀풀 흘리며 무섭도록 차가워지는 걸 아는 에블린인지라 그가 이다음에 무엇을 말할지 뻔히 예상되었다. 예전에 그가 아끼던 영화 영사기를 에블린이 모르고 부숴 버린 이후로 그의 이런 날 선 표정이 오랜만이다.

"아……."

"진짜야? 그러면 크리스틴은?"

이제는 팔짱을 끼며 라이언은 에블린을 차갑게 내려 보았다. 마치 하진의 보디가드라도 되는 것처럼 말이다.

"응?"

"……."

"그게……."

"진짜야? 크리스틴은 알고 있어?"

"아, 알아! 내가 어제 말했다고! 나도 모르게 수락한 걸 어떡해……. 그리고 하진도 괜찮다고 해 줬어."

"에블린!"

라이언은 그녀의 이름을 강하게 외치며 앞머리를 계속 쓸어 올리더니 이제는 자신의 정수리를 잡고는 화가 난 듯 아래턱을 굳게 다물었다.

그는 머리를 빠르게 굴렸다. 이렇게 되면 지금 하진은 파트너도 없이 프롬을 가게 생겼다는 건데, 매트의 전화를 받지 않았다면 이 사실을 더 늦게 알게 되었을 거란 생각에 라이언은 왠지 더 초조해졌다.

라이언이 팔을 크게 휘두르자 그의 향수가 에블린의 코끝에 머물렀다. 그녀는 이런 상황에서도 제 코가 제 역할을 하는 것에 마음이 더 무거워졌다. 생각해 보니 이 모든 게 마이크 때문인 것 같아 거절하려고 몇 번이나 어제 전화를 들었다 놓은 자신을 후회했다.

'아씨. 그냥 전화할걸……'

에블린은 더는 말을 하지 않고 그냥 고개를 숙이고는 붓 손잡이 끝을 만지작거렸다.

"너. 왜 나한테 말 안 했어? 나한테 먼저 얘기했어야지! 이 배신자야! 그리고 갑자기 마이크랑은 왜 그렇게 된 건데?"

"내가 왜 너한테 배신자야! 그리고 나도 몰라. 그냥 그렇게 되어 버렸어."

라이언이 에블린에게 한 발짝 더 다가왔다. 에블린은 고개를 돌려도 자꾸만 따라붙는 그의 그림자에 어깨를 뒤로 물렸다.

"나, 나도 그래서 미안해서 어제 사과했어!"

"걘 받아 줬겠지! 아무렇지도 않게! 크리스틴을 몰라? 네가?"

"이……."

맞는 소리에 마음의 상처가 더 쓰라리게 벌어졌다. 연이어 둘 다 씩씩거리며 네가 더 잘못했느니 어쨌느니 실랑이하다가 결국 제풀에 지친 라이언은 미술실에 엎어져 있는 페인트 통에 그냥 앉아 버렸다.

"그래서 크리스틴은 누구랑 간다는 말은 없었어?"

"어제까진 없었으니…… 오늘 누가 신청 안 했으면, 아직이겠지?"

"하……."

그는 에블린의 마지막 말에 그나마 저 발치 끝에서부터 안도감이 이는 기분이었다. 두 손으로 목뒤를 잡아 고개를 숙인 후, 뜨거운 숨을 바닥에 내뱉었다.

'아마 통 위에 페인트가…… 좀 묻어 있을 텐데……'

에블린은 라이언이 벼락같이 몰아쳐서 더는 그 말을 건네지도 못하고 일단은 이 사태를 해결하기 위해 그를 내려다보았다. 이제는 일이 이렇게 되어 버린 이상 라이언에게 대놓고 말해야겠다. 하진을 그렇게 두다가는 언젠가 제대로 땅을 치고 후회할 게 뻔했다.

"그러니까. 왜 그렇게 크리스틴한테 미적지근하게 굴었어?"

"내가 신중하게 알아서 하려 했어."

라이언은 숙였던 고개를 휙 쳐들었다. 그의 눈 색이 이전보다 더 짙어졌다.

"퍽이나."

"……."

이번에는 에블린의 말에 반박할 거리를 찾지 못한 라이언은 더 이상 그녀 앞에서 변명하기도 싫었다. 정작 하진 본인은 모르고 있는데 말이다. 라이언은 시간을 더는 지체할 수가 없어 일어나서 미술실을 나가려다 말고 에블린에게 경고를 날렸다.

"됐다. 간다. 그리고 너. 마이크랑 파트너 취소하기만 해 봐."

만약 에블린이 마이크랑 파트너를 깨 버리면 나중에 하진은 에블린과 셋이 가자고 할 게 뻔했다.

"하진한테 고백할 거야?"

"신경 꺼. 내가 알아서 해."

"알아서 한 게 이거냐!"

그녀의 뒷말은 들리지도 않는지, 라이언은 제 할 말만 하고 바로 미술실을 박차고 나갔다. 라이언이 나가고 난 뒤의 미술실은 다시 제 공간을 보여 주듯 커 보였다. 저놈이랑 같이 있으면 항상 주위가 꽉 차는 느낌이라 위축되고는 했는데, 역시나 착각이 아니었나 보다. 뭔가 초능력이라도 있는 건가 싶다.

에블린은 숨을 크게 쉬었다가 다시 내뱉으며 붓을 들고는 작업을 이어 나갔지만, 아까와 같은 집중력은 다시 찾을 수 없었다. 오늘은 그냥 재빨리 끝내고 집에 가서 드레스 리폼이나 마무리해야겠다.

14

라이언은 무거운 표정으로 아트 스쿨을 빠져나왔다. 예상보다 계획을 빠르게 수정해야 하자 손이 살짝 떨렸다. 너무 흥분한 건지 화가 난 건지, 기분이 나빠서 그런 건지 알 수 없는 감정이 섞여서 정의를 내릴 수가 없었다. 주먹을 꽉 쥐었다 폈다를 반복하며 시계를 확인했다.

그녀는 가족 모임을 간다고 했으니 바로 주차장으로 올 것이다. 저 멀리 하진의 차가 아직 볕에 뜨겁게 달궈지고 있었다.

라이언은 그녀의 차 문에 기대어 서서 하진이 오기를 기다렸다. 몇 분이 지났을까, 땅으로 내린 시선 끝자락에 하진의 운동화가 들어왔다. 그리고 익숙한 그녀의 향기가 코끝에서 맡아졌다.

고개를 들어 그녀를 보니, 여전히 기분이 풀리지 않았는지 아직도 표정이 차갑게 얼어 있다.

"진."

라이언은 차에서 몸을 떼고는 하진과 마주 섰다. 오늘따라 여기저기 발바닥에 땀이 나게 달리며 걸었는데, 그녀의 얼굴을 보니 조금 살 것 같다.

"여기 왜 있어? 나 진짜 가야 해. 나와."

하진은 갑작스럽게 자신의 차 앞에 떡하니 서서 가로막고 있는 라이언이 오늘따라 불편했다.

"가는 데까지만 같이 가자. 거기서 내려 줘."

라이언은 하진의 말은 듣지도 않은 채 휙 하니 조수석에 몸을 집어넣었다. 이미 차 안으로 사라진 그는 자리에 앉아 안전벨트를 매는 소리까지 친절하게 들려주었다.

그녀는 한숨을 내쉬며 운전석의 문을 열고 자리에 앉았다. 그러곤 자신의 가방을 뒷좌석에 놓은 하진은 시동을 켜고는 머리를 굴렸다. 가족 모임이라고 거짓말을 하긴 했지만, 이걸 어떻게 하면 들키지 않고 그를 중간에 떨굴 수 있는지 계산해 봐도 답이 쉽게 나오지 않았다.

'그냥 집에 데려다주고 가야겠다.'

차라리 집에 빨리 떨구고 다시 돌아가는 게 나을 것 같아 하진은 차를 출발시켰다.

"그냥 집으로 데려다줄게. 어차피 시간은 좀 있을 것 같으니. 학교는 어떻게 왔어? 차 없이?"

"고장 났어."

"또?"

정비소에 맡긴 지 얼마나 됐다고 그 비싼 차가 또 고장이란 말에 눈을 동그랗게 뜨고는 라이언을 쳐다봤다. 알 수가 없지만, 오늘은 그가 늘 주차하는 구역에 차가 없었으니 정말인가 보다.

"응."

라이언은 빅토리아 스쿨을 지나쳐 가는 모습을 조용히 창문을 통해 보다가 고개를 돌려 그녀의 안색을 살폈다.

"무슨 일 있었어? 아까 안색이 안 좋던데……."

"……아니? 없는데?"

전방을 주시하며 무덤덤하게 대꾸하는 하진을 보며 라이언은 한쪽 눈을 찡그렸다. 자신을 쳐다보지 않는 그녀의 행동에 라이언은 속에서 불쑥 열이 오르려다가 이 화살은 에블린을 위해 아끼기로 했다.

라이언은 좁은 조수석에서 다리를 펴기 위해 레버를 올려 좌석을 뒤로 밀었다. 그리고 그는 창문에 팔을 대고는 손가락으로 창가를 두드리기 시작했다.

조수석에서 들려오는 소리에 하진의 귀가 열리는 건 어쩔 수 없었다. 그는 생각에 잠길 때 항상 무언가를 두드리는 버릇을 가졌다.

"진. 속도 너무 빠른데?"

"아. 그래? 미안."

하진은 또 번뜩 그의 말을 따라서 속도를 낮췄다. 아직 초보 딱지를 뗀 지 얼마 되지 않아서 속도 조절이 힘들었다.

"에블린한테 들었어. 마이크랑 파트너 한다며."

라이언은 그냥 그런 일이 있었다는 듯이 나직이 말했다. 하진은 고개를 끄덕이며 답했다.

"응. 나도 어제 들었어. 마이크가 먼저 청했다고 하더라고."

"넌…… 괜찮아?"

"내가 뭘?"

"그냥. 에블린이 그렇게 같이 가자 했는데, 혼자만 쏙 빠졌잖아. 뭐 놀기야 다 같이 놀겠지."

라이언은 살짝 어투에 냉랭한 기운을 담아내며 말했다. 그러더니 그는 급기야 하진을 향해 아예 몸을 틀어서 물었다.

"라이언. 제대로 앉아. 위험해."

"넌 왜 나한테 말 안 해 줬어? 어제 알았다며?"

라이언은 그녀의 말은 들은 척도 안 하고 마치 속상하다는 듯이 —그리고 장난스럽게— 얘기하자 하진은 피식 웃어 버렸다.

"풉. 나도 어제 늦게 들었어."

이제야 좀 그녀다운 얼굴이 보이자 라이언도 어깨를 으쓱거리며 말했다.

"아무튼. 내가 아까 에블린 잔뜩 골려 주고 나왔어."

"아니 네가 왜? 에블린이 무슨 잘못인데? 파트너 생긴 게 뭐 어때서. 좋은 일이지."

"있어. 그런 게."

라이언의 말에 하진은 어쩔 수 없다는 듯이 웃고 말았다. 청아하게 웃음을 터뜨리는 그녀의 웃음소리에 라이언도 입꼬리를 올리며 씨익 웃었다.

"그러니까. 가족 모임 어디서 하는데. 나도 가면 안 돼?"

"네가 왜 가……? 우리 집 모임에?"

어이없는 라이언의 질문에 하진은 자신의 거짓말이 설마 티 났나 싶어 당황하며 말했다.

"그냥. 지난번에 너희 어머니가 놀러 오라 그랬는데 그러고 나서 한 번도 간 적이 없는 것 같아서."

"아냐. 나중에 에블린이랑 같이 초대할게. 오늘은 힘들어."

"……그래?"

라이언은 다시 몸을 틀어 창가로 고개를 돌리더니 다시 또 휙 돌려서 그녀에게 물었다.

"그러면 넌? 프롬 파트너 있어?"

라이언은 아직 그녀에게 파트너가 없을 거라고 확신했지만, 그런데도 묻고 싶었다.

"나?"

"응."

라이언은 단조롭게 별거 아닌 듯이 말을 툭 내뱉었지만 사실 심장은 이미 제 기능을 상실하여 미친 듯이 쿵쾅거리고 있었다. 아무리 생각해도 그녀에게 파트너 수락을 받으려면 많은 의미를 담아서는 안 되겠다고 생각했다. 적어도 지금만큼은 일단 그녀의 옆자리를 잡는 게 우선이다.

빠르게 계산을 마친 라이언은 그녀에게서 원하는 대답을 얻으려면 어떻게 해야 하는지 잘 알고 있었다.

그런 반면에, 하진은 오전에 있었던 케이티와의 일이 갑자기 떠오르자 핸들을 부술 듯이 꼭 쥐었다. 오늘 수업이 끝난 후로 케이티와 파트너 얘기가 오고 갔을 게 뻔했다. 사실 이제는 그녀가 라이언에게 파트너를 신청한 게 속이 상하는 건지 아니면 자신에게 대거리를 한 케이티가 미워서 그런 건지 모르겠다. 오전에 그렇게 누워서 명상했는데도, 속이 꽤 상했었나 보다.

"……없는데?"

하진은 슬슬 라이언과 에블린이 사는 집들의 지붕이 지적에서 보이자 속도를 조금씩 늦췄다.

"그래?"

"……."

"그러면 나랑 하자."

끼익—

순간 하진은 차를 급하게 세웠다. 횡단보도의 신호가 바뀌어서이기도 하지만, 예상치 못한 물음에 발에 힘이 들어갔다. 라이언은 몸이 앞으로 쏠리자 반사적으로 긴 팔을 이용해 글러브 박스를 짚었다.

"뭐?"

그제야 하진은 제대로 얼굴을 돌려서는 라이언과 시선을 맞췄다.

"나랑 하자고. 파트너."

"너…… 파트너 없어?"

하진은 그의 말에 질문으로 되받아쳤다.

"없는데?"

라이언은 어깨를 으쓱하곤 하진에게 웃으며 말했다. 그 특유의 장난스러운 미소를 보아하니 정말 없는 건지. 아니면…… 케이티를 거절했거나, 그것도 아니면 아직 케이티와 파트너 얘기를 안 나눴을 가능성을 떠올렸다.

하진은 대답하지 않고, 라이언의 집 앞에 차를 세웠다. 그러곤 그를 다시 바라보았다.

"……."

그녀가 말이 없자 라이언은 말아 올렸던 입술 끝에 점점 힘이 들어가 얼굴에 근육 경련이 올 지경이었다.

"응? 진?"

"……."

하진은 입을 삐죽 내밀고는 시선을 다시 정면으로 돌리더니 핸들을 잡고는 입을 열지 않았다. 라이언은 모르겠지만 지금 하진의 머리 회로는 왕복 운동을 너무 많이 해서 터질 지경이었다.

만약 수락했을 때 앞으로 벌어질 케이티와의 일과, 수락하지 않았을 때의 라이언과의 일 중에서 말이다. 선택의 기로에 서자 쉽게 입이 떨어지지 않았다. 자신도 이렇게 말을 안 하고 침묵으로 일관하면, 결국 거절이라는 의사로 비칠 걸 알았지만 하진은 이 모든 게 다 고민이었다.

라이언은 하진이 싱겁게 그러자고 별거 아니라는 듯이 대답할 줄 알았는데 침묵이 길어지자 손바닥에 땀이 나기 시작했다. 자신의 선택이 틀렸나 싶어서 마음이 조마조마해졌다.

"나랑 파트너 하기 싫……어?"

"아. 그런 게 아니라."

하진은 라이언의 말에 즉각적으로 입을 뗐다. 그건 아니었다.

고개를 흔들며 아니라고 말해 주는 하진에 라이언은 이마에 식은땀도 나기 시작했다. 그럼 뭐란 말인가.

"크리스틴?"

"아……."

"……."

"음……."

여전히 대답을 안 하는 그녀를 보니 라이언은 불안함에 얼굴이 굳어 갔다. 이렇게 고민할 일인가 싶었다. 침묵이 길어질수록 라이언의 어깨는 점점 더 무겁게 내려갔다. 그는 그녀의 반응에 참지 못하고 우물쭈물하며 나지막이 입을 열었다.

"나 춤 잘 춰."

"……큭."

"옷도 제대로 입을게."

"풋. 하하하."

하진은 예상치 못한 그의 말에 웃어 버렸다.

'하, 웃으면 안 되는데……'

결국 참지 못한 하진은 가슴을 들썩이며 쿡쿡거리더니 시원하게 웃어 버렸다. 갑자기 턱시도를 입고 뻣뻣한 자신을 당황스럽게 다루며 춤을 추는 라이언을 상상하니 너무 웃겼다. 하진은 춤에는 젬병이라 댄스 클래스에서 항상 식은땀을 흘렸었다.

"너 진짜 없어?"

"너 말고는 없어."

라이언은 단호하게 말을 끊으며 얼굴을 흔들었다. 그의 앞머리가 리듬감 있게 찰랑거렸다.

"그런데 나 춤 못 춰."

"한 명만 잘하면 돼."

라이언은 안전벨트를 풀고는 하진을 향해 아예 몸을 돌렸다. 시원스레 웃는 그의 얼굴에서 묻어 나오는 자신감과 —그리고 이상하게 뻔뻔해 보이는— 당당함을 마주 보며 하진도 어쩔 수 없다는 듯이 볼 한쪽에 보조개를 만들고는 짧게 답했다.

"Alright."

그녀는 나중 일은 나중에 생각하기로 했다.

○ ● ○

하진은 라이언을 데려다준 후, 적당히 얘기를 나누다가 집으로 돌아와 에블린에게도 이 사실을 알렸다. 생각해 보니 케이티와의 일이 있어 막상 수락하고 나니 걱정이 되었다. 저녁을 먹고 난 후, 방으로 들어온 하진은 가볍게 옷을 갈아입고는 벌러덩 침대에 누워 에블린과 통화를 이어 갔다.

— 그래? 걔가 그런 미친 짓을 했어?

"그래서 좀 신경 쓰여. 거짓말을 한 건 아니지만……"

― 괜찮아. 왜 빨리 말 안 했어? 그랬으면 내가 걔 머리털을 아주 제대로 스트레이트 시켜 주는 건데!

"아냐. 뭐 그럴 것도 아니었어. 그냥…… 올리비아랑 일전에 얘기해 준 게 있어서 알고는 있었지만, 혹시 케이티가 라이언에게 물어보기도 전이면 지금 타이밍이 좀 이상하잖아?"

하진은 막상 내일 학교에서 케이티와 마주친다면 왠지 눈을 피하게 될 것 같았다. 미안하지는 않았지만 그래도 무언가 그녀의 마음을 알면서도 제가 원하는 대로 편하게 취한 것 같은 느낌이 들었다.

― 진? 그런 거 신경 쓰지 마. 라이언은 아마 들었어도 거절했을 거야. 걔 성도 모를걸?

"에이. 그래도……."

― 아냐. 그런 애는 신경 쓰지 마. 그리고 다음에 또 그렇게 시비 걸면 대꾸도 하지 말고 그냥 나한테 바로 와. 아니면 라이언한테 바로 일러.

"풋. 내가 애도 아니고. 괜찮아. 이 정도쯤은."

하진은 침대에서 옆으로 누우며, 이제는 제 얼굴 한쪽에 핸드폰을 올려 두었다. 이 정도 욕이나 괴롭힘은 예전에 비하면 자신에게 손톱만큼도 영향을 주지 않았다. 기분이 여전히 바닥으로 치닫는 건 어쩔 수 없지만, 마음의 상처는 한번 벌어졌다가 닫히니 비 온 뒤 굳은 땅처럼 단단해졌다.

하진은 손을 이리저리 뻗으며 무의미한 동작으로 손가락을 움직이다가 내일 있을 발표가 떠올랐다. 여태 이 발표 때문에 밥이 코로 들어가는지 입으로 들어가는지 긴장이 되었는데, 라이언 덕분인지 시간이 너무 빨리 가 버렸다.

이제야 책상 위에 올려놓은 시계를 확인하니 곧 내일이 다가올 날이 몇 분 남지 않았다.

"내일 발표라서…… 좀 떨리는데. 학교 가지 말까 봐. 어차피 수업 거의 끝 무렵이라."

― 그래. 그냥 집에서 확인하는 게 나을 것 같아. 안 그래도 여기 아트 스쿨에서도 하버드 쓴 애들은 지금 밥도 못 먹고 있더라고. 크리스틴은 될 거야. 걱

정 마! MIT도 불렀는데 거기에서도 부르겠지. 암!

엄마 같은 에블린의 말에 하진은 평온하게 미소를 지었다.

"고마워……. 내일 라이언이랑 같은 시간에 확인하기로 했거든. 둘 중에 한 명이라도 떨어지면…… 어쩌지? 그런데 라이언은 일단 붙을 것 같아."

하진은 오히려 이상하게 라이언과 자신 중에서는 본인이 떨어질 것 같아 더 불안하고 초조했다. 이 조마조마한 감정이 심장을 사슬처럼 묶어서 생각만 하면 스르릉거리며 심장을 죄어 오는 것 같았다.

— 걔네 집에선 하버드 못 가면……. 아마 기숙학교로 쫓겨날걸? 어떻게든 내년에는 가게 할 거야. 그리고 걔가 그래 봬도 머리는 엄청 좋아. 오죽했으면 지난 학기 때 홈스쿨링 했겠어. 원래 걔 고등학교 안 다녀도 돼. 월반하려다가 말았거든.

"뭐? 그 정도야?"

하진은 처음 듣는 라이언의 실력에 벌떡 일어나 침대에 가부좌를 틀어 앉았다. 고등학교 과정을 생략해도 될 만큼 영재라면 굳이 왜…… 빅토리아 스쿨을 다니는 것인가 싶다. 그녀 앞에서는 마치 하버드에 못 붙으면 큰일 난다는 듯이 굴었는데 그게 자신의 성적이 안 좋아서가 아니었나 보다.

"그런 거 못 들었는데……."

— 먼저 말 안 해. 그런 거 별로 대수롭지 않게 생각하니까 더 얄밉긴 한데, 아무튼 그래서 걔가 홈스쿨링 한다고 했을 때도 학교에서 허락해 줬지.

"라이언 설마…… 천재야? 영재 뭐 이런 거?"

— 응. 머리만 좋아. 다른 건 별로.

퉁퉁거리며 말하는 에블린의 대답에 하진은 피식 웃었다. 언제 봐도 이 둘은 친구 사이라기보다 조금 더 가족의 관계에 가까워 보인다.

"그래도 대단하네. 라이언은 이코노믹인가? 나중에 MBA까지 한다고 했지?"

하진은 그가 가족 사업을 물려받으려면 경영 대학원 아니면 로스쿨이라고 말했던 걸 기억했다. 어이없게 어울리지도 않던 연구원 얘기도 했지만 별로 그가 그런 길을 원하는 것 같지는 않았다. 라이언이 슈트를 입고 사업가가 되어서 프레젠테이션을 하는 장면도 멋질 것 같았다. 그가 하는 것들은 모든 게 다 그럴듯해 보이니 말이다. 그리고 그 회사에서도 셀러브리티가 되어 있겠지.

— 응. 그거 아니면 로스쿨? 모르겠다. 그런 건 라이언한테 직접 물어봐. 원래 나한텐 얘기 잘 안 해. 나도 이거 다 엄마한테서 듣는 거야. 알잖아. 두 분이 친한 거. 하진이 걔한테 물어보면 아예 10년 계획 술술 얘기할 거야.

"풋. 그런 게 어딨어, 둘이 더 친하잖아."

— 내가 요즘 느끼는 게 말이야. 진? 응? 걘 지금 너한테 빠져서 옆집의 소꿉친구가 집에 들어왔는지 작품은 잘 끝내고 있는지는 아예 관심도 없어요. 그러니 진. 잘 한번 생각해 봐. 라이언 괜찮잖아? 싫은 건 아니지?

"푸하하. 아니야. 내가 보기엔 충분히 잘해 주는 것 같던데? 그리고 라이언이랑 나 그런 거 아니야."

하진은 머릿속에 여태 라이언과의 일이 여기저기 떠올랐지만 제 입으로 말하기도 쑥스러워 에블린에게는 두루뭉술하게 말했다. 말할 때마다 호들갑을 떨며 그것 보라는 에블린의 반응에 맞장구를 치기가 힘들었다. 누가 케이크를 주기도 전에 이미 혼자 다 파먹은 듯한 느낌이다. 갑자기 그녀는 목이 메었다. 하진은 에블린과 조금 더 대화를 이어 가다가 전자시계의 날짜가 넘어가는 것을 보고는 통화를 마무리했다.

잠이 막 들려고 하자 알림음이 울렸다. 라이언에게서 온 문자였다.

[C. 내일 봐. 그리고 몇 시에 볼 건지 알려 줘.]

그녀는 눈을 내리며 잠시 고민을 하다가 라이언에게 바로 답장을 하고는 잠을 청했다.

[발표하자마자 바로 보자. 기다리기 힘들 것 같아. 내일 봐.]

15

해가 뜨기도 전에 하진은 눈이 번쩍 뜨였다. 마치 설레는 소풍 전날 가방을 다 싸 놓고 잠들었다가 새벽에 화들짝 깬 기분이었다. 사실은 설렘의 감정보다는 미칠 듯한 긴장감에 더 이상 정신이 버티질 못할 것 같았다. 아직 해가 구름 속에서 빛을 뿜어내기만 할 뿐, 제 얼굴을 비치지 않은 시간인데도 하진은 그냥 침대에서 일어나 거실로 향했다.

오늘 학교에 가야 하나, 말아야 하나 부모님과 고민해 보기 위해서 계단을 내려왔는데, 원래는 모두가 잠들어 있어야 할 1층에서 분주하게 움직이는 그레이엄과 앨리스를 보았다.

"엄마? 아빠? 벌써 일어나셨어요?"

"오. 하진 일어났니?"

"네. 아직 출근하시려면 멀지 않았어요?"

"그러게 우리도 잠이 안 와서 말이다. 다른 건 뭐 어차피 결과야 안 봐도 상관없겠지만, 그래도 대망의 당일 아니겠니?"

"그러게요……. 으…… 떨려요. 아빠. 신문 가져오셨어요?"

"아! 가져와 줄래? 크리스틴?"

그레이엄은 앨리스의 옆에서 커피포트에 물을 올리고 있었다. 하진은 자연스럽게 현관으로 나가서는 시멘트 바닥에서 처연히 혼자 기다리고 있는 신문을 보았다. 그녀는 이른 아침에만 맡을 수 있는 새벽 공기를 가슴 속 폐 끝까지 가득 들이마셨다가 내쉬기를 반복했다.

드디어 오늘이 마지막이다. 사실 나머지 학교들이 몇 개 있었지만, MIT가 결정 난 이상, 오늘 결과가 합격이 아니라면 다른 곳이 되더라도 MIT로 가는 것으로 부모님과 이미 결론을 지었다.

"후우……."

하진은 뜨거운 김을 내뱉고는 다시 문을 닫고 주방을 향했다. 앨리스와 그레이엄은 이미 과일로 간단한 아침을 시작하면서 하진을 기다렸다.

"여기요. 조금 젖은 것 같아요. 스프링클러 때문에 물이 묻었나 봐요."

"뭐 어쩔 수 없지. 고맙다 하진."

그레이엄은 약간 물에 울어서 울퉁불퉁한 신문을 펼치려다가 다시 테이블에 올려 두고는 하진을 보았다.

"크리스틴? 오늘은 발표 바로 확인할 계획이니?"

"네. 이번에는 그냥 바로 하려고요. 라이언이랑 같은 시간에 맞춰서 각자 보고 알려 주기로 했어요."

"어머. 그러네. 라이언도 같은 학교 지원했지?"

"네. 맞아요. 그런데 라이언이 몰랐는데 꽤 공부를 잘하는 영재였나 봐요. 그래서 솔직히 더 떨려요. 저만…… 떨어지면 어쩌죠?"

하진은 입술을 내밀고는 부르르 떨었다. 떨림이 멈추지 않았다. 앨리스는 딸의 안색이 점점 창백해지는 걸 바라보고는 두 손을 따스하게 그녀의 손등에 올렸다.

"당연하게도 남들 얘기를 들으면 계속 비교하게 되는 법이야. 이렇게 말해 줘도 떨리지? 걱정하지 마. 우리 이미 스탠다드는 모두 넘었잖니? 잘될 거야. 하진을 못 알아볼 리가 없어."

앨리스는 하진의 등도 토닥여 준 후, 따뜻한 티를 건넸다.

"그럼. 하진. 걱정 마라. 오늘 내가 아주 좋은 꿈을 꿨거든. 그리고 말이다…… 우리는 보스턴과 가까운 곳으로 다시 이사를 하기로 했단다."

"네? 정말요?"

"응. 너랑 떨어져 사는 것도 힘들고, 어차피 여기 동네는 너의 학업을 위해 온 거니 마무리가 되면 아주 가까이는 아니더라도 다시 뉴저지 쪽으로 갈까 해. 아버지 병원도 사실 정리한 게 아니고 거기에 잠시 페이 닥터를 세운 거라서."

하진은 부모님이 빅토리아에 자신의 학업 때문에 왔을 거라고 생각은 했지만, 그래도 부모님은 빅토리아에 계속 남을 줄 알았는데, 사실 단기 계획이었던 거다.

"저는…… 몰랐어요. 다 정리하고 오신 줄 알았어요."

"거기는 정리했지. 그래도 이전에 살던 동네로는 안 갈 거야."

그레이엄은 차를 입가에 가져다 댄 후 잔을 기울였다.

"그럼 언제 가실 계획이에요? 집 알아보는 중이신 거예요?"

"글쎄. 일단 졸업식은 끝나고 준비해야지. 친구들이랑은 마무리 다 하고 갈 거니 너무 걱정하지 않아도 된단다."

앨리스는 하진이 혹시라도 섭섭해할까 봐 충분한 여유를 주고 싶었다. 비록 이곳이 하진에게는 앞으로 좋은 추억으로 남을 곳이 되겠지만 앞으로 그녀는 나아가야 할 길이 길었다.

"네. 괜찮아요. 졸업식만…… 끝나고 가면요."

하진은 순간 에블린과 이제는 끝과 끝에서 살게 될 거라고는 생각했지만 부모님까지 떠나게 될 줄은 몰랐기에 어안이 벙벙했다.

"아. 그리고 저 오늘 학교 수업 안 가고 집에 있어도 될까요? 주변 시선이 부담스럽고…… 그리고 어차피 과제나 시험은 거의 다 끝나서 자습만 하고 있거든요."

"그래. 선생님한테는 우리가 전화할까?"

앨리스가 자신의 전화기를 들어 연락처를 찾으려 하자, 하진은 고개를 저으며 얘기했다.

"아니에요. 제가 할게요. 정 안 되면 그냥 오전 수업 듣고 오후에 빨리 나오면 돼요."

하진은 그렇게 아침의 시작을 알리는 새소리를 듣고는 담당 교사에게 전화를 걸었다. 흔쾌히 괜찮다고 말해 주는 선생님께 하진은 감사하다는 말을 하고는 방에 누워 버렸다.

어차피 이제 학기는 다 끝나 가기에 학교에서도 학생들에게 별로 크게 제재를 안 했다. 게다가 그녀는 이미 MIT에 합격해 빅토리아 교장까지 나서서 축하인사를 해 줄 정도였으니 하루 결석 정도야 쉽게 허락해 주었다. 이곳에서 아이비리그 입학은 그렇게 놀라운 일이 아님에도 불구하고 학교 측에서는 합격률이 그들의 장사 수완이니, 이에 이바지해 준 그녀에게 꽤 관대했다.

복도에서 맥스와 함께 어정쩡하게 얘기하다가 나중에는 교장실에까지 끌려가서 훈훈한 칭찬을 들었지만 말이다.

'하아. 어쩌지. 이제 뭐 하지.'

두 팔과 다리를 침대 끝자락에서 서로 맞닿게 할 것처럼 스트레칭을 하던 하진은 연이어 울리는 벨 소리에 침대에 일어나 발신자를 확인했다. 라이언이었다.

"응. 라이언."

— 크리스틴? 학교 안 왔어?

"아…… 응. 그냥 부담스러워서 안 갔어."

— 흐음.

콧소리를 짧게 내뱉은 그의 숨소리가 그녀의 귓바퀴에 습기를 채우며 들어왔다. 갑자기 볼에서 열기가 올라왔다. 그는 꼭 자신에게 늦게 알려 주면 가끔마음에 안 든다는 표현을 보이곤 했는데, 어제 에블린과의 대화 이후로 라이언한테 알린다는 것을 사실 잊고 있었다. 거의 생각을 안 했다고 보는 게 맞았다.

"왜? 넌 학교야?"

— 응. 너희 교실 앞이거든. 너 찾으니까 안 나왔다고 해서.

"그랬구나. 오늘 오전에 부모님이랑 얘기한 거라. 헛걸음시켰네. 미안."

— 됐어. 별것도 아닌데. 그러면 이따가 오후 3시? 그때 보는 거지? 집에서 볼 거야?

"그때 보자. 확인하고 통화할까?"

— 그래. 그러면 나도 집에 가야겠다.

"수업 없어?"

— 어차피 자습인데 뭐. 이따 봐. 크리스틴.

"응."

통화를 끊은 하진은 시계를 확인하자 이제 앞으로 얼추 몇 시간 안 남은 걸 깨달았다. 어차피 공부할 것도 없고 기다리기만 하면 되기에 답답한 그녀는 옷을 갈아입고 집 주변을 걷기로 했다.

집 뒤로 연결되어 있는 산책로는 정말 좋았다. 이제는 나뭇가지에서 돋아나는 새싹은 눈이 부셨다. 매년 새롭게 가지에서 나오지만, 그 생명의 색은 놀라울 만큼 젊고 어리고, 그리고 튼튼해 보였다.

나무에 다가간 그녀는 손톱만큼 나와 있는 아주 작은 잎사귀를 두 손으로 만져 보았다. 생각보다 부드럽고 촉촉한 느낌에 그녀는 조금 더 문질렀다. 마치 찰랑이다 못해서 흘러나오는 이파리의 생명력이 느껴졌다.

선선한 바람에 몸을 맡긴 하진은 노래를 틀면서 조금 더 흙길을 돌아보기로 했다. 어차피 오늘은 집에 아무도 없을 예정이라 그녀는 자신의 자유 시간을 조금 더 만끽했다.

○ ● ○

역시나 다시 돌아와도 손 떨리는 긴장감이 멈추지 않았다. 내가 이렇게 이 학교에 가길 원했었나 싶을 정도다. 어깨 근육까지 뭉치며 아파 오자 하진은 소파에 다시 누워 영화를 틀었다.

지난번에 라이언과 재밌게 봤던 영화가 넷플릭스에 빠르게 풀렸나 보다. 리모컨을 손으로 들어 찬찬히 포스터를 넘기던 중, 하진은 어렸을 때부터 항상 보았던 '오만과 편견'을 다시 틀었다.

이제는 대사까지 외울 정도로 몇 번이나 보았다지만, 그녀는 화면에 시선을 주지 않고 천장 벽지만을 바라보았다. 천장 벽지엔 희미한 그림이 그려져 있었는데 멍하니 시선을 위에서 아래로 의미 없이 내렸다. 시계를 다시 확인해 보니 고작 몇 분이 채 지나지 않았다.

"하······ 씨."

배가 꼬르륵거렸지만, 별로 먹고 싶지 않았다. 입맛이 뚝 떨어져서 하진은 테이블 옆에 세워 둔 물병만 들었다 놨다.

드르륵— 드르륵—

테이블 위에서 울리는 알림 소리에 하진은 전화를 들어 올려 귀에 가져다 댔다.

"라이언?"

— 크리스틴. 집이야?

"응. 넌?"

— 난 운전 중이야. 집에 혼자야?

"응. 두 분은 다 출근하셔서 혼자지."

— 그래? 그럼 같이 있자. 우리 거의 다 와 가. 에블린도 같이 가는 중이야.

"뭐?"

하진은 당황스러워 자신이 제대로 들은 게 맞는가 싶어서 목소리가 크게 터져 나왔다.

— 진! 같이 있자!

갑자기 수화기 저 멀리서 에블린의 목소리가 크게 들려왔다. 차에서 스피커폰으로 통화하는 건지 지지직거리는 기계음도 들린다. 깜빡이를 잡는 똑딱거리는 소리까지 들리자 하진은 소파에서 일어나 길가를 살폈다. 아직 마당 앞 도로에선 차가 보이지 않았다.

"둘이서? 지금 온다고? 오고 있다고?"

— 어차피 그 시간까지 혼자 있어 봐야 뭐 해. 보더라도 같이 보자.

"그래…… 그런데 지금 집에 딱히 먹을 만한 게……"

시간을 확인하자 점심을 해야 할 것 같은데 집에 있는 거라고는 테이블 위의 과일이 다였다. 물론 냉장고는 앨리스의 손길로 꽉 채워져 있었지만, 하진은 요리는 잘하지 못했다.

— 지니! 걱정 마! 우리 지금 잔뜩 포장해서 가고 있어!

— 에블린. 그렇게 소리 안 질러도 이거 스피커 짱짱해.

— 아오. 진짜. 지니! 우리 10분 안에 도착해!

"이런. 나 좀 정리해야겠다. 알았어! 끊자!"

하진은 통화를 빠르게 종료하고는 부랴부랴 근처에 둔 옷가지나 널브러진 소품들을 일제히 제 품 안으로 끌어당겼다. 집은 항상 깔끔히 유지하고 있었지만, 손님맞이용 정리는 필요했다.

여기저기 소파와 주방을 분주하게 왔다 갔다 하던 중에 초인종 소리가 들렸다. 아까와는 다르게 시간이 무척 빨리 갔다. 현관으로 나가서 문을 연 하진은 라이언과 에블린의 모습에 입을 벌린 채 말을 잇지 못했다. 그녀의 턱이 툭 떨어져서는 다시 올라올 생각을 하지 못했다.

"Ta—da! 필승 기념!"

"이거 내 아이디어 아니야. 절대."

라이언은 하진의 얼굴을 보자마자 자신도 원치 않았다는 말을 하고 싶은지 고개를 절레절레했다.

"야! 군말 없이 입었던 게 누군데 그래?"

"……"

그녀는 하버드라고 큼지막하게 가슴팍에 쓰인 풀오버로 깔 맞춤하고 문 앞에 서 있는 에블린과 라이언을 위아래로 바라보았다. 고개를 천천히 올렸다 내린 하진은 당황하며 말했다.

"어?"

생각해 보니 라이언이 입고 있는 옷은 지난번 하진이 겨울 방학 때 하버드 투어가 끝나고 사다 준 옷이었다. 일전에 운전 연습 하면서 입었던 날 이후로는 두 번째로 보니 새삼 라이언과 보낸 시간이 제법 이제는 길어졌다는 게 실감이 났다.

"맞아. 똑같은 거야."

하진을 바라보며 팔을 길게 뻗은 라이언은 피식 웃었다. 턱까지 살짝 들고는 잘 보란 듯이 품을 펼친 라이언의 손에는 포장 음식들이 무겁게 달려 있었다.

"풋. 아. 일단 들어와."

"크리스틴! 네 것도 있어. 아까 오다가 이거 쓰여 있는 옷 찾느라 뺑뺑 돌았어. 아니 필요 없을 땐 널려 있더니 정작 사려고 하니까 없더라고? 흐흐."

에블린은 혼잣말로 인사를 하며 들어오더니 하진에게도 하버드 풀오버가 담긴 티를 건넸다.

하진은 얼떨결에 티셔츠를 받아서는 둘을 주방으로 안내했다. 주방은 여러 명을 수용하기에 충분했다. 널찍한 테이블에 에블린과 라이언이 앉자 기분이 묘했다. 매번 에블린 집에서 모였었던 것 같은데, 자신의 집에서 셋이 모이기는 처음이었다.

"어떻게 만나서 온 거야?"

"그냥 너 혼자 있을 것 같아서. 원래 이런 건, 같이 신나게 놀면서 시간이 훅훅 가야 긴장도 안 되고 그러지. 그리고 어차피 둘이서 같이 확인하기로 했다며? 그럴 바엔 같이 보지 뭐. 원래 기쁨은 같이하면 두 배 슬픔은 반절이라 그랬어!"

"그래도……."

"괜찮아. 붙을 건데 뭔 걱정이야?"

"으…… 갑자기 더 떨린다."

하진은 긴장되는 마음에 그녀의 셔츠 앞섶을 잡고는 심장이 빨리 뛰는 것을 최대한 늦춰 보려 했다. 막상 진짜 확인해야 하는 순간이 더 빠르게 다가오자 오히려 심장 박동이 멈추지 않고 고삐 풀린 것처럼 더 날뛰고 있었다.

그런 그녀를 바라본 라이언은 테이블에 포장 음식을 펼쳐 놓고는 하진에게 다가왔다.

"걱정하지 마. 될 거야."

갑작스럽게 그가 하진의 머리를 쓰다듬는 통에 심장이 더없이 날뛰게 되자, 그녀는 떨리는 눈가를 꾹 누를 수밖에 없었다.

"모르잖아…… 결과는 아무도."

"뭐. 그건 그렇지."

"아, 야! 라이언! 진짜 저게. 네 결과도 아무도 모르거든?"

도움이 되지 않는 무심한 라이언의 말에 에블린은 불쑥 화를 냈지만, 오히려 하진은 피식 웃었다. 그래. 어차피 떨어 봐야 이미 결과는 나왔을 거고 아직 알려지지 않았을 뿐이다. 이미 보스턴의 그 학교 입학 사정관은 누가 합격자이고 불합격자인지 알겠지.

"뭐 사 왔어?"

하진은 음식 차리는 손길을 돕기 위해 테이블 앞으로 다가가며 말했다.

"그냥 하진이 좋아하는 그 티라미수랑 햄버거랑 차이니즈?"

"우와…… 티라미수! 많이 샀네?"

"어차피 수다나 떨면서 먹을 거니까 많이 사 왔지. 흐흐."

입을 늘이며 의뭉스럽게 웃는 에블린의 표정에 하진은 고개를 까닥였다. 그러면서 라이언을 보니 이미 테이블에 자리를 잡고 앉아 햄버거를 베어 물고 있었다.

"뭐 해. 빨리 입고 와서 먹어."

피식 웃은 하진은 잠시 방으로 돌아가서 에블린이 사다 준 풀오버로 갈아입고는 주방으로 돌아왔다. 셋이서 이러고 있으니 꼭 하버드 대학생이 이미 되어서 클럽 활동을 하는 모양새처럼 보였다. 코끝이 찡하게 울리는 건 착각일까.

○ ● ○

셋이서 탁자에 모여서 의미 없는 카드 게임까지 마치자 드디어 발표 시간이 곧 10분도 채 남지 않았다. 하진은 방에서 노트북을 가지고 나와 탁자 정중앙에 두었다. 에블린은 본인의 일이 아님에도 더 떨리는지 연신 손톱을 입술에 가져가 반복적으로 깨물어 뜯고 있었다. 열 개의 손가락이 입술을 모두 거치는 것을 본 하진은 조용히 에블린의 손을 잡았다.

"에블린. 네가 더 떨려 하면 어떡해."

"아니…… 그래도. 이거 진짜 죄인다. 지난번엔 어떻게 봤어?"

"그땐 소리도 지르고 비명도 질렀지……."

하진은 지난번에 부모님과 같이 봤었던 날을 회상하며 조용히 미소를 그렸다. 그녀의 안색은 창백하다 못해 이제 주방 창문을 통해 들어오는 햇빛에 투명하게 빛나고 있었다. 에블린은 하진의 손을 다시 제대로 잡고는 시간이 계속 줄어드는 화면을 하염없이 보고 있었다. 셋은 여전히 말이 없었다.

"라이언. 넌 안 떨려?"

"이미 결과는 지난주에 나왔어. 이제 공지하는 것뿐이야. 오타 수정하겠지."

"……."

하진은 라이언이 아무리 저렇게 퉁명스레 얘기해도 이제는 곧이곧대로 믿지 않았다. 그는 에블린과 마찬가지로 검지손가락으로 탁자를 구멍 낼 듯이 두드리고 있었다. 그런 그의 손을 바라보며 하진은 다시 노트북으로 시선을 돌렸다.

"하…… 진짜 떨린다. 이제 5분이지?"

"응. 이제 4분 59초…… 58초…… 50초……."

에블린이 노트북에 나오는 숫자에 집중하며 고개를 위아래로 끄덕이자, 이제는 아예 끄덕임을 멈추지 않았다. 그런 에블린을 보며 하진은 그냥 노트북을 접어 버렸다.

탁.

"응? 크리스틴? 이제 4분이야. 3분 59초, 58초……."

하진은 에블린의 어깨를 잡고는 시선을 마주 보고 말했다.

"알아. 에블린 저기 소파에 가 있어. 내가 라이언이랑 둘이서 보고 거실로 갈게. 노래 한 곡 듣고 있어."

하진은 자신의 핸드폰에 이어폰을 연결하고는 인디 시절부터 즐겨 들었던 가수의 재즈 밴드를 틀어 주었다. 이제는 인기가 엄청 많아져서 빌보드에 오르는 신예 가수가 되었지만. 하진은 자신의 세트 리스트를 틀어 에블린에게 건네 주었다.

에블린은 자신이 이렇게 떨 줄 몰랐다며 앞으로 친구들에게 말을 잘해야겠다고 주절거리며 주방을 나섰다.

노래를 흥얼거리며 천천히 걸음을 하는 에블린을 뒤에서 유심히 살피던 하진은 다시 시계를 보고는 라이언에게 말했다.

"라이언. 내가 먼저 볼까?"

"아니. 내가 먼저 볼게."

"그래? 알았어."

라이언은 하진의 노트북을 자신 쪽으로 가져가더니 키보드를 두들겼다. 아마 학교 웹 사이트에 접속하며 로그인을 하고 있지 않을까. 그녀는 긴장된 눈으로 라이언을 주시했다.

하진은 손목에 차고 있는 시계를 풀어 탁자에 두고는 두 팔을 괴고 초침을 멍하니 바라보았다. 이렇게 자신의 긴장감과 떨림, 그리고 두려움이 무시된 채 속절없이 초침은 열심히 움직였다. 조금이라도 천천히 가면 안 되는 걸까?

"라이언. 안 떨려?"

"떨리지."

"풋."

하진은 여전히 테이블에 엎드린 채, 턱을 살짝 들어 라이언을 보았다. 노트북 너머로 라이언의 깊은 밤색 눈이 보였다. 그의 가지런한 눈썹은 가끔 집중할 때면 구불거렸다. 두 눈이 마주치자 그는 슬며시 하진에게 눈웃음을 그렸다. 순간 자신의 집 주방에 앉은 라이언의 모습이 생경했다. 해를 등지고 앉아서 그런지, 그림자가 져서 그런지 오늘도 그는 유달리 듬직해 보였다. 자신에게는 큰 저 노트북이 그의 몸통도 채 다 가리지 못했다.

"아. 됐다."

그의 말에 하진은 정신이 번뜩 들었다. 라이언은 조금 떨리는 목소리로 노트북을 두드렸다. 처음에는 가볍게 치던 키보드를 그는 계속 탁탁 두드렸다.

"왜? 다운이야?"

하진은 그의 모습에 초조해져 발이 덜덜 떨렸다.

"응. 지금 접속자 초과돼서 다시 들어오래. 잠시만."

라이언은 타자를 계속 치며 자신의 노트북을 뚫을 듯이 쳐다보더니 갑자기 움직임을 멈췄다.

"……."

무엇을 보고 있는 듯 계속 읽어 내려가는 라이언은 한 손을 턱에 쥐고는 읽어 내려가길 멈추지 않았다. 시선이 위에서 아래로 내려갔다가 양옆으로 그의 눈이 움직였다. 라이언의 맑은 눈에 노트북 화면이 네모나게 반사되는 것이 보였다. 긴장하며 그를 바라보던 하진은 라이언의 말에 고개를 내렸다.

"자. 이제 너 봐. 보고 얘기하자."

라이언은 다시 하진에게 노트북을 돌려주었다. 하진은 손이 떨려 주먹을 꽉 쥐었다 폈다를 반복하며 자신의 정보를 입력했다. 이미 많이 외워서 번호 몇 개 쓰는 거는 일도 아니었다.

천천히 페이지에 하버드 로고와 메인 사진이 하나씩 펼쳐졌다. 절절하게 애타는 마음은 몰라준 채 아주 느리게 화면이 내려가더니 하진은 자신의 앞에서 펼쳐진 하얀 편지를 읽었다.

「Dear Ms. Brown,

On behalf of…… committee…… I am pleased to inform you…….」

더 이상 읽지 않아도 되었다. 하진은 머리카락까지 쭈뼛거리는 서늘한 감각이 머리에서부터 심장까지 뚫고 내려가는 듯했다. 더 읽지 않아도, 대충 읽어도…… 레터 속에서 강렬한 단어인 'Congratulation!'만 보아도 알 수 있었다.

그녀가 합격했다는 사실을 말이다. 세상에. 이럴 수 있나 싶었다.

하진은 벅차오르는 감정에 눈물이 고였다. 코끝까지 빨개진 그녀는 사시나무 떨리듯 손을 떨고는 입가를 가렸다. 하진은 땅속으로 속절없이 빨려 들어갈 것 같은 아득한 느낌에 순간 머리가 어지러웠지만, 탁자에 손을 짚어 라이언을 보았다. 그의 표정을 읽기가 힘들었다. 라이언도 꽤 얼어 있었다. 자신처럼.

"……."

"……."

'그는 붙었을까?'

"……."

라이언은 하진의 표정이 시시각각으로 변하는 걸 바라보자 자신과 마찬가지로 합격을 했는지 가늠이 되지 않아 초조했다. 혹시라도 떨어졌을 가능성이 아직도 있으니 그는 조금 더 조심스럽게 그녀의 말을 기다렸다. 하지만, 더 굳어지는 그녀의 얼굴과 좁아지는 미간 때문에 머릿속에서 빠르게 MIT와 하버드의 기숙사가 얼마나 떨어져 있는지 지도를 펼쳤으나, 이제는 하진의 볼에서 유유히 흘러내리는 그녀의 눈물 때문에 라이언은 벌떡 의자에서 일어서 버렸다.

끼익—

의자가 바닥에 끌려 라이언의 뒤로 저만치 밀려 나갔다. 그가 한 발짝 더 하진에게 다가갔다.

"크리스틴?"

"……."

"응? 어떻게 됐어?"

하진은 그의 다정한 말에 순간 그도 합격했다는 걸 느낄 수 있었다. 그렇지 않으면 온전히 자신만을 계속 살필 수는 없을 것이다.

"……."

"Oh……."

그렇다면 둘 다 합격이란 말이었다. 순간 얼굴에 경련이 일었다. 지난 학창 시절부터 아이비리그 하나만을 바라보며 그 괴롭힘을 홀로 감당해야 했던 순간들이 파노라마처럼 지나갔다. 빅토리아에서 지냈던 1년간의 세월로도 충분히 행복한 나날이었는데, 이렇게 한 번에 모든 기쁨과 행복을 자신이 가져도 되는 걸까? 혹시라도 이 행복을 누가 갑작스레 앗아가면 어쩌지?

속에서부터 둑이 터지듯 울음이 올라왔다. 울컥한 그녀는 자신의 두 손에 얼굴을 묻었다.

라이언은 천천히 다가와 노트북 화면을 제 쪽으로 돌려 확인했다. 조금 전과 마찬가지로 그는 편지의 마지막까지는 읽지 않았다. 단지, 그의 눈에 크게 보이는 단어 하나만 사로잡혔다. 그리고 자신의 결과보다 더없이 기뻤다. 두 손을 꼭 말아 쥐고는 라이언은 하진에게 말했다.

"울지 마. 크리스틴."

"흡……. 하아. 라이언."

라이언은 그녀의 옆에 다가와 하진의 머리를 제 품으로 끌어당겼다. 머리를 쓰다듬어 그녀의 울음을 진정시켰다. 기쁨의 눈물이라 할지라도 라이언은 그녀가 울지 않았으면 했다.

"축하해."

"고, 고마워. 너는?"

덜덜 떨리는 목소리로 그녀가 물었다. 라이언의 가슴팍에 고개를 묻은 하진은 감정이 주체가 되지 않았다.

"응. 나도. 그러니까 울지 말고, 나도 빨리 축하해 줘."

기어이 물어보는 하진의 질문에 라이언은 웃음을 흘리며 하진을 더 강하게 끌어안고는 그녀의 어깨에 얼굴을 묻었다. 그녀의 옷깃에서 올라오는 향기에 라이언은 숨을 깊게 들이켰다.

"축……하해 너도. 그리고 나도."

순간 라이언은 자신의 허리를 슬며시 감싸는 손길에 등을 굳혔다. 쭈뼛거린 서늘한 감각이 허리에서 치고 올라왔다. 그녀도 자신을 껴안자 라이언은 짜릿한 감각에 온몸이 불타오르는 것 같은 착각이 일었다.

"뭐야! 어떻게 됐어!"

참지 못하고 거실에서 튀어 들어온 에블린은 주방에서 껴안고 있는 둘을 바라보다가 급히 멈추어 섰다. 그녀의 목소리가 들리자마자 하진은 화들짝 놀라며 라이언에게서 몸을 떼었다. 하진은 못 봤겠지만, 라이언은 자신을 방해하는 에블린을 무섭게 노려보았다. 에블린은 그런 라이언의 눈빛이야 아무렇지도 않게 받아치며 하진에게 다가갔다.

"뭐야. 응? 왜? 왜 울어. 진?"

"에블린……."

"라이언 넌?"

"……."

하진은 에블린의 목을 감싸 안아 어깨에 고개를 묻어 눈물을 닦았다. 에블린은 적당히 기다려 주다가 목 뒤에 묶인 그녀의 손을 풀어 얼굴을 마주 보았다.

"……."

그리고 라이언과 하진을 번갈아 보았다. 누구도 입을 열지 않아서 미칠 듯이 답답한 건 자신 혼자인 것 같았다.

"설마……. 아니지? 아니지? 그런 거?"

"……."

"……."

에블린의 표정이 점점 더 굳어지더니 이내 울먹거렸다. 하진은 라이언을 보며 눈꼬리를 접은 채 웃었다. 라이언도 하진을 마주 보며 양쪽 광대를 들어 올렸다.

하진과 라이언은 에블린을 마주 보고는 나란히 그녀 앞에 서서 두 팔을 들고 소리쳤다.

"We got it!"

"We got it!"

"Shut up! Oh my god! 꺄아아아!"

셋이서 어깨동무를 하고는 바닥을 방방 뛰었다. 여섯 다리가 쿵쾅거리며 집을 울리기 시작했다. 소리를 지르며 두 팔을 휘두르면서 거실까지 종횡무진했다.

"대단하다! 너희 진짜!"

"안 믿겨. 어떡해? 진짜 다시 봐야겠어!"

하진은 신이 나 다시 주방으로 뛰어 들어가 레터를 두 번 세 번 읽었다. 혹시라도 제 눈이 미쳐서 단어를 잘못 보지 않았는지 확인하고 싶었다.

"나도! 나도!"

에블린도 하진의 뒤로 같이 뛰어 들어갔다. 그 둘을 보던 라이언은 계속 울리는 핸드폰에 이제야 시선을 주고는 가족들에게 메시지를 남겼다. 자신이 답신을 보내자마자 메시지와 전화가 줄기차게 이어졌지만, 라이언은 모두 무시하고는 바지에 제 핸드폰을 찔러 넣었다. 지금은 셋이서 즐기고 싶었다.

○ ● ○

그날 오후 하진은 저녁을 먹으며 부모님과 함께 앞으로 보낼 대학교 생활에 관해서 이야기를 많이 나누었다. 아마 자신뿐만 아니라 라이언도 마찬가지일 것이다. 셋은 점심에 하진의 집을 무너뜨릴 것같이 소리를 외치고는 몇 번을 확인하기를 반복했다. 이 소식을 들은 앨리스와 그레이엄도 각자의 직장에서 소리를 지르며 날뛰었다고 들었다.

"꿈 아니겠죠?"

하진은 자신의 침대에 같이 누워 있는 앨리스에게 말했다. 앨리스도 하진과 같이 천장을 쳐다보며 답했다.

"아니지. 나도 몇 번이나 확인했는걸?"

작은 웃음소리를 흘리며 앨리스는 말했다.

"이제 졸업식만 기다리면 되겠구나."

"그러게요. 졸업식이 빨리 안 왔으면 좋겠어요……. 막상 합격하고 나니, 내년이 걱정돼요."

하진은 걱정되는 마음 반, 빅토리아를 떠나는 아쉬움 반이 마음에 남았다. 합격의 기쁨도 컸지만, 다음 나날을 생각하면 이곳에 돌아오기가 쉽지 않을 것 같다. 적어도 친구들을 기억할 수 있는 보금자리라도 남았으면 좋았을 텐데. 이사를 가면, 이것마저도 없어질 것이다.

그런 하진의 말을 들으며 앨리스는 옆으로 누워 하진의 얼굴을 쓰다듬었다.

"아마 걱정할 새도 없이 시간이 빨리 갈 거야. 정신 차려 보면 이제 또 졸업하고 있을걸?"

엄마의 말에 하진은 이곳에서의 1년이란 시간이 빠르게 간 것을 생각하며 고개를 끄덕였다.

"그러게요. 그러면 또 입사 준비를 하겠네요……. 끝이 없네요. 정말."

"크리스틴. 걱정하지 말고 이제 푹 쉬렴. 열심히 달려왔으니 앞으로 입학 전까지는 원 없이 놀아야지."

"네, 그래야죠."

앨리스는 하진의 이마와 머리를 사랑스럽다는 듯이 쓰다듬어 준 후 방문을 닫고 나갔다.

방문이 닫히자, 하진은 계속 뒤척거렸다. 그녀는 마치 배 속에 구렁이가 똬리를 튼 것처럼 속이 무거웠다. 그리고 어지러웠다. 모든 게 꿈만 같아서 잠이 잘 오지 않았다. 다행히도 내일부터는 주말이라 푹 자고 더없이 기쁜 마음으로 하루를 시작할 수 있을 것 같았다. 이미 그녀의 전화기에는 축하 문자가 쇄도하고 있었다. 일일이 답장하기가 버거운 데다가 별로 친하지도 않은 친구들의 연락에 나름 신경을 써 가며 답장을 하고 나니 시간은 어느새 훌쩍 지나가 버렸다.

잠을 어떻게든 자 보려 침대에서 이리저리 움직이던 하진은 자기를 포기하고 핸드폰을 바라보았다.

대학생이 된 하버드 신입생이라든가 무엇을 준비해야 한다는 짧은 글들을 읽어 내려가다가 그녀가 자지 않는다는 것을 어떻게 알고 있었는지, 라이언에게서 문자가 왔다. 하진은 순간 멈칫거렸다. 허공에서 손가락이 빙빙 돌다가 화면에 뜬 그의 이름을 눌렀다.

[크리스틴 자?]

시계가 하루를 넘기기 몇 분 전인 늦은 밤을 가리키고 있었다.

[아직. 넌 안 자?]

그도 자신처럼 들뜨고 긴장되는 마음에 못 자는 건지 싶었다. 전송 버튼을
누르기가 무섭게 그의 답이 화면에 떠올랐다.

[그럼 나올래?]

하진은 눈을 크게 뜨며 어두운 방 안에서 뿜어져 나오는 화면을 뚫을 듯이
쳐다보았다.

[지금?]

그녀가 보낸 짧은 답에도 라이언은 기다리기 싫은 듯이 연이어 메시지를 보
냈다.

[데리러 갈게.]
[지금 차 안이야.]

하진은 이어지는 라이언의 메시지를 보고는 더 이상의 대화는 무의미한 것
같아 의자에 걸려 있는 카디건을 들고는 전화를 걸었다. 발신음의 첫 도입부만
이 들렸는데도 불구하고 딸각 소리 뒤로 라이언의 목소리가 들렸다.

"라이언?"

─응. 나 지금 한 5분…… 정도? 나오는 거지?

"아. 응. 그런데 어디 가려고? 이 시간에 왜 나왔어?"

— 잠이 안 와서. 바람이나 쐬려고.

"그래?"

하진은 목소리를 조금 낮추어서 말하며 부모님이 깨지 않게 걸음을 조심스럽게 떼었다. 어차피 라이언과 있을 예정이니 별일 없을 것 같아서 짧게 포스트잇을 붙이고는 1층으로 내려오는 중이었다.

그녀는 지금 손에 들고 있는 카디건으로는 왠지 충분하지 않을 것 같아서 소파에 가지런히 걸려 있는 담요도 챙겼다. 조용히 현관문을 소리 나지 않게 열은 하진은 다시 문소리가 나지 않게 허리를 굽어 아주 살살 철문을 닫았다.

16

하진이 돌아보기도 전에 라이언이 왔다는 것을 알 수 있었던 건, 그녀의 앞으로 길게 드리워진 그림자 때문이었다. 그녀는 조용히 라이언의 차로 다가갔다.

딸깍.

조수석 문을 연 하진은 운전석에서 고개를 숙이며 팔을 뻗고 있는 라이언을 보았다. 그도 정말 집에서 뒤척이다가 왔는지 트레이닝 바지에 얇은 티셔츠 차림이었다.

"안 자고 뭐 했어?"

"잠이 와야 말이지."

어깨를 가볍게 으쓱거린 그는 입술을 말아 올리며 웃었다. 하진도 마주 웃으며 말했다.

"하……. 그러게. 나도 안 오더라. 어떻게 발표했을 때보다 더 떨려."

하진은 미소를 그리듯이 웃으며 조수석에 앉아 문을 닫았다. 차체가 워낙 높아서 올라타듯이 앉느라 의자에서 풀썩거리는 소리가 났다. 머리를 위로 틀어 올려서 그런지 하얀 조명 밑에서 그녀의 목 언저리가 하얗게 빛나고 있었다.

라이언은 그런 하진을 홀린 듯이 바라보다가 그녀의 안전벨트에서 나는 찰칵 소리에 고개를 창으로 돌렸다. 별생각 없이 바람 쐬러 가자고는 했지만, 둘이서만 있게 되자 두근거리는 심장이 제 기능을 하지 못하는 듯했다.

"그냥 드라이브하려고?"

그녀는 어두운 거리에 조용히 정렬되어 불을 밝히는 가로등을 바라보다가 라이언의 옆얼굴을 쳐다보며 물었다. 순간 어두운 공간에 단둘이 있다는 생각에 하진은 침을 꿀떡 삼켜 버렸다.

이 소리가 너무 크게 난 것 같아 귓등에 순간 확 열감이 일었다. 제가 너무 긴장한 티를 역력히 낸 것 같아 살짝 창피했다. 어느 순간부터 그와 둘이서 있으면 모든 감각 기관이 열리는 듯한 느낌이 들었다. 그의 향기부터 시작해서 같이 있는 공간이 무겁게 눌리는 듯 말이다. 게다가 자신이 이렇게 밤에 몰래 빠져나와 라이언과 드라이브를 하려고 하다니. 놀랄 노 자다.

"글쎄. 오늘 날씨가 좋아서 별도 많이 보인다던데. 밀튼 가려고 했거든. 괜찮지?"

"별? 그…… 야영장?"

하진은 그런 라이언의 말을 확인이라도 하려는 듯이 창문에 고개를 빼꼼히 내밀어 하늘을 쳐다보았다. 아직 도로의 가로등이 밝아서 어둠 속에 숨어 있는 별이 제대로 보이지는 않았지만 하나씩 살펴보니 꽤 많이 빛나고 있었다.

"그런데 우리 아무것도 없잖아. 거기 들어갈 수 있어?"

"야영장이니까 막아 놓지는 않았을걸? 정 뭐하면 주차장에서 봐도 되고. 그리고…… 담요도 있네."

라이언은 운전을 하며 턱으로 하진의 손에 들린 담요를 가리켰다. 하진은 고개를 내려 자신의 무릎에 올려 둔 담요를 만지작거렸다. 이걸로 저 큰 라이언의 덩치하고 제가 같이 덮일지는 모르겠다. 집에서 낮잠 이불로 쓰던 거였는데 생각해 보니 가져오기를 잘한 것 같다.

하진은 머리를 좌석에 기대고는 나지막이 말했다.

"너희 부모님도 좋아하시지?"

"당연한 소릴. 이제껏 그렇게 웃는 걸 내가 본 적이 없어."

라이언은 피식거리며 운전을 이었다. 핸들을 꺾은 그는 어둠을 뚫을 듯이 시선을 던지며 운전에 집중했다. 그런 그를 바라보다가 하진은 손을 내려 음악을 틀었다. 자신의 핸드폰과 연결하여 즐겨 듣던 재즈 밴드의 곡이었다.

"하나 끝나니까, 산 넘어 산이네. 이제는 입학도 무서워. 에블린은 LA로 가고 말이야. 그래도 너랑 같이 가서 다행이야."

"……학교 정한 거야?"

라이언은 밀튼의 야영장 안내판을 바라보며 차를 미끄러트려 내려갔다. 그는 잠깐의 여유를 잡아 하진을 바라보았다. 그리고 핸들을 꽉 쥐었다. 하진이 하버드로 정했다는 말이었다.

"응. 부모님이랑 결정했어. 원래 둘 다 합격하면 하버드에 가기로. 사실은, 합격할 줄…… 몰랐거든."

하진은 두리번거리며 야영장 근처에 세워 둔 차들을 찾아보았으나, 한두 개의 캠핑카만 보일 뿐 굉장히 한산했다.

"그럼, 동기네 이제?"

라이언은 주차장에 차를 대고는 말했다. 그는 이제야 만족스러운 듯 입술을 말아 올렸다. 그녀가 다른 곳으로 학교를 정할 것 같아서 걱정되었는데, 이제는 그런 걱정을 할 필요도 없게 되었다. 게다가 그 맥스라는 자식이랑 같이 교정을 걷는 꼴은 볼 수가 없었다. 딱히 하진이랑 대화하는 것 같지는 않았지만 말이다. 여러 번 신경이 쓰였지만, 그녀 앞에서는 티를 낼 수가 없어서 저만치 멀리 떨어져 보기를 몇 번이었다. 누가 보면 제가 맥스에게 관심이라도 있는 줄 착각할 수도 있을 정도였다.

"풋. 그런가? 뭐 전공은 다르지만."

하진은 자동차가 멈추자 벨트를 풀었다.

"그런데 야영장으로 가면 앉아서 별 볼 데가 있어?"

"차 위로 올라가서 보자."

라이언은 벨트를 풀며 아무것도 아닌 것처럼 쉽게 말을 내뱉었다. 뒷좌석으로 팔을 뻗어서 무얼 챙기려는 듯 몸을 돌리자 하진과 몸이 거의 맞닿을 듯 가까워졌다.

"차 위로?"

하진은 그가 편하게 몸을 뻗을 수 있게 문 쪽에 등을 가져다 대었다. 그리고 눈을 크게 뜨며 물었다. 그녀는 차 위에 올라갈 거라고는 생각을 못 했다. 이 차는 워낙 튼튼해 보였지만 사람 두 명이 올라가도 버틸 수 있는지는 모르겠다.

"응. 내리자."

그는 가방을 챙기는 듯싶더니 운전석 문을 열고는 먼저 나가 버렸다. 그녀도 하는 수 없이 조용히 그를 따라서 내렸다. 차를 빙 돌아서 그에게 다가가니 라이언은 쭈그리고 앉아서 큰 배낭에서 물건을 하나씩 꺼내 바닥에 내려놓고 있었다.

"이게 뭐야?"

그녀는 허리를 숙여 라이언이 빼 둔 물건을 내려다보았다.

"랜턴이랑 겉옷, 그리고…… 초코바?"

"원래 여기 오려고 가져온 거야?"

"응. 바람 쐴 겸 지난번에 오랜만에 오니까 좋아서."

라이언은 싱긋 웃으며 가방을 다시 차에 넣어 버렸다. 그러더니 운전석의 문을 열어 그녀에게 손을 내밀고는 말했다.

"자. 내가 올려 줄게. 위로 가서 이거 받아 줘. 담요도 가지고 올라가."

"흐음……. 차가 버티겠지?"

"이미 둘이서 타고 왔어. 안에서 앉으나 위에서 앉으나 똑같아. 자, 여기 밟고 올라가."

라이언의 말에 고개를 끄덕인 하진은 그가 말해 준 대로 좌석 옆을 밟아서 천장에 기어 올라갔다. 이상하게 그의 얼굴 쪽에 다리가 허덕이는 모양새가 된 것 같아 최대한 빠르게 몸을 움직였다. 다리를 발로 차며 올라간 하진은 몸을 돌려 라이언을 내려 보았다.

손을 뻗어서 그가 주는 물건들을 하나씩 차 위로 올렸는데, 워낙 차가 크다 보니 자리가 넉넉했다. 하진은 바닥이 차가워서 자신의 담요를 차 위로 펼쳤다.

라이언이 올라오자 차가 약간 기우뚱거렸지만, 비싼 차는 제 역할을 하는 듯했다. 그녀는 몸의 긴장을 풀고는 기합 소리를 낸 뒤 올라오는 라이언을 보며 말했다.

"이렇게 보는 거 처음이야."

"그래? 나도 처음이야."

라이언은 씩 웃으며 허리를 숙이더니 긴 팔을 이용해서 차 문을 닫았다. 그는 하진이 나름 정리한 자리를 바라보며 두리번거리더니 랜턴의 전등을 아주 작게 틀었다.

"너무 세게 틀면 벌레가 올 거야."

"아…… 그래. 지금이 좋아."

라이언은 새벽 공기가 쌀쌀하게 몸을 감싸자 하진에게 겉옷을 주었다.

"이거 입고 있어."

"괜찮아. 나 카디건 있어. 너 입어. 너도 얇은데?"

"줘 봐 봐."

그는 하진의 손에서 카디건을 뺏어 가 이리저리 살피더니, 다시 돌려주었다. 아마 카디건이 얼마나 두툼한지 보려 했던 것 같다.

"입고 있다가 다시 추우면 말해. 점점 더 추워질 수도 있어."

"응. 알았어."

고개를 끄덕인 하진은 팔을 뒤로 뻗어서 하늘을 바라보았다. 집 앞에서 볼 때와는 차원이 다르게 보석처럼 빛나는 별들이 눈앞에서 쏟아질 듯 반짝였다.

"우와……. 진짜 많이 보이네……?"

"그러게."

라이언은 운전석 창문에 발을 내리더니 벌러덩 뒤로 누워 버렸다. 하진도 라이언처럼 발을 창문 밑으로 내리고는 차체에 몸을 누였다.

"······."

"······."

말없이 밤하늘을 바라보다가 하진은 눈을 감았다. 귀에서 들려오는 나뭇잎이 살랑거리는 바람 소리와 벌레들이 우는 소리, 밤공기의 찬 이슬 냄새가 사방에서 그녀에게로 다가왔다. 숨을 가볍게 쉬었다가 내뱉기를 반복하자 만족스러운 미소가 입 끝에 걸렸다.

라이언은 눈을 감고 즐기는 하진의 얼굴을 부드럽게 바라보았다. 팔베개를 하고 누운 라이언은 그런 하진의 옆에서 슬그머니 맡아지는 그녀의 향기와 밤하늘을 번갈아 보다가 그녀와 같이 눈을 감았다. 조금이라도 더 옆에 붙어서 누워 버릴걸. 약간의 후회가 들었다.

그의 시선이 계속 자신의 얼굴을 따갑게 바라보는 것 같아 볼 한쪽이 데일 듯 뜨거웠던 하진은 이제 밤의 소리와 더불어 자신의 심장 소리도 귓가에 울리는 것 같았다. 혹여나 이 박동 소리가 차를 울려 그에게 전해질까 봐 저도 모르게 등을 살짝 떼 버렸다. 그의 고개가 돌아가는 것을 느끼기 무섭게 하진은 눈을 떴다.

어느샌가 빅토리아에 와서 가랑비에 젖듯이 그의 옆자리가 좋아져 버렸다. 그의 마음이 단순한 호의가 아닌 것은 알고 있지만, 약속이라도 한 듯 서로 말을 하지는 않았다. 언제까지 이 관계가 이어질지는 모르겠지만, 한 가지는 변했다. 단순히 그의 파트너 제의라든가 바람을 쐬러 가자든가 하는 관심과 표현에 거절하기가 버거워졌다.

오늘도 둘만의 추억을 쌓는 것 같아 에블린에게 약간의 미안함이 남았지만 이해해 줄 거라 믿었다.

"좋다."

"응. 좋네."

둘 다 말없이 하늘을 바라보았다. 하늘의 별자리를 찾아가며 바라보는 재미가 있었다. 하늘을 비추면 별자리를 찾아 주는 카메라를 바라보며 시간을 얼마나 보냈을까. 핸드폰을 들어 카메라로 사진을 찍는 그녀를 바라보다 라이언은 벌떡 일어나더니 겉옷을 입었다. 그의 옷이 얇아 보였는데, 추위를 느꼈나 보다. 그런 그를 누워서 쳐다보는 하진을 향해 라이언은 물었다.

"넌 안 추워?"

"나? 난, 괜찮아."

하진은 아직은 버틸 만한 것 같아서 고개를 끄덕였다. 라이언은 랜턴을 가져가 핸드폰과 이리저리 비추더니 노래를 틀었다. 하진이 좋아하던 밴드의 발라드였다. 그는 항상 하진과 있을 때면 그녀가 좋아하는 노래를 당연하다는 듯이 틀어 주었다.

"그거 스피커도 되는 거였어?"

"어. 이 정도 소리…… 괜찮지?"

"좋아. 우와. 차 위에서 이렇게 누워서 노래도 듣고, 별도 보니까 상쾌하다. 너무 좋은데?"

하진은 자신이 좋아하는 노래를 흥얼거리며 발을 까닥였다. 라이언은 다시 옆자리에 누웠는데 이번에는 하필 그녀의 옆 허리에 바짝 대고 누웠다.

"너무 붙는 거 아니야?"

"추워. 난."

라이언은 새침하게 말하며 그녀의 옆에 더 바짝 붙었다. 하진은 그의 품과 너무 붙어 눕게 되자 긴장이 안 될 수가 없었다. 게다가 누워 있는 터라 더 이상했다. 하진은 그를 떼어 내려 라이언의 다부진 어깨를 밀쳤다.

"야, 야."

"껴안는 것도 아닌데?"

그는 아무렇지도 않은 듯 어깨를 아무리 밀어도 꿈쩍도 안 했다. 차와 몸이 하나라도 된 듯 조금도 밀리지 않았다.

"그게 문제가 아니거든?"

"그럼 뭐가 문젠데?"

"하…… 됐다."

하진은 혼자 열을 내며 라이언의 근육이 발달한 팔과 어깨를 밀치다가 도리어 그녀가 차 밖으로 밀려날 것 같아서 그냥 일어나 앉았다. 자신도 같이 눕는 건 이상할 것 같아서 적당히 팔을 뒤로 뻗어서 하늘을 바라보았다. 최대한 생각을 하지 않으려 밴드의 노래 가사에 귀를 기울였다.

밤의 공기가 더 쌀쌀해지자 라이언의 온기가 그녀의 옆 허리에서부터 아지랑이처럼 스멀스멀 퍼졌다. 긴장되자 별이고 뭐고 아무것도 보이지도 않았다. 이런 상태가 계속된다면 그냥 집으로 가는 게 더 나을 것 같았다.

"크리스틴."

"……."

라이언은 이제 몸을 옆으로 돌리고는 하진이 있는 쪽으로 누웠다. 그를 내려다보자 앞머리가 옆으로 쏟아져 내리며 랜턴에 반사되는 라이언의 깊은 눈과 마주쳤다. 그가 꽤 진지한 눈빛으로 그녀의 이름을 불렀다.

"……왜."

그녀는 떨리지 않는 목소리로 답하려 애를 썼다. 혹여라도 목이 멨다간 그를 신경 쓰고 있는 속내를 들킬 것 같았다.

라이언은 옆에 누워 하늘과 하진을 번갈아 보더니 다시 그녀의 얼굴을 바라보았다. 그가 자신의 팔을 뻗어 머리를 기대며 눕자, 따스한 온기가 그녀의 주변을 맴돌았다. 그가 든든한 밤의 보호막이 된 듯했다.

"크리스틴."

"……왜, 불러?"

재차 그녀의 이름을 부르는 라이언을 다시 내려다보았다. 왜 그러냐는 듯 얼굴에 궁금증을 만들어 내며 바라보는 하진에게 라이언은 답을 하지 않았다.

그녀는 라이언이 굳은 얼굴로 계속 쳐다보자 갑자기 등에 오소소 소름이 돋는 것 같았다. 말을 하지 않아도 무언가 분위기가 달라진 그의 기색에 하진은 팔이 굳었다. 뻣뻣이 굳은 팔을 떼서 자신의 무릎 위로 올린 하진은 라이언의 얼굴에서 시선을 떼고는 하늘을 보는 척 멀리 시선을 던질 수밖에 없었다.

"돌아……갈까? 시간이 늦지 않아? 몇 시지?"

하진은 핸드폰을 찾아 시계를 보는 척 화면을 켜고는 중얼거렸다. 그녀의 얼굴이 더는 빨개지지 않길 바라며 말이다.

"너…… 내가 좋아하는 거 알지?"

"……."

무언가 올 것이 오고야 말았다는 느낌이 들었다. 그리고 자신의 얼굴은 아마 이 밤을 뚫을 수도 있을 것처럼 터지기 일보 직전인 건 말 안 해도 느낄 수 있었다. 그의 예상치 못한 고백에 하진은 등까지 굳힌 채 어떤 반응을 보여야 할지 갈팡질팡했다. 손이 조금 떨렸다.

심지어 경주하는 것처럼, 심장은 터질 것 같았다. 하진은 손으로 쥐고 있던 핸드폰을 놓칠 것 같아서 반대편 손으로 마주 잡았다.

"뭐…… 뭐?"

더듬거리며 되물은 하진의 마음을 라이언은 마치 알고 있다는 것처럼 눈을 번뜩이며 다시 물었다. 이제는 팔을 짚고 그녀의 얼굴에 바짝 다가와 물었다. 그녀의 어깨에 라이언의 가슴팍이 닿았다. 조금 전까지만 해도 적당히 각자의 영역이 있었는데 이제는 순식간에 허물어졌다. 코끝에 가까이 다가온 그의 겉옷에서 뿜어져 나오는 열기가 느껴졌다.

하진은 점점 더 당황하며 어깨를 옆으로 물렸다. 그가 계속 가까이 다가와 견딜 수가 없었다.

"진."

"뭐……, 뭐가. 야, 저리 가."

하진은 그의 가슴에 손바닥을 대며 밀치려 했지만 도리어 그녀가 밀렸다. 급기야 차의 끝자락에 대롱거리며 앉았던 자신을 잊었던 대가를 치르는 듯 그녀가 휙 떨어졌다. 하지만 그녀는 땅에 떨어지지 못했다. 자신의 허리를 급히 낚아채 들어 올린 라이언에 의해 다시 붕 떠올라 그의 품에 박힌 듯이 안겼기 때문이다. 머리가 어지러웠다. 바닥으로 쏠렸다가 다시 위로 올라왔으니 두 눈에 순간 별이 보였다가 사라졌다.

"으앗."

"크리스틴! 조심해야지."

그의 목소리가 가슴에서 울리며 자신의 귓전에 바로 꽂히듯이 들어오자 하진은 퍼뜩 그의 가슴을 잡고는 허리를 일으켰다. 자신이 그의 몸 위에 올라탄 모양새가 되어 있어 하진은 다급히 라이언의 품에서 벗어나려 했지만, 그럴 수 없었다.

"아! 라이언. 놔. 빨리."

"윽…… 버둥거리지 마."

하진이 아무리 버둥거려도 그녀의 허리를 잡고 놔주지 않은 라이언은 그녀의 코앞에 얼굴을 대고는 빙글거리며 웃었다.

"빨리 말해. 말해 주면 놓을게."

"뭐…… 뭘!"

"너도 나 좋다고."

"……"

자신이 그를 덮치는 모양새에 있는 와중에 하진은 라이언의 말이 제대로 들어올 리가 없었다. 하지만 라이언은 이를 놓치지 않고 그녀의 얼굴을 잡아서 자신을 마주 보게 했다.

"……"

이제는 허리가 문제가 아니라 자신의 두 볼을 뜨거운 손으로 꽉 잡고 마주 보는 라이언의 눈빛이 문제였다. 그의 수려한 눈썹 밑에 자리한 깊은 밤색의 눈은 그녀의 얼굴만 보았다. 얼굴이 잡혀 입술이 삐죽 내밀어진 하진은 말을 잃었다. 그리고 뱉을 수도 없었다. 자신의 몸이 라이언과 꽉 맞닿아 있었다. 조금 전 자신의 주변에 존재했던 차가운 공기는 저만치 멀리 밀려났다.

별이 쏟아질 듯한 밤하늘 아래 라이언과 둘이 차 위에서 누워 있었다. 게다가 자신의 뒤에서 노랫말이 계속 쏟아져 나오는 랜턴 하나. 그게 다였다.

마치 이곳에. 그리고 이 세상에 자신과 그 둘뿐인 듯한 착각이 일었다. 그녀는 방금 라이언이 자신에게 무얼 물어본 건지 다시 상기했다. 귀에 들렸던 그 말이 뭐였지? 그녀는 눈을 조금 찡그리며 인상을 썼다.

"크리스틴."

"⋯⋯왜 자꾸 불러. 이 손 좀 놔. 집에 가야겠어."

하진은 정신을 차린 듯 그녀의 얼굴을 붙잡고 있는 커다란 손을 그러쥐어 떼어 냈다. 아니 떼 보려 노력했다.

"아⋯⋯. 라이언. 장난하지 말고."

"장난 아닌데? 답 아직 안 했는데? 대답하면 놔준다니까?"

"대체 뭘?"

"들었잖아."

"못 들었어. 제⋯⋯대로 앉, 앉아서 얘기하면⋯⋯ 안 돼?"

라이언은 그녀의 손짓을 무시한 채 엄지손가락을 살며시 움직이며 그녀의 눈가를 따라서 비볐다. 얼굴이 생각보다 더 작았다. 이렇게 작은 얼굴에 눈, 코, 입이 박힌 것도 신기했다. 자신의 한 손바닥 안에 들어오는 그녀의 얼굴은 가까이서 바라보니 더 이뻤다. 그녀의 까만 눈은 밤하늘보다 빛나 보였다.

"안 돼."

하진은 고개가 아파지기 시작했다. 미간을 찡그리며 라이언을 바라보았다. 눈동자를 굴려 보았지만 제 눈만 아파질 뿐, 라이언은 끄떡도 안 했다.

"진짜야⋯⋯."

"⋯⋯."

"진짜라고! 목 아파. 놔줘."

"흐음."

그는 마음에 들지 않는다는 듯 그녀의 찡그린 미간을 손가락으로 쓸어내렸다. 마치 그렇게 하면 펴질 것같이. 얼굴에서 손을 뗀 라이언은 그녀의 허리를 잡아 올려 자신의 다리 사이에 가두었다. 하진은 그제야 제대로 앉게 되었지만, 여전히 라이언의 손과 품에 잡혀 있는 모양새가 마음에 들지 않았다. 솔직히 말하면 라이언의 고백에 정신을 차릴 수가 없었다.

하진은 라이언의 손아귀에서 벗어나려 어떻게든 차 밑으로 내려가려고 허리를 숙이면 라이언은 그녀를 붙잡아 자신을 마주 보게 하기를 몇 번이나 반복했다.

"아, 라이언!"

그녀의 외침에 라이언은 시원스레 웃었다. 라이언은 그녀가 귀여워 미칠 것 같았다. 한계까지 몰아가면 영락없이 감정을 표해 내는 게 꼭 고양이 같았다.

하진은 웃고 있는 라이언의 얼굴 위로 손을 뻗어 앞머리를 흩트려 버렸다. 역시나 제 예상과 맞았다. 그의 머리카락은 실크처럼 부드러웠다. 짙은 머리색은 찬 공기를 내뿜듯 흔들렸다. 순간 조금 더 만져 보고 싶었지만, 하진은 그의 얼굴을 멀리 떼어 놓는 것만으로 일단 만족했다.

"빨리. 말해 줘. 기다리기 힘들어."

"……."

"응?"

"……."

라이언은 하진의 허리를 잡고는 앞뒤로 살짝 흔들며 그녀의 이마에 자신의 머리를 살짝 쿵 하고 박았다. 그녀의 반짝이는 눈에 비치는 자신의 애타는 얼굴이 보였다.

"알……아……."

그녀는 자신의 손을 얼굴에 묻고는 화끈거리는 열을 식히며 들릴 듯 말 듯 말을 꺼냈다.

"그러면?"

그녀의 손목을 잡고 라이언은 고개를 숙였다. 하진의 입에서 나오는 단어 하나도 놓치기 싫었다. 분명 그녀도 자신과 같은 마음일 거라 생각했지만, 아직 그녀의 대답이 없었다. 여태 지켜봐 온 그녀는 절대 즉흥적인 사람이 아니었기 때문에 항상 미끼를 던지듯 답을 끌어내는 수밖에 없었다. 그리고 이런 과정은 전혀 지루하지 않았다.

"……."

"크리스틴? 나 봐. 넌?"

그녀의 손목에 힘을 준 채 얼굴을 들여다본 라이언은 순간 숨이 막혔다. 하진의 눈가에 물이 고인 것 때문인지, 아니면 그녀가 울 듯 말 듯 입술을 삐죽이고 있어서인지. 그것도 아니면 그녀의 대답 때문인지 모르겠다.

"좋……아. 나, 도……."

"……."

"하아, 나 이제 집에 갈래. 정말."

"크리스틴!"

손목을 비틀어 차 밑으로 내려가려던 그녀를 라이언은 뒤에서 가득히 품에 안았다. 세상을 다 가진 것 같은 벅찬 감동이 속에서부터 밀려와 입 밖으로 열기가 터져 나왔다. 그녀의 목 뒤에 고개를 묻어 가득히 향을 들이마신 라이언은 더 힘을 주어 그녀를 뒤에서 껴안았다.

등 뒤에서 탄탄한 라이언의 가슴이 느껴져 하진은 몸을 굽혔지만, 조금 전보다 더 부끄러울 순 없었다. 그의 끈질긴 물음에 대답했지만, 너무 부끄러워 땅속에 어떤 구멍이라도 찾아서 들어가 버리고 싶었다. 심지어 다시 차를 타고 라이언과 같이 집으로 돌아가야 한다는 게 더욱 마음에 걸렸다.

"진짜지?"

"뭐, 뭐, 가……."

하진은 목 뒤에서 전해져 오는 라이언의 울림에 솜털이 바사삭 서는 느낌이 들었다. 움츠린 그녀의 어깨 위로 라이언은 이마를 대고는 쿡쿡거리며 웃었다.

"이제 그러면 나 네 남자 친구 맞지? 못 물러. 절대. 이미 나 다 들었어."

"그, 그게, 그렇게 되는…… 거야?"

하진은 예기치 못하게 이야기가 급작스럽게 전개가 되는 것 같아 라이언을 돌아보았다. 그녀의 대답에 라이언은 고운 미간을 찌푸린 채 턱을 굳혔다. 입을 일자로 다문 그는 한쪽 눈썹을 들어 올렸다. 마치 제가 들은 소리가 맞느냐는 것처럼 말이다…….

"나 좋다며, 그래 놓고 다른 애 만나려고?"

"아, 아니. 그게 아니라……."

하진은 좋으면 꼭 다 사귀어야 하는 건 아니지 않느냐는 말을 하려다 차마 입을 열지 못했다. 그런 그녀의 표정을 꿰뚫고 읽어 낸 라이언은 아까와는 상반된 표정을 지어 마치 화가 난 것 같았다. 시시각각으로 표정이 변하는 그의 얼굴이 눈앞에서 펼쳐지자 하진은 우물쭈물했다. 무언가 자신이 실수한 것 같았다.

"그럼?"

"어, 어?"

"그럼 너도 내가 좋고, 난 너를 더 좋아하는데. 왜, 우린 만나면 안 돼?"

"……."

"난 너 손도 잡고 싶고."

"아, 야……."

라이언은 진심을 보여 주려는 듯이 그녀의 손을 찾아서 자신의 큰 손가락을 마디마디마다 깍지 끼며 잡아 흔들었다.

"너랑 키스도 하고 싶어."

"라이언!"

그의 거친 고백에 하진은 놀란 듯 손을 털며 외쳤다. 그런 그녀를 라이언은 입을 삐죽이며 속마음을 계속 내뱉었다. 그의 진심이 너무 크고 깊어서 하진은 속수무책으로 빨려 들어가는 것만 같았다.

"하지만, 오늘은 안 할 거야. 그런데 내일은 할 거야. 네가 이만큼 한 발짝 뗀 것만으로 나는 좋으니까. 그 정도야 난. 넌 천천히 와. 난 네게 다시 돌아갔다 다시 먼저 가고 그럴 테니까. 옆에서 떨어지지만 마. 내가 잘할게."

"라이언……."

"가자. 집에 데려다줄게."

라이언은 그녀의 손을 놓지 않고 자신이 먼저 훌쩍 내려가더니 남은 한 손으로 하진의 허리를 끌어안아 내려 주었다. 말없이 그와 손을 계속 잡고 있던 하진은 목 끝까지 뜨거운 열감을 느꼈다. 오늘은 여러모로 정신을 차릴 수 없는 날이 되어 버렸다.

달각. 차 문을 연 라이언은 그녀가 편히 앉게끔 자리를 만들어 주고는 벨트를 매 주었다. 눈 깜짝할 새에 조수석에 앉게 되자 하진은 그제야 라이언을 바라보았다. 그를 바라보자마자 라이언은 씨익 웃으며 그녀를 향해 얼굴을 내렸다. 그의 얼굴이 가까이 다가오자 하진은 화들짝 놀라며 두 눈을 질끈 감았다.

그리고 뜨겁고 물컹한 것이 이마에 닿았다가 사라졌다. 그의 입술이 남긴 작은 열기를 공기가 앗아가더니 이마 주변이 시원해졌다. 하진은 고개를 뒤로 물렸다. 민망하게 '쪽' 소리를 내는 라이언의 행동을 믿을 수가 없었다. 입을 열고는 있지만, 말이 나오지 않아 더듬거리는 하진을 보며 그는 해사한 웃음을 지었다. 조수석 문 앞을 가리고 서서는 그녀를 바라보는 그의 얼굴은 달빛이 내려앉아 더할 나위 없이 그림 같았다. 멍하니 그를 올려다본 하진은 쑥스러운 듯이 고개를 획 돌려 버렸다.

그런 하진을 보고는 입술 끝이 얼굴에서 사라질 정도로 끌어당기며 웃은 라이언의 입에서 주체할 수 없는 낮은 웃음이 흘러나왔다. 그녀가 들으면 바보처럼 보일 것 같아 빠르게 문을 닫아 버리고는 가볍게 몸을 위로 올려 랜턴과 담요를 챙겨 내려왔다.

그날 라이언은 하진을 집에 데려다주기가 아쉽다는 듯이 어리광을 부려서 몇 번이나 하진의 솜 주먹을 맞았다. 그녀에게 가슴팍과 팔뚝을 맞아도 그는 웃음을 그치지 않았다. 하진이 집에 들어가면서 몇 번이나 뒤를 돌아보았는지 셀 수가 없었다. 문 뒤로 사라진 그녀를 보던 라이언은 하진의 집 뒷마당으로 걸어가 그녀의 창문에 불이 들어오기까지 기다리다가 돌아갔다. 그런 그를 또 어떻게 알고 하진은 창문을 열어 팔을 휘저었다.

집으로 돌아가던 라이언은 봄의 해는 일찍 찾아온다는 것을 몸소 실감했다. 서서히 밝아져 오는 새벽녘의 하늘은 자신이 여태 빅토리아에서 살면서 보았던 그 무엇보다도 아름다웠다.

17

하진은 다음 날 오전에 날이 밝자마자 에블린과 통화를 하다가 그녀의 환호 소리에 귀청이 떨어져 나갈 뻔했다.

— Seriously?

— Oh My God!!!

— Finally!

에블린은 마치 제가 고백을 받은 것처럼 소리를 지르다가 라이언이 그런 무드를 가졌다는 것을 인정하고 싶지 않다며 반신반의했다. 그러다 다시 환호를 지르는 반복을 이어 가더니 통화는 갑자기 뚝 끊겼다. 다행스럽게도 이 모든 일이 벌어지고 나서 진정이 되기까지 하진에게는 주말의 시간이 있었다. 라이언은 어떻게 그녀의 생각을 이렇게 잘 간파했는지 어제도 만났는데 오늘도 만나자는 연락을 해 왔다.

[크리스틴. 영화 보자.]

[집 앞으로 갈게. 이미 예약했어. 두 시에 봐.]

게다가 그녀의 대답은 기다리지도 않겠다는 것처럼 메시지를 보내 두고는 라이언은 전화를 받지 않았다. 하진은 시계를 확인하고는 숨을 혹 내쉬었다. 라이언을 다시 만날 생각을 하니 갑자기 긴장이 안 되려야 안 될 수가 없었다.

그 덕분에 하진은 지금 자신의 방 거울 앞에서 옷을 벗었다 입기를 몇 번이나 반복하던 중이었다. 어차피 가지고 있는 옷은 몇 벌 없는 터라 —그녀는 취향이 한결같아서 색상만 다를 뿐 그게 그거였다— 오버핏 셔츠에 목걸이를 걸고서는 가볍게 청바지를 입고 1층으로 내려왔다.

"크리스틴? 나가는 거니?"

앨리스는 주방에서 브런치 준비를 하다가 밖을 나서는 하진을 보고는 고개를 빼꼼히 내밀어 물었다.

"아. 네. 영화 보러 가려고요. 점심은 제가 따로 먹을게요!"

하진은 앨리스에게 손을 빠르게 흔든 후에 현관을 닫고 나가 버렸다.

타다닥 신발 신는 소리가 들리더니 바람처럼 사라져 버린 하진의 잔상에 앨리스는 그냥 그런가 보다 하고 넘겼다. 마침 그레이엄이 방에서 나왔다.

"앨리스? 하진이 나간 거야?"

"약속 있다네요? 우리끼리 먹어요!"

앨리스는 등 뒤에서 들려오는 그레이엄의 목소리 방향으로 고개를 돌려 외쳤다. 점심은 오붓하게 부부끼리 먹어야 할 듯싶다.

하진이 집 마당을 가로질러 몇 걸음 걸었을까. 왼손에 찬 시계가 두 시에 닿기도 전인데 이미 와 있는 라이언의 차가 보였다. 라이언은 오늘도 가벼운 차림에 길쭉한 다리를 뽐내며 차에 기댄 채 그녀를 기다리고 있었다. 하진이 다가오는 걸 느꼈는지 핸드폰에서 시선을 떼고 고개를 든 라이언은 시원스러운 미소를 지었다. 그의 미소로 인해 갑자기 주변에서 시원한 바람이 이는 것 같았다. 하진도 어색하게 마주 웃으며 그의 앞에 섰다.

"왔어?"

"아, 응. 너도 일찍 왔네?"

"뭐. 이 정도야 당연하지. 어서 타, 점심은 아직이지?"

하진은 고개를 끄덕이며 예상보다는 덜 어색한 이 상황에 감사해야 할지, 어리둥절해하며 라이언이 열어 준 조수석에 올라탔다.

탁. 문을 닫아 주고는 차 앞으로 빙 돌아오는 라이언을 따라서 고개를 돌렸다. 운전석에 타는 라이언은 시동을 켜고는 피식 웃더니 하진을 바라보며 아까보다 더 기쁘다는 듯이 웃었다. 까무잡잡한 피부인데도 그의 얼굴이 분홍빛으로 물드는 게 보여 하진은 순간 가슴이 한 번 쿵덕거렸다.

"목걸이 이쁘네."

"아, 고마워."

하진은 목소리가 떨리지 않았다는 사실에 안도하며 창문으로 고개를 돌렸다. 그녀는 손을 들어 목걸이를 쭉 뽑아서 펜던트를 만지작거렸다.

○　●　○

차 안에서 노래를 들으며 학교와 졸업에 대한 이런저런 얘기를 하다가 영화관에 도착하자 하진은 문을 열고 내렸다.

언제 돌아왔는지 자신의 옆에 서서는 라이언이 슬그머니 그녀의 손을 잡았다. 순간 찌릿한 감각이 손끝에서부터 전해지자 하진의 몸이 굳어진 건 어찌할 수 없었다. 연애 초짜인 티가 역력히 나는 것 같아 부끄러웠다.

라이언은 긴 손가락을 천천히 움직여 하진의 손가락에 깍지를 끼웠다. 타인의 살과 이렇게 맞닿아 본 적이 없어 그의 작은 움직임도 하진에게는 긴장의 연속이었다. 간질거리는 느낌에 하진이 살짝 손을 빼 보려 하였으나 라이언은 더 힘을 주었다. 빠져나가지 못하게 하려는 듯 아예 그녀의 손을 가져가더니 입을 맞췄다.

"라이언!"

하진은 놀라서 퍼덕이며 라이언의 등을 퍽 소리 나게 쳐 버렸다. 꽤 힘을 실었는데도 그는 오히려 간지럽다는 듯이 쿡쿡거리며 웃었다.

"빼면 또 할 거야."

"하아, 알았어! 알았으니까 그만!"

"풋!"

또 하려는 제스처를 보이려는 라이언에게 하진은 얼굴이 벌게진 채, 알겠다고 외칠 수밖에 없었다.

그와 아옹다옹하며 들어간 멀티플렉스에서 하진은 오늘이 주말이라는 것을 떠올렸다. 빅토리아의 모든 사람들이 다 이곳에서 휴일을 보내려는 것처럼 많은 인파가 서로 제각각 걸어가고 있었다. 여기저기서 질서 없이 오는 사람들 사이에서 그녀는 왠지 부딪힐 것 같아 라이언에게 살짝 붙어서 걸어갔다. 어느새 라이언은 손을 풀고는 하진의 어깨에 손을 올렸다. 그와 딱 붙어서 걷게 되자 하진은 그를 올려다보았다.

그녀가 보는 것을 알았는지 라이언은 입술을 말아 올렸다. 그리고 굉장히 만족스러운 표정이었다.

"크리스틴. 배고파? 아직 시간은 조금 있는데, 괜찮으면 영화 끝나고 먹자."

"아직은…… 별로, 안 고파. 그러면 시작하기 전에 어디 좀 앉아 있자."

"그래."

라이언은 하진을 거의 품에 끌어당기듯이 걸어갔다. 둘은 영화관 근처에 있는 아이스크림 가게에 들어갔다. 하진이 아이스크림을 사려 했지만, 라이언은 정색을 하면서까지 그녀의 지갑이 열리는 걸 원치 않아 했다.

"싫어, 하진. 내가 살 거야."

"라이언. 네가 이미 영화 샀잖아. 그럼 내가 밥 살게."

하진은 점원 앞에서 옥신각신하는 모습을 보여 주고 싶지 않아서 빠르게 대화를 정리하려 하였으나 라이언은 눈을 찌푸리며 말했다.

"크리스틴. 첫 데이트는 내가 하게 해 줘."

"……알았어."

"리모네? 초콜릿?"

라이언은 하진의 취향을 잘 아는 것처럼 적절히 신맛과 단맛을 물었다.

"응. 그걸로 할게. 고마워."

"알았어. 자리에 가 있어."

제법 진지한 그의 말에 무너졌다기보다는 '데이트'라는 단어에 무너진 하진은 자신의 앞머리를 괜스레 쓸어 올리며 자리로 돌아갔다. 거울이 없었기에 망정이지 아니었다면 이미 라이언은 제 얼굴을 보고 열 번은 놀랐을 것이다. 얼굴에 열이 오른 하진은 손부채질로 열기를 식히며 빈자리를 찾아 앉았다.

멍하니 자리에 앉아서 라이언이 오길 기다리고 있었는데 문득 자신을 쳐다보는 시선이 느껴져 하진은 고개를 돌렸다. 누군가 보는 것 같았는데 제 착각이었나 싶어서 하진은 다시 고개를 돌렸다.

"진? 이거 받아."

그녀의 머리 위에서 아이스크림이 내려왔다. 고개를 들며 두 손으로 받은 하진은 스푼을 찾았다.

"아! 스푼은?"

"여기."

라이언은 하진 앞으로 친절하게 아이스크림에 스푼을 꽂아 주고는 자리에 앉았다. 조그만 아이스크림 테이블 밖으로 그의 다리가 길게 뻗어져 나왔다. 자신의 허벅지 양옆으로 그의 다리가 가드처럼 달라붙자 하진은 조용히 무릎을 더 안쪽으로 슬그머니 모아 당겼다.

하진은 자신의 아이스크림 컵에서 한 스푼 떠서 입으로 가져가려다 라이언과 눈이 마주쳤다. 한 손으로 턱을 괴고는 그녀의 얼굴을 뚫어져라 보던 라이언은 싱긋 웃었다.

"넌? 안 먹어?"

"하나로 나눠 먹게."

"그……래? 자."

하진은 그러냐는 듯이 대수롭지 않게 자신의 아이스크림을 테이블 중앙에 놓아 주었다. 어차피 양이 꽤 되는 것 같아서 다 먹지도 못할 것 같았다.

"스푼 없어. 아."

라이언은 하진에게 입을 벌렸다. 먹여 달라는 어리광을 부리는 그의 제스처에 하진은 어이가 없었다. 멈칫거리던 하진은 조용히 자리에서 일어나며 말했다.

"그럼, 내가 하나 더 가져올게. 여기 있어."

"……."

"으앗!"

하진은 일어서려던 자신의 두 다리를 꽉 쥐고는 놔주지 않는 라이언 때문에 다시 의자에 철퍼덕 앉아 버렸다. 테이블이 작아서 조금 더 가까이 앉게 된 게 화근이었다. 그의 탄탄한 다리가 그녀의 다리를 완전히 붙여 버렸다. 그의 체온이 허벅지에서 슬금슬금 올라오자 하진은 얼굴이 터질 듯이 벌게졌다.

"라이언…… 놔."

그녀는 차마 소리를 지를 수가 없어서 조용히 그에게 으름장을 놓았지만, 라이언은 전혀 타격을 입지 않았다. 더 짓궂게 웃더니 입술을 다시 벌렸다.

"아. 나 턱 아파."

"……."

"크리스틴. 나, 이거 종일 할 수 있어."

끼익. 그가 이제는 두 발로 하진의 의자를 제 앞으로 더 끌어당기자 그녀는 테이블과 의자 사이에 끼어서는 오도 가도 못 했다. 진퇴양난이 되자, 하진은 자신의 얼굴을 한 손으로 잡아 열을 식혔다. 라이언은 그런 그녀가 귀엽다는 듯이 쿡쿡거리며 웃었다. 그녀가 스푼을 슬그머니 낮게 뜨자마자 그가 휙 먹어 버렸다. 얼굴이 그녀의 코앞에서 붙었다가 사라지자 하진은 부끄러워 견딜 수가 없었다.

"아, 라이언…… 계속 이렇게 먹겠다고?"

"응. 너도 먹어. 아. 또 줘. 초콜릿 빼고."

하진은 하는 수 없이 그에게 크게 떠 주고 자신은 적게 먹는 방법으로 아이스크림을 빠르게 끝내려 했다. 라이언은 그걸 또 어떻게 알고 아이스크림을 먹을 때마다 실실거리며 웃었다.

사과보다 더 빨개진 얼굴을 가리려 고개를 숙이고 있었지만, 이미 맞은편에 앉은 라이언은 다 보았으리라. 아이스크림을 라이언에게 거의 다 몰아 준 하진이었다.

둘은 이제 영화 시간이 되자 대기 줄에 서서 기다렸다.

"이번 영화는 뭐야?"

생각해 보니 어떤 영화인지도 모른 채 하진은 라이언을 따라왔다. 어차피 상영관은 하나의 영화만 상영하니, 하진은 주변에 걸려 있는 포스터를 찾았다. 벽 하나를 가득 채운 포스터가 유달리 눈에 띄었다.

"어? 이 영화 시리즈물이었어?"

하진은 작년에 개봉했던 판타지 영화가 속편을 들고 나온 것 같아 라이언에게 물었다.

"응. 이 감독이 원래는 로맨스만 찍어서 매번 실패했는데, 판타지는 유독 잘하더라고."

"아하, 그렇구나."

하진은 고개를 끄덕이며 라이언과 함께 상영관으로 들어갔다. 여전히 누군가 자신을 쳐다보는 것 같은 느낌에 하진은 고개를 뒤로 돌렸으나 역시나 아는 사람은 보이지 않았다.

"왜? 누구 있어?"

"아, 아니야. 잘못 봤나 봐."

하진은 별거 아니라는 듯이 고개를 저었다. 라이언은 그런 그녀를 상냥히 내려다보며 하진의 어깨에 자신의 손을 올렸다. 뭔가 항상 그는 자신보다 더 자연스럽게 구는 것 같다. 그녀는 그와는 상반되게 허리를 꼿꼿이 세우고는 그의 옆에서 걸었다. 그와의 스킨십은 낯설고 점점 더 자신을 어리숙하게 만드는 것 같았다.

○ ● ○

선착순으로 들어가는 좌석이다 보니 마니아들이 많은 영화답게 좋은 좌석들은 이미 사람들이 북적이며 앉아 있었다.

"크리스틴. 우리는 저기 스피커 밑으로 가자."

"안 시끄럽겠지?"

"이번에 같이 연출한 음악 감독이 엄청 유명해서 노래가 더 좋다는 평이 있더라고. 적당히 떨어져서 앉자."

라이언은 하진의 손을 잡고는 자신이 원하는 자리를 찾아서 먼저 앞장서 나아갔다. 그의 뒤를 따라가던 그녀는 사람들의 발을 밟지 않기 위해서 부지런히 발을 놀렸다.

"먼저 들어가."

라이언은 하진을 먼저 들여보내고는 옆에 앉았다. 상영관을 내려다볼 정도로 높이 올라와 앉자 엄청나게 많은 사람들이 끊임없이 입구에서 들어오는 게 보였다. 얼마 있다가 상영관의 모든 조명이 꺼지며, 스크린만 빛을 밝혔다. 하진은 영화가 시작되자 스크린에 시선을 집중했다.

"크리스틴."

귓가에 가까이 입술을 대고 제 이름을 부르는 라이언 때문에 하진은 한쪽 어깨가 올라갈 수밖에 없었다. 간지럽기도 하고 뜨거운 그의 온기가 하진의 가슴을 쿵쿵 움직였다.

"왜, 왜?"

"손 줘."

"……."

아까까지만 해도 말도 안 하고 잡더니 왜 이제서야 물어 오는지 알 수가 없었지만, 그렇다고 그의 말을 듣자마자 손을 선뜻 내밀기도 뭐했다. 하진은 갈팡질팡하며 손가락 끝을 서로 비비기만 할 뿐, 라이언의 말에 대답할 수가 없었다. 진도가 너무 빠르지 않나 싶었다. 아닌가? 이미 손은 잡은 건가?

"응?"

"……."

재차 귓가에 얼굴을 가져다 대는 통해 정신을 차릴 수가 없었던 하진은 결국 조심스럽게 그에게 자신의 손을 건넸다. 아무것도 보이지 않는 상영관에서 손이 잡히자 오감이 깨어나는 것 같았다. 마치 데어데블이 순식간에 오감을 일깨운 그 느낌이랄까. 아니면 인어공주가 자신의 목소리를 순식간에 찾은 느낌일까.

하진은 라이언의 뜨거운 온기 때문에 등까지 후끈거렸다. 의자를 들썩이며 앉는 자신이 제발 이상하게 보이지 않기를 바랄 뿐이었다.

영화는 상당히 재미있었다. 비록 라이언이 영화를 보는 내내 자신의 손가락을 가지고 장난을 치지 않았더라면 그가 말한 영화 음악까지도 신경 써서 들을 수 있었을 텐데. 그녀는 여태 이렇게 심장이 떨리는 듯한 경험을 몇 번 겪지 못했었는데 요즈음 빅토리아에서, 그것도 일주일 사이에 몇 번이나 겪는 것 같았다. 그리고 이 모든 이유는 라이언 때문이었다.

라이언은 재미있는 장면이 나올 때마다 하진의 손을 자신의 가슴팍에 가져가는 등 들썩거리며 영화를 아주 편하게 감상했다. 그럴 때마다 자연히 팔이 딸려 올라갔다가 내려가는 통에 하진은 고개를 안 돌리려야 안 돌릴 수가 없었다.

"그렇게 재밌어?"

이번에 하진이 고개를 돌려 그의 어깨 언저리에다 대고는 물었다. 영화가 어두워도 그의 깊은 눈가에 자리한 눈은 여전히 빛났다. 물기 어린 빛을 머금은 그의 눈은 하진을 바라보며 눈꼬리를 느리게 접었다.

"응. 너랑 보니까 더 재밌어."

"풋. 그래?"

"또 보러 오자. 다음 시리즈도."

다정하게 들리는 그의 멘트는 여전히 적응되지 않았지만, 그의 장난기에는 제법 적응이 되어가고 있었다. 하진은 어쩔 수 없는 불가항력처럼 자신도 웃어 버렸다.

영화가 끝나고 사람들이 썰물처럼 빠져나가자 하진과 라이언도 그들의 무리에 동참하며 내려갔다. 라이언은 하진이 넘어지지 않게 한 걸음 뒤에서 걸었다.

"나 화장실 좀 다녀올게."

"매표소 쪽으로 와."

하진은 알겠다고 답한 후, 화장실로 들어가 손을 씻었다. 이번 영화도 다음 시리즈를 기대하며 열린 결말로 끝난 장면을 회상하며 손에서 물기를 털어 내고 있을 때였다.

"크리스틴."

"……."

하진은 자신을 부르는 목소리에 고개를 돌리자, 전혀 예상하지 못한 인물을 보았다. 이름이 기억이 나지 않아서 일단은 인사를 한 후에도 말을 잇지 못하고 선 상태였다.

"……어? 안녕……?"

'누구지? 어디서…… 많이 봤는데.'

그녀는 동급생처럼 보였고, 휴일에 영화를 보러 온 것처럼, 가벼운 트레이닝복 차림이었다. 고개를 갸우뚱거리며 그녀를 바라보고만 있자 답답했는지 그녀는 표정 없는 얼굴로 말을 이었다.

"케이티 친구야. 우린 따로 얘기해 본 적 없을 거야. 난 매들린이야."

"아! 어……. 매들린, 반가워."

어정쩡한 답변으로 인사를 받은 하진은 화장실에서 어색한 말투로 그녀의 손을 몇 번 흔들어 잡고는 놓았다.

자세히 바라보니 블링키들 중 한 명이었나 보다. 그래서인지 낯이 익었던 것 같은데 이름을 몰랐다. 매번 화려하게 꾸민 모습만 보다가 그녀의 민낯을 보니 무언가 연결이 되지는 않았지만, 하진은 오히려 이 모습이 더 예쁘다고 생각했다. 매들린은 빅토리아에서 마치 다 큰 어른처럼 화려하게 치마와 구두를 신고 다녔다. 오늘따라 그녀의 옷매무새에는 화려한 액세서리도 없었다.

"너……. 아니다. 밖에서 얘기하자."

매들린은 하진에게 무어라 말하려다가 옆에서 계속 지나가는 여자들이 신경이 쓰이는지 그녀에게 밖에서 얘기하자며 먼저 나가 버렸다.

하진은 머릿속에서 그녀가 물을 만한 질문이 떠올랐다. 그녀는 케이티의 친구고, 이 영화를 보았다면 분명 자신이 라이언과 함께 있는 모습을 보았으리라. 그것도 아니면 딱히 제게 할 말이 있는 친구는 아니었다.

라이언이 기다리고 있을 테지만, 어차피 그녀와 대화할 몇 분 정도는 시간이 있었다. 조용히 화장실을 나가서 계단 앞에 서 있는 그녀를 보자 하진은 숨을 작게 내뱉었다.

'이렇게 꼬이는 건 싫은데……'

별안간 에블린의 목소리가 그녀의 뇌리를 스쳤다.

'하진, 걔가 또 그러면! 나한테 꼭 얘기해야 해!'

마치 자신이 정의의 사도가 된 것처럼 그녀를 지켜 주겠다는 에블린의 목소리는 그것만으로도 충분히 하진에게 응원이자 힘이 되었다. 순간 피식 웃어 버린 하진은 매들린이 뒤를 돌아보자 바로 웃음을 거뒀다.

매들린은 오늘 가족들이 영화를 보러 가자는 성화에 못 이겨서 대충 모자에 운동복 차림으로 나왔다. 하지만 멀리서도 눈에 띄는 하진과 라이언 때문에 영화는 뒷전이었다. 안 그래도 파트너 거절을 당한 케이티가 라이언의 옆자리가 누구인지 반드시 알아야 한다며 성화였던 게 며칠 지나지도 않았기 때문이다. 그리고 제 눈앞에서 이 광경을 목격했으니. 매들린은 머리가 점점 더 아파 오기 시작했다. 크리스틴에게는 별 감정 없지만, 그렇다고 자신의 친구인 케이티가 상처를 받는 것도 차마 볼 수는 없었다. 그리고 그녀는 케이티가 얼마나 질투의 화신인지 잘 알고 있었다. 이 광경을 자신이 아닌 케이티가 봤다면 아마 크리스틴의 저 윤기 나는 검은 머리는 남아나질 않았을 것이다.

적당히 계단 앞에 서자 사람들도 보이지 않았다. 매들린은 뒤를 돌아 크리스틴을 바라보았다. 날씬한 데다가 가녀리면서 강단 있어 보이는 그녀의 얼굴은 그늘 한 점 없이 새하얀 듯했다. 일전에 케이티가 투덜대면서 크리스틴의 화장법은 아시안 메이크업인 것 같다며 한동안 메이크업 동영상을 보며 따라 하던 모습이 떠올랐다.

오늘 잘 보니 자신이 보기에는 그냥 단순히 크리스틴의 피부가 좋은 거였다. 이목구비가 오밀조밀하게 시원하게 빠져서 모두가 좋아할 것 같은 외모였다. 그리고 하버드라니. 매들린은 그녀가 내년부터는 —심지어 합격했다는 순간부터— 자신들과는 다른 리그로 갈 것이라는 건 누가 말 안 해 줘도 알았다.

하진이 가까이 다가오자 매들린은 긴장한 티를 내지 않으려 팔짱을 끼며 그녀에게 물었다.

"크리스틴. 초면에 이렇게 물어봐서 미안하지만, 너 라이언이랑 사귀는 거야?"

하진은 단도직입적으로 나올지 몰랐던 그녀의 질문에 순간 얼굴을 굳혔다. 어떻게 대답을 해야 할지 모르겠다. 아니라고 하기에는 거짓말이고, 맞는다고 하기에는 무언가 손가락이 간지러운 느낌이 들었다. 제 입으로 이런 말을 하게 하다니. 라이언 말고도 또 한 명이 더 있었다. 그녀의 고운 미간이 모였다.

"아……."

고민하던 그녀의 모습에 용케도 알아들은 매들린은 고개를 끄덕이며 말했다.

"어차피 너희 사귀는 거 나는 신경 안 써. 내가 케이티 친구니까 복잡한 일 만들기 싫어서야. 그냥 부탁 하나만 하자."

"부탁? 나한테?"

하진은 손가락으로 자신을 가리키며 되물었다.

"응. 케이티 앞에서는 가능하면 라이언이랑 붙어 있지 마. 그저 이건…… 내가 걔를 잘 알아서야. 그리고 나도 시끄러운 건 싫거든."

"……."

하진은 알겠다고 하고 싶지만, 만약 그렇게 했다간 라이언의 성격상 케이티고 뭐고 제게 어마어마한 투정 아니면 화를 부릴 게 안 봐도 훤했다. 그리고 지금 하진은 마음속으로 누구의 말을 들어주어야 학교생활이 편할지 저울질을 하고 있었다. 졸업까지는 이제 한 달도 안 남은 상태다.

그걸 모르는 매들린은 하진이 묵묵부답이자 싫다는 생각으로 알고는 다시 그녀를 타일렀다.

"내가…… 하……. 나도, 별로 삼각관계에 끼고 싶지 않은데. 케이티, 라이언한테 파트너 거절당했어. 알지? 지금 그걸로 눈에 불을 켜고 라이언의 파트너를 찾고 있다고. 그게 너일 것 같지만."

"파트너? 프롬?"

"응."

하진은 머리를 팽팽 굴렸다. 케이티. 라이언. 파트너. 거절. 그녀의 머릿속에서는 케이티의 그 악랄했던 음성이 떠올랐다. 아까보다 더 미간이 찌푸려졌다. 왜 자신이 매들린과도 이 얘기를 나눠야 하는지. 피곤이 몰려왔다.

"생각해 볼게."

"하아, 크리스틴. 그게 아니라. 아 씨!"

매들린은 자신의 모자를 벗고는 머리를 벅벅 긁었다. 하진은 그 행동에 놀라 눈을 크게 떴다. 생각보다 매들린의 손짓이 꽤 털털했다.

"너보고 자중하라 뭐, 그런 게 아니고. 그냥 케이티만 잘 피해 다녀. 그냥, 걔가 원래부터 라이언이면 약간 분간을 못 해. 어차피 졸업하면 케이티도 다른 학교 가니까. 졸업이 마지막이라서 애가 의미 두고 그러는 거야."

"알아. 이해했어."

하진은 주절거리며 말을 쏟아 내는 매들린의 말이 끝나자마자 고개를 끄덕였다. 그녀도 학교에서 커플이 되었다고 티를 내고 싶지는 않으니, 그냥 조용히 지낼 생각이었다. 그리고 매들린이 굳이 그녀에게 부탁하지 않아도 그 정도는 하진도 원하는 바였다.

"뭔지 알지?"

매들린은 급기야 하진의 두 팔을 잡고는 다시 그녀에게 대답을 종용했다.

"알아."

"그래, 그래. 크리스틴. 사실 그냥 너를 위한 거라고 생각해 줘."

매들린이 그렇게 말하며 자신을 지나쳐 가려 하자, 하진은 조용히 그녀의 팔을 잡아 멈춰 세웠다.

"그럼, 매들린?"

"……응? 어, 어, 왜?"

그녀가 자신을 잡을 줄 몰랐는지 매들린의 얼굴엔 당황한 티가 역력히 났다.

"나도 부탁 좀 할게."

"뭐, 뭐?"

"내 주변에 케이티가 안 오게 해 줘."

"……내가? 케이티를?"

"응. 부탁할게. 나도 케이티랑 말 섞고 싶지 않거든. 그리고 걱정 마. 나도 시끄럽게 학교생활 보낼 생각은 없어. 라이언한테도 말해 보기는 하겠지만, 일단 나는 그래. 말해 줘서 고마워."

"그, 그래. 알았어."

매들린은 그녀의 갑작스러운 부탁을 예상하지 못했는지, 콧구멍을 벌렁거리며 얼굴이 벌게졌다. 하진은 그녀의 답에 고맙다며 조용히 보일 듯 말 듯 한 미소를 짓고는 먼저 가겠다고 말하고 자리를 벗어났다.

하진이 떠나는 뒷모습을 바라보며 매들린은 혼잣말을 내뱉었다. 그녀의 말은 마치 계단을 타고 메아리처럼 위아래로 퍼져 나갔다. 복잡한 걸 피해 가려다가 자신에게 숙제만 생겨 버렸다.

"아씨…… 괜히, 말했나……?"

○ ● ○

하진이 영화관 매표소 쪽으로 다가가자 혼자 톡 위로 튀어나와 있는 라이언이 단번에 보였다. 그리고 그의 주변에서 여자들이 숙덕이면서 그를 바라보고 있는 것도 눈에 보였다. 자신의 주위는 신경도 안 쓰고 포스터를 읽어 내려가는 그의 모습은 마치 무대 위 배우 같다고 생각했다. 모두가 쳐다보는 중앙 무대 말이다.

가뜩이나 둘이 있을 때도 더 긴장되는데, 그에게 다가가는 걸음걸음마다 발목이 꺾이지 않기 위해 하진은 힘주어 걸었다. 시선에도 화살이 있다면 분명 자신의 등에는 수십 개의 촉이 날아들어 올 것이다.

"아, 왔어, 크리스틴? 가자. 밥 먹으러."

"응. 늦어서 미안."

"풋, 괜찮아. 내가 아는 곳으로 가자. 스테이크 괜찮아?"

"좋아, 바로 나가자."

하진은 매들린 외에도 또 누가 볼세라 빠르게 주차장으로 라이언과 걸어갔다. 걸어가면서 하진은 라이언과 학교에서는 어떻게 지내면 좋을지 얘기를 나눠야겠다는 생각이 들었다.

무턱대고 그녀가 라이언을 피해 다녔다가는 케이티보다 라이언을 먼저 상대해야 할 것 같았다. 그리고 졸업이 끝나면 이사를 하게 된다는 말도 해야 했다. 얘기할 것투성이인 지금 하진의 머릿속은 매들린과의 대화는 아무것도 아니었다는 걸 깨달았다.

하진과 라이언은 다운타운에서 유명한 '올드 스테이크 하우스' 레스토랑에서 양껏 배를 채우고는 디저트를 기다렸다. 그녀가 오물거리며 열심히 스테이크를 잘라 먹는 모습을 본 라이언은 자신이 만든 것도 아닌데도 매우 뿌듯한 표정이었다. 이제 하진은 자신 앞에 놓인 핫초코를 열심히 저어서 마시멜로를 녹이고 있었다. 빙글빙글 스푼을 돌려서 흰 덩어리가 뜨거운 김에 풀어질 때까지 돌렸다.

"무슨 생각을 그렇게 해?"

"아, 그냥."

하진은 머뭇거리며 고개를 숙였다. 오늘따라 내려간 앞머리가 그녀의 눈을 좀 더 가려 주었으면 했다. 어떻게 얘기를 풀까 고민하다가 하진은 결국 제풀에 못 이겨 라이언을 쳐다봤다.

"라이언."

"응."

그는 멋스럽게 웃는 법을 어떻게 저리 잘 아는지. 하진은 그의 반듯한 이마와 잘 뻗은 눈썹부터 시작해서 강인한 콧날까지 천천히 뜯어보았다. 그녀의 시선이 자신의 얼굴을 하나하나 만지는 것같이 뜯어보자 라이언은 입가가 떨렸다. 카메라 앞에서도 이렇게 떨어 본 적이 없는 것 같은데 하진의 덤덤한 눈빛은 가끔 자신을 긴장시키며 죄어 오는 것 같았다. 주술에 걸린 듯 말이다.

자연히 그의 가슴이 울렁거렸다. 괜히 메뉴판을 잡고 있던 손이 살짝 떨렸다.

"왜…… 크리스틴?"

"아, 미안. 그게 아니라. 사실은 졸업하고 나서 이사를 할 것 같아. 난 학교에 있으니 두 분도 일 때문에 다시 예전 자리로 돌아가시겠대."

"그래? 어디로?"

"뉴저지 쪽? 아직 집은 안 구하셨어. 내가 기숙사 들어가면 그때 옮기신다고 하셔서……. 에블린에게도 얘기하려고."

"……."

라이언은 고개를 살짝 끄덕이더니 한쪽 볼의 보조개가 파일 정도로 입을 다물었다. 마음에 안 드는 것인지, 뭔가 표정이 잘 읽히지 않았다.

하진은 자신도 빅토리아를 떠나고 싶지 않지만, 어차피 두 분이 여기 남아서 그녀를 기다리는 것도 이상했다. 원래 브라운 패밀리의 본고향이 아니었기 때문에 부모님도 각자 친구분들이 있는 곳으로 가는 게 좋을 듯싶었다. 게다가 이미 자신은 좋은 친구들을 만들었으니 보스턴에 가서도 외롭지 않을 것이다.

"아쉽네. 방학 때면 같이 돌아올 곳이 있어 좋았는데. 이미 내린 결정은 어쩔 수 없지."

"그러게. 나도 여기가 좋은데 말이지."

"그런데 우리도 이곳에 계속 있지는 않을 거야. 형들은 맨해튼으로 갈 거고, 부모님도 여기저기 옮겨 다니실 거고, 에블린은 캘리로 가니까."

"생각해 보니 그러네."

하진과 라이언은 졸업 후에 바뀌게 될 여러 갈래를 각자 생각했다. 그녀는 제 욕심을 좀 더 부릴 수 있다면 다 같이 이대로 좀 더 함께하고 싶었지만, 시간은 기다려 주지 않을 것이다.

라이언은 침침한 표정을 짓는 하진의 얼굴을 보며 피식 웃었다. 그래도 그녀와 앞으로 보스턴에서 더 가깝게, 연인으로서 함께 보낼 생각을 하니 사실 라이언은 슬프거나 아쉬울 이유가 전혀 없었다.

오히려 그녀가 방학 때마다 빅토리아를 가겠다고 혼자 훌쩍 떠날 일은 적어도 없을 것이다. 맨해튼과 가까운 뉴저지로 가는 것쯤이야 얼마든지 견딜 수 있다. 생각할수록 그는 오히려 만족스러웠다.

그녀에게는 최대한 아쉬운 표정을 지었지만, 입술이 계속 미끄러지는 건 어쩔 수 없었다. 한 손으로 조용히 입을 가린 라이언은 속셈이 따로 있어 보이는 눈까지는 가리지 못했다.

"라이언, 그런데 학교에서 말이야……."

"학교?"

라이언은 하진의 떨떠름한 표정에 꽤 속이 불편해졌다. 머뭇거리는 그녀의 표정이 그는 별로 마음에 들지 않았다. 그녀의 투명한 얼굴에서 나올 뒷말이 예상됐다. 그녀의 입이 꿀 먹은 것처럼 오물거리더니 이제는 시선이 사방으로 움직였다.

"학교는 왜? 설마, 뭐, 말하지 말자고? 우리 사이를? 그건 아니지?"

"……."

답이 없는 하진에게 잔뜩 골이 났는지 라이언은 팔짱을 끼더니, 고개를 돌려 버렸다. 아직 말도 제대로 안 꺼냈는데 마인드 리더인지 자신이 할 말을 모두 알아맞히고는 토라져 버렸다.

그녀는 말 한마디에도 라이언이 저렇게 반응하는데 당장 다음 주에 멋모르고 모른 척했다가는 온 학교에 제대로 알릴 뻔했을 것 같아 등골이 서늘했다. 의외로 라이언은 하진이 생각하는 연애 스타일과는 정반대였다. 정직하다기보다는 거리낌이 없다는 표현이 맞는 것 같다.

"그게 아니라, 어차피 친한 친구들은 알게 될 테지만, 민망하니까 그냥 물어보기 전까지는 다른 애들에게…… 말 안 하고 지내도……."

"안 괜찮은데."

"부정한다는 게 아닌데도?"

"……."

"라이언?"

"……."

"응? 아니, 그럼 뭐, 방송해?"

"좋지. 내가 할게."

하진은 최대한 중간책을 내놓았는데 죄다 싫다는 말에 퉁명스럽게 말했다. 단순히 케이티가 문제가 아니라 빅토리아 스쿨에는 그의 추종자들이 너무 많았다. 학교생활이 귀찮아질 거 같아 하진은 최대한 조용히 마무리하고 싶었다.

"응?"

하진은 묵묵부답인 그에게 팔을 뻗어 손을 잡고 살짝 흔들었다. 이제는 그녀가 시선을 맞추려 라이언에게 고개를 내리며 되물었다. 그의 눈치를 보는 그녀의 동그란 눈이 반짝거리며 그의 얼굴을 좇았다. 라이언이 고개를 이리저리 돌리는 통해 하진이 본의 아니게 의자 위에서 춤을 추듯 들썩이게 되자, 결국 길게 토라지지 못하고 라이언은 피식 웃어 버렸다.

"엇. 웃었다."

콧방귀를 뀐 그는 다시 하진의 손을 제 손안에 고쳐 잡고는 생각에 빠지더니 대답은 하지 않고, 긴 손가락으로 그녀의 손등과 마디를 천천히 만지작거렸다. 지분거리는 라이언의 손길에 하진은 손끝에서 올라오는 이 아지랑이 같은 간지러움을 어떻게든 참아 보려 노력했다. 손을 잡고 있는데 발끝도 간지러운 것 같아 테이블 밑의 그녀의 두 발을 움츠렸다.

"알았어. 대신에 점심 같이 먹어. 학교에서 이제 같이 점심 먹을 날도 얼마 안 남았어."

"점심은 늘 같이 먹고 있었잖아."

"그리고 내 차 타고 학교 가. 매일 아침 데리러 갈게."

"매일? 피, 곤하지 않겠어? 괜찮은데……."

"그럼 안 해."

"아, 알았어."

하진은 싱거운 그의 요구에 알겠다며 고개를 끄덕였다.

그날 저녁 라이언과 공원을 산책하며 시간은 보내다가 늦은 저녁이 되어서야 집으로 부랴부랴 돌아왔다. 하진은 몰랐다. 오히려 차를 타고 같이 등교하는 게 대놓고 연인 사이임을 공표하게 되리라는 것을.

○　●　○

사실 하진은 라이언과 만나기 시작한 이후로 딱히 그녀의 걱정처럼 학교생활이 어렵지는 않았다. 어찌 된 일인지 이미 모든 학년이 그와 그녀의 사이를 다 아는 것 같았다. 라이언과 점심을 먹는 것도 에블린이나 가끔 그의 친구들이 함께했기 때문에 ─이전과 같이─ 생각해 보면 라이언이 시도 때도 없이 그녀의 머리를 쓰다듬고 손을 잡는 스킨십을 빼고는 별반 달라진 것이 없었다.

게다가 하진과 라이언 말고도 꽤 많은 아이들이 ─그렇다고 많은 학생은 아니지만─ 하버드에 합격한 상태라서 스포트라이트는 학급의 친구들과 골고루 나눠 가졌다. 여전히 지나갈 때마다 하버드 커플이라며 휘파람을 부는 짓궂은 학생들도 더러 있었지만, 그게 그녀를 괴롭히지는 않았다. 오히려 자신보다는 스쿨 셀러브리티인 라이언이 더 많은 관심과 축하를 받았다. 그런 그를 보며, 하진은 연예인도 이보다 힘들지는 않을 것 같다고 생각했다.

그리고 가끔 케이티와 매들린 외에 이름 모를 그녀의 친구인 '블링키'를 같이 마주쳤지만, 눈에 띄게 매들린이 케이티를 그녀가 있는 곳에서 멀리 떼어 주었다. 매들린의 도움에 대해서는 큰 기대를 하지 않았는데, 하진은 괜스레 그녀를 귀찮게 한 것 같아 미안한 마음이었다. 그렇다고 매들린과 학교에서는 말을 섞지 않았다. 마치 무언의 약속처럼 말이다. 하지만, 라이언의 옆에 있을 때는 멀리서 케이티가 하진을 대놓고 무시하는 표정을 짓거나 떨떠름한 말투로 중얼거리는 말이 들리기도 했다. 그래도 이전처럼 따로 불러내거나 하지는 않아서 평온한 나날이었다.

요즘 케이티보다 지금 더 하진의 신경을 거슬리게 하는 것은 점심시간마다 자신의 테이블을 드라마 보듯이 시청하고 있는 1학년 무리의 시선이었다. 대놓고 자신들의 테이블과 가까운 곳에 자리하는 아이들 때문에 하진보다 에블린이 더 불편하다며 불평을 늘어놓았다.

"아니, 쟤들은 뭐가 그렇게 궁금하다고 이리로 오는 거야?"

"그러게……."

"내버려 둬. 미스터 와이엇 때문이야. 하진이 보스턴 가서도 꽤 고생하겠어."

"다음부터는 내 작업실에서 먹자."

"그래, 그래!"

올리비아와 에블린은 안타깝다는 듯이 하진을 쳐다보았다. 그런 그들을 라이언은 무시하라며 하진의 한 손을 당겨서 자신의 옆에 앉혔다. 자연스럽게 샌드위치의 포장지를 열어서 그녀의 손에 쥐여 주는 라이언을 보며 후배들이 옆에서 꺄꺄거리며 난리였다. 하진은 조용히 라이언에게 이렇게 안 줘도 된다고 했지만, 그는 요즘 귀를 닫고 살았다. 하진이 옆에 있으면 그녀 외에는 무신경했다.

"너는?"

"나도 있어. 어서 먹어."

요 며칠 그녀가 빠르게 학습한 것은 라이언이 줄 때는 빠르게 받고 끝내는 것이 신상에 좋다는 것이었다. 안 그랬다가는 끈질기게 그녀의 반응이나 대답을 원해서 하진은 여간 부끄러운 것이 아니었다. 그녀는 학교에서 조용히 연애할 수 있다는 것은 절대 불가라는 사실을 올리비아에게 들었다. 차라리 아무렇지 않은 척하는 게 눈에 덜 띌 것이라는 말도 새겨들었다. 하지만 안타깝게도 라이언의 여자 친구로서는 아무렇지 않은 척도 도움이 썩 되진 않았다.

점심을 다 먹은 후에는 친구들과 함께 아트 스쿨로 향했다. 이번 주 내내, 에블린과 올리비아는 졸업 파티 준비 때문에 한창 그녀의 작업실에 가벽을 만들고 있었다. 자연스레 마이크와 매트 형제뿐만 아니라 라이언까지 함께했다. 어느새 여섯 명은 약속이라도 한 듯 항상 방과 후에는 에블린의 작업실로 모였다. 이제 졸업이라는 시기가 다음 주로 코앞에 다가오자 하진은 시간이 조금 더 천천히 갔으면 했다.

"에블린, 지난번에 했던 작품은 어디 있어? 다 끝났다고 하지 않았어?"

"아, 그거는 저기에 커버 씌워 놨어. 곧 에이전시에서 가지러 올 거야."

에블린은 고개를 돌려 자신의 뒤쪽에 하얀 천에 덮여 있는 캔버스를 가리켰다. 하진은 잠시 작품의 흰 천을 살짝 들었다가 도로 제자리에 두고는 돌아왔다.

"그러면 다음 작품은 어떤 거 해?"

"글쎄. 일단은 졸업하고 캘리로 이사하면 거기 전시회 참여하고, 뭐, 그러느라 당분간 정신은 없을 것 같아. 하진, 이거 봐 봐. 이 가벽을 이렇게 세울 거거든? 위에 라이언이 말한 것처럼 천으로 천장을 하고. 그런데 좀, 뭔가가 부족하지 않아?"

"어차피 공간으로 만들려고 했던 거 아니야?"

"그렇지만 디제잉을 할 거라서 부스도 필요해. 그리고 펀치랑 핑거 푸드 같은 것도 놓아야 하는데 말이지……."

"어차피 파티 할 때, 신경 쓰지 못하니까……. 문 옆에 그냥 세워 둬도 될 것 같아. 입구에 들어오자마자 다들 들고 가면 되니까."

에블린은 팔짱을 끼면서 혼잣말로 고민거리를 나열하고 있었다. 하진은 그녀와 올리비아 사이에 서서 제법 크게 나무 합판으로 만든 벽을 이리저리 보았지만, 딱히 이렇다 할 좋은 아이디어가 떠오르지 않았다. 하진과 같이 작업실에 온 라이언은 조용히 앉아 있다가 별안간 자리에서 일어서서 말했다.

"그냥 대충 해. 이렇든 저렇든 몇 시간 하지도 않을 건데. 애들 다 정신없을 거야. 눈에 보이는 것도 없을걸?"

"야! 이건 우리 학년의 마지막 업적이라고!"

올리비아가 울컥거리는 목소리로 소리쳤다. 그러더니 갑자기 손뼉을 마주치더니 눈을 휘둥그렇게 떠 버렸다.

"아! 드레스 코드! 블랙 앤 화이트니까 컵이랑 테이블 모두 다 형광색으로 할까? 마지막은 디제잉으로 그냥 광란의 파티거든! 흐흐."

"그럼 내가 가서 좀 사 올까?"

하진은 그나마 자신이 도와줄 게 생겨 기뻐서 물었다. 하지만 올리비아는 고개를 저었다.

"아냐, 크리스틴 고맙지만, 그거는 업체에 전화 한 통 넣으면 돼! 와우, 조명이 꺼져 있을 테니, 역시, 흑백 코드로 하길 잘했어. 소품들이 좀 컬러풀하게 눈에 띄게 해야겠어!"

올리비아는 별안간 매트를 크게 부르며 휙 돌아서 가 버렸다. 요즘따라 그녀는 졸업 파티 때문에 정신이 없어 보이는 듯했다. 하진은 그런 그녀의 뒷모습을 보다가 에블린을 보았다. 그녀는 여전히 얇은 나무판자를 살펴보다가 두세 개를 겹쳐 보는 등 여러 시도를 하고 있었다.

"에블린, 그냥 스티로폼을 중간에 두고 양쪽에 나무판자를 고정하는 건 어때?"

"오…… 지니, 그거 괜찮다. 그럼 판자도 좀 세이브되겠다. 이거 우리 건물에 깔렸는데. 마이크! 좀 도와줘!"

눈을 반짝거린 에블린은 머리를 휙 넘겨서 작업하려는 것처럼 틀어 올리며 마이크를 불렀다. 키가 아주 큰 마이크가 이 일에 제격이라며, 라이언 옆에서 얘기하던 그를 불러내었다. 마이크는 에블린의 말에 약간 홍조를 띤 얼굴로 조용히 다가왔다. 요즘 보면 마이크는 매트와 다르게 굉장히 내성적이었다. 조용히 에블린이 무얼 해 달라고 하면 딱히 여러 말을 하는 것을 본 적이 없었다. 그런 그가 에블린에게 먼저 말을 걸어왔다고 하니 하진은 신기했다.

"어떤 거?"

"저기 작업실 근처에 가면 스티로폼 쌓여 있거든? 그거 좀, 최대한 많이 가져다줘. 그걸로 벽 채우자. 방음도 되겠어! 와우. 하진! Good job!"

손재주가 없는 하진은 조금이라도 도움이 됐다는 생각에 뿌듯해하며 웃었다. 오늘은 그녀도 돕고 싶어서 편한 차림으로 학교를 왔지만, 딱히 할 만한 게 없어서 라이언이 앉아 있는 쪽으로 돌아갔다.

그녀가 다가오자 테이블에 길게 늘어져서 햇볕을 쬐고 있던 라이언은 나른한 미소로 그녀를 반겼다. 통창으로 들어오던 햇살이 그의 머리로 쏟아졌는데 굉장히 편안하고 느긋해 보여서 꼭 그의 집 같았다. 까무잡잡한 피부가 요즘 햇살에 더 그을려서 그런지, 푸른 초원 위에서 바람 쐬며 낮잠을 즐기는 날렵한 퓨마 같았다.

"내가 도와줄 게 없어."

"괜찮아. 이미 많이 도왔어. 그 정도만 해. 나랑 놀자."

"풉. 나 아무것도 한 게 없는데? 뭐 하고?"

"글쎄, 산책하러 갈까?"

"그래도…… 우리만 나가서 놀아도 될까?"

그녀의 말이 끝나기가 무섭게 에블린이 멀리서 손을 흔들며 외쳤다.

"지니, 놀다 와! 끝나면 연락할게! 이따가 같이 들고 가야 해! 천도 매는 거 도와줘! 특히 라이언 너 꼭 필요해요!"

라이언은 한 손으로 자신의 뒤에서 소리치는 에블린을 가리키더니 피식 웃었다.

"저거 봐. 가자. 한두 시간이면 될 거야."

"그래, 그러자."

하진과 라이언은 학교 건물에서 빠져나와 자연스럽게 주차장으로 향했다. 산책할지 고민을 하다가 그냥 아이들이 먹을 만한 간식거리를 사 오는 것으로 정했다. 길쭉하며 날렵한 그의 옆에서 부지런히 그녀도 걸었다. 학교는 이미 수업이 모두 끝난 뒤라 아이들이 없어 한산했다.

"진, 뭐 먹고 싶어?"

"나? 나는 딱히…… 별로 배 안 고파."

하진은 오늘따라 눈이 부실 듯 파란 도화지 같은 하늘을 올려다보다가 라이언을 향해 웃으며 말했다. 라이언은 하진의 머리를 살짝 흐트리고는 저도 같이 웃어 버렸다. 요즘 그녀가 자신을 마주 보며 웃어 주면 그것만큼 좋은 게 없었다. 게다가 손은 쉽게 잡았지만, 라이언은 조금 더 스킨십을 하고 싶어 마음이 간질거렸다. 그녀를 껴안고 싶고 키스도 하고 싶고, 그녀와 더 많은 시간을 나누고 싶었지만, 지난 며칠 동안 제자리였다.

그래도 그는 하진이 조금씩 자신을 편하게 대해 주는 것 같아서 천천히 다가가기로 했다. 여기까지 오는데도 힘들었는데, 절대 뒤로 돌아가고 싶지 않았다.

"읏, 라이언! 머리 헝클어져."

"그래도 이뻐."

"하, 하지 마. 다시 묶어야 한단 말이야."

"내 머리도 만져 그럼."

라이언은 고개를 숙이며 하진의 손을 잡고는 자신의 머리 위로 올려 주었다. 그녀 옆으로 머리가 불쑥 들어오자 하진은 놀라서 뒤로 고개를 젖혔다. 잔잔한 그의 향기가 그녀를 감쌌다. 하진은 민망해져서 더 만지지 못하고 그의 머리카락을 빠른 속도로 이리저리 흔들고는 밀어 버렸다. 그녀의 가슴 앞까지 라이언의 이마가 기대어 오자 심장이 터질 것 같았다.

"저리 가."

"왜."

"아, 괜찮으니까, 저리 좀 가!"

계속 따라붙어서 오는 라이언 때문에 얼굴이 벌게진 하진은 그를 제치고는 주차장으로 빠르게 달렸다. 매번 자신의 집에서 등하교하는 라이언 덕분에 하진은 차를 따로 가져오지 않았다. 생각해 보니 이것 때문에라도 소문이 더 빠르게 퍼진 듯하다. 왜 그걸 미처 눈치를 못 챘는지 하진은 그와 함께한 첫 주에 굉장히 당황하여 수업이 시작할 때까지 차에서 내리지를 못 했었다.

그를 피해서 빠르게 주차장으로 먼저 달려온 하진은 공교롭게도 여태 잘 피해 다녔던 케이티와 마주치고 말았다. 그것도 라이언의 차 근처에 서 있었던 케이티는 자신의 차에 타려는 듯 문을 열고는 하진을 노려보고 있었다. 사납게 눈을 세모꼴로 치켜뜬 케이티는 자신에게 걸어오는 하진을 주시했다.

어설프게 그의 차로 향하던 자신의 두 발길을 다른 곳에 돌리는 것도 이상할 것 같아 하진은 케이티를 무시하고는 라이언이 주차해 둔 곳으로 걸어갔다. 아니, 걸어가려 했다. 하지만 케이티를 지나치기가 무섭게 갑자기 정강이 쪽으로 얇은 다리가 들어와 걸리더니, 그대로 아스팔트 바닥에 크게 나자빠지고 말았다.

"악!"

꼴사납게 쿠당탕 엎어진 하진의 두 손바닥이 거친 바닥에 살갗을 긁혔다. 타오르는 듯한 따끔한 느낌에 인상을 찌푸린 하진은 벌떡 일어나 뒤를 돌아보았으나, 그녀가 고개를 들기도 전에 부아앙 소리를 내며 빠르게 주차장을 빠져나가는 케이티의 차가 보였다. 순간 케이티가 자신의 발을 건 게 믿을 수가 없어서 말이 나오지 않았다. 바보같이 넘어지고 말았는데 케이티는 그냥 꼬리를 빼고는 도망가 버렸다.

"하, 참. 진짜 유치하네."

하진은 자신의 두 손을 털고선, 옷매무새를 살폈다. 편하게 입고 와서 다행이었다. 치마라도 입고 있었다간 아픈 거로 그치지 않았을 것이다.

"크리스틴! 왜 그래. 넘어졌어?"

차에 가려져 못 봤던 라이언이 놀라서 하진에게 뛰어왔다.

"아, 응. 그냥 발에 걸렸어. 괜찮아."

느긋이 걸어오던 라이언은 인상을 찌푸리더니 그녀의 무릎에 흙이 묻어 있는 것을 보고는 쭈그리고 앉아 손수 다리를 털어 주었다. 자리에서 일어나 하진의 두 손을 살핀 라이언은 입매를 굳히고는 그녀를 타박했다.

"크리스틴, 상처 났어. 안 아파?"

"조금 까진 것뿐이야. 밴드만 붙이면 될 것 같아."

"그래도 이만하길 다행이네. 저기 앞에서 넘어졌으면 이마 깨졌겠어."

하진은 그제야 자신이 넘어진 곳에서 한 발자국 더 앞에 툭 튀어나온 방지 턱을 발견했다. 방지 턱에 이마를 박았다가는 멍이나 혹으로는 끝나지 않았을 것 같았다. 밑바닥 저 어딘가부터 열불이 일었다. 케이티가 이걸 보고, 제 발을 건 거라면 더더욱 이대로 넘어가면 안 될 것 같다. 비겁한 그녀의 태도가 오히려 하진의 호승심을 일깨웠다. 이 정도라고?

"그냥 오늘은 간식만 사다 주고 집에서 쉬어. 이 손으로 어떻게 해."

"아냐, 그 정도는. 애들이랑 더 놀고 싶어. 이제 시간이 없는걸?"

"그래, 알았어. 대신에 아프면 바로 얘기해."

하진은 알겠다고 말하며 라이언과 주차장을 벗어났다.

그와 마트에서 이것저것 간식거리를 주워 담고는 해가 떨어진 후에야 학교로 돌아왔다. 이후 준비 위원회와 함께 체육관에서 열심히 벽과 천장을 설치했다. 어느 정도 공간을 채우고 나니 테스트 삼아서 켠 조명이 파티 장소를 근사하게 만들었다. 여기저기 작은 부분까지 꼼꼼하게 관리한 올리비아는 눈빛을 초롱초롱하게 빛내며 방방 뛰었다. 그 옆에서 에블린까지 흥분하여 소리를 지르며 체육관을 뛰어다녔다. 아무도 없는 큰 공간에 여섯 명만 있으니, 마치 전세를 낸 것 같은 느낌이 들어 더욱 재미있었다.

하진과 라이언은 열심히 바닥에 쭈그리고 앉아서 아이들이 댄스 시간에 미끄러지지 않게 바닥에 미끄럼 방지 스티커를 일일이 붙였다. 라이언은 이걸 왜 하고 앉아 있는 건지 모르겠다며 엄청나게 투덜댔지만, 그의 퉁명스러운 말과는 다르게 두 손은 빠르고 정확히 움직이고 있었다.

그걸 본 하진은 쿡쿡거리며 웃었고, 그녀가 웃으면 라이언도 따라 웃었다.

"크리스틴, 춤 연습은 하고 있어?"

라이언은 바닥에 다리를 쭉 뻗고는 그녀 쪽으로 돌아앉았다. 입술을 말아 올리며 말하는 게 농담인지 진담인지, 그는 눈썹을 한 번 들썩였다.

"나? 아……니? 해야 해? 나 하나도 모르는데?"

하진은 갑작스러운 라이언의 물음에 고개를 휙 돌렸다. 그만 믿고 있었는데 자신도 무언가 해야 한다니. 날벼락이었다.

"뭐, 몰라도 돼."

"어차피 몇 분 하지도 않잖아?"

"그건, 그렇지."

라이언은 입을 쭉 내밀고는 고개를 천천히 끄덕였다. 그러더니 하진이 불안해질 정도로 입을 귀에 걸고는 눈빛을 반짝였다. 하진은 침을 꿀떡 삼키며 라이언의 다음 말을 긴장하며 기다렸다. 항상 저 표정 다음에는 그의 황당한 말들이 잇따랐다.

그때, 에블린이 하진의 뒤로 빠르게 다가왔다.

"지니! 오늘 우리 집 가자. 내가 드레스 다 완성했어. 여기 다 마무리된 거지?"

"응, 이게 마지막이야. 드레스에 맞춰서 사 둔 귀걸이랑 구두 집에 있는데, 가지고 갈까?"

"응응! 라이언. 지니 오늘 내가 빌려 간다? 원통해 마라. 내가 아주아주 이쁘게 해 줄 테니까. 너한테도 좋은 거야. 알지? 크리스틴 내 차 타고 가자."

"원래 크리스틴은 그렇게 안 해도 이뻐."

"아, 라이언!"

가끔 라이언의 입에서 나오는 게 신기할 정도로 직설적인 말들 때문에 하진이 몸 둘 바를 몰랐다. 아무리 친한 친구들 앞이라도 그녀는 목덜미가 화끈거렸다. 요즘따라 라이언의 애정 표현은 그녀가 견딜 수 있는 수준을 아슬아슬하게 넘고는 했다.

"웩."

에블린은 라이언을 향해 토하는 시늉을 하며 배를 잡더니 하진의 손을 잡고는 빠르게 체육관을 빠져나왔다. 하진이 에블린에게 손이 잡혀 제대로 걷지를 못해 어설프게 뒤를 돌아보니 라이언이 한 손을 들어 전화하겠다는 신호를 보냈다. 그녀는 알겠다며 남은 손으로 그에게 빠르게 흔들고는 에블린과 함께 주차장으로 향했다.

그날 저녁 하진은 에블린이 마련해 준 리폼 드레스를 입고는 구두와 귀걸이까지 착용하고 거울을 보았다. 기분이 묘했다. 까만 머리를 한 여자가 거울 속에서 근사한 드레스를 입고 자신을 마주 보고 서 있었다. 계속 쳐다보면 그 여인이 꼭 손을 흔들어 하진에게 인사를 할 것만 같았다. 이런 모습은 마치 10년 뒤에나 가능할 것 같았는데, 드레스부터 구두에 머리까지 세팅해 차려입으니 꼭 어른이 된 것만 같았다.

분명 일전에 에블린에게 너무 노출이 심하다고 얘기는 했었는데, 그녀의 발언은 무시된 듯하다. 어깨와 날개뼈가 모두 노출된 데다가 그녀의 목에 아주 아슬아슬하게 걸려 있는 끈이 풀리면 아주 볼썽사나운 일이 벌어질 것 같았다. 그리고 브래지어를 입지도 못하게끔 아슬아슬하게 가슴의 옆선을 따라서 드레스가 떨어져 있어서 하진은 연신 자신의 옆 허리를 만지작거렸다. 심지어 드레스가 쭉 찢어져 있어서 잘못했다가는 그녀의 두 다리가 모두 훤히 보일 것이다. 예전에 영화에서 첩보 요원이 드레스를 휙 들치고 총을 들어 범인을 암살했던 장면이 떠올랐다.

"진, 어때? 어깨로 트윈 룩 하려다가 나도 지니처럼 똑같이 팠어!"

뒤를 돌아 에블린을 본 하진의 입이 떡 벌어졌다. 그녀는 하진의 드레스를 뒤집은 버전으로 가슴의 가운데 부분을 시원하게 팠다. 등도 훤하고, 앞도 훤한 에블린의 대담한 드레스를 보니 하진은 더는 이 드레스의 원래 디자인을 찾을 수가 없었다. 움직일 때마다 사락거리는 소리가 나는 풍성한 드레스를 입은 하진과 에블린은 다 큰 성인과 다를 바가 없었다. 게다가 에블린은 금발의 머리를 정수리에서부터 틀어서 그녀의 두 눈이 한껏 올라가 있었다. 마치 여전사 같았다.

"와, 에블린…… 엄청 야해. 근데 엄청 이뻐."

"큭, 하진! 이건 야한 것도 아니야!"

"그, 래도. 나, 이거 끈 떨어지면 어쩌지?"

"아냐 아냐. 그거 내가 옆에 테이프로 붙여 줄게. 걱정 마. 이거 누가 끊어도 절대 안 풀려."

"그, 그래?"

하진은 등과 목을 만지작거리다가 테이프를 붙인다는 에블린의 말에 그제야 고개를 끄덕였다. 소파에 던져둔 핸드폰이 울리자 하진은 자연스럽게 손이 갔다. 예상했던 대로 라이언이었다. 아마 에블린의 방에 불이 켜진 걸 보고는 전화를 한 것 같았다.

하진은 자연스럽게 에블린의 방 창문에 다가가서는 마치 라이언의 방이 보이기라도 하는 듯이 기웃거리며 전화를 받았다.

"라이언?"

— 진, 드레스 입고 있어?

"응, 에블린이 엄청 심혈을 기울였나 봐. 엄청 이뻐 드레스!"

에블린은 하진의 전화 목소리를 듣고는 라이언이냐고 입만 벙긋거렸다. 하진은 고개를 살짝 끄덕였다.

— 나도 볼래.

"너도?"

— 응. 보고 싶어. 나도 가면 안 돼?

"잠시만. 에블린, 라이언 여기 와도 되지?"

"라이언? 됐다 그래! 이런 건 당일에 봐야지! 슈트나 잘 차려입고 오라고 해! 턱시도 제대로 안 하면 부토니에 안 걸어 준다고!"

에블린은 기울 앞에서 구두를 신으며 낑낑거리더니 불쑥 소리를 질렀다.

"라이언?"

하진은 큭큭 웃으며 라이언에게 다시 말하려고 전화기를 가져다 대니, 이미 들었나 보다. 안 봐도 그의 입이 삐죽 나왔을 것 같은 불퉁한 대답이 들려왔다.

— 참 나. 됐어, 그럼. 사진도 안 돼?

"사……진? 안, 될 것 같은데? 에블린이 고개를 엄청나게 흔들고 있어. 하하."

하진은 자신의 말 한마디에 에블린이 엑스 자를 사방팔방으로 그리며 방방 뛰는 모습을 보자 라이언을 다독였다.

— 흠, 알았어. 그러면 이따가 집에 갈 때 연락해. 데려다줄게.

"알았어. 고마워."

아마 자신이 집에 돌아갈 때 차가 없을 걸 알고 라이언이 전화를 한 듯싶다. 전화를 끊은 하진은 핸드폰을 내려다보며 피식 웃다가, 핸드폰을 위로 들어 최대한 날씬해 보이게 카메라를 켰다. 에블린 몰래 라이언에게 빠르게 사진을 보내 주고 싶었다. 왜인지는 몰랐으나 오늘 자신의 모습을 그가 보고 좋아해 줬으면 싶었다.

○ ● ○

라이언은 자신의 방 침대에 누워서 영화를 배경 음악처럼 틀어 놓고는 하진의 연락이 오기만을 기다리고 있었다. 옆에서 띠링 하는 문자 소리에 핸드폰을 열자, 그는 파닥이며 침대에서 튀어 올랐다. 그의 핸드폰 화면 가득 하진의 모습이 보였다. 비록 여기저기 잘린 사진이지만, 라이언은 사진 속에서 그녀의 흰 피부와 대조되는 검정 드레스를 발견했다.

누가 볼세라 라이언은 자신의 두 손안에 핸드폰을 가두고는 그녀의 얼굴을 뜯어보았다. 그가 시선을 조금씩 내렸다. 사진을 한 번에 다 보는 게 아까웠다. 그녀의 턱 밑에서 하얗게 빛나고 있는 얇은 목과 쇄골이 보이자 라이언은 침을 크게 꿀떡 삼켰다. 그리고 달보다 더 고고하게 빛나고 있는 그녀의 둥근 어깨에 시선이 꽂혔다. 순간 뜨끈한 기운이 올랐다.

라이언은 자신의 예상보다 더 노출이 있는 드레스 때문에 얼굴이 벌게졌다. 하진이 급히 보내느라 비록 등허리와 다리까지 보이지는 않았지만, 이 정도만으로도 라이언은 두 손이 살짝 떨렸다. 항상 편안한 셔츠 차림이거나 스웨터 차림이었던 하진에게서는 볼 수 없는 장면이었다. 꼭 까만 도화지 위에서 빛나는 별 같았다.

"뭐야, 왜 다 뚫렸어……. 아, 에블린!"

그는 졸업 파티 당일이 되어서야 하진의 드레스를 보고는 말을 잇지 못했다. 심지어 파티는 못 가겠다며 둘이서 졸업식을 하자는 얼토당토않은 얘기를 늘어놓아서 라이언과 하진은 프롬 파티에도 굉장히 늦게 들어갔다.

18

드디어 프롬 파티 당일이 되었다. 오늘따라 날씨는 더욱 화창했다. 아침에 잠깐 조깅을 마치고 돌아온 하진은 에블린이 지난날 가져다준 드레스를 살펴보았다. 벽에 걸어 두니 정말 근사한 새틴 드레스였다. 위는 하늘하늘하게 보였지만 아래는 안감 때문에 드레스 끝자락이 꽤 탄탄하게 주름을 잡아 펴진 상태였다. 앨리스와 그레이엄은 아침부터 사진을 찍고는 남겨 놔야 한다며 각자 목에 카메라를 걸고서는 그녀가 걸어가는 걸음마다 사진을 찍었다.

"엄마, 아빠! 그 정도만 하셔도 돼요!"

"그래도 이거 마지막 시니어 프롬인데!"

"그럼 그럼. 차라리 나는 비디오로 해야겠어."

그레이엄은 이날을 위해서 새로 산 카메라를 여러 번 조작하더니 그녀의 앞으로 팔을 고정하고는 비디오까지 남기고 있었다.

대충 점심을 때운 브라운 가족은 순식간에 들이닥치는 에블린을 맞이하느라 정신이 없었다. 원래는 각자의 집에서 준비한 다음에 모이려 했지만, 이번에는 어차피 만날 거, 준비도 같이하자는 에블린의 제안을 하진은 흔쾌히 수락했다.

앨리스는 손수 주문하고 디자인한 부토니에를 보여 주기 위해 방에서 나왔다. 그녀의 손에는 작은 박스가 있었다.

"에블린? 크리스틴? 이거 어떠니? 마음에 안 들면 조금 바꿔도 괜찮아. 그런데 에블린 코사지는 마이크가 준비하지?"

"어머, 너무 이쁜데요! 아, 네. 마이크가 가져올 거예요. 이미 맞췄어요!"

에블린은 두 손을 맞부딪치며, 상자 안에 수줍게 누워 있는 꽃들을 바라보았다. 거기에는 부토니에 세 개가 가지런히 놓여 있었다.

"올리비아도 같이 가니까, 내가 준비했는데 미리 말을 못 해서 말이야. 친구가 다른 걸 준비했을 수도 있겠어. 크리스틴, 괜찮으니까 네가 나중에 만나서 줄래?"

"아, 이미 차고 나올 것 같아요……."

"괜찮아 그럼. 그래, 준비하고 있으렴. 내가 가서 핑거 푸드라도 준비해야겠어."

하진은 설렘을 감출 수 없는 미소로 활짝 웃었다. 앨리스는 오늘따라 하진을 바라보는 눈에 눈물이 고이는 것 같아 최대한 마음을 다독이고 있었다. 괜스레 친구들 앞에서 창피하게 느껴질까 봐 하진에게 꽃을 넘겨주고는 빠르게 그레이엄에게 걸어갔다.

앨리스가 지나가자 하진과 에블린은 더욱 신이 나서 박스 안에 있는 꽃을 구경했다.

"와…… 이쁘다!"

"그러게, 어디서 하셨지?"

생각해 보니 드레스를 사 둔 에블린 덕분에 액세서리를 준비하러 앨리스와 같이 쇼핑을 했을 때, 그녀가 부토니에는 자신이 준비할 테니 걱정하지 말라고 했었다. 아마 마음에 둔 곳이 있거나 직접 준비하고 싶어서였던 듯하다.

상자 안의 꽃은 작지만, 봉오리를 곧 피울락 말락 기다리는 소녀처럼 보였다. 겹겹의 작은 꽃잎들이 한데 모여서 어떤 순간을 기다리는 것 같았다. 오히려 풍성하고 화려하기보다는 조용하지만 단단해 보여 그녀의 마음에 쏙 들었다. 마른 가지에 알알이 하얗게 걸려 있는 꽃이 마음에 들었다. 어떻게 보면 열매 같았다.

처음 보는 꽃의 조화에 하진은 부토니에를 살짝 들어서 이리저리 돌려 보며 구경했다.

"신기하게 생겼다."

"그러게. 마음에 들어."

하진과 에블린은 부토니에를 다시 내려 두고는 거실에서 앉아 집으로 찾아올 헤어 디자이너를 기다렸다. 그날 거의 온종일 걸렸던 파티 준비는 거의 해가 중천에 떠서 다시 땅으로 돌아갈 때쯤 끝났다.

하진과 에블린은 마지막으로 거울 앞에 서서는 양 부모님들 앞에서 연신 포즈를 취했다. 찰칵 소리가 끊임없이 들리는 이 순간이 하진의 두 눈앞에서 별처럼 터졌다. 너 나 할 것 없이 부모님들은 앞에 서 있는 두 숙녀가 된 아이들에게 끊임없는 칭찬을 늘어놓았다.

"정말, 이제 성인이구나!"

"다 컸어! 정말."

"너무 이쁘다 에블린!"

"크리스틴! 옆으로 같이 서 보렴!"

네 명의 어른들 앞에서 앉았다가 섰다가, 때로는 걸었다가 했던 에블린과 하진은 전혀 지친 기색이 없었다. 그레이엄과 앨리스는 현관 앞으로 나가려 하는 하진의 볼을 붙잡고는 각자 키스를 날렸다. 마치 깨질 것 같은 도자기를 다루듯 조심스러운 부모님을 보고는 하진은 도리어 팔을 넓게 펼쳐 두 분의 어깨를 끌어안았다.

"다녀올게요! 많이 늦을 것 같아요…….'

"집에만 들어와. 무슨 일 있으면 꼭 연락하고."

"그럼요, 걱정하지 마세요!"

하진과 에블린은 구두 때문에 불편한 다리를 이끌고는 현관 앞마당으로 나왔다. 여전히 자신들의 뒤에 따라 오는 미세스 피셔와 앨리스는 서로 팔짱을 끼며 한 걸음 떨어져서 두 자녀를 바라보았다.

"크리스틴, 라이언 왔어?"

"응, 아까 거의 다 왔다고 그랬어. 마이크는?"

"아, 걔네는 형제끼리 같이 올 건가 봐. 아까 올리비아 탔다고 하니까, 곧 올⋯⋯. 어? 저기 온다!"

에블린이 팔을 붕붕 하늘 위로 흔들자 하진은 그녀를 따라서 거리로 시선을 돌렸다. 멀리서 흰색 리무진이 오더니 선루프 위로 고개를 빼고 있는 짓궂은 올리비아가 보였다.

"에블린! 크리스틴! 꺄!"

"푸하하하!"

"올리비아!"

무섭지도 않은지, 거의 허리까지 상체를 차체 위로 뽑은 올리비아는 샴페인 잔을 흔들며 파티의 여왕 같은 모양새로 하진의 집 앞에 멈추어 섰다. 아마 그 밑에 매트가 그녀의 다리를 넘어지지 않게 끌어안고 있을 거라고 믿어 의심치 않았다. 올리비아는 블랙과 레드가 정확히 반을 채운 튜브 톱 드레스를 입고 있었다. 양쪽 가슴에 하나씩 블랙과 레드가 채워진 걸 보면 그 밑의 치마도 반전 드레스처럼 보일 것이다.

올리비아는 차가 멈추자 고개를 쏙 집어넣고는 문을 열고 튀어나왔다. 풍성한 드레스를 양손에 그러모은 채였다. 그녀의 구두는 반전 드레스답게 양쪽 색상이 달랐다.

"와⋯⋯. 크리스틴, 에블린. 너무 이쁘다! 완전 섹시해!"

"올리비아, 네가 더 이쁜데? 와. 잘 어울려! 꼭 파티 퀸 같아!"

"하하하, 내가 이렇게 옆에 서면 블랙, 이렇게 서면 레드! 어때!"

에블린과 하진의 앞에서 번갈아 포즈를 취하는 올리비아는 멀리서 봤을 때보다 가까이서 보니 더 화려했다. 올리비아 뒤로는 마이크와 매트가 양쪽 문을 열고는 차에서 천천히 내렸다. M&M 형제가 오랜만에 운동복 차림이 아닌 슈트를 빼입은 모습을 보자 더욱 근사했다. 한 명은 머리를 올리고, 한 명은 머리에 가르마를 잘 타서 구불구불하게 귀 뒤로 넘겼다. 올리비아는 매트와 맞춘 듯 이미 부토니에와 코사지를 매고 있어서 딱히 하진은 올리비아에게 앨리스가 준비한 부분을 말하진 않았다.

그녀가 살짝 뒤를 돌아 앨리스를 바라보니, 하진의 텔레파시라도 통한 듯 그녀도 미소를 지으며 괜찮다는 듯이 고개를 끄덕였다.

하진은 에블린에게 마이크와 함께 자세를 취하라고 하고는 작은 가방에 들어 있는 그녀의 핸드폰을 들어 사진을 찍어 주었다.

이제는 부모님뿐만 아니라 올리비아까지 합세해서 에블린 앞에서 사진을 찍으니, 그녀의 얼굴이 화악 붉어졌다. 부끄러운 듯 쭈뼛거리며 콧등을 조금씩 긁는 그녀의 옆에 나란히 ―그리고 조심스럽게― 선 마이크가 허리를 숙였다. 그녀의 키에 맞추어 에블린이 채워 주는 부토니에를 기다렸다. 마이크의 작은 단추에 꽃이 걸리자, 마당에 서 있는 모두가 휘파람을 불었다.

"좋아!"

"그대로 잠시만!"

"너무 이뻐!"

에블린은 더 견디지 못하겠는지, 적당히 하라는 듯 손을 흔들고는 차에 들어가 버렸다. 올리비아는 배를 잡고 웃더니 자신에게 문을 열어 주는 매트를 두고 하진에게 말했다.

"크리스틴! 우리 먼저 갈게. 강당에서 바로 보자! 라이언이랑 바로 오는 거지?"

"응, 곧 오나 봐. 걱정하지 말고 먼저 출발해!"

"알았어! 지니! 빨리 와!"

"응!"

하진은 손바닥을 펼치고는 빠르게 흔들어 그들의 차를 보냈다. 차에서는 환호 소리와 신나는 음악 소리가 들리더니 빠른 속도로 도로에서 미끄러져 나갔다.

"이제 시작이네요."

"그러게, 곧 라이언이 온다고 하니 우리는 먼저 갈게요. 크리스틴, 좋은 시간 보내렴."

하진은 그들을 보내고는 연이어서 에블린의 부모님도 배웅했다. 그들이 하진의 집을 떠난 지 얼마 되지도 않았을 때 가로등 뒤로 검은색 자동차가 오는 것이 보였다. 하진은 그레이엄과 앨리스와 함께 마당에 나란히 섰다. 마이크와 매트가 탔던 거와는 다르게 어른의 것과 같은 위엄과 묵직함이 느껴졌다. 앨리스와 그레이엄은 다시 하진의 뒤에 떨어져서 자동차가 서서 천천히 문이 열리는 것까지 플래시를 터뜨리며 장면을 기록하기 바빴다.

"와, 라이언 정말 멋지구나!"

"흠. 차 좋은데?"

그레이엄의 상반된 표정과 말투에 하진과 앨리스는 웃음꽃을 터뜨렸지만, 여전히 자신의 딸을 데리러 오는 라이언에게는 뻣뻣하게 굴고 있었다. 어느 순간부터 그녀가 라이언과 만나고 있다는 사실을 듣고는 그에게 엄격히 대하는 것 같았다.

앨리스는 그런 그레이엄의 팔을 살짝 쓰다듬고는 라이언을 맞이했다. 오늘따라 라이언은 영화배우같이 턱시도를 빼입었다. 그녀가 좋아하는 그의 반듯한 이마와 눈썹 아치가 햇살에 빛났다. 목깃과 나비넥타이까지 제대로 차려입은 라이언은 저도 긴장이 되는지 하진을 바라보고는 눈썹을 들썩였다. 그리고 그녀와 눈이 마주치자 씨익 웃었다. 그의 미소에 하진은 가슴이 덜컹거렸다. 잘생겨도 너무 잘생긴 사람과 만나는 것은 가끔 심장에 좋지 않은 것 같다.

"크리스틴, 너무…… 이뻐."

"풋, 너도, 배우 같아. 지금 오스카 가야 하는 것 같은데? 와……."

예상치 못한 그녀의 적나라한 감탄에 라이언은 큭큭거리며 웃고는 뒷머리를 긁적였다. 그 모습까지도 하이틴 드라마에 나오는 배우 같았다.

작년 겨울까지만 해도 그는 사람들 앞에서 셔츠도 벗고, 여러 가지 옷을 훌렁 갈아입는 모델이었는데, 우아하게 차려입은 그녀의 드레스를 보자 숫기 없는 어리숙한 아이처럼 긴장이 절로 됐다.

라이언은 앨리스와 그레이엄에게 인사를 하고는 크리스틴 앞에 마주 섰다.

두 손을 세우고는 자신의 코와 입을 가렸다. 할 말을 찾지 못해서 라이언은 계속 이쁘다는 말만 내뱉었다. 그러자 그의 모습에 앨리스는 한참을 웃음을 참지 못해서 급기야 사레까지 들렸다. 하진은 엄마의 웃음소리에 더더욱 얼굴이 붉어졌다.

"자, 자, 라이언, 하진. 거기 그 앞에 서 있을래? 사진 찍자."

"그래. 여기 마당에서 한 장만 딱!"

하진은 아까 왜 그렇게 에블린이 뛰어들듯 리무진으로 피신했는지 이해가 되었다. 앨리스와 그레이엄이 여러 포즈를 요구하다가 하진은 하마터면 늦게 출발할 뻔했다. 앨리스가 마련해 준 부토니에를 라이언의 가슴에 꽂아 주려고 하진은 라이언에게 가까이 다가갔다.

오늘 하진은 구불구불하게 엮은 머리 위에 부토니에와 어울리는 꽃 장식을 달았다. 하얀색의 왁스 꽃들이 알알이 그녀의 곱게 딴 머리에 박혀 있어 그녀의 분위기를 한껏 살려 주었다. 게다가 자신의 가슴에 달아 주는 꽃과도 충분히 어울려서 그런지 라이언은 하진이 가까이 다가오자 숨을 한껏 멈추고는 가슴을 쭉 내밀었다.

하진이 달아 준 꽃을 살짝 만지고는 라이언은 차에 들어가 자신이 준비한 코사지를 꺼냈다. 이 와중에도 그레이엄과 앨리스는 하진을 열심히 찍고 있었다.

"이거야. 지난번에 보여 준 거긴 한데, 드레스랑 맞추고 싶었어."

"와……."

라이언이 준비한 꽃은 앨리스가 준비한 부토니에와 비슷했다. 하얀색 리본에 작은 라눙쿨루스가 있었다. 하진이 손을 들자 라이언이 고개를 숙이더니 곱게 그녀의 손목 위로 매어 주었다. 하진은 팔목을 돌리면서 꽃을 구경했다. 꽃과 열매 사이로 작은 종이가 걸려 있었다. 꽃 사이에 숨어서 잘 보이지 않았는데, 하진은 조심스럽게 꽃을 들어 종이를 보았다.

「Always with Ryan.」

풋. 하진은 팔에 걸린 짧은 글귀를 보니 라이언의 투정 어린 소리가 절로 들려오는 것 같았다.

"이게 뭐야."

"왜, 맞잖아. 아니야?"

"풋."

하진은 농담같이 한숨을 내고는 고개를 절레절레 흔들었다. 그러고는 코웃음을 내다가 입을 꾹 다물고 웃음을 참았다. 오늘따라 하진은 기분이 좋아 라이언의 장난도 모두 받아 줄 수 있을 것 같았다.

"가자, 이제. 애들은 출발했지?"

"응. 알았어. 엄마! 아빠! 다녀올게요. 친구들이랑 애프터 파티 갈 거라서 늦을 거예요!"

"그래, 잘 다녀오고. 무슨 일 있으면 전화하는 거 잊지 말고!"

하진은 자신을 바라보며 흐뭇한 미소를 짓고 있는 부모님께 다음에 보자고 한 번 더 인사를 건네며, 라이언이 열어 주는 차에 몸을 넣었다. 이제 강당으로 가서 적당히 선생님들의 지도하에 형식적인 행사를 보내다가 체육관에 마련해 둔 파티 장소로 가면 되었다.

하진은 자신의 드레스를 조심스럽게 넣어 주고 문을 닫는 라이언을 보고는 슬며시 웃었다. 부모님께 인사하고 들어오는 라이언을 기다리는 자신의 모습이 마치 결혼식 날 끝나고 신혼여행을 떠나는 예비 신부 같았다.

공교롭게도 같은 생각을 하고 있던 앨리스와 그레이엄은 차가 출발하자 조용히 말을 이었다.

"나중에 하진이 결혼하면 이거보다 슬프겠지? 그레이엄?"

"난, 울 것 같아. 지금도 먹먹한데, 이제는 대학생 되면 얼굴도 자주 못 볼 테니……."

"우린 들어가서 쉬어요. 이제."

도로 위에 더는 차의 잔상이 없는데도 하염없이 빈자리를 쳐다보는 그레이엄을 이끌고 앨리스는 집 안으로 돌아왔다.

○ ● ○

"라이언, 그렇게 차려입으니까 정말 신기하다. 분위기가 달라 보여."

하진은 살며시 등을 떼고는 라이언을 위아래로 살펴보았다. 예전에 그가 나온 화보를 지금 눈앞에서 생생한 라이브 광경으로 보는 것 같았다. 하진이 눈을 빛내며 자신을 바라보자 라이언은 피식 웃고는 한쪽 이마를 검지로 비볐다. 간혹 그가 민망할 때 나오는 손버릇이었다.

"그럼, 잘 봐 둬."

"참 나."

장난스럽지만 거만한 말투에 하진은 작게 콧방귀를 뀌며 핸드폰을 꺼내었다. 라이언과는 한 번도 둘이서만 찍어 본 적이 없지만, 오늘은 날도 날이니만큼, 추억으로 남기고 싶었다.

"한 장만 찍을까?"

"많이 찍자."

하진은 살짝 라이언에게 어깨를 기대어 화면에 포즈를 취하고는 사진을 한장 찍었다. 사진을 좀 더 제대로 보기 위해서 고개를 살짝 숙이자, 그제야 그녀의 등이 원한다는 사실을 라이언은 깨달았다.

아까부터 마당에서는 그녀의 드레스 모습에 감탄하느라 그녀의 등까지 볼생각이 없었는데, 차에 타고 나서야 이제야 그녀의 드레스가 하나씩 시선에 잡히듯이 들어왔다.

그녀의 봉긋한 가슴이 다른 드레스보다는 위로 가려져 있어, 두 어깨가 나와도 괜찮았는데 등까지 뚫려 있을 줄은 몰랐다. 게다라 그녀의 머리가 반 정도는 구불구불하게 내려와 등이 가려져 있어서 더 못 봤던 것 같다.

"크리스틴, 원래…… 등이 이랬어?"

"어? 등? 아, 하하. 에블린이…… 이렇게 했더라고."

"……."

라이언은 차마 그녀의 등에 손을 올리지도 못하고, 한참을 뚫어져라, 그녀의 등을 쳐다보다가 급기야 그녀의 어깨 앞으로 쏟아진 머리를 계속 뒤로 넘겨 주었다.

하진은 에블린과 올리비아랑 문자로 서로 실황 중계를 하느라 자신의 턱 밑으로 라이언의 큰 손이 계속 머리를 넘겨 주어도 그냥 그러려니 하고 있었다. 라이언은 마음에 안 든다는 듯이 미간을 모으더니 자신의 재킷을 벗어서 그녀의 등에 걸쳐 주었다.

그제야 따스한 기운과 천의 감촉 때문에 고개를 든 하진이 라이언을 쳐다보았다.

"응? 왜? 나 안 추워."

"아냐, 추울 거야. 그냥 입어."

"어차피 파티장에서는 못 입어."

"왜 못 입어? 입을 수 있어. 그리고 너무 이뻐서 안 돼. 조금만 가리자."

이제야 자신의 속마음을 툭 꺼내 놓은 라이언의 말에 하진은 누가 자신의 등을 찌른 것처럼 당황했다.

"아, 라이언. 아냐 그 정도는. 네가 아까 올리비아를 못 봐서 그래. 내가 보기엔 오늘 올리비아가 프롬 퀸이야, 아니면 베스트 드레서야."

"내게 퀸은 너야."

"으, 라이언. 그만……. 나 귀 아파."

하진은 누가 들으면 너무 창피했을 라이언의 느끼한 말에 자신의 두 손으로 귀를 감쌌다. 라이언은 가끔 자신이 소화하기에 너무 힘든 적나라한 말을 하곤 해서 부끄러움과 창피함은 항상 하진의 몫이었다.

"괜찮아, 이 정도는 진짜 아무것도 아니야. 에블린은 나보다 더해!"

"걔네는 그러라고 하고, 진짜 하진 너무…… 안 돼. 그럼 나랑 오늘 둘이서만 프롬 하러 가자. 어차피 이따가 애들이랑 애프터 파티 할 때 만나도 되잖아."

"라이언, 말이 되는 소릴 해. 지금 애들 벌써 학교에 다 도착했어."

"다 파트너 있잖아. 그냥 둘이 있으면 안 돼?"

"아, 라이언."

하진은 라이언의 턱시도 재킷을 가지고 이 넓은 차 안에서 좁게 앉은 상태로 옥신각신하기에 힘이 부쳤다. 리무진도 넓은데, 라이언은 기어이 자신의 옆에 앉아 그녀의 드레스를 만지작거리더니 재킷을 계속 입혀 주려고 그녀에게 힘을 써 댔다.

자신보다 덩치와 키까지 큰 라이언의 힘에 이기지 못한 하진은 머리나 코사지가 흔들릴까 봐 그가 하는 대로 그냥 가만히 있게 되어 버렸다.

라이언은 자신의 재킷이 그녀의 어깨에서 걸쳐지자, 잘됐다는 듯이 그녀의 맞은편에 앉고는 샴페인을 건넸다.

"자, 무알코올이야. 걱정 마."

"……."

"크리스틴, 그렇게 마시다가…… 목 아플…… 텐데."

"캑…… 으앗!"

잔을 받아 들고는 한입에 꿀꺽 삼켰던 하진은 자신의 목에서 느껴지는 아찔한 탄산감 때문에 콜록거리며 기침했다. 천천히 그녀의 등을 쓸어 준 라이언은 그녀에게 물을 건넸지만, 하진은 손을 들어 거절했다.

"다 와 가지 않아?"

"글쎄."

"지금 어디지?"

대략 이 시간 정도면 학교에 도착했어야 할 리무진은 좀처럼 멈출 기색이 없이, 도로를 꽤 빠르게 달리고 있었다. 하진은 이상한 느낌에 라이언을 쳐다봤지만, 그녀의 시선을 받지 못하고 창문으로 고개를 돌리는 그의 태도에 하진은 눈을 가늘게 떴다.

창문을 내리자, 학교와는 반대 방향으로 가는 표지판이 그녀의 머리 위로 휙 지나갔다.

"라이언! 어디 가는 건데!"

"그냥, 몇 바퀴 돌다가 갈 거야. 원래 일찍 가 봐야 뻘쭘하기만 하지."

"애들 벌써 학교야!"

"지금 가서 뭐 해. 위원회가 돌리는 펀치나 나르고 있을걸? 아니면 분위기도 안 사는데 굳이 무대를 채워야 하거나. 파티는 흥이 올랐을 때 들어가는 게 나아. It'd be much better, Christine. Trust me."

"……하지만……. 에블린이랑 올리비아한테 다 와 간다고 했는데……."

"진. 나랑 조금만 놀다 들어가자. 응?"

라이언은 씨익 웃으며 샴페인 잔을 빙글빙글 돌리더니 긴 다리를 꼬아 좌석에 몸을 기댔다. 오늘따라 라이언의 분위기와 외모에 하진은 약해지는 자신의 마음을 다잡으려 했지만, 생각해 보니 이대로 둘이서 조금 더 놀다 들어가도 좋을 것 같았다. 어차피 의미 없는 수다나 인사에 치이게 될 것 같아 적당히 분위기가 무르익었을 때가 덜 부담스러울 것 같았다. 게다가 이른 시간부터 괜히 케이티를 마주하지 않아도 되었다. 매들린이 제발 그녀 옆에 계속 붙어 있길 바랐다. 방심하다가 오늘 또 케이티의 발에 넘어지는 불상사는 절대 겪고 싶지 않았다.

하진은 입을 조금 삐죽이더니, 알겠다는 듯이 고개를 두어 번 천천히 끄덕였다.

"하…… 알았어."

그러고는 라이언이 하는 것처럼, 자신도 두 다리를 꼬아서 좌석 시트에 편안히 기대고는 창문을 활짝 열었다. 아침과는 다르게 이제는 뉘엿뉘엿 해가 질 것 같은 광경에 그녀의 시선이 사로잡혔다. 마치 불타오르는 것 같은 석양이 땅까지 불을 번지게 하는 것 같았다.

하진은 옆으로 트인 드레스가 허벅지까지 드러난 줄 모르고 구두를 까닥이며 창문에 머리를 기댔다. 무척 나른해 보이면서도 세상사에 초연한 모습을 보이는 그녀는 마치 완숙한 아름다움을 자아내는 것 같았다. 그녀의 두 눈에 담긴 상념이 넘실거려 함부로 가까이 다가갈 수 없는, 보이지 않는 경계를 만드는 것 같다.

그런 그녀를 그윽한 눈빛으로 바라보던 라이언은 자연히 좌석 근처에서 뽀얀 빛을 내는 그녀의 다리에 두 시선이 꽂혔다. 놀란 그는 그녀에게 몸을 숙이며 외쳤다.

"크리스틴!"

"응? 아, 잠시만. 내가 할게."

하진은 라이언이 자신의 드레스를 잡아서 다리를 감추려 하자, 멋쩍은 듯이 그녀가 직접 치마를 감았다. 에블린의 드레스는 다 좋지만, 순간 방심하면 등이고 다리고 적나라하게 보이게 돼서 사실 살짝 추웠다. 어깨에는 라이언의 재킷을 걸치고 있어 순간 치마를 입었다는 사실을 잊고 있었다.

갑작스레 라이언에게 다리를 보여 주게 된 꼴이 되자, 하진의 눈가가 붉어졌다. 당황하며 그녀가 치마를 감추자, 라이언은 나비넥타이를 한 손으로 풀고는 갑자기 창문을 확 내렸다.

왜 그런지 모르겠으나, 말없이 거리를 바라보는 라이언의 모습에 하진도 긴장이 되었다. 그때, 침묵을 가르며 라이언이 말했다.

"이제 이거 끝나면 다음 달이면 보스턴이겠네."

"그러게. 바로 갈 거야?"

"크리스틴. 같이 가야지. 혼자 먼저 가면 안 돼. 무조건. 나 길치야."

얼토당토않은 그의 농담에 하진은 크게 웃음을 내뿜었다.

"푸핫. 거짓말도 정도껏 해야지. 네가 길치면 난 댄서야."

"오. 댄서. 오늘 한번 보는 건가?"

"그만큼 네 말이 거짓이라는 거지. 아무튼, 날을 같이 잡든가 그건 나중에 다시 얘기하자. 입학식이나, 기숙사 배정이라든가."

"그래, 같은 건물이면 좋겠다."

"응, 너무 많아서 어디로 될지 모르겠더라."

하버드는 1학년 기숙사 건물이 많아서 처음에는 신입생들끼리 같은 건물에 많이 모이기도 하지만, 재수가 없으면 라이언과는 끝과 끝이 될 수가 있었다. 같은 건물이면 서로 의지할 수 있기도 하고 더 자주 볼 수 있다. 하진은 라이언과 계속 샴페인을 조금씩 들이켜며 앞으로 있을 대학 생활에 대해 얘기를 나눴다.

자연스레 그녀의 옆에 다시 앉은 라이언은 그녀의 머리와 이마를 쓰다듬는 등 애정 표현이 끊이지 않아서 하진을 당황케 했지만, 그의 관심이 예전만큼 부담스럽지 않았다.

코사지에 작게 걸려 있는 글귀를 하진은 몇 번씩 시선을 내려 슬며시 바라보았다. 이걸 보니 라이언과 함께라면 대학 생활이 더는 두렵지 않을 것 같았다.

○ ● ○

빅토리아의 다운타운을 몇 바퀴를 돌면서 라이언과 도란도란 얘기를 나누다가 하진은 프롬 파티가 시작하고도 몇 시간이나 지나서 학교에 도착했다. 이제 사위가 어둑해지자, 체육관 앞에는 올리비아가 세운 조명이 하늘을 쏘아 대고 있었다. 밤에 보니 마치 클럽처럼 화려했다.

"너무 잘 만들었는데?"

"거봐. 밤에 오니까 훨씬 낫지? 바로 왔으면 그냥 체육관이라고."

"하, 그건 맞네. 정말."

생각해 보니 모델 활동을 하며 여기저기 파티를 다녀 본 라이언의 말을 듣는 게 맞는 말이라는 광경이 펼쳐졌다. 애들이 몰래 술을 마신 건지, 덤불 근처에서 비틀대며 걷는 몇몇 남자 아이들이 보였다. 그 옆에는 그들의 파트너인지 여자애들이 몰려서 서로 깔깔거리며 웃음과 플래시를 터뜨리고 있었다.

그들 앞으로 자연스럽게 차에서 내렸던 하진은 라이언이 에스코트해 주는 대로 조심스럽게 드레스를 잡고는 걸었다. 준비 위원회를 도와주러 온 1, 2학년 아이들이 체육관 앞에서 그들에게 ―정확히는 라이언의 손목에― 팔찌를 걸어 주려고, 서로 다투었다. 두 눈빛이 불타오르는 그녀들을 어떻게든 이겨 낸 한 여학생이 떨리는 손으로 라이언의 손목에 걸어 주려 할 때, 라이언이 스르륵 리본을 뺏어 들었다. 그러고는 하진의 리본까지 탁자에서 잡아 올리고는 그녀의 남은 손목에 예쁘게 리본으로 묶어 주었다.

그가 고개를 숙여 하진의 손에 리본을 묶자, 테이블 뒤에 나란히 줄지어 서 있던 소녀들은 두 주먹을 얼굴 앞으로 흔들며 어찌할 바를 모르겠다는 듯 소란을 피웠다. 그들의 귀여운 모양새에 하진은 피식 웃었다. 라이언이 갑자기 연예계에 진출하면 이 정도는 일도 아닐 것 같았다. 이 생각을 하자마자 하진은 그가 영화를 좋아하지만 배우는 전혀 생각이 없다고 말한 기억이 떠올랐다.

"자, 크리스틴. 나도 해 줘."

"……."

그의 말이 끝나기가 무섭게 옆에서 파닥거리며 수선스러운 아이들의 말소리가 들렸다.

"꺄악!"

"나도 해 달래!"

"아……. 내가 해 주고 싶어."

가까운 곳에서 들리는 목소리들을 무시하기도 힘든 하진이었는데, 라이언은 들리지도 않는 것처럼 하진의 앞에서 한쪽 소매의 커프스를 풀었다. 날렵하고 탄탄한 그의 손목이 보이자, 하진은 저도 모르게 침을 꿀꺽 삼켰다.

왼쪽에 서 있는 어린 들러리들 때문인지, 아니면 서로 드레스와 슈트를 차려 입었기 때문인지. 자신의 한쪽 뺨을 뚫을 듯 쳐다보는 주변 시선들을 어떻게든 견디며, 조심스럽게 그의 팔목에 리본을 묶었다.

"아, 이 리본 끝에 번호 있어요, 선배님. 이거 나중에 파티 마지막에 게임할 때 쓰인다고 꼭 가지고 있으래요!"

"게임?"

라이언은 눈썹을 찡그리며 그들에게 물었다. 그의 시선을 정면으로 받은 한 학생은 수줍게 고개를 끄덕이며 말했다.

"네. 아마 상품? 뭐, 그런 거였어요."

"상품? 어떤 거?"

"저희도 잘……. 올리비아 선배님이 비밀이라고 해서, 여기까지예요."

"그래? 고마워. 가자, 크리스틴."

라이언은 그녀의 등에 손을 올리고는 ―그가 어떻게든 그녀의 뒷머리를 고정할 수 없냐고 재차 물었지만, 별다른 방도가 하진에게 있을 리가 없었다― 그들이 지난밤 열심히 새웠던 홀로 들어갔다.

위에는 천이 바람에 흩날리고 있어 천장이 높아졌다가 낮아졌다 하는 광경이 꽤 근사했다. 그리고 그 밑에서는 이미 학생들이 모두 취한 듯 너 나 할 것 없이 열심히 춤을 추고 있었다. 파티는 광란의 밤을 예고한 그대로를 보여 주며 순조롭게 진행되고 있었다. 게이트로 들어가자 넓은 댄스 룸이 나왔는데, 화려한 네온 조명 때문에 아이들의 얼굴이 드문드문 보였다.

꽤 시끄러운 클럽 음악에 하진은 라이언에게 고개를 돌려 소리쳤다.

"라이언! 에블린부터 찾자!"

라이언은 그녀의 손을 잡고는 드레스가 다른 사람들에게 잡히지 않게 멀찍이 사람들을 비껴가며 에블린이 있는 곳으로 향했다. 에블린은 여러 번 춤을 춘 상태였는지 그녀의 이마와 화장은 땀으로 반짝이고 있었다.

"크리스틴! 왜 이제 와!"

"에블린! 미안. 라이언이랑 얘기 좀 하다가 늦었어."

"흐……. 얘기만 한 거야?"

"에블린!"

짓궂은 에블린의 표정에 하진은 놀라며 그녀의 입을 막으려 했지만, 이미 라이언도 옆에서 들어 버렸다. 그는 에블린에게 잘 말했다는 듯이 고개를 끄덕였다. 그 모습조차 하진은 당황스러워서 자신의 이마를 붙잡는 수밖에 없었다.

바 테이블을 잡고는 에블린과 마이크 옆에 나란히 서자, 하진은 주변을 쭉 둘러보았다. 오늘따라 아이들은 '블랙 앤 화이트'에 걸맞게 드레스 곳곳에 흰색과 블랙을 매치했다. 하진과 에블린처럼 아예 블랙 드레스를 입은 아이들도 더러 있었고, 올리비아처럼 색을 섞어서 입은 아이들이 대부분이었다. 아마 자신들이 좋아하는 색상에 코사지나 머리핀으로 드레스 코드를 맞춘 듯했다.

하진은 못 느꼈지만, 등 뒤에서 그들을 계속 구경하고 관찰하는 많은 커플이 있었다. 그들을 기다렸다는 듯이 말이다. 둘이 움직이거나 시선을 돌릴 때마다 주위의 친구들도 따라 했다.

라이언은 오늘 하루 내내 하진과 함께 즐기려 했지만, 그녀의 드레스를 보고는 자발적인 보디가드를 하기로 마음을 먹었다.

천장에 연결된 클럽 조명이 그녀를 비추다 지나가면, 그녀의 등과 다리가 달처럼 환했다. 어떻게든 자신의 재킷을 걸쳐 보려 했지만, 그랬다가는 더 눈에 띄는 행동이 될 것 같아 하진에게 입히지 못하고 자신이 도로 입었다. 그녀가 거절한 것도 이유였다.

"에블린, 얼마나 췄어?"

"나 진짜 한 열 번은 나갔다 온 것 같아. 왜 이제 왔어! 저 자식, 파티 엄청 다니더니 어떻게 귀신같이 타이밍은 알아 가지고는."

"타이밍?"

"응, 앞에 굉장히 지루했어. 애들도 이제 막 들어온 지 한 30분 됐으려나?"

"그······래?"

하진은 역시나 라이언의 말이 맞았다는 생각에 그를 쳐다보았다. 라이언은 하진의 시선에 만족스럽다는 듯이 입을 늘이며 웃었다. 바에 한쪽 팔꿈치를 기대어 비스듬히 선 그는 하진을 가드하는 것 같았다.

"너희도 추고 와. 아마 지금 디제잉 다음에 발라드 나올 거야."

"그래?"

하진은 무대 중앙에서 허리와 엉덩이를 열심히 돌리며 적나라한 춤을 추는 학생들 틈에 낄 자신이 도저히 없었다. 그리고 오늘은 꼭 춤을 추지 않아도 이 분위기를 만끽하다가 애프터 파티를 에블린과 올리비아랑 즐기고 싶었다. 그거면 오늘 하루는 그녀에게 충분했다.

몇 분이 흐르고 나서야 조용한 음악으로 마치 쉬어 가는 타임이 생기자, 라이언은 테이블에서 몸을 뗐다.

"가자, 크리스틴. 한 번은 춰야지."

그녀에게 한 손을 건네는 라이언은 마치 밤을 즐길 준비가 된 듯하다. 그녀는 쭈뼛거리며 주위를 살펴보다가 조심스럽게 그의 손에 손을 올렸다.

"지금? 으……. 라이언, 나 정말 못 춰. 네 발 오늘 구멍 날 거야."

"딱 한 번만 추자."

라이언의 말에 하진은 프롬인데, 한 번은 추는 게 맞겠다 싶어서 그의 손을 잡고는 천천히 걸어 나갔다. 그녀와 라이언이 나가자, 사방에서 커플들이 한둘씩 나오더니 이내 무대를 다시 꽉 채웠다.

라이언은 하진의 얇은 허리 옆으로 손을 넣어서 자연스럽게 그녀의 등에 올렸다. 하진보다는 자신이 키가 크기 때문에 자세를 맞추려면 그녀를 좀 더 제 몸 쪽으로 바짝 가까이 대는 수밖에 없었다.

어설프게 팔을 올리고 있는 하진은 자신의 가슴이 라이언의 몸에 닿자 움찔거렸다. 이마 위에서 천장의 바람이 살며시 내려왔다. 정신이 번쩍 든 그는 이내 재밌다는 듯이 그녀를 내려다보았다.

"라이언…… 짧게만 하자. 제발."

"왜? 곡 하나는 끝내야지."

"그래도 나 잘 못 움직이겠어."

하진은 계속 자신의 드레스를 보면서 라이언의 발을 최대한 밟지 않으려 고개를 숙였다. 그런 그녀의 정수리를 빤히 바라보다가 라이언은 그녀를 좀 더 바짝 가까이 안았다. 이제 그와 그녀의 몸이 빈틈없이 맞닿았다.

"걱정 마. 이거 어차피 그냥 서서 흔들거리다가 끝나. 옆에 봐 봐."

그제야 하진은 옆 커플들을 보자, 여자가 더욱 끈적이게 두 팔을 남자의 목에 걸치며 한껏 기대어 서서 껴안고 있는 장면을 보았다. 자신은 그렇게 할 자신이 없어, 그나마 라이언의 손을 잡고 어정쩡하게 서 있는 게 낫겠다 싶었다.

"그래도, 안 밟아야 하는데."

"크리스틴, 일단 즐겨. 나 봐. 내가 이끄는 대로 그냥 몸을 맡기면 돼."

라이언은 그러더니 씨익 웃고는 하진을 끌어안고는 이리저리 걸어 다녔다. 거의 옷걸이에 옷이 걸린 것처럼 하진은 어정쩡하게 다리를 움직였지만, 라이언은 그런 그녀도 재밌다는 듯이 하진을 끌어안고는 바닥에서 붕 띄웠다가 내리는 등 자신이 하고픈 동작들을 모두 소화했다. 라이언이 그녀를 안고는 한 바퀴 돌 때마다 그녀의 치마가 달 항아리처럼 펴졌다가 모였다. 그런 그들을 보고는 나머지 커플들도 똑같이 돌리는 장면을 안타깝게도 하진은 보지 못했다.

그렇게 프롬 파티는 서서히 마무리에 치달았다. 어느 정도 파티에 참석한 아이들의 분위기가 한껏 무르익었다가 식자, 단상에 올라선 올리비아가 마이크를 잡았다.

"아. 아. 자! 여러분! 오늘 시니어 프롬 나잇에 오신 걸 정말 환영합니다. 다들 팔에 리본 묶으셨죠? 투표도 하고요?"

"예스!"

"그렇지!"

"네!"

"빨리하자고!"

주위에서 큰 함성이 일제히 터져 나오자 하진은 라이언과 자신 모두 프롬 킹과 퀸을 뽑는 투표를 하지 않았다는 것을 깨달았다. 아마 너무 늦게 참석해서 기회가 없었던 것 같았다.

"자, 자, 그러면 오늘의 프롬 킹과 퀸을 뽑겠습니다! 호명된 친구들은 앞에 나와서 멋진 소감을 선보여 주면 되겠어요! 자, 다 같이 발과 손을 굴러 주세요! 드럼!"

"예에!"

"와!"

"휘익!"

입으로 휘파람을 열심히 부는 아이들과 손을 맞부딪치며 한껏 기대에 찬 눈빛으로 올리비아를 다 같이 쳐다보았다. 하진은 왠지 프롬 킹은 라이언이 될 것 같아 그에게 고개를 돌려 피식 웃었다. 라이언은 어깨를 으쓱하며 느긋이 서 있었다. 마치, 자신이 되든 말든 신경 쓰지 않는다는 듯이 말이다.

"자! 프롬 킹! 라이언 와이엇! 자 박수로 맞이해 주세요! 라이언! 앞으로 빨리 나와!"

"와! 라이언! 역시!"

"미스터 와이엇이네!"

"서프라이즈가 아니야!"

역시 그럴 줄 알았다는 것처럼 모든 아이들이 일제히 라이언 쪽으로 몸을 돌려 큰 원을 만들었다. 자연히 하진도 같이 스포트라이트를 받는 모양새가 되어 그녀도 몸을 돌려 라이언의 등을 밀었다. 어쩔 수 없지 않느냐며 웃으며 말이다.

"라이언, 다녀와. 어서!"

라이언은 눈썹을 찡그리며 하진의 옆에서 헤어지기 싫다는 것처럼 발을 굴히며 우뚝 서 있었다. 올리비아의 계속된 재촉에 못 이기듯 나가면서 계속 하진의 손을 잡고는 천천히 걸었다. 하진은 그의 손에서 제 손을 빼내어 그를 무대 위로 밀어 넣었다. 사실, 자신도 계속 조명 밑에 있다 보니 주위 시선이 부담스러웠던 것도 있었다. 라이언에게는 미안하지만, 하진은 살짝 빠져 있고 싶었다. 그는 마지못해 별 감정 없는 얼굴로 긴 다리를 휘적이며 무대 위로 올라갔다.

올리비아는 라이언이 자신의 옆에 오자, 마이크를 다시 가져와 크게 외쳤다.

"자! 이제 킹이 뽑혔으니, 퀸이 있어야겠죠?"

"와! 퀸!"

"케이티!"

"크리스틴!"

"리사!"

일제히 자신들이 생각하는 프롬 퀸 후보들을 아이들이 연신 호명했다. 그 속에서 자신의 이름이 들렸지만, 하진은 멀찍이 떨어져서 라이언에게 손을 흔들었다.

"크리스틴, 역시 라이언은 졸업식까지 아주 인물이야 인물. 화제의 인물. 어쩜 저렇게 조명 밑에 있는 게 자연스럽냐?"

"그러게, 긴장도 안 되나 봐."

하진과 에블린은 무대 밑에서 얼굴에 근심 하나 없이 뻔뻔스럽게 서 있는 라이언을 감상하며 말을 이었다.

"퀸이 크리스틴이어야 하는데. 난 아까 크리스틴 뽑았어."

"뭐? 왜 그랬어……. 나 정말 퀸은 아니야. 굳이 뽑자면……."

'케이티려나.'

하진은 이제야 케이티가 학교에서 나름 유명한 블링키 리더로서 아이들을 군림하고 있던 것을 깨달았다. 만약 케이티가 퀸이 된다면 아마 라이언과 뿌듯하게 왕관을 쓴 채 서 있겠지. 그리고 그녀가 퀸이 된다고 해서 하진은 자신의 기분이 상할 리는 없을 같다고 생각했다.

"두구두구두구."

올리비아는 신이 난 듯 입으로 리듬과 장난을 선보이다가, 소리를 질렀다.

"케이티! 축하합니다! 앞으로 나오시죠! 두 분의 소감을 들어 볼까요! 다들 박수를 크게 주세요!"

올리비아는 케이티의 이름을 경쾌하게 불렀지만, 그녀 특유의 비꼬는 어투가 들리자, 하진과 에블린은 큭큭 웃어 버렸다.

케이티는 오늘따라 반짝거리는 딱 달라붙는 화려한 빨간색 드레스에 엉덩이 위로 긴 검은색 리본을 달고 나왔다. 얼굴에 화려한 조명이 쏟아지자 손을 열심히 흔들고는 수줍은 듯이 라이언의 옆에 서서 꽃다발과 왕관을 건네받았다.

위원회가 준비한 마이크를 고쳐 든 라이언은 대충 고맙다는 얘기를 하고는 케이티에게 건네주려 했다.

"크리스틴……. 오 shit. 케이티를 어쩌냐. 내가 아트 스쿨 애들한테 무조건 너 찍으라고 했는데……. 저것들 표수에 딸렸나 봐."

"뭐 어때, 괜찮아. 그냥 왕관 쓰고 꽃 받고…… 그러다가 사진 찍고 끝나겠지."

"그래도 기분 나쁘지 않…… 저거 미친년 아니야!!!"

에블린의 말이 곱게 끝나기가 무섭게 하진은 무대로 시선을 돌렸다. 그녀의 욕설이 속사포처럼 쏟아져 나왔지만, 하진의 귀에 들어올 리 없었다. 마이크를 들고는 라이언의 목에 팔을 휘둘러 입술을 비비고 있는 케이티가 보였다. 고개를 한껏 꺾어 그녀의 아찔한 가슴이 그의 몸에 닿는 것까지 보였다. 하진은 발 아래 저 밑에서 암흑 속으로 누군가 그녀를 데려가는 듯한 느낌이 들었다. 조금 전까지 프롬 파티 때문에 신났던 그녀의 모든 기분이 순식간에 바닥으로 흩어졌다.

○ ● ○

화려한 조명 밑에서 라이언이 어떻게든 그녀를 떼어 내려 하는 장면이 보였다. 급기야 너무 세게 그녀를 밀쳤는지 케이티가 몇 걸음 뒤로 허덕이며 떨어졌다. 그녀는 마치 가벼운 장난이고 큰일이 아니라는 것처럼 환하게 웃었다.

"뭐 하는 거야! 씹. 너 미쳤어?"

라이언은 바닥에서부터 긁어모은 인내심으로 케이티를 때리지 않은 것만으로도 다행이라 생각했다. 왕관이고, 꽃이고 이 모든 게 역겨운 기분이 든 라이언은 케이티를 사납게 노려보았다. 주위에서 열렬히 환호하는 아이들의 함성과 휘파람이 들렸다. 중간에는 욕설도 들리는 듯했다.

라이언은 재빨리 시선을 돌리며 하진을 찾았다. 그녀가 제발 보지 않았길 바랐다.

"뭐야. 라이언. 풋. 첫 키스도 아니면서. 프롬이잖아? 겨우 이걸로? 베이비 키스도 이거보다 덜하다."

케이티는 머리를 어깨 뒤로 넘기며, 카메라 앞에서 포즈를 취했다.

"너."

라이언은 한 걸음 더 케이티에 다가가 벼락같은 화를 눈에 품고는 이를 악물며 말했다.

"내 눈에 띄지 마라. 이거 협박 아니다."

코끝으로 바짝 다가와 차가운 말들을 비수처럼 쏟아 내는 라이언의 말에 케이티는 움찔거렸지만, 어차피 그가 자신의 남자 친구가 될 수 없는 상황에서의 그의 협박은 이제는 의미 없었다. 그러나 코웃음으로 라이언을 상대했지만, 사실 케이티는 두 발목이 떨릴 만큼 긴장했다. 한 번도 자신에게 화를 낸 적이 없던 그였다. 비록 늘 친구들과 함께하는 순간들이었지만, 관심이 없어도 짝사랑만으로도 항상 충분했다. 오히려 지금과 같이 자신에게 감정을 쏟아부으며 대화한 게 처음인 게 우스웠다. 케이티는 무대에서 뛰듯이 내려가는 라이언의 뒤를 쳐다보며 쓸쓸히 웃었다. 오늘로써 그녀의 첫사랑은 끝났다.

○　●　○

에블린은 최대한 자리에서 피하는 게 좋을 것 같아 하진을 끌고 나가고 있었다.

"크리스틴. 괜찮아? 저 미친년이 내가 언제 한번 일낼 줄 알았는데. 쟤 저거 오늘만 기다린 거야! 미친! 잡으러 가야지!"

"아……."

하진은 라이언이 거칠게 욕설을 내뱉으며 성큼 무대에서 내려오는 장면을 보았다. 손에 들고 있던 꽃이고 왕관이고 다 던져 버리던 그는 불같은 화를 내고 있었다. 소매로 입술이 없어질 듯 세게 닦아 내고는 자신을 찾아서 헤매는 라이언이 보였다.

하진은 천천히 구두를 뒤로 돌려 에블린과 걸어 나왔다. 지금 바로 라이언을 마주 보고 웃어 줄 자신이 없었다.

"마이크! 나 지금 크리스틴이랑 잠시 바람 좀 쐬고 올게. 이따가 연락하자. 올리비아한테도 전해 줘."

"응, 걱정하지 말고 일단 나가 있어. 차 키 줄까? 내 차 주차장에 있거든. 뭔지 알지?"

"일단 주라. 고마워, 마이크. 우리 거기 있든가 할게."

마이크는 자신의 속주머니에서 차 키를 건네주었다. 에블린은 고맙다고 말하며 넋 놓고 걸어가는 하진의 등을 자신 쪽으로 당겨 안고는 빠르게 체육관을 빠져나왔다.

"크리스틴. 그냥 뱀에 물렸다고 생각하자. 저거 마지막 발악이야. 알잖아."

"응. 괜찮아. 그냥 답답해서. 잠시만, 밖에 나가서……."

하진은 갑자기 놀란 마음이 진정이 되지 않아 제대로 된 호흡을 할 수 없었다. 에블린과 함께 주차되어 있는 차들을 스쳐 지나가다가, 갑자기 두 사람 앞으로 빠르게 뛰어온 매들린을 보았다.

"크리스틴!"

"매들린?"

그녀는 드레스를 옆구리에 가득 그러안고는 하진과 에블린 앞으로 뛰어들었다.

"뭐야. 너 케이티 친구 아냐? 야! 너네 진짜 그렇게 쓰레기 짓 할 거야? 다 커서 뭐 하는 거야? 크리스틴이 라이언 여자 친구인 거 여기 있는 애들 뻔히 다 아는데! 저게 장난이야?"

에블린은 마치 자신의 일인 것처럼 하진을 등 뒤로 세우고는 매들린을 상대했다. 허리에 두 손을 올리며 가슴을 빳빳이 편 에블린은 매들린에게 소리쳤다.

"하, 하아……. 하, 잠, 시, 만. 내가 진짜. 하, 나도 몰랐어. 걔가 최근까지는 조용히 지냈……다고. 하!"

빠르게 뛰어왔는지 숨이 가득 차서 말을 못 잇던 매들린은 허리를 숙이며 숨을 들이마셨다가 내쉬었다. 그러다 휙 머리를 들고는 당황한 표정이 역력한 얼굴로 하진에게 말했다.

"크리스틴. 나도 이건 아니라고 생각해. 내가 대신 사과하는 거로 당연히 네 마음이 풀리지 않겠지만, 그래도 이번만큼은……. 하아……."

매들린은 계속 한숨을 가득 내쉬며 본인도 어떻게 풀어야 하는지 모르겠는 듯, 자신의 이마에 손을 올리고는 입을 닫아 버렸다. 그런 매들린을 바라보던 에블린은 더욱 그녀를 몰아세웠다.

"걔 어딨어?"

"케이티, 지금 곧 호텔에서 하는 애프터 파티 간다고 나올 거야. 하, 나도 모르겠다."

에블린은 씩씩대며 허리에 손을 올리고는 케이티를 찾았다.

마침 저 멀리 뿌듯하게 왕관을 쓰고는 꽃다발을 잔뜩 들고 나오는 케이티가 보였다. 여자 넷이서 주차장에 모이자 어느새 조용한 공간이 화려한 장소로 다시 탈바꿈했다.

케이티는 자신의 복수를 깔끔히 했다는 생각에 라이언이 밀치는 것도 속이 상하지 않았다. 단지, 하진에게 자신의 기분을 조금이라도 느낄 수 있게 했다는 사실이 더없이 좋았다. 매들린이 어디 갔는지 모르겠으나, 어차피 자신은 파트너와 함께 호텔에 갈 예정이니 주차장으로 신이 나서 빠르게 걸어오던 참이었다.

갑작스레 귀가 먹먹할 정도로 시끄럽던 파티장에서 빠져나오자 기이하게 조용한 느낌이 들었다. 꽃을 열심히 돌려 보다가 쓰레기통에 휙 버린 그녀는 갑자기 자신의 앞에 마주 선 하진과 에블린, 그리고 매들린을 보았다.

"뭐야? 너네?"

"야! 또라이야! 너 사이코패스 아니야? 너 미친 거지! 스피치 하랬지, 누가 입술 박치기를 하랬어!"

"에블린!"

"악!"

하진이 말릴 새도 없이, 에블린은 자신의 무기라도 되는 양, 손가락을 세워 케이티를 할퀼 듯이 덤벼들었다. 매들린은 당황하여 에블린의 허리를 잡고 뒤로 당겼지만, 이미 케이티의 머리를 모두 헝클어트리며 산발로 만들고 있는 에블린을 진정시키는 게 여간 쉽지 않았다.

하진도 당황하여 매들린처럼 에블린에게서 케이티를 떼어 내려 그녀의 허리를 붙잡았다가 얼떨결에 그녀의 허리에 묶여 있는 리본을 풀어 버렸다. 덩그러니 리본과 함께 떨어지자, 하진은 에블린이 케이티의 머리를 붙잡고 씨름하는 장면을 멍하니 바라보았다.

"크리스틴! 좀 말려! 뭐 해!"

급기야 매들린은 면목 없이 하진에게 도움을 청했지만, 하진도 지금 누군가의 말을 들어줄 정신이 없었다.

'대체 우리가 왜 여기서 이러고 있는 거지?'

이게 다 무슨 일인지. 그 와중에 케이티는 발을 뻗어서 에블린의 정강이에 구두코를 찍어 대고 있었다. 주차장은 그야말로 아수라장이었다.

"으악!"

"야! 너 놔라!"

"좋은 말 할 때 네가 놔! 미친 거 아니야?"

"내가 놓을 것 같아? 어!"

"둘 다 제발 놔! 케이티! 너부터 놔!"

매들린의 마지막 말이 이제야 하진의 귀에 들어왔다. 하진은 천천히 에블린과 케이티의 사이로 다시 걸어 들어갔다. 서로 정수리를 맞대며 허리를 숙이고 있어 하진이 다가오는 게 보이지 않을 거다. 케이티는 하진이 걸어오기 직전에 에블린의 드레스를 찢고 있었고, 에블린도 케이티의 드레스를 마음껏 구두로 찢어 누르고는 머리를 바닥으로 고꾸라트리고 있었다. 두 여자애가 모두 서로 벌거벗기 일보 직전이었다.

"으악!"

하진은 케이티의 날카로운 손톱에 긁혀 팔에 생채기가 나는 것도 느끼지 못한 채, 그녀의 두 손을 에블린의 머리에서 뜯어냈다. 에블린은 이제야 숨을 쉰다는 듯이 후 내뱉으며, 고개를 들고는 케이티의 머리를 더 쥐어 잡아서 바닥으로 끌어 내려 버렸다.

"야! 너도 빠져! 네가 뒤에서 잡으면 나 안 놓을 거야!"

에블린은 화가 단단히 났는지, 매들린에게도 소리를 질렀다. 매들린이 알겠다며 손을 놓자, 오히려 에블린은 더더욱 케이티의 고개를 바닥으로 내리눌렀다.

"으! 야! 미친년! 손 안 놔! 매들린! 뭐 하고 있어! 나 도와줘야지!!"

"에블린!"

하진은 이제 에블린의 손을 잡아 케이티의 머리에서 떼어 내었다. 케이티가 허리를 세우며 두 손으로 급히 머리를 정리했다. 그녀의 머리는 산발이 되다 못해 사자 갈기 같았다. 에블린은 자신의 손가락 사이사이마다 케이티의 머리카락이 많이 붙어 있다는 걸 깨닫자 뿌듯하다는 듯이 —케이티 보란 듯이— 자신의 두 손을 소리가 나도록 탈탈 털었다.

"야!!!"

케이티는 자신의 머리와 드레스가 엉망이 된 데다가, 왕관도 널브러진 것을 보자 구두 굽을 땅에 짓이기며 소리를 질러 댔다. 에블린이 어쩜 그렇게 요리조리 만졌는지, 케이티의 눈 화장이 쭉 찢어지듯 번져 있어 얼굴 꼴도 말이 아니었다.

하진은 정신이 조금 돌아오는 듯했다. 아까부터 안개가 낀 듯 머리가 뿌옜는데 케이티의 비명에 머리가 멀끔해졌다. 구름이 서서히 걷히는 것처럼.

"네가 뭔데! 네가 뭔데 날 이렇게 만들어!"

케이티는 하진이 할 말을 연신 내뱉으며 울먹거렸다. 케이티는 도저히 애프터 파티에 갈 자신이 없었다. 만약 가려면 다시 스타일리스트를 불러야 했다. 자동차 창문으로 드레스를 살피던 케이티는 자신의 치맛자락 위에 겹쳐지는 검은색 치맛자락을 보았다. 자신이 제일 싫어하는 여자애의 드레스였다.

"너! 에블린이랑! 네가 뭔데? 그렇게 싫으면 네가 퀸 되든가! 뭐 하는 짓이야! 질투도 정도껏 해야지!"

케이티는 자신의 잘못이 아니라는 것처럼, 오히려 질투는 하진이 하고 있다는 듯이 손가락으로 그녀를 가리키며 부들부들 떨었다. 에블린은 저게 정말 정신이 나간 게 아니냐는 표정으로 입을 벌리며 케이티를 쳐다보았다. 그녀의 말이 끝나자마자 매들린도 케이티를 말렸다.

"케이티, 그건 아니야. 알잖아. 사과하고 끝날 일이야!"

"내가 뭘 사과해야 하는데! 키스도 아니고 그냥 프롬 커플이랑 사진 남기는 게 무슨 대수라고 이렇게 질척대는 거야? 사과해도 라이언한테 하지, 내가 왜? 재한테?"

케이티의 말에 매들린은 일을 더 크게 키우지 말자며 다독였지만, 그녀의 말은 들리지 않는 듯했다.

그사이 하진은 저 멀리서 라이언이 여기저기 뛰어다니며 자신을 찾고 있는 게 보였다. 머리를 쓸어 올리며 당황한 듯 불안해 보였다. 그의 옆에 지금 당장 가지 못하는 하진은 이 상황을 라이언에게 군이 보여 주고 싶지 않았다. 파티 장에서 흘러나오는 음악에 묻혀서 라이언이 눈치를 채지 못한 게 다행이었다.

하진은 한 걸음 더 다가가 케이티를 마주 보며 말했다. 산발 머리에 화장이 다 번져서 마치 호러 영화의 인형 같은 모양새인 케이티에 비해 하진은 여전히 머리부터 발끝까지 반짝거렸다.

"모르겠고, 네가 오늘 한 일은 한쪽에서만 일방적으로 좋아서 한 거란 건 알아. 그게 너란 걸 나뿐만 아니고 모두가 알겠지."

"뭐라고?"

"사과 따위 필요 없어. 라이언한테 해. 받아 줄지는 모르겠지만. 생각보다 고집이 세거든. 싫어하는 건 죽어도 싫어하니."

하진은 케이티에게 덤덤한 눈빛을 보내며 눈썹을 찡긋거렸다. 별로 그녀와 상대하며 사과 따위 받는 것도 원치 않았다.

"네, 네, 네가 바보니까 모르겠지! 원래 그런 거야! 넌 이전 학교에서 그런 것도 안 했어? 뭐, 파티에 참석이나 했으면 모를까!"

"아, 그래? 관심 없는데? 그러니 가지 그래? 매들린. 데리고 가. 애프터 파티 갈 수 있을지나 모르겠네."

케이티는 이 상황에서도 뻔뻔했다. 하진은 이제는 매들린이 아깝다고 생각했다. 어떻게 하면 이런 애 옆에 저런 애가 있는 거지? 그리고 난 왜 친구를 이제야 사귄 거지? 이런 애도 친구가 있는데?

하진은 차가운 얼굴로 케이티를 말없이 쏘아보았다. 그녀의 얼굴은 얼음이 떨어져 나올 것같이 차갑고 냉정했다. 푸른 핏줄이 그녀의 볼에 바짝 섰다.

"아, 대신 사과 하나는 받아야겠어. 나한테 사과할 거 있지 않아?"

"내, 내가 뭘?"

"지난주, 여기서. 발 걸었잖아? 그것도 당연한 거니?"

하진은 자신의 손가락으로 주차장을 가리키며 케이티를 차갑게 쏘아보았다.

"모르겠는데? 됐고, 나 간다. 매들린 가자. 나 지금 꼴이 말이 아니야. 저 미친 것 때문에!"

"너 또 나랑 붙고 싶냐?"

에블린은 팔짱을 끼며 턱을 치켜들었다.

"하, 내가 진짜. 말을 말지. 쟤 또 저렇게 흥분하면 틱 장애 나온다고. 미들스쿨 때 유명했잖아. 틱인 척 주머니에서 칼 휘두를지 몰라."

"케이티!"

매들린은 케이티의 말에 놀란 듯 그녀를 나무랐지만, 소용없었다. 하진은 케이티의 마지막 말만 아니면 적당히 사과를 받고 오늘 친구들과 함께 애프터 파티를 즐길 예정이었지만 에블린을 모욕하는 마지막 말은 도저히 그냥 넘길 수 없었다.

케이티는 더 멀리 가지 못했다. 뒤를 돌아 자신의 차에 가려던 케이티의 뒷머리를 하진이 낚아챘기 때문이다.

"꺄! 야! 너 뭐야! 안 놔? 진짜 미친 것들이 오늘 쌍으로 이럴 거야?"

"너."

하진은 케이티의 머리를 제 쪽으로 당겨서 차로 밀어 버렸다. 휘청이며 자동차에 어깨를 부딪힌 케이티는 바짝 다가오는 하진 때문에 고개를 옆으로 치켜들었다.

"야, 너 이거 폭력이야. 알아? 네가 이러면, 어? 하버드 갈 수 있을 것 같아? 네가 먼저 쳤다?"

"내가 뭘? 아…… 방금 내가 네 머리 잡은 거?"

"그, 그래! 내가 너 내일 교장한테 가서 다 이를 거야!"

"뭐로 이르려고?"

하진은 비웃으며 케이티를 노려보았다. 자신은 건드려도 에블린을 건드리면 안 되는 거였다. 그녀의 상처를 후비는 비열한 짓은 용납할 수 없었다.

"네가 한 학생의 명예를 훼손하고, 모욕적인 발언을 했다는 거? 너야말로 내가 행정실에 레터 써 줄까? 누구 말을 믿어 줄까? 조용히 학교 다니고 있어서 선생님들의 신뢰가 있는 나? 아니면 고작 화려하게 겉모습만 꾸밀 줄 알지, 본인만 생각하며 이기적인 데다가 언어폭력을 일삼는 재수 없는 너를 믿어 줄까?"

하진은 턱을 치켜들며 그녀를 압박하듯 밀착했다. 하진에게서 멀어지려 케이티가 차에 바짝 가까이 붙어 서자, 그녀는 케이티가 옆으로 빠져나갈 수 없게 팔을 뻗어 가로막았다.

"미친! 협박인 거 누가 모, 모, 모를 줄 알아?"

"네 모습을 봐. 여기서 지금 가장 추한 게 누군지. 남자 하나 때문에 이렇게 밑바닥까지 가야 하는 건 이해 못 하겠는데 말이야. 웃기지도 않은 게…… 친구의 약점을 건드려? 넌 진짜 시궁창이야. 알아? 에블린에게 사과해. 그리고 너. 내 앞에 방지 턱 있는 거 알고도 발 걸었지? 그거 진짜면 너 문제 있어. 아주 크게. 이것도 레터에 써 줘? 학교 폭력의 주범이라고? 어? 아, 블랙박스 까 보면 네가 내 발 걸고 넘어뜨린 장면 찾는 건 일도 아니야. 저기였지? 라이언이 주로 주차하던 위치가?"

하진은 케이티에게 정확한 위치를 다시 짚어 주려 시선을 살짝 돌렸다.

"야, 야! 하, 매들린!"

급기야 매들린까지 찾는 케이티의 비겁함에 하진은 저도 모르게 입에서 실소가 터져 나왔다.

"하, 내가 못 할 것 같아?"

하진은 흥분하며 날뛰려는 케이티의 가슴을 자신의 팔꿈치로 밀쳤다. 이 정도는 아무것도 아니라는 듯이 하진은 차가운 표정으로 나직이 말했다. 그녀가 자신이 한 말은 마치 반드시 지킬 것같이 굴자, 케이티는 눈을 이리저리 굴리며 매들린을 쳐다보았다.

"그나마 네 주위에 저 친구라도 있는 게 다행인 줄 알아."

"야!!!"

케이티는 마지막 발악이라는 듯이 소리를 질렀지만, 하진은 자신의 다리로 케이티의 드레스 한쪽을 꾹 밟아서 도망가지 못하게 막아 버렸다.

몸을 비틀수록 드레스가 계속 가슴 밑으로 내려가자 케이티는 자신의 팔로 가슴을 가리고는 숨을 거칠게 내쉬었다. 그러다가 자신을 도와주는 사람이 하나도 없다는 걸 깨닫자 —매들린은 고개를 저으며 연신 케이티에게 빨리 사과하고 나오자고 설득하고 있었다— 눈에 눈물이 가득 고였다. 누구도 자신을 이렇게 취급하는 사람이 없었다.

자신은 그냥 라이언을 좋아한 죄밖에 없다고 생각했다. 비록 에블린에게 한 말은 진심이 아니었지만, 사과하는 건 죽기보다 싫었다. 하지만 하진의 기색에 눌려 더는 오도 가도 못 하자 한숨을 내쉬었다.

"미안. 에블린. 됐지?"

케이티는 빠르게 사과를 하고는 다시 가겠다는 듯이 드레스를 하진의 발밑에서 꺼내려 버둥댔지만, 하진은 그녀의 날씬한 다리를 더 뻗어서 케이티의 드레스를 인정사정없이 꾹 밟았다.

"정확히 해야지. 다신 그런 말 안 하겠다고, 오늘 이후로 우리는 두 번 다시 볼 일 없다고. 자, 다시 말해."

"하, 씨. 진짜 더러워서."

케이티는 빨갛게 칠한 입술을 질근질근 씹으며 더 부풀렸다.

"그래. 에블린. 미안해. 내가 방금 말한 건 실수야. 두, 두 번 다시 보지 말자?"

어떻게든 하진의 말을 그대로 읊기에는 케이티의 마지막 자존심이 허락하지 않았다. 차라리 다시 한번 사과하는 게 훨씬 나았다. 에블린은 케이티의 사과를 받겠다는 말을 따로 하지 않은 채, 고개를 돌리며 그녀를 무시해 버렸다. 더 대꾸했다가는 오늘 다운타운 셰리프를 만날 것 같았다.

"됐지?"

"뭐가 돼? 하나 더 남았잖아. 사과해. 나한테."

"내가 뭘? 너도 파트너 아니라고 뺑치고는 라이언이랑 당당히 왔잖아? 너도 그렇게 떳떳하지 않잖아? 내가 먼저 좋아했어! 여우같이 뒤에서 라이언 다 꼬셔 놓고!"

케이티는 눈을 세모꼴로 치켜세우며 목소리를 높였다.

"맹세코 그건 라이언과 사귀기 전이야. 네가 과학실에 불러서 괴롭힌 날은 아무 사이 아니었어. 게다가 그걸 너에게 일일이 보고해야 해? 너야말로 네가 뭔데?"

"너. 말 자꾸 이상하게 한다? 그냥 말 한번 건 걸 가지고 괴롭혔다니?"

"됐고, 나한테 발 걸은 거랑, 내 남자 친구에게 얼토당토않은 이유로 입술을 비빈 거. 사과해. 그러지 않으면."

"그러지 않으면?"

"행정실이지. 나 레터 잘 써. 아주 잘. 내가 하버드 괜히 됐겠니? 넌 그거 해명하는 데 아주 긴 시간이 필요할 거야. 그리고 학생들 찾아다니며 성명서를 받아야 할 텐데……. 어쩌나? 우리한테 이제 일주일…… 남았나? 그리고 너. 애들한테 받을 수나 있겠어?"

"하……."

케이티는 그럴듯하게 협박을 하는 하진의 말을 감당할 자신이 없었다. 정말 그렇게 되었다가는 겨우겨우 합격한 대학교도 물거품이 될 것이다. 게다가 갑자기 주마등처럼 스치는 친구들에게 했던 못된 말들이 방울방울 떠올랐다. 걔네들이 하나라도 증언했다가는 자신은 이번 생엔 대학교고, 취직이고 아무것도 없을 것 같았다. 그리고 집안에서 더 이상의 지원은 해 주지 않을 것이다. 가뜩이나 고등학생 주제에 돈을 많이 쓴다며 부모님이 카드 한도를 팍 낮춰 버렸다.

"그래. 미안. 됐지? 그렇게 크게 넘어질 줄 몰랐어! 그리고……."

"그리고?"

하진은 조용히 그녀의 말이 끝나기를 기다렸다. 케이티의 눈동자에 자신이 비칠 정도로 고개를 바짝 대었다. 그녀의 입술에서 공기처럼 흩어지는 작은 글자도 놓치지 않겠다는 듯이 말이다. 주차장의 연약한 가로등 불빛에 반사된 하진의 맑은 이마와 콧대는 단단해 보였다. 그녀의 우직한 기운처럼 말이다. 그리고 눈에서는 마치 바늘이라도 나올 것처럼 뾰족했다. 하진의 검은 눈동자가 자신을 비추자 케이티는 자신에게 말하는 것 같았다.

자신이 이런 식으로 일을 벌이지만 않았어도……. 라이언을 좋아하지만 않았어도…….

케이티는 흥분이 밀려나자, 쓸쓸함만이 남았다.

"아까 라이언한테 한 건, 그냥, 장난이 반이었어. 그래, 맞아. 너한테 상처 주고 싶었어. 내가 좋아했던 남자애를 이 동네에 온 지 얼마 되지도 않은 애한테 뺏기니까 분해서…… 그래서 그랬어. 이젠 예전만큼 좋지도 않아."

"……."

하진은 영 뜨뜻미지근한 사과와 태도에 말없이 케이티를 쳐다보았다.

"크리스틴. 케이티도 사과했으니, 우리 갈게. 이 정도면 됐잖아."

뒤에 서 있던 매들린이 하진의 옆에 서서 말했다. 매들린은 하진의 팔을 살며시 붙잡았다.

케이티는 이제 매들린과 함께 빨리 이곳에서 나가 버리고 싶었다. 요즈음 제 옆에서 라이언은 그렇게 잘난 애가 아니라며 대학교 가면 더 멋진 애들 널리고 널렸다는 둥, 케이티가 안 좋은 일을 하려 할 때마다 막아 준 친구였다. 매번 하진이 보일 때마다 자신을 어떻게든 다른 쪽으로 보내려 했던 매들린의 의도를 그녀도 모르는 건 아니었다. 그럴수록 자신의 복수심만 불탔지만 말이다. 하지만, 결국 매들린이 맞았다. 이미 벌어진 일. 사람의 마음은 돌릴 수 없고, 자신은 이미 라이언에게 거절을 당했다. 매들린의 피드백은 너무 현실적이라 믿기 힘들어서 더욱 삐뚤어진 것도 있지만, 결국, 이 결과는 자신이 만들었다. 케이티는 오늘 너무 피곤해서 그냥 오랜만에 매들린과 슬립 오버를 하고 싶었다. 어디서부터 잘못됐는지 모르겠다.

"케이티. 다신 보지 말자."

하진은 마지막으로 쏘아붙이고는 그녀의 드레스 자락에서 자신의 구두를 떼었다. 그러고는 뒤를 돌아 에블린을 감싸고는 거침없이 걸어 나갔다. 미련이 없다는 걸 보여 주기 위해서라도 그녀는 자신의 발을 사정없이 짓누르고 있는 불편한 구두를 어떻게든 참아 내고는 에블린과 팔짱을 끼며 주차장을 빠져나왔다. 주차장에서는 두 사람의 또각거리는 구두 소리만이 울려 퍼졌다.

○ ● ○

"에블린, 괜찮아? 머리 많이 아프지? 왜 그랬어! 많이 아파?"

"저게 진짜 계속 거슬리게 하잖아!"

"네가 만든 드레스 어떡해······."

"괜찮아. 이 정도야 뭐."

하진은 에블린의 머리를 계속 쓰다듬으며 널브러진 그녀의 머리핀을 정리해 주었다. 그런 하진의 손을 에블린이 맞잡고는 울먹이며 말했다.

"그리고, 크······리스틴······. 고, 마워."

에블린은 하진이 자신을 위해 케이티에게 사과를 받아 내 준 것에 깊은 고마움을 느꼈다. 그동안 자신을 위해 이렇게 나서 준 친구는 없었다. 케이티가 말한 미들 스쿨 시절에는 지금보다 틱이 더 많이 발작됐기 때문이었다. 커 갈수록 뇌도 성장하기 때문에 자극을 받은 틱은 아무리 센 약을 먹어도 몸이 저절로 움직였다. 그림을 그리기 시작한 것도 최대한 차분한 환경을 만들기 위함이었다. 자신도 모르게 유화를 그리다가 손에 들린 페인팅 나이프로 옆 친구를 그어 버린 사건이 있었던 후로는 선생님들의 지도하에 늘 혼자 그림을 그렸다. 그러다 보니 자연스럽게 에블린의 주위에는 라이언 말고는 다른 친구들이 없었다. 그 일로 인하여 입에도 담기 싫은 별명과 놀림거리가 졸업까지 이어졌다.

케이티의 말에 지난 상처가 다시 들썩였지만, 이제는 하진과 올리비아가 있으니 예전처럼 아프진 않았다. 그럼에도 불구하고 자신의 앞에서 제 일인 것처럼 싸워 준 하진이 고맙고, 미안했고, 그리고······ 가슴이 울컥거렸다. 아까 케이티의 머리를 더 많이 뽑아 버리는 거였는데 너무 아쉬운 에블린이었다.

"에블린, 내가 고마워. 너무 멋진 거 아니야? 아까 케이티 머리 다 빠진 거 봤어?"

하진은 에블린의 기운이 점점 어두워지려 하자, 애써 밝은 척 화제를 돌렸다.

"큭……. 내가 진짜 한 뭉텅이 뽑았어! 잘했어? 아! 하진! 걔가 레터 협박에는 아주 힘을 못 쓰던데? 어떻게 알았어? 걔한테 그게 먹힐지?"

"아, 그……거? 걔 은근히 수업은 조용히 듣더라고. 성적은 꽤 유지하려 했나 봐."

"푸하하하 그걸 보고?"

"아니, 사실 케이틀린이 예전에 동생 얘기 했었어. 엄마 아빠한테 혼나는 건 끔찍이도 싫어한대."

"크흣. 역시! 잘했어! 우리 마이크 차에서 쉬고 있자. 내가 키 받아 왔어. 그런데 다시 주차장으로 돌아가야 해……. 그 망할 놈의 라이언은 나중에 오라고 하지 뭐. 그런데…… 지니……. 괜찮아? 지금 걔 봐도? 다음에 보자고 할까?"

"흠, 본인도 싫어하는 티가 역력했는데 뭘. 오히려 내가 괜찮으냐고 해야 하는 거 아닐까……? 나보다 더 기분이 나쁘지 않을까……?"

"푸하하. 맞어! 오히려 우리가 위로해 줘야 하는 거 아니야?"

"큭."

하진과 에블린은 벤치에 아무렇게나 앉아선 주위가 떠나가라 웃음을 터뜨렸다. 그제야 하진은 팔에 걸려 있는 작은 백이 자신을 봐 달라는 듯이 우렁차게 흔들리고 있는 걸 깨달았다. 핸드폰을 열어 보니 부재중 전화가 열다섯 통이 넘게 들어와 있었다.

"부재중 다…… 라이언이네. 그냥 이리로 오라고 할게."

딸깍거리는 소리가 들리기 무섭게 라이언의 목소리가 다급하게 터져 나왔다.

— 크리스틴! 어딨어! 미안해. 내가 전혀 원한 거 아니야! 용서해 줘……. 나도 몰랐던 상황이야. 이럴 줄 알았으면 안 올라가는 건데. 네 앞에서 그런 멍청한 짓을 하다니……. 진짜 나를 때려도 좋아. 진. 어딨어? 제발 알려 줘. 그리로 갈게…….

"라이언. 괜찮아. 나 지금 에블린이랑 밖에 나왔어. 그냥…… 바람 좀 쐬려고."

— 어, 어……디야? 학교 맞지? 허, 헉, 벌써…… 나갔어?

라이언은 숨이 급한지, 버벅거리는 목소리로 물었다. 하진은 조금 전 다시 보고 싶지 않은 장면이 눈앞에 떠올랐다가 사라지곤 했지만, 애써 고개를 저으며 잊으려 했다.

하진이 라이언과 통화를 하며 에블린을 살펴보자, 그녀의 드레스가 여기저기 찢어져 다시 파티장에 돌아가기보다는 이대로 그녀의 집에 잠시 들르는 게 더 나아 보였다.

"에블린, 우선 드레스 좀 갈아입자. 다시 돌아갈 건 아니지?"

"당연하지. 어차피 다 끝났잖아. 마이크 차 타고 가자."

"응, 라이언한테는 그렇게 얘기할게."

하진은 다시 핸드폰을 들어 라이언에게 에블린의 집에서 보자는 말을 건넸다.

— 크리스틴, 기다려!

그런데 라이언은 갑자기 제 할 말만 하고 뚝 끊어 버렸다.

"라이언? 라……이언?"

에블린은 조금 전에 옆에서 다 들리는 라이언의 애처로운 목소리에 놀라 하더니 이내 박장대소를 하고 있었다.

"큭…… 크하하하! 라이언이 지니한테는 아주 쩔쩔매는구나? Oh my god……. 아주 흥미로워! 이제 라이언 약점 다 잡혔네! 지니!"

하진이 에블린과 벤치에 앉아 핸드폰을 들어 다시 라이언에게 전화를 걸자, 근처에서 벨 소리가 가까이 들렸다. 그녀가 뒤를 돌아 주변을 살피자 긴 다리를 마치 프로펠러처럼 빠르게 엇갈리며 뛰어오는 라이언이 보였다.

"하, 하아, 크리스틴. 여기 있었……."

"……."

"……."

"……뭐야, 에블린?"

라이언은 오랫동안 뛰어왔는지 나비넥타이는 풀어 헤치고는 재킷은 손에 든 채, 이마에는 땀이 범벅이었다. 라이언은 하진만 바라보며 뛰어왔다가 옆에서 드레스와 머리가 모두 넝마가 된 채 앉아 있는 에블린을 보았다. 그나마 다행인 건 하진은 멀쩡하다는 거였다.

라이언은 답을 원하는 듯한 눈빛으로 하진과 에블린을 번갈아 보았다. 그는 자신의 손에 들린 재킷을 에블린에게 던지고는 입으라는 듯이 턱으로 가리켰다.

"무슨 일이야?"

라이언은 5분 전까지만 하더라도 자신이 먼저 무슨 일인지 물어봐야 하는 일이 생길 줄은 몰랐다. 똑같이 검은 드레스를 입고 있던 그녀들은 자매처럼 닮은 듯이 입술을 둥글게 말아 올리며 서로를 쳐다보다가 동시에 라이언을 돌아보며 말했다.

"그런 일이 있었어. 라이언."

"그런 일이 있었어."

라이언이 굳이 알 필요는 없는 일이었다. 하진과 에블린은 그렇게 말하고는 반짝거리는 가로등 밑에 앉아 허리를 들썩이며 더할 나위 없다는 듯이 웃었다.

"쿡! 푸하하!"

"하하하!"

라이언은 영문도 모른 채 그녀들 앞에 서 있다가 힘에 부쳤는지, 철퍼덕 바닥에 마주 앉아 머리를 털며 씨익 웃었다. 하진이 기분이 좋은 거면 저도 좋았다. 지옥 같던 시간이 거품처럼 공기 중으로 흩어졌다. 제 앞에서 웃는 그녀의 웃음소리가 모든 게 괜찮다는 위로의 말처럼 들렸다. 이제야 그도 긴장이 풀렸는지 구부린 다리 위에 팔을 걸쳐 턱을 괴고는 마주 웃었다.

멀리서 들리는 아이들의 시끌벅적한 말소리와 쿵쿵거리는 음악 위로 청아하고 맑은 웃음소리가 가로등 밑에서 울려 퍼졌다.

19

마이크의 차를 빌려 출발하려던 라이언은 어느새 좌석을 꽉 채워서 비집고 앉아 불평을 늘어놓는 올리비아와 마이크, 매트를 차례로 쳐다보았다. 사실 노려보았다는 게 맞았다. 심지어 올리비아의 얼굴을 보자마자 그 종이 따위 왜 읽어 댔냐며, 그냥 무시하고 다른 애한테 주지 그랬냐며, 속사포로 불만을 쏟아 내었다.

"야! 그러면 그게 투표냐? 위원회가 아주 킹, 퀸 멋대로 뽑는다고 욕먹어. 그럼, 넌 왜 올라왔어?"

올리비아는 하진을 자신의 무릎 위에 올리고는 자세를 고쳐 앉으며, 라이언의 말에 발끈했다.

"하, 그러게."

그러자 라이언은 자조적인 말투로 한숨을 푹 내쉬었다.

"풋."

"우린 개가 일낼 줄 알았어."

"맞아."

라이언이 핸들을 치며 괴로워하자 하진뿐만 아니라 모두가 라이언을 놀려대며 웃었다.

"됐고. 너네 더 있다 올 거 아니었어?"

백미러를 통해 눈짓한 라이언은 올리비아와 눈이 마주쳤다.

"뭐가 재밌다고? 이제부터 애프터지. 다 끝났으니 나머지는 위원회들 도움 좀 받지 뭐. 우리가 이렇게 세팅까지 다 했는데, 마무리까지 하라고? 와. 그건 아니지! 나도 졸업생이라고!"

"맞아!"

에블린은 조수석에 앉아 뒤를 돌아보며 올리비아와 손을 맞대면서 소리쳤다. 누구도 왜 라이언의 재킷을 에블린이 입고 있는지 질문하지 않았다. 하진은 드레스가 불편한 에블린을 위해 뒷좌석에 구겨 앉았는데, 계속 룸 미러로 자신을 확인하듯이 애타게 바라보는 라이언의 시선에 피식 웃어 버렸다. 창문을 모두 열고는 시원하게 다운타운을 내려가던 마이크의 차는 인원 초과로 코너를 돌 때마다 기우뚱거렸다.

"아! 라이언! 천천히 가!"

4인승밖에 되지 않는 차라, 올리비아의 무릎 위에 앉게 된 하진은 천장에 머리가 계속 닿자, 자세가 절로 구부정하게 굽었다. 불편함이 이루 말할 수가 없었지만 몇 분만 참으면 에블린의 집에 도착하니 조용히 앉아 있었다. 그녀가 거칠게 운전하는 라이언의 어깨를 툭툭 건드릴 때마다 라이언은 조련되는 말처럼 적당히 브레이크를 밟았지만, 그녀의 손이 떠날 때면 순식간에 더 빨리 속력을 올려 버렸다.

라이언은 하진과 에블린이 차에 타자마자 뒷좌석에 뛰어 들어온 애들 때문에 한동안 투덜거렸다.

"그렇게 앉을 거면, 마이크 네가 운전해. 이거 네 차야."

"이미 운전하고 있잖아, 라이언. 그냥 빨리 가지 그래? 매트, 대체 뭘 처먹은 거야? 왜 이렇게 무거, 윽!"

마이크는 매트와 있을 때면 조용하던 분위기를 던져 버리고 형제들만의 우애를 다질 때가 있었다. 하진은 그런 매트와 마이크를 보며 잔잔히 웃었다. 다시 왁자지껄한 분위기가 되자, 아까의 난투극 따위는 이미 머릿속에서 지워진지 오래다.

"닥쳐, 마이크. 근육이야 다. 네겐 없는 거."

마이크와 매트는 서로 무릎 위에 못 앉겠다고 외치다가 라이언이 곱게 가자
며 두 눈을 부라리자, 그제야 어쩔 수 없다는 듯이 서로 겹쳐 앉았다. 편하게
가겠다고 여자애들을, 특히 하진을 그들의 무릎 위로 올렸다가는 라이언이 차
를 가로등에 처박아 버릴 거라는 걸 모르지 않았다.

"아, 우리 옷 어떻게 갈아입지?"

"둘 옷은 내가 줄게, M&M도 라이언한테 옷 받아. 그냥 한곳에서 해결하자!"

올리비아가 답답해하며 드레스를 어떻게든 벗어야겠다고 말하자, 에블린은
자신의 옷을 빌려주겠다고 바로 말했다. 하진은 여러 번 그녀의 집에서 파자마
든 트레이닝복이든 빌려 입었기에 알겠다고 말하고는 전화로 부모님께 친구들
과 놀다 가겠다는 메시지를 남겼다.

[엄마, 저 에블린 집에서 슬립 오버 해도 돼요?]

[왜 안 되겠니. 파티는 즐거웠지? 재밌게 놀다 오렴. XO]

[그럼요! 아빠에게 전해 주세요! XOXO]

몇 마디 대화를 더 나누기도 전에, 마이크의 차가 흔들거리며 에블린의 집에
멈추어 섰다. 차가 제대로 서기도 전에 튀어 나가 버린 매트는 크게 기지개를
켜고 있었다.

"으아. 이제야 살겠네."

하진은 빠르게 나가기 위해서 올리비아의 무릎 위에서 버둥대며 차 문을 열
었다. 에블린이 만들어 준 드레스가 나름 등이 휜해서 최대한 가슴과 다리를
오므리며 나가야 했다.

"미안, 무거웠지. 잠시만 올리…… 으악! 라이언!"

하진은 갑자기 자신의 허리를 잡아서 가볍게 안아 올리는 라이언 때문에 놀
라서 두 다리를 버둥거렸다. 그녀의 얇은 허리에 따뜻한 손이 맞대어지자, 하진

은 순간 얼굴이 화끈거렸다. 그녀가 라이언의 어깨를 팡팡 내려쳤다. 하지만 아프지도 않다는 듯이 천천히 그녀를 땅에 조심스럽게 내려 준 라이언은 아직 차에서 나오지 않은 올리비아에게 말했다.

"크리스틴, 이게 더 빨라. 나와 올리비아."

"뭐야, 라이언. 어디서 연애질이야."

올리비아는 투덜거리며 자신의 좌석에서 내려, 드레스를 정리했다. 그러곤 피식 웃고는 정열적인 그녀의 성격답게, 매트에게 인사를 하며 에블린의 뒤를 따라 집 안으로 들어갔다.

"매트! 이따 옷 갈아입고 연락해! 나도 옷 좀 갈아입을게."

"어, 알았어."

매트는 고개를 끄덕이며, 신이 난 듯이 마이크의 목에 헤드록을 걸고는 제집인 것처럼 라이언의 집으로 걸어갔다. 이미 라이언의 집으로 가는 지름길을 아는지, 두 형제의 뒷모습이 숲속으로 사라져 버렸다.

이어서 이미 차에서 내리고는 집에 뛰어 들어간 에블린과 그녀를 따라 들어간 올리비아를 두고 하진은 라이언과 어색하게 마주 섰다.

"크리스틴, 잠시만 얘기하자."

라이언은 하진의 시선에 담기기 위해 두 무릎을 구부린 채, 그녀의 두 손을 잡아 마치 주인 앞에 대기하는 강아지처럼 그녀를 올려다보았다. 어정쩡하게 서 있는 그는 꼭 바람 빠진 풍선 같았다. 그래도 반짝이는 풍선 말이다.

"응?"

"......."

잡은 두 손을 흔들면서, 그녀의 말을 기다리는 라이언은 잠깐의 침묵조차 괴롭다는 듯이 눈썹을 찡그렸다. 그녀가 말없이 고개를 내려 라이언을 지긋이 바라보는 몇 초가 화살처럼 내려와 그의 어깨에 박혔다.

라이언은 그녀의 손이 자신에게서 멀어지자, 더없이 초조하다는 듯 쓸쓸한 표정을 지었다. 아무리 그녀가 제 앞에서 웃어 주었다 하더라도 상처받았을 것 같은 그녀의 마음을 라이언은 모르지 않았다.

재킷은 이미 에블린에게 줘 버린 데다가, 흰 셔츠가 갑갑해서 풀어 헤친 라이언은 두 소매까지 말아 올린 상태였다. 자유로운 영혼 같은 그를 조금만 더 마주 보고 있으면 무작정 그에게 빠져들 것 같아서 하진은 먼저 걸어 나갔다.

"······."

"봐서, 라이언."

짧게 말하고는 먼저 걸어가 버리는 하진의 등이 가로등에 환하게 빛났다. 그녀의 얇은 허리를 아슬하게 가려 주는 드레스는 그녀가 걸어가는 곳마다 따라다녔다. 라이언은 말을 잇지 못하고 멍하니 하진의 뒷모습을 바라보다가, 고개를 흔들었다.

"으······. 크리스틴!"

그녀가 걸어가는 방향으로 빠르게 일어나 쫓아간 곳은 자신의 집으로 향하는 오솔길이었다. 종종 둘이서 함께 걸었던 길로 드레스를 차려입고 먼저 가는 그녀는 꼭 다른 세상에서 도망쳐 나온 어느 집안의 귀공녀 같았다. 그녀의 뒷모습에서 뿜어져 나오는 매혹적인 아름다움에 속절없이 끌려가는 자신을 발견했다.

하진이 적당히 드레스를 잡아서 가로등 밑에 서서는 라이언을 향해 뒤를 돌아보자, 생각보다 바로 뒤에서 따라왔는지, 곧장 부딪히는 그의 가슴팍 때문에 절로 한 발 물러섰다.

"앗······."

"······."

라이언은 갑자기 돌아보는 그녀 때문에 준비했던 모든 말을 잊어버린 채, 그녀를 그저 바라보았다. 달빛이 들어찬 나무들 사이에서 하진과 라이언은 말없이 서로를 바라보다, 약속이라도 한 듯 서로에게 두 팔을 펼치고는 힘차게 그러안았다. 라이언은 그녀의 어깨에 이마를 대고는 그녀를 더 강하게 끌어안았다.

"진!"

"윽, 라······이언. 너무 세. 아파. 조, 조금만."

하진은 라이언이 자신의 머리까지 손으로 감싸 안는 통에 숨을 쉴 수가 없어 그를 조금 밀어 내려 팔을 뻗었지만, 그럴수록 그는 그녀의 두 팔까지 껴안아 자신의 품 안에 가두었다.

"미안해, 크리스틴. 내가 잘못했어. 내 실수야. 다신 그런 일 없을 거야."

급기야 라이언은 하진의 귓가에 대고는 뜨거운 김을 불어 넣으며 말했다. 따스한 온기가 아찔하게 그녀에게 전달되자 하진의 눈가가 붉어졌다. 긴장감이 발끝에서부터 올라왔다. 하진은 힘들게 한쪽 팔을 빼내어 라이언의 뒤로 손을 뻗었다.

"괜, 괜, 찮으니까, 라이언."

"싫어. 조금만 더, 이러고 있을래."

하진은 라이언의 뒷머리를 쓰다듬으며, 그의 등을 토닥여 주었다. 어린아이처럼 그녀에게 매달리는 —거의 그녀에게 몸을 맡기듯이— 라이언을 하진은 몇 분 동안 받아 주었다. 아무렇지 않다는 그녀의 말에 계속 거짓말하지 말라는 그에게 어떻게든 하진은 괜찮다고 수십 번이나 말해 주고 난 후에야 라이언은 그녀의 얼굴을 들여다보았다. 그의 멋들어진 이마는 낮에 보았던 것과는 다르게 앞머리에 가려져 있었다.

"정말? 그냥 내 마음 편하라고 하는 말 아니야?"

"라이언, 그럼 원해서 한 거야?"

"크리스틴!"

라이언은 하진의 말에 매우 놀라며 그녀의 팔을 잡아 자신의 품 안에서 떨어뜨렸다. 마치 본인이 배신당한 것처럼 상처받은 눈빛에 하진은 어이가 없었지만, 그 모습도 라이언다워서 피식 웃어 버렸다.

"풋, 아니, 그런 게……."

"그, 그럴 리가 없잖아!"

"아니, 농, 담……."

"믿어 줘!"

라이언은 급기야 나무 사이로 그의 외침이 쩌렁쩌렁하게 울려서 다시 돌아

올 때까지 크게 소리쳤다. 하진은 깜짝 놀라 두 손가락을 귀로 가져다 대어 막았다.

"으, 라이언. 너무 소리 지르지 마. 알았어, 알았다고."

"크리스틴, 절대 내가 원한 거 아니라고. 나도 싫었어. 너랑 하고 싶었다고! 우리 아직 키스도 안 했는데!"

"라이언!"

하진은 누가 들을 것 같아 주위를 빠르게 살피며 라이언의 입을 막았다. 다행스럽게도 어느 곳에서도 인영이 보이지 않아 한숨을 짧게 내뱉고는 라이언에게서 떨어지려는 찰나였다.

"크리스틴."

"……!"

라이언은 떨어지려는 하진의 손을 붙잡아 자신의 입가에 가져다 대고는 얼굴을 묻었다. 그녀의 작은 손바닥은 그의 얼굴 반도 채우지 못했다. 이 작은 손의 주인이랑은 항상 이것저것 하고 싶었는데 그때마다 상황이 여의치가 않았다. 왜 그렇게 주변에는 장애물들이 많은지 이렇게 그녀와 둘이 있게 된 것도 요즘 들어 오랜만인 것 같았다.

"보고 싶었어. 그렇게 헤어지고 나서 얼마나 뛰었는지 모르겠어. 네가 다신 안 돌아올 것 같아서 무서웠어."

"라이언, 알았다니까. 그만."

하진은 이제 더 하다가는 라이언의 말이 끝도 없을 것 같아서 단호히 잘라 냈다. 그러곤 그의 입술에 붙은 손을 떼어 내고는 라이언의 얼굴을 다시 붙잡았다. 그의 멋들어진 눈썹 밑에 자리한 밤색의 눈은 흔들리고 있었다. 하진은 그의 볼을 쓰다듬었다. 조금은 그가 진정하길 바랐다.

"정말이야. 아까 케이티도 만났고, 비록 에블린이 걔 머리를 나 대신에 다 뜯어 버렸지만."

"뭐, 머리? 그래서 저렇게 된 거였어?"

라이언은 이제 자연스럽게 하진의 허리를 잡아 그대로 품에 안았다. 조금 더 그녀의 나긋한 목소리를 듣고 싶었다.

"응. 주차장에서 다 같이 싸웠거든. 이러저러해서 아무튼 그렇게 됐어, 자세히는 묻지 마. 그냥 나도 어느…… 정도는? 케이티한테 화……풀이를 했지, 뭐. 그러니까 괜찮아."

그녀는 고개를 힘들게 옆으로 뉘었다가 다시 올리며 라이언에게 한쪽 눈을 어설프게 찌푸리며 말했다. 따지고 보면 그녀도 케이티에게 어느 정도는 분풀이를 좀 했다고 볼 수 있었다.

"네가? 화풀이를?"

라이언은 믿을 수 없다는 듯이 하진의 손에 갇힌 자신의 두 얼굴을 더 가까이 그녀 쪽으로 들이밀었다.

"그, 그런 것 같아. 마음이 좀 좋지 않은데……."

"잘했어. 뭐야, 복수해 줬어? 나 때문에?"

라이언은 갑자기 밝은 표정으로 기쁘다는 듯이 그녀에게 잡힌 얼굴에 힘을 주어 하진의 이마를 자신의 이마로 살짝 밀었다.

"응? 응?"

라이언의 눈은 환희에 가득 찼다. 엄청난 상을 받은 것처럼 두 입이 귀에 걸리더니 그녀의 허리를 살짝 들어 안았다.

"풋, 그건 이미 에블린이 다 했어. 한 뭉텅이 뽑았거든. 아마 다음 주에 걔머리에 난 구멍도 볼 수 있을지 몰라. 그러니 난 다 잊었어. 괜찮아."

"큭."

라이언은 재밌는 얘기를 들었다는 것처럼 눈을 반짝이며 웃었다. 하진은 양손으로 라이언의 얼굴을 조금씩 쓰다듬으며 미소를 지었다.

"……."

"……."

갑자기 정적이 두 사람에게 찾아오자 하진은 우물쭈물하며, 라이언의 어깨를 툭툭 치면서 말했다.

"좀, 내려 줘. 발이 안 닿아."

"싫은데."

"라이언!"

하진은 끈적이게 달라붙어서 떨어지지 않는 라이언 때문에 드레스가 계속 내려가자, 목에 걸려 있는 끈이 괜스레 떨어질 것 같아 가슴을 손으로 살짝 가렸다.

라이언은 그녀의 드레스가 생각보다 더 얇아, 품 안에서 그녀의 모든 굴곡을 느낄 수 있어 속으로는 당황했지만, 떨어지고 싶지 않아 조금 더 그녀의 향기를 코끝으로 들이마셨다.

"내, 내려 줘."

라이언은 그녀의 재촉에 조심스럽게 허리를 숙여 그녀를 내려놓았다. 하지만 여전히 그녀의 등과 허리를 감싸 안은 두 손은 떨어지질 못했다. 부드러운 살결에 녹아들고 싶은 악랄한 마음이 계속 숨어 있다가 불쑥 고개를 들었다. 못 이긴 척 라이언은 계속 그녀의 등과 팔을 쓰다듬었다. 새하얀 그녀의 팔과 어깨는 달빛에 빛나더니, 그녀가 조금씩 움직일 때마다 향기를 뿜어냈다.

"크리스틴, 하나 남았잖아."

"뭐, 뭐가 남아?"

"나도 잊게 해 줘야지."

"뭐, 뭐?"

"난 내 모든 것들이 다 네 거였으면 좋겠어. 기억까지도. 그러니, 자. 빨리."

"……."

하진은 그다음에 나올 라이언의 말을 차라리 못 들은 척하고 싶어 고개를 돌려 버렸다. 더 들었다간 그가 무엇을 말하는지 알 것 같아 라이언의 어깨를 잡고는 살짝 밀었다.

라이언은 오늘 프롬이 끝나고 하진을 집에 데려다준 후 실행하고 싶었던 것을, 지금 이 순간 용기 내어 해 보고 싶었다. 어깨를 밀며 쑥스러운 듯이 입을 오물거리는 그녀의 사랑스러운 얼굴을 보며, 라이언은 한쪽 입술을 시원스레 말아 올렸다.

"그럼 내가 한다."

"뭐, 뭐를……. 읍!"

라이언은 턱을 비스듬히 꺾었다. 그의 앞머리가 하진의 이마로 내려앉으며, 그녀의 얼굴에 그림자를 내렸다. 하진은 주변을 감싼 여름 향기가 밀려나며 라이언의 체향으로 가득 차는 신기한 느낌을 받았다. 긴장에 얼었던 온몸이 그의 포옹에 녹아내렸다.

그녀의 한쪽 볼을 잡아 세우며 다가온 라이언은 하진의 입술에 입을 맞추었다. 조심스러운 그의 모든 행동에 하진은 첫 겨울을 맞은 아기 새처럼 잘게 떨었다.

누가 알려 주지 않아도 자연스레 라이언의 등에 손을 올린 그녀는 깊게 몰아쳐 오는 라이언의 파도를 고스란히 받아 내며 버렸다. 상상했던 것보다 어른스러운 스킨십에 하진은 어쩔 줄 몰랐다. 그녀의 낮은 등허리를 큰 손으로 쓰다듬으며, 한 손으로는 머리를 고정한 채 그녀의 깊은 곳까지 들어오려 하는 라이언 때문에 하진은 자연히 까치발을 들었다. 목이 아프게 뒤로 꺾였지만, 그런 걸 신경 쓸 겨를이 없었다.

"하, 하아……. 라, 이언! 나 숨, 숨……."

"하, 어……."

"흐아."

"……됐지?"

숨이 가빠 가슴을 들썩이던 하진은 라이언을 조금 밀어 내 보려 하였지만, 단단한 그의 몸은 꿈쩍도 하지 않았다. 작은 손이 아무리 그의 어깨를 내려쳐도 라이언은 제 숨이 바닥이 날 때까지 하진을 몰아세웠다. 그녀가 잠시 숨을 들이쉴 수 있게 얼굴을 살짝 떼어 줄 뿐, 하진이 작은 숨을 다시 내뱉기도 전에, 라이언은 그녀의 얼굴을 끌어당겼다. 그의 모든 손아귀에 들어간 기분이었다.

주춤주춤 뒤로 밀려가다가 나무에 등이 따갑게 닿자, 하진은 놀라 허리를 튕겼다. 라이언은 여유롭게 ─그리고 굉장히 자연스러웠다─ 하진을 뒤로 돌려 자신의 품에 가두고는 제 등을 나무에 기댔다. 그녀의 입가에 라이언 특유의 미소가 걸리는 게 느껴졌다. 웃고 있는 걸까?

자세가 더 안정적이게 되자, 라이언은 고개를 비틀어 그녀의 작은 입술을 열었다. 본격적으로 그녀의 깊숙한 곳에 자리한 그는 하진의 허리를 잡아 올렸다. 그러곤 그녀의 두 다리를 자신의 허리에 감았다. 얼결에 그를 올라타게 된 그녀는 두 다리에서 탄탄한 라이언이 느껴졌지만 부끄러워할 기색을 느끼지도 못하고, 두 눈을 질끈 감아 라이언의 애정을 벅찬 숨과 함께 어떻게든 받아 냈다. 이제는 심장이 떨리다 못해, 이 울렁거리는 기분이 목까지 차오르는 것 같았다.

"하, 라이언! 잠, 잠시만!"

"하아……."

누구의 입에서 나오는 숨소리인지 이제는 구분 못 할 정도로 두 사람은 이제 초록의 이파리가 제법 자라난 나무 아래서 불에 탈 것 같은 정염을 뿜어 댔다. 뜨거운 밤의 손님을 식혀 주려는 듯, 산들거리는 밤바람이 그들의 주위를 감싸 안았다.

누가 그랬을까. 첫 키스는 달콤하다고. 하진은 혹여나 누가 물어 온다면, 오히려 아찔하다고 표현하는 게 맞는다고 정정해야겠다고 생각하던…… 그 짧은 시간도 라이언은 틈을 주지 않았다.

오늘따라 유달리 더 아름다웠던 밤하늘의 반짝이는 별들이 그들의 머리 위로 내려앉았다.

서로의 향기를 마음껏 들이켠 후, 어느 순간 찾아온 짧은 쉼이 그들의 주변에서 머물렀다. 하진은 너무 가까이 붙어서 민망한 자세 때문에 어떻게든 내려가려고 다리를 버둥거렸지만, 라이언은 실없이 웃으며 내려 주질 않았다. 누군가 나무 덤불 사이에서 쳐다보는 것만 같아서 하진은 마음이 편치 않았다. 가뜩이나 드레스의 옆선이 트여 있어서, 다리가 훤히 보였는데 정신을 차리고 보니 라이언이 자신의 무릎을 꽤 강하게 그러쥐고 있었기 때문이었다.

"내, 려 줘. 라이언."

"싫어."

라이언은 빙글거리며 하진을 놀렸다. 아기 다루듯이 그녀를 붕붕 띄우며 혼자만의 재미를 가졌다. 그러다가 그의 큰 손에 잡힌 곳에서부터 올라오는 낯선 느낌이 점점 번지듯이 그녀의 몸을 감싸 안자, 하진은 차가운 현실이 번뜩 느껴졌다. 커다란 나무를 지지대 삼아 비스듬히 기대서 있던 라이언의 몸에 올라탄 자신의 자세 말이다.

후다닥 내려간 하진을 라이언이 아쉽다는 듯이 쳐다보다가 하진의 얼굴을 잡아 다시 키스하려 했다. 급히 그녀는 그의 손을 붙잡고는 얼굴을 저 멀리 떼었다.

"그만. 애들 기다……리잖아. 이제 가야 해."

어두운 곳에서도 라이언의 찡그린 눈썹이 보였다.

"아무도 신경 안 써. 그냥 나랑 있자."

"라이언, 이제 곧 졸업하면 시간을 내서 만날 수밖에 없는데……?"

하진은 아직 에블린과 올리비아와 이별할 마음의 준비가 되지 않았다. 비록 졸업하자마자 바로 빅토리아를 떠나지는 않을 거지만, 그렇다고 원하는 만큼 함께 있을 수는 없었다. 에블린과 올리비아가 이미 집으로 들어간 지 꽤 시간이 지났을 것 같아 더 있다가는 변명을 하기 민망할 것 같은 부분도 한몫했다.

"우리도 시간 내서 이렇게 둘이 있는 거 오랜만이야. 크리스틴."

라이언은 그녀의 손에 잡힌 두 볼이 뭉개지도록 얼굴을 힘주어 내렸다. 어떻게든 그녀의 얼굴에 가까이 닿으려고 말이다.

"으. 그……래도, 우린 학교도 같이 가니까 기회는 많잖아……."

하진은 고개를 숙이며 기어 들어가는 목소리로 나지막이 말했다. 라이언은 그런 그녀를 내려 보다가 피식 웃으며, 가녀린 그녀의 목을 한 손으로 끌어당겼다. 그러곤 이마를 마주 대고는 그녀의 체온을 느꼈다. 뜨거운 자신과는 다르게 차가운 그녀의 이마가 느껴졌다. 라이언은 그녀의 등에 제 손을 올려 좀 더 따스하게 그녀에게 온기를 나눠 주었다.

파닥이며 달아날 줄 알았던 하진이 잠잠히 안기자 라이언은 눈을 감고는 아주 만족스러운 미소를 그렸다. 그의 미소가 하진의 손안에서도 느껴졌다.

"그래, 기회가 많으니까."

장난스러운 그의 말투에 하진은 라이언의 옆구리를 가볍게 팔꿈치로 찍었다. 과장되게 퍼덕이며 아픈 소리를 만들어 내는 라이언을 하진은 적당히 흘겨보다가 자신도 모르게 웃음이 터졌다.

"풋."

싱그러운 그녀의 웃음소리가 연이어 들리자, 라이언은 자신의 주머니에서 핸드폰을 꺼냈다. 안 그래도 파티에서 정신없이 뛰어나오느라 자신의 핸드폰에 사진 한 장 남기지 않았다는 사실을 그녀의 미소를 바라본 후에야 깨달았다. 게다가 지난번 그녀가 보내 준 사진은 오늘 그녀가 만들어 내는 아름다움의 한 조각도 담지 못했다.

"하진, 거기 서 있어. 사진 한 장만 찍을래."

"뭐? 여기서?"

하진은 당황하며 자신의 드레스를 손으로 고르게 펼쳤다. 갑작스러운 그의 사진 요청에 거절할 생각보다, 카메라를 켜고 있는 라이언에 맞추어 주변 정리를 했다.

"어. 거기 딱 서 있어."

"라이언, 그냥 같이 찍자."

"그럼 얼굴밖에 안 나와, 드레스가 이렇게 이쁜데?"

라이언은 고개를 저으며, 그녀에게서 몇 걸음 떨어져 사진 구도를 잡았다. 작은 사각 프레임에 들어오는 그녀는 오늘따라 더욱 밤의 요정 같았다.

"풋. 아냐, 그래도……. 그러면, 나무 사이에 끼우고 정면으로 같이 찍자."

하진은 손사래를 치더니, 나무를 가리키며 말했다. 대충 가지 사이에 핸드폰을 고정할 수 있을 것 같았다.

"그래? 잠시만."

라이언은 그녀가 가리킨 나뭇가지를 찾아 두리번거리다가 핸드폰을 조심스럽게 올렸다. 덩치가 큰 그가 작은 핸드폰을 가지고 용을 쓰는 모습을 보는 것도 재밌었다.

"크리스틴, 이 정도면 되겠는데?"

"그래? 나 여기 서 있으면 돼?"

하진은 주춤주춤 프레임에 얼추 맞게 들어갈 것 같은 자리를 찾아 조심스럽게 치마를 들고 뒷걸음질을 쳤다.

"어, 어……. 간다!"

"타이머? 몇 초야?"

하진은 몇 걸음 뒤에 서서는 머리를 매만지며 드레스를 정리하다가, 반사적으로 자신을 향해 뛰어오는 라이언을 받아 내기 위해 손을 뻗었다. 부닥칠 것 같이 정면으로 그녀에게 뛰어오는 그를 그보다 훨씬 작은 그녀가 받아 낼 수 있을 리가 없었다. 오히려 라이언은 하진의 허리를 잡아 그녀를 껴안아 올렸다.

"지금이야!"

"꺄! 라이언!"

찰칵― 작은 핸드폰에서 카메라 셔터 소리가 울렸다.

사진 속에는 라이언의 화사한 얼굴이 희미한 달빛에 비추어져 있었고, 그런 그의 품에 안긴 하진은 풋사과 같은 미소를 그리며 그의 어깨를 잡고 있었다. 어둠 속에서 찍었지만, 그들의 시간은 반짝거리듯 사진 속에 담겨 있었다. 언제든 이 작은 추억을 빛바래지 않게 꺼내어 볼 수 있도록 말이다.

○ ● ○

하진은 가기 싫다는 라이언을 억지로라도 집에 보내 버리고는 허둥지둥 에블린의 집에 들어가 그녀의 옷을 빌려 갈아입었다. 이미 에블린과 올리비아는 화장만 남겨 둔 채로 파티복을 무장 해제 하고 있었다. 에블린은 소파에서 빈둥거리다가 퍼뜩 고개를 들더니 물었다.

"얘들아, 우리 이제 뭐 하고 놀까? 밀튼에 캠프파이어나 하러 갈까?"

"지금 가려면 우리 먹을 것도 없고, 캠핑용품도 없는데?"

올리비아는 천장을 보며 핸드폰을 치켜들고는 열심히 손가락을 움직이며 대꾸했다.

"차고에 있는 우리 오빠 캠핑카 그대로 가져가도 돼. 아마 거기에 비상식량도 있을걸? 뭐, 어차피 다들 그렇게 많이 먹진 않을 테니……. 어때? 아니면 라이언 집에서 놀까? 걔 방에서 프로젝터로 영화 봐도 좋고. 과자만 들고 가지 뭐."

"라이언? 아, 걔 영화광이랬지?"

올리비아는 소파에 걸친 발을 까닥이며 에블린을 쳐다보았다.

"응. 집에 다 있어. 그치? 진?"

하진은 조용히 고개를 끄덕이며 에블린에게 빌린 셔츠의 단추를 여몄다.

"그래! 그것도 재밌겠다. 여섯 명이 볼 공간이 돼?"

"당연한 소릴! 와이엇 하우스라고?"

에블린은 쿡쿡거리며 웃었다. 예전에 에블린과 놀러 갔던 적이 있어 하진은 라이언의 컬렉션은 그냥 눈으로만 보았었다. 그의 방에서 놀았다기보다는 주로 라이언 집 뒤편에 있던 수영장이나, 거실에서 다 같이 텔레비전을 보며 수다 떨거나 저녁을 먹고 오고는 했었다. 괜스레 그의 집에 여자 친구로서 놀러 가는 첫날이 된다고 생각하니 얼굴이 설렘으로 물들었다.

그런 그녀를 귀엽다는 듯이 바라본 에블린은 하진에게 어서 연락해 보라며 손을 힘차게 퍼덕였다.

"그럼, 크리스틴, 네가 물어봐 봐! 애인이 물어봐야지! 라이언 여기 오지 말고, 그냥 우리가 간다고! 응?"

"응, 물어볼게. 잠시만."

하진은 핸드폰을 들어 라이언에게 전화를 걸었다. 연결음이 들리다가 곧바로 그의 다정한 목소리가 흘러나왔다.

─ 응, 진. 왜? 뭐 필요한 거 있어? 곧 가려고 하는데.

처음엔 핸드폰 너머로 매트의 목소리가 들렸는데, 라이언이 방 안에서 나온 건지 주변이 조용해졌다.

"아, 우리 너희 집에 가도 될까? 애들이 캠프파이어 말고 영화 어떠……냐고 하는데, 괜찮아?"

하진이 한마디, 한마디 내뱉을 때마다 소파에 나란히 앉아서 열심히 고개를 끄덕이는 에블린과 올리비아를 보며, 그녀는 눈웃음을 지었다. 꼭 작고 귀여운 새들처럼 둘의 모습이 귀여웠다.

○ ● ○

작은 웃음 방울을 터뜨리는 그녀의 웃음소리를 들으며 라이언은 조용히 복도에 등을 기대고는 핸드폰에 귀를 기울였다. 조용히 말을 하지 않고, 귀를 기울이면 마치 그녀가 제 옆에서 웃는 것 같았다.

"안 될 것 없지. 이리로 와. 어두우니까 조심하고, 애들에게는 내가 말해 둘게."

— 응, 알았어. 우리가 먹을 것 가져갈게.

뚝 끊겨 버린 그녀의 목소리가 못내 아쉬워 핸드폰을 길게 주시하던 라이언은 바지 주머니에 꽂아 넣고는 방에 들어갔다.

"야, 애들 여기로 영화 보러 올 거야. 준비해. 거기 옷들 좀 치워."

라이언은 서로 장난치며 한 몸으로 섞여 있는 형제에게 말했다. 한 명은 라이언의 옷이 딱 맞았고, 한 명은 바지가 좀 길었는지 적당히 걷어 올렸다. 매트는 여자애들이 이쪽으로 온다는 말에 의아하다는 듯 물었다.

"그래? 어디 안 나가고? 그러면, 우리 맥주는?"

매트의 말에 마이크는 라이언의 침대에 놓여 있던 큰 베개를 그의 얼굴 정중앙에 맞추어 던졌다. 악 소리를 내며 얼굴을 붙잡은 매트는 라이언의 말은 귓등으로 들으며, 마이크에게 복수하기 바빴다.

"무슨 맥주야! 아. 그만해라!"

"이거나 먹어!"

"……."

라이언은 신이 난 듯 노는 형제들을 바라보다가 고개를 내젓고는 긴 다리를 움직이며 1층으로 내려왔다. 오랜만에 크리스틴이 제집으로 놀러 오는 데다가, 자신의 집에서 ─비록 친구들과 모두 함께지만─ 영화를 본다는 사실에 라이언은 꽤 설레었다.

오늘은 형들도 없고, 부모님도 늦은 밤부터 모두 출장을 간 터라서, 오늘, 이 큰 집은 자신들의 놀이터와 다를 바가 없었다.

라이언은 적당히 1층에서 모두와 함께 영화를 볼 수 있는 공간을 마련하기 위해 넓은 거실을 둘러보았지만, 이미 하우스는 정갈하게 정리되어 있었다. 벽에 걸려 있는 그림이나 소파에 있는 쿠션은 그 자리가 제자리인 것처럼 준비되어 있었다.

거기다 주방으로 가면 먹고 싶은 건 뭐든 찾을 수 있었다. 정 뭐하면 요리로 얼마든지 해 먹으면 되었다.

"아."

라이언은 자신의 방에 있던 영화 리스트를 상기하며, 리모컨을 눌러 거실 벽면에서 스크린을 내렸다. 기계음이 들리고 흰 스크린이 거실 벽을 모두 가리며 내려오기 시작했다.

○　●　○

하진은 친구들과 에블린의 집 주방에서 여러 가지 음식들을 챙겼다. 어차피 이 모든 것들은 라이언의 집에서 당연히 구할 수 있겠지만, 놀러 가는 처지이기 때문에 소풍 가듯 따로 챙겨 가기로 했다. 미세스 피셔의 스테이크는 비록 없었지만, 라자냐만큼은 절대 두고 갈 수 없었다.

"오, 엄마가 이거 해 뒀나 봐."

"이거 우리 먹어도 되는 거야?"

허리를 숙이며 찬장을 뒤적이던 올리비아는 에블린 어머니의 요리 솜씨를 알고 있는지, 잔뜩 기대에 찬 눈빛으로 그녀에게 물었다.

"당연하지. 내일 먹을 사람도 없어."

에블린은 고개를 끄덕이며 바구니 속에 라자냐를 집어넣었다. 잔뜩 간식거리를 채워 넣은 바구니가 무거워지자, 하진은 자신이 들겠다며 손을 뻗었다.

"그거 안 무거워? 같이 들자, 지니."

에블린이 손을 뻗으려 하자 하진은 웃으며 그녀의 손을 말렸다. 이 정도쯤이야, 아무렇지 않았다.

"그래? 그럼 갈까?"

"그래!"

그렇게 친구들과 함께 라이언의 집으로 가기 위해 하진은 길을 걷던 도중, 불과 한 시간도 안 돼서 라이언과 첫 키스를 나눈 장소를 공교롭게도 친구들과 다시 지나가게 되자 혼자 아무도 모르게 말할 수 없는 창피함을 느꼈다.

다행히 집에 들어가기 전에 입가에 번진 립스틱을 지워 냈지만, 그렇다고 기억까지 지우지는 못했기 때문에 옷을 갈아입는 동안에도 하진은 괜스레 고개를 꾹 내리며 에블린과 올리비아에게 들키지 않기 위해 부단히 노력했었다.

하진은 긴장한 채로 라이언의 집 앞에 서서 전화를 걸었다. 전화를 걸기 무섭게 문이 열리며, 라이언이 보였다. 그도 마찬가지로 편한 실내 옷으로 갈아입었는지, 조금 전 슈트 차림과는 또 다른 분위기였다.

"왔어? 들어와."

그는 싱긋 웃으며 하진과 나머지 친구들을 맞이했다. 그녀의 손에 들린 바구니를 보자마자, 자연스럽게 제 손으로 옮겨 받은 라이언은 뒤를 돌아 거실로 안내했다.

"일단, 저기에 앉아 있어. 애들도 있거든."

"응, 우리 뭐 볼까?"

에블린과 올리비아는 서로 좋아하는 영화 스타일을 번갈아 얘기하며 와자지껄한 소리를 내고는 거실로 뛰어 들어갔다.

"크리스틴, 주방에 같이 가자."

둘을 따라가려던 하진의 손을 라이언이 뒤에서 잡아 세웠다. 아까의 상황은 먼 옛날 옛적에 일어난 것처럼 라이언에겐 여유가 있었지만, 아직 그녀는 아니었다. 버벅거리는 고장 난 기계처럼 고개를 어설프게 끄덕인 하진은 그에게 잡힌 손을 빼낼 생각도 못 하고 그대로 끌려 들어갔다.

탁 소리 내며, 흰 대리석 테이블 위에 바구니를 놓은 라이언은 하진을 의자에 앉혔다.

"거기 일단 앉아 있어."

"라이언, 뭐 가져가려고? 우리가 이미 다 가져왔어."

하진은 자신들이 챙긴 바구니를 보여 주기 위해 다시 의자에서 일어섰지만, 라이언은 그녀의 어깨를 눌러 도로 의자에 앉혔다.

"그냥, 거기서 쉬어. 내가 챙길게."

"그래."

하진은 고개를 끄덕이며 탁자에 자신의 팔을 걸치고는 턱을 괴었다. 드레스를 벗어 던지자, 갑작스레 온몸에 따스한 피가 돌더니 피로감이 여기저기서 몰려왔다. 오늘 밤은 다 같이 밤새며 놀 수 있을 것 같았는데, 자신이 얼마나 버틸 수 있을지 모르겠다.

작게 하품을 하던 그녀는 뒤돌아서 적당히 접시에 음식을 옮겨 담는 그에게 물었다.

"우리 뭐 봐?"

"글쎄, 아직 생각은 안 해 봤는데. 내가 가지고 있는 거 봐도 되고, 결제해서 봐도 되고."

하진은 조그만 머리를 끄덕이다가, 손목에 걸쳐 둔 끈으로 머리를 묶었다. 잠을 몰아내기 위해서 늘 공부할 때마다 나오던 버릇이었다.

라이언은 라자냐를 적당히 조각을 내고는 거실로 가자며 그녀를 불렀다.

"크리스틴, 이제 가자."

"으응."

하진은 라이언을 따라서 그가 준비한 음료들을 챙겨 들고는 거실로 걸어갔다. 거실에는 이미 애들이 자신들이 좋아하는 텔레비전 프로그램을 틀고는 너도 나도 논평을 벌이고 있었다. 배우에 대한 피드백을 가감 없이 공유하던 그들은 라이언과 하진이 다가오자 자리를 마련해 주었다.

"크리스틴, 여기 앉아."

에블린이 다리를 접어 하진을 불렀다.

"응, 이거 하나씩 받아."

하진은 적당히 음식과 컵을 나눠 주며 그녀의 옆자리에 앉았다. 열 명은 족히 앉아도 충분할 것 같은 소파는 오늘따라 꽉 찼다. 서로 편한 자세를 잡느라 다리를 쭉 뻗었으니, 자리가 부족할 만도 했다.

하진은 자리에 앉아 있다가 슬쩍 자신도 엉덩이를 내려 바닥에 다리를 뻗고는 소파에 머리를 기댔다.

"라이언, 영화 뭐 봐?"

"글쎄. 뭐 볼래?"

"우리 그러면 공포 보자! 그때, 작년에 개봉한 거 뭐지? 연쇄 살인?"

"아……."

하진은 올리비아의 요청에 거절할 말을 찾느라 눈을 굴렸다. 무서운 건 끔찍이도 싫은 그녀는 어떻게 다른 걸 보자고 해야 할지 고민이었지만, 라이언은 불편한 하진의 기색을 알아채고는 올리비아를 말렸다.

"다른 거. 차라리 액션 보자."

"그래, 시리즈물 처음부터 끝까지 몰아 볼까?"

"그래도 좋고."

"뭐 있지?"

에블린은 자연스럽게 제집인 것처럼 리모컨을 찾아 들고는 여러 채널을 둘러보았다.

"라이언, 가지고 있는 거 없어?"

"내 거는 고전이거나, 내 취향이라. 그냥 여기서 결제해."

"어, 어, 이거 보자!"

에블린은 올리비아와 함께 리모컨으로 열심히 돌려 보다가 적당히 지난해부터 평점이 나쁘지 않았던 영화를 골랐다.

영화가 시작되려 하자, 라이언은 스위치를 찾아 거실의 모든 불을 끄고는 자신도 하진의 옆에 앉아 두 다리를 뻗었다. 자연스레 그녀의 옆에서 라이언은 고개를 살짝 내려 하진에게 물었다.

"크리스틴, 안 불편해? 올라가지 그래?"

"……."

라이언은 말이 없는 그녀의 얼굴을 찾아 고개를 더 내렸다.

"크리스틴?"

"……."

하진은 떠들썩하게 재잘대는 아이들 사이에서도 고개를 소파에 기대고는 곤히 잠에 빠져들었다. 긴 머리가 불편해 보여 그녀가 깨지 않게 라이언이 조심스레 손을 뻗어서 머리 끈을 풀어 주었다. 그러자 고개를 소파에 비비며 제대로 잠에 빠져드는 그녀를 라이언은 자신 쪽으로 당겼다.

제 어깨를 내어 주자 그녀가 기대어 왔다. 라이언은 팔을 빼내어 그녀를 당겨 안고는 그날 밤 영화가 끝날 때까지 자리를 지켰다. 영화를 보는 내내 라이언은 하진의 머리를 손가락에 감았다 풀기를 반복하며 장난을 치곤 했다. 부드러운 그녀의 머릿결이 손가락 사이에서 스르륵 모래처럼 부드럽게 빠져나가는 느낌이 좋았다.

○　●　○

그렇게 영화를 다 보지도 못한 채, 아이들은 잠에 빠져들었다.

다음 날 하진은 거실에서 눈을 떴다. 자신을 품에 안고는 나란히 누워 팔베개를 해 준 라이언의 얼굴을 제일 처음 발견하였을 때 심장이 떨어져 나갈 뻔했지만, 일어난 사람이 아무도 없어 다행이었다.

하진은 자신의 허리에 올려진 라이언의 팔을 천천히 들어서 바닥에 두고는 그를 깨우지 않기 위해 슬그머니 자리에서 일어났다. 앞머리가 쏠려 그의 깨끗

한 이마가 돋보이자, 하진은 어제 라이언이 자신에게 해 주었던 것처럼, 그녀도 라이언의 머리를 쓰다듬었다. 물론, 그도 똑같이 자신에게 했다는 사실을 그녀는 몰랐다.

하진은 아이들에게 담요를 제대로 덮어 주고는 뒤꿈치를 들어 살금살금 주방으로 향했다. 어떻게 해서든 이 정신없는 아침을 깨우려면 커피가 절실히 필요했다.

"커피가…… 어딨지."

라이언의 집은 주방까지 들어온 적이 별로 없어서 찬장을 이리저리 살펴보았지만, 커피포트 외에는 다른 것들을 찾을 수가 없었다. 그때 등 뒤로 누군가 다가와 그녀의 허리를 잡아 품 안으로 끌어당겼다.

"Good morning, Christine."

"아, 라이언. 깼어?"

라이언은 그녀의 어깨에 이마를 기대고는 답했다. 잠이 덜 깼는지 그의 목소리가 낮게 울렸다.

"응, 이렇게 아침에 보니까 좋다. 자주 와."

"풋, 어떻게 자주 와. 다 같이 매일 놀아?"

"아니. 그건 사양이야. 저것들 어제 내내 소리 지르고 난리였다고. 그 와중에 잠 잘 자던데?"

라이언은 비비적거리며 그녀의 허리를 좀 더 강하게 끌어안았다.

"어제 너무 피곤했나 봐……. 라, 이언. 그만하고, 커피 좀 찾아 줘. 어딨어?"

"싫어. 이러고 있을 거야."

"라이언, 커피는?"

"저기에 있지."

하진은 다리를 앞으로 나아가며 라이언에게 잡힌 허리를 빼 보려 했지만, 좀처럼 그는 힘을 풀지 않았다. 그런 그녀를 품에 안고는 뒤뚱뒤뚱 걸어간 라이언은 찬장에서 커피를 꺼내 주었다.

하진은 커피를 받아 들고는 포트에 물을 담아 끓이기 시작했다.

"일단, 애들이랑 아침 먹자. 식빵이랑 커피면 될 것 같은데……. 부모님은?

형은 언제 오셔?"

"어차피 주말 내내 없어. 다들 출장 가거나 회사에 볼일 보러 갔어."

"아하."

하진은 가볍게 고개를 끄덕이며 컵을 찾아 식탁에 놓았다. 그녀가 인원수대로 식탁에 아침을 준비하는 중에도 번거롭게 하는 그를 어떻게든 떼 보려 했던 노력이 모두 물거품으로 돌아가자, 깔끔히 포기했다. 라이언은 그녀의 뒤에서 여러 장난을 치며 떨어지지 않고 주방에서 졸졸 쫓아다녔다.

"크리스틴, 샴푸 뭐 써?"

"나? 그냥 아무거나 집에 있는 거 쓰는데?"

"음. 좋다. 그런데, 모닝 키스 안 해 줘?"

라이언은 그녀의 허리를 비틀어 자신의 품 안에 가두어 마주 보았다. 장난스러운 눈빛에 진심을 담은 입술이 그녀의 눈에 가득 차자 하진은 놀라 버둥거렸다. 이러다 애들이 주방으로 왔다가는 민망한 상황이 벌어지는 건 당연지사일 거다.

"라이언!"

하진은 라이언의 눈을 제대로 쳐다보지 못하고는 그의 어깨를 팡팡 두드리며 밀었다.

"왜? 애들도 자는데, 어때? 응?"

"저, 저리 가!"

라이언의 앞머리가 자신의 이마에 내려앉아 간질거리자, 하진은 고개를 더욱 숙여 그의 가슴을 머리통으로 밀어 내는 방어막을 펼쳤지만 무용지물이었다.

예상보다 아침이 훨씬 지난, 점심쯤이 되어서야 느지막이 일어난 아이들 덕분에 하진과 라이언은 오붓하게 둘만의 아침을 보냈다.

그날, 긴 아침을 즐길 수 있게 해 준 애들 덕분에 그는 아주 만족스러운 미소를 얼굴에 걸고는 아이들을 주방에서 맞이했다.

2o

평온한 주말을 보낸 하진은 그다음 주가 되어서야 프롬 파티 때의 일로 학생들 사이에서 얼마나 말이 많았는지 체감할 수 있었다. 차에서 내리자마자 친하지 않은 친구들이 말을 거는 등, 여기저기 케이티에 대해 말을 걸어왔지만, 하진은 적당히 응수하며 빠르게 클래스로 향했다.

공교롭게도 오늘은 자신의 차를 끌고 온 터라 라이언과 함께 오지 않자, 잔디밭을 지나가는 자신의 뒤에서 어린 학생들이 라이언과 헤어진 게 틀림없다며 수군거렸다. 오히려 소문에 불을 붙이게 된 꼴이 돼 버렸지만, 그녀는 무시로 일관했다. 어차피 케이티와의 일은 그날부로 끝난 데다가 라이언과는 흔들림이 없는 사이란 걸 자신이 아는 것만으로도 충분했다.

문을 열고 들어가자, 모든 아이들이 고개를 돌려 그녀를 쳐다보았다. 일일이 설명할 필요는 없었기에 자신의 자리에 앉은 하진은 가방을 열고는 이미 책이 눈에 보임에도 불구하고 뒤적이며 찾는 척을 좀 더 하게 되는 노력을 보이는 수밖에 없었다.

그때 자신의 자리에 드리우는 그림자의 주인을 찾아 고개를 들자, 에밀리가 보였다.

"아, 에밀리."

"크리스틴, 괜찮아?"

에밀리는 자신도 이미 들었다는 것처럼 앞자리에 앉아 하진을 확인했다. 에밀리의 눈에는 가십에 대한 호기심보다는 그녀에 대한 걱정이 앞서 보여 하진은 안심하며 웃었다. 에밀리가 만약 그저 가십에 대한 궁금증만을 위해 물어왔다면 실망할 뻔했지만, 그녀는 그럴 친구가 아니었다.

"아, 응……. 뭐, 난 괜찮은데?"

하진은 어깨를 으쓱거리며 입술에 미소를 그렸다. 그녀의 얼굴은 오늘도 티 없이 맑아 보였다.

"아, 그래? 다행이네. 너랑 제대로 인사도 못 하고 헤어져서 아쉬웠는데, 잘 들어갔어?"

"응. 애들이랑 놀았지. 넌? 멀리서 드레스 입은 거 봤는데 이쁘더라 에밀리."

하진이 웃으며 말을 걸자 에밀리도 마주 보며 웃었다. 그녀도 곧 브라운으로 갈 예정이니, 보스턴으로 향하는 자신과는 이제 자주 보지 못할 터였다. 아쉽게도 그녀와 나누었던 대화가 곧 마지막이 될 것 같아, 하진은 아쉬웠다.

"나는 뭐 평범했지. 애들이 난리야. 네 드레스 어디서 난 거냐고."

"풋. 그거 에블린이 만들었어. 리폼하려 했는데, 거의 새로 만든 거나 마찬가지였거든."

"역시…… 걔 능력 하나는 진짜 끝내주는구나."

"그러게, 나도 부러워."

하진과 에밀리는 앞뒤로 앉아서 프롬에 대해 이러저러한 얘기들을 나누었다. 그녀를 통해서 들은 그 뒷이야기가 꽤나 흥미진진했다. 자신이 떠난 후, 라이언이 어찌나 소리를 지르며 하진을 찾아 댔는지 모든 애들이 순간 춤과 파티를 멈추고 한동안 하진을 찾으며 주위를 살폈다고도 말했다. 민망한 얘기에 하진은 얼굴을 붉히며 한 손으로 볼을 긁적였다.

그러고는 라이언이 자신과 함께 주차장에서 빠져나간 걸 보고는 사랑싸움을 한다는 둥 많은 말들이 들렸다고 했다. 그날 분명 친구들과 함께 왁자지껄하게 차를 타고 떠났는데, 어느새 아이들 사이에선 자신과 라이언만 차를 타고 떠난 것으로 얘기가 오가고 있었다. 하진은 루머가 이렇게도 퍼질 수 있구나 싶었다.

에밀리는 프롬이 끝나고 애들과 함께 영화 보며 놀았다는 하진의 얘기에 놀라며 눈을 동그랗게 떴다. 소문과 사실이 달라 신기한 건 하진만이 아니었나 보다.

○ ● ○

하진은 마지막 학년의 클래스 수업이 끝나자 시원섭섭한 마음에 교정을 천천히 거닐었다. 처음 에블린을 만난 곳부터 시작해서 라이언과 함께한 점심 테이블까지 일일이 사진을 찍어 핸드폰에 담았다.

그녀가 있는 곳을 용케 알고는 저 멀리서 걸어오는 라이언을 발견한 하진은 그의 모습도 함께 사진에 담았다. 앞으로 빅토리아 스쿨에서 이 유명한 스쿨 셀러브리티를 볼 수 없다는 아쉬움이 남았지만, 아마 그는 대학교에서도 유명해지지 않을까 싶다. 하진은 잠시 그가 대학교 전공 서적을 허리에 끼고는 부단히 와이드너 도서관 앞 잔디밭을 걸어 다니는 모습이 상상되었다. 분명 그의 주변은 멈춘 것처럼 모두가 그를 쳐다보겠지…….

멍하니 생각에 잠긴 그녀의 눈앞에 서서 손을 흔든 라이언은 그녀의 얼굴을 끌어 올려 자신을 마주 보게 했다.

"진, 점심은?"

"아, 아직. 기다렸어. 같이 사서 아트 스쿨로 가자. 오늘 에블린도 마지막 수업이래."

"그래, 그럼 밖에서 사 들고 갈까?"

"밖에서? 아냐, 마지막으로 식당에서 사 먹자."

"흐음, 그래."

라이언은 상관없다는 듯 그녀의 손을 잡아 식당으로 향했다. 그는 오늘 학교에 들어오고 나서 별다른 파티 뒷이야기를 못 들은 건지, 아니면 신경을 안 쓰는 건지 모르겠다. 하진과 라이언이 나란히 손을 잡고 교정을 걷자, 여기저기 수군거리는 소리가 들렸다.

"들었어? 우리 파티 끝나고 나서, 애들이 헤어진 줄 알았대."

"그런 거 신경 쓰지 마."

라이언은 빠르게 대답을 하더니 멈추어 서서는 하진을 내려다보았다.

"진, 신……경 쓰여?"

"음, 아니? 그냥 신기해서. 아무도 말한 적 없는데, 말이 나온다는 게……."

라이언은 반듯한 눈썹을 들썩이며 불편한 기색을 보이기가 무섭게 하진의 대답이 만족스럽다는 듯이 입술을 비스듬하게 말아 올렸다. 그의 트레이드마크인 사람을 잡아당기는 미소는 매번 보아도 질리지 않았다.

"그래, 그렇게 넘겨. 내가 잘할게."

"풋, 뭘 더 잘해. 그만해도 돼."

"왜? 아직 안 보여 준 거 많은데?"

"됐어, 빨리 들어가."

식당 문 앞에서 옥신각신하기가 민망하여 하진은 문을 열어 라이언을 밀어 넣었다.

그렇게 점심거리를 사 들고는 만난 에블린과 하진은 라이언이 며칠 뒤에 들려줄 졸업식 연사를 훑어보고는 둘 다 한마음으로 소리쳤다.

"야, 수정해!"

"라이언! 너무 대충 했잖아!"

라이언은 귀찮다는 표정을 역력히 내보이며 제 앞에서 소리치는 하진과 에블린의 말을 무시하며, 두 다리를 꼬아 의자에 깊숙이 몸을 묻고는 샌드위치를 와삭 물었다. 그의 긴 다리가 삐져나오다 못해 바닥에 질질 끌리는 모양처럼 보였지만, 그는 개의치 않는지 편안해 보였다.

"됐어, 짧게 해. 아무도 안 들어."

"그래도 이건 짧아도 너무 짧아."

하진은 라이언이 보여 준 구겨진 종이를 여러 번 보다가 한숨을 푹 내쉬었다. 그녀는 시간이 지난 만큼 제법 길어진 자신의 앞머리를 귀 뒤로 넘기며 주변에 굴러다니는 볼펜 한 자루를 들었다. 대충 라이언이 적어 낸 글 문단 앞뒤로 그가 말해도 좋을 만한 미사여구를 적어 보았다.

하진은 적다 보니 집중을 하게 된 터라 옆에서 라이언이 자신에게 시선을 던지고 있는지도 몰랐다. 에블린은 샌드위치를 열심히 먹더니 포장지를 둥글게 두 손으로 말아 버리고는 휴지통에 공을 던지듯 던져 넣었다.

"이……렇게, 하면 되겠지? 봐 봐."

"……."

라이언은 의자에서 등을 떼어 내고는 그녀가 준 종이를 빠르게 읽어 내려가더니, 낮게 웃었다.

"좋네, 이렇게 갈게."

"집에 가서 더 추가해. 그거 그대로 말했다가는 졸업식 5분 만에 끝날 것 같아."

"그럼 애들은 더 좋아할걸?"

종이를 펄럭이며 가볍게 말을 던지며 웃어넘기는 라이언의 대답에 고개를 절레절레 흔들었다. 어차피 이제 수업은 다 끝난 데다가 아트 스쿨도 오늘이 마지막 날이었다. 하진은 오늘따라 동급생들이 없는 학교는 처음이기에 기분이 더욱 싱숭생숭했다. 어수선한 미술실에서 이렇게 점심을 하는 것도 마지막이라니……

"에블린. 졸업하고도 미술실은 계속 쓰지?"

"응. 한 달 정도면 될 것 같아. 작품은 이미 옮겨 놔서 별로 있을 필요가 없기는 한데, 여기 도구들이 손에 익은 게 많아서 말이야. 후배들에게 물려줘야 하는 것도 있고, 생각해 보니 그냥 내가 가져가고 새것을 기증할까도 생각 중이야."

"기증도 괜찮은데? 올해의 아티스트가 학교에 주고 간 거라고 말이야."

하진은 고개를 끄덕이며 에블린에게 눈을 빛낸 채 말했다. 무언가를 학교에 남기고 갈 수 있는 그녀가 사실 부럽기도 했다. 하진은 자신이 할 수 있다면 빅토리아 하이스쿨에 도움이 될 만한 졸업생이 되고 싶었다. 어느새 짧은 시간 동안 이 학교에 정이 많이 들었나 보다.

"올리비아는? 졸업식은 학교에서 준비하니까 위원회는 끝인 건가?"

"그럴걸? 올리비아도 아마 여기로 올 거야. 걔도 오늘 마지막 수업이래."

"아, 정말? 그럼 우리 다 같이 오랜만에 다운타운 갈까? 나 차 가져왔어!"

하진은 졸업식인 이번 주 금요일까지 더는 할 일도 없었다. 일이 있어 봐야 기숙사에서 지내며 사용할 물품을 구하러 다니는 것뿐이었는데, 당장 시급한 사안은 아니었다. 오늘도 클래스에 나온 애들은 반도 되지 않았었다. 괜스레 조용한 학교 건물을 지나올 때마다 울적한 기분이 든 하진은 아이들과 시간을 보내며 우정을 다지고 싶었다.

"그럴까? 라이언, 넌? 어때?"

"그러든지. 올리비아 오면 매트도 오겠네."

하진은 그러다 마이크가 떠올라 에블린에게 말했다.

"마이크도 부르자!"

두 손뼉을 마주치며 신이 난 하진은 에블린의 얼굴이 오늘따라 빵빵하게 부풀어 있는 것을 보지 못했다. 라이언은 그저 하진이 좋아하는 모습을 바라보며, 자리에서 일어나 손수 남은 음식들을 정리해 나갔다.

"그럼, 내가 애들 데리고 갈게. 크리스틴, 다운타운 어디로 갈 건데?"

"글쎄…… 어디가 좋을까? 아니면 그때 못 간 밀튼 갈까?"

지금 시기에 밀튼이라면 지난번 라이언과 갔던 때보다는 더 울창한 숲이 되어 있을 것이다. 지난주에 라이언의 집에서 너무 빨리 잠이 들어 아이들과 보낼 수 있는 시간이 그리 길지 않았으니, 아쉬움을 달래려면 밀튼 정도는 가고 싶었다.

"너무 좋지! 라이언, 애들이랑 같이 그리로 올래? 우리는 거기로 먼저 출발할게."

"그래, 거기서 봐."

라이언은 하진의 머리 위에 손을 올리려 두어 번 쓰다듬더니 에블린의 새초롬해지는 눈빛을 대놓고 무시해 버리며 미술실을 나가 버렸다.

"아무리 생각해도 네가 아까워, 지니."

"풋, 그래?"

에블린은 입술을 주름지게 모으더니 라이언이 밀고 나간 문을 바라보며 눈을 흘겼다. 그런 그녀가 하진은 재밌다는 듯이 웃었다.

"저거 나중에 엄청 속 썩이면, 나한테 와. 알았지? 내가 아주 크리스틴 꼭꼭 숨겨 놓고 절대 안 보여 줘야지!"

"……."

하진은 잠깐 머릿속에서 상상으로 라이언의 모습을 그려 보았다. 긴 다리로 바람을 일으키며 에블린에게 달려가는 모습이 그려지자 어이없는 웃음이 나왔다. 라이언은 아마 자신이 도망가는 모든 루트를 꾀고는 불쑥 튀어나오는 인물이니, 뒤쫓아 오는 것은 생각만으로도 어울리지 않았다.

"얘들아!"

문을 쾅 소리 내며 들어오는 올리비아는 지난 파티에서 보였던 화려한 복장에서 그녀로 다시 돌아와 있었다. 올리비아는 그녀의 털털한 성격을 보여 주는 듯이 걸어오더니 에블린과 하진에게 다가와 물었다.

"너네 들었어?"

테이블에 두 손을 착 소리가 나도록 내려놓고는 고개를 주욱 빼서 하진과 에블린에게 제 얼굴을 들이밀었다.

"무슨 얘기?"

"아니, 글쎄 케이티 고거 머리 단발로 똑 자르고 왔던데? 나도 잘 모르겠는데 말이지, 애들 말로는 매들린이랑 싸웠나 봐. 원래 걔랑 항상 같이 등교했는데, 오늘은 같이 안 왔대."

"매……들린이랑?"

하진은 약간 걱정스러운 눈빛으로 물었다. 케이티야 더는 제 관심 밖이지만 매들린의 얘기를 들으니 귀가 절로 열렸다. 그녀가 뒤에서 케이티를 꽤나 친자매처럼 아꼈는데, 마지막으로 들린 학교의 소식이 아쉽기 이루 말할 수가 없었다. 마치 제가 잘못한 느낌이 들어 어두운 표정이 드리우려는 찰나, 에블린은 올리비아를 바라보며 손뼉을 쳤다.

"고거, 내가 진짜 언젠가 혼자 될 줄 알았어."

"또 모르지. 매들린이 애는 괜찮은데 말이야, 왜 케이티랑 엮여서……. 으잉, 쯧. 일단! 나가자!"

올리비아는 에블린과 하진의 팔꿈치를 야무지게 잡아 올리더니 재빨리 문쪽을 향해 다리를 움직였다. 그녀의 파워풀한 손아귀 때문에 하진과 에블린은 타닥타닥 발걸음 소리를 내며 그녀를 따라갈 수밖에 없었다.

"어? 올리비아! 내 차 저쪽에 있어."

"아 그래? 알았어. 그런데 나도 차 가져왔는데, 에블린은?"

"나는 오늘 엄마가 데려다줘서. 우리 그러면 차라리 밀튼에서 만나자. 난 크리스틴 차 타고 갈게, 올리비아."

"알았어. 그럼 주차장으로!"

여전히 올리비아에게 떠밀리면서 걸어갔던 하진과 에블린은 올리비아에게 손을 흔들고는 차에 몸을 실었다. 에블린은 차에 앉아 하진이 틀어 주는 음악을 가만히 듣더니, 하진에게 물었다.

"어? 이거 재즈 그룹 이름이 뭐야?"

"이 노래? '원 세컨즈' 야. 내가 제일 좋아하는 그룹인데 요즘 유명해졌더라고. 작년까지만 해도 인디 밴드라서 사람들이 잘 몰랐거든. 이번에 노래가 대박 터졌지."

하진은 시동을 걸며, 안전벨트를 맸다. 그녀를 따라서 벨트를 매던 에블린은 하진에게 잠시만 기다려 보라며 핸드폰을 들어 손가락을 저었다. 무얼 찾으려는 건지, 문자가 휙휙 지나가는 화면이 보이고 나서는 에블린은 한 화면에서 멈췄다.

"어쩐지……. 내가 어디서 들어 봤다 했더니. 진! 나 얘네 다음 곡 앨범 표지 작업 같이해!"

"뭐?"

하진은 출발하려다가 기어를 멈추고는 턱을 주르륵 내렸다.

"대체, 대체? 어? 어떻게? 진짜?"

"아니 에이전시에서 이번에 연락 왔는데, 내가 지난번에 만든 두 번째 시리즈 작품 사 간 고객이 이 밴드의 프로듀서였나 봐. 앨범 표지로도 넣고 싶다고 해서 다음 달에 미팅하러 가. 곡은 이미 나온 것 같고. 곡 분위기에 맞춰서 그려 달래."

에블린은 자신에게 온 연락을 하진에게 보여 주더니, 이 사람이 맞느냐며 물었다. 하진은 고개를 위아래로 연신 끄덕이며 눈을 크게 떴다. 에블린이 보여 주는 작은 사진은 그녀가 항상 찾아보던 연주 동영상에서 끄트머리마다 얼굴을 비치는 사람이었다. 그룹 연주가 너무 좋아서 어떻게든 실황을 보고 싶었는데, 그때마다 하진이 살던 곳과는 완전 반대편인 서부에서 진행하던 터라 항상 아쉬웠다. 심지어 에블린이 보여 준 이 프로듀서는 젊은 음악인으로서 미다스의 손이라고 불리는 떠오르는 신예 프로듀서였다. 키가 크고 잘생긴 데다가 퇴폐미까지 겸비한 그는 뭇 여성들의 마음에 불을 지폈다. 까칠하고 도도한 표정을 보여 주는 그의 모습을 따로 영상으로 뽑아서 팬들이 돌려 볼 정도였다. 주로 연주 보컬이나 드러머들이 인기가 더 많은데, 이상하게도 이 '원 세컨즈'의 프로듀서는 밴드 음악만큼이나 유명했다. 사실 이상하진 않았다. 그만큼 잘생긴 그의 외모 때문이니.

"에블린! 나, 나도 갈래! 나 좀 데려가 주면 안 돼? 나 진짜 보고 싶어……."

하진은 두 손가락을 꼭 맞잡으며 에블린에게 달려들었다. '원 세컨즈'라니. 떡이 제 눈앞에 굴러 들어오는데 손을 안 뻗으려야, 안 뻗을 수가 없었다.

"지니, 곧 다음 달에 이사 가지 않아?"

"아냐. 내가 이사 가더라도 진짜 꼭 따라갈게! 학기는 9월에 시작하는데 뭘!"

"흐흐, 그래? 그럼 우리 둘이 서부로 같이 가자! 집이야 내 집에서 지내면 되고, 부모님께 허락만 받고 와. 혹시 모르니까 에이전시에는 물어볼게. 안 그래도 거기서 관심 있으면 연주 들으러 와도 된다고 했거든."

"와."

하진은 머릿속이 텅 빈 것처럼 어안이 벙벙하여 말을 잇지 못했다. 갑작스러운 선물에 당황했지만, 무어라 형용할 수 없는 설렘이 가슴속에서 풍선처럼 부풀었다.

"나, 정말이야. 에블린, 진짜 버리면 안 돼? 진짜 따라갈 거야."

"큭, 그래! 나야 좋지!"

"와…… Oh my god, Unbelievable!"

"하진이 좋아하니, 나도 좋다!"

하진과 에블린은 노래를 따라 부르며 올리비아가 먼저 도착한 밀튼의 주차장을 가르며 차를 주차했다. 주차장에 도착했을 때는 이미 여러 차가 늘어서 있어서 아이들을 찾기란 쉽지 않았다. 그런데도 한 번에 아이들을 찾을 수 있었던 건, 저 멀리서 들려오는 올리비아와 매트의 웃음소리 때문이었다. 하진은 에블린에게 밴드의 다양한 뒷이야기라든가 음악의 방향성이라든가 아니면 연주자의 작곡 실력에 대한 많은 이야기를 들려주었다.

고개를 끄덕이며 조용히 듣고 있던 에블린은 제 앞에 서서, 정확히는 하진을 기다리고 있는 라이언을 쳐다보았다. 그가 그녀들 쪽으로, 정확하게는 하진 쪽으로, 빠르게 걸어왔다.

"왜 이렇게 늦게 와?"

"아, 에블린이랑 이거저거 얘기하면서 오느라. 많이 기다렸어?"

하진은 그렇게 많이 늦은 것도 아닌데 투정을 부리는 라이언을 다독이며 말했다. 그는 자연스럽게 하진의 손을 잡아당겨 제 옆으로 데리고 갔다.

"당연하지. 저것들 사이에서 내가 누구랑 놀아."

그 장면을 보던 에블린은 닭살스러운 라이언의 투정을 참을 수 없었는지 입 모양을 삐죽이며 빠르게 앞장서서 걸어갔다.

"와……. 씨. 애인 없는 애 서러워서 살겠나. 나 먼저 갈래."

제 기분을 보여 주려는 듯 걸어가는 에블린의 발 주변으로 자갈들이 팝콘처럼 통통 튕겨 나갔다. 돌 위에서 바스락거리는 소리를 내며 라이언은 하진의 손을 잡고는 아이들이 있는 곳으로 걸어갔다.

"진, 내일부터 뭐 할 거야? 졸업식까지?"

"글쎄, 일단 낮잠?"

라이언은 눈썹을 들썩이다가 내려놓더니 하진의 손가락에 제 손가락을 교차시켰다. 엄지손가락으로 그녀의 손등을 쓰다듬더니 좋은 생각이 났다는 듯이 그녀를 돌려세웠다.

"우리 이대로 도망칠까?"

"뭐?"

하진은 어이없다는 듯이 눈을 찌푸리며 답했지만, 라이언은 제 생각이 아주 기막힌 아이디어라도 되는 것처럼 눈을 반짝였다.

"아니면 먹을 거 사러 다녀올까?"

"지금? 이미 도착 다 해서 그렇게 얘기하면 좀 그래. 그냥 놀자. 배고프면 다 같이 다운타운 가서 먹으면 되잖아."

"하……."

하진은 순식간에 꼬리를 내리는 강아지처럼 풀이 죽어 버리는 라이언의 어깨를 보며 조용히 웃었다. 자신도 라이언과 함께 둘이서 많은 시간을 보내고는 싶지만, 졸업이 며칠 안 남은 시점에서 하진은 친구들과 더 추억을 쌓고 싶었다.

"아, 에블린 캘리 갈 때 나도 따라가려고."

"왜? 언제?"

"그때 내가 알려 준 재즈 밴드 기억나? 그 앨범 표지 작업 하러 간대. 그래서 나도 같이 가서 연주 보고 오려고. 그거 얘기하느라 늦은 거야. 그런데 정말 대단하지 않아? 에블린은 앞으로 더 잘될 것 같아. 심지어 엄청 유명한 프로듀서가 에블린 그림을 직접 산 거래! 게다가 공연 보러 오라고도 해 줬고. 이 기회에 나도 친구 따라 덕 좀 보려고."

"……."

라이언은 그녀답지 않게 속사포로 재잘거리는 말을 천천히 들으며 걷다가, 그녀의 얘기 속에 자신이 쏙 빠져 있는 것을 느끼고는 퉁퉁거리며 말했다.

"나랑은 가자고 왜 안 해?"

라이언은 걸음을 멈추고 하진에게 서운하다는 듯이 눈을 내리며 말했다. 요즘따라 연기를 배우려는 모양인지 그의 표현 방식이 예전보다 좀 더 벽이 없어졌다.

"……너랑?"

에블린과 함께할 생각에 미처 라이언을 고려하지 못했던 하진은 그의 말에 머뭇거렸다.

"뭐야. 그 짧은 정적은."

"아니……. 같이 가는 건 나야 좋긴 한데, 나 에블린 집에서 지낼 건데?"

"걔 방이 하나야? 나는 소파에서 잘게. 그럼 되겠네."

"그래도 에블린에게 물어봐야……."

"내가 알아서 할게."

그의 말이 끝나자마자 올리비아가 손을 흔들며 하진을 맞이해 줬다.

"크리스틴! 빨리 와!"

"알았어!"

하진은 올리비아에게 제 손도 같이 흔들어 주며 라이언과 걸어 나갔다. 몇 걸음 되지 않는 곳에는 지난번 라이언과 왔을 때 멀리서 바라보았던 호수 반대편이 그림처럼 있었다. 그녀의 예상처럼 밀튼은 이미 푸르른 나무들과 꽃들이 한데 모여서 저마다 색 자랑을 뽐내고 있었다. 호수 근처에 일렬로 나란히 선 그들은 주위에 있는 작은 돌멩이들을 손에 모아서 누가 멀리 던지는지 시합이라도 하는 듯이 물에 던졌다.

제법 돌을 멀리 날린 마이크에 이어 기다렸다는 듯이 라이언이 더 멀리 던지며 승점을 낚아채 가자 애들이 야유 섞인 감탄을 내었다.

"제기랄. 넌 뭐 이런 것도 잘하냐!"

매트의 장난과 진담이 반 섞인 말에 라이언은 한쪽 볼이 파이도록 웃었다.

"왜, 매트도 잘하는데?"

햇살을 흡수하며 주변을 화사하게 만들던 그의 미소는 하진의 한마디로 먹구름이 낀 것처럼 바뀌어 버렸다.

"크리스틴!"

라이언이 하진을 바라보며 제 편 안 들어 줬다고 서운한 티를 팍팍 내며 외쳤지만, 그의 모습에 주변 아이들은 배를 잡고 웃었다.

"크크큭."

"푸핫."

"역시! 크리스틴한테 쟤는 안 돼!"

"쟤 좀 봐!"

그렇게 한동안 주변에 있던 돌을 죄다 호수에다가 바치는 것처럼 놀았던 그들은 날이 지고 나서야 차를 타고 저녁을 먹으러 다운타운으로 내려왔다. 그동안에도 라이언은 제 차를 매트에게 줘 버리고는 무조건 하진과 같이 가겠다고 버텼다가 그녀가 어서 타고 가라는 말 한마디에 더 크게 토라져 버렸다.

저녁 먹는 내내 그의 눈치를 보며 달래 주었던 하진은 친구들 앞에서 계속 민망한 상황이 되어 버리자, 그가 더는 무얼 하든 상관을 하지 않는 지경에 이르렀다. 하진이 깊게 실망한 기색을 비치자 라이언은 쩔쩔매며 역으로 그녀를 다시 달래 주는 광경이 아이들 앞에서 펼쳐지자 한동안 그들은 밥이 코로 들어가는지, 입으로 들어가는지 모를 정도로 어이없어했다.

"뭐야 쟤네."

"여기서 사랑싸움하는 거야?"

"너네 그냥 먼저 가라 야."

"지니! 쟤 보내고 우리끼리 놀자 그냥!"

마지막 에블린의 말에 라이언은 주위를 얼려 버릴 듯 차가운 눈매로 그녀를 째려보는 걸 잊지 않았다.

"하. 미안. 라이언. 먹어."

"응응."

라이언은 이제부터 말을 잘 듣겠다며 옆에 앉아서 열심히 그녀가 좋아하는 스테이크를 적당한 크기로 잘라 내고는 부지런히 접시 위에 올려 주었다.

에블린은 그런 라이언의 모습을 보고는 와이엇 형제들이 이걸 봐야 한다며 사진을 찍으려다가 결국 핸드폰이 수프에 빠져 버리는 불상사까지 일어났다.

"미친! 물어내!"

"내가 뭘?"

"아오!"

"그러게 누가 찍으래?"

"진짜, 이걸. 너 오지 마! 여자들끼리 여행 갈 거야!"

"주소 다 알아. 지난번에 말한 거 기억도 않나?"

그녀는 약이 단단히 오르자 라이언에게 손가락질하며 자리에서 일어나다가 이걸로는 분이 안 풀린다는 것처럼 가슴을 탕탕 치며 분노했다.

하진과 아이들은 에블린과 라이언의 모습을 재밌는 구경이라도 난 것처럼 흥미진진하게 바라보다가 더욱 날이 어두워지고 나서야 서로 졸업식에서 보자며 인사를 하고 헤어졌다.

○ ● ○

에블린을 라이언 차에 태워 보내고는 하진이 집에 도착한 지 얼마 안 되었을 때, 전화가 걸려 왔다. 라이언이었다.

— 크리스틴. 집 도착했어?

"응, 그럼. 너는? 에블린도 잘 들어갔어?"

— 걘 차 세워 주자마자 문도 안 닫고 뛰쳐나갔어. 내가 그거 다시 닫고 가느라고 팔이 빠질 뻔했어.

"풋, 잘했어. 너도 오늘이 수업 마지막이었지?"

— 응. 졸업식까지 뭐 할 계획이야? 계속 낮잠을 자지는 않을 거잖아.

"그렇지. 일단은 모르겠어. 카페에 가서 내년 학기에 필요한 기숙사 물품 같은 거 리스트 짜 보려고. 넌?"

— 난 뭐, 할 거 없어. 너 보려고.

"⋯⋯."

라이언의 말에 순간 얼굴이 불타오르자 하진은 누가 있지도 않은 자신의 침대 위에 앉아서 머리를 계속 쓸어 올렸다.

— 크리스틴? 들려? 끊겼나?

"아, 아냐. 잠깐 뭐⋯⋯."

— 그러면 내일 집 앞으로 갈게. 오랜만에 데이트하자.

"풋, 그래. 몇 시에 볼까?"

— 아침 10시?

"그렇게 빨리 오려고?"

— 크리스틴⋯⋯. 나 안 보고 싶어?

"아니, 그게 아니라⋯⋯."

하진은 머뭇거렸다. 계속 자신에게 관심이 없다는 둥 하루 이틀 사이에 우리의 애정 표현이 옅어져서 더 충전해야 한다는 해괴한 소리를 일삼는 라이언의 말에 점점 더 부끄러워진 하진은 고개를 푹 숙이며 알겠다고 대답했다.

"라, 라이언. 알았어. 내일 만나 10시에."

— 그것보다, 지금은?

"지금?"

— 응. 난 지금도 보고 싶은데.

그의 말이 끝나자마자 하진은 제 방 창문에서 뭔가가 톡 하고 부딪히는 소리를 들은 듯했다.

'설마.'

지난번 라이언이 자신의 집 뒷마당에 서 있던 장면이 떠올라 하진은 핸드폰을 귀에서 떼고는 창문을 열었다. 고개를 내밀어 바닥으로 시선을 내리자 라이언의 얼굴이 보였다. 그제야 그가 귀에서 핸드폰을 떼고는 하진을 향해 손을 흔들었다. 에블린을 데려다주고 바로 온 건지, 조금 전과 같은 옷차림이었다. 하진은 주변에 아무도 없음에도 불구하고 고개를 두리번거리다가 그에게 말했다.

"기, 기다려!"

"천천히 와."

그녀는 집에 오자마자 편한 옷으로 갈아입은 터라 방에 있던 거울 앞에서 열심히 손으로 옷차림과 머리를 정리하고는 책상 위에 놓인 립밤을 입술에 발랐다. 작은 입술에 순식간에 생기가 돌았다. 립스틱의 사과 향이 코끝으로 스며들어 왔다.

두 걸음 뒤로 거울에서 떨어져서는 전체적인 실루엣이 나쁘지 않자, 혼자 고개를 빠르게 끄덕이고는 방문을 열어 빠르게 현관 밖으로 나왔다. 이미 시간이 늦어져 부모님이 자고 있어서 다행이었다.

뒷마당으로 꺾어 들어가자마자 나무 밑에서 등을 기대어 서 있는 라이언이 보였다. 갑자기 지난 주말 프롬 파티에서 그와 있었던 일이 번뜩 생각나자 하진의 얼굴이 벌겋게 불타올랐다. 이곳이 어두웠기에 다행이었다.

"라이언? 집에 안 가고……. 언제 왔어?"

"전화할 때? 얼마 안 있었어."

"그래."

하진은 조용히 고개를 끄덕이며 그의 앞으로 다가갔다. 그녀가 다가오자마자 제 팔을 활짝 펼쳐 그녀를 품에 그러안은 라이언은 하진의 목과 어깨 사이를 지분거리며 기대어 왔다.

"웃."

"하아, 좋다."

그의 앞머리가 가닥가닥 목에서 느껴지자, 간지러움을 참을 수 없어 하진은 당황했다.

"라, 라이언!"

"······."

"······."

말없이 그냥 하진의 머리를 계속 쓰다듬던 라이언은 하진의 허리를 더 강하게 끌어안아 자신의 품으로 붙일 듯 당겼다. 낙엽 하나 들어올 수 없을 정도로 가슴까지 밀착되자 하진은 그의 품 안에서 꼼지락거렸지만 작은 틈도 허용되지 않았다. 그러다 하진은 그의 가슴께에서 뿜어져 나오는 익숙한 향기에 취한 것처럼 빠져들었다.

조용히 그녀도 그의 허리를 감싸 안자 라이언의 등이 흠칫거리는 게 느껴졌다. 그도 자신처럼 긴장하고 있다는 게 느껴지자 하진은 그가 보지 않는 이 순간을 기회로 삼아 얼굴에 나른한 미소를 그리고는 자신의 한쪽 볼을 라이언의 가슴에 대었다. 그의 심장이 리듬감 있게 쿵쿵거렸다.

약속이라도 한 것처럼 서로 말없이 나무 밑에서 그러안고 있던 둘은 그의 손이 그녀의 얼굴을 소중히 들어 올리고는 여느 연인들과 다를 바 없는 모습으로 서로의 사랑을 확인했다.

"하아······."

"하······."

라이언은 그녀에게, 하진은 그에게. 끝이 없는 어둠 속으로 빨려 들어가는 것처럼, 라이언은 집요하게 그녀의 얼굴을 파고들다가 빠져나갔다. 그런 그를 어떻게든 따라가려 했지만, 키가 너무 큰 그에게 매달리기가 버거웠던지 발을 내렸다. 놓칠 수 없는 라이언은 뒤로 물러나는 그녀를 따라가다가 허리를 잡아서 그녀를 제 팔 위로 눕혔다.

허리가 활처럼 꺾임에도 불구하고 단단한 그의 팔에 의지한 그녀는 대담하게 그의 목에 팔을 둘러 그에게 빠져드는 자신을 즐겼다.

길었지만 그들에게는 짧았던 시간이 끝나자 라이언은 그의 이마를 그녀에게 붙이며 말했다. 말하면서도 그의 코가 그녀의 코끝을 살짝 건드리며 간질였다. 그의 애정 표현에 하진은 작은 웃음을 방울방울 거품처럼 만들어 냈다.

"크리스틴, 우리 기숙사 같은 건물이었으면 좋겠다."

"그러게, 알아보니까 너무 많더라."

"진짜 끝과 끝으로 떨어지면 어쩌지."

"설마……."

하진은 그럴 리 없을 거라는 그의 말을 저도 믿고 싶어졌다. 그래 보아야 한 동네이지만, 학교가 커도 너무 컸다. 게다가 신입생들은 룸메이트를 선택할 수 없어서 그와 같은 건물이 안 될 가능성이 컸다.

"크리스틴, 디저트 먹으러 갈래?"

"지금?"

"응. 티라미수?"

하진이 좋아하는 건 귀신같이 기억하는 라이언이 자신은 먹지도 않는 디저트를 먹으러 가자고 한다. 하진은 그런 그의 말에 말갛게 웃어 고개를 끄덕였다.

라이언이 그녀의 손을 획 가져가서는 앞장서서 걸어가자 자연스레 하진은 그의 팔에 딸려 걸어갔다.

그날 밤 하진은 라이언이 작은 티스푼으로 케이크를 계속 떠먹여 주는 통에 창피함을 이루 말할 수가 없었다.

"자, 아."

"아……. 그만. 옆에서 다 쳐다보잖아. 이리 내."

"그럼 빨리 먹어. 자, 아."

하진은 손을 방패막이 삼아 옆 테이블에 앉아 있는 두 여자아이의 무시무시한 시선을 받아 내느라 진땀을 흘렸다. 속닥거리며 와이엇 얘기를 나누는 그들을 보니, 분명 빅토리아 스쿨 학생이겠다 싶다.

다행스럽게도 내일부터 졸업식까지는 학교에 가지 않아도 된다는 사실이 이렇게 큰 위안일 수 없었다.

○ ● ○

하진은 졸업식 아침부터 부지런히 방에서 나와 부모님과 함께 준비를 시작했다. 오전에는 별다를 것 없는 행사 식순 때문에 점심쯤에 학교에 도착해도 되었다. 그녀는 주방에서 아침을 만드는 앨리스의 등에 대고 자신의 모습을 활짝 펼쳐 보여 주었다.

"엄마! 이거 이렇게 쓰는 거 맞겠죠?"

하진은 학사모 끝에 걸려서 달랑거리는 수술을 양옆으로 돌려 보다가 안 되겠다 싶어 앨리스에게 물었다. 빅토리아 스쿨의 졸업복은 전형적인 졸업식 복장이었는데 가슴 쪽에 학교 문양이 수놓아져 있었다. 학교 본관에서 신청한 후에 받은 케이프는 소매 끝에 그녀의 이름인 '크리스틴 하진 브라운'이 멋스러운 필기체로 노랗게 수놓아져 있었다.

등을 돌려 하진의 머리를 만지는 앨리스는 고개를 이리저리 갸우뚱거렸다.

"이거는…… 이러는 것이 맞을 것 같네. 아니다 싶으면 친구들 보고 따라 하자, 하진."

앨리스는 딸의 얼굴을 요리조리 뜯어보며 미소를 짓고는 그녀의 볼에 입을 맞추었다. 지금쯤이면 방에서 나와야 할 그레이엄이 보이지 않자, 그녀는 큰 목소리로 복도를 향해 외쳤다. 앨리스의 외침에 저 멀리 방문이 열리는 소리가 들렸다.

"그레이엄! 어서 들어와요!"

오늘 오전부터 그레이엄은 지난번에 사 둔 카메라 렌즈를 청소하겠다며 서재에 앉아 홀로 분주하게 오전을 보내고 있었다. 그레이엄은 주방으로 들어오자마자 하진을 보고는 카메라를 올려 그녀의 모습을 여러 번 찍었다.

"아빠! 저 어때요?"

하진은 식탁으로 걸어 들어오는 그레이엄을 향해 제 학사모와 졸업복을 보여 주며 긴 팔을 펼쳤다.

"너무 멋져. 완벽해!"

두 손을 마주치며 감탄사를 기계처럼 내보이는 그레이엄의 장난에 하진은 피식 웃으며 그의 얼굴에 짧은 인사를 남겼다.

"하진, 우리 언제 출발할까? 12시에 맞추면 되겠니?"

"잠시만요, 식순 뽑아 놨어요."

하진은 졸업식 행사의 일정표를 바르게 펼쳤다. 적당히 부모님과 간단한 간식거리를 즐길 수 있는 푸드 트럭 행사와 점심시간이 주어졌는데, 그 뒤로 바로 졸업식의 메인 행사가 2시쯤에 있었다. 행사 시작 전에 학교에서 가족과 사진을 찍는 게 더 나을 것 같았다.

"그러면 12시에 오시면 될 것 같아요. 저는 먼저 나가서 애들이랑 사진 찍고 놀고 있을게요!"

"그러렴. 우리가 도착하면 전화하마."

"라이언이랑 같이 가니?"

앨리스는 커피를 따르며 하진에게 물었다. 요즘따라 라이언이 제집 드나들듯이 그녀의 집 앞에 서 있는 걸 보고는 앨리스와 그레이엄은 익숙한 듯 그녀에게 그의 소식을 종종 물었다.

"아, 아니요. 먼저 가 있을 것 같아요. 행사 때 졸업 연사 하거든요."

"그러니? 알았다. 12시쯤에 만나자꾸나."

하진은 토스트를 입에 물고는 빠르게 방으로 올라가 가방을 챙겨 나왔다. 차에 시동을 걸고는 입에 걸린 빵을 입속으로 구겨 넣었다. 조그만 입을 우물거리며 졸업복과 모자를 조수석에 가지런히 둔 그녀는 빅토리아 스쿨이 자리한 방향으로 핸들을 빠르게 돌렸다.

이미 졸업식 행사로 인하여 온 동네 사람들이 들어왔는지 자동차가 주차장에 들어오기도 전에 차가 밀려 진입을 할 수가 없었다. 다행히 행사 준비 위원회가 마련해 준 재학생 구역으로 차를 돌려 넣은 하진은 에블린과 올리비아를 찾기 위해 핸드폰을 들었다.

"에블린?"

— 크리스틴! 어디야? 우리 지금 잔디밭에 와 있어. 이리로 와!

"응! 금방 갈게!"

조수석에서 가방과 옷을 챙긴 하진은 급하게 자동차 앞에서 졸업복을 챙겨

입었다. 학교 주변은 작은 배너와 간판들이 행사의 식순과 방향을 알려 주기 위해 여기저기 놓여 있었다. 걸음을 걸을 때마다 같은 클래스의 아이들이 저마다 얼굴에 한가득 미소를 그리며 사진을 찍기 바빴다. 그들과 비슷하게 생긴 부모님들과 형제자매의 얼굴들이 보이자 하진은 절로 미소가 그려졌다.

고등학교 졸업식은 당사자들만의 행사가 아닌 모두의 축제 같았다.

하진은 졸업식을 위해서 구두를 맞춰 신었더니, 몇 걸음 걷기도 전에 발이 아파 어쩔 수 없이 천천히 걸었다. 뒷굽이 흙에 빠지지 않도록 발꿈치를 들며 느리게 걷다 보니 많은 장면이 그녀의 시선 속으로 들어왔다. 작은 아이들이 뛰어놀고, 나무 사이사이마다 축하 문구가 걸려 있는 사인이라든가, 서로 모자를 주고받으며 사진을 찍는 학생들이 보였다.

학교 중앙을 지나자 나무 밑에서 서로의 어깨를 부둥켜안으며 우는 친구들이 보이자, 하진은 괜스레 울컥거리는 코끝과 눈가를 서둘러 진정시켰다. 그녀가 콧등을 비비며 하늘을 바라보았다. 제발 눈물이 우스꽝스럽지 않게 흐르지 않기를 바랐다.

하진은 친구들을 만나기 위해 서둘러 인파를 헤쳐 나갔다. 어느 정도 잔디 광장에 들어서자 그녀는 저 멀리 에블린과 올리비아가 이미 만나서 사진을 찍고 있는 모습을 발견했다. 멀리서도 웃음 전도사 같은 그녀들의 목소리는 하진의 걸음을 빠르게 만들었다.

"어? 크리스틴! 빨리빨리!"

"같이 찍자!"

"알았어!"

올리비아와 에블린이 손을 파닥거리며 그녀를 부르자, 하진은 불편한 구두를 무시하며 날렵하게 그들 사이로 파고들어 사진을 찍었다.

경쾌한 촬영음에 하진은 그제야 눈에 보이던 올리비아의 부모님을 바라보았다. 올리비아의 부모님은 그녀와 마찬가지로 얼굴에 주근깨가 가득한데, 그게 또 상당히 어려 보이게 만들었다. 마치 나이 차이가 크게 나는 남매라고 해도 믿을 만했다. 그들과 인사를 나누고 보니, 어느새 옆에 서 있던 에블린의 오빠들이 보였다. 그녀의 오빠들이 자신을 껴안으며 진득한 축하 인사를 전하자, 하진은 연신 얼굴에 웃음꽃을 피우며 인사를 건넸다.

"지니, 라이언은?"

"글쎄……. 아직 못 봤어. 먼저 학교 온다고 들었는데. 리허설 하고 있지 않을까?"

"일단 전화해 봐. 우리 먼저 푸드 트럭 가서 뭐 먹든가 하자. 부모님은 행사 맞춰 오셔?"

"아니, 아마 그 전에 오실 것 같아. 도착하면 전화 주신대."

"그래! 일단 우리끼리 사진 많이 남기자."

에블린과 올리비아의 가족들과 함께 가족 행사가 마련된 장소로 이동했다. 주변이 마치 축제를 즐기듯 춤을 추기도 하고 깔깔거리며 웃음을 터뜨리는 인파로 가득했다. 재학생들은 서로의 클래스가 아니더라도 이미 얼굴을 다 알던 작은 동네라, 에블린과 올리비아는 한 걸음 걸을 때마다 친구들과 사진을 찍기 바빴다.

하진은 얼떨결에 함께 사진을 찍다 보니 그들의 부모님으로부터 대학교 합격 축하 인사까지 받게 되자, 민망함과 멋쩍은 감정이 얼굴에 물들어졌다.

어색하게 한 손으로 제 뒷머리를 긁으며 적당히 대답하던 그때 하진의 뒤에서 익숙한 목소리가 들렸다.

"크리스틴!"

"어? 에밀리! 맥스!"

에밀리 뒤로는 맥스까지 합세하여 그녀에게 인사를 하러 오자 하진은 반갑게 맞이했다.

더 무슨 말이 필요할까. 그들은 처음이자 마지막으로 사진을 찍었다. 서로의 핸드폰을 돌려 가며 사진을 찍은 그들은 졸업복을 입은 서로가 익숙지 않은지 계속 고개를 위아래로 훑어보았다. 이제는 어색하지 않게 된 맥스에게 하진은 웃으며 말했다.

"맥스. 졸업 축하해. 우리는 보스턴에서 보자. 언제 가?"

"나는 그냥 무빙데이에 맞춰 갈 것 같아. 여기 더 있다가. 넌?"

"나도 그럴 것 같긴 한데, 우선 집이 이사하게 돼서 빅토리아는 그 전에 떠날 것 같아."

하진이 이사 얘기를 꺼내자, 에밀리와 맥스가 서로 얼굴을 쳐다보다가, 그녀에게 급히 다가오며 물었다. 그들에게는 굉장히 놀란 소식이었는지, 둘은 하진의 팔을 붙잡으며 되물었다.

"뭐? 어디로?"

"이사? 언제?"

하진은 시선을 이리저리 두다가 아직 결정된 곳은 없다고 말했다. 부모님께서 어떤 집이 좋을지 부동산업자랑 얘기를 나누고 있다는 것 외에는 아는 바가 없었다.

"아직 정해지지는 않았는데, 뉴저지 쪽이야. 아마 위로 갈 것 같아."

"아. 근처로 가시려는구나."

"응."

에밀리는 아쉬운 표정을 감추지 않고 얼굴에 드러내다가 갑작스레 하진의 어깨를 껴안았다.

"크리스틴, 꼭 또 보자. 방학 때 오면 볼 수 있을 줄 알았는데. 오늘이 마지막일 수 있잖아."

"……그러게. 보스턴 오면 꼭 연락해. 나도 브라운 쪽에 가게 되면 연락할게."

"아쉽다. 우리 더 시간 보낼 수 있었는데……."

하진도 마찬가지로 그녀를 껴안으며 물기가 가득한 아쉬운 감정으로 말을 이었다. 어색하게 맥스가 뒤에 서 있자, 하진은 반달 같은 이쁜 눈웃음을 지으며 그를 향해 팔을 뻗었다. 그제야 맥스도 피식 웃으며 하진과 에밀리를 크게 껴안았다. 오랜만에 보는 그의 담백한 미소였다.

"우리 이러고 있는 거 웃기다."

"그러게, 누가 보면 다시 못 만나는 줄 알겠어."

"큭. 모두 이스트라서 다행이다."

하진은 학창 시절 동안 헤어짐이 익숙한 생활을 보냈다. 자신이 생각한 거 이상으로 1년의 짧은 시간이 제법 깊게 마음속에 자리 잡았나 보다. 그들과 함께했던 순간이 파노라마처럼 스쳐 지나가자 하진은 에밀리의 등 뒤에 놓은 자신의 손끝으로 눈썹을 비볐다. 제발 눈물이 여기서 흐르지 않아야 하는데 말이다. 도움이 하나도 되지 않는 손짓은 오히려 그녀의 눈가를 자극하는 꼴이 되어 버렸다. 결국……. 속절없이 빨리 가 버린 이 시간이 못내 아쉬웠던 그녀의 마음이 덩어리가 되어 올라와 그녀의 눈가에서 반짝이며 흘러내렸다.

그녀와 눈이 마주친 에밀리도 손으로 얼굴을 감싸 안으며 어깨를 들썩였다. 그렇게 한동안 하진은 아쉬운 마음을 가득히 담아 둘에게 인사를 나누고는 에블린과 올리비아가 있는 곳으로 발길을 돌렸다.

"지니, 인사 잘했어?"

에블린은 멀리서 하진의 인사를 기다렸는지, 그녀의 어깨에 팔을 올려 제 쪽으로 끌어당겼다. 어쩜 이렇게 에블린은 자신의 마음을 잘 아는지, 하진은 애써 잠갔던 눈물을 터뜨리는 수밖에 없었다. 눈가가 뜨거워지더니 입술이 씰룩거리다가 이내 뜨거운 김을 토해 냈다.

"응. 너무 아쉽다. 너무 슬퍼. 이렇게 슬플 줄 몰랐어……."

"울지 마, 크리스틴."

"흑……. 우리는 헤어지지 말자 에블린."

"당연한 소리. 우리 '원 세컨즈' 보러 가는 거 당장 다다음 주야, 지니."

"……큭."

하진은 에블린의 작은 어깨에 눈물을 닦고는 그녀의 대수롭지 않은 말에 피식 웃어 버렸다. 그런 그녀의 어깨를 갑자기 누가 뒤로 당기자, 하진은 잠시 정신을 차릴 수 없었다. 그녀를 이렇게 제 거라는 듯이 당겨 안는 이는 향기만으로도 알아챌 수 있었다. 단단한 그의 품에서 하진은 자신이 좋아하는 우드 향을 깊게 들이켰다.

"라이언."

그녀의 어깨를 감싸 안은 그의 큰 손이 이제는 그녀의 머리를 천천히 쓸어내렸다.

"왜 울어. 누가 울렸어?"

"그런 거 아니야."

라이언은 그녀의 얼굴을 조심스레 올려서 제 눈과 마주치게 했다. 오늘따라 졸업복에 모자까지 갖춰 입은 그를 바라보자 하진은 다시 한번 심장이 뛰었다. 날카롭게 뻗은 콧날은 햇빛에 반짝였고, 그의 짙은 밤색 눈에는 자신의 얼굴이 가득 차 있었다. 가지런한 눈썹에 힘을 주어 그녀의 기색을 탐색하던 그는 어깨를 으쓱하며 그녀의 얼굴을 놔 주었다.

"울지 마. 크리스틴."

"응. 넌, 안 슬퍼?"

"슬플 게 뭐가 있어. 세상은 좁아. 언제 어디서든 다시 보게 될 건데, 뭘."

"그래도 당장은 못 보잖아. 이게 마지막일 수도 있고."

"우선, 우리끼리라도 추억 많이 남기자. 사진은 많이 찍었어?"

"응. 푸드 트럭 쪽으로 가서 뭐 먹으려고."

라이언은 그녀의 손에 있던 모자를 제 손으로 씌워 주며, 작은 손을 잡아 이끌었다. 하진은 자신의 뒤에 서 있던 에블린과 올리비아에게 손짓하며 그들을 불렀다. 그녀들의 양옆에는 언제 왔는지 매트와 마이크도 서 있었다.

"이제 다들 모였네! 거기 지금 사람 미어터지나 봐. 매트가 방금 거기서 온 거래."

올리비아는 제 손을 뒤로 보내며 매트를 가리켰다. 매트와 마이크도 졸업복을 차려입은 단정한 모습이었다. 항상 운동복만 입고 다니던 형제들이 오늘은 달라 보였다.

"그래? 그러면 아트 스쿨로 갈까? 에블린 작업실에 있다가 행사 시작할 때 나오자."

"그래!"

"좋아!"

하진의 말에 동의하며 고개를 끄덕인 그들은 이미 학교를 구석구석 구경하고 계신 부모님께 손을 흔들고는 자연스럽게 식당을 지나 그들의 아지트인 아트 스쿨로 향했다. 이번 주 월요일까지만 하더라도 학교 가방을 메고 들어갔던 아트 스쿨의 현관을 모두가 졸업복 차림으로 들어가자 기분이 싱숭생숭했다. 자신만 그런 게 아닌지 말없이 에블린의 작업실까지 모두가 아쉬운 발길을 이끌며 걸어갔다.

하진은 부모님이 도착했다는 메시지를 읽고는 그들에게 친구들과 사진을 찍고 곧 본관으로 가겠다는 메시지를 남겼다. 어차피 본관에서는 모든 학생이 학사모를 쓰고는 자리에 앉아 이름이 호명될 때까지 기다리고 있거나, 수상하는 아이들은 무대 뒤에서 대기하고 있을 예정이니 부모님을 만날 시간이 행사 직전이거나 끝나고 나서 볼 수밖에 없었다.

"헤이! 우리 여기서 다 같이 사진 찍자."

올리비아는 이번 학기 동안 점심을 함께했던 테이블을 가리키더니, 작은 상자를 부지런히 이끌어서 핸드폰을 올려 두었다.

자연스럽게 자신들의 지정석으로 물 흐르듯 움직인 애들은 저마다 독특한 포즈를 취하며 사진이 찍히길 기다렸다.

"웃기게 가자! 준비해!"

올리비아는 활짝 웃으며 손가락 세 개를 위로 펼치며 말을 이었다.

"하나, 둘, 으앗! 간다!"

"빨리 와!"

에블린과 하진의 옆으로 뛰어 들어온 올리비아는 비록 뒷모습만 찍혔지만, 네모난 사진 속에 그려진 여섯 명의 행복한 기운이 절로 흘러나오는 듯하다. 햇빛에 반사되어 반짝거리는 그들의 학사모 끝자락들이 별처럼 부서졌다. 텅 빈 미술실에서 서로의 어깨를 끌어안으며 활짝 웃고 있던 그들의 모습은 눈이 부신 청춘의 싱그러움을 가득 뿜어내고 있었다. 사진 속에는 그들의 인생에서 가장 순수했던 한 시절이 그렇게 멈춰 있었다.

졸업식, 그 후

과제가 풀리지 않아 기숙사 침대에 누워서 핸드폰을 연신 위로 올리던 하진은 당시 부모님이 찍어 준 동영상을 틀었다. 홀로 추억놀이를 하며 졸업식 사진을 다시 꺼내 보았을 때야 비로소 자신뿐만 아니라 에블린도 마찬가지로 눈물을 참고 있던 표정을 찾을 수 있었다. 여러 장이 담긴 앨범 속에는 한 장 한 장마다 그녀의 옆을 라이언이 가드처럼 지키고 있었다. 사진 속 그는 과제에 지쳐 있는 지금과는 다르게 청명한 기운을 뽐내며 청춘의 한 자락을 그리며 서 있었다.

동영상은 졸업 행사가 모두 끝난 후, 각자 어깨에 띠를 두르고는 광장으로 나와서 빅토리아 스쿨의 전통적인 연례행사를 치르고 있는 모습을 담고 있었다. 빅토리아 하이스쿨은 매년마다 졸업생들이 모여서 학사모를 동상에 던지는 행사가 있었다. 꽤 높이 서 있는 동상은 학교 설립자인 빅토리아를 본떠서 만들었는데, 그녀의 머리에 학사모를 던지는 것이 졸업식의 하이라이트였다. 모든 학생이 연이어 실패해서 그런지 동상 주변에는 아이들의 학사모로 수북했다. 발을 동동 구르며 탄식하는 자신의 모습에 하진은 피식 웃었다. 그녀의 모자는 동상의 근처에도 가지 못하고 떨어졌었다.

'맞아. 시원하게 실패했지.'

화면이 잠시 멈추었다가 이내 라이언이 학생들 틈에서 걸어 나왔다. 라이언이 학사모를 던지는 순간에는 모든 신입생과 주변 여자애들이 일제히 그의 모습을 담으려 카메라를 꺼내는 모습들이 담겨 있었다. 그때나 지금이나 그는 사람들을 전혀 신경 쓰지 않았다.

그들의 기대에 부응하듯 라이언은 물수제비를 하던 멋진 자태로 자신의 학사모를 힘차게 부메랑처럼 날렸다. 모두가 긴장한 채로 모자를 따라 시선을 움직였다. 모두의 바람을 알아들었는지 그의 학사모는 수려한 포물선을 그리며 자석처럼 동상의 머리에 정확히 안착했다.

"와아!"

"역시!"

"Great!"

"Perfect!"

동영상의 끝은 라이언이 두 손을 높게 펼쳐 들고 우렁차게 포효하는 모습을 보이고는 뒤를 돌아서 그녀에게 달려와 허리를 잡아 그의 어깨에 둘러메는 장면으로 이어졌다. 까르륵거리며 신이 난 자신의 웃음소리가 스피커에 너무 크게 울리자, 하진은 옆에서 공부하는 룸메이트에게 혹시라도 피해가 갈까 봐 얼른 스피커의 음량을 낮추었다.

그러다가 조용히 손가락으로 핸드폰을 타닥타닥 두드리던 하진은 침대에서 일어나 카디건을 챙기며 룸메이트에게 말을 남겼다.

"나, 잠시 다녀올게!"

오늘 온종일 과제 때문에 괴로워하고 있을 라이언에게 커피라도 사 주기 위해 메인 도서관으로 향했다. 바로 전에 그에게서 온 문자를 생각하며 하진은 자신의 말간 얼굴에 사랑스러운 미소를 띠며 빠른 발걸음으로 기숙사를 빠져나왔다. 그녀의 작은 발은 적당한 간격으로 교차를 하다가 이윽고 빠른 박자로 뛰기 시작했다.

[Christine. I miss you.]

— Fin

번외. Moving Day

기숙사 복도는 여러 사람이 부랴부랴 제 짐을 챙기며 일사천리로 움직이고 있었다. 그중에서도 2인실 방 한구석에는 하진이 허리에 손을 올리고는 책상과 침대 사이에서 깊은 고민을 하고 있었다. 대체 이 자잘한 짐들을 어디에 올려 두면 좋을지.

머리를 위로 바짝 묶은 그녀는 앞으로 자신이 1년간 지낼 곳을 둘러보며 미소를 지었다. 오늘따라 유난히 날씨가 화창해서 그런지, 아니면 코너 룸이라서 햇빛이 사방으로 길게 들어와서인지 모르겠으나 방은 생동감과 활기로 가득하였다. 침대 머리끝은 바로 직사각형인 창문과 맞닿아 있었다. 그녀는 나중에 들여올 커튼의 치수를 재기 위해 손안의 줄자를 주르륵 꺼냈다.

"크리스틴! 이거 어느 쪽으로 놓으면 좋니?"

"아! 아빠 그거 여기요!"

하진은 그레이엄이 앨리스와 함께 두 손으로 받치며 들고 오는 무거운 상자를 보고는 빠르게 그녀가 생각해 둔 위치를 가리켰다. 다행히도 아직 기숙사에서 같이 지낼 룸메이트가 들어오지 않아서 그녀는 부모님과 함께 방에서 자유롭게 물건을 정리하고 있었다.

그레이엄은 주차장에서부터 힘들게 가져온 상자 안에 대체 무엇이 들었냐며 앨리스에게 물었지만, 그녀는 그런 그에게 빨리 걷기나 하라며 되받아쳤다.

"좀! 그레이엄! 거기 잘 잡아요! 무너지잖아요!"

"으……. 나도 지금……. 잠시만! 여기, 여기로!"

하진은 허리를 굽힌 채 무거운 상자를 침대에 거의 던지다시피 둔 부모님을 바라보며 빙그레 웃었다. 오늘은 태어나서 처음으로 룸메이트를 가져 보는 데다가 딱딱한 갈색 가구와 빛바랜 벽지까지도 그녀의 마음에 쏙 들었다.

"진. 대체 여기 안에 뭐가 들은 거니?"

앨리스는 허리를 탕탕 두들기며 몸을 풀더니 그녀의 앞에서 상자의 뚜껑을 열었다. 그녀는 멋쩍은 미소로 침대맡에 다가갔다. 부모님이 들고 온 상자에는 졸업식이 끝난 후, 라이언과 함께 동네 서점에서 산 앞으로 공부해야 할 전공 수업과 관련해서 참고할 만한 서적이 들어 있었다.

"어쩐지, 다 책이었구나."

"하하. 네, 이거 다 필수 서적이라고 해서요. 맥스가 추천해 준 거 사 왔어요."

그녀는 그렇게 말하며 당시 라이언이 맥스가 준 종이를 불태워 버릴 듯이 쳐다보고는 책 한 권을 짚을 때마다 툴툴거리던 장면이 생각나 속으로 웃었다.

"룸메이트는 아직이니? 누구라고 그랬지?"

"아. 잠시만요."

하진은 기숙사 담당자가 붙여 놓은 룸메이트의 신상 정보를 문 앞에서 읽어 내려갔다. 학교에서는 신입생 룸메이트를 처음엔 직접 붙여 주었는데, 주로 학교 측에서 서로에게 시너지가 될 만한 조합으로 묶어 주었다. 학생마다 서로 성향이 다르더라도 어차피 학과 전공 수업이 시작되면 룸메이트 얼굴은 보고 싶어도 볼 수 없는 순간이 많다고 들었다.

"음……. 아. 캘리포니아에서 왔고요. 엘레나예요!"

"아하! 그 친구도 곧 오겠지?"

하진은 2인실인 기숙사 방문 앞에서 엘레나와 관련된 짧은 소개 글을 읽었다. 자신도 짧게 메일로 회신해 둔 소개서가 그녀의 이름 카드 옆에 나란히 붙어 있었다.

사진으로 본 그녀의 모습은 전형적인 '캘리걸' 다웠다. 구릿빛 피부에 귀여운 보조개가 그려진 그녀는 꼭 장난꾸러기 여동생 같은 모습이었다. 영재인지 그녀는 실제로도 하진보다 한 살이나 어렸다.

기숙사 복도에 걸쳐 선 그녀는 사방에서 상자들을 들고 들어오는 학생과 그들의 부모를 바라보았다. 설렘과 기대감에 벅찬 그들은 열이면 열, 하나같이 하버드 티셔츠를 입고 돌아다녔다.

"크리스틴! 이건 어디에다가 두면 되니? 우리 거의 다 끝났으면 밥 먹으러 갈까?"

그레이엄과 앨리스는 그녀보다 더 빠른 손길로 하진의 물품들을 정리했다. 이미 어떻게 하면 더 효율적으로 기숙사 생활을 할 수 있는지 알고 있던 그레이엄과 앨리스는 자신들의 기숙사 생활을 회상하며 도란도란 말을 나누기도 했다. 그들의 얼굴에서도 밝은 에너지가 흘러넘쳤다.

그리고 그레이엄이 준비한 패밀리 티셔츠는 하진을 꽤 당황스럽게 만들었다. 나란히 서서 걸을 때면 지나가는 학생들이, 특히 부모님들이, 모두가 엄지손가락을 치켜세우며 그들 곁을 지나쳐 갔다.

"아빠……. 이거 너무 튀나 봐요."

"그러게 말이다. 이걸 언제 주문해서. 아휴."

"인생에 한 번인데! 뭘!"

그레이엄이 주문한 풀오버는 앞에는 'Brown Family'가 적혀 있었고, 각자의 등에는 'Daddy', 'Mommy', 그리고 하진의 등에는 'Baby'라고 적혀 있었다. 가뜩이나 충분히 딸이나 'Kid'라고 쓸 수 있는데도 불구하고 베이비라니. 하진은 처음에 티셔츠를 입을 때에는 등을 신경 쓰지 못했다가 지나가는 친구들이 짓궂게 베이비라고 부르자 옷을 벗어 던지고 싶은 굴뚝같은 마음을 애써 눌러 담았다. 차마 아빠를 서운하게 만드는 행동을 할 수 없었다. 특히 오늘 같은 마지막 날에는 말이다.

"좀만 참으렴, 크리스틴. 머리를 뒤로 넘겨서 가리면 잘 안 보일 거야."

앨리스는 그런 그녀의 창피함을 충분히 이해한다는 듯이 다가와서는 그녀의 머리를 풀어 길게 늘어뜨려 주었다. 요즘 머리를 자르지 않아서 그런지 가슴까지 내려오는 그녀의 머리는 다행히도 등 뒤의 낱말을 어느 정도 가려 주었다. 자신이 뛰어다니지만 않는다면, 부모님이 돌아가는 시간까지 어떻게든 버틸 수 있을 것이다.

"자! 가자! 그런데 라이언은 어딨니?"

그레이엄은 하진의 침대보와 이불을 옷장에 정성스럽게 접어 넣고는 손을 탈탈 털며 물었다.

"라이언은 같은 건물이긴 한데, 위층이에요."

"그래? 가족들이랑 왔으려나?"

"아마도요. 형이랑 같이 왔을 거예요. 이따가 다 정리하고 식당에서 보기로 했어요. 형들도 모두 여기 학생 출신이니, 알아서 잘해 주실 거예요. 저희 먼저 가요."

라이언의 부모님은 요새 신사업에 투자하느라 늘 바쁘다고 들었다. 그중에서 피셔 패밀리와 같이하던 미술 산업에서 꽤 많은 자본금을 얻고 있어서 미술 분야에 정통한 투자자가 있는 샌디에이고로 거의 이사를 간 것과 거의 다를 바 없는 생활을 하고 있다고 들었다.

그래서 그런지 대개 그의 학교생활이나 필요한 일들이 있으면 형제들이 도맡아서 도와주고 있었다. 일전에는 몰랐지만 요즘 라이언을 만나면서 느낀 건, 그가 꽤 와이엇 집안에서 사랑받는 막내라는 것이었다. 끊임없는 내리사랑을 받은 것치고는 굉장히 시니컬한 성격을 지니고 있었지만 말이다. 항상 그녀에게만 한정으로 베푸는 행동과 말투는 전혀 새로운 것이 아니라 주로 가족들에게서 받은 사랑을 그대로 따라 하는 것 같았다. 받은 사랑이 그렇게 많으면 주는 것도 하면 좋을 텐데, 꼭 그런 부분은 제게만 주고 있어 간혹 민망한 상황이 벌어지고는 했었다.

기숙사 입주 기간에 맞추어서 들어온 하진과 라이언은 서로 짐 정리를 하고 신입생 식당인 아넨버그 홀에서 만나기로 미리 약속했었다.

하진은 부모님과 먼저 식당에 입장한 후, 자리에 앉았다. 핸드폰을 들어 그에게 문자를 남긴 하진은 그녀가 도로 주머니에 넣기도 전에 답신이 온 라이언의 문자를 확인했다.

[C. Be there soon.]

하진은 그의 답신에 웃으며 부모님에게도 곧 라이언이 온다는 소식을 알렸다.

소문과 비슷하게 음식이 그렇게 썩 맛이 있지는 않았지만 앞으로 1학년 동안 이곳에서 적어도 한 번은 식사하게 될 것 같아 애써 음식에 대한 평을 하지는 않았다. 게다가 지난겨울에 투어로 잠시 견학 왔었던 공간에 다시 재학생으로서 앉는 기분은 무어라 말하기 힘든 벅참이었다.

"진. 여기 너무 멋지다. 왜 영화에 자주 쓰이는지 알겠어."

앨리스는 하진에게 말하면서도 고개를 천장 위로 올리고는 목을 길게 늘이며 위에 매달려 있는 샹들리에를 쳐다보았다. 주변은 고풍스러운 옛 빈티지 시절을 고이 간직하고 있는데, 그 속에서 학생들은 각양각색이었다. 마치 작은 마을에 다시 새로이 정착하게 된 느낌이 들었다.

라이언을 기다리면서 시간을 좀 더 보내 보려 했지만, 그레이엄의 개인 일정 때문에 빠르게 자리에서 일어나야 했다. 요즘 그가 병원에서 관리하는 한 환자가 생사의 갈림길에 놓여 있었는데, 갑작스레 보스턴 병원 응급실에 들어온 환자의 뇌사 판정이 5분 전에 결정되는 바람에 1순위였던 그레이엄의 환자가 받게 되었다. 1분 차이로 생사의 기회를 놓칠 수 있는 치열한 이 상황에서 그레이엄이 하늘이 도왔다는 말을 하고는 자리에서 급히 일어나자 그의 의자가 뒤로 우당탕 넘어가 버렸다.

"하진, 내가 오늘 엄마와 함께 있으려 했는데 말이다. 어쩌면 좋지? 아빠가 가 봐야 할 것 같아."

"그럼요. 전 걱정하지 마세요. 얼른 가세요. 엄마, 엄마도 같이 가서도 돼요."

하진은 의자에서 일어나 허둥거리는 그레이엄을 대신하여 카메라와 그의 가방을 챙겨 앨리스에게 건넸다. 앨리스도 그레이엄을 따라서 자리에서 일어나고는 하진을 끌어안고 뺨에 비쥬를 날리며 황급히 인사를 마쳤다.

"그래, 그래. 크리스틴. 무슨 일 있으면 반드시 연락하고. 항상 우리 집은 네게 열려 있는 거 알지? 엄마 아빠가 말 안 해도 하진이 잘할 거라 믿지만, 우리 생각해서라도 방학에는 꼭 와야 한다?"

앨리스는 속사포로 빠르게 하진에게 말을 하더니, 그레이엄에게 그녀를 넘겼다. 그레이엄은 급한 와중에도 하진의 이마에 입을 맞추며 자랑스럽다는 눈빛으로 제 딸을 내려다보았다. 언제 이렇게 다 커서 자신의 품을 벗어나게 되었는지, 새삼 시간이 잡을 수도 없이 훌쩍 멀리 떠나 버린 것 같았다. 아직도 제 눈에는 꽃무늬 원피스를 입고 마당 앞을 아장아장 걷던 그녀의 어린 시절이 생생히 기억나는데도 말이다. 이제는 브라운이라는 이름을 달고 사회생활에 한 발 다가간 성년이 된 딸이 이렇게도 자랑스러울 수 없었다. 그리고 한편으로는 둥지에서 떠나보내는 아빠 새의 마음이 충분히 이해되었다. 그는 하진의 얼굴을 소중히 잡아 올렸다.

"하진. 항상 아빠는 널 사랑해. 알지? 힘든 일이 있어도 잘 지낼 거라고 믿지만, 그렇다고 너무 버틸 필요 없단다. 무슨 일 있으면 우리는 항상 네 뒤에 있으니 언제든지 문 열고 들어오렴. 그리고. 라이언한테도 안부 전해 주고. 그 아이 얼굴도 못 보고 가서 아쉽구나."

"아니에요. 라이언한테는 제가 말할게요. 걱정하지 마시고, 어서 주차장으로 가요 우리!"

그레이엄과 앨리스는 접시에 놓인 밥을 다시 빠르게 반납하고는 서둘러 주차장으로 향했다. 곧 부모님이 자신을 떠난다는 생각에 발길이 무거워진 건 비단 그녀만이 아니었을 것이다. 주차장에는 이미 빠져나간 차들로 한산했다.

"그럼, 우리 갈 테니까 하진 오늘 자기 전에 연락하자!"

그레이엄은 운전석에 앉아서 빠르게 시동을 켜면서도 하진에게 급히 손을 흔들며 말했다. 앨리스는 그레이엄의 뒤에 앉아서 그의 뒤통수에 대고는 못 말리겠다는 표정으로 웃으며 하진에게 같이 손을 흔들었다.

"아빠. 내일 해요! 지금 수술 들어가면 언제 끝날지 모르잖아요. 내일 제가 오전에 전화할게요."

"그래! 알겠다. 하진 사랑한다!"

"See you baby!"

앨리스와 그레이엄은 연신 하진을 향해 손 키스를 빠르게 날리며 부리나케 차를 몰고 떠나 버렸다. 그들의 차가 꽤 빠르게 주차장을 벗어나는 뒷모습을 쓸쓸히 바라보던 하진은 모든 일이 끝난 것처럼 어깨를 으쓱했다가 땅으로 주욱 당겨 내렸다. 말은 그렇게 했지만, 여러모로 부모님과 헤어짐의 인사를 하는 순간은 익숙지 않았다. 마음 한쪽이 무겁고 우울해졌다. 아무리 룸메이트가 좋아도 집만큼 편한 곳이 있을까 싶었다.

하진은 터덜터덜 운동화의 앞코로 바닥을 차면서 걸어 나갔다. 오밀조밀 놓여 있는 벤치와 잔디밭을 지나쳐 다시 중앙 도서관 쪽으로 돌아왔다. 주머니를 울리는 핸드폰 소리에 하진은 갑자기 라이언이 생각나 빠르게 전화를 받았다.

"여보세요."

— 크리스틴? 어디야? 나 지금 식당인데.

"아. 아빠가 갑자기 수술이 잡혀서, 배웅하느라. 지금 다시 중앙 도서관 쪽으로 가고 있어."

— 그러면 밥은 먹었어?

"아니. 대충 먹었는데, 딱히 고프진 않고. 너는? 루이스랑 있어?"

— 형은 지금 또 회사 일 때문에 가야 한대. 가라고 하지 뭐. 내가 그리로 갈게.

"그래 그럼. 나 여기 와이드너 앞 벤치에 앉아 있을게. 천천히 와도 돼."

— 알았어. 기다려!

성급하게 뚝 끊겨 버린 라이언의 전화에 하진은 기분이 싸한 느낌이 들었다. 왠지 대충 형에게 인사하고 그녀에게 달려올 것만 같은 느낌이 들었다. 하진은 이제 그와의 시간이 그렇게 어색하지는 않았지만, 기숙사 입주 첫날부터 그의 잘생긴 외모와 다부진 체격이 엄청 유명한 스포츠 선수가 아니냐는, 복도에 있던 신입생 여자애들의 말을 안 듣고 싶어도 귀에 꽂히듯이 들려왔다.

다행스럽게도 오늘 입주하는 날에는 그와 함께 있는 순간이 많지 않았지만, 아무래도 그의 성격상 제 방을 제집 드나들 듯이 찾아와 문을 두드리며 기다리고 있을 것 같은 상황이 안 봐도 훤했다.

하진은 벤치에 앉아서 뒷머리를 손에 걸고는 휙 등 뒤로 빼냈다. 그러고는 두 무릎을 감싸 안고는 고개를 들어 하늘을 쳐다보았다. 하늘은 푸르고 구름 한 점 없는 날씨를 바라보니 앞으로 4년간 얼마나 많이 볼 수 있을지 모르겠다 싶은 느낌이 들었다. 조금 전까지만 해도 신입생에게는 관심도 없는 선배들은 책을 한 아름 등에 지고는 도서관으로 향했는데 그들의 뒷모습이 꼭 자신의 미래 같아 마음이 불안했다.

과연 적응을 잘할 수 있을지. 룸메이트는 사진처럼 밝은 아이일지. 오늘따라 에블린이 너무 보고 싶었다. 지난 방학 기간에 에블린이 초대한 집에 가서 신나게 여름을 즐기고 온 하진은 한 가지를 더 깨달을 수 있었다.

'라이언은 수영복을 입고 있어도 멋졌다는 것이다.' 하진은 눈을 조용히 감으며 그때의 상황을 회상했다.

○　●　○

지난달.

LA 공항에 도착하자마자 소리를 지르며 만난 그들은 에블린의 집 앞에 있는 풀에서 파티를 하루 내내 이어 가며 놀았다. 게다가 드디어 기다리던 재즈 밴드의 공연을 봤을 때의 그 느낌은 다시 생각해도 가슴이 터지도록 즐거웠다.

비록 프로듀서의 까칠한 태도에 다소 얼어 버린 그녀였지만 에블린과 에이전시 팀장의 뒤에 서서 조용히 밴드 음악을 경청했다. 공연이 끝난 후에 있었던 애프터 파티는 에블린의 집에서 이루어졌다. 간단한 소모임처럼 보내려 했지만, 공연 관계자와 에블린의 에이전시의 인맥까지 합세하여 참석하게 되자 네트워킹의 모임으로 변질이 되었다. 저마다 친구들을 이리저리 불러서 그런지 에블린의 집에 얼굴도 모르는 많은 사람이 북적였다. 아직 법적으로는 미성년인 에블린과 자신들을 생각해서 에이전시 관계자는 적당히 무알코올 드링크만들일 수 있게 편의를 봐주곤 했다.

분위기가 무르익자 이제는 서로 대화가 통하거나 관심 있는 상대와 작은 그룹을 만들어 저마다 대화를 도란도란 이어 나가고 있었다. 하진과 라이언은 둘이서 구석에 있는 소파에 앉아 앞으로 학교생활에 대해 준비해야 할 부분들을 얘기하고 있었다. 넓은 공간에 앉을 곳이 몇 개 없던 터라 전세를 내며 자리를 차지하고 있던 라이언과 하진 앞으로 밴드의 프로듀서가 천천히 걸어 들어왔다.

오늘 본 그의 모습은 바늘에 찔려서 피가 흘리면 나른하게 바라볼 것만 같은 사람이었다. 어둡고 무료해 보였지만, 그의 눈 안에는 무언가 반짝였다. 그는 그녀와 라이언의 앞에 고고하게 서 있는 하얀 그랜드 피아노의 끝을 쓰다듬다가 하진과 눈이 마주쳤다.

“……”

“……”

동그랗게 눈을 뜨며 자신을 바라보는 하진을 향해 그는 속눈썹을 깊게 바닥으로 내리며 피아노 앞에 숨겨져 있던 의자를 발로 툭 꺼내었다. 그런 그의 모습에 하진은 침을 꿀꺽 삼켰다. 유명한 프로듀서의 연주를 자신의 눈앞에서 바라보는 이 기회가 앞으로 다시 올까? 하진은 라이언의 손을 잡아 이끌어 피아노 쪽으로 다가갔다.

라이언은 그녀의 작은 힘에도 무거운 제 몸을 날렵하게 일으켜 따라갔다.

다부진 희고 긴 손가락이 흰 건반과 검은 건반을 아주 빠르게 지나치며 만들어 내는 그의 음악은 하진이 여태 빠져들었던 그들의 노래와는 제법 다른 스타일의 연주였다. 서정적인 재즈 음악만을 하지 않고 꽤 강렬한 음악에 리듬감이 있는 그의 연주는 그의 모습과 비슷했다. 거친 느낌이지만 가까이서 보면 화려하고 냉소적이라 그의 차가움이 손끝으로 옮아올까 무서워 만질 수 없는 그런 느낌 말이다. 가까이할 수 없는 저 먼 아름다움과 같았다. 그가 만들어 내는 음악은 다가오지 말라는 말을 외치는 상처받은 어린 소년과도 같은 느낌이었다.

"와……."

하진은 연주하는 프로듀서의 뒤에서 서성거리다가 우물쭈물하며 근처에 놓인 의자를 가져와 가까운 곳에서 조용히 연주를 들었다. 라이언은 그녀의 표정과 연주를 하는 남자의 뒷모습을 연달아 바라보고는 두 눈에 푸른 불꽃을 터뜨렸다. 그는 어떻게든 그녀의 시선을 제게로 돌리는 유치한 질투를 일삼다가 하진이 연주에 푹 빠져들자, 그녀의 의자 밑에 철퍼덕 앉아 자신의 머리를 그녀 무릎에 올려 두었다. 마치 제 주인을 지키려는 레트리버와 같은 행세에 에블린은 멀리서도 그 모습을 보고는 고개를 절레절레 흔들었다.

담배를 입에 살짝 물고는 연주를 하는 그의 모습에 빠져든 하진은 멍하니 귀를 열어 라이언의 머리를 쓰다듬으며 들었다.

"크리스틴. 나랑 나가자."

"잠시만……. 저거 즉흥 연주잖아. 듣고 나가자."

툴툴거리는 라이언의 짙은 머리를 하진은 쓰다듬으며 말했다. 라이언은 그녀의 다리를 자신의 두 팔로 감싸 안아 더 제 쪽으로 끌어당겼다.

그날따라 하진은 밴드 연주를 들은 후부터 프로듀서와 연주자들에게 눈을 떼지 못하고 있었다. 자신의 가슴 저 밑바닥부터 올라오는 울컥거리는 느낌이 라이언은 이 밤 내내 마음에 들지 않았다. 가뜩이나 에블린의 집에 오자마자 항상 셋이서만 노는 것도 불만이었는데, 오늘은 시키면 남자들까지 같이 있다 보니 더더욱 턱을 굳히며 눈에선 불꽃을 터뜨렸다.

피아노를 치던 로이드는 자신의 연주를 집중하며 듣는 하진의 모습을 아래로 늘어뜨린 시선으로 살짝 보다가 고개를 더 내리자 라이언과 눈이 마주쳤다. 자신을 극도로 경계하는 늑대 새끼 같은 저 얼굴을 보아하니 그녀의 남자 친구쯤 되나 싶었다. 피식 웃음이 터지자 건반 밑으로 그가 문 담배의 재 가루가 떨어졌다.

하진은 어어거리며 그의 담배에 더러워질 피아노가 걱정되었다. 저 새하얀 그랜드 피아노에 검은색 재라니. 엉덩이를 떼려던 그녀의 반사 신경을 라이언은 매몰차게 내리눌렀다. 그녀는 몰랐지만, 라이언은 로이드를 예의 주시하며 그녀를 쳐다보는 저 검은 덩어리를 어떻게든 더는 만나 보고 싶지 않았다. 오늘부터 그는 그녀의 세트리스트에서 이 밴드 음악을 모두 없애 버리는 걸 목표로 세웠다.

연주가 끝나자 하진은 박수로 자신의 감탄을 돌려주었다. 영국 태생인 그는 런던에서 온 사람답게 냉소적인 반응으로 하진에게 고개를 살짝 끄덕이고는 드러머가 가져다준 잔을 들어 야외로 나갔다.

하진은 라이언의 머리를 살짝 들어 눈을 빛내며 물었다.

"라이언. 진짜 멋지지 않아? 라이브 연주라니! 애프터 파티 같은 데 못 올 줄 알았는데……."

고등학교 졸업을 했지만, 미성년인 그들을 이렇게 애프터 파티에 불러 줄 줄 몰랐다. 에블린의 집이 파티 장소가 되어 어쩔 수 없이 초대해 준 거라고 쳐도 하진은 기뻐서 날뛰었었다.

"저게 뭐라고. 나가자. 응? 우리 여기 LA까지 왔는데 바다도 못 보고. 바다 보러 가자."

"바다?"

하진은 솔깃한 제안을 하는 라이언의 물음에 고개를 기울였다. 그는 자신의 제안이 먹혀들 것 같은지 그녀의 무릎에 턱을 괴고는 눈웃음을 이쁘게 지으며 말했다.

"응. 여기 헌팅턴비치 코앞이잖아. 둘이 나갔다 오자. 응? 오늘 우리 데이트 날이라며."

라이언은 큰 손으로 그녀의 무릎을 잡고는 양쪽으로 흔들었다. 의자에서 다리가 휘청거리며 흔들리자 자연히 그녀의 어깨까지 흔들렸다. 사실 오늘은 연주만 보고 헤어질 줄 알았는데 즉흥적으로 결정되어 버린 애프터 파티 때문에 그에게 약속했던 둘만의 시간을 지키지 못했다. 하진은 천천히 고개를 끄덕였다.

"그……럴까? 그래도 좀 아쉬운데. 아직 사인도 못 받았어. 이럴 줄 알았으면 CD 사 오는 건데."

하진은 자신이 좋아하는 연주자들의 모든 사인을 한 장에 받고 싶어서 몸이 근질거렸다. 그런 그녀의 어깨를 제 쪽으로 잡아당기며 라이언은 그녀를 밀어서 자리를 뜨려 했다.

"사인은 에블린한테 받아 달라 해. 걔 지금 저기서 에이전시랑 얘기 나누느라 정신없네."

하진은 저 멀리 에블린이 에이전시 팀장과 머리를 맞대고는 계속 서로 손짓과 발짓으로 열정적인 대화를 나누는 장면을 바라보았다. 오늘 연주 공연을 보고서 에블린이 나지막이 그림 분위기를 갈아엎어야겠다는 말을 하고는 오후 밤이 되도록 에이전시와 얘기를 하고 있었다. 아마 자신이 생각하던 그림 방향과는 완전히 다른 색채로 가야 한다고 열띠게 토론하는 중일 것이다.

잠시 둘이서 나갔다 와도 모르겠다 싶어서, 하진은 라이언에게 알겠다고 말하고는 2층에 자신이 묵고 있는 방으로 올라갔다. 라이언은 그녀의 뒤를 따라서 계단을 천천히 올랐다. 혹시라도 저 늙다리가 그녀의 주변에 얼쩡거렸다가는 오늘 이 집에서 나가는 건 저것들이 아니라 자신과 하진이 될 거였다.

하진의 방문 앞 복도에 등을 기대어 핸드폰을 보고 있던 라이언은 자신의 시선 끝에 걸리는 검은색 구두를 보았다. 반사적으로 라이언의 두 눈이 차갑게 굳었다. 미간을 살짝 모은 그는 구두의 주인을 바라보았다. 태어나서부터 형들과 모델들을 제외하고는 단 한 번도 제 눈과 비슷한 시선에 있는 사람들을 만나지 못했는데, 이 남자도 그중에 하나로 들어오려는 모양이다.

키가 큰 자신의 시선과 동일 선상에 있는 로이드의 얼굴을 바라본 라이언은 입을 꾹 다물었다. 볼살이 살짝 움직였는데, 자신이 긴장하고 있다는 것을 알아채지 못하게 하려고 라이언은 로이드 앞에서 부단히 노력했다.

"뭐죠?"

"크리스틴에게 전해 줘."

로이드는 자신의 한 손으로 턱을 쥐고는 한쪽 입술 꼬리를 살짝 올려 라이언에게 건넸다. 얼떨결에 라이언의 손에 들어온 작은 CD 위에는 얇은 마커로 그룹의 멤버들 사인이 그려져 있었다. 끝자락마다 'C', 'Christine' 이라고 적힌 사인 앨범이었다.

라이언은 앨범을 팔랑팔랑 흔들며 알겠다는 듯이 로이드에게 답했다.

"그러죠."

"……."

로이드는 이제 가 보라는 축객령을 내리는 라이언의 대답에 눈썹을 위로 올렸다 내리며 긴 다리를 움직여 그를 지나쳤다. 그녀의 방이 어디 있는지 몰랐을 텐데, 이걸 주려고 여기를 돌아다닌 게 아니면 2층에는 무슨 볼일인가 싶다. 더더욱 마음에 들지 않는 저 늙다리 때문에 라이언은 문을 열고 휙 튀어나오는 하진에게 놀라며 그 앨범을 자신의 주머니에 넣어 버렸다.

"아, 라이언 미안. 많이 기다렸지? 아빠랑 통화하느라."

"아……. 아냐. 가자. 겉옷은 챙겼어?"

"응. 여기. 너는?"

"난 너 있잖아."

사인 앨범을 원하는 그녀가 분명 좋아할 것 같지만, 왠지 저도 모르게 빠른 손놀림으로 감춰 버렸다. 뭔가 그녀에게 감춘 듯한 느낌에 라이언은 마음이 편치 않았지만, 후회하지는 않았다.

'나중에 줘도 되지 뭐.'

가볍게 생각한 라이언은 그날 밤 하진과 함께 여느 연인과 다를 바 없는 행복한 데이트를 즐겼다. 모래밭에 자신들의 이름을 썼다 지웠다 하며 놀다가, 모래사장에 누워 그녀와 오랜만에 나누는 달콤한 순간은 이루 말할 수 없을 정도로 행복했다.

그녀와 함께 달리기 시합을 하며, 뛰어놀다가 깜깜한 밤하늘을 수놓은 별들을 바라보는 등 에블린의 재촉 전화가 오기 전 마지막 몇 초까지 그들은 신나게 서로 손을 잡으며 여름을 만끽했다. 앞으로 4년간 시작될 자신들의 고생길에 조금이라도 추억거리를 쌓으려 하는 라이언의 일정을 하진은 부단히 따라갔다.

○ ● ○

그다음 날, 라이언은 자신의 눈을 태울 듯이 들어오는 태양 빛을 어떻게든 막아 보려 손을 들었다가 내렸다. 침대 이불을 휙 내쳐 버리고는 자리에 앉아 허리를 숙인 그는 두 손을 마구 제 얼굴에 비볐다. 어젯밤 로이드가 자신에게 건네준 앨범이 자신의 옷 주머니에서 삐죽 솟아 있는 게 그제야 손가락 사이에서 보였다.

라이언은 한 손으로 이마를 비비며 얼굴에 열을 올렸다. 아침부터 떠오르는 로이드가 매우 불쾌했지만, 그들의 앨범은 하진의 말처럼 나쁘지 않았기에 자리에서 일어나 앨범을 손에 들었다. 그녀에게 주기 위해 앨범을 들고 일어선 라이언은 자신의 발밑으로 떨어지는 작은 종이 쪼가리를 발견했다.

앨범 속에서 빠져나온 작은 종이는 곱게 한 번 접혀 있었다. 허리를 더 숙여 종이를 손에 잡아 펼친 라이언은 머리에 핏줄이 서도록 소리를 질렀다.

"미친 새끼!"

단번에 종이를 구겨서 휴지통에 넣었다가, 라이언은 다시 휴지통에 손을 집어넣어 로이드가 쓴 것으로 추측되는 짧은 문장이 담긴 종이를 형체가 알아볼 수 없게 갈가리 구겨 버렸다.

"어디서! 이걸! 내 앞에서! Shit!"

한 마디 한 마디를 강하게 끊으며 라이언은 종이를 가루로 만들어 방에다가 뿌려 버렸다. 힘없는 종이가 그의 무자비한 악력에 흩날렸다. 그렇게 로이드가 하진에게 남긴 메시지는 라이언만 알고 아무도 모르게 되어 버렸다.

속속들이 앨범을 뒤적인 라이언은 그제야 안심하고는 그녀의 손에 전달해 주었다. 방방 뛰며 좋아하는 그녀에게 차마 밴드를 좋아하지 말라는 유치한 말을 내뱉기가 힘이 들었다. 이미, 한바탕하고 나왔기에……

하진은 아침 일찍 일어나 조깅을 하다가 갑자기 들리는 어떠한 외침에 순간 뒤를 돌아보았지만, 도로 위에는 아무도 없었다. 다시 자신이 좋아하는 재즈 밴드의 노래를 듣기 위해 이어폰을 꽂으며 하진은 가벼운 발걸음으로 에블린의 집까지 다시 뛰었다.

그녀는 몰랐지만, 로이드가 남긴 마지막 문구 때문에 온종일 저기압이었던 라이언을 하진은 그날 내내 달래 줘야 하는 답답한 나날을 보냈다.

○　●　○

하진은 벤치에서 누군가 자신의 얼굴 위로 그림자를 드리우자 슬며시 눈을 떴다. 그녀의 눈에는 머리 위에서 자신을 바라보며 시원한 웃음을 짓는 라이언의 얼굴이 들어왔다. 그는 지난주 머리를 짧게 잘라 곱고 가지런한 이마를 내보이고 있었다. 선이 굵은 그의 얼굴이 한눈에 보이자, 하진은 심장이 쿵쿵거렸다.

"여기 있었어?"

"응. 루이스는?"

"형은 이미 갔지. 눈 감고 뭐 했어?"

"그냥…… 이것저것 생각했어. 짐은 잘 정리했어? 몇 호였지?"

"난 201호."

"밥은?"

"대충 먹었지."

라이언은 옆자리에 앉아 그녀의 어깨를 감싸 안았다. 짐을 정리하느라 정신없이 보냈던 오늘 그녀의 얼굴을 처음 보는 순간이었다. 그녀의 부드러운 머릿결을 손가락으로 쓸어내리며 가닥가닥 꼬았다가 푸는 장난을 쳤다. 요즘 그가 제일 많이 하는 버릇 중 하나였다. 그녀의 차갑지만 탐스러운 빛을 뿜내는 실크 같은 머릿결이 손에서 스르륵 빠져나가는 감촉이 짜릿하니 좋았다.

"아쉽네. 짐 정리하면서 내려가서 인사라도 할걸. 벌써 가셨어?"

"응. 병원 때문이니까 어쩔 수 없지 뭐."

"다음에 오시면 알려 줘."

"알았어."

하진은 고개를 끄덕이며 싱긋 웃었다. 그런 그녀의 미소에 그도 마주 웃었다. 그러다 라이언은 눈을 둥글게 뜨고는 하진에게 물었다.

"어? 뭐야. 브라운?"

자신의 가슴팍에 쓰여 있는 패밀리 티셔츠를 읽은 라이언을 보고 하진은 부랴부랴 머리를 뒤로 넘겨 버렸다.

"아. 아빠가 만들었어. '브라운 패밀리' 라며."

"그래? 나도 하나 달라 해야지."

"풋. 네가 왜? 넌 와이엇 해야지."

"왜. 이제 가족 아니야?"

"무슨."

하진은 실없는 농담을 펼치는 라이언의 말에 작게 콧방귀를 뀌며 되받아쳤다. 그런 그녀의 모습에 라이언은 눈을 살짝 찌푸리며 툴툴거렸다.

"뭐, 우리 가족 될 건데. 그럼 내가 와이엇 티셔츠 만들면 입을 거야?"

"무슨 소리야. 나 지금 이거 갈아입고 싶어 미치겠는데."

"흐음."

라이언은 자신의 손으로 턱과 입 주변을 문지르다가 뭔가 좋은 수가 떠올랐는지 눈썹을 들썩였다. 그의 표정을 읽은 하진은 라이언의 얼굴을 잡고 이리저리 흔들었다. 그렇게 하면 그가 더는 다른 생각을 못 할 것 같았다. 그의 의뭉스러운 표정은 항상 그녀를 곤란하게 만들었기 때문이다.

하진은 자신의 등 뒤에 있는 '베이비' 라는 글자를 더는 누군가 보질 않길 바랐다. 특히 라이언이. 너무나 사랑해 마지않는 아빠였지만, 오늘은 그레이엄의 사랑이 너무 과했다. 차라리 벤치에서 노닥거리지 말고 기숙사로 돌아가 옷을 갈아입었어야 했다.

이미 시간이 지나가 버린 상황에 더는 후회할 수 없었던 하진은 제 등을 볼 수 없도록 먼저 자리에서 일어나서, 라이언의 손을 잡아 그를 일으켰다.

"가자."

"어딜?"

"학교 구경해야지!"

하진은 그의 말에 더는 무어가 있냐며 당연하다는 듯 외쳤다. 그런 그녀의 말에 라이언은 입꼬리를 당기며 그의 트레이드마크인 멋진 웃음으로 하진을 내려다보며 말했다. 그의 짧아진 머리 아래 장난기가 걸렸다.

"내 방 구경 가자 그럼."

"됐거든."

하진은 꿍꿍이가 가득한 그의 말에 얼른 그의 손을 털어 먼저 앞장서서 가 버렸다. 오늘 분명 기숙사 근처에서 웰컴 파티가 있었던 걸 기억한 하진은 주변 기숙사의 분위기를 확인하러 부지런히 발을 놀렸다. 그녀가 몇 걸음 걷기도 전에 라이언이 뛰어와 자신의 옆자리를 꿰차자 하진은 웃음을 터뜨렸다.

"그럼 다 보고 갈 거야?"

"라이언!"

라이언의 농담 어린 진담에 하진은 그의 등을 저도 모르게 퍽 소리가 나도록 치는 수밖에 없었다. 그렇게 서로의 손을 꼭 잡고 교정을 거니는 둘의 모습을 여러 사람이 힐끔거리며 쳐다보았다. 누가 보아도 이 학교의 신입생으로 보이는 그들의 뒷모습을 미래의 하진과 라이언이 부러운 눈빛으로 좇았다.

작가 후기

안녕하세요, 작가 오디너리입니다.

하진과 라이언의 이야기가 나온다고 하니 시원하기도 하고 벌써부터 애틋한 마음이 들기도 합니다. 글을 쓰는 내내 누구나 하나씩은 가지고 있는 반짝거리는 청춘의 이야기를 담고 싶었습니다. 사랑스러운 둘의 이야기를 써 내려가면서 저조차도 너무 행복했고, 여러분들에게는 즐거운 상상과 추억을 회상하실 수 있는 순간이었으면 합니다.

청춘은 항상 지나가고 나서야 반짝이는 듯합니다. 하지만, 지금 이순간도 여러분들의 마음속에 있으니 이미 지난 것이라고 치부하지 않으셨으면 합니다.

벌써부터 봄은 지나가고 여름이 한 뼘 다가온 듯하네요.
항상 건강하시고 행복하세요.

오디너리 드림